我和青春互不相欠

（上）

戴彬彬 著

山西出版传媒集团
北岳文艺出版社
BEIYUE LITERATURE & ART PUBLISHING HOUSE
·太原·

图书在版编目（CIP）数据

我和青春互不相欠：全2册 / 戴彬彬著. —太原：北岳文艺出版社, 2019.1（2025. 7 重印）

ISBN 978-7-5378-5718-5

Ⅰ.①我… Ⅱ.①戴… Ⅲ.①长篇小说—中国—当代 Ⅳ.①I247.5

中国版本图书馆CIP 数据核字（2018）第237821 号

书名：我和青春互不相欠（上下）
著者：戴彬彬
特约编辑：李　路　韩玉龙
责任编辑：李向丽
封面设计：侯霁轩
排版设计：西橙工作室

出版发行：山西出版传媒集团 · 北岳文艺出版社
地址：山西省太原市并州南路 57 号　邮编：030012
电话：0351 - 5628696（发行部）
0351 - 5628688（总编室）　传真：0351 - 5628680
网址：http://www.bywy.com　E - mail：bywycbs@163.com
经销商：新华书店
印刷装订：三河市同力彩印有限公司

开本：880mm × 1230 mm　1/32
字数：522 千字　印张：26
版次：2019 年 1 月第 1 版
印次：2025 年 7 月河北第 3 次印刷
书号：ISBN 978-7-5378-5718-5
定价：108.00 元

目录 contents

卷2 风和日丽的西城

卷2 风和日丽的西城

卷2 风和日丽的西城

卷2 风和日丽的西城

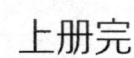

上册完

番外

卷3 情漾师大

卷3 情漾师大

卷3 情漾师大

卷3 情漾师大

幸会，你我的青春

楔子

“杨！小！和！我说你到底是怎么回事？”

办公室里，那位更年期提前了十来年、四十岁就绝经的女主编发出了狮吼一般的咆哮。她把手里的稿子摔打在桌子上，暴跳如雷。

“怎么了，主编，您看您怎么生这么大的气啊？”我的名字被她像杀父仇人一般叫到，我赶紧赔着笑脸小跑着来到了她面前。

“我给你说过多少遍了？啊，多少遍了？让你以后再写美食类的稿子时多用些形容词、形容词，你懂吗？！”

“主编，我用了不少了，你看这里不写着呢吗？漂着油花儿的、劲道的、风味独特的……”我耐心地跟她解释着。

主编嘴里的美食其实就是炸油条、兰州拉面，还有韭菜盒子。

“你上学的时候老师没教过你作文怎么写啊？没给你说过美化和润色吗？形容词你也得用些高级的啊，像饕餮大餐、凤髓龙肝、八珍玉食、沁人心脾、华丽荣耀……”她掰着指头给我数出来了几个，在每个词之间还有明显的停顿，发出一系列的重音语调。

恍惚间，我好像回到了学生时代的英语课堂，老师一遍遍强调着perfect（完美的）的重音落在第一音节上。但我不明白的是，她为什么会用“华丽荣耀”来形容美食？

“可是我写的那些东西用您说的形容词来描述不合适啊。您看，要是把炸臭豆腐说成是饕餮大餐，也不真实对吧？又不是什么星级酒店，不能那样写。”

工作后，我净被安排去福瑞街和维景路那些小吃街跑，接触到的也就是些小吃。

“真实？那是报社和新闻的事儿。咱们是杂志社，开这个美食专栏不久，能给咱们提供素材的也就是那些路边的苍蝇馆子。”主编的语调变得尖锐了起来，她对我的“不上道”感到恨铁不成钢。

“星级酒店早被其他杂志社抢占了，咱们刚起步，抢不过他们，但路边摊可没人和咱争，要是能把这块市场给做好了，那以后你的前途是不可限量的，走上人生巅峰是迟早的事儿。”

“可是……”

她摆摆手打断了我要说的话：“其实，你我都心知肚明，那些开什么羊汤店、烧烤摊的能讲究什么格调？懂什么气氛？但是你得去塑造、美化他们，让读者一看这家店，与众不同，环境幽雅，还好吃不贵。为了去尝一口，就算是翘班扣奖金也值！”

“主编，我……”

“你净用些平淡到极点的形容词，怎么能打动读者呢？不写他们点好话，你中秋节发的那盒羊汤谁出？真当杂志社舍得花钱给你买啊？你每天的午饭不靠给他们写点东西顺带着骗他们顿吃的，上外面花十五块钱你看看能吃到正经东西吗？”

我的话再次被她打断。

“您能不能先听我……”我努力地想要插上一句。

但主编的话匣子一旦打开，不把你教育个醍醐灌顶，绝不会收嘴。

“就算是报社，有的还吃人家嘴软，拿点回扣呢。在这个社会里，谁还在乎什么真实？大家要的是共鸣，共鸣你懂吗？回去把这篇麻辣烫的美食推荐稿重新写，下班之前发给我看。”

主编摆摆手，示意我可以走了。

我站在原地没动，心里上下翻腾着，她的话一下子冲击着我的神经末梢，让我有点烦躁不安。一个月就这点工资，我还能走上人生巅峰？！到现在，我连娶个媳妇儿的胆儿都没有！

前几天一个同学结婚的时候，他还取笑我：“杨小和，我说你自己的事儿也得抓紧了，光伴郎都当了多少次了？我看你再这么拖下去，等你结婚的时候给你当伴郎的，没准儿就是我儿子了。”

想到这里，我收起了脸上残存的最后一丝笑容，郑重其事地说：

“我写不出来，您这不是让我去骗人吗？”

“写不出来？好啊，那我就换人写！现在在社里实习的小周，人家是S大的女研究生，天天求我给她个写稿子的机会。你一个大专生，来咱们杂志社工作快两年了吧？写出过什么像样的东西吗？还天天在这里跟我摆谱！”

她又开始往桌上摔打那篇稿子，啪啪作响，引得一众看热闹的同事开始向办公室内张望。

我的太阳穴开始突突地跳着。

“你要真想按照自己的意愿写东西，还不受我的管制，当职业作家去啊，到时候编辑和你约稿，得扮着你刚才那副嘴脸低三下四地求着你。”

我的血气上涌，瞳仁都要往外滋血。

“本事没多少，脾气倒不小！你今年多大了？还想学愤世嫉俗的高中生抨击社会黑暗呢？这里是公司，不是你青春年少的纪念馆儿！和我谈什么‘恰同学少年’啊？我和你说啊，能干就干，不能干趁早……”

主编在大家面前总是刻意装成北京人，三十岁前连省都没出过的她，经常满嘴吐着在她自己听起来非常标准，其实很蹩脚的京片子。

“你有完没完？！你说归说，扯上我的青春干什么？你有什么资格对我的青春评头论足？！你想让我把稿子写出高端大气上档次的感觉，倒是让我去吃个澳洲龙虾啊！再不济，来块三成熟冒血的牛排也行啊！整天除了烤串就是毛血旺，我还真就不知道怎么把这些东西写高端了！你让我把吃‘麻小’写成吃‘锦绣龙虾’，那样得佐红酒，用刀叉！你让我把喝个羊肉汤形容成‘让味蕾来一次欲罢不能的奇幻之旅’？老子还不伺候你了！”我死死地盯着她的眼睛，一口气说完，压抑了好久的不满彻底爆发了。

一瞬间，办公室内外都静了下来，那帮看热闹的同事也傻了眼。

“杨小和，你说什么？再说一遍！”

“我再说十遍，老子不干了，老子不干了，老子不干了……”

当我说到第五遍的时候，主编终于认怂了，发出了一声凄厉的怪叫：“滚！”

刚摸到门把手时，我突然想起了什么，猛地转过身来，主编以为我要动手，吓得缩成一团：“你要干什么？”

“王玉玲，咱们同事一场，别怪我没提醒你，刚才你废话连篇的时候我就想说，你裤子拉链开了。”

她慌乱地低下了头，看到自己“门洞大开”，露出了白色蕾丝内裤。

“你给我滚！”

我狠狠地把门甩在了身后，这个公司留给我的最后一点声音，是一声沉重的“咣当”。

初夏的公交车厢内，灼人的热浪侵袭着这段不太静好的岁月，带着盐分的汗水顺着我的脸颊流向了喉结，我感觉自己快要被烤成一截腊肉了。

我用钥匙捅开了那间九百块钱一个月租来的一室一厅的房门，墙上起满了星星点点的霉斑。

早上担心迟到，起床晚了的我连毛巾被都没来得及叠，此时，它仍旧凌乱地摊在床上，像一张软塌无力的煎饼。

看着垃圾桶里皱皱巴巴的泡面包装袋和我直接扔掉的还没开封过的脱水蔬菜料包，我打开了那台从科技市场淘来的二手笔记本。

我过够了将就的生活，将就着微薄的工资，将就着主编的谎话连篇，连我自己想写的话，为了主编所谓的“共鸣”，也要将就着。将就了这么多年，我究竟在害怕什么？

主编那句“你写不出像样的东西”不断刺激着我的神经，她说“青春”时流露出的不屑表情仿佛在告诉我，上了班之后就该断了对这两个字的念想。但她怎么会知道，在那段时光里，我遇到了足够多的人，见识了足够多的事，燃烧了足够多的激情，做了足够多却一点也不让我感到后悔的傻事。

青春给了我那么多，而我也欠了它那么多，我怎么能让它像一堆没了水分的苹果一样烂在回忆里？

我要把它写出来，只有这样，我才算是给了它一个名分和交代！

我要让诋毁它的人都知道，它里面蕴含着多么强大的能量，让人念念不忘！

敲打键盘的啪啪声不绝于耳，我仿佛坐上了一台时光机器，眼前的景象飞速地旋转，青春就像一根轻飘的羽毛，与那些年那些大事小情一样，全部清晰地浮现在我的眼前……

卷一·我很纯粹

Chapter · 01　我叫杨小和

我叫杨小和，心眼儿并不坏，如果你没法直观地感受一个“心眼儿不坏”的人到底是什么样儿，那我换个词评价自己，那就是“纯粹”。

其实，在别人眼里，我只是个有些缺心眼儿，看不出眉眼高低，喜欢作，又爱较真的男孩子。

正因为如此，我接受义务教育的那九年真可以称得上是一段掺杂了各种辛辣调料的“血泪史”，真是闻者伤心，听者流泪。

要是有人能保证法律不制裁我，我能把咱们的国宝大熊猫都给讲得肝肠寸断，郁郁而终。

然而二十年前，同样是孩子的我们，恨不得用带着乡音的普通话把每句话都吐得字正腔圆。

确切地说，那是二十七年前——一九八八中国戊辰年。

那一年，第二十四届夏季奥运会在韩国的首都——汉城举办，那时，汉城还不叫“首尔”。

家家户户的黑白电视机中都收到了有些不太稳定的信号，拉出天线后再“砰砰”地捶上电视机两拳，那首《Hand in Hand》才会平稳地发出一些旋律。

那一年，中国改革开放整整十年，奇装异服的世界里又加入了新的流行元素。

那一年，三个台湾男孩儿组成了小虎队，火遍大江南北。

那一年10月的一天清晨，我努力地从我妈身体中挣扎着钻了出来。医院病房里传出了一声响亮的啼哭，好像从嗓子眼儿里硬硬地撞击出来的一样。

据我妈回忆，她当时真的后悔怀上了我，竟给她带来了如此巨大的痛苦，并且要是当时就知道我现在混成这个没出息的样儿，还不如直接把我掐死算了。

从那天开始，我的人生就像一本线装的书，在祖国东部土地上的S省J市松松垮垮地被掀到了扉页。

这是一座意境与文化底蕴叠加起来能够让外地游客瞻仰个一年半载的内陆城市，光是“三大名胜”那唬人的名头就曾经吸引了无数文人骚客慕名而来，纷纷留墨题词。

春天时，它会卷起漫天的黄沙，吹得人灰头土脸；冬季时，就降下寒峭的雪，裹挟着无数细冰。

有时，这里的天显得很高，湛蓝；有时，同是这片天空却看着很低，暮霭沉沉。

作为一座省会城市，它低调得有些过分，经济上早被同省的Q市远远抛在身后，甚至连第二名的位置都岌岌可危。

不过，它似乎一点都不着急，依旧在该喧闹的时候喧闹，该安静的时候安静，每天像机器上的齿轮一样孤独地转动着，准时，严丝合缝，波澜不惊。

这座城市里每天都会上演许许多多的故事，平淡无奇的生活与不可思议的意外激烈地交融着。

六岁以前，我和爸妈一起住在平房里，那是铁路系统的单位宿舍，铁路职工能分到一套三十平方米左右的住房。

在“房改”之前，我们居住的房屋都属于“公房”，无法像现在这样动辄上百万的随意买卖，而是每个月象征性地缴几块钱的“租金”。

一排排的红砖瓦房毗邻而建，邻居家的西墙也是我家的东墙。

大家都住在一个院子里，院子口是几块烂木板条打起来的一圈围栏，还有一扇木门，上面挂着一把被锈迹团团包围的铁锁。

早晨一起床，七八户人家的男女老少都端着牙具，排队等着使用院子里唯一一个自来水管。

它谈不上拔地而起，从歪七扭八的红色地砖中“倔强”地拱了出来，沾着鲜绿的苔藓，开关上的漆也被磨掉了，显得更加光滑。

水管下面有一个水泥砌成的池子，经常会有一些小刺猬之类的动物会爬进来。第二天，第一个“占”到水管子的人就会好心地把它们提溜出来，然后放生。

大人们都很自觉，从不插队，男的穿着红色跨栏背心、短裤，满嘴牙膏沫子，漱口的时候仰起头发出夸张的“咕噜咕噜”声。

吐出嘴里的水后，再双手捧着一小洼水，往嘴上随意“胡噜”一把，洗掉沾在嘴角上的牙膏，就换下一个人了。

上午10点，一些不去工作的阿姨们准时来到水池旁洗菜，几个人一手拿着塑料盆，一手拎着马扎或凳子。

她们弯着腰，端着盛菜的塑料盆在水池子边围一圈，把水龙头开到最大，就开始往盆子里接水，喷得水花四溅。

大家围坐在一起，讨论着那个年代并不丰富的文娱节目，陈佩斯和朱时茂表演的《吃面条》和马季的《宇宙牌香烟》能反复说半个月。

那时，没有智能手机和平板电脑，电视里也不太喜欢重播，但她们拥有最逼真的“影像回放科技”，那就是她们的脑海。

“你看陈佩斯撑得那个样子，他刚上台的时候说了句什么来着？”

“他说的是‘导演，我这里有宇宙牌香烟，上台前刚买的，您要不要来一根儿？’”孙阿姨接话说。

“哦，对，对，是这么说的！”

她们七嘴八舌地聊着。

阿姨们很少聊自己孩子的“教育问题”，比如哪所小学好了，去哪儿报什么特长班了，请哪所高校毕业的大学生来当家教了。

至于“就业”和“前途”问题，她们就更不会提及了。

关于孩子，她们感兴趣的话题永远都是“他今天闯什么祸了”或者“这会儿又去哪儿疯了”。

择完菜，小品也聊完了，她们纷纷回到家里，就开始在厨房里“叮叮当当”地忙活开了。

我是那里最小的孩子之一，还有一个叫冯静的小女孩儿和我同岁，生日比我大几个月。

她家并不在我家的那片院子当中，而是临近街口，也是平房，离我家只有三十来米。

她的外公与我外公是战友，都是新中国成立前的老工人，后来她妈和我妈分别“接班”了自己父亲的工作，一起分进了铁路水泥厂当工人。

我第一次见冯静的时候，她妈正领着她打着手电筒在我家附近的那几棵梧桐树上找“知了猴儿”，我与她不期而遇，我们借着手电筒发出的微弱的光好奇地打量着对方。

有一些人，一出场就是为了“惊艳”别人的。

她身上散发出的特有光芒死死攫住了我的心，让我的喘息都变得费劲起来。

她有一双纯净透彻的黑色眼睛，就像眼眶中嵌入了两颗星星，照亮了她洁白如玉的靥面。

一头直柔的黑发像是由天际垂下的一段银河，几缕碎发在她的侧脸边飘起飘落，她用葱白的指节轻轻拨开，别在耳后。

一瞬间，时间和我全身的血液一起停止了流动，树上聒噪的蝉鸣和我剧烈的心跳声混杂在一起，“知了，知了，扑通，扑通，知了……”

从那时起，我们就认识了，她妈很愿意让我们在一起玩，说这样冯静就不会整天闷在家里。

我们的孩子头儿是比我大十来岁的大元哥和大玲姐，在他们的带领下，我们到处乱窜。

大元哥有一个小孩子骑的儿童三轮，蓝漆熠熠生辉，脚镫子上却蒙了一层灰。

他很大方，每次从家里把它拎出来之后，总会往我和冯静面前一放，一努嘴：“小和、静静，骑两圈儿，别客气！”

刚开始的时候，我感觉有点不好意思，拽着衣角，看着冯静。

她手里拿着一个塑料的扛钉耙的猪八戒，随意摆弄着，对我说：“我和猪八戒玩一会儿，你先骑吧！”

听了这话，我就像接了圣旨一样，笨拙地跨上三轮车，小心翼翼地蹬着，大元哥在一旁冲我喊：“蹬快点儿，蹬快点儿！”

我像接了另一道圣旨，开始摇晃着身子夸张地蹬着。

石子路上，三轮上下颠簸着，我骑得忘乎所以，双眼眯缝着，脸上带着傻笑。

为什么冯静他们突然露出了惊慌的神情，好像看到了怪物一样，他们冲我喊什么？

“咣”一声，我栽倒在地，三轮车甩出去五六米远，我才意识到自己撞在了路中间的一块大石头上。

我躺在地上，感觉后脑勺儿一阵剧痛，我差点昏过去，用手去摸，放在面前一看，是一团黏腥的红。

我被送到诊所包扎的时候才知道那玩意儿叫“血”，脑袋上缝了五针，留下了一道一厘米多长的疤，到现在那个地方还长不出头发。

我们最爱玩的是离家不远的跷跷板，每次去那里，我都会和冯静玩得不亦乐乎。

我坐在一侧蹬腿，收腿，冯静坐在对面开心地笑着。

有一天，大元哥和大玲姐被关在屋子里写作业，我和冯静独自去玩。

但是，跷跷板已经被另一群孩子霸占了，冯静很失望，她说她特想玩。

我傻傻地走到了那群孩子面前，其中两个正骑在上面，他们比我要高出很多。

我一跃而起，刚刚能勾住其中一个在跷跷板一端落下来的孩子的脖子，把他直接拉了下来。

“冯静，快……”还没喊完这句话，我就被他们推了一个趔趄，一下子坐在了地上，其他孩子围了上来，对我一顿拳打脚踢。

冯静哭着跑回去找来了大元哥和大玲姐，他们三两下就拉开了那群欺负我的人，大元哥还打了他们领头一巴掌，并狠狠地说道：“再欺负他试试！”

那时候，我觉得大元哥可比电视里演的大哥帅多了。

我抽泣着跟在他们身后往家走，大元哥说："小和，回到家别跟你爸妈说今天的事儿。"

"嗯。"我用力点头。

"这个送给你。"冯静走到我身边说。

她把"猪八戒"递了过来，通体白净，是用透明塑料做成的，特别薄，稍不注意用力一捏都能给捏漏气儿。

晴天时放在室外，阳光就能透过"八戒"的身体洒到我的手背上。冯静特别宝贝它，平时去哪儿都会带着。

我接了过来，看了两眼，又还给了她："没了猪八戒，那以后谁陪你玩儿？"

"没事儿，我还有一个孙猴子呢！再说，不还有你呢吗？"

听了她的话，我便心安理得地接到了手里。

那天，我想了很久，始终觉得跟其他孩子去抢跷跷板是一件很酷的事情，做多少次我都不会厌烦，更不会后悔。

因为，那是为了冯静。

Chapter · 02 离别与重聚

那段在街边撒谎、疯跑的日子再长，都会显得很短暂，和冯静在一起的日子也是如此。

初冬的北风呼呼地刮着，席卷了整个J市，那些已经失去了养分的树叶破败不堪，散落了一地。

拆迁的通知贴满了整条巷子，我和冯静要搬去两个不同的地方生活了。

我问我爸，我和冯静得多久没法见面，他说两年。

两年究竟是多长，我没有概念，但可以肯定的是，那比两天要长。可是，我最开始的计划明明是要陪伴着她长到很大，甚至很老的。

人生最痛苦的事情之一，就是在你即将步入正轨大干一场的时候，所有的舞台和灯光都瞬间垮塌、熄灭，让这一切戛然而止，让你措手不及。

「我很纯粹」

011

第一场冬雪落下时，我们全家搬到了我妈单位里的宿舍。

那片区域在J市的城郊，离冯静很远，离铁道很近，四周被林立的厂房所环绕，炼油厂、钢厂、轨枕制造基地，高耸的烟囱、钢筋碰撞的声响以及灰突突的道路把我们那间二十多平方米的平房团团围在中央。

由于路途遥远，我不用再去幼儿园，每天在无人监管的状态下在厂区内东奔西跑。

冯静之于我就像只风筝，而我像断了的线，眼睁睁看着她从空中和我分离后栽进了一片茂密的丛林中却无能为力。

我爸告诉我新楼马上就要建好时，我并没有料到，两年这么快就到了。

我高兴得睡不着觉，心里勾画出一幅湖光山色的画面。

我站在岸上，冯静伫立在湖中心的小舟之上，上面系着一根淡黄色的麻绳，一端绑在船头，一端拉在我的手中。

每过一天，我就把小舟向岸边拉动一些，这样，她和我的距离就被拉近了一些。

我也试过想要一口气把她拽过来，但是时间没到，我始终没法和她接近。

在厂里住的最后一天，我觉得这世界上的任何事情都已不重要了，即使头一天晚上有梁上君子光顾了我即将离开的这个“家”，偷走了我最心爱的积木和一面小国旗玩具，我也不会失落。

如果说它们是换取我与冯静重逢的代价，我觉得值了。

与冯静再次见面的情形比我之前想象的场景还要“壮观”和“惊喜”。

远远地，我就看见了她，她正好接了满满一盆水，蹲在已经与我以前所住的地方有了云泥之别的路口，周围是建好的楼房。

在脑海中，我很难再把这里还原成之前的模样。

她拧动了一只金黄色塑料玩具乌龟后背上的发条，把它放进了盆里。“哗啦哗啦”，乌龟开始在里面游动，一些水溅了出来，洒到了她的裙子上面。

我没有喊她的名字，只是慢慢地、静静地向她走去，周围的一切都在向我身后退去。

我一直小心翼翼，不让她听到任何动静，但是在我距离她还有几步的时候，行踪还是“败露”了。

刚刚一直全神贯注地盯着乌龟的冯静可能感觉到了有人接近，她下意识地抬起了头，和我四目相对。

她猛地站了起来，一下子就踢翻了水盆，水和玩具龟一起冲了出去。水流到了旁边的沟渠中，而失去了水的乌龟则“搁浅”在了石子路上，发条依旧在转动，它却再也翻不过身来。

我清晰地记得她对我说的第一句话，像是一个妻子数落和朋友喝酒晚归的丈夫那样，“你还知道回来？”

我仔细看着她的脸，两年多的光景，她更好看了，明眸皓齿，发丝黑亮，还带着一丝装出来的愠色，双手放在腰间。

我们相隔五米，我傻笑着，想走过去牵她的手，还没走到三米，她就跑向我，一把把我搂住。

我们的个头儿差不多高，因此这次拥抱并没有像爱情电影里那么浪漫，甚至有些笨拙，我被她抱得喘不过气，而她则一直在我脸上胡乱地亲着。

我们都搬进了新家，两座楼紧挨着，我住六楼，她住一楼。

每天，我都会透过窗户居高临下地去看她住的地方，像个间谍盯梢似的随时注意她的行踪。

她出门时，我会大声喊她的名字，她抬头看到是我，就会冲我摆手。

这逐渐成了一种默契，每次她走出楼道时，即使我没有站在窗边，她仍会抬头看一眼，执着地回应着我的守候。

Chapter·03 受到上帝眷顾的我

2004年6月13日的早上，J市中考拉开序幕，考点在我报考的西城中学。

吃过早饭后，我背上书包准备出门，我妈说要陪考，我没让她去，大热天站在外面等我，那得多遭罪。

她也没坚持，只说了句："那路上注意安全。"

我打开楼下的车棚，取出我爸的旧自行车，她又把头从窗户里伸出来补了一句："好好考。"

我冲她招了招手，锁好门后我跨上自行车，向考点骑去。

西城中学离我家不远，骑自行车也就二十分钟，大部分路程都在J市的主干道——经纬路上。

经纬路正在拓宽，J市永远都是一副到处都在修路的模样，挖掘机挥舞着挖斗，隆隆作响，尘土飞扬中，我被呛得连声咳嗽。

到达考点时，考生还未获准入内，门口拉起了黄色警戒线，学校的保安守在线前。他们身后的大门已经被拆掉，只留下了一根石柱，上面挂着块写有学校名字的白色木板。几个民工拿着瓦刀抹上水泥，正在砌着新门。

半小时后，考生开始缓慢地移动，我耐心地等在远处，看到人不多了，才推着自行车往里面走去。

上午考的语文，那些古诗词没有白背，最起码都写出来了，其他的就听天由命了。

考试结束后，我立刻骑车回家，路上就感觉到饥肠辘辘的，原来，脑力劳动也不是个轻快的活儿，也特别费体力。

骑到楼下，我发现我妈站在太阳地里，十指交叉，焦急地等待着。

“走，上楼吃饭去，你爸给你去饭店炒了几个菜，吃饱了下午有劲继续考。”她伸手接过了我的书包。

“妈，你一直在这里等着我吗？”

“没有，我下楼有点事，碰巧了，考得怎么样？”

“还行吧。”

历史和政治的连考是我上学以来写字最多的一次，看着那七八分一道的问答题，我把自己能想到的全写了上去，不管对错，就只是求个心安。

晚饭后，我爸妈说要出去散散步，我一个人在家回忆着白天的考题，心里实在是没底。

在我最擅长的英语考试中，却发生了意外。

坐在我旁边的是一个有些流里流气的小个子，考前他让我帮他作弊，中考作弊的话是要取消全部成绩的，况且我还指望着英语提分呢。

我没答应，借口说我的英语也不好。谁知道，考试中他真的扔给了我一张纸条，正扔在了我的脚底下，我没敢捡，怕说不清，正好监考老师正向我这边走来，我赶紧一脚踩住纸条，保持着僵硬的姿势答题，前后维持了大约一个小时。

老师收走试卷的那一刻，我才赶紧把纸条捡起来撕得粉碎，此时我才发现我的T恤已经湿透了，腿也麻木了。

接下来的考试中，我直接放弃了数学，只用了半个小时就交卷了，但我并没有急着回家，担心露馅，我骑车去了J市中学，冯静在那里考试。

等到考试结束后大批考生从里面拥出，我也没看见她。

6月15日，羁绊了我许久的中考，就这么结束了。

西城中学的校园里已经有了蝉鸣的聒噪，那蝉像是被热疯了一样，刺耳的叫声不绝于耳。

我总听着它们叫的不是“知了，知了”，而是“热呀，热呀”。

我也很热，抹了把脑门上的汗，临走前又回头看了一眼这所高中，嘴里嘟囔着：“希望我们还能再见。”

冯静当晚就给我家里打来了电话，询问我考得怎么样。

我说：“还行吧，反正都写上了，你呢？”

“嗯，我考得也还行。”

我知道，冯静说的还行就是很好，而我说的还行，其实就是一般。

我没告诉她我数学考试早早交卷后就去了J市中学门口等她的事情，我觉得说了也没什么意义。

“小和，明天我要去成都参加一个夏令营，中考的成绩出来后，记得给我打电话啊。”

“嗯，好。”

等待成绩的日子总是让人抓狂，我掰着指头每天数八遍，时间也没见过得有多快，那时候我就在想，要是能让我有洞悉未来三年的本事，我折寿十年都行。

可能已经等疲了，真到了成绩出来的那天，我反而没那么在乎了。

王俊提前用电话查到了成绩，720分的满分，他考了450分。

而我，则要去西城中学领取成绩单，教学楼的大厅摆着几张桌子，成绩条就在桌旁坐着的老师们手中，凭准考证领。

我的成绩也没高到哪儿去，而且听着还不吉利，478分，英语考了110分，数学只有39分。

从夏令营回来的冯静考了590分，超出了去年J市中学的分数线60多分。

拿到成绩后的第六天晚上，我爸接了个电话，嘴里“嗯啊”地说了几句之后，沉着脸告诉了我一个不幸的消息，西城中学的分数线公布了，480分，我差了2分。

与此同时，王俊也打来了电话，他和七中差了20多分。

我心里没什么感觉，但我想是不是应该假装难过一下，毕竟我辜负了很多人的期望。

其实，我觉得最对不起的还是我爸妈，那两天为了我中考，他们天天从饭店里给我炒菜，今天鲶鱼炖豆腐，明天鱼香肉丝的。

虽然无论能不能考得上高中，吃下了那些东西后都得变成排泄物，但别人就是感觉能考上高中的人排出来的东西香。

像我这样的，在外人眼里纯属搞一些技术类玩意儿的人。我，杨小和就是那么与众不同。

我又别出心裁地想要找个技校去学挖掘机，要么学厨师也行。我想到学开挖掘机到蓝翔、学厨师到新东方。广告词里都是这么写的。

我爸倚在门边拿着我的成绩单眼睛直直地望着上面的分数，觉得如果数学再多考个20分该多好。可惜，造化弄人。爸爸轻轻叹了口气："你想好了吗？小和你真的要读技工学校？确定了？"

我说："想好了。"其实我根本什么也没想，我只是害怕今后没有事情可做，游荡在街头，不得孤单死？哪怕去工地搬个砖，当个民工也好。

接下来的一周，我开始关注起了邮箱里塞满的小广告，要上技校，也得找个靠谱点的。

找着找着，我想起了三毛当初非要让我放弃中考直接去技校，我宁死不从，现在看来，三毛赢了，我输了。

7 月 3 日，中考已经过去了 20 天，我把行李打包好了之后，约了王俊当晚出去，第二天我就要前往 J 市最大的 LX 技校报名了。

我没叫冯静，感觉没脸见她，这些天，只要她给我家打来电话，我都让我妈骗她说我没在家。

一家小饭店里，聚集着形形色色的人，我们要了啤酒，喝得酩酊大醉，高声说着李嘉诚这类的富豪也没上过高中，最后不还是取得了成功这种话来麻痹自己。

我们都心知肚明，其实李嘉诚并不多。

晚上 10 点，我和王俊各回各家。

分开前，他说如果过一段时间他在家玩够了，也去上技校，我们要一起开着挖掘机把韵文中学给铲平。

到楼下时，我看见家里的灯还亮着，爸妈还在等着我回去，看不到我，他们睡觉都睡不踏实。

那时没有手机，我去了哪里他们都没法联系到我，只能在牵挂和担心中硬等着我回去。

我摇晃着身子往楼上走着，路过四楼时我打了个响指，大拇指和中指的摩擦很充分，迸发出强有力的回声，声控灯竟然一下亮了。

我很惊讶，因为这层楼的声控灯不是很敏感，每次都要用手使劲拍才会亮。

“老伙计，你这是在向我告别吗？”

中考失利后，我感觉自己的精神都有些不正常了，经常对一些不会说人话的东西念念叨叨，楼下的野猫、车棚里的自行车，甚至早饭吃的茶叶蛋和煎火腿片都成了我的倾诉对象。

我掏出钥匙插进锁眼，门开后，我被站在门口的爸妈吓了一跳，完了，我满身的酒气少不了要挨顿数落了。

但是接下来发生的事情，让我彻底懵了。

他们一把搂住了我，喜极而泣，我被勒得快要窒息了，不断咳嗽着。

“考上了，小和，你考上了！”我妈兴奋地喊着。

在我即将翻白眼驾鹤西去的时候，我爸发现了我的异常，赶紧让我妈把我松开。经过一番解释，我好歹弄清楚了事情的来龙去脉。

8点左右的时候，西城中学的招生部给我家打来了电话，说是分数线下调到了470，我被录取了！

酒精的作用下，我的反应有些迟钝，傻在了原地，看见打包好的行李又被收拾了出来，又抽了自己两个耳光后，我才恢复了正常。

我考上高中了？！不用去技校握着摇杆开挖掘机了？不用在油烟滚滚的厨房里学着去当厨子了？我兴奋地跑到阳台上，打开窗户，朝着外面大喊大叫着：“哇，我考上高中啦！”

一些已经熄灯的家庭重新亮起灯，一时间，骂声四起，像夏天荷塘里的蛙叫，“咕呱，咕呱”。

“你是不是喝酒了？”我妈到底还是闻了出来，板着脸质问我。

我见情况不妙，赶紧夺门而逃。

楼道里回响着我妈的号叫：“小兔崽子，你跑吧，回来再和你算账！”

我在外面游荡了一整夜，沿着空旷的马路。顺着我上学后的轨迹，我回忆了一整夜。

我考上高中了？我在同学和老师中的印象可不算好，有不少人都挤对我。我可是把同学打成过脑震荡啊，我可是被上帝遗忘的人啊！

上帝怎么了？为何这次竟突然给了我一个这么大的眷顾？

可能它之前一直为世界和平的事儿伤着脑筋，今天海湾战争，明天伊拉克战争的，确实管不了我了，等它把所有事儿都处理好了之后，回头一看，哎哟，怎么这里还有个小子生活在水深火热中呢？啧啧，这些年他真是够衰的，老师嫌弃他，同学厌恶他，喜欢的人不喜欢他，最后连高中都没考上，算了，今天一并补偿他吧。

于是，它又重新把我放在了他博爱的羽翼下，轻轻拍打着我的背，叫一声“小乖乖”，把我从噩梦中拯救了出来。

我像一个被按在水缸里、等到很久之后才碰见了司马光的人，水缸破裂的声音如此动听，我大口呼吸着深夜的风，带着些燥热的余温，才感觉到，我又还阳了。

Chapter·04 留恋与分别

考上高中的兴奋劲儿还在我体内“横冲直撞”，我愣是在外面游荡了一整夜。

第二天一早，我回到家，我妈并没有再质问我喝酒的事情，只是说如果我要是再不回来的话，她就要去报警了。

我爸在一旁抽着烟，他抽得很是惬意，和我闯祸之后他那样猛嘬烟嘴儿的样子是截然不同的。

我给冯静打去了电话，她起得很早，问我这几天去了哪里？

我告诉她我做了一个梦，很神奇的梦。她又问：“梦到了什么？”我说：“都不重要了，现在最重要的是，我们要回一趟学校，看爬山虎。”

“你考上高中了？太好了，小和，我早就知道你没问题！”我就喜欢冯静每次都为我的进步和成就感到惊喜的样子。

我刚要出门，我妈叫住了我："昨晚王俊给你打电话了，当时你已经跑得无影无踪，他说七中也降分了，他达到了录取线，还问了你的情况，我便和他说了。"

我赶紧给他打去电话，约着一起回韵文中学，一路上我们都抑制不住内心的狂喜，他憧憬着让家里给他买个手机，而我惦记着让我爸给我买辆山地车。

看到学校里全都是初三的毕业生，我们才想起来，今天要拍毕业照，老远看到了三毛正指挥着我们班同学的站位，几个女生笨拙地爬上了阶梯长椅。

我们没有过去，一是不想给三毛添堵，二是我们不想把影像照进一张折磨了我们三年的地方，将来给自己添堵。

我看到了冯静站在一班当中，和她在一起的还有吴思琪，思琪的胳膊打着石膏，无力地让纱布吊在胸前，我们走了过去。

"小和，等我一会儿，照完毕业照咱们就去围墙那边。"冯静今天没穿校服，穿了条水洗白的牛仔裤，外加一件白T恤，她发育得特别快，我感觉初中这三年，她变得越来越"立体"了。

"好，不着急，你照吧，我等你。"

我和王俊找了个不远处的台阶坐了下来，正对着他们班，吴思琪嚷嚷着自己这算是破了相，才不要以这么衰的形象去照集体照，于是也走过来坐在了我们身边。

"你胳膊怎么弄的？"我问她。

“唉，我都不想说了，中考完我跟冯静去成都参加夏令营，爬青城山的时候不小心摔的。对了，听说你考上西城中学了？恭喜啊！”

“嘿嘿，运气好，运气好，你考上哪儿了？”

“省实验。”

“行啊，吴思琪，厉害！”省实验是S省最好的一所高中，分数线很高的。

“嗨，惭愧惭愧。”她谦虚地摆着手。

“好了，大家再往中间靠一靠……”摄影师正在为一班排队形。

“你们班有个叫林枫的，是哪一个啊？”我看着冯静微笑着露出了四颗牙齿，问吴思琪。

那是冯静喜欢的人，我要看看他是不是个油头粉面的小白脸儿。

“林枫？”吴思琪感到诧异，“我们班没有这个人啊！”

“不可能，别人跟我说过，你们班就是有个叫林枫的男生，作文写得好，还能背中国历史朝代表。”我不相信她的话。

“不信你自己看。”吴思琪说着从包里拿出了一张中考排名表，“别说我们班，就是整个初三都没有叫林枫的。”

我拿着排名表，前后仔细翻看了三遍，确实没找到叫林枫的。

那，冯静当时为什么要骗我？我越来越看不透她了。

“走吧，小和，我照完了。”当我还在苦思冥想时，她已经站在了我面前。

“行了，不打扰你们了，下午没事我给你打电话，去我家玩。”

王俊站了起来，用手拍拍屁股，走了。

吴思琪意味深长地冲我们笑了笑，也离开了。

我们终于再一次来到了围墙前，坐在跑道上，看着那片爬山虎，白天无风，绿色的波浪没有出现。但是阳光照射在那些绿藤上，洒下斑斑点点的光，闪耀着，也很好看。

我们聊着过往的事情，像做梦一样。

她说很久都没这么放松过了，实验班里每天的生活就是学习，她像个陀螺一样被鞭子狠狠地抽着，一刻都不曾停歇，这条鞭子是她父母的希冀、班主任的器重以及她给自己定下的目标。

说着，她深呼吸了一下，贪婪地像个犯了毒瘾的人，我则对她说起了陈老师。

“冯静，你哪天有空？陈老师说如果我考上高中，她要请我吃饭，还说可以再叫一个人，我想让你去。”

“中考完了，我哪天都有空啊。你说的那个陈老师我知道，是教6班英语的吧，长得很漂亮呢，而且听人说，她从来不发火，特别有耐心。”

“对，就是她，奇怪，今天怎么没见到她？不过没关系，她肯定很快就会来学校的，到时候我给你打电话。”

“嗯，好，一言为定。”

学生们照完毕业照后，开始陆陆续续地往校门外面走，我和冯静没动，依旧坐在原地。

“我能问你个问题吗，冯静？”我看着她的侧脸，让阳光晒得有些微红，我忍不住靠近了一些，能清晰地看到她脸上细小的绒毛。她的眼睫毛忽闪忽闪地眨着，单眸中透着柔情碧波，唇红齿白，美得不可方物。

“当然啦，问吧。”

“你喜欢的那个林枫今天来了吗？”

听到我的问题，她明显慌乱了几秒，不过很快就恢复了常态，笑着说：“来了啊。”

“和你一起照毕业照了吗？”

“没有，他不太喜欢和太多人接触，一个人坐到一边去了。”

“哦，那他……”我还想问林枫在哪，看她怎么去圆这个谎。

“小和，”她突然站了起来，打断了我的话，开始从包里翻找着什么，最后她拿出一支笔，“我妈给我买了个手机，这是电话号码，以后你上了高中，感觉日子苦了，或者……或者想我了，就给我打电话。”说着，她把一连串数字写在了我的手心里。

我小心翼翼地半握拳头，不敢攥得太紧，害怕把数字弄花。

“我们回家吧。”她说。

“嗯，好。”我伸手把她拉了起来，“你看，风来了。”

这时，刮起了一阵微风，那片爬山虎轻微晃动了一下，像个少女娇羞地扭动了一下腰肢。随即夏季的风开始源源不断地吹来。

爬山虎的绿浪又一次滚动起来，像是波澜浩瀚的一片绿海下有暗流涌动着，潮涨潮落，每一次绿浪掀起的高潮，都伴随着藤蔓刷刷作响。

我们静静地看着，恍惚间，我们好像回到了小学毕业的那天，在花坛处，看着成群的蝴蝶翩翩起舞。

留恋完最后一眼，我们终于转身，慢慢往家走去。

在那条我们一起走过了无数次的岔路口处，我们将要分别，她向右转，我继续向前走。

我对她说："那我找到陈老师后，给你打电话。最后，无论将来在哪儿，我祝你都能快乐。"

她点点头："嗯，那我祝你……"她想了一会儿，说，"祝你幸福。"

和冯静分开后，我回到了家里，找了五六个电话本抄下了她写在我手心里的已经有点模糊的手机号，然后又死死地记在脑海中。

如果哪一天我老了，糊涂了，那几个电话本或许能够提醒我，在我的回忆里还有一个叫冯静的人，年轻时，我曾喜欢过她。

我没吃饭，躺到床上就睡，睡了很久，做了很多稀奇古怪的梦，醒来时已经是半夜，胡乱吃了点东西后，我又睡着了。

第二天一早，我被一阵急促的电话铃声吵醒，是王俊。

中考结束后，我们也没有预习高中知识的打算，每天就是绞尽脑汁地琢磨怎么挥霍时间，我想这小子又准是想叫我出去玩儿了。

"喂！"我拿起电话，很夸张地喊了一声。

电话那头，他的声音很急促："出大事儿了，你知道教6班英语的那个女老师吗？"

“知道啊。”我当然知道了，我正想找陈老师，和她说我考上高中的事儿呢。

“她，前天晚上去世了。”

“你说什么？！”晴空中一个霹雳炸响，我脑袋里嗡嗡的，仿佛周围的一切都停止了运转。

“她去世了，就在我家附近的一个居民楼上。我刚才下楼，看见了花圈，才知道她前天晚上心脏骤停，救护车把她送到医院的时候，她已经没了呼吸，今天出殡。”

我抽泣着冲电话喊了一声：“不！”

“你怎么了？”王俊不知道我和陈老师的关系，他只是把这件事当成一条新闻告诉了我。

我没跟他解释，就挂掉了电话，急忙穿好衣服，边哭边往王俊家那边跑。

一路上，我脑袋里全都是往昔的景象。

我被三毛从教室里赶出去，一个人来到了教学楼的天台，留下了委屈的泪水。陈老师猫着腰从门外钻了进来，安慰着我，并且从那之后她一直鼓励我努力学习，我们像朋友一样轻松地开玩笑，一切都恍如昨日。

泪水被风吹得蹭着我的双颊向后飞去。

我终于知道昨天在学校为什么没有看见她的原因了，原来那时，她已经……

跑了几百米，我的脚步慢慢地停了下来，看到了最不希望看到的场景，眼前的一座居民楼下果然摆着几个花圈，挽联上写着“陈老师千古，同事王红梅敬献”，王红梅是三毛的真名。

我颓然地坐在了地上，泣不成声，心房像被什么东西不断地重击，肺里也憋得难受，必须张开嘴大口呼吸才不会那么难受。我想，肝肠寸断应该也就是这种感觉吧？

我埋怨上帝的不公，为什么不让好人长寿？她还那么年轻，那么美丽。

我回到了家里，和我妈说了这件事，边说边哭：“陈老师虽然没教过我，但她是我见过的最好的老师，别的老师都欺负我，瞧不起我，只有她毫无偏见地对待我，呜呜……”

我妈转身从抽屉里拿了两百块钱给我，认真地看着我说：“小和，拿着这钱，去送送你陈老师吧。”

我又回到了陈老师居住的地方，打听到她的房间号，扶着楼梯栏杆爬到了四楼，只有一个房间的门开着，门上卡着一摞黄纸。

客厅里设了灵堂，陈老师的黑白遗像照摆在案子的正中央，照片里的她微笑着看着前方，恬静自然。

形形色色的人站在客厅狭小的空间中，他们对我这个不速之客的出现感到很意外，喧嚣吵闹的屋里一下沉寂了下来。

三毛看到了我，哆嗦着问：“你来干什么？”

我没有理会他们异样的目光，径直走到记账人的桌前，把两百块钱递了过去。

随后，我走到遗像前面，心里默念着："陈老师，我考上高中了，当初说好的，你还欠我一顿饭，我还要把冯静介绍给你认识呢。你回来啊，回来啊。"

一对中年夫妇走到我身边，把我扶到一边，他们是陈老师的父母。

陈老师还没有谈男朋友，得知她出事的消息后，她的父母连夜从县城里的老家赶来，早就哭肿了双眼，哭干了泪水。

他们说女儿能有我这么懂事的学生，也算没有白白教书，她就是太操劳了，才导致了猝死，说着，他们又流下了泪水。

我不愿再纠结上帝究竟是否公平的问题，也许，他天生就不喜欢让人们享有公平。

陈老师全心全意地对待学生，却香消玉殒，而曹花、范琳、贝老头、三毛这些人却活得好好的，逢年过节还能从学校里领走两盒带鱼，谈什么公平？

从灵堂出来后，我回了趟学校，盛夏的天气温度很高，但我的心却如坠冰窖。

初三几个班的教室早已人去楼空，只有四处散落的试卷和标准答案再向来者诉说着这里曾经发生过一群少年为了中考而努力拼搏的青春故事。

我走进了4班，搬了把椅子，坐在讲台上。讲桌下有一本布满灰尘的《唐诗宋词》，我捡起来后随意翻看着。

“结发为夫妻，恩爱两不疑。欢娱在今夕，嬿婉及良时……”书的中间有一首苏武写的《留别妻》，唉，他果然是个长情的词人。

全诗的最下面写着一行关于“嬿婉”的注解：嬿婉，汉语词汇，释义为美好貌，借指美女。

我想，用“嬿婉”来形容陈老师再合适不过了，不仅是容貌，还有灵魂。

灵魂？本来我是不相信世界上有这种东西存在的，但一想到陈老师，好像这种虚无缥缈的东西是唯一能够用来缅怀她的了。

或许，我不应该过于悲伤，而是宁愿相信她已经飞去了天堂，进入了一个没有痛苦的地方，成了天使，继续着她神圣的使命。

我在教室里坐了很久，手里握着那本《唐诗宋词》，时而发呆，时而陷入回忆。

下午 6 点，夕阳的余晖照进了教室，打在了光滑的黑板上。我推开了教室的门，面朝操场站在了门口。

我终于要离开这个和我纠缠了九年之久的学校了，这段时间里，我说不出自己究竟有没有获得在别人眼里有用的东西，比如知识和做人的道理，我想可能有，也可能没有。

我只是觉得，如果让我用一个词来概括这些年在学校里我到底成了一个什么样的人，我会说，我是一个很倔的人，一个很另类的人，一个很叛逆的人，一个心存美好却总是被误解的人。

如果将这些特性杂糅在一起，那么我会说，我，是一个很纯粹的人。

嫣婉易逝，纯粹留痕。

陈老师离开之后，我更要继续纯粹下去，在这个污浊纷扰的世界中，独自守着一份纯真与宁静。

两个月后，我们西城中学再见。

卷二·风和日丽的西城

Chapter · 01　初入西城

2004 年 8 月 24 日，我骑着几天前刚买的新山地车在经纬路上自东向西飞驰着，毫不在意夏末的阳光直刺我的脊梁。

一个多月前，因为中考成绩距离西城中学的录取分数线差两分，我正面临着不能上高中的窘境。

我对人生失去了所有的希望，然而在即将前往 J 市那所全国有名的技校学习挖掘机时，西城的招生处给我家打来了电话，录取分数线下调，我被录取了！

我疯了一样跑出家门，那场景，就像范进诈尸后从棺材里跳了出来，把他当年中举的情形又来了遍回放。

我第一次感受到《阿甘正传》中那句台词的深刻含义——Shit happens（世事无常）！地狱到天堂的距离一开始那么远，接到电话后突然又变得那么近。

兴奋劲儿并没有持续太久，陈老师的突然去世对我打击很大，整个暑假，我都处于一种极度悲伤的状态中。

前几天，我一直在想：如果陈老师在天有灵，她肯定能感受到自己曾经“拯救”的一个学生为她的离世而悲痛欲绝，她也一定不希望我一直这样颓废下去。

收拾好心情，我准备开始迎接西城新的生活。

我是杨小和，今年十六岁。

西城中学是J市的一所普通高中，和其他重点高中比起来它显得很内敛。

半百年的历史积淀与底蕴早已让它摆脱了世俗的争名夺利，在这座喧嚣和到处都透着锋芒的城市里“偏安一隅，悠然自得”。

每年，它的高考升学率都马马虎虎。要是哪个学生能单凭文化课的成绩考上一个本科，那简直能得到省级“高考状元”的待遇。

他的照片会被张贴在公示栏中，再配一张鲜亮的大红喜报，标题是：热烈祝贺本校高三毕业生××同学在××××年高考中取得了530分的优异成绩，顺利被××大学录取，仿佛他考上的是北大或清华。

比起西城，师大附中或者J市中学要高调得多，它们每年都能拿出个把本科一批的毕业生出来显摆，拉横幅，放鞭炮，弄得就跟校长他丈母娘过七十大寿似的。

糟糕的成绩让我高攀不起这些“优胜兵工厂”，然而对西城我也算不上低就。

我对它心存感激，感谢这只别人眼里笼罩在庞大阴影下的“丑小鸭”能再为我提供三年接受教育的地方。

今天，是我去学校报到的日子。

车轮沿着路面快速向前滚动着，猛然间，我感到背后袭来一阵寒意，头皮炸麻，一种不祥的预感笼罩在我的头顶，惊得我一个激灵。

真是邪门儿了！三十多度的盛夏竟会有这种感觉。

我根本不知道，自己即将遇上命中注定的那个“冤家”。

西城中学已近在眼前，它就位于经纬路和经西路交叉口的南侧。

两个月前，我在这里参加中考，现在看来，除了安装了新的电动门之外，它没有什么变化。

路口拐弯处，有不少花季少女的身影。

为了耍帅，我故意很夸张地一拧自行车把，车轮斜着在地面上擦出一道半弧状的轨迹，与地面发出了激烈的摩擦声，我狠命地一捏闸，车子停下。

我脸上露出了颇为得意的笑容，幻想着附近一定有很多女生在向我行“注目礼”。

但是，除了听见有几个高年级的女生小声嘟囔了一句“神经病”之外，并没有尖叫和赞叹声。

我正了正身子，想要骑车穿过校门。

突然，我的左肩被一只有力的大手从后面一下给拽住，突如其来的一拉让我的身子失去了平衡，狼狈地从车子上摔了下来。

初中时，我要多混蛋就有多混蛋，打架、挑衅老师、目无校纪，青春叛逆期那两年没少让家里操心。

面对突如其来的下马威，我骂了一句脏话，顺势就从地上蹿了起来，怒气冲冲地回过头，看到了一个比自己高半头的黑大个儿，身穿一身藏蓝色的制服，是学校的保安。

我还没来得及张嘴，他操着浓重的J市口音对我劈头盖脸一顿训斥："你不知道出入校门得下车吗？你怎么闷着头就往里闯呢？你看看，你看看谁和你似的？你哪个班的？"

我一看还真是，任何人到了校门口都会主动下车，推着车子入校。

我被这阵势给镇住了，旁边许多看热闹的新生也都围过来了，一边窃窃私语，一边对我指指点点，自觉理亏，我也就没再说什么。

我赌气地用一只手把书包向后一抡，却感到它让什么东西挡了一下，然后又狠狠砸到了我的背上。

"发（四声）！疼死了！"我身后传来了一个女生的叫声，回过头，一个扎着马尾的女生使劲揉着自己的胳膊。

我明白了，原来刚才书包打到了她胳膊上，被她猛地一推才弹回来的。

我怒从心头起，嘟囔着："今天真是倒了八辈子血霉了，谁都跟我过不去，你挡什么挡！"

"你撞了人还有理了？！都不道歉还怨别人，真没素质！"女孩气得涨红了脸。

我火冒三丈地把脖子往前一梗："你还让我道歉，我疼成这样还没找你算账呢！"

我边说边扶起了歪倒在地上的车子，仔细地盯着她。

她穿着一条海蓝色的连衣裙，还有双白色的匡威帆布鞋，面容姣好，体态轻盈，尖下巴高傲地扬起，透过树荫洒下来的阳光恰到好处地把她整个身体都照上了一层光晕，照得她活色生香，她两鬓旁飘起的碎发看得我意乱神迷。

"冯静！"我在心底喊了一声，冯静是和我青梅竹马的女孩，我从小学开始一直喜欢她到现在。

恍惚间，我伸出了右手想要触碰她的脸颊一下。

"她才不是，冯静的脾气才不会这么差！"我的心底由远及近地又发出了一个模糊的声音。

我及时地把手收回，还叹了一口气，她的美中不足让我惋惜不已，我推着车子若无其事地扬长而去。

"你……"那个肺都快气炸爆的女孩，张口结舌地在原地一个劲儿跺脚。

整个南荫区只有西城一所公办高中，我随意地游逛着。

校园内的主干道两边栽种了绿树成荫的柏树，顶端的枝叶交错在一起，正好罩住了整条路。

西侧是操场，独立的体育馆与食堂楼从外面看起来也相当气派，对面就是六层的教学楼。

这就是高中的样子吗？果然和初中不一样。

根据指示牌，我找到了高一车棚，锁好车子后，我回到了主干道旁边的公告栏，上面张贴着新生的分班情况，早就围满了人。

挤过人群，我看见上面一共贴了十六张红纸，共十六个班。

前几天来交学费的时候老师让我填了一张选择文理科的表格，我毫不犹豫选了文，因为我的数学和物理太差。

我开始从名单上寻找自己的姓名，一直到14班的红纸，我才停了下来，没错儿，是“杨小和”。

我又浏览了一遍14班的花名册，顺便嘲笑了几个名字起得比较特别的新生。

“田鲜美……”我边嘟囔着这个名字边胡思乱想，“起得不能再奇怪了，难道他父母是干厨子的？”

再往下看，我笑了，因为“王登”的名字赫然出现在我的眼前。

他妈和我妈是同事，我与他原来在同一所初中，但不在一个班。

人开始越围越多，我准备转身离开，却差点撞上一个女孩，定睛一看，竟然是刚刚和自己吵架的那个“马尾”。

她杏眼圆瞪，狠狠白了我一眼。

我耸了耸肩膀，慢慢地向教学楼走去，去找高一14班的教室。我暗自祈祷这次的班主任千万别像曹花、贝老头他们那样，好不容易摆脱了小学和初中，我可不想再跳进另一个火坑了。

教室里已经来了一些人，排着队，一个个走向讲台上一位三十岁上下的女老师身边，交上入学资料。

轮到我时，她还挺和蔼地冲我笑了笑。

我感觉到整个教室都有些别扭，哎？！课桌和椅子都哪儿去了？！

五秒钟后，当我看到别人人手一个马扎时，才明白怎么回事儿，交学费的时候，老师明明提醒了报到当天要带着马扎嘛！

人越来越多，我看到了王登，和他随便打了声招呼。

接着又来了几个男生进来核对姓名，我热情地招呼人家上这边来，原来练就的这厚颜无耻的自来熟本事在这里总算有了用武之地。

大约聊了二十来分钟，我就和全班的十四个男生打得火热。

我刚刚浮躁的心现在才有了平稳下来的迹象，除了碰到了在校园中和我争吵的那个马尾之外，初入西城的一切都还算美好。

包括韵文中学里发生的一切，我从中撇出了关于冯静和王俊的一切回忆，把剩下的那些攒成了一个球，凌空扔起，狠狠地踢了出去。

Chapter · 02 冤家对头

新班主任开始讲话时，大家都坐在马扎上，我只能站在班级的最后面，像极了原来初中时被罚站的场景。

“大家好，欢迎来到西城中学，我是你们高中的新班主任，我姓郭。咱们班是文科班，大家在高二时还有一次重新选择文理的机会……”

随后，她又顺带着给说了一下学校的基本情况以及新生军训的事宜。

“大致情况我基本都给大家交代清楚了，还有什么不明白的随时找我来问。下面我想请两个同学去为负责大家军训的教官们打扫一下校舍，为他们腾出一间宿舍来，有没有自愿去的？”

话音刚落，一个女生就举起了手，愉快地说：“感谢你，这位同学，先做一个自我介绍吧！”

那个女生一点也不害羞，大大方方地站了起来，用清脆的嗓音说：

“很高兴见到大家，我叫袁小丽，初中毕业于育德中学，以后请大家多多关照！”

我最讨厌这种爱出风头的女生了，刚一入学就这么招摇，她背对着我站着，看她的穿着和背影，怎么那样熟悉？一时，我又想不起来在什么地方见过她。

“已经有女生报名了，那男生有没有愿意去的？”

没人回应，气氛有些尴尬。

“郭老师，我去！”我抽风似的喊了一句，因为我实在对那群刚才还口若悬河、现在却闷不作声的男生恨铁不成钢。

“大家好，我叫杨小和，没什么特长和爱好，能让西城中学录取用我们家里人的话说，就是老天爷得了那么长时间白内障之后，好歹开眼了，还一眼就眷顾上我了。”

我开始胡诌八扯。

“其实，我倒觉得不是老天爷眼睛出了问题，而是他睡着了，成了个睡美人，我就吃点亏当了次王子，披荆斩棘地一路折腾，最后献上了一枚香吻，把他给吻醒了，老天爷这是找我报恩来了。”

几个坐在前排的女生被我逗得笑出了声。

“好的，杨小和同学，什么时候我要是不受老天爷眷顾了，还得让你受累再去吻他一下。”郭老师还挺爱开玩笑的，“那么你就跟袁小丽一起去吧！来，你们认识一下。”

我漫不经心地抬起眼皮，袁小丽也慢慢转过身向我看来，四目相对的那一刻，我们却再也淡定不了了，她不就是那个狂躁的“马尾”吗?!

“是你！”我们特别有默契地同时喊了一句。

“哼!”随后又各自把头扭向一边。

“真是冤家路窄!”我在心里痛苦地感慨了一声。

为教官准备的宿舍在一座单独建设的二层小楼里，我和袁小丽一前一后走了进去。

我阴着脸不说话，她也不搭理我，安静了足有五分钟，除了笤帚扫地和簸箕铲垃圾的声音什么都听不到。

“把拖把递给我。”

她颐指气使的语气，让我特别反感。

我装作没听到，拿着拖把棍儿在手里转来转去，把自己当成了孙悟空，沉浸在了“你挑着担，我牵着马”的音乐声中。

“拖把给我，你聋了啊?”她的连衣裙裙摆被微风吹得飘离了地面。

“好啊，我给你，过来拿吧。”

她伸出手刚要接，我就故意把拖把一扔，拖把棍儿不偏不倚地正敲在她的脚趾头上，痛得她倒吸一口凉气。

“你干什么啊?”

“给你拖把啊，一个女生，笨手笨脚的，这都接不住。”

“你……”她气鼓鼓地看着我，生起气来的她看着更有味道，如果不是之前交恶，我真想学着纨绔子弟那样好好戏弄她一番。

她抓起拖把，就要往我身上捅。

“两位同学，你们这边打扫好了吗？”袁小丽刚要发作，外面进来了一位戴眼镜的男老师，穿着也很随意，站在门口问。

“马上就好，老师。”她赶紧说道，随后就弯下腰努力地开始拖地。

“这位同学，你去帮一下她，人家还是女生呢。”眼镜男说道。

“你谁啊？怎么这么喜欢多管闲事儿？”

我对好事儿的眼镜男没多少好感，而且最讨厌的就是受人指使干活儿。

“啊，呵呵，我姓方，你可以叫我方老师。同学，你呢？叫什么名字，哪个班的？”

“高一 14 班的，杨小和。”

“嗯嗯，好，我知道了。你是怎么考进西城来的？是交了择校费，还是凭总分进来的？”

“当然是凭总分进来的，而且我是中考发挥失常，才考进这里来的，要不我早就上实验或者附中了。”我吹着牛，脸一点儿也没红。

“挺厉害的啊！”

“这有什么？我以后肯定是全班，啊，不对，全校第一名！”

“咣当”一声，袁小丽手中的拖把掉到了地上，她慌张地看了我一眼，一种复杂的神情涌上了她的眉头。

“看见了吗，方老师？这是我今天刚认识的新同学，叫袁小丽，笨手笨脚的。”我在一旁取笑着她，她给了我一个白眼儿。

“赶紧给我吧，你看你拖个地这么磨蹭，到了天黑咱也完不成任务。”我接过了拖把，把剩下还干着的地面全部拖好。

回到班里，袁小丽坐回到自己的马扎上，而我继续站在了班级后面的黑板旁边。

“郭老师，请出来一下。”有人在门外喊道。

郭老师看了一眼，立刻快步走了出去，班级里一下子热闹了起来，就像守在蛋糕旁边的人走开后，一群苍蝇“嗡”的一声冲了上去一样。

没两分钟，她就回来了。

“告诉大家一个好消息，刚才咱们学校的方校长过来了，点名表扬了杨小和与袁小丽，说他们刚才在打扫教官房间的时候认真负责。”

我纳闷着，怎么回事儿？这事儿怎么还传到校长耳朵里去了？难道眼镜男深藏不露，是校长面前的红人，是他告诉校长的？

“尤其是杨小和同学，方校长说这是一个很有志气的男生，和他聊天时，还知道了他有要考取全校第一名的志向！”

我的天啊，原来眼镜男竟然就是方校长！幸亏我刚才没过于犯浑，否则后果真不堪设想。

几个坐在我前面的女生叽叽喳喳：“我觉得袁小丽才更有可能考全校第一，听说她第一志愿报的省实验，因为发挥失常，才来了西城，超出了录取线 100 多分呢！”

哼，女生果然头发长，见识短，初中的成绩能代表什么？早晚袁小丽这支绩优股崩了盘，有你们哭的时候！

我又看了一眼袁小丽，她低着头坐在那里，裸露在衣服外面的任何部位都洁白无瑕，简直就像一块汉白玉上面套了件衣服，阳光下熠熠生辉，不知道为什么，她一出现，就能让我联想到冯静。

骑车回家的路上，沐浴在舒适的微风中，我突然觉得一切都变得很不真实。

自己考上了西城中学不真实，遇上了和蔼可亲的班主任不真实，自己受到校长的表扬不真实，就连从学校到家的这十五分钟的骑车时间都那么不真实。

我在想，人的一生或多或少都得遇上些没法用常理解释的事儿，只有和“命”扯上关系才能被解释得合乎情理。

这才是进入西城第一天，我就遇到了这么一堆没法解释的事情。

尤其是碰上袁小丽这个冤家对头，或许又是上天为我精心安排的一段宿命。

Chapter · 03 军训中的笑话与歌声

对我来说，军训是颇为沉重的一个话题，像我这种刺儿头，部队严明的纪律就像套在孙猴子头上的紧箍咒一样，教官跟唐僧似的一遍遍地念叨着，头疼，心烦！

初中的军训就给我留下了很不美好的回忆。

第一天我就因为不服从命令被教官罚站了三天，第四天禁令解除，没过一个小时我又在同一个地方跌倒，于是直接被剥夺了军训资格。

我的死对头袁小丽一定也不是很喜欢军训，在三十多度的太阳下一待就是一天，把她细嫩的皮肤烤得“外焦里嫩”，跟新奥尔良烤鸡似的油光锃亮，她肯定心疼得要命。

校园操场北侧有一间仓库，我们去那里领了一身长衣长袖的迷彩服和一双不透气的绿色橡胶鞋。

大家愁眉苦脸，一个个好像要奔赴刑场一样。那身衣服好像是狱卒送来的“断头饭”，卖相难看不说，还“难以下咽”。

偏偏今天早上军训就要正式开始了，我只能在家就把衣服穿好，蹬着山地车疾驰在路上，上坡的时候我扭动着身子好发力，在别人眼里一定像一条触了电的蟒蛇。

骑到校门口，我看见了许多和我同样装扮的高一新生正拥入校园，那景象颇为壮观，星星点点的迷彩绿连成一片，上演了一出“群蟒乱舞”的好戏。

早晨 8 点的太阳已经相当毒辣了，照得树上的叶子和我的脸愈发绿了。

我们在教学楼下的篮球场集合，郭老师挑了一个叫乔龙的学生负责整队，才高一，就有一米八五的身高，是个练跨栏的体育生。

冉冉升起的烈日下，我们等了足有半个小时，也没见教官的影子，其他同学都伸长了脖子往教官宿舍的方向看。

我站在男生队伍偏后的位置，一脸的不耐烦。

我心里对这次军训的抵触情绪越发强烈了，教官的迟到给我心里安下了一颗定时炸弹，估计再有两天就得炸了，到时候来个玉石俱焚，谁都别想下来台。

我用右手使劲扇动着脸旁的空气，根本不起一点儿风，但我还是装模作样地扇着，来平复一下我浮躁的心情。

我瞥了一眼身边的袁小丽，她倒是特别平静，烈日把她的脸颊晒得通红，清晰。

十分钟后，教官姗姗来迟，分到我们班的是一位男教官，姓张，入伍六年。

他身着长衣长裤的军装，头顶“大盖儿帽”，穿一双黑色皮鞋，身材颀长，肌肉线条明显，声音洪亮，孔武有力，很有男人气概。

他的出现，几乎一下子扭转了我对“当兵”形象的偏见，我立刻斗志满满，非要争取好好表现一番。

太阳的炙烤下，篮球场上的塑胶场地发出了些许刺鼻的气味，我们站着军姿。

“杨小和，你不能动，想想伟大的邱少云同志，趴在熊熊燃烧的烈火之下那么久，都没挪窝，不准动！”我的心里吹起了自虐的号角。

“好，休息五分钟。”张教官的口令仿佛大赦天下，我们都长舒一口气。

短暂的休息时间，我们男生聚在了一起，轮番讲一些青少年都“喜闻乐见”的笑话，而且还是“比着讲”。谁能讲出最多的笑话，收到最好的“笑果”，谁就是出类拔萃的人物。

我们搜肠刮肚，努力回忆着之前在书上看到的黄段子，谁想起来谁就讲一个。

讲笑话的人手舞足蹈，绘声绘色地描述着故事情节，其他人都围在他的身边，他们全都身体微向前倾，竖起耳朵认真地听着，生怕漏掉任何一个细节。

“包袱”抖出来的那一刻，我们都反应挺快，“哈哈哈”一阵，带有深意的大笑。

很快，我就通过这几个男生讲的笑话记住了他们的名字。

徐春殷，是那个讲了修女故事的黑大个，笑起来两条眉毛都快弯成两个“C”了。

梳着偏分的张明睿要是再披上件军大衣，估计会被别人当成村干部，他讲的一个傻子请裁缝帮忙的故事让我们笑得脸都快抽筋了。

郝云龙，讲了两只蚂蚁的奇遇，笑话情节和他坏坏的猥琐样倒是挺配。

胖的有些离谱的叶赫那拉帝洋也不是什么善男信女，他讲的段子最没底线，成功地诠释了“蔫坏”这个词的意义。外表大白馒头似的一脸人畜无害，内心“肮脏不堪”的污水横流，我们都叫他赫胖子。

后来，高海洋、王日哲、王登他们也加入了进来，我们组成了一个名副其实的“流氓团伙”。

袁小丽坐在马扎上举着水壶大口喝着水，刚喝到一半她就被我们突然爆发出的笑声吓了一跳，给呛了一口，她不满地抬起头，狠狠白了我一眼，说了句：“无聊！”随后她便转过头去和其他女生聊周杰伦刚出的新专辑《叶惠美》了。

我们也不是无聊到每到了休息的时间就聚在一起讲黄色笑话，张教官会叫同学站到队伍最前排唱歌。

第一个被点名的是王登，他刚唱了两句就被我们给轰了下去，唱得怎么样先放一边，他挑的歌儿实在是不应景。

“送战友，踏征程，默默无语两眼泪，耳边响起驼铃声……”高中还没正式开始呢，他就唱了这么丧气的歌，不知道怎么想的，张教官也被逗乐了。

那时候，我觉得三年一千个日夜长着呢，王登唱那个简直就是“杞人忧天”。可是后来，我才明白，但凡牵扯上“青春”和“回忆”字眼的东西，没有什么是漫长的，都是一眨眼的工夫，就结束了。

袁小丽自告奋勇地举起了手，我斜着眼跟坐在旁边的张明睿说：“切，你看这个袁小丽，就是爱出风头！”他点了点头表示赞同。

I come home in the morning light
My mother says " when you gonna live your life right "
Oh , mommy dear , we're not the fortunate ones
And girls , they wanna have fun
Oh , girls , they wanna have fun

袁小丽一清唱起来，全场皆惊，简直是惊艳。

她用甜美动听，爆炸性十足的嗓音把这首《Girls just want to have fun》演绎得十分到位，唱出了那个年代少女的迷茫心和乐观情，欢快，俏皮。

大家听得如痴如醉，那一刻，时间静止了，知了发出的聒噪声逐渐远去。我们好像掉进了一个没有任何声音的空间，耳边萦绕的全是她的歌声。

我回过神来，冲着旁边那些眼睛都看直了的男生低声喊着："嘿，有什么好听的？你们都傻了吗？"

他们没理我，依旧愣愣地看着前面，张明睿目不转睛地盯着袁小丽："滚一边儿去，别打扰我们，你也好好听听，一辈子能有多少次机会听到这种声音？"

我没再说话，和我的新朋友们一起静静地听着。

Chapter · 04 一针鸡血

军训转眼过去了两天，每个班都要在一周后去参加“集体阅兵”——围着操场溜一圈儿。

而我，竟然出人意料地被选为了标兵，站在队伍的最前面，另一个标兵是袁小丽。

上了高中之后，除了遇到袁小丽这个“瘟神”之外，我在其他方面好像转了运一样。认识了许多新的好朋友，他们和我都挺谈得来，我似乎一下子还成了中心人物。

以前，这些都是我不敢想象的美好片段，它们像蛛网似的裂纹支离破碎地散落在地上，我无力捡起，拼接。

那时的我作为一个差生，受尽了老师的奚落，同学们也刻意与我保持着安全距离，好像沾上我，他们就得暴毙而亡一样。

现在，我串联好了一切，带着新鲜感与优越感，回到了正轨。

但我始终视袁小丽为“眼中钉”，凭什么她和自己平起平坐一起当标兵？

更难以让我忍受的是队伍走到主席台敬礼时，每个人都向右转半圈，袁小丽站在我的右边，这样一来离主席台最近的就成了她，而我则被她挡在外侧，和个跟班一样。

我得想个办法把她激怒，让她自乱方寸，知难而退，她当不了标兵，我不就可以站在右边了？

于是，在训练的时候我开始故意找碴儿。

练习齐步走时，张教官喊“立定”，但只要我逮着站在袁小丽身后的机会，就故意装听不见，紧接着向前多走两步，一下撞上她的后背，顺带着还故意用双手推她一把，装作不经意间狠命踩一下她的脚后跟，把她穿的鞋子踩掉。

刚开始，我并不明目张胆地做，撞了她之后我还赔着笑脸，嘴里一个劲儿地说：“对不起，我没掌握好。”

她也不说什么，她的忍让令我更加肆无忌惮。

终于，她识破了我的诡计，开始“以其人之道，还治其人之身”。

换作我走在前面时，她也“不小心”在身后使绊子，正步走腿抬得倍儿有力，一下子就用她的长腿踢到我的屁股上。

我们这对“活宝”相互报复了好几个回合之后终于被张教官的法眼看穿，双双被罚到操场正中央站军姿。

这下更把我们心底的“怨念”彻底激发，站在人造的草皮上，我们对彼此施加着各种小动作，我推她一把，她就踩我的脚一下。

很久之后，当我再回忆起来这件事情时，才发现那时的我们真是幼稚。

正当我们被“仇恨”冲昏了头脑难以自拔时，突然听到了身后有“咯咯”的笑声，回头一看才发现张教官和自己的同班同学站在后面看我们的“表演”，好像已经有一会儿了。

张教官走到我们面前，我能感到他厚重的鼻息喷在我脸上，我肌肉紧绷，大气不敢出，生怕他突然对我“黑虎掏心”。

但他没那样做，而是皮笑肉不笑地说：“打啊，怎么不打了？刚才不是挺热闹的吗？怎么这会儿都蔫儿了？”

我与袁小丽都感到双颊发烫。

他向操场北边的体育器材室打了一个手势，赫胖子手里拿了两块长木板向这边走来。

张教官接过木板，我这才看清楚，是两个类似雪橇的东西，每个上面都有两个橡皮套，前后间隔一定的距离，原来是玩“同舟共济”游戏的木板鞋。

“哐当”一声，木板鞋被扔在了我们面前，他面无表情地说：“你们两个，穿上它。”

我们都没动，他突然很严厉地大喊一声：“穿上它！”

我们吓得赶紧套上，一前一后站好。

“今天我们就一块儿看看他们的笑话！”他拍了几下掌，冲其他人说道，“你们穿着它从这里走到看台再折返回来，一分半之内必须完成，超时的话就重新做，开始！”

全班人真的看了热闹，由于我们一点默契都没有，各走各的，越着急越出乱子，经常我迈左腿时袁小丽的左腿还没跟上，我迈右腿时她又迈了左腿，我们摔倒的画面层出不穷，狼狈不堪。

后来连别的班有些好事儿的都闻讯赶来，围观我们两个笨得像狗熊一样的学生。

第五次摔倒之后，我费力地爬了起来，一把推开她搭在我身上的腿，还碰到了她裸露在外的胳膊，好滑，我的身体像触了电一样。

“袁小丽，你存心的是不是？在后面走那么慢！你给我快点！”我埋怨她。

可是等了半晌也没听见她回嘴。

“这次走的时候我来喊口号，我喊1我们就迈左腿，喊2就迈右腿，不要着急，每一步走实了再来下一步。”过了几秒，她平静地说。

我一翻白眼儿：“凭什么你说怎么样就怎么样？我……”

她没有太多耐心跟我争执，立刻打断我的话：“杨小和，你成熟一点好不好？你看现在是什么情况？我们俩被别人当动物园里的猴子一样观看，我反正受够了。听着，你如果不想继续丢人现眼，就照我说的去做！”她的口气突然变得不容商量。

“行了行了，快开始吧！”刺热的阳光照得我有些不耐烦。

在她的口号下，我们顺利地在一分半内走了个来回，惩罚也随之解除了。

我们累得腿肚子抽筋，坐在地上大口喘着粗气，张教官走了过来，面无表情地问：“怎么样？你们俩以后还捣乱吗？”

“不了，再也不了。”我们拼命地摆着手。

之后的训练，我们全程处在张教官的严密“监视”之下，他的一双“鹰眼”明察秋毫，让我们俩所有想要继续报复的心思都无所遁形。

我们也没再敢顶风作案，老老实实地当着标兵，练完了最后几天。

8 月 30 号的军训分列式上，我们班表现得不错，得了个第二名。

军训一结束，全班欢送了张教官。

郭老师准备了一张白色的长布条，让我们在上面写上送给张教官的话。三米长的白布上写满了寄语，离别之际，一些女生难过地流下了眼泪。

这一个星期里，我真真切切地感受到了被人重视的滋味，像打了鸡血似的充满自信。

我竟然开始想，军训的困难我都克服了，要是我现在开始好好学习，是不是还不晚？我是不是也能成为一个“好学生”？

我越来越相信，跌跌撞撞地考入西城，是命运的安排，它给了我一个重新来过的机会。

我才发觉我是那么爱这所学校，是爱，不是简单的喜欢。我爱我的那些新朋友，一想到还要和他们相处三年，我就激动不已。

我爱这所学校的包容，因为这里没有太多人了解我的过去。

回家之前，郭老师把我们重新集合到了班里，在军训期间，我们的新桌椅也已经摆好了，她要按身高给我们排座次。

徐春般站在我旁边，他用手捅了捅我，“嘿，杨小和，咱俩做同桌吧。”

“好啊，可是……”徐春般身高差不多一米八，我只有一米七五多一点，差距还是比较明显的。

他看出了我的顾虑，小声说：“没关系，你站直了，能绷多直就绷多直。”

我照他说的做，他把腿一弯，两脚岔开，就这样，我俩如愿以偿地成了同桌。

之后，我们就各回各家了。

“回来了？去洗手，拿筷子拿碗，吃饭。”我妈往菜里放完了最后一勺盐，边翻炒了几下边说。

“嗯。”我累得没了力气。

“军训这几天，晒黑了呢。”

“别人都晒黑了。”

“怎么样，没闯祸吧？”

“没有。”

从前，我没少让家里操心，我妈说，有一段时间，只要家里的电话铃一响，她就害怕，害怕接起又是学校打来的说我闯了什么祸，把别人打了，损坏公物了或者辱骂老师了，这些可能性就一直烦扰着她。

这次，我没告诉她我当了标兵的事情，也没说我对今后在西城生活的憧憬。

我只告诉她，我没惹祸，她就已经很心满意足了。

其实，我挺想跟她说我觉得西城中学是一所特别不错的学校，告诉她我认识了许多新朋友，他们都不讨厌我。

但我还是没说，可能，她也压根儿没对我抱很大的希望，只是觉得她同事的孩子都考上了高中，我也没落下，没在这样大好的青春年华就游手好闲地在街上晃悠，没去工地搬砖，没去学美容美发，没干伤天害理的事情，而是能继续接受文明的教化和礼仪的洗礼，这就够让她感到很骄傲和满足了。

9 月 1 日，我在西城中学的高一生涯就要正式开启。

我有了一次“打了鸡血”的军训，我还想要一次“打了鸡血”的高中生涯。

Chapter·05 曙光初现

进入高中的第一次升旗，我站在西城校园里的人造球场上，低着头用鞋子踢着缝隙中的黑色胶粒儿，听着台上方校长的讲话。

“新入学的同学们，欢迎你们来到西城中学。”一个长长的停顿，话筒里面传来了“嗡嗡”的尾音，甩向了操场的每个角落。

“大家可能知道，西城中学在J市算不上什么好学校，大家来到这里的原因也不尽相同。”

他低头看了一眼演讲稿，好像一下子没找到在什么地方，时间稍长了一些。

“但无论你什么原因进入了西城，从现在开始努力，还不晚。高考或许是人生中最能决定你们命运的一次考试，看看你们的学长学姐们，他们正在为此努力拼搏……”

我对他的话不以为然，其实我觉得决定我命运的，是中考。

我想起了王俊和冯静，他们此时应该也站在各自学校的操场上，聆听着校长的讲话吧？！

“高中的前三个月时间，你们要尽快适应这里的一切，努力奋斗的同时，还要懂得享受生活的乐趣。最后，祝愿大家都能在西城中学度过一段美好难忘的校园时光。”

台下爆发出一阵热烈的掌声，我看了一眼站在台上表扬过我的方校长，用力拍起了手。

解散之后，我们走进了教学楼，楼道里到处是鞋底踏在台阶上的声音，还有不断追逐着的调皮学生，挤来蹭去地在人群里穿梭。

我和张明睿聊着天，嬉笑着跟着人群向六楼走去。

“今天第一节课上什么啊？”我问。

“数学吧。”

“啊？数学？我靠，又该睡觉了。”我沮丧地说。

初中开始，我的数学就没及格过，即使全班都及格了，我都做不到，后来我干脆直接放弃了数学。

“牛啊！你高中第一堂课就敢睡觉啊？”张明睿惊呼道，连看我的眼神都肃然起敬。

“不睡干什么啊？我又听不懂。”

“你中考数学考了多少啊？”

“39……”

“牛！考这么低的分你还能进来西城呢？”

“你呢？”

“105 分。”

“牛！你让我考三次，加起来都不一定能得 105 分。”我赞叹道。

“那你什么考得比较好啊？”

“英语。”

“考了多少？”

“110 分。”

“真牛啊！这得是咱们班最高分了吧？”

我们俩单调地用“牛逼”恭维了对方半天。

“就 110 分，还全班第一？”这时候，一个经过我们身边的女生听到了我们的谈话后，讥讽道，她长得有些像“疯狂的青蛙”。

“魏淑宝，怎么着，你还不服气？我可记得你中考英语也就考了个 70 多分吧？”张明睿厌恶地看了一眼她。

“我是不行，但你们别忘了还有她，人家中考英语考了 119 分。”魏淑宝一努嘴，她指的是袁小丽，她正低着头缓慢地往楼上走着。

“别理她，就是个……我原来初中同学，人丑还多作怪，原来在班里她就特别招人烦。”张明睿等魏淑宝走开之后说道。

我没理会他的话，震惊之余我感觉心房某处塌了一块，这门最让我骄傲的科目竟被人甩出去这么多，119 分，差 1 分满分啊？

袁小丽也够牛的，嗯，她的英语比我的牛多了。

军训结束后，我暗暗下了决心，无论行不行，都要试一试努力学习，看看我究竟能不能变成个“好学生”。

但第一堂数学课，听着“集合”的概念，我的上眼皮和下眼皮还是不由自主地“集合”在了一起，沉沉睡着了。

教数学的是一个戴着眼镜的中年男老师，四四方方的一张脸，说话有些含混，姓付。

下课后，我浑浑噩噩地跟着大家站了起来，“老师再见——”我拖着长腔喊了一声，目送着付老师走出教室。

睡了一节课之后，我来了精神，又开始跟叶赫那拉帝洋他们聊NBA去了。姚明又得了多少分？抢了多少篮板？在谁头顶扣了一个？被哪个“矮子”结结实实帽了一个？

“好，第二堂课，我要开始好好上了。”我期待着新老师走进来，我好抓紧表现表现。

但当付老师又一次走进教室时，我还以为他走错了，一脸疑惑地看着他。

“同学们，我们接着上堂课讲到的交集往下讲。”原来，我高中的前两堂课赶上了数学连堂。

不是我意志不强，实在是“敌人”的催眠过于厉害，我又睡着了。

连睡两节课之后，我赶紧问同桌徐春股：“下节课是什么课啊？”

他拿起铅笔盒看了一眼贴在里面的课程表：“体育！”

“万岁！”我一下子来了精神，原来初中练成的篮球技艺，现在终于有了用武之地。

但是我忘记了一个不成文的规矩，每学期第一堂体育课是内堂，百无聊赖之中，我又睡了。

转眼，到了上午最后一节课，是班主任郭老师的语文课，我告诫自己绝对不能再睡了，绝对不能。

那节课，我果然没睡，而且我还觉得我要成为好学生这件事，越来越靠谱了。

“不积跬步，无以至千里，不积小流，无以成江海……

蚓无爪牙之利，筋骨之强，上食埃土，下饮黄泉，用心一也。

蟹六跪而二螯，非蛇鳝之穴无可寄托者，用心躁也。”

我们的第一节语文课学的是荀子的《劝学》。

徐春般一脸坏笑地对我说：“看，这个人名字真奇怪，叫‘狗子’，真不知道他是怎么想的。”

他有一张人畜无害的皮囊，然而内心……

我屏住呼吸，憋着不笑出声，肚子上的肌肉像被冻住了似的。

郭老师讲课很细，那些文言文中的定语后置，形容词动词什么的，要是在初中时，这可是让我感到最头疼的内容，可是听她讲过之后，我却发现原来那样简单易懂。

四十分钟的时间，我完全弄懂了原来三年都没学会的东西，还能举一反三。

“这跟英语语法不是很相似吗？”我嘀咕着。

“杨小和，你稍等一会。”临走时，郭老师叫住了我。

“什么事，郭老师？”

“上我的课不无聊吧？”

“一点不无聊，可有意思了。”我憨笑着。

“哦，我看你一上午睡了三节课，还以为你不喜欢学习呢？”

“喜欢，郭老师，我可喜欢学习了。”我大声嚷嚷着，都没感觉到一点害臊，刚刚上课学会了那么重要的知识让我喜不自禁。

“嗯，好好表现，马上选班委了，我还想让你当班长呢。”

这句话把我彻底钉在了原地，这是怎么了？

跟了我十来年的霉运怎么突然就不再纠缠我了呢？我学习上开窍了，不招同学烦了，班主任还想让我当班长？

步入正轨的曙光正一点点地向四处照射，慢慢驱散着笼罩在我周围的黑暗。

我喜滋滋地下了楼，那种兴奋雀跃的感觉，一下下冲击着我的胸口，好像要把我撕裂后从我的身体内挣脱出来一样。

午休一个半小时，我留在学校吃午饭，我招呼着徐春殷和张明睿他们一起到西城中学对面的箱包批发市场，由于校园经济的带动，这里出现了许多卖饭的摊子、网吧和台球厅。

我们各自买了两个烧饼里脊，路过一家小商店时，我让他们在门口稍等我一会儿。

走进去之后，我拿起公用电话拨通了冯静的手机号码，那时候手机还不普及，高中生要是能揣着个小灵通，就够人眼馋的了。

我要是跟她说我可能要成为班长的消息，她一定很意外吧？也一定会为我高兴吧？

但是，半天都过去了，冯静也没接，我有些失落地挂掉了电话。

Chapter · 06　毛遂自荐

班委竞选的消息已经在班里传得沸沸扬扬，各路势力摩拳擦掌，准备大展身手。

我心里清楚，能对我竞选班长位置真正产生威胁的只有袁小丽一个人，她的中考成绩是班级中最出色的，我还听说她在初中时就是班长，是个不折不扣的“别人家的孩子”。

一山难容二虎，我和袁小丽这只“母老虎”非要分出个高下。

我暗暗告诫自己，绝对不能输，万一让她当上班长，一定会公报私仇，拼命挤对我。

分析了自己的优势后，我对自己还是蛮有信心的。

开学这一周的“权力空窗期”，在群龙无首也没有班委的情况下，郭老师指派我来负责收起并分发各科的作业本，这是一个明显的积极信号，她还亲口告诉我希望我能当上班长。

除了刚认识的那群“狐朋狗友”，我对其他人还不怎么熟悉，每次我发本子的时候要看着上面的名字挨个儿对照。

袁小丽的本子我横看竖看都不顺眼，“丽”本来挺好的一个字，但她非得把最后一笔的“横折钩”向左打个弯儿再穿过中间的两点，真能出洋相！

我随意把本子往她桌子上一扔，就像躲瘟神似的迅速逃离。

周五下午，郭老师亲自主持了班委的竞选仪式。

我很快写好了几个候选人的名字，唯独空出了班长没填，我当然想要写自己的名字，但是万一我得了全票，别人不就知道我不自谦地自己选自己了吗？

这种没皮没脸的事儿，我绝对不能做！

唱票开始了，黑板上被一批候选人的名字和“正”字所占据。我名字每被念到一次，心里就激动地颤抖一下，但我表面还是装作漫不经心的样子，就像没听见一样，若有所思地看着窗外。

我看着自己名字下的四个“正”字，二十票，又扫了一眼其他的候选人，发现最多的也只有十六票。

我刚想满心欢喜地暗自庆祝自己在得票上独占鳌头时，才发现了袁小丽的名字下面有“1、2、3、4”，我心里默数着，同样是四个正。

但这还没完，后面还有一横，我的心咯噔一下子，刚从心里涌上来的暖流眼看就要沸腾的时候，一下子被一瓢凉水浇得没了温度。

这瓢凉水就是她比我多出来的那一票，那一横仿佛像水墨一样开始向四周渐渐融散，扭曲变形，嘲笑着我被自己的死对头击败。

按照规则，得票最多的袁小丽被选为班长，她接受着女生们的祝贺。

我当上了副班长，可一点也高兴不起来，表面上这是班级的“二把手”，但这个“副”字让我十分不爽，明摆着就是直接对班长负责，还不如当个委员呢。

放学铃响起后，其他人收拾好东西就鱼贯出了教室，我故意磨磨蹭蹭地往书包里装着书，看到王日哲在教室里打扫卫生便凑上去说：“哲子，你走吧，我帮你打扫卫生。”

他听到我的话后，赶紧把笤帚往我手里一塞：“怪不好意思的。”

班里只剩下我一个人，从窗户往外看去，校门口的人流渐渐消散，我叹了口气，骂骂咧咧地扫着地：

“究竟谁这么不长眼，把那最关键的一票投给了袁小丽！”

我已经快被气糊涂了，完全忘记了投票给袁小丽的人可能也投了我一票。

我用力挥动着手里的笤帚，用“扫”地来描述我的动作显然已经不合适了，应该叫“抽”地，这样才能将我心中郁积的愤恨全部发泄出来。

我抽了地之后，地上到处都散落着被我抽掉的扫把上的高粱、糜子，自己做下的孽谁也帮不了忙，只能重新打扫。

终于，在把最后一粒糜子从桌角下扫出来之后，我长舒了一口气。把书包甩到肩上后，正准备回家时。我无意间我又瞥见了黑板上的唱票结果，看着扎眼，我拿起黑板擦拼命地擦掉上面的每一个字，粉笔末吸进了肺里咳得我胸口生疼。

这是什么？

地上有一个鼓鼓囊囊的塑料袋，里面装着一堆撕得参差不齐的纸条。

我随便抽出一张，展开皱皱巴巴的纸团，原来是竞选班委的选票，我不禁好奇起来。

看到纸条上有我名字的，我都挑了出来，准备拿回家留作纪念，还狠狠地夸了一番投我票的人真是“慧眼识珠”。

看到袁小丽名字的时候我极度不屑，泄愤般撕得粉碎。

有一张浅粉色的纸条引起了我的注意，叠得方方正正，上面还有淡淡的果味儿香气，那是中性笔芯儿的气味。

上面写着袁小丽的名字，这个笔迹似曾相识，不过我一时又想不起来到底在哪里见过。

我闭上眼，静下心慢慢回忆。

突然，晴空中传来一个响雷，在我耳边轰然炸裂开来！

我想起来了！

几天前发作业的时候，我看到了一个本子上的“丽”字，最后一笔“横折钩”非得向左打个弯儿再穿过中间两点，当时我心里还愤愤地想：这个丫头真能出洋相！

这张纸上的“丽”字也是这样写的，分毫不差，并且还是写在了班长一职的下面！

还有一点更让我对自己的猜测深信不疑，那就是这张纸上毫无意外地没有“杨小和”三个字！

我像个侦探一样一点点分析着“案情”，抽丝剥茧后终于全明白了，袁小丽上演了一出“毛遂自荐”！

我右手狠狠地攥着那张纸，牙齿咬得咯咯作响，恨恨地想：这个世界到底怎么了？！我从小到大学习再差，再没人愿意搭理我，我在任何评选中都没投过自己一票。她怎么自己选自己当班长？这算什么玩意儿啊？

我把那张纸揉得面目全非后扔进了垃圾桶，锁上教室门后，我心情烦闷地回了家。

我妈已经把饭菜摆上了桌，我却没胃口，说了句“不吃了”，我就回到了自己的房间，躺在了床上，用枕头蒙住了脑袋，鼻头一阵酸楚，心里不免觉得委屈、愤懑。

“刚才你郭老师来电话了。”我妈把我的房门推开后，站在门口说。

“哦。”我在学校表现不错，没什么可亏心的，语气格外平静，“她说什么了？”

“她说，你在学校里表现很积极，是个很不错的学生，后来她又问了问你原来上初中时的情况。最后，她跟我说，她觉得你很有前途。”

“真的吗？”我一跃从床上跳了下来。

在得到她的点头确认后，我欣喜地不知道说什么，心里的烦闷也一扫而光，当不了班长有什么关系？这妨碍不了我向着好学生的目标迈进！

“妈，你出去吧，我要学习了。”我把所有的习题册从书包中找了出来，煞有介事地翻开放到写字台上，准备挑灯夜读。

我妈惊讶地看着我，但她最后也没说什么，只是欣慰地笑了笑，说：“好，学吧，我不打扰你。”随后，她转身把房门带好，轻轻走出了房间。

Chapter·07 我努力追着一个我并不喜欢的女生

班委竞选中，一票之差输给袁小丽的事情只让我难过了两个小时都不到。

比起当班长，我还有更重要的事情要去做，那就是成为一个好学生。

我还拥有了那样一群有意思的同学当朋友，和他们混了几天之后，我又开始庆幸自己能够进入西城中学了。

以前，我听到过许多的“传说”，传说去哪所高中也别去西城中学，传说一旦进了西城，这辈子就没什么指望了。

这些传说让我心里有些失望，但也掺杂着一些开心。

如果西城真的那么差劲，那么我就有理由继续自暴自弃，反正自己瞎打误撞才考上了高中，得到的眷顾也足够多了。

但我逐渐意识到，西城中学有一股神奇的力量在牵引着我，让我不由自主地想要上进。

我就像一只正在蜕皮的蝉，努力地从过去那段不堪回首的往事中慢慢地蜕变出来。

就算那些传说都是真的，我也心甘情愿地陷在西城，反正在他们眼里，我早就无可救药了。

我不再像原来那样吊儿郎当地游戏人生，除了数学课，我每节课都用尽全力去听讲。

我属于偏科特别严重的学生，最擅长的就是英语，稍差一些的是语文、历史和政治，剩余的科目则差得离谱。

按说特别调皮的男孩子，理科都不会差，但这绝对是个十足的伪命题。就像“爱笑的女生，运气都不会差”一样，一个每天微笑一千遍的女孩可能出门就会踩上狗屎。

我是那种能凭一己之力就把整个班级搅得鸡犬不宁的学生，老师们对我恨之入骨，但我就是对理科知识一窍不通。

已知一个东西的体积还有密度，怎么求它的质量？只要学过物理的人都知道用密度乘以体积。

但如果你问我这个问题，我会眨巴半天眼睛后，再来一句：“用秤！”

只有学习文科时，我才会变得稍微认真一些，也能沉下心来去背那些陈芝麻烂谷子的历史事件。

尤其是英语课上，我表现得很活跃，新来的英语老师很喜欢我，她也姓杨，是我的本家，刚毕业于S师大外语系，和我们一起进入了西城。

在我的正前方，袁小丽也很积极。

当上了班长之后，那种和她柔弱外表极不相称的霸气开始隐隐显现，那种极度的自信像一些微小的原子飘浮在空气的各个角落，围绕在我的身边，让我极度恐慌不安。

她的英语实在太好了，差一点中考就得到满分了。

在她面前我真是不堪一击，第一次英语随堂测验，她毫无意外地取得了第一名，我虽然得了第二，但是被她甩开了 15 分。

我能指望上的，就是语文、历史、政治，还有地理这些依靠“背”就能学好的科目。

我每天清晨5点起床，逼迫自己拿出这些课的相关教材，反复背诵，默写。

逐渐地，我开窍了，就像是武侠小说里写的天资平凡的无名小卒，突然在机缘巧合之下打通了任督二脉，从此平步武林，威震江湖。

另外，我发现了袁小丽最大的“死穴”，她的地理成绩并不出色，我听到过她跟女生聊天时说过，她是个“路痴”，在J市生活了十六年，她仍分不清“东西南北”。

我努力地想要跟上她的步伐，哪怕只能暂时捕捉到她的影子。

虽然因为数学差得太多，我追逐得很辛苦，但这份犹如天堑一般的差距不断被蚕食。

恍惚间，袁小丽让我想起了冯静。

在初中时，我喜欢她，想配得上她，所以我费尽心血地想要缩小我和她之间的差距。现在，我却拼命地想要追上一个我并不喜欢，甚至还有些讨厌的女生。

Chapter·08 找到组织

高中的小测验比初中更加频繁，开学刚一个月，西城中学就为我们安排了一次月考。

郭老师宣布排名时，我正百无聊赖地搅缠着自己的十根手指，我感觉自己应该会比之前有些长进。

或许在前二十名内我的名字就会被读到，我给自己预留了充分的心理准备空间，所以当郭老师第三个就念到“杨小和”时，我有些措手不及。

一瞬间，我恍惚了。

成为学生的这十年来，我只在三件事上有信心排进全班前三：第一，闯祸的次数；第二，被老师责骂的次数；第三，我闯祸后面对老师责骂跟他们顶嘴的次数。

现在，又在这份榜单上增加了一件，也是唯一积极的一件。

全班发出一片“哇”的赞叹，伴着徐徐而来的凉风吹进了我的耳朵里。

袁小丽仍然是第一名，带着一名优生特有的嫉恨感，我不屑地瞥了她的背影一眼。

逐渐地，“穷人乍富”的我开始飘飘然，我写了篇日记，把自己天花乱坠地夸了一番。

交上去的当天，我就被郭老师请进了她的办公室。

她正在批改作业，我局促不安地站在一边等着。

她终于抬起了头，把作业本摞好后，竖起来往桌子上磕了好几下。

“噔噔噔”这声音让我心里发颤，这对我来说是个即将“受难”的信号，初中时，老师做完这一系列动作后，就会大发雷霆。

我的心悬而未决地挂在半空，不敢落下。

“我看过你的日记了。”

“郭老师啊，要杀要剐，来个痛快吧！”我在心里呐喊着，也已做好了“英勇就义”的准备。

“杨小和，你现在太浮躁，学学袁小丽，她一直很沉得住气。”

这三个字已经成了我接收内容中的禁语，让我异常敏感，好像牛虻的针管刺入了黄牛的后腿。

我像一头焦躁不安的野兽，发出了重重的鼻息。

刹那间，我觉得自己不能再安于现状，因为我难以容忍袁小丽排在我前面，班委竞选被她胜过一次，难道学习上还要一直被她压制着吗？

“前两天，我跟你母亲通过一次电话，问了一下你在初中的情况，她只说你学习不好。”

我突然有了倾诉的愿望，没再顾忌什么，把自己不堪的过去对她和盘托出。

她不可思议地看着我，沉吟了半天：“你恨不恨原来的老师？”

“谈不上恨，但是也不喜欢。”

“以后，你不会再有这种经历了，因为，你来到了西城中学。”她说。

来到了西城，没错，这十六年来，在这件事上，老天爷体现出足够的大度，没有再次坑我。

我回到了教室，自习课没有老师的管制，班里早就已经乱成了一锅粥。

纪律委员是一个叫刘玉倩的女生，豆芽菜似的身躯装着她柔弱不堪的灵魂，显然已经控制不住局面了。

我扫了一眼，张明睿坐到了我的位置上，在和徐春殷讲着黄色笑话，两个人笑得要多猥琐就有多猥琐。

王日哲的一条腿跨到了课桌上，他双手握成环状，妖娆地扭动着身姿，给高海洋表演着钢管舞。

叶赫那拉帝洋低着头，玩着文曲星上的弱智游戏，里面不时发出飞机发射子弹的声音。

再来点 DJ 劲爆的音乐，我们班就会成为都市中凌晨的夜店。

“同学们，听我说。”我站到了讲台上，使劲拍着讲桌，粉笔末的白烟升腾而起，又缓缓落下。

全班瞬间静了下来，只剩下了叶赫那拉帝洋的文曲星发射子弹的声音。

五秒钟后，传来了飞机的爆炸声，回过神来的他懊恼地说了句：“我去，又输了！”

所有人的目光一齐向我投来，袁小丽也放下了手中的笔，把耳边的碎发撩了撩，好奇地看着我。

我有些局促不安，很怕有人会站起来指着我的鼻子来一句“你算老几”。

过去的经历让我在“伸张正义”时，总觉得底气不足，我怕有人揭开我曾经的秘密，看到结痂下面丑陋的血脓。

我深吸了一口气，认真地看着他们：“作为副班长，今后我会协助纪律委员维持好班级秩序，嗯，我一定会。”

还好，他们终于安静了下来。

除了王俊之外，我和我的那些初中同学们总是像两团密度不对的液体，怎么也融合不到一块儿去，他们不愿接纳我，我也不想接近他们。

三年来，就这么“井水不犯河水”地凑合着，那时，我觉得我是“个体”，不属于任何组织，也就没有任何集体荣誉感和归属感。

现在，我从心底想和这些同学认认真真地相处一场，这甚至包括坐在我面前，正用一种异样眼光盯着我的袁小丽。

因为，我找到了属于自己，也能接纳自己的组织。

Chapter · 09　期中考试

郭老师在晚自习时宣布学校要举行期中考试的事情时，我正在给徐春殷讲解着一道英语语法题，看着他一头雾水的样子，我用笔敲了一下他的脑袋："狗熊它妈怎么死的，你知道吗？"

他阴笑着说："好了，语法题我听不懂，我来给你讲几道数学题吧？"

一听这个，我赶紧摆手："我错了，春哥，我错了行了吧？"

别说是高中，就是小学数学的应用题，我估计自己都能听得够呛。

我瞧向袁小丽的座位，她正在低着头写着英语试题册，那条"马尾"安静地垂在她的背上。

教室天花板上面悬挂的直管日光灯发出的光有些惨白，打在她的身上，透着光洁与静谧，让她的身体像是裹上了一圈光晕，衬托着周边的任何东西都显得那么暗淡。

“袁小丽，我要打败你！”我咬牙切齿地想。

“杨小和，你属狗的吗？”徐春殷一把从我嘴里“抢救”出他借给我的那支铅笔，带橡皮的那一端已经让我咬出了一圈牙印儿，“看看你那一脸国仇家恨的样子，憋着要弄死谁啊？”

他当然不知道，我要“弄死”的人是班长！

我开始强迫自己在初秋的清寒天气里更早地起床，努力认真地复习着功课。

冰凉的风吹遍我的全身，我的汗毛不时地还被刺痒的静电“攻击”一下。

我的牙齿打着战，腿不停地抖动，多希望能把已经叠好的被子重新展开，盖到我的身上，重新给我温度。

但是，只要袁小丽认真的样子一映入我的脑海，我都会像一条过了电的鱼一样一跃而起，努力温书。

数学课上，我偷偷地复习英语语法，一遍遍叨叨着定语从句和短语句子。

为了一次期中考试，我拿出了比准备中考还要认真十倍的态度。

这世界上，有两种人值得你为了她拼命。

第一种是你爱的人，你拼了命要让她过上更好的生活。

第二种是你恨的人，你拼了命要过上比她更好的生活。

晚自习结束铃声响起的那一刻，大家在长久压抑后突然得以解脱而感到如释重负，不约而同地发出了一声“哎呦”，整理书本的声音、椅子磕碰水泥地面的声音以及书本落进书包的声音杂糅在一起。

“还学呢？”徐春殷打着哈欠，把书包往肩上一搭，看着还在埋头苦读的我。

我想抓紧最后一点时间把历史老师画的重点再看一遍，就没搭理他，低头快速地翻着历史书，脑子里想着西周嫡长子继承制的历史意义。就这样日复一日，我像被打了鸡血似的努力着。

为期两天的期中考试终于开始了。

考场之中，我心无旁骛，从容作答，同时也一气呵成地写完了语文作文，一气呵成地完成英语阅读，一气呵成地答完“三个代表思想”，一气呵成地放弃了数学。

考完之后，一丝自信在我的心中隐隐泛起，之后在我的身体中百转千回地腾空、翻转，直接射入我的天灵盖里。

我能预感到，翻身的时刻到了！

考试后的第五天，成绩公布。

郭老师读出第一名是杨小和时，我再三跟旁边的徐春殷确认：“我没听错吧？是，是杨小和？”

他不耐烦地应着：“是你，是你，我给你刻块匾，你抱着围操场裸奔去吧！”

我欣喜若狂，激动得坐立不安，像条被人按在泥土里的蛇胡乱地扭动着身体。

“你身上长虱子了？”他不满地嘟囔着。

我没还嘴，嘿嘿傻笑着。

初中时，在那个无论何时都冷得像冰窖的教室里，每次公布成绩时，我的名字总是最后几位才会被念到。

轮到我时，班主任会认真地点评两句："你这种智障，国家就不该浪费资源让你享有受教育的权利！"

如果冯静能看到这一幕，她一定会笑靥如花地牵住我的手，旁若无人地大声喊着"恭喜"，我知道她会那样的，我懂她。

只是，我没办法联系上她。

袁小丽滑落到了全班第二，她苦心孤诣建立起来的尊严被我这次的异军突起狠狠碾压着。

我像一位带领军队攻城的将军，指挥着士兵用几人环抱粗的攻城槌狠狠撞击着她这扇一开始在我眼里坚不可破的城门。

每一次考试过后，她便被撞击得松动一分，越发感到力不从心。我的士兵双手的虎口也被撞得裂出血痕，但又毫不畏惧地卷土重来。

终于，在今天，她被我撞得城门大开，轰然倒地。

一整天之中，她都没怎么说话，迷离的眼神里透着慌乱与不甘，像只受了伤的狐狸，独自蜷缩在角落里，一边用舌头舔舐着伤口，一边充满怀疑和敌意地打量着这个世界。

当天，学校没有安排晚自习，校门口，我遇见了一脸沮丧、失魂落魄的她，看到她低着头独自走出校门的一刻，我竟然心生了些许同情。

但是对敌人的仁慈就等同于对自己的残忍，我不会忘记她用什么样的手段当上了班长，更不会忘记她平时总以那副居高临下的神态对我不屑一顾的模样，我幸灾乐祸地暗叫了一声“活该”。

跨上山地车，我向学校对面的箱包市场骑去，我要为自己庆功，庆祝自己终于与那段不堪回首的岁月一刀两断。

Chapter·10 那些猫儿

穷人就是穷人！

考试得了第一的我，能想到的就只是吃顿麻辣串来打发自己无处安放的膨胀心。

老板熟练地把串儿下了油锅，鱼丸、豆扣儿接触到热油的一瞬间，不安分地发出了欢快的声响，像是一枚深水炸弹突然爆裂开来一样，油锅的中央泛起一片金黄。

我又去买了瓶可乐，坐在马扎上，就着串儿吃得满嘴是油，惬意无比。

几只流浪猫踱着猫步走了过来，浑身脏兮兮的，在周围寻找着一些别人吃剩的东西来果腹。

正好还有几串鱼丸吃不下了，我嘴里“喵呜喵呜”地唤着，想让它们过来。

但它们并不领情，站在离我几米远的地方，齐齐地打量着我，我端着盘子的手悬在半空，讨好地向前递去。

终于，一只通身雪白的猫向我走来，它身上的毛打着卷儿，肚子鼓鼓的，像是吞下了什么巨型的东西，坠在那里，应该是怀孕了。

它围着我的腿绕了几圈，不断往上蹭着，嘴里发出“呼噜呼噜”的响声。

我从竹签上摘下一个鱼丸扔给它，它一掌按住，开始小口小口地啄了起来。

“Hey, what's your name？”

有时候，我很怀疑自己是不是有精神病，碰到小动物时，我总是喜欢用英语问它们各种各样的问题，和它们“谈心”，这是我在初中时落下的一个“病根儿”。

它放开了被按在爪子下还剩一半的鱼丸，喵呜喵呜地看着我，让我不免产生了怜爱之情。

“嗯，好吧，看来你没有名字，不过你通身雪白，应该是只好猫，那我以后就叫你雪琪吧。”

旁边桌子上坐着几个女孩子，她们听到了我的话都咯咯笑了起来，有一个还坐到了我的对面，跟着我一起逗雪琪。

其他猫看到我们没有恶意后，也学着雪琪的样子，纷纷向我靠拢，一时间，我身边围满了流浪猫，我毫不犹豫地把剩下的麻辣串全都分给了它们。

“砰”一声，一个塑料瓶砸中了正在进食的猫群，它们惶恐地四散逃开。

我抬头一看，是老板，他正怒气冲冲地准备去追赶那些可怜的猫，嘴里还不干不净地骂骂咧咧：“又来了，这些该死的猫，净影响我生意了，下次要是被我逮住了你们，定会剥了你们的皮。”

“你怎么这样？”我不乐意了，一下子跳了起来，找他理论。

老板是个长得五大三粗的中年胖子，穿着一件满是油污的长袖T恤，一脸凶相，络腮胡，要是给他胸前撒点鸡血，标准的屠夫。

“小伙子，你不知道，这些猫三天两头地来，你看它们脏兮兮的，身上可是带着不少细菌呢，传染上你们不好。”

“那你也不能打它们啊，别人喂它们，你怎么还拦着？”我有些着急。

“这是我的摊儿，我不让它们来，它们就不能来！你是西城中学的吧？小子，别什么事儿都操心，就你们学校那水平，连个大专生都出不来，还学人家当慈善家！”老板冷嘲热讽。

“你们听到了吗？他说我们学校是垃圾！”我一向善于“无中生有”，夸大其词，冲着旁边坐着的几个高年级学生喊。

他们立马放下了筷子，围住了老板，质问他为什么说西城中学的坏话，我认出了其中有几个是校体育队的。

老板害怕寡不敌众，赶紧赔着笑脸向我道歉：“小兄弟，对不起啊，我说错话了，你别往心里去。这样，以后那些猫再来，我绝对不再阻拦了。你还想吃点什么？我这就去给你炸。”

我冲他摆摆手：“老板，你在这里做生意也挺不容易的，但是你也不能总考虑你自己吧，你说那些猫影响了你做生意，你看看你这些桌子摆得，有些都快放到路中间了，我们都还没嫌你影响我们走道呢，你怎么能这样呢？”

我尽量放缓语速，表现出一种从容不迫的大将风度与观音菩萨点化凡人时的苦口婆心。

“是，是，同学你说得对。”

“我给你二十块钱，下次那些猫再来，你帮我买些火腿肠，喂喂它们。”那是我三天的午饭钱。

“哎哟，小兄弟，你可真有同情心，将来一定能考上好的大学。”老板嬉皮笑脸地说。

我背起书包向停在一边的自行车走去，时间不早了，天也黑了，再不回家，我妈准以为我又闯祸了。

“怎么这么晚回来？！不想吃饭了？再不回来我和你爸就要报警了！”刚进家门，我妈就面带愠色地对着我一通数落。

她往饭桌上一指，上面摆着我最喜欢吃的可乐鸡翅和冬瓜排骨，又补了一句：“自己去拿筷子啊，没人伺候你！”

“妈，不是和你说了吗？高中得上晚自习，你怎么老是忘？我这些天不是一直都这么晚回来吗？”

“你少来这套！刚才你们班主任来电话了，说今天下午四点半就放学了。”

“那，郭老师还有没有说别的事情？”我期待地看着她。

“没有！”我妈把头扭向一边，没好气地说，但我看到了她明明在笑。

“肯定说了，否则郭老师怎么会无缘无故地打电话过来？你知道了对不对？！这次的期中考试成绩……”

我妈强忍着不让自己笑出来，装着一脸严肃的样子，最后还是没能忍住，久违的笑容终于在她的脸上绽放。

但这一笑，却让我感到那么陌生，自从我上学之后，我就很少见她笑了，大多时候，她总是一脸愁容，被老师叫到学校当众数落教子无方的滋味，很不好受！

在她心里，我应该早就让她失望透顶，在无数个失眠的夜晚里，她可能不止一次地无奈叹息：“杨小和这孩子，废了。”

“第一，妈，我考了全班第一！比那个袁小丽高10多分，看她还怎么嚣张？这会儿一准儿躲在被子里哭着呢！哈哈哈！”

我边往嘴里扒拉了口米饭边含糊不清地嘲讽，嘴里还喷出去好几颗饭粒儿，我赶紧咳嗽了两声，似乎还被噎了一下。

我跟她提过袁小丽的名字，说她是个很爱出风头的女生。

她脸上掠过一丝不屑的表情，但很快又恢复了平静。

“这么大的孩子了，怎么吃个饭还能喷出来？我可警告你，在学校里不能欺负人家女孩子，要是人家来告状，我非揍你一顿。”

“知道了，妈。”我拖着长腔，以此来表达自己的不满。

我爸正在一旁认真读着当天的新闻，听到了我们的对话后，他扔下报纸，兴奋地坐到了我旁边：“真不愧是我儿子，打小就聪明，这次还考了个第一，真给你爸露脸。”

“切——”我妈在旁边哼了一声，“这会儿考了个第一就成你儿子了，以前在外面闯了祸，你哪次不嚷嚷‘看看你养的好儿子，这个小兔崽子！’那时候划清界限比谁都快。”

“爸妈，我给你们说件事，今天我在箱包市场里面……”

看到他们情绪好，我就把流浪猫的事情和他们说了，并且表达了自己想要收养几只的意愿，本来以为可以借着这次破天荒的第一名提升自己在家里的地位，结果还是被他们无情地给打压了。

“养那玩意儿干什么？整天掉毛，弄得家里怪脏的。”

“就是，再说了，你学习那么紧张，哪儿有工夫养它们？”

父母的话像是一个巨大的石头磨盘一样，把我的提议碾成了肉泥。

我吃完了最后一个鸡翅膀，意犹未尽地咂了咂嘴，回到了房间。

当天没有作业，我也懒得再看书。考了第一，总不会在一夜之间就被打回原形，明天再开始努力也不晚。

我拿起无线电话，按下了那串我已经倒背如流的号码，冯静的手机还是无人接听，我听了十多次长长的“嘟”声，终于还是等来了那句“对不起，您拨叫的用户暂时无人接听，请稍后再拨”。

“小和。”我妈突然推门而入，看到了手里拿着电话发呆的我，“给谁打电话呢？”

“哦，没给谁打，电话上有些灰，我吹吹。”

很多人在十五岁之前还很诚实，不会撒谎，但是一旦心里偷偷装下了一个值得牵挂的人，这项技能就无师自通了。

“给，把这杯牛奶喝了，你爸给你买了一箱，说上高中的孩子营养必须得跟上。”

喝完牛奶，我枕着双手躺在床上，眼睛直愣愣地看着天花板，慢慢地，我的眼前一片模糊，沉沉睡去。

当晚，我做了一个很奇怪的梦。

我梦到冯静进入了J市中学后，过得并不好，学业也不顺利。我抱着雪琪，站在教室门口看着正在因为答不出问题而被罚站的她，心急如焚。

“这个题选A，冯静你快说啊，选A。”我的声音听起来就像从信号不好的收音机里发出来的，刺刺啦啦，无论我怎么喊，她就是听不见，其他人也对我熟视无睹，好像我是一个透明的鬼魂。

有人拍打着我的后背，我回头一看，发现是袁小丽，她看着我，还是那样一副不屑的表情，惹得我想要抽她。

我刚扬起手，雪琪猛然从我怀里挣脱，喵呜一声一爪子打在了我的脸上，随后它轻盈地跳到了袁小丽的脚下，开始用身体不断地蹭她，和我用鱼丸喂它时它表现出来的谄媚劲儿没两样。

“啊！”我惊呼一声，从噩梦中醒来，身上还穿着没有脱下的校服，子夜一点，屋内黑得吓人。

我赶紧拥上被子，擦拭掉了脑门上的汗。

窗外树影斑驳，风声萧萧，夜里余下的时间，我满脑子里都是冯静、雪琪和袁小丽，迷迷糊糊，再未睡熟。

Chapter · 11 心生好感

第二天一整天，我都没精打采地上着课，数学课上发着呆，想着改天有空再去趟箱包市场，看看老板有没有阳奉阴违，又虐待那些猫儿。

“杨小和，起来回答一下这个问题。”付老师看出来我没听讲，故意点我的名。

我手忙脚乱地站了起来，正手足无措，还是作为同桌的徐春殷够意思，不断提醒着我“C，选 C。”

“啊，我知道了，付老师，这个题选 C。”

“站着！”付老师怒不可遏，班里也发出了一阵哄笑，徐春殷笑得最欢，后来我才知道，老师讲的是填空题，该死的，我恶狠狠地瞪了徐春殷一眼。

一直到下课铃声响起，我都没有获得重新坐下的允许。

付老师一定恨透了我，作为一个几乎门门功课的成绩都很优秀的学生，却偏偏在他教的数学课上，总是考不及格，这必定让他很没有面子。

可以想象，他在其他同事面前一定是抬不起头来，或许方校长都亲自找他谈过话："小付啊，你看高一 14 班的那个杨小和，总成绩那么高，怎么偏偏学不好你教的数学呢？我早就和你说过，不要教授给学生一些过难的知识，你要多向别的老师取取经，学习学习人家的教学经验嘛。"

这要是真事儿，付老师得当场"以头抢地"，拼死也要以证清白："校长，我教的东西够简单了，但杨小和就是不学，我也没招啊。"

我正胡思乱想着，突然教室里开始乌泱乌泱的。

回过神来的我才发现原来已经下课了，徐春殷已经跑得没了踪影，我还没去找他算账呢！

我刚要侧身从课桌里侧走出来，袁小丽却挡住了我的出路，她绑着高马尾，两鬓旁的碎发也收拾得很利索，一脸的盛气凌人。

我以为她是来找坐在我后面的韩林夕的，就把身子向右一扭，示意她先过，我发了疯地要"手刃"徐春殷，才懒得和她斗嘴。没想到，她并没有走的意思，依旧挡在我的前面。

"让开。"我不耐烦地说了一句，但她没动，我们俩陷入了僵局，尴尬地站在那里。

"昨天晚上你很威风啊！"她开口了，但是语气跟往常不太一样，这里面没有不屑，甚至掺杂了一些不易察觉的乖巧，按说她刚刚在期中考试中输给我，应该正在气头上才对，这小丫头平时那么古灵精怪的，谁知道她是不是又在琢磨着什么鬼点子要害我。

“你在说什么啊？”我问。

“看不出平时你吊儿郎当的，但还挺有爱心，那些猫儿也挺可怜的，昨晚我回家问过我爸妈能不能收养一两只，但他们总觉得流浪猫不干净，身上有病菌，所以没同意。”袁小丽好像在自言自语一样。

原来她指的是那些猫儿啊，我才听明白。

“这又是哪个爱八卦的人给你通风报信儿的啊？”一想到昨晚那个奇怪的梦，雪琪的反戈一击，我就不寒而栗。

此时，我感觉自己的隐私受到了严重侵犯，或者说我觉得那些猫儿是我先发现的，要关心也是我去关心，袁小丽有什么资格爱心泛滥，而且还和我一样有想收养它们的想法。

“不管我是怎么知道的，杨小和，你不觉得咱俩作为这个班的正副班长平时应该少吵点架，共同为咱班的发展做些贡献吗？”

“哈哈哈。”我夸张地冷笑了几声，“袁小丽，凭什么凡事都听你的，就因为你是班长吗？再说了，这个班长你觉得自己当得心安理得吗？”

“你真幼稚！”她一副恨铁不成钢的样子，“我这个班长怎么就当得不心安理得了？”

她的声音越来越小，明显心中有愧，这种羞赧的表情和语气，简直和冯静一模一样。

我突然感到有些于心不忍，眼前的袁小丽身上投射出的影子，可是我最朝思暮想的那个人啊！

我摆了摆手："快上课了，你赶紧回位儿上坐着去吧，我的大班长！"

"等等等等，我还有最后一个问题，以后你还会去看那些猫儿吗？"

"会，当然会了，雪琪他们可是我路见不平救下来的，我怎么可能不管它们？"

"啊？你都给猫起了名字了，雪琪，嘻嘻，这名字还挺不赖的。那你以后再去的时候，一定要叫上我啊。我数三声，你不反对就代表同意了，123，好，就这么说定了！"

都没用一秒钟，她就数完了这三个数，然后欢蹦乱跳地跑回了座位上。

"也不知道是谁幼稚，不过她幼稚的样子还挺可爱的。"我无奈地苦笑着摇头。

看着她和周围同学说笑的场景，我猛然发现，我对她的成见像是烈日下的坚冰正在慢慢融化，虽然不可能一瞬间消失得无影无踪，但那层壁垒确实在慢慢土崩瓦解。

有那么一瞬间，你总会发现在人海中有一个异性，一开始你们就像一对冤家，互看对方不顺眼。但慢慢地，你看到她的身上与你有着很多共同点，你们都喜欢吃廉价的麻辣烫，都有点喜欢卖弄文艺，都童心未泯，泛着幼稚和傻劲。她和你能对上几句唐诗宋词，也能和你谈论世界名著。

然后你们相互吸引，一层暧昧不明的窗户纸就此形成。

“徐春殷！”看到贼头贼脑的同桌若无其事地坐到了我的身边，我用尽全身力气压了过去，边往他身上压，边喊：“我让你选 C，让你选 C！”

在他杀猪般凄厉的讨饶声中，其他同学纷纷回头欣赏这一“闹剧”。奇怪的是，袁小丽这次并没有以班长的身份站起来维持纪律，她竟也看得津津有味，笑靥如花。

“嘿，快看，那个袁小丽好像在冲你笑呢！”徐春殷摆脱我的纠缠，小声说。

“得了吧，我和她势同水火，两句话不和恨不得能动手，我看她准是看上你了，正对着你暗送秋波。”我赶紧打着哈哈，不让他再说下去，但心里还是美滋滋的，从一开始，我就觉得袁小丽长得好看，但她和冯静完全是两种不同风格的漂亮。

但此时，我并不希望别人发现我对袁小丽有了一丝好感，虽然那不是喜欢，但我还是怕别人误会。

Chapter · 12　故人总相识，不知谁相思

没有冯静丝毫消息的日子让我抓狂，我不断地拨打着她的手机号。

初中毕业时她把号码写在我的手心里，还甜甜地笑着说：“小和，如果你上了高中后感觉日子苦了或者想我了，就打给我。”

我每天都在想她，也几乎每天都会打给她，却一直无人接听。

我想告诉她，高中生活一点都不苦，相反不知道比小学、初中甜了多少倍。我当了班干部，成了优生，受老师重视和同学们的爱戴。

我总觉得自己该一腔热血地开始新生活了，但我还是想听到她的声音。

天生就没安稳的命，再好的日子也得让我给过败了，期中考试之后，我的那种差生习性又开始在体内“抬头”，上课集中不了精力，总和徐春殷打闹，下了课就找张明睿他们吹牛，初中时那身混不吝的匪气显露无遗。

这就是暴发户和富豪的真正区别，前者靠投机、运气一夜暴富，“穷人乍富，挺腰凹肚”，改变不了的是气质问题。

我就是个学习上的暴发户，考好一次就不思进取了，和真正的好学生比起来，缺了一份“底蕴”。

袁小丽这两天倒是很平静，她应该从期中考试失利的阴影中走出来了，正在为以后“蓄力”，以厚积薄发。

阳光打在她的侧脸上，一圈圈光点围着她的腮跳跃，她专注起来眼睛都不眨一下的样子好看得过分。

“杨小和，往哪儿看呢？”张明睿突然用力拍了一下我的肩膀。

“今天谁值日？你不觉得班里的窗户擦得很亮吗？”我赶紧收回了目光，敷衍过去。

一看到她这样努力，我就如芒在背，为了不被反超，我立刻重新开始乖乖地努力。

日子就这么不咸不淡地过着，冯静依旧杳无音信。一个周末，家里的座机响了，一个陌生的手机号，接起来之前，我心里比对了好几遍，然而并不是冯静的号码。

“喂，你好。”上了高中后，我比以前有礼貌多了。

“杨小和！”竟然是王俊打来的，“忙什么呢你？！”

“怎么是你呀？”虽然有些失望，但还是感到很惊喜。

“我攒了半个学期的饭钱，终于偷偷买了部二手手机，以后我们就能常联系了。”他兴奋地喊着。

天呐，半个学期的饭钱，这得是有多大的毅力啊！

“晚上有事儿吗？出来玩一会儿？”

“嗯，没问题啊！”

短短半年没见，我真怀疑他是不是夜半读书时让什么女鬼或者狐仙缠上了，王俊都瘦得脱相了。

“你看你的脸啊，活像个骷髅！怎么弄得啊？”我们俩骑着山地车走在去S师大夜市的路上，我问他。

看着我吃惊的下巴要掉了的表情，他嘲笑道：“哈哈，我给你面镜子，你照照看，你现在的表情才像个骷髅！我还不是为了攒钱买手机，不吃饭饿的。”

“一天三顿都不吃啊？”

“你当我是骆驼啊？吃一顿饭顶一个月的？”他白了我一眼，“就早饭和午饭不吃，晚上回到家里吃一顿，就这样，我爸妈还高兴得不得了，觉得我能吃是好事儿，拼命给我添饭，那个时候我才感受到食物对于一个人来说是多么重要！我当即下定决心，今后有了钱，一定为我们还在忍受饥饿的非洲兄弟空运过去几袋大米。”

“你为什么要攒钱买手机啊？”

“看着班里有些同学有，我就也想要了。”

一路上，我们聊着各自在高中里发生的事情，他说进了七中之后，觉得韵文中学太土了，跟乡村学校没什么两样。七中的艺体生很多，那身上穿的才叫衣服，看看我们原来初中，校服就够难看的了，唯一能拿得出手的两件衣服和人家比起来也像是刚进城的。

“你怎么样？”可能觉得我一直在听他说却没有插上什么话，他找了个空问我。

“就那样吧。”我并不太想跟他说我考了第一的事情，因为冯静还不知道，我想第一个告诉她。

我跟他说自己一直尝试着联系冯静，但没联系上，听完，他没再说话。

S 师大是整个省里最好的师范大学，而它的校园对面则是在整个 J 市都比较出名的师大夜市。那里商铺林立，摊位众多，卖吃的，卖衣服的，卖鞋的，甚至还有成人用品店，大学生们则堂而皇之地在里面闲逛着。

我们买了两串糖葫芦，在初冬的寒气中用力吮着上面的糖衣，兴致勃勃地看着满街的耐克和阿迪达斯，还有浑身散发着廉价香水味的摩登女郎。

街道本来就窄，再加上人多，很快附近的交通就瘫痪了，炫彩的霓虹灯光伴随着刺耳的汽车鸣笛声，往人声鼎沸的地方蔓延着。

怕把糖葫芦蹭到别人身上，我们高举着竹签子上剩余的几个山楂，在摩肩接踵的人流中艰难地穿行着。

街尾有家冰激凌店，出售在 J 市刚刚开始风靡的酸奶果昔，七块钱一大碗，够我跟王俊两个人吃的。

店里人头攒动，我们好不容易才找到了一对刚刚吃完正准备起身离开的小情侣留下的空座。桌子在角落里，还有一对情侣坐在那儿，不得已我们只能和他们拼桌。

“你好，请问这里有人坐吗？”我端着果昔避让着店里的其他顾客，走到桌前问道，女生背对着我，男生长得很帅，冲我友善地笑笑，摇了摇头。

我招呼王俊：“过来这边坐，这里没人！”

正吃着杧果碎冰的女生愣住了，她缓缓地抬起头来，我也愣了，手中的果昔差点掉在地上，是冯静！我一直打电话，却一直没有联系上的冯静。

时间静止了，我的心脏被重重地打了一拳，胃里也开始翻腾，一股难以名状的忧伤腾空而起，直冲向我的泪腺，因为她和另一个男生坐在一起吃着东西。

“冯静？！”已经走过来的王俊惊呼一声。

“你们认识？”她身边的男生彬彬有礼，站起来和我们握了握手，一副很世故的样子，“快坐下来吧，我们就要走了。”

“啊，嗯，我们是初中同学。”冯静回答的声音像只小猫。

“冯静，你知不知道杨小和……”王俊刚坐下来就说。

“王俊！”我冲他摇了摇头，示意他不要再说下去，现在让她知道我每天都在尝试联系她又有什么意义？她根本就是在故意躲着我，才不接电话的！

她和那个男生又待了十分钟，而我们之间全然没有老同学重逢的喜悦，空气中充满了尴尬。冯静没给我们介绍那个男生的身份，但我们又不傻，大概能猜到他们之间的关系。

临走时，男生去结账，我终于得到了和冯静独处的机会，只有一分钟那么短，我还酝酿了半分钟，才说："那个，期中考试，我考了个全班第一名。"

怕她误会，我又赶紧加了句："正数的。"

她的脸上露出了欣喜的笑容，不过随即就恢复了平静，只说了一句"恭喜"。

我又把陈老师去世的事情告诉了她，她平淡地回答说："之前已经知道了。"

随后，那个男生回到了她身边，他们有说有笑地推门而出就离开了。

"这儿还有几个草莓，你吃不吃啊？不吃我都吃了！"王俊在一旁喊着。

"吃你个头啊！"自己喜欢的女孩被别人抢走了，我哪还有心思吃东西？！

回去的路上，我像丢了魂儿似的，好几次撞到了马路牙子上。

故人总相识，不知谁相思。

当晚，我突然灵感迸发，想出来这么一句诗，写在了我日记本的扉页上，这还不都是冯静闹的吗？

周一回到学校，我一上午都哭丧着脸，中午有班委会，郭老师说最近班里纪律不太好，让我和袁小丽好好想想办法。

办公室里，我心不在焉地盯着窗外，身边坐着滔滔不绝的袁小丽，她和郭老师讨论了将近半个多小时，我一句话也没插，只是静静地听他们讨论着。

“杨小和，”刚一出办公室门，袁小丽就追上了独自走在前面的我，“看你那副样子，失恋了？”

“你脑子里整天都装了些什么啊？谁告诉你男生一不高兴，就是因为失恋了？走走走，别在这时候烦我。”我开始轰她。

她没生气，依旧笑脸相迎：“那你有没有女朋友？”

“没有！我才多大啊？”被她这么一问，我心里更加烦躁。

“那就好。”

“你这人什么心态？我没女朋友还好？哪儿好了？”

“你别误会，我只是不想让你这么早陷入早恋的泥潭，到时候你要是学习成绩下降了，我就没对手了，你看看你们男生里有哪个还能拿得出手？”

不知道她所谓的“拿得出手”指的是长相还是学习成绩？我不想再和她纠缠下去，说了句“手下败将”便离开了。

北方的寒风已经夹带着各种大小雪席卷了J市，早上骑自行车上学得格外小心，稍不留神车轮打滑就得摔得四脚朝天。

我们每天都要参加班里组织的晨读，期末考试前更不例外，每天都有迟到的同学站在教室门口罚站。

但像张明睿这样敢缺席整个早读的，我还是第一次见。

那天的早读，自始至终，我们都没见到他的身影。我和徐春殷以一顿午饭为赌资打了个赌，赌张明睿因为什么事儿迟到。

徐春殷说他准是睡过头了，而我则猜他生病了，因为那段时间的病毒性感冒很猖狂。

但，我们都猜错了，大错特错。

一直到第一堂语文课上到一半时，张明睿才站在门外喊了声“报告”，声音很虚弱，坐在前排的同学发出了一阵惊呼。我正纳闷到底怎么了，他就满脸血迹地走了进来，校服上也滴满了血，干了之后的颜色跟红豆沙馅儿似的。

郭老师吓得赶紧从讲台上跑下去，问他怎么了。

这小子可能是摔傻了，竟然很痞气地打了个响指，摇头晃脑外加像个癫痫病人似的扭动着身体说：“没事儿，骑自行车路上摔了一跤。”

随后，又摇头晃脑地朝座位上走去，留下了惊呆的郭老师独自凌乱。

下课后，我们围在他身边，询问着他的伤情。

他倒是挺潇洒：“没事儿，没事儿啊，就是和一辆出租车飙车来着。我转弯儿，他非得超我，把我惹怒了，就在经纬路上和他追逐起来了。结果在躲一辆大卡车的时候没刹住……”

“我的天，你撞卡车上了？”叶赫那拉帝洋问。

“你倒盼着吧！我一拧把，撞马路牙子上了。”

“那你的自行车呢？”

“撞得和麻花似的了，直接扔了。”

“真是太险了，算你小子命大啊！你说说，要是这么小就英年早逝，都还没娶媳妇儿，这辈子多亏！”我们在一边七嘴八舌地议论着。

“你们一个个的啊，思想长毛！生死关头，还想着媳妇儿？爱情这种东西不能吃不能喝的，有的话咱还得受累经营，要是没有就没有了，这就跟自行车上的铃铛是一个道理，铃铛没了不照样骑吗？又不是没脚镫子。行了，行了，你们闹腾够了吧，我得去趟医务室，你看我这脸上的皮撞的，差点毁容！”

说完，张明睿又摇头晃脑，像个癫痫病人似的扭动着身子，离开了。

就这三言两语，却说到我心里去了。

我甚至怀疑这是上帝精心安排的一个局，可能张明睿得罪了上帝，他就安排他摔得和孙子似的，顺便借他的嘴说出了上面那番大道理好开导我。

这招一石二鸟，真高！

记得初中时，我问冯静有没有喜欢的人，她说喜欢同班的林枫，但是后来我才知道，根本就没有林枫这个人。我想了好久，她为什么要骗我？却一直都没有想通。

但是这次，我却真切地看到了她和一个男生在一起，很开心的样子，见我出现之后却又尴尬不已。

很明显，我已经彻底被她从自己的生活圈中抛离出去了，像个笨重的铅球，落在草坪上，砸出了一个坑，溅起一片泥。

但正如上帝或者张明睿说的那样，爱情要是没有了，又有什么关系呢？自己遍体鳞伤的样子没有人疼，还不是要自己疼自己。

Chapter · 13　信任是什么

期中考试之后，我终于确立了自己在班里的地位。每一天，我都能在西城学到新的东西，不仅仅只有知识，初冬的冷风乍起之时，我也通过一堂德育课，明白了信任是什么。

高一 14 班由于我与袁小丽出色的综合表现以及其他同学还算争气的学习成绩一跃成为了全级部出名的优秀班集体，这些自然让我们得到了更多学校领导与老师的瞩目。

于是，每个月许多同年级的老师就会与级部主任甚至是校长一起到我们班的课堂“取经”。所有老师对这些公开课都格外重视，这可是向同事们展现自己教学风采的绝佳时机。

公开课的流程不难掌握，甚至比一堂普通的课还要好上。只需要使用幻灯片照本宣科地展示一下授课内容，然后便是分组讨论问题，最后找两个“托儿”给出讨论的成果，齐活儿了。

这“托儿”不是每个人都有资格做的，学习成绩要数一数二，这样具有代表性还不会出现因为回答不上问题而冷场的意外。

高一时，我们还有一门德育课要上，这算一门副课，期末不考试，高考也不考。教德育课的程老师三十岁上下，是一位矮小但是很利落的男老师，我们都叫他“小旋风”，因为他走起路来背后总会带起一阵风。

这次正好是德育课被指定成了公开课来上，接到这个消息时，小旋风受宠若惊。平日在学校里谋得一份闲差，一直没得到表现的机会，这一次天赐良机，又岂能任由自己与其交臂而失之，他铆足了劲儿要表现一番。

他盘算着还是按照公开课的老套路，不过最后的托儿不能只是一个，要创新，干脆来四个，我与袁小丽作为尖子生，又是正副班长自然会占据两个席位，那么剩下的两个……他一时有些拿不定主意，又从郭老师那里要来了学生的成绩排名，最后为了稳妥起见选择排在第三和第四的张明睿和于淑展。

周四的下午，小旋风单独把我和袁小丽叫到了自己的办公室说：“明天咱们有一节德育课，学校的领导会来听课，为了班级的荣誉，我准备请你们代表全班同学给出最后讨论的结果，并且你们回答完之后还要每人指派一个同学对你们的结论做完善补充。”

我和袁小丽听完后只是点了点头，表示听明白了，几乎每堂公开课的前一天都会有老师对我们这样“面授机宜”。

最后他补充了一句："杨小和，你明天回答完问题之后就请张明睿给你补充，袁小丽就指派于淑展。如果没有问题，咱们就这样定了，好了，回教室吧。"

对于当"托儿"这件事，我一直都很有意见，感觉没劲透顶。

我们一前一后地回到教室，袁小丽好像有话要跟我说，不断斜眼瞄我。

"有话赶紧说，你这鬼鬼祟祟的样子可算是偷窥！"我挖苦她，我们的关系在她知道我救了些流浪猫之后有所缓和，平时说话时，我也开始和她开些玩笑了。

她"切"了一声："杨小和，你的自信是娘胎里带出来的吗？真是恬不知耻！我就是想告诉你到了明天的公开课上，可千万别掉链子，给咱们丢脸！"

好个伶牙俐齿的小丫头！我不露声色地回了一句："管好你自己吧！但是，当托儿真的很没劲！"

袁小丽一脸疑惑地问："那你想怎么样？"

"我觉得我们应该这样，明天不是要讲信任这个词吗？到时候……"反正我也决定这么干，就把自己的想法对她和盘托出，问她要不要一起。

她一脸惊恐地看着我，咬牙切齿地说："鬼才要和你一起疯呢！"

周五上午，天气不错，轻风拂过，沐浴在阳光里的人感到身上被烤得暖暖的，但还是能感受到一丝初冬的凉意。

小旋风此时的心情有些忐忑，但更多是被兴奋所占据。公开课是第三节课，他在第二节课上了一半的时候就等在教室门口了。

他憧憬着自己人生中第一堂公开课的美好景象，站在讲台上英姿勃发，课堂气氛热烈但是有序。授课结束后因为自己精彩的授课赢得校长带头的掌声与同事们敬佩、羡慕的目光，甚至在年底的教师评优中他能一举凭借这堂课脱颖而出，独占鳌头。就这样他陶醉了，一边的嘴角扬了起来……

“程老师，程老师……”这声音仿佛从天边传来，那么遥远、缥缈，他回过神来，郭老师从教室里走了出来，小旋风有些不知所措。

“听说下节课是您的德育公开课，我已经安排学生帮您把多媒体以及投影仪准备好了，很期待您的授课，我会留下来旁听。相信这对我今后召开班会肯定大有裨益，您也知道现在的孩子都很有个性。”

“是、是啊，您说得对，现在的孩子不好带，您辛苦了，包在我身上了。”小旋风还没从自己的美梦中完全清醒，因此话语有些语无伦次，但是他很快平复了自己的心情，冲郭老师尴尬地微笑了一下之后，走进了教室，背后也随之带起了一阵风。

此时，方校长与几个老师已经搬着椅子走到了教室后面坐好，静静等着开课。有些老师已经准备好了笔记本，以便随时记录下他们认为有用的东西。

班里逐渐静了下来，我刚把投影仪设置好，上课铃就响了起来，小旋风用眼睛余光扫了一下全班，确定所有人都已就位。

他的开场白非常简明："同学们，今天我们德育课的课题是'信任'。"

他努力让自己的语气平和下来并富有感情。按照之前的构想，他讲了一小段书上所写的内容之后，就给大家十分钟的分组讨论时间，"十分钟后，我会请两组同学分别谈一下他们对信任的理解。"

课堂里的气氛热闹了不少，同学们讨论时各抒己见，每个人都很投入，小旋风走下讲台，在每个小组中间都站了一会儿，好像在仔细聆听他们的讨论，其实他满脑子都在琢磨着自己指派好的那四个人，可千万别出什么乱子。

"好，同学们，讨论的时间到了，下面我要请几位同学来发表一下他们小组讨论的结果。"他装模作样地扫视了一下全班，最后目光还是落在了我身上，说"有没有同学自告奋勇，来回答这个问题的？"

他的语气听着那么循循善诱，我举起了手。

"杨小和同学，请你发言。"

"我们小组认为信任就是人与人之间相互信赖的一种感觉，它存在于我们生活中的很多情境中，我们遇到困难的时候，相互合作的时候，共同奋斗的时候都需要对彼此信任，这样才能把我们凝聚在一起，共渡难关。"我把书上的原话稍做改动后念了一遍。

"不错，谈得很好，那老师想请你指派一位同学对你的回答做一下补充，你想请谁呢？"

"我想请我的同桌徐春股给我做补充。"我说道。

“好，有请徐春殷同学发言。”小旋风本来欣喜异常，但他还没笑出来就马上意识到不对，为什么是“徐春殷”，而不是“张明睿”呢？

徐春殷学习一般，连全班前二十都考不进去，要是在这关键时刻他回答得不好，那这堂公开课就前功尽弃了。小旋风感到额头上渗出了一丝汗，四肢僵化，硬着头皮往下听。

徐春殷显得有些拘谨，不过他很快就稳住了神，说：“我在一本书中读过欧阳修的一句话：任人之道，要在不疑。宁可艰于择人，不可轻任而不信。这说明信任是一种可以让人放下一切怀疑并由此产生共鸣的东西，能激励人，鼓舞人，成就人。”

徐春殷发言结束，一时间，班里很静，但是几秒钟后同学们便发出了赞叹的声音，想不到他还能引经据典，我们都没听过这句名言，但好像确实很有道理。他坐下的时候竟然脸红了，我偷偷捏了他的大腿一下。

小旋风暂时松了一口气，随后袁小丽也举手发言，随后她同样也需要请一位同学进行补充。

“我想请韩林夕同学发言。”她平静地说。韩林夕是她的密友，平常净琢磨着怎么把自己打扮得花枝招展，根本不学习。

小旋风刚放下的心顿时又悬了起来，我甚至能看到他头上满满的黑线，同时，我对她指派的人也感到不可思议。

“于淑展，是于淑展啊！”小旋风暗自叫苦，他一定悔不当初，选了我们两个来当这个“托儿”，一点都不按套路出牌！

但是令人意想不到的是，韩林夕似乎正是为这种大场面而生的，发言不仅精彩，甚至比袁小丽谈得更加全面。

韩林夕坐下后，离下课只有三分钟了，小旋风充分利用了这点时间，看来是受到了什么启发，又为这堂公开课加入了一个环节：“本堂课结束前，我还有一个问题，杨小和、袁小丽同学，你们为什么会请徐春殷和韩林夕同学发言呢？”

我站了起来，沉了沉气，缓缓地说：“因为我信任他。”

袁小丽也站起来说：“我也是。”她说完，回头看了我一眼，随后又坐好。

我对着她的背影笑了笑：“当初是谁说的才不和我一起疯的？女生啊，就没法和她们谈信任！”

Chapter · 14 我就是个送信的

进入12月之后，一切都开始变得灰蒙蒙的，气温骤降，毫无生气。这种天气下，教室里的暖气开得很足，像个能够抵御一切严寒的大温室，这时候大多数同学都裹紧衣服拼命地躲在教室里。

窗户一整天都不开，空气不流通，二氧化碳超标，每天呼吸着其他人的口气。而在及时意识到了这一点后，凭借着自己的新"工作"，我早早地逃离了这个空气不好的地方。

最近我总是行色匆匆地穿插在教学楼里的各楼层之间，一下课，我就会鬼鬼祟祟地出现在三楼的九班门口，随便找个人把陆晓媚叫到自己跟前，左顾右盼确定没人后，我会从校服的口袋中掏出一张折得很方正的纸，郑重其事地递到她手里，她还会冲我甜甜一笑，笑得摄人心魄。这句并不是什么褒奖的话，但我真觉得陆晓媚和潘金莲就是一个模子刻出来的，那段"黑发赛鸟羽的发儿，翠弯弯的新月眉儿，清冷冷的杏子眼儿，香喷喷的樱桃嘴儿……”放在千年以后重新找到了它的主人。

陆晓媚是9班的班花，家境特别不错，父亲是局长，母亲是一名律师，但她不是学习的料，上西城中学这种中考分数线不怎么高的普通高中还是靠家里给托了关系。升入高中后的她学习仍不见起色，于是加入了艺术班，想要通过艺考这条路来进入大学。

她喜欢独来独往，身边一直没什么朋友。那些只会学习、呆头呆脑的女生对她的印象不是太好，在她们眼里，艺术生与穿梭在乱花丛中的狂蜂浪蝶并无二致。

其实，还不是嫉妒人家长得好看？美的东西从来都是这样，不甘坠入凡尘，不甘和世俗打成一片的话，招来的就只有诋毁。

我几乎每天都送给陆晓媚一封信，她从来不回，但今天的结果却出人意料，她也神秘兮兮地给了我一封信，粉红色的信封飘着淡淡的芳香，我欣喜若狂，回到教室时嘴角还带着一丝笑。

找了个没人的地方，我把这封信从头到尾读了三遍。有这样一个漂亮的女生和我肆无忌惮地纠缠不休，这让我的虚荣心极度膨胀，虽然我对她并没有半点非分之想，但在其他男生饱含“飞醋”的眼神中，我感受到了一种前所未有的成就感。

早恋，这件被家长们当作“家贼”日防夜防的苗头一直都前仆后继地出现在众学生之中，可是依旧防不胜防，艺术生的早恋事件更是层出不穷。

我喜欢冯静，这更像是单相思的早恋，这种感觉在和她分开之后越发强烈，我想和她再看一次小学毕业时的蝴蝶花海，想再为她去打一次架，想再坐在学校的跑道上看爬山虎掀起的绿浪，想再和她经历一遍发生在我们之间的点点滴滴。

在陆晓媚出现后，冯静仿佛也回来了，我幻想着，她的影子就附在了陆晓媚的身体上。

正当我陷入无尽的幻想中难以自拔时，不知道什么原因，我去找陆晓媚的事情传到了袁小丽的耳中，她竟然也会在上课时违反纪律给我传了纸条，上面写着：放学后你留一下，我有事和你说。

男生收到班里最漂亮的女生传来的有如此内容的纸条一定会心花怒放，但我对她却有着“黄鼠狼给鸡拜年”的戒备，她到底要干什么？

下晚自习时，昏沉的铃声在校园内激荡，大家三两一起，有说有笑地鱼贯走出教学楼，教室就像一个被冰封了很久的水壶慢慢被急火加热，终于沸腾了起来。很快，人就走光了，只剩下我和袁小丽。

她还有道数学题还没有解出来，低着头趴在桌子上验算着，我收拾好书包后，手抄在口袋中懒散地走向她的课桌：“我说袁小丽，你每天和事儿妈似的，到底什么事儿？赶紧说，我还着急走呢。”

听到我开口，袁小丽停下了手中的笔，她回过头看了我一眼，随即又低下眼皮，用一种挖苦的口吻说：“着急走？你想去找陆晓媚对吧？哎呀，雪琪太可怜了，看来有人已经坠入爱河了，以后哪还有时间去管那些可怜的猫儿？”

“你还说雪琪，我都忘和你说了，前天我去箱包市场吃东西的时候又看到它了，它应该已经生了，肚子瘪了下去，没那么胖了，还有其他的猫儿，我也给它们起好了名字，菲利普、格里斯、大卫……”袁小丽不等我说完，就没好气地打断了我。我抬头看着天花板，掰着指头数着，不知道她到底要说什么，我突然想和她多聊一会儿。

“杨小和，你少给我转移话题，本来你的私事儿我不想管，可我觉得你要是这么早就弄和学习无关的这些乱七八糟的事，以后后悔的可是你自己。”

“你吃错药了吧？我什么时候弄乱七八糟的事儿了？”我对袁小丽的突然发飙感到有些恼怒，更是一头雾水。

袁小丽的声调有升了一调：“我早就知道你会胡搅蛮缠，我就直截了当地问你，你为什么整天给陆晓媚写信？别告诉我你们之间只是纯洁的朋友关系。”

我没想到她会突然提到这件事，刚才还聊着雪琪、前途和她嘴里乱七八糟的事，一下就跳跃到陆晓媚身上，这种跨度让我有些反应不过来，我嘟囔着：“本来我和她也不是什么朋友……”

她像一只泄了气的皮球，好像遇到了她最不愿意面对的最坏结局，看她的样子，应该是头上轰然响起一个炸雷，隆隆声过后，她的脑袋里嗡嗡作响，她肯定没想到我这么容易就承认了她的猜想。

她愤然抓起书包：“我真得高估你了，我们班的第一名原来这么不堪。”她说完，就往教室外走。

我第一次听到袁小丽在我面前承认我才是14班第一名的事实，这让我感到颇为骄傲，一时间竟然沉浸在恍惚的甜蜜当中。好不容易回过神来，袁小丽已经跑出教室，我也赶紧抓起自己的书包追上她，并一下拉住了她的袖口，她惊了一下，随即赶紧把手抽走。

我也感到这个动作有些不合适，连忙收手，不过我还是侧身挡在了她身前："袁小丽，你能别把这件事对别人说吗，尤其是别告诉老师们？"

她紧握着双手，指甲深深嵌入自己的手掌中，随后又长叹一口气，表现出对我敢做不敢当的绝望："放心吧，我不会对郭老师说的。好了，请你让开吧，我要回家。"

我并没有让开，为了避免更大的误会，我还是决定"卖友求荣"，告诉她真相："是张明睿喜欢陆晓媚，但他不敢自己去说，所以就给她写信，又不好意思去送，于是让我去。他是我的好朋友，我只能答应了。其实，我就是个送信的！"

"你是说你是在替张明睿当信使，怎么不早说？"袁小丽还是感到有些难以相信。

"我答应过他，不把这件事告诉任何人，否则……"

"否则怎么样？"

"你少打听，这是男人们之间的约定！"我怎么能告诉她？如果我泄密，就会失去男人们最宝贵的东西！

"那你以后不要替他送了，会给你带来许多麻烦的。"袁小丽竟然设身处地地为我着想?

我叹了口气，如释重负地说：“明天我就不用去了。”

“为什么？”

“今天早晨陆晓媚给了我一封回信，断然拒绝了张明睿的求爱，你要不要看看？看完一定要保密啊。别看这个姑娘平时穿得花里胡哨的，怎么看怎么像个中看不中用的花瓶，没想到拒绝别人的时候，还用排比句，啧啧啧……”我把信递给了她。

她展开了那张已经被揉得有些皱的信纸，上面写着：“张明睿，我们之间没有任何可能，要我答应你，除非中国能够竖起一座埃菲尔铁塔，北极开出漫天樱花，太平洋淹没澳大利亚，白雪飞舞在撒哈拉沙漠！”这些牵强附会的句子已经耗尽陆晓媚所有的知识储备了。

袁小丽看得直摇头，显然这些无厘头的拒绝语句很入不了她的眼，她一脸嫌弃地把信纸扔还给了我，好像上面有什么脏东西，能让她染上“天花”。

缓了几天之后，我才把这个令人失望的消息告诉了张明睿，还安慰他说：“你也别太伤心，被校花拒绝，这事儿不丢人。”

但他并没有受到太大影响，反而一脸看破红尘世俗的表情，淡淡地说了一句：“没关系，女孩子吗，你也知道，都害羞。”

我没说话，任由他陶醉在自我的世界中。

2005 年的元旦后半个月，期末考试如期而至。

一连两天，跟赶场似的，一门接一门地考。按照期中考试的成绩，我和袁小丽都被分在了第二考场。

最后一场考数学，我还是战略性地放弃了，距离考试结束还剩一个小时的时候，我就趴在桌子上盯着正在做题的袁小丽发呆。随后，我又盘算着其他科目的考题答案，给自己估分。

铃声响起的一刻，我兴奋地把卷子往上一抛，被监考的年级主任痛骂一顿，他确认了好几遍我不是替考的，才把我放走。那一脸的狐疑和嫌弃，他肯定觉得能排在第二考场的绝对不可能出现我这种学生。

考试排名会在年后开学时公布，但正式放假之前，学校还安排了一次年前联欢，以班级为单位，第二天下午就要正式举办。

谁都没有料到，这次联欢会竟会让我和袁小丽真正地“化干戈为玉帛”。

Chapter · 15　联欢会PK

期末考试的大幕落下之后，我在西城中学第一个学期的生活也临近尾声了，同学们早已化作待字闺中的少女，等待着寒假踩着七彩祥云前来迎娶。

只要过了今天下午的班级联欢会，大家就能解放了。我们都已经像是被细丝紧紧裹了很久的蛹一样，准备用自己青春的活力挣脱学校的束缚破茧而出了。

郭老师抬头看了一眼教室后墙上挂的表，顿了一下说道："大家这次期末考试的成绩会在年后公布，这也算是学校慈悲，大过年的，就不给一些同学添堵了，好好享受你们的寒假。"

徐春殷捅了捅我的胳膊，小声说："嗯，不错，你哥我还能有一个寒假的活头儿！"

"下午咱们班还有一场联欢会，午饭后，班委们请到我的办公室开会，其他同学在这段时间里也好好想想要表演的节目，入学信息表上我看好多人都填了自己的特长。好了，大家先解散吧！”

郭老师刚说完，大家就欢呼雀跃地跑出了教室。

徐春殷对着我用舌头舔了一下自己的嘴唇，其实我知道他想说：“我舌头特长”，但我觉得有些恶心，刚想开口损他几句，袁小丽却过来敲了敲我的桌角：“午饭后要去找郭老师开会，你可别忘了。”

我翻了个白眼儿：“郭老师不是刚说了吗？你把我当金鱼了，就几秒的记忆？”

学校的食堂爆满，我晚到了一会儿连土豆丝儿都没了，于是我又去箱包市场吃了份炒面，当我拿着喝剩的半瓶可乐来到办公室时，其他班委早就到了，袁小丽坐的位置最显眼，正对着门。

她不满地嘟囔着：“赶紧坐下，我们都开始商量半天了。”

自认理亏，我没还嘴，搬了把椅子坐到了她对面。

“我觉得应该先去买些彩带、拉花来装饰一下教室，营造气氛。”

“嗯，还要出去买点零食、饮料什么的，干看节目多没劲啊！”

“哎，我倒觉得也没必要非得买吃的啊，咱去附近的超市买袋面，再买上些韭菜和肉馅儿，让同学们包顿饺子不也挺好吗？”

“你这个提议太难实现了，谁会醒面、调馅儿？再说了，包好了上哪儿煮去？吃完了还弄得满屋子韭菜味儿，恶心不恶心？”

一时间，大家各抒己见，七嘴八舌地开始讨论。

我倒觉得一个联欢会怎么开都一样，关键是让大家高兴就行了，因此我并没有发表任何意见。但袁小丽好像有不少想法，好几次欲言又止。

郭老师到办公室的时候，我们还没有达成一致，已经12点半了。

“杨小和，说说你的想法。”郭老师说。

“我没什么想法，怎么着都行。”我开始和稀泥。

“袁小丽呢？”

“我觉得这一次联欢会我们应该进行一次PK，男女生分成两队，看谁出的节目好。”原来，她一直想说的就是这个。

“一个班的比什么啊？不就是一个联欢会吗？大家高高兴兴的多好，非这么较真儿，伤了同学间的感情多不好！”我觉得袁小丽有时候真是事儿多。

她表现得很冷静，冷冷地回应：“杨小和，你不敢比了？”

这个小丫头也太歹毒了！话锋一转，就把矛头指向了我，弄得就跟是我撺掇着要比赛似的。还有，她的语气中尽是挑衅、不屑，实在让人忍无可忍，我怒从心头起，恶向胆边生，像是一根被点燃了导火索的火药桶，终于爆发了。

“你以为我们男生都是吃干饭的？来啊，比啊！”这下好了，我成功地将自己和袁小丽之间的矛盾上升成了男女生之间的矛盾，再说下去，恐怕要就“生男生女都一样”这一论述展开辩论了。

班长与班副当着这么多班委的面竟然公开掐架，郭老师立刻出来圆场：“袁小丽的办法确实不错，杨小和的态度也很踊跃，但是……”

“但是”后面的话还没说完就有看热闹不嫌事儿大的人出来煽风点火，张明睿是文艺委员，他毫不犹豫地一跃而起，差点仰倒在地摔个四脚朝天，不过在成功掌握好了自己的平衡之后，他即刻倒向了我的阵营，高喊着：“杨小和，说得好，比就比，决不能让女生看扁了咱们。”

“道高一尺，魔高一丈”，我的阵营刚加入一名强援，袁小丽那边立马做出了强有力的回应，卫生委员张淑展巾帼不让须眉，竟然说：“老太太抹口红，要给男生一点颜色看看！”

剩下的人也纷纷发声，口水战愈演愈烈，在不断升级中逼近失控的底线，幸好，郭老师及时发出散会的指示。其他班委被派去采购联欢会的物资，我和袁小丽怒气冲冲地回到教室，各自宣布男（女）生即将迎来“一场艰苦的战役”。

41 比 14，女生在人数上占据了压倒性的优势，不过男生们依旧雄心勃勃，准备在两个小时之后开始的联欢会之中使出浑身解数给女生们些苦头吃。

3 点左右，教室装饰妥当，同学们陆续获准进入，各自找到自己心仪的位置坐了下来，所有桌子排起来围成了一个看起来有点像环形工事的形状，男女座次“泾渭分明”，颇有些“分庭抗礼”的意味。

袁小丽和我作为正副班长当选主持人也是众望所归，不过作为对垒两军的主将，这种搭配真的不是很和谐。

好几次报节目的时候，我都极尽吹捧男生的节目而对女生大加诋毁。孙玉淙演唱的《习惯了寂寞》就被我以口误为由故意说成了《习惯了记错》，再加上王日哲在下面“狗尾续貂”地加一句“应该是《习惯了厕所》！”

班里顿时乱作一团，袁小丽大声地指责我故意找碴儿，我则毫不示弱地进行回击。

由于是临时拼凑起来的，没经过精心排练，我们的节目几乎都丑态百出。

高君琦表演舞蹈的时候不小心扭伤了脚踝，在男生一片幸灾乐祸的起哄声中面色绯红地回到了座位上休息。

而赫胖子、郝云龙、王登合力表演的街舞则以王登不小心将自己的鞋子甩飞而告终。

演到最后，作为裁判的郭老师也难以裁定获胜者是谁，因为她实在比不出哪一方演得更烂：“这个裁判实在不好做，你们自己决定胜出者吧，我还得去接孩子放学，等联欢会结束了之后你们要把教室打扫干净，我先走了，祝大家寒假快乐。”

说完，她真的离开了教室，当了甩手掌柜的。

班里只留下一群大眼瞪小眼的花季少年，袁小丽和我也束手无策，下面更是鸦雀无声。

半分钟后，袁小丽缓缓把头转向我说道：“杨小和，你敢不敢和我直接比？”

袁小丽的提议正中我下怀，一个女生能耐再大，她能比男生有劲儿？比学习咱也不怕啊，全班第一！

“你要比什么？”

“我们现在就去学校体育馆来场比赛，一决胜负。”

“你不要后悔！”袁小丽皮肤白皙，一看平时就爱宅在家里，不出去运动，要比体育，她简直是自取灭亡！

“你想打什么比赛？”

“羽毛球！三局两胜，愿赌服输。”

我一听是羽毛球倒显得气势上没那么盛了，平时不常打，只是偶尔在周末的时候陪着我妈到广场上挥两拍子，一般都是瞎抡，把球抽得到处乱飞，为此没少挨我妈数落：“你瞎打什么，看清楚球再抽行不行？老让我给你捡球啊！”

这次袁小丽主动提出要比羽毛球，看来是有备而来啊。不过刚才当着这么多同学的面应战，现在哪有退缩的道理？

在一片男女生共同发出的起哄声中，袁小丽和我每人手握一把从器材室借来的羽毛球拍，向体育馆走去。

又一次，男女生之间的 PK 演变成了我与袁小丽之间的单挑。

Chapter：16 Mr正直与Miss优雅

凛冽的寒风刮来，把我刚才热血沸腾的劲儿也顺带着给吹走了，我开始后悔不该这样冲动，上了袁小丽的当，打了一辈子雁到头来让雁给啄了眼，这次恐怕“凶多吉少”。

体育委员乔龙担任本次比赛的裁判，虽然他是男生，但是再三保证一定会本着“公平、公正”的原则，绝对不偏袒。再说，女生那么多双眼睛看着呢，想偏袒也没辙。

比赛开始，我发球，看着对面袁小丽摆开的架势，我就开始心虚了，她两腿分开，身子下倾，重心沉得很低，我都怀疑她是不是受过专业训练的。

我的发球轻飘飘的，抛物线又高，毫无威胁，竟然直接让袁小丽一个抽球得分，我站在原地半天没有反应。她身后的女生助威团爆发出强大的助威声势，和男生方阵的鸦雀无声形成了鲜明的对比。

我慢慢把球捡了回来，凭我的实力硬拼肯定打不过她，只能用些旁门左道。

接下来的比赛中，我尽量把球打得很低，能过网就行绝对不给她轻易抽球的机会，同时大范围地调动让移动速度偏慢的袁小丽疲于应付，竟然靠这种战术实现了逆袭，赢下了第一局。

男生一个个欣喜若狂，乔龙趁着女生一个个还沉浸在失利的失落之中时赶紧和几个男生击掌，之后又吹响了嘴里的哨子，第二局开始！

我故技重施，不过这一招突然失效了，袁小丽毕竟技高一筹，一开始就积极上网，死死压制住我。

她右手持拍，每次抽球时身子都会向左侧倾，脚尖着地，胳膊弯起，幅度之大将她玲珑有致的身材衬托得淋漓尽致，她的身子向后倾去时，犹如一张被拉满的大弓，蓄势待发，随时都会抽出让我难以招架的一球。

沉昏的夕阳顺着体育馆的玻璃投射进来，正好打在她的身上，站在我对面的女孩子浑身都散发出一种优雅的光芒，冯静！我脑海中蹦出来两个字，袁小丽身上的一些特质和她太像了，她们都漂亮极了，但是又不完全相同。

冯静温柔、文静，如果说她是一瓶顶级清香型的白酒，喝后温润舒畅，那袁小丽有些骄纵、霸道的性格让她更像陈酿的烈酒，甫一开盖，浓郁的香气就直冲而来，令人想要“一享芳泽”却又敬畏。

她的发球、接球和抽球一气呵成，被打傻了的我气喘吁吁地一次又一次把球捡起，再被袁小丽抽死，再捡起球。没过多久她直接打了我一个21比8，大获全胜。

她开心地笑了，和女生一起庆祝。

她的一颦一笑，都散发出摄人心魄的魅力，如果她不是我的对手该有多好！随便和我是什么关系，同学也好，朋友也好，情侣也好，只要不是我的冤家对头。我突然冒出这样一个奇怪的想法。

但随后我赶紧晃了晃脑袋，示意自己决不能胡思乱想，身后还有整个班男生的期望，我怎么可以长别人的志气，灭自己威风？

稍做休息，决胜局开始了，我再次改变战术，开始采用“攻心法”遏制袁小丽的进攻，她每次要抽球的时候，我就大喝一声，受到影响的她就直接把球抽到了网上，成功率大大下降。

随后男生方阵开始帮着我一起喊，袁小丽心智大乱，同时我对羽毛球那仅存的肌肉记忆也被完全唤醒，比分一直没有拉开，我们从13平开始一直打到19平。

这时争议的一幕出现了，乔龙判定袁小丽的一个看似压线的抽球出界，这引起了女生的极大不满，其中几位竟然冲到乔龙面前上演“河东狮吼”，结果被直接罚出体育馆。

这样我就以20比19领先，只要再拿1分就可以赢下比赛。

袁小丽发球，我回球打到袁小丽右侧，她拼命移动两步，球是打回去了，但是她因为用力过猛脚下一滑摔倒在地，她的脚好像扭伤了，动弹不得，只要我把球抽回去，纵使她有三头六臂，也无论如何不可能接到了。

那一刻，被抽得快要面目全非的羽毛球好像在空中定格一般，时间仿佛也停滞不前，男生们已经做好了要欢庆胜利的准备，有的已经做出了跳起庆祝胜利的动作，欢呼声一触即发。而女生阵营似乎已经预感到了失败的来临，有的用手掌挡住了自己的眼睛，不忍再看。

抽还是不抽？抽还是不抽？！谁能告诉我？乘人之危不好吧？但让到手的胜利白白溜走，岂不是可惜？

我面对袁小丽挑回来又高又慢的球有一百种选择可以终结比赛，但我还是选择了唯一一种让悬念持续下去的方法，没接那个球，只是慢慢把球拍从半空中收回垂到身体右侧，球慢慢掉到了界内，弹起，最后还是落回到地上，一动不动了。

我没有去管在场所有人诧异的目光，而是一弯腰从网下钻了过去，向坐在地上的袁小丽伸出了右手，低声问："你没事儿吧？"

袁小丽迟疑了一下还是把右手搭到了我手上，小声回答："没事儿，谢谢。"

现场一点声音都听不到，袁小丽单腿一蹦一蹦地跟在我身后走出了体育馆。

回过神儿来的男生们疯狂地庆祝，徐春殷大喊着："我们赢啦！"

女生中立马有人做出回击，大声反驳着："你们哪儿赢了，明明打平了好不好？"

于是男女生立马又吵作一团，体育馆再次人声鼎沸，我陪着袁小丽去了医务室。

“万幸没伤到骨头，就是轻微的扭伤。来，我给你涂点红花油，晾一会儿就好了。”老师脾气很好，转身进了内室，找药去了。

“看看你弄得，非要比赛，最后把自己都弄伤了吧？”

袁小丽笑嘻嘻地说：“彻底认清了你到底是怎么样的一个人，受伤也值了。”

“我怎么听着这话这么别扭呢？我是怎么样一个人呢？今天我都没乘人之危，又以德报怨地把你送到医务室来，还让我怎么样？”

“好了好了，叫你正直先生，行了吧？”

“好的，优雅小姐。”我想了一路，才想起这么烂的一个外号。

“为什么叫我这个？”袁小丽竟然脸红了，窗外呜咽的风吹得医务室的门咣当咣当的。

“我觉得你打羽毛球的时候，也挺好看的。”这是我由衷说出来的，可没掺假。

她笑了。

我想：我们两个这就算正式“冰释前嫌”了吧？

屋里弥漫着红花油刺鼻的味道，又过了十分钟，袁小丽小心翼翼地把袜子穿好，我让她的右手抓住我胳膊，一起回了教室，其他同学已经几乎走光了，一路上他们还在争论着这场球赛的输赢。

各自收拾好书包后，我扶着她出了教学楼。

“你家住在哪儿？我送你吧。”好人做到底，送佛送到西，袁小丽这个样子，又是个女生，我还真不放心让她一个人走。

“那我们去坐 62 路吧，我家住在明珠花园。”

我把自行车锁在了学校车棚里，和她一起往校门口走去，这时，天已经完全黑了。

路上车水马龙，喇叭声此起彼伏，车灯、路灯都散发出耀眼的光芒，流光溢彩。

我让她把手搭在我的胳膊上，小心翼翼地向车站走去。

她把绑马尾的头绳摘了下来，一头长发像瀑布一般垂在了她的双肩，我突然感觉眼前的这个女孩儿有些陌生。

她不是那个幼稚地跟我拌嘴的袁小丽，不是什么都想和我一争高下的袁小丽，她此刻显得如此成熟。干冷的晚风吹来，她的几根头发飘到了我的脸上，仔细一闻，还有淡淡的洗发水香味。

我有些意乱神迷，时间好像回到了我和冯静第一次见面时的那个夏天，那时我们都才只有四岁。

现在，我和袁小丽都是十六岁，这是十二年后的一个轮回吗？冯静已有了男朋友，她已不再属于我，难道说，袁小丽是上天赐给我的另一个冯静？

我盯着袁小丽，胡乱地想着，一瞬间，有种异样的感觉击中了我的心。那种感觉，跟我当时喜欢上冯静时的竟然一模一样。

没错，我喜欢上了袁小丽。

Chapter · 17 命中注定

我竟然喜欢上了袁小丽？

我被自己的这个想法吓得浑身一个机灵，我就这样背叛了冯静，背叛了我的青梅竹马，背叛了那份在心里藏了那么久的真挚的感情？

不，这不是我的错，冯静已经喜欢上了别人，她才是那个“叛徒”。再说，袁小丽这么漂亮的女生，喜欢上她又不是什么丢脸的事儿，我就喜欢她了，怎么着吧？

凡人终究不能免俗，这个世界上本来就有好多男生女生从刚见面时互掐，再到后来坠入爱河的好不好？

我不断安慰自己，把自己的移情别恋粉饰得冠冕堂皇。

我扶着脚踝受伤的袁小丽，走在去往车站的路上。

我刚想说个笑话给她解闷，却发现她停了下来，眼睛直直地盯着前方一个穿着十八中校服的男生，脸上露出了惊诧和恐惧的表情。

看样子，他们认识。

那个男生叼着烟，烟头像只萤火虫一样在夜色里忽明忽暗，他竟然还染了几缕黄色的头发，我实在难以把他和好孩子联系到一起。

他把烟往地上一扔，踩灭，随后双手插在裤子口袋里，慢慢朝我们走来。

我挡在了袁小丽身前，我要保护她，谁知道这个流里流气的黄毛会不会做什么伤害我们的事情？

袁小丽紧紧抓着我的校服，像死死地抓住了一根救命稻草。

“同学，能单独让我们谈几分钟吗？”黄毛竟然彬彬有礼。

我看了眼袁小丽，她点了点头，果然他们认识，我告诉她我不会走远，就在车站等着她。

“谢谢。”黄毛在我闪身让开时说。

他们谈了大约有一刻钟，我一直密切注视着黄毛的一举一动，其间，他拉住袁小丽的双手，我想要跑过去拉开，毕竟她现在已经是我的“猎物”，其他男生怎么可以对她动手动脚的？

幸好她挣扎了几下后甩开了，自始至终都是黄毛在说着什么。

袁小丽只是摇了几下头，说了几句话，一脸的决绝与不快，最后，甚至用双手堵上了自己的耳朵。

终于，黄毛走了。

袁小丽一瘸一拐地朝我走来，62 路还没来。五分钟，我们谁都没说话，她好像不太想提刚才的事。

又过了五分钟，车依旧没来，她终于开口了："刚才那个男生，以前在初中时是我男朋友。"

虽然心里已经隐隐猜到了，但我还是张大了嘴巴，一脸难以置信的样子。

袁小丽这种好学生，竟然也会早恋，一方面我佩服她的勇气，但另一方面，我心里又有些不舒服。

我当然在吃醋。

"初中时，他篮球打得很好。"她继续说。

"切，小女生果然还是肤浅，篮球打得好的人多了去了，我篮球打得也挺好的呢。"我心里想着，但没插嘴，听她继续说。

"很多女孩子都给他写过情书，不过，他一封都没留，当着我的面全撕了。我和他坐前后位，他不太爱学习，没事儿就喜欢拽我头发，在我校服上乱写乱画，当时，我对他厌烦透顶，还在心里想了他故意欺负我的一百多种理由，但直到他说出来喜欢我的时候，我都没猜到这个可能。"

果然，初中生的表白方式永远那么幼稚，一个男生如果喜欢一个女生，就玩儿了命地去欺负她。

"我没答应他，那时上初二，我立志要考入实验高中，全部心思都在学习上，根本没时间弄些乱七八糟的事情。"袁小丽陷入了回忆，我在旁边听着。

"那后来你为什么又答应他了？"

“他不断地给我家打电话，我感觉再打下去，我真就和我爸妈说不清了。于是，就只能勉强先答应了，我感觉这是在受到了不小的胁迫下被逼的。”

这还是袁小丽吗？她的样子中竟然透着一种无奈的忧伤，这世界上竟然还有能让她发愁的事儿。

看她平时作为班长高高在上的样子，女生果然是女生，骨子里都有软弱无助的一面，只是她隐藏得比较好罢了。

“看样子，你已经……嘿嘿嘿……”我学着电视里坏人那样一脸奸邪的笑，盯着她，我想套出他们已经发展到了什么程度。

“你想到哪儿去了？你们男生脑子里就只会装一些肮脏下流的东西，幼稚！我们只是牵过手，再没做过其他什么出格的事儿了。”

还好只是牵了手，我长舒了一口气。

“后来呢？”

“中考结束，我没考上实验高中，可能有点迁怒于人，就感觉是他影响了我，所以就提出分手了。不过，他还是不断来找我。今天，可能是最后一次了，我告诉他，我喜欢上别人了，他就死心了。”

袁小丽第一次对我毫无防范地说出了她的过去，可能她觉得我是一个男生，不会那么八卦地去把她的事情到处说。

但听到她说喜欢上别人的时候，我心里还是慌了。

“杨小和，你喜欢过别人吗？”

“嗯，喜欢过，但跟你一样，她也喜欢上别人了，你前男友比我幸运，最起码你们俩还发展过一段，我纯粹是‘剃头挑子一头热’。”

我觉得有必要让她了解我的过往，让她知道我曾经喜欢过一个女生，于是我把冯静的事情告诉了她，我们在小学、初中的事情，还有那天在夜市上碰见她的事情。

袁小丽没安慰我，只说：“也好，有句词不是说‘落花风雨更伤春，不如怜取眼前人’吗？喜欢一个从一开始就知道在一起也会毫无结果的人，不值。”

“哎，袁小丽，我记得你刚才说你喜欢上别人了，是谁啊？我认识吗？”

实际上，我的心已经悬浮在了半空中，像被狠狠扎了一针，难受得要命。

“我骗他的，你也相信。哇，终于来了，等了快半小时了，才来！”她突然指着一辆开着大灯缓缓驶来的62路兴奋地喊道，刚才那股子忧伤劲儿瞬间不见了。

听她这么说，我的心又平稳着陆了。

既然她还没有喜欢的人，从现在起，我好好表现，争取尽快扭转我在她心目中的印象。那样的话，我应该会有很大机会吧？

公交车在路上颠簸着，窗外炫彩的灯光投射过来，我回忆着今天发生的事情，发现我只在乎下午和袁小丽的那一场羽毛球赛和她优雅的身影，我只知道我喜欢上了她，其余的，我都不愿意多想。

我们常说有些事是命中注定的，指的大概就是那一类无论中间有多少磕磕绊绊和耽搁，但迟早有一天会找你“赴约”的事吧，你逃是逃不掉的。

就像在我的生命中，除了冯静之外，还躲不掉一个叫袁小丽的女孩子。今天，命运正式地把她推到我面前来了。

Chapter · 18　有温度的新春礼物

寒假轰轰烈烈地开始了，过年前我每天都狂野地“策马奔腾”，虽然没有享受到什么人世繁华，但却也过得格外惬意滋润。

上午写作业，下午就约上徐春殷他们打篮球，晚上一顿胡吃海塞，随后睡觉，养得脑满肠肥。

但大年初一之后，寒假就变得无聊起来，每天走亲访友让我感到有些疲于应付，一时间，我感觉自己的生活不再受自己的支配。

我开始想念袁小丽，后悔没从其他人那里打听一下她家的电话，这个时候哪怕只是和她在电话里要几句贫嘴，听听她的声音也好。

初三之后，我干脆装病在家，哪儿也不去了，通过电话给姥姥拜了个年，边说着吉祥话还得边擤着鼻涕。

末了还挨姥姥一顿数落：“这孩子都这么大了，怎么还没改了睡觉蹬被子的毛病呢？啧啧……回头让你妈从我这里带几块老姜给你用红糖熬点姜汤，喝了就好了。”

我赶紧推辞：“不用了，姥姥，真的，我现在一听到你的声音就觉得好多了，你不信，我给你唱首歌……”

我最讨厌姜那种辛辣的味道，要是我妈拿回来熬成姜汤逼我成碗地喝，那还不如让我去拜年呢。

挂了电话，我斜躺在床上，也没枕枕头，一条腿还耷拉在床沿上，听着外面嘈杂的鞭炮声，胡乱想着寒假最后的几天该怎么过。

一阵急促的电话铃声打断了我的思绪，我以为又是我姥姥打来叮嘱我吃药的，没看来电显示就接了起来：“哎呀，姥姥，我一定按时吃药，喝姜汤，您别操心啦！”

“哎哟！怎么过了个年我辈分就这么高了吗？好孩子，等着开学以后来找我要压岁钱。”

啊！这声音是……袁小丽！

“那个，是你啊，我以为我姥姥又打过来叮嘱我吃药呢。”我连忙解释。

“没事儿啊，我不怕你把我年纪喊大了，当你姥姥也行，我又不吃亏。”她开着玩笑。

死丫头，你怎么能当我姥姥？记住，你是我老婆，老婆！

“有什么事儿赶紧说，别老占我便宜。”我催促着她。

听后，她变得一本正经起来：“郭老师刚才给我来电话了，她说咱们学校的所有班主任过年时要去市福利院看望那里的孤儿，但她正在老家过年，赶不回来，所以让咱俩代替她去一趟。”

“什么时候？”

“今天下午 2 点在福利院门口和其他老师集合，你有时间吗？”

“嗯，有，这样吧，去市福利院的公交车正好路过我家，你中午先坐 15 路到工人新区这边来，我们在站牌见，然后再一起过去。”

“好，一言为定。”

“对了，你怎么有我家电话的？”

“我是班长，有什么弄不到的？”说完，她挂了电话。

我拨通了徐春殷家的电话：“喂，小徐啊？我下午没法去打球了，感冒了，不舒服，你和张明睿他们去吧。”

这个谎，我撒得特别心安理得，因为我要去做“正事儿”嘛。

我翻身下床，迅速洗漱后，打开冰箱，只有这几天没吃完的藕、炸带鱼，烩到白菜里热了热，匆匆吃了几口，随后便往站牌走去。

J 市的冬天冷得让人不想出门，我穿着厚厚的蓝色外套，不住地哈着气。没过两分钟，袁小丽就到了，和我一样，裹得和个粽子似的，还围了条亮红色的围巾。

我们还没来得及说话，4 路公交车就摇摇晃晃地开了过来，她在外套口袋里一通翻找，想掏出公交卡，我已经迈上车去，往投币箱里投了两个硬币，当啷当啷，钱顺着铁箱滚了下去。

“别费劲找了，帮你投了。”我回过头，冲她说道。

袁小丽并不领情，嘴一撅：“谁要你管了？”

我歪着脖子："赶紧上来吧，堵着门口后面的人怎么上啊？"

她没发现后面五十多岁的大妈等得都不耐烦了，正要开口数落她。

没用二十分钟，我们就下了车，又走过两个路口，就到了市福利院，门口已经聚集了一些老师了。

教数学的付老师，教英语的杨老师，教历史的徐老师等等，都是各个班级的班主任，我们主动问好，他们礼貌地回应。

大家纷纷紧裹着自己的外套，似乎对于在这样一个寒冷的鬼天气跑到这里献爱心有些无奈，站在那里有一搭没一搭地聊着，都是些过年间发生的些鸡毛蒜皮的小事儿，比如邻居往家里送炸藕荷啦，孩子的奶奶给做了新衣服啦，还有就是丈母娘又问自己晋升的事儿了。

方校长站在队伍最前面，他刚刚和福利院的院长握了手，寒暄一番后就带着我们浩浩荡荡地走进了福利院的大门。

一路上院长都很客气："大冷天里跑一趟，让你们受罪了。这些孩子大多七到十岁，挺可怜的，有的是被父母遗弃的，有的父母早亡，好在我们已经联系了很多爱心人士，愿意收养他们，春节后有些孩子就能搬到新家去了。"

"这次我们来得匆忙，没来得及准备什么，这些钱是我们老师的一点心意。"

说着，方校长从大衣内侧口袋里拿出一个鼓鼓囊囊的信封放到了院长手里："这里是五千块钱，去给孩子们买些东西吧。"

院长觉得还是现在就去把礼物买了更好，孩子们也不知道钱代表什么，再说，就这么空着手直接走进去，那些孤儿也不一定待见我们。

问题是，买什么呢？因为成长环境特殊，这些小孩好像对玩具都不怎么感兴趣。

在场的每个人都噤声无语，袁小丽也闭上了眼睛认真思考起来。

我细细思索着，觉得以我们的思维去生搬硬套地加在他们身上，显然行不通，孩子未必不喜欢玩具，他们不喜欢的只是冷冰冰的玩具。

到底让我想出了办法，被前排老师们死死挡住的我边举手边高声喊着："方校长，我知道买什么！"

前面的老师纷纷退到一边，像皇帝出场的时候各方诸侯四散分开，方校长眯着眼睛，看到我正胸有成竹地向他走来。

袁小丽对我这一喊感到很意外，她在旁边拽了拽我的袖子，生怕我捅出什么篓子来，给班级抹黑。

我总共走了不过二十米的距离，每一步都像在袁小丽的心头狠狠地踩了一下，她的心一次次地揪紧，仿佛现在骑虎难下的就是她本人。

终于，我站到了方校长对面。

他表情依旧和善，问道："你有什么办法，同学？"

我的头低下去一点，用眼睛扫了一下自己的鞋子，说："方校长，您现在让老师们去买些能录音和播放音乐的八音盒。"

"买这些有什么用呢？"

"现在来不及解释了，您先让他们去买，买好了我再和您说。请您相信我，我是高一 14 班的……"

方校长没等我说完就接过了我的话："好吧，就听你的，杨小和。"

他竟然还记得我，我们的相识更像是命运特意安排的，进入西城中学第一天我差点把他当成了扫校园的清洁工。

随即，他招呼了几位男老师："你们照他说的把东西买回来，先花这五千块，如果不够再花这些。"方校长把装钱的信封交给他们之后又从自己口袋里拿了一千块钱出来。

福利院对面不远就有一个小商品批发市场，因为初一到初五这几天买东西的人不是很多，生意显得比较冷清。没费多大劲，东西就买好了。

"下面，请各位老师帮帮忙，我们……"我成了发号施令的人。

这合理吗？平时都是老师支使我干这干那的，但因为有了方校长的"金牌令箭"，我也就顺带着"狐假虎威"了。

大家一通忙活后，五十多个老师分组进入了那些可怜孩子的房间，房内的布置很简洁，几张床，一台电视孤零零挂在高处，挂钟滴答滴答地走着。

春节的到来也没有让其平添几分节日的气息，房间的墙面与平时一样逼仄、苍白。

我、袁小丽还有方校长进入了最外面的001号房，四个不到十岁的孩子坐在床沿上，目光直愣愣地看着我们。

袁小丽冲他们一笑，让他们隐藏身体深处的那颗心稍微受到了触动，其中两个孩子也咧嘴一笑。

方校长抚摸着一个小男孩的头，笑着问他几岁了，小男孩儿用小得几乎听不见的声音回答："七岁，刚过完生日。"

"那叔叔今天送给你一样礼物，为你庆祝生日，同时也祝你春节快乐好不好？"方校长笑着说。

几个孩子一听到"礼物"两个字眼睛顿时亮了起来，眨动着细长的眼睫毛全都围了过来，这两个字敲碎了孩子们与三个"不速之客"之间最后的坚冰，让我们的距离一下子被拉近了好多。

有个胆子大点的孩子还试探着问方校长："能给我们看看吗？"

听到这句话后，他迫不及待地从塑料袋中掏出八音盒，孩子们每人都分到一个，他们好奇地把玩着，精致的外形设计让他们爱不释手。

袁小丽帮着离自己最近的孩子转动了八音盒上的发条，齿轮摩擦的声音过后，八音盒中接着传来了《Happy New Year》的歌声：

Happy new year

Happy new year

May we all

Have a vision

Of a world where

Every neighbor is a friend

他们虽然听不懂歌词的意思，但仍觉得很好听。

音乐只有几句就结束了，接着里面传出了一个男人的声音：“孩子，祝你春节快乐。”

突如其来的声音把那个孩子吓了一跳，差一点把手中的八音盒扔在地上，他手忙脚乱后，好在又紧紧接住。

紧跟着是一个女人的声音：“春节过后，你会来到一个温暖的家，会有新的玩具，会有新的房间，新的伙伴，当然，也会有新的爸爸妈妈，无论过去经历过什么不幸，请把它们从你的心中全部去掉，腾出更多的空间来装载快乐。孩子，我们爱你。”

拿着八音盒的男孩儿的手微微颤抖了一下，其他孩子听到这一番话，也赶紧转动了发条。

与此同时，几乎每个房间里都传来了八音盒和弦的声音和那一段深情的“告白”。

方校长不失时机地对房间里的孩子说：“孩子们，春节过后你们都会重新拥有一个家，这些礼物就是你们新家里的爸爸妈妈送给你们的，喜欢吗？”

“喜欢……”孩子们用稚嫩的口气异口同声地说道。

一个孩子拉着我的衣角问：“大哥哥，新家里也有和这位大姐姐一样漂亮的妈妈吗？”

“当然，小弟弟，大姐姐长得好看，那大哥哥长得不帅吗？你不希望有个像我一样帅的爸爸？”我厚颜无耻地问。

“希望，大哥哥，我希望。”他赶紧说，随后一下抱住了我：“大哥哥，你们能多待会儿吗？别这么着急走。”

这是一种怎样的寂寞，竟然需要陌生人的陪伴来缓解？

这些八音盒中的录音是由五十多个老师两两一组完成的，我和袁小丽也凑了一对儿，中间因为配合不默契，重新录了好几次，但我还是很享受和她成为“夫妻”的那短短几分钟，虽然只是假装的。

我说过，孩子们未必不喜欢礼物，他们只是不喜欢冷冰冰的礼物。

Chapter · 19　有眼无珠

寒假转瞬即逝，放在以前，这对于我来说就是灾难，因为一开学，无论换没换班主任，他们问我的第一句话不是“寒假玩得开心吗？”而是“寒假作业写完了吗？”

一二年级时，我还会在距离寒假结束只有几天时拼了命地补救，借冯静的抄也能抄完。

后来，随着我越来越没皮没脸，油盐不进，我的胆儿也练肥了，就是不写，换来的结果就是第二天被惨无人道地请出教室站到走廊里罚站。

整个小学，有三分之一的时间我都没有坐在座位上，我就是那个现实中的“小明”，我就得不断地“滚出去”。

有时候，学期过半，我都没把寒假作业补完，最后连老师都懒得找我要了。

然而这次，我格外期盼着能早点开学，不为别的，就为能早点知道期末考试成绩，我能预感到，自己应该考得还不错。

从市福利院回来，我就开始在床上“烙烧饼”了，辗转反侧，难以入眠。

我妈从单位回来，看到床上被我揉得乱七八糟的床单，无奈地摇了摇头。

返校的日子定在了初六，正好是情人节，我对这种洋节向来抱着一种不关心、不庆祝的态度。

早上6点半，我就出了门，天还没亮透，空气像被蒙上了一层纱，眼前的东西都透着暗影。骑行在结冰的道路上，车轮不断地打滑，我使劲儿握着车把，努力保持着身体平衡。

几个高二年级的学生有说有笑地走着，中间簇拥着一个手捧了九朵红玫瑰的女生，她的脸都快被冻成了红苹果，却依旧洋溢着灿烂的笑容。

学生需要的幸福真简单，不，现在想想，都有些“简陋”，买九朵玫瑰能花多少钱，至于这么大张旗鼓地招摇过市吗？

一个寒假没人“光顾”的教学楼少了许多“人气儿”，乍一走进去感觉像是进入了一个被人捅了好几个孔的大气球，到处透风漏气的。

有些教室已经打开了，里面传来了零零散散的交谈声。有的管班级钥匙的“掌门人”还没到，教室门紧闭，门口聚集着四五个早到的同学谈论着过年的事儿，清冷的风吹在单薄的校服上，冻得他们直跺脚。

还好，等我爬到六楼时，14 班的门是开着的。

几个人围着讲台，叽叽喳喳地指手画脚。教室里的暖气还没停，被寒风吹透了的我刚一进去，瞬间感到暖流从四周向我侵来，我又“还阳”了。

有人抬头看见了我，是张明睿，他大声喊道:“杨小和，你真牛啊！”还冲我竖了个大拇指。

“怎么了，你们看什么呢？”我问。

“成绩单啊，期末考试的成绩单！”

“啊，成绩出来了？！”我边把书包从肩上退下，边走向讲台。

果然，《西城中学 2004—2005 上半学年高一 14 班成绩单》的字眼赫然进入了我的视线。

最上面的人名不是杨小和，又是谁？！

我喘着粗气扫视着我的成绩，语文、数学、英语、历史……总分、班级排名第一，级部排名第十六，都冲进前二十了！

韵文中学的老师和学生，你们来看看啊？！冯静，你来啊！那个你们眼中的傻瓜、弱智，他考出了怎样的成绩？！

其实，我的内心已经兴奋地快要炸开了，但我表面上依旧平静如水，拿眼偷偷去瞥我的成绩，不放心，再瞥一眼，再瞥一眼，边往人群外围退边瞥，结果下讲台的时候差点崴了脚。

我看过很多青春励志的电视剧和电影，里面大多会有这样的镜头：一个本来学习很吃力的差生，遇到了一个让他很心动的女孩儿，从此他发愤图强，挑灯夜读，知识像是肉馅儿似的灌进了他肠衣般的身体，等到下次考试的时候，他一跃就进步了好多名。

原来，我觉得这全是扯淡，这过于理想化，不真实。等到我自己的经历也泛着理想化光芒的时候，我觉得这电影拍得真实，一点儿不假。

由于兴奋过头，我忘了看第二名是谁，很可能是袁小丽，但张淑展的实力也很强，我当然更希望是前者。

郭老师当众宣读成绩其实是多此一举，早在她来教室之前，那张成绩单就被在全班传阅好几遍了。

“哥们儿，你可以啊，连着两次第一了啊？”徐春殷在一边谄媚地奉承我。

“嗨，这都小场面，小场面。”

我不能像个暴发户似的，刚有了点成绩就沾沾自喜，好学生从来都端着架子，别人夸奖，你得装着早就受过千百遍夸奖的样子，宠辱不惊。

“以后，我当你表哥怎么样？”他这个要求让我觉得这小子想攀高枝儿想疯了，和全班第一做同桌还不满足，居然还跑这里来乱认亲戚了。

“为什么你要当我表哥？”

他把原因娓娓道来后，我才知道是怎么回事儿。

寒假之前，我们班一个叫王虎的男生来找徐春殷，说郭老师找他有事儿。然后他去了办公室，发现郭老师压根儿也没找过他，他以为王虎耍他，回到教室怒气冲冲地去质问他。

王虎嗫嚅着问：“你不是杨小和吗？”

要说这个王虎真够“虎”的，都当了一个学期同班同学了，还能认错。

“王虎说我和你长得挺像的，他才给弄混了，他这么一说我也发现了，表弟，你看啊，咱俩的眼睛还真是一模一样。”说着，徐春股又露出了他猥琐的笑容，眼睛冲我眨了好几下。

我推了他一下：“上一边儿去，你看看你贼眉鼠眼的，那眼睛眨得跟个色眯眯的老头子似的，谁是你表弟啊？！”

“我不管，反正从今天开始，我就是你表哥，你就是我表弟了。”我懒得和他这死皮赖脸的人废话，就由着他了。

“杨小和，袁小丽，你们跟我来一趟办公室。”光顾着和徐春股贫嘴，我都忘了郭老师还站在讲台上，她猛一说话，吓了我一跳。

原来郭老师找我们是说奖学金的事儿，每个学期结束后，学校会根据期末考试成绩奖励每个班的前两名各五百块钱，但符合条件的学生需要写材料申请。

郭老师说着，我偷偷碰了袁小丽一下，嬉皮笑脸地问：“原来你是第二名啊？”

喜欢上她之后，我开始喜欢在各种场合触碰她的身体，不是那种明目张胆地乱摸，就是装作不经意地碰碰她的手或者胳膊，那种皮肤接触一刹那产生的幸福感和满足感经常让我意乱情迷。

她没理我，但从表情上看，她也没生气，不像期中考试时因为没考过我而一脸不服气，相反，她好像坦然接受了这次的结果。

走出办公室以后，袁小丽问起了我“雪琪”它们的情况。

我每个星期都去箱包市场，时常能看到那些流浪猫，也喂了它们不少东西。

“雪琪它们都挺好的，只是这几天没看到它，生了小猫后，它就不常出现了。”

“哦，你等我一下，我回去跟郭老师说，奖学金我不要了，都给你，你多买点东西给它们吃，也算我的一点心意。”

作为一个女生，她真的很大度，我暗自庆幸自己眼光不错，喜欢上了她。

我一个人回了教室写材料，而袁小丽转身又进了办公室。

我正苦思冥想如何尽量把这份申请写得文采斐然，这时，袁小丽回来了，她也翻出几张纸，开始奋笔疾书。

当天下午，我们俩就都完成了，她答应帮我一并交上，轻盈地跑向了郭老师的办公室，回来后还调皮地冲我笑笑。

我把心放肚子里了，看来她已经跟郭老师商量好了，她的五百块钱不要了，全都给我。

但郭老师接来下宣布的一条消息让我深刻体会到了什么叫“煮熟的鸭子飞了”。

当着全班的面，她竟然说：“袁小丽同学品学兼优，经过讨论决定，特将学校发放的一千元班级奖学金授予她。”

班里立刻响起一片赞叹声，不知道的真以为考第一名的是她。

我感觉浑身一个激灵，犹如在黑胡同里糊里糊涂地就挨了这么一闷棍，等明白过来人家早把我身上搜刮干净了。

没错，袁小丽把我那五百块钱给吞了。

她肯定在郭老师面前颠倒是非，说我不想要奖学金了，全都给她！

这是第二次了，选班长的时候她就摆了我一道，想不到这次又背后捅我刀子！真是画龙画虎难画骨，知人知面不知心！

在学校里的剩余时间，我谁也不想理，一个人趴在课桌上生着闷气，袁小丽也没主动过来给我一个解释，这更让我怒火中烧。

临近放学前，心里五味杂陈的我被一张纸条砸中了脑袋，袁小丽扔完后迅速把手抽了回去。

我层层展开，上面就一句话：“放学后留一下。”就这么几个字，我越来越看不懂她了。

把纸条扔在一边后，我继续沉浸在无尽的苦闷之中。

放学的铃声终于响起，由于是返校日，学校并未安排晚自习，下午大扫除结束后，我们就放学了。

我看到袁小丽坐在自己的座位上收拾东西，走过去死死盯着她不说话，她回过头看到我那张苦大仇深的脸，吓了一跳，嗔怪着说：“你想吓死人啊！？”

“你诡计多端，巧取豪夺，这世界上还能有你害怕的东西？！”

我情绪很激动，被人欺骗的滋味不好受，一连用了几个成语抨击她。

“杨小和，你这可是用词不当啊！我什么时候巧取豪夺了？！”她竟然还敢反驳。

“您是真能揣着明白装糊涂啊！那五百块钱……”

我没继续说下去，因为我发现她根本就没在听。

她一直在整理书桌上的课本，塞进她的单肩包，斜挎在身后，扔下一句：“郭老师让你明天一早去办公室找她，我看这次你是凶多吉少，自求多福吧你！”

说完，她头也不回地走了。

我呆在原地都傻了，袁小丽，你简直欺人太甚，骗走了我的奖学金不说，你还在这里说风凉话。你这个强盗，骗子，心如蛇蝎的女人，喜欢上你，真是我有眼无珠！

我在心底声嘶力竭地喊着，骑车回家的路上，我一直在想，她真是一个心机如此重的女生吗？

Chapter · 20 失而复得的奖学金

第二天，学校在礼堂中举行了表彰大会，我本来都想请假不来了，省得看见袁小丽站在领奖台上那副洋洋得意的样子，但想起郭老师还让我去找她，只能硬着头皮来“受刑”。

我进了郭老师的办公室，无精打采地叫了声：“郭老师好。”

她抬起头看着我，显得有些着急，急促地说：“把材料给我吧，今天必须交上去！”

“什么材料？”我有些疑惑。

“申请奖学金的啊！”

“奖学金，不是都给了袁小丽了吗？”难道郭老师也故意挖苦我？

“那是班级的奖学金，我让你交的材料申请的是全校的，你是级部前二十名里唯一一个非实验班的学生，学校决定重奖两千元。”

“郭，郭老师，你说什么？两千块？”我一听这笔巨款，说话都不利索了。

“那天袁小丽回来找我，说那五百块钱她不要了，让我都给你，我那时候刚接到方校长电话，知道了两千块钱的事儿，所以我决定把你那五百块钱给袁小丽，人家好歹也是全班第二呢。”

“我这就回去写，这就去。”我边说边往后退，转身的时候差点撞上正进办公室的付老师。

他看见了我：“杨小和，正好，你给我过来说说你其他科目的成绩这么好，怎么我教的数学才考了那么点分？哎，我还没说完呢，你别走！”

我没搭理他，踉踉跄跄地跑回了教室。

当天，我递交了申请，方校长当着全校师生的面儿把奖学金送到了我手中。

我闭上眼睛，细细品味着这至高无上的荣耀。

“高兴了？”是袁小丽，我刚一回到班里，和她四目相对，她笑着问。

一想到自己不问青红皂白地错怪了她，我就羞愧地无地自容：“那个，袁小丽，你，你今天下午有时间吗？我请你去吃东西。”

我第一次约女生出去，有些紧张，或许我可以利用这个机会向她告白，错过冯静已经令我追悔莫及，这次说什么也不能再搞什么暗恋了。

“你什么时候才能够成熟点儿，不像个小孩子似的？我下午还有事儿，这顿先欠着吧。不过我可警告你，杨小和，用这些钱好好照顾那些猫儿，我要是看到它们一个个皮包骨的，别怪我饶不了你！”

袁小丽白了我一眼，走了。

看着她的背影，我的嘴角露出了一个憨傻的笑。第一次，我没把她和冯静联系起来，没在她身上看到任何关于冯静的影子。

怎么说呢？简而言之，冯静就是冯静，而袁小丽就只是袁小丽，现在住在我心里的那个女生是后者，只有后者。

我并没有肆意挥霍这笔失而复得的奖学金。

到了周末，我花了一百多块到超市给我爸买了瓶像样点的酒，去商店挑了半天给我妈选了条带商标的外套，高中以前我总闯祸，他们得给我擦屁股，负责“善后”，没少往外赔钱。

第一次见到“回头钱”让他们感到难以置信，忙问我是不是把哪个商店给盗了，还没等我回答，他们非要拉着我去派出所自首。

“爸妈，这是奖学金，我考试成绩好，学校奖的，合法的。”我挣脱了他们的手，急忙解释。

他们听到这里还是不放心，非要给郭老师打电话确认，核实后才长舒一口气。

午饭后，我去市场买了一百五十多块钱的鱼，准备给“雪琪”它们改善伙食。

鱼贩好奇地打量着我，他实在无法通过我的年龄猜出我到底是干什么的，哪有这么小就给饭店送货的？

“叔叔，我是学生，买了鱼去喂猫的。”

鱼贩边往塑料袋里装他自吹自擂的“比巴掌还宽”的带鱼段，边咂着嘴：“小伙子，你买这些鱼够我们一家三口吃上一个礼拜的，家里得养了多少猫啊？”

我笑呵呵地接过装好的带鱼，跨上自行车就往箱包市场赶，它们果然还在那儿。

雪琪果然有了宝宝，是三四个跟它一样通身雪白的小猫，我第一次见。混迹在没遮没挡的大街上让它们的毛上沾了一层油脂麻花的东西，打了卷儿，看着脏兮兮的。

我冲它们打招呼，第一次见我，它们不敢上前，有序地跟在雪琪身后，看到母亲毫无顾忌地向我走来，它们也卸下了防备。

我把买来的鱼都倒了出来，它们各自叼起一条后就躲到角落中去了，猫儿不喜欢吃东西的时候有人盯着它们。

我找到了卖麻辣串的老板，拿出一百块钱：“老板，上次给你的钱用完了吧？这钱你拿着，还是拜托你喂喂那些猫，别赶它们。”

“哎哟，这钱……”老板犹豫着没接。

“怎么了？”

“前天一个女学生也找我来着，一下子给了我五百，让我照顾这群流浪猫，够花好长一段时间了。”

“女学生？长什么样儿？”

其实他不说，我也能猜出是谁。

果然，老板眉飞色舞地把袁小丽的形象描述一遍后，我确认了自己的猜测。

我低下头，嘴角浮起了笑容，袁小丽，我真是越来越看不透她了。

但有一点可以确认，我没看走眼，她真的是一个心地善良、纯洁干净的姑娘，是一个值得我喜欢的女生。

Chapter · 21　冯静的表白

本来我已经趋于平静的生活，就这样被冯静毫无征兆的出现打破了。

杨老师的英语晚自习管理最松，她从不占用时间讲课，而是让我们自由完成作业，班里堪比熙熙攘攘的菜市场，同学们疯玩打闹。

我与韩林夕换了位，晚自习整整两个小时我都坐在袁小丽的旁边。

“这个题应该选什么啊？”我指着一道毫无难度的历史选择题问她，同时闻着她身上淡淡的香气，盯着她的侧脸看个没完，我想要和她靠得再近一些。

“选 B 啊，今天上课的时候老师不是讲了吗？”

“是吗？我怎么不记得了？”我装出满脸疑惑的表情问。

“真不知道我怎么会连续两次考试输给你这个白痴。”她愤愤不平地说。

晚自习结束后，我并没有着急去收拾书包，而是留在了班里和徐春殷、张明睿他们踢了会儿“球”。

球是我们把废旧报纸和胶带缠在一起做的，踢起来到处乱飞，砸在墙上砰砰作响。

“杨小和，你们赶紧回家。多大了还玩这个？幼稚！”袁小丽离开前对我们说。

“好的，我们这就走。”说这句话时，我在心里偷偷冲她抛去了一个飞吻。现在，无论她再怎么数落我，我都心平气和，她嗔怒起来的样子也挺好看的。

和徐春殷在校门口分开后，我哼着歌，跨上了自行车，回头看了一眼缓缓关闭的学校电动门，使劲呼吸了几下，嗅着初春时节的气息。

我总感觉，一年之中，每当一个季节来临时，都会有这个季节专属的味道相伴。

经纬路两旁的路灯照射出亮眼的光，来往的车辆络绎不绝，我裹紧了套在校服上的外套，准备开始骑行。

一只纤细的玉手毫无征兆地搭在了我的车把上，我的目光缓慢地抬起，落在了这只手的主人身上。

竟然是冯静！她穿着J市中学紫金色的春季校服，身材比原来圆润了许多，只是面容上显得有些憔悴，她的长发像瀑布一般垂在她的肩膀两侧，双眸像海水一样明净纯澈，细长的睫毛玲珑闪动，玉腮微红，肤如凝脂。

学生特有的青春魅力在她身上充分绽放，让她显得比我们在夜市遇见时更美了。

她的突然出现让我像见到了外星人一样，大吃一惊。

我们两个对望了几秒钟，谁也没说话。

“小和，我在这里等了你好久了。”原来我们每次无话可谈时，她总会先于我打破沉寂，这次也不例外。

“你，你怎么来了？”我又慢慢从自行车上跨了下来。

她没说话，满面愁云地看着我，良久，她才说：“我想和你聊聊天。”

“边走边聊吧。”我提议。

于是，我们两个并肩沿着经纬路向东走去，那是我们家的方向。

不知道为什么，我总觉得眼前的冯静有些陌生，和她站在一起令我尴尬。

“小和，你现在好吗？”

“我很好啊……”

我把上了高中之后的情况和她详细说了一遍，我认识了新的朋友，遇到了很多好老师，学习上取得了巨大进步，但我没跟她提到袁小丽。

她一路上静静地听着，只是偶尔点点头或者“嗯”一声，其余时间都没有插话。

我一口气说完，跟个话痨似的絮絮叨叨地添油加醋，足足说了一刻钟。

“那你呢？”我问她。

“小和，我感觉有些累。”

从她的叙述中，我了解到进入了J市中学后，她面临的压力更大了，一入学她就被分进了实验班，完全陌生的环境让她感到有些迷失了方向，繁重的学业令她疲于应付，她的心理有些快要承受不住了。

“没事的，如果实在累了，就休息休息，你肯定没问题的。你看我，原来初中那个样子，现在不也挺好的吗？”我安慰了她几句。

“其实，很早之前我就想来找你了，但是我总想再等等，等到你给我打电话。”

“我给你打了好多个电话啊！”

我之前一直尝试联系冯静，直到发现她有了男友才作罢，她为什么会说没有接到呢？

“可是，我自始至终都没有接到啊，我的手机几乎二十四小时开机，就为了等你给我打电话。”

我赶紧和她核对了一遍电话号码，真该死，我以为早已烂熟于心的号码的最后一位竟然一直都是错的。

她叹了口气，幽幽地说：“算了，记错了也好，给我打电话可能会让你女朋友吃醋的。”

“女朋友？你在说什么啊？我哪有什么女朋友？”她的话让我感到莫名其妙。

此时，我们转了个小弯，离开了经纬路，继续向家走去。

“其实，上次期末考试后我就来你们学校找过你，在校门口看到了一个长得挺漂亮的女生挽着你的胳膊。”

她说的一定是袁小丽，那次她在与我的羽毛球比赛中把脚扭伤，我扶着她去的公交车站。

虽然是冯静误会了，但我的脸还是因为“做贼心虚”而不自觉地红了起来。

“不是你想象的那样子的，冯静，她只是我的同学，脚受伤了。”

“你说谎，你喜欢她对不对？”她拽住了我的胳膊，迫使我停了下来。

我们在零星有人经过的人行道上面对面站着，嘴里呵出细微的难以察觉到的气息，沉默半晌。

“你从来都不会骗我，我能从你的眼神中看出来，那个女生在你心里的位置很重要，甚至，比我还要重要，对吗？”

我不知道该怎样回答这个问题，换成初中时，绝不会有一个人能取代冯静。但现在，我犹豫了，我不愿但又不得不承认袁小丽正在一点点“侵蚀”着我对冯静保有的最后一丝留恋。

“你说话啊，小和，不要不理我，我害怕……害怕失去你。”

今天的冯静不再含蓄，她显得有些咄咄逼人，执着地非要得到一个答案。

“走吧，快到家了，边走边说。”我说。

十分钟的时间，我们之间没有任何交流，我陷入到了深深的矛盾中，不敢再去看她。她把头扭向一边，目光空洞地看着偶尔经过的车辆。

我们又一起走进了家门口的小巷，两边是低矮的平房，路灯投射下昏黄朦胧的光线，洒在我们脚步的印记上。

小巷还停留在我上初中时的样子，那时，我和冯静天天一起上学、放学都会穿过它。仿佛我们两人各个年龄段的影子就在前方徘徊、说笑，但任凭我怎么努力，却再也追不上了。

说来也巧，我们住得那么近，上了高中之后竟然没有一次邂逅。

她家就在前面的路口处，我准备先把她送回家，自己再回去。此时，路灯出了故障，闪了几下后突然全部灭了。

小巷内立刻漆黑一片。

“小和，我怕。”

冯静又像小学时那样，一紧张就抓住了我的右手，此时一种异样的感觉正在我体内蔓延，让我意乱神迷，她的皮肤还是那么滑，葱白一般的指节放在我的手心中，那么令人舒服，让我忍不住想要握紧。

路灯没有再亮起来，我们一直保持着那个姿势，我能听到自己心中躁动的心跳以及厚重的鼻息。

几分钟后，我轻拍了一下她的背：“走吧，不早了，再不回去，你爸妈要担心了。”

“你就这么不喜欢跟我在一起吗？！为什么，你上了高中之后就变了，小和？是因为那个女孩儿吗？”她突然严肃了起来，语气里带着一种轻微的责备。

“我没有变。冯静，只是，我觉得我们都应该有自己的生活，和袁小丽没有关系。”

“袁小丽？你终于还是承认了对吗？她究竟有什么好的？！”

冯静无理取闹式的质疑让我有些恼，我强压着怒气：“你该回家了。”

“不，我不回家，一回到家我爸妈就知道唠叨着让我学习，我真的好累，我要和你在一起。陪陪我，行吗？”

冯静说完，双臂箍住了我的脖子，侧脸贴到了我的胸口上，她今天太反常了，敏感，脆弱，她体内好像蕴藏着一股巨大的情感力量，想要找到一个宣泄的出口。

我被她的举动吓了一跳，之前无论我们再怎么亲密，也不会拥抱对方，她究竟想要给我传达一个怎样的信号？

下一秒，答案就被给出了。

“我喜欢你，一直都很喜欢。”冯静温顺得像只猫咪，靠在我怀中说。

我彻底懵了，脑袋里连着好几个炸雷，轰隆作响，完全不知所措。

十多年以来，我都在一直努力寻找着一个合适的机会想向她告白，却每次都因为各种状况而搁浅。

我想象过一百多种可能性的排列组合，只是她主动向我表明心意这一条，我从没敢奢望。

“别闹，冯静，你，你不是有男朋友吗？那天在夜市……”

“那根本不是我男朋友！他是我表哥，已经上高三了，他说高考压力大，才让我陪他逛街的。”

“你为什么当时不告诉我？”

“我，我只是想看看你的反应。”

冯静有很多秘密，她一直冷静得可怕，从不主动袒露。

“那你喜欢的那个林枫呢？”

我知道林枫是她对我说的一个谎言，我从未戳穿，但我还是要弄清楚她为什么要说谎。

“根本就没有林枫这个人，小和，你才是林枫！”

“什么意思？”

“那时，你要我们互相写下对方喜欢的人的名字，我本打算告诉你，我喜欢的人是你，所以我先写了一个‘木’，就在我要把你名字都写出来时，我突然想到你刚刚把英语学好，成绩有了些起色，我害怕会影响你，我不能那么自私，所以临时想出了林枫这个名字。”

我开始怀疑是不是每个女生心思缜密起来都会变得如此“恐怖”，智商爆表。

“但我一直在等你对我说出那几个字，小和，直到看到你和袁小丽在一起，我才意识到你就要被别人抢走了，我不能再等下去了。”

她说着，开始哭得梨花带雨。

我抱着她，慢慢“消化”着刚刚她对我说的一切。

她抬起头来，我们四目相对，她的脸慢慢凑了上来，一片柔软的唇紧跟着也贴了上来，“啄”到了我的嘴唇，她的胸紧贴住我的身体，像海绵一样柔软。我像触电了一样，浑身发僵，飘飘欲仙，仿佛灵魂出窍一般。

这是，我的初吻。

等我将来有了儿子，我一定会不厌其烦地在他面前回忆，诉说那一刻。

“儿子，当年你爸爸喜欢过的女孩子主动吻了我，那感觉就像是嘴唇触碰到一颗新鲜的草莓，上面涂满了香醇的牛奶。”

但如果我说完接下来发生的事情，他一定会说我脑袋进水了。

因为，冯静的唇只在我的上面停留了不到两秒钟，我便使劲地推开了她。

脑中残存的最后一丝理智告诉我，我不能那么做，因为，我喜欢的人已经变成了袁小丽，而不再是冯静。

我不能允许自己“出轨”，无论是身体还是精神上。

看着有些惊呆了的冯静，我有些愧疚，却又不得不装出无比坚决的样子，和她保持一定的距离。

“你说的没错，我喜欢袁小丽，对不起，我们不能这样。”

十六年来，这是我第一次拒绝冯静。

一瞬间，我回想起了过往种种。

幼儿园时，她不让我跟宋明在一起玩，生生“拆散”我们，我没逆她的意。

小学时，她不让我去游戏机厅，偷偷向贝老头去告状，我没怪她。

初中后，她说要我选择一门科目开始认真学习，我也没说半个“不”字。

一直以来，我都像是她心爱的一个玩偶，不能离开她的控制，她只允许我属于她，别人稍微想靠近我一点，她都会充满警惕地“龇着牙”吓退他们，她喜欢的不是我，只是那种能拥有我的快感和操控感。

但上了高中之后，我才发觉，大家都有了选择自己生活的权利，我也一样。感情面前，我必须要自私一回，无论她再怎么不快，我都不能再惯着她了。

“时间不早了，我送你回家。”我说。

她站在原地没动，或许她只是想再最后努力一次，逼我就范。

我没再“中招”，叹了口气：“好吧，站够了，你就自己回去，我先走了。”

狠下心后，我转身离去，我能听到在我背后不远的地方传来了抽泣的声音，我告诫自己，不要回头，永远不要回头，今天一定要有个了断。

我觉得放下一段回忆也没别人说的那么难。

到家后，我妈说袁小丽刚打来电话找我，说她已经把我今天问她的问题整理成了一个册子，明天上学后就给我。

听到她的名字，我心里一阵发紧和感动。

我“哦”了一声表示知道了，随后我把自己关在了房间内。周围安静到可怕，只听到墙上的时钟滴答走动的声音。

今天之后，冯静可能不会再出现在我的生活中，我一阵难过，虽然没法在一起，但十六年的青梅竹马哪是说断就能断开的关系？

但袁小丽还要跟我在一起生活至少两年的时间，我还能再偷偷看她精致的面容，看上七百多个日夜，一想到这，我心里就又激动了起来。

稍稍平复心情后，我掏出了练习册，开始完成英语课布置的阅读理解，那些字母每一个看起来都好像是袁小丽变的，我没法集中精力，满脑子都是她。

终于，我放弃了，决定今晚不再学习。

洗刷过后，我脑袋枕着双臂躺在床上，看着天花板上的灯光一点点模糊，我终于在完全放松后，进入了梦乡。

Chapter·22 理想

清明节假期前的最后一天，雨水相应地多了一些，和风细雨，落在地上，一点一点地向下渗透着，逐渐复苏的万物也在拼命地从土里向上钻拱着。

我和万物一样，也在努力成长。

高一下半学期开学以来，我还是保持着原来的状态，大多数情况下都不懈怠，像条忠狗守着骨头一样仔细盯着好不容易才赚来的“一亩三分地”。

进入西城中学前的经历对我来说就像是我跌进了一个泥潭，泥水已经漫过了我的脖颈，我一直在努力地从里面往外爬，狼狈地挣扎着。

军训过后，我就觉得胸口不再憋闷了。

当上副班长时，我感觉腰部以上的部位都被拽了出来。

等到我破天荒地考了第一名时，我就彻底解脱了，虽然身上依旧挂着些淤泥，但我能预感到，再像条拉布拉多犬似的往地上滚两圈儿，“冰清玉洁”的日子离我就不远了。

这跟黑社会小混混的“洗白”区别不大，都是曾经罪孽深重，幡然醒悟后，就特别想捞个“重新做人”的机会。

无意中，我又得到了一个和不堪的过去彻底决裂的机会，学校要安排我们去英灵山扫墓，那里有个烈士陵园，郭老师本来把带队的任务给了袁小丽，但我像程咬金似的半路杀出，截和！

我给的原因是，我家就住在英灵山对面，对那里熟！

袁小丽狠狠剜了我一眼，怒色中的花容带着两片红晕，飞上双颊，分外妖娆，我回给她一个没皮没脸的微笑。

这次任务成功之后，我就有勇气说我彻底从阴影下走出来了。

扫墓被安排在了清明节当天下午，上午照常上课，最后一节是英语，杨老师讲着“倒装句”的语法结构，袁小丽弓着身子趴在课桌上，记着笔记。

徐春殷的大脑袋撑在手掌上，几乎就要睡着，口水流到了胳膊肘上他都浑然不知。

王日哲和高海洋讨论着午饭是吃炸麻辣串还是吃炒焖饼，最后他们终于达成了完美的一致，两样都吃。

叶赫那拉帝洋摆弄着他的文曲星，正用超级玛丽玩命地踩着王八盖子一路驰骋着往其他小怪上面撞。

除了袁小丽，大家全都心不在焉，他们都惦记着能去英灵山了解英雄事迹，培养爱国情操，说白了，还不是嫌待在学校里无聊，想去玩儿？

杨老师的课自带催眠效果，我眼睛直直地盯着她嘴角下方的痦子，跟被下了咒似的，目光呆滞。

一声“下课”就是破咒的口诀，我撒了欢儿地跟着一帮男生去了校外觅食。

由于出发时间就定在午饭后，所有同学当天中午都没回家，我啃完了两个烧饼夹里脊后，就领着一群“直立行走的猴儿”浩浩荡荡地去了公交车站，他们嬉笑打闹着，一路上都没消停。

由于人数众多，我们先后上了五辆公交车前往目的地，车里的人本来就多，挤得我们和“馅儿”似的，而且和一群口无遮拦的男生站在一起我都害臊。

张明睿无论说什么都得在中间加上“我去”，比如“我去，你看那女的穿的，才4月份，不冷啊？”“我去，火箭季后赛抢七被小牛虐了40分！”“我去，谁扇我后脑勺儿呢？！”

好像没了脏话，他就活不下去了似的。

公交路过J市一家椭圆形棚顶的剧院时，徐春殷非问我那个棚顶像不像女人的某种器官，大哥，你的比喻是挺恰当，但能不能找个僻静的地方悄悄告诉我？旁边还坐着位七十多岁的老奶奶呢！

王日哲和高海洋更离谱，眉飞色舞地评头论足，就为了争论两个老师谁更漂亮，两位老师的名字都是四个字的，难不成是日本人？

下车后，我就把所有人召集了起来，让他们跟着我一起前往指定地点。

当天有很多学校都前往英灵山为烈士扫墓，墓碑都在山中，这群猴儿崽子肯定把这当春游了，爬山的时候大呼小叫。

嘈杂的噪音肯定让烈士们安息不了，幸亏是白天，换了晚上非得有好静的烈士跳出来跟这群烦人的学生说道说道，你们到底是来扫墓的还是来盗墓的？

为了给其他学校“腾地儿”，我们就在那儿待了不到一刻钟就下山了，坐车又回到学校。

不想再跟着那群活宝一块丢脸，我决定还是跟女生她们一块儿回去得了，趁徐春殷他们不注意，我混在女生队伍里蹿上了公交车。

回程的车上，乘客已经不算多了，但我依旧没找到空座。我站在车厢中部，像个被流水冲刷的木头桩子一样，抓着扶手来回摇晃着。

窗外道路两边高大的树木一闪而过，它们正在享受着一年中最惬意的时光，不用担心树皮干裂，不用担心被暴雨泡烂了树根，更不必悲悯因凋零的落叶而变的突兀的树干。

“杨小和！”有人喊我名字，“过来坐吧，这里有空位。”

此时，我才发现袁小丽竟然也在这辆车上，她身边坐着一个秃顶的老大爷，正好要下车，我心花怒放，哈巴狗似的赶紧凑了过去。

“今天怎么这么热啊！”她看着车窗外向后退去的树有些不快地说。

车里，一束下午3点左右的阳光光柱投射了进来，细微的尘埃开始在光束的曝光下起舞，我的目光又投到了袁小丽身上，看到了她芙蓉一般的姣好容颜和凹凸有致的曼妙身姿，还有她一起一伏的胸脯，露出半截的颀长脖子。

看了约有五分钟，我赶紧转移视线。

“你怎么了？”我总感觉她不单单是在抱怨着开始升高的气温。

“杨小和，你有什么理想吗？”

她今天好怪啊，我本来以为这种前言不搭后语、毫无逻辑感的对话只会由我发起，天气和理想，根本是两个情境下才会谈的话题嘛！

“瞧你说的，我也是个人好不好？谁没有理想啊？”

我对她的问题感到莫名其妙，却也想起原来跟王俊、冯静在初中毕业后聊过这个话题，他们都说自己的理想就是要考上一所好大学。

那时，我的理想很简单，就指望冯静能别忘了我，一辈子都别忘。

理想这东西，是会随着时间流逝而不断改变的，上了高中后，我越发感到自己终于找到了生活的意义，为了自己而活，还得活得漂亮。之前我给自己画了一个“牢”，把自己关在了里面不愿出来，这个牢就是冯静的影子。

但现在，我的理想就变成了要娶袁小丽，当然，我不能说出来。

“那你说说，以后你想做什么？”她问。

“我嘛……当个作家吧，当个研究海怪的生物学家，成为一名大学教授也行，好像做个美食家或者英语翻译也挺不错的。”我咂着嘴想了半天，开始信口胡扯。

她叹了口气，对我的回答不怎么满意："为什么你们每个人的理想都这么……庸俗呢？"

当作家都算庸俗的理想？这姑娘难不成已经看破红尘，想去落发为尼？

"那说说你的理想呗，让咱这些个俗人也开开眼。"我故意挤对她。

但她并没听出我的揶揄，很认真地看着我说："我想当个百万富翁。"

什么？！

我当即作痛心疾首状，心里痛斥着资本主义的拜金思想腐蚀人心，袁小丽这个年龄的少女应该拥有的理想明明就是以后当个传道授业的教师，救死扶伤的医生，再不济也得是个娱乐圈里的不知名歌手，为了理想在酒吧驻场，受尽屈辱。

她可是我喜欢的女生，怎么能有这么不着调的理想，这么早就堕入到钱眼儿里了呢？

想到这里，我恨铁不成钢地说："唉，看来是女人就免不了落俗，说到底还是金钱的力量过于强大了。你把这理想无论跟谁说，能有人赞扬它崇高伟大的？"

她听我说完，很不服气，白了我一眼："那你为什么想当作家？"

"那还用说，用文字写出世间美好，受人尊敬。"

"切，这么说，你的理想还不是只对你自己有好处？"

“你什么意思？你成了百万富翁，把钱白送给别人花啊？”

“当然是给别人花的啊。有了钱，我就能设立慈善基金，你上午没听地理老师说世界上还有十几亿人处于饥饿之中，中国还有很多孩子上不起学吗？当了百万富翁的话，我就能帮助很多人。”

她说着说着就流露出了那种异想天开的表情，傻傻地用单手托着下巴，直直地看着车厢前方。

说实话，我被她的这番话所震撼到了，没想到一个女孩子，心里竟然记挂着那么多人。

几个月前，和她第一次碰面时，我还觉得她将是我整个高中里最讨厌的一个人，但逐渐地，事情却向着另一个极端发展起来。

我开始喜欢上了她的容颜，但更喜欢她的心灵。

公交车一路颠簸着往学校方向开去，燥热的天气让我们都挽起了校服袖子，露出半截胳膊，无意中我有好几次碰到了她裸露的皮肤，水滑水滑的，像绸子一样。

我又靠近了一些，想多闻一闻一下她身上的香气，多感受感受她发出的呼吸。

大部分同学陆陆续续回到了班中，我被徐春殷他们口诛笔伐了十分钟，说我不讲义气，偷偷溜掉，害得他们找了我半个小时，还以为烈士请我去唠家常去了，就差求郭老师报警了。

我随便敷衍着，说他们思想不纯，低级趣味，跟他们待在一起容易拉低我的情操。

我们互相刺挠着，班里乱成一团。

“砰砰砰”三声，袁小丽用黑板擦使劲敲了敲讲桌，等到我们各自回到座位安静下来之后，她说：“郭老师给咱们布置了一项作业。”

“哎哟……”有些人一听作业，发出了长长的丧气声。

她并未理会，接着说：“写一篇关于自己理想的文章，不少于六百字，刚刚去英灵山扫墓，咱们烈士墓也瞻仰了，爱国情怀也感受了，就用自己崇高的理想以告慰烈士们的在天之灵吧。”

原来是郭老师布置的作业，我说袁小丽怎么突然和我聊起理想来了呢。

我当即拿出作文本，草稿也不打，就下笔如有神。

我还是把作家写成了我的理想，但涉及原因时，我没再说是因为想要受人尊敬，而是说希望用自己的文字去慰藉、感化别人。

袁小丽的话让我突然意识到了，一个人的理想不应该自私和功利，应该博爱和宽广。

这趟公交车坐得值，一块钱的车票，让我获得了价值百万的理想。

Chapter · 23 篮球鞋

4月中旬，学校公布了要举办篮球联赛的消息。

这仿佛一枚投入到了深海中的鱼雷，把我们班的一众“虾兵蟹将”炸得七荤八素，兴奋不已。

《灌篮高手》是我们“80后”这代青春主题的永恒记忆，每个男生都竭尽全力地去模仿动画里最能耍帅的动作，然后“埋伏”在校花放学必经之路的篮球场上开始显摆。

初中时，邻班有个笨得像狗熊一样的男生不知道抽什么风，把自己的课桌搬到了学校的篮球场上，踩在上面过了把灌篮的瘾。

终于，在围观人群的喝彩声中，他在落地时把脚给崴折了。

但他依旧获得了英雄般的待遇，被他们班男生抬着满校园疯跑，见人就说：“看见了吗？我刚才灌篮了，像仙道一样。”

说着，他还在手上啐了两口吐沫，往头上一抹，好让头发像仙道那样竖起来。但并没成功，他的头发像煮得发软的面条一样，直了不到五秒，又耷拉了下去。

想到这里，我忍不住傻笑了起来。

“嘿，杨小和，想什么呢？！”突如其来的喊声把我吓了一跳，那声音如此有穿透力，把我的灵魂生生从体内揪了出来。

是袁小丽，她单手握着水杯，优雅地呷了一口。

“啊？没想什么。”

“你要参加篮球联赛吗？”她问。

“当然了！我可是西城中学第一得分后卫！”

就算只有她一个观众，我也要参加。

“切，你就吹吧！得分后卫是什么？”

“得分后卫啊？是一种巧克力，可好吃了，不信，你尝尝。”我觍着脸说，把左侧脸颊向她凑了过去。

“你讨厌！”她跑开了。

在她面前，我越来越没皮没脸了。

回到家，我找出了自己唯一的一双篮球鞋，是中考结束后在 S 师大附近的夜市地摊上买的。

穿上后我又套了一件芝加哥公牛队的上衣，对着镜子照了半天，浑身都充满着力量。

末了，我还学着樱木花道的样子喊了句：“因为，我是个篮球手。”然后又模仿他犯贱时候的表情摆了个“V”，引来我妈的一阵鄙视。

我们班有很多篮球高手，尤其是郝云龙，球技在全校都特别有名，只不过他身高偏矮，没有机会加入篮球队，但是他的速度、技术与篮球队的球员比起来都不落下风。

这次比赛又规定校篮球队队员不能参加只能去担任裁判，所以有了郝云龙这种“大杀器”，我们班毫无疑问是夺冠热门。

体育委员乔龙领到了对阵表，我们班将在一个星期后迎来首个对手——13 班的挑战，地点是学校体育馆三楼。

随后他便开始组织男生们报名，大家非常踊跃，十四个男生全都表示要参加。

组队之后，我们每天放学之后都会进行训练，眼看比赛的时间快到了，不和谐的一幕却出现了，郝云龙和胖子叶赫那拉帝洋竟然在训练时打了起来。

赫胖子嘲笑郝云龙连双篮球鞋都没有，参赛的球员必须要穿篮球鞋才能进入体育馆比赛，于是他们之间就爆发了冲突。

内耗或者窝里反，对每个球队来说都是毁灭性的打击。

更糟的是，郝云龙因为这件事影响到了情绪，每次训练都心不在焉，他确实在为篮球鞋的事情担心。

我听别人说过，他家里的条件确实有些困难，而且他知道父母挣钱特别不容易，因此他从来不开口向他们额外索取与学习无关的东西。

平时没有篮球鞋他就穿着普通的球鞋去打球，他从不嫌丢人，因为他打得比穿着名牌篮球鞋的人都好，但是赫胖子的一句嘲笑戳中了他内心最不容侵犯的地方。

比赛当天早上，郝云龙找到了乔龙："篮球比赛我不参加了，我没有篮球鞋。"

乔龙急忙说："赫胖子的话你别放在心上，他……"

没等说完，郝云龙已经转身离开了。

下午3点半之后是自习课，篮球比赛就安排在这个时间进行，郝云龙那时突然不知所踪，我只能临时出任控卫的位置。

比赛开始，没有了郝云龙，我们班就像失去了牙齿的老虎，和13班立马成为一个水平的球队，迟迟拉不开比分。

13班男生在他们班女生疯狂的尖叫下逐渐打出了气势，拼抢也越来越凶，他们对控球的我采取了包夹战术，让我很不适应，也让我很难有发挥的空间。

我越来越急躁，失误开始增多，被抢断了好几个，却又束手无策，好在这时，上半场比赛结束了。

我们走到场边，大口喘着粗气，喝着女生们递过来的水。

很快，裁判就吹响了下半场开始的哨音。

这时，袁小丽拽着一个人快步向我们走来，他穿着普通的白球鞋和校服，手抄在口袋里，低着头，是郝云龙！

袁小丽站在我们面前喊着："你们快点，谁把自己的篮球鞋脱下来？赶紧给郝云龙换上，我们下半场必须加把劲儿了，我们一定要拉开比分啊，不然真的很难获胜。"

话音刚落，我就蹲下开始解自己的鞋带，抓着鞋跟一把就把鞋子给扒了下来。

见郝云龙无动于衷，我立刻招呼几个男生直接脱掉了他的鞋，给他换上，但是我的鞋子似乎小了一些，而他的脚比较大，所以他根本穿不下去。

紧接着，其他男生也开始跟郝云龙换鞋，但是所有男生篮球鞋的尺码都偏小，再不上场，裁判就要判罚我们技术犯规了。

突然，一双崭新的篮球鞋被扔到了郝云龙面前，大家的目光一下都集中到了球鞋飞来的方向，竟然是赫胖子扔过来的！

郝云龙愣在了那里，半天才嗫嚅着说："你，什么意思？"

赫胖子对郝云龙的木讷显得有些不耐烦："你少废话，赶紧穿上去比赛，你的鞋码是44码半的，这双是45码的，我买了双鞋垫放在里面了，你穿上正好。郝云龙，你下半场给我好好表现，要是第一场比赛我们班就输了，我可饶不了你！"

"那我先，先穿上，比赛完，我刷干净了再还给你……"

郝云龙顿时把自己与赫胖子之间的矛盾忘得一干二净，他太渴望打球了，现在这双篮球鞋可是让他登场的最大保障，他感激得有些语无伦次了。

赫胖子摆了摆手："算了，还什么还？这双旧鞋我早就穿烦了，就当送给你了，现在归你，篮球联赛结束后还是归你，你穿过的东西我才不要！我说你倒是赶紧换上啊！一个大男生说话磨磨唧唧的，真是！”

郝云龙赶紧换好了球鞋，迫不及待地想要跑上场。

袁小丽拦住了他：“等等，你的鞋上还有吊牌呢，我先给你剪掉，省得你再绊倒！”

“咔嚓”，绑着吊牌的塑料线掉落在了地板上，郝云龙彻底挣脱了束缚，一起挣脱掉的还有他和叶赫那拉帝洋之间的芥蒂。

赫胖子在一旁嘟囔：“臭小子，个子这么矮，脚却这么大，我跑了多少家店才淘换来一双 45 码的。”

下半场的比赛简直成了郝云龙的个人表演，他几个变向就把 13 班的后卫耍得失去了方向感，突破到内线，一个挑篮，空心入网，对方中锋封盖不到，望球兴叹。

我们班士气大振，逐渐稳住局势，最后赢了 13 班 20 多分，全场都在高呼郝云龙的名字，他感觉自己幸福极了。

晚上回到家一进门，他爸就问他：“你同学找到你了吗？”

“谁啊？”郝云龙纳闷儿地问。

“今天下午有个男生给咱家来电话了，好像是姓赫，挺特别的一个姓，还问你穿多大码的鞋呢。”他爸解释道。

郝云龙听完，像是有什么东西在他的心灵深处撞击了一下，像一口钟似的“嗡嗡”地回荡着余音。

过了一会儿他才说：“嗯，他找到我了，他是我一个很好的朋友。”

在那次比赛中，我们一路过关斩将，打进了决赛，虽然最终仅取得亚军，但是郝云龙还是穿着那双特别的篮球鞋获得了 MVP 的称号，还一度得到篮球队教练的青睐，邀请他加入校篮球队。

后来，郝云龙一直穿着那双篮球鞋打球，到最后磨到无法再修补时，他也没有扔，而是放在了一个鞋盒子里，一直留着……

Chapter · 24　家长会

高中时，最让我们头疼的事情莫过于家长会了。

学生毫无疑问是最大的牺牲品，其实不光考试成绩不理想的学生要遭殃，班级排名不错但是出现退步的也免不了让爹妈一通数落，更惨的是当晚又有无数男孩子的餐桌上加了菜。

因此，每次家长会时，教室里肯定不都是“座无虚席”，总会有那么几个家长来不了。

不是他们不想来，而是自己的孩子在其中百般阻挠和作梗。

王日哲每次考试都考得不好，怕挨批，他从不把开家长会的事儿告诉家里。

有一次家里问他：“这都到了高一下学期了，怎么从没见过你的成绩单呢？”

他反应倒挺快：“哎哟，妈，你不知道现在国家新的政策吗？成绩属于学生隐私，早不让在班级里面公布了。”

他妈“哦”了一声又问：“那家长会呢？这么久也没见你学校开家长会啊？”

“妈，我们学校为了减少家长们不必要的请假与奔波，正在实行班主任家访制度，这不还没轮到咱家呢吗？您耐心等着就行，就快了。”

这招虽然拙劣，但还算奏效，他妈每次都能被他搪塞过去。

初中时，我爸妈一听说要开家长会就头疼，他们实在不愿意再被老师当众数落，那种受尽其他家长奚落与白眼的滋味儿不好受。

他们回到家后，我也免不了要度过些“不那么让人舒坦”的日子，因此我对家长会恨之入骨。

现在，成了全班第一的我开始盼望着开家长会，好让我在别的家长艳羡的眼中好好过一回当“别人家的孩子”的瘾。

我爸妈也在谁去参加我家长会的问题上争得“头破血流”，但我爸显然不是我妈的对手，每次都迅速败下阵来。

他还一个劲儿嘟囔：“就像儿子是你一个人的似的，就不能让我露次脸？不知道的还以为小和没爸爸呢……”

高一下学期过半，郭老师就下发了本周召开家长会的通知。

周五的晚自习取消，我和袁小丽带领着一众班委打扫教室，准备迎接家长们的到来。

5点半左右，有家长开始陆续走进了教室，教室门口贴着一张本次考试的成绩单，家长们驻足观看，而我则是指引他们签到，为他们引位。

他们对我表达谢意时，我就说：“叔叔、阿姨，不客气，我叫杨小和。”

他们看看成绩单上的第一名，再看看我，都会忍不住夸赞我一番，我成了名副其实的心机男孩。

不一会儿，我妈就来了，和她一起的还有王登她妈，她们是同事，每次家长会都会一同前来。

我暂时放下了手里的工作，和我妈站着聊了一会儿。

“阿姨好，您是杨小和的妈妈吧？”此时，袁小丽凑了过来。

“这算是未来儿媳和婆婆的第一次见面吧？”我一边傻笑，一边看着她们。

“哎，你好，你是？”我妈应了一声。

“我是袁小丽，杨小和的同学。”

“你就是袁小丽啊？这姑娘长得真出条，瞧这皮肤，啧啧……真水灵！杨小和在家里可没少提你……”我妈看着她，脸上乐开了花儿。

袁小丽听了这番夸奖有些不好意思，脸都红了，还好“救星”及时出现才化解了尴尬。

“妈，你怎么才来啊？”袁小丽叫了一声后跑到了一位刚刚走进教室的女人身边，抓着她的胳膊不放。

她上身穿着一件卡其色的短风衣，配一条黑色长裤，虽然我不懂化妆，但我从她脸上看到了精制的妆容。她显得很年轻，也很有气质，一看上去就能猜得到是位名副其实的阔太。

“你都几岁了，怎么还像个长不大的孩子一样？”她妈笑着说。

袁小丽把胳膊抱得更紧了：“妈，我才十六岁嘛！”

我从没见过她这个样子，大班长平时在班里可威风得很，现在却温顺得像只猫。

她妈的目光一下子就落在了我的身上，我们对视了两秒。

“丽丽，这是你同学？”

“嗯，妈，她就是杨小和。”介绍我时，我清楚地看到袁小丽冲她妈眨了眨眼。

“杨小和，你好，我是袁小丽的妈妈，丽丽整天在家念叨你。”

“阿姨，您好您好。”我忙不迭地答应着。

“丈母娘看女婿，越看越欢喜。”我又开始胡思乱想。

“妈，你胡说什么呀？谁念叨他了？”袁小丽在旁边“抗议”着。

我妈走了过来，和袁小丽她妈握了握手，两个好学生的家长一见面，谈话都会从恭维对方的孩子开始，并且会一直围绕这个话题谈下去，不厌其烦。

我妈说：“小和这孩子真比不上你家丽丽，他整天除了傻玩儿就不会干别的，我就从来没见他在家里翻过书，懒得要命！还是丽丽懂事儿听话，瞧瞧学习上那认真的劲头儿，单凭这点儿，将来必定出类拔萃。”

“瞧您说的，丽丽哪有那么优秀？都十七岁了，还整天迷迷糊糊的，什么都不懂，没心没肺的，和个傻丫头一样。我看倒是杨小和天资聪明，理解能力又强，还招老师们喜欢，那前途才不可限量呢！”

等到其他家长差不多来全了之后，她们才手挽着手挑了两个中排的座位并肩而坐在一起。

家长会开始后，我和袁小丽便离开了教室，一起走到了校门口。

“袁小丽，你妈长得还挺好看的，你遗传了她的优良基因了。”我说。

她妩媚地笑了笑，我的夸奖让她很受用。

吃过晚饭后，我开着房门开始写作业，客厅里，我爸妈的对话被我听得一清二楚。

“怎么样，家庭代表？家长会开得还不错吧？小和受表扬了吗？”我爸问，听语气，他还在对自己没能参与这次家长会耿耿于怀。

“那还用问？小和考了全班第一，在级部里都数得着，他班主任脸上有光，怎么会不表扬他？”

说完，我妈倒了杯水，一饮而尽，用手扇了扇舌头周围的空气，好像因为刚刚做完一场超长的演讲而感到口干舌燥。

“那咱儿子整天挂在嘴上的那个袁小丽呢？她考得怎么样？”

“她能和咱儿子比吗？咱儿子又招老师喜欢，理解能力还强。那个袁小丽整天迷迷糊糊的，都十七岁了还什么都不懂，没心没肺的，和个傻丫头一样，这可是她妈亲口说的。就这种女孩子将来能出类拔萃？反正我觉得不能！”

听到这里，我苦笑着："果然在家长的心目中，还是自己的孩子最优秀啊！"

谁知道袁小丽的父母现在在谈论什么，没准儿她妈在说："杨小和跟咱闺女比差远了，这孩子在家从不看书，懒得要命，这可是她亲妈告诉我的。你说这种孩子将来能有什么前途？"

Chapter · 25　青春擦出的火花

家长会后，六月来临，距离期末考试只剩下了一个月。

烈日炎炎，天气闷热。

教室中老旧的几台吊扇“有气无力”地在我们头顶转动着，吱呀作响，即使开到最快档，它们也无法送来一丝清凉，好像随时都会“罢工”。

课堂上，数学老师讲着二次函数图像的画法，我则直勾勾地盯着袁小丽的背影，为了看得更清晰一些，我还找徐春殷借了眼镜。

她也出了不少汗，浅蓝色的夏季校服T恤紧紧吸附在她的背上，衬出了她内衣的轮廓，她的脖子上系着两根宝蓝色的带子，勒得不难受吗？我真想“助人为乐”，帮她去解开。

她还是扎着马尾，几缕碎发粘在了她的双鬓旁，被汗水浸湿，她用手指拨弄到耳后，随后继续做着笔记。

我用手擦了擦嘴边的口水，像个臭流氓似的使劲咽了口唾沫。

我的青春荷尔蒙因子在每个角落萌动着，一腔如火的热情无处安放，再看下去，我就要像座火山一样爆发了。

还好，下课铃及时响起，突如其来的刺耳铃声顿时让我清醒了过来。

接下来的一个星期，我被袁小丽曼妙的身材迷得神魂颠倒，无心听讲。

数学课成了我欣赏“人体模特”的绝佳时间，我的体内有团火焰在燃烧着，那种欲望得不到发泄的滋味难受到让人欲罢不能。

这是人类最原始的欲望，也是青春的火花。

终于，我还是找到了感情宣泄的出口，虽然，并不怎么光彩。

因为，我违背了曾经许下不再打架的诺言。

第二天早自习时，郭老师走进了教室，身后还跟着一个身材粗矮的男生，他背着一个藏蓝色的书包，皮肤黝黑，一脸横肉，一双小眼睛不停地眨动，耷拉着脑袋，看起来有些精神萎靡。

“这位是咱们班刚转来的新同学——赵新松，希望以后大家对他多多关照。来，赵新松，给大家打个招呼。”郭老师向我们介绍。

赵新松一下子见到了许多陌生的面孔，有些不知所措，但他脸上浮现出的尽是不屑的表情，让人生厌与不爽。

我当时就有预感，他迟早会给14班惹来祸端。

赵新松被安排坐在最后一排，上课时，他就趴在桌子上睡觉，下了课便一个人到走廊上和一群高三的不良少年混在一起。

除此之外，他也没什么大毛病，大家一直相安无事。

但是，有些东西总会给你留下一个温柔的第一印象，却在你逐渐放松警惕的时候捅你一刀，这感觉就像在黑胡同里被人偷袭，让人既痛苦又窝火。

渐渐地，赵新松开始越来越招人烦。

我和徐春殷他们下课聚在一起聊天的时候，他有事儿没事儿就往我们这儿凑，还很自来熟地从后面搂着我们的脖子。

他的双手像是抹了一层橄榄油，油脂麻花的，天气本来就热，再加上被他猪蹄一样的手一搂，我们都很反感。

一次，他的胳膊像藤蔓一样缠绕在了高海洋的脖子上，高海洋一把将他推开，示意他不要再“动手动脚”。

谁知赵新松翻脸不认人，竟然打了高海洋一拳，幸好张明睿眼疾手快，急忙把他们分开，赵新松还叫嚣着要找人来修理高海洋，高海洋没再吱声。

觉得自己占了上风，赵新松更加猖狂地大嚷大叫，像个狗熊似的张牙舞爪。

乔龙和高海洋平时关系很铁，看到好哥们儿受了欺负，他立刻挺身而出：“赵新松，你别得寸进尺！”

“我去，关你什么事儿？信不信我连你一块儿收拾？”

乔龙是校体育队的，早就对这种混混打架的威胁司空见惯，血气方刚的他很不屑地看了赵新松一眼：“你试试！”

此时，上课铃响了，杨老师已经走进了教室，赵新松扔下一句“晚自习之后别走”，就回到了自己的座位上。

乔龙拍了拍高海洋的肩膀，说：“不用怕。”

赵新松的做派也激起了班里其他男生的怒火，大家纷纷表态如果他敢找人来挑事儿，他们绝不会袖手旁观。

相处近一年以来，整个班中仅有的十四个男生始终都很团结，无论发生什么，我们都会一起扛下来。

但是，我没有当场表态。

因为我心里很矛盾，初中时我因为打架给家里带来了极大的麻烦，从此我发誓决不再打架。如今面对这种情形，虽然我很想帮乔龙他们，但还是没法下定决心。

晚自习结束后的平静中掺杂着一丝不易被其他人察觉的悸动，似有什么东西在走廊内窸窸窣窣，蠢蠢欲动。

乔龙安静地坐在座位上，和其他男生一样，他没有收拾书包，我也留了下来，准备关注事态的发展。

很快，女生们全部离开了教室，赵新松也不知所踪。

门外有动静，乌泱乌泱地来了很多人，他们骂骂咧咧地像潮水一样向我们教室拥来。

赵新松找了十来个高三的学生，都是平时和他狼狈为奸的混子，此时已经堵住了教室门口，叫嚣着让乔龙和高海洋出去。

乔龙面无表情地站了起来，向门口走去，后面跟着其他男生，我站在最后面，心里还在琢磨如果真打起来，要不要出手帮忙。

“你们两个，现在给我道歉还来得及，看在同学一场的份儿上，叫我声爷爷我就原谅你们。”赵新松和他的帮手们放肆地大笑着，真是欺人太甚！

“闭上你的狗嘴吧！要打就抓紧，别浪费时间。”乔龙说。

挨了骂的赵新松脸上轻微抽搐了一下，开始变得狰狞起来：“就凭他们几个？”

“赵新松，我警告你，这件事和他们无关，一会儿别碰他们，你不是想打吗？我陪你！”乔龙指着身后的其他男生说。

他话音刚落，走廊尽头又走过来一伙人，看人数比赵新松带来的还要多。他们都是乔龙在体育队的哥们儿，今天下午听说这件事后个个嚷着晚上要来帮忙。

他们走过来后，和我们班其他人把赵新松他们围在中间。

赵新松面色惊慌，但还是死鸭子嘴硬，不断谩骂着。

双方一言不合，冲突爆发！

打群架能分清敌我就可以了，一般不会留给你挑选对手的时间，一场混战当即上演，双方人马打成一团。

卷入“战争”的我没有动手，只是挡在双方中间，试图把他们拉开，为此我还挨了好几拳。

赵新松那伙人显然是有备而来，虽然人数上不占优势，但他们动作狠辣，专往人的要害部位招呼。甚至有几个人的手上还戴着钢制的“手刺”，闪着寒光，令人不寒而栗。

乔龙这伙中一个练铁饼的体育生，眉骨当场就被打开了，血流如注，瞬间，他的半边脸全被血水浸满，恐怖至极。

这下更激起了双方“战斗”的怒火，乔龙逮住挑事主谋赵新松，一只手攥住了他的脑袋，另一只手挥出几记有力的老拳，招招打中他的面门。

叶赫那拉帝洋正一个和他“吨位”相近的胖子扭打在一起，他摸起饮水机上的水桶，直接砸了过去。

徐春般被人肘破了鼻子还浑然不知，继续在人群中奋勇“厮杀”。

此时，一个女生有力的喊声传到我们耳朵中：“你们都住手！”

所有人愣了有两秒钟，向声音来源看去，袁小丽怎么会来这里？！

她面带愠色，朝我们走来，我不敢去看她的眼睛，高举着双手示意我可没学流氓打架。

但其他人早就杀红了眼，对她的话置若罔闻，继续纠缠在一起。

赵新松那方的一个矮子被高海洋拥出去之后正好撞到了袁小丽身上，她娇呼一声，摔倒在地，看到这一幕的我彻底被激怒了。

我放开在我怀中挣扎不休的王登，冲到袁小丽身前，护住她，随即一个勾拳打在了那个矮子的后脑勺上，他应声倒地。

“咯吧”一声，用力过猛的我也把自己的手指给打错位了。

“战火”还在持续，直到巡楼的级部主任吴老师发现了事端，大家才停手。

我们打得精疲力竭，几乎每个人都挂了彩。

赵新松被乔龙揍得很惨，鼻梁断了，眼窝青了，肋骨也被打断了两根儿，他请的那些“雇佣兵”看到了吴老师后也作鸟兽纷纷地散去。

“高一14班的，我记住你们了，今天都给我先回家，这件事儿明天上学后再说，我非找你们郭老师好好谈谈，你们简直太不像话了！把校纪校规都抛之脑后了吗？”

我们一个个垂头丧气地收拾好东西，乔龙和高海洋因为连累了我们连声说抱歉。

我跟在袁小丽身后出了校门，低着头，像个犯了错的孩子跟在家长身后。

“杨小和，你身为副班长，怎么能跟着他们去打架呢？”

“你刚才怎么会出现在那里呢？”我想转移话题。

“现在是我在问你问题，赶紧回答我。”

“我，我也不知道，一时冲动，没控制住。”我小声说。

“唉，我都数不清这是第几次这样说你了，你什么时候才能成熟一点？”她叹了口气，“你的手指还疼吗？”

“不，不疼了。”她的关心让我心里很舒服。

我又开始用炙热的眼神盯着她，不过，那种奇怪的躁动经过这一架之后已经消失得无影无踪，打架果然是宣泄情感的好办法。

发泄是发泄了，但明天老师们秋后算账怎么办？家里知道我打架怎么办？万一被开除了怎么办？今后见不到袁小丽了怎么办？

一连串的担忧让我感到追悔莫及，跟袁小丽道别后，我在青春擦出的火花中忐忑不安地回了家。

Chapter · 26 杨老师的秘密

该来的总归要来，躲是躲不掉的。

吴老师把昨晚发生的冲突事件上报给了学校，为此，方校长专门召集学校领导开了会，最后决定由吴老师和我们班所有的任课老师就斗殴事件做出裁决。

我开始后悔昨晚没有赶紧回家，无端地卷入了一场本来和自己毫无关系的风波当中，难道我刚刚有了起色的学生生涯就要毁于一旦了吗？

我还有好多事情没有完成呢：我还没当上级部第一，还没报答让我重拾自信的西城中学，最重要的是，我还没让袁小丽知道我喜欢她。

想到这里，我对即将到来的“审判”更加担心。

人生最痛苦的事情之一，就是努力了无数个严寒酷暑，在你即将步入正轨的时候，一切又戛然而止。

办公室外传来一阵急促的脚步声，几秒钟后，郭老师、杨老师、付老师、徐老师等鱼贯走了进来。

吴老师最后走了进来，盛气凌人地说：“你们都给我听好了，方校长已经委托我和你们的任课老师全权处理你们的事。”

我们屏气凝息，心中悸动，大气也不敢出一下。

“各位老师，由于此次事件影响十分恶劣，据学校相关规定，是可以给予他们开除学籍的处分的。我始终认为校风校纪严肃不容侵犯，所以我提议，将参与打架的学生全部开除！各位老师有什么意见吗？”她继续说道。

一听到“开除”两个字，我吓得浑身一个机灵。

初中时，我作为打架的主犯才背了一个“严重警告”的处分，而且那次我下手可比乔龙打赵新松要重多了，怎么这次严重到要被开除的地步了呢？

一时间，空气仿佛凝结在了一起，胶着的气息四处弥漫，付老师他们默不作声。

“吴老师，我不同意开除他们。”郭老师打破了沉默。

她到底是我们的班主任，她怎么会忍心眼睁睁地看着自己的学生走向绝境呢？

好像早就料到了郭老师的态度会是这样，吴老师并未露出惊讶的神色，冷冷地说：“除了郭老师之外，其他老师还有什么要说的吗？”

众人还是沉默，我感觉自己像一下子被扔进了冰窖，从里凉到外。

“那好，少数服从多数，既然大部分老师赞同开除他们，我就上报给方校长审批了。”

吴老师的这句话几乎宣判了我们的“死刑”。

“不要！”我心中有个声音在呐喊，但我的喉咙像被什么东西堵住了，我想哭，却流不出眼泪，那种肝肠寸断的感觉一点点侵蚀着我的五脏六腑。

袁小丽，再见了。

吴老师不屑地看了我们一眼，似乎还不解气，接着补了一句：“像你们这样冥顽不灵、违反校纪的学生早就该被开除了，除了郭老师，哪会有其他老师为你们求情？但凡再有一个，我都收回成命。各位老师可以走了，我这就去……”

“请等等，主任！”这声音听起来有些空灵，似是从很远的地方传来的。

在场的所有人都以为自己出现了“幻听”，但随后，我们又真切地看到眼前站着一个身影，中等身高，鼻梁上驾着一副一看就很廉价眼镜。

她是……杨老师！

她的眼睛细小，里面好像藏着许多不为人的秘密。

杨老师来自农村，教我们英语，今年刚刚二十四岁，师大毕业后，她就成了一名老师，并且和我们是同一时间进入西城中学的。

她的父母都在务农，家里还有一个正在上学的弟弟，大部分的家庭开支都要靠她的工资。

因此，她从不化妆，每天素面朝天，衣服的搭配颜色也显得与城市的主色调有些格格不入，一件肥大的土黄色上衣套在她的身上，过大的尺码更衬托出她本就形销骨立的身形，显得很滑稽。

她唯唯诺诺，因为害怕得罪同事，她对他们随意的支使从来都不敢违抗，今天帮别人代课，明天替别人管晚自习。

学校的过节福利少采购了一份，没有发给她，她也从不去争取，默默吃着亏。

开会时，其他老师都拼命表现，有的甚至颠倒黑白，互相恶语中伤，她却从不发言，只把一个陈旧的笔记本摊开摆在桌上。

生活的艰辛像四处蔓延的藤蔓，把杨老师缠得结结实实，勒得满身“血痕”。

她将所有的勇气都用来面对生活给她带来的巨大压力，再也匀不出任何一点去应付其他事情。

我们谁都没有想到，她会在这个时候站了出来。

吴老师第一次看到杨老师当着这么多人的面发言，一时有些摸不着头脑。

“杨、杨老师，你有事吗？”

“主任，我们不能开除这些孩子。”杨老师说这句话的声音细得得像蚊子，她的目光游离在各个老师之间，想要寻找到一些来自他们的支持。

但是，其他老师脸上的表情表明了他们的立场，死活都不会蹚这趟浑水的。

“杨老师，你说什么？”吴老师被这个半路杀出的“程咬金”弄得手足无措。

“主任，我们不能开除他们。”

这一次，杨老师的声音坚定了一些，也敢于和吴老师进行目光接触了。

“杨老师，这些学生是害群之马，咎由自取，为了西城中学的校风，决不能姑息。”吴老师语气坚决地说。

“主任，您听我说，他们才刚满十六岁，我们不能把他们扔给社会，他们这么单纯，一旦受到不良影响，这辈子就完了。”杨老师的语气也坚决了一些。

“他们单纯？哪个单纯的学生会学人家去打架？还把自己的同学打成那个样子？！”吴老师声色俱厉，她对杨老师的“横加阻拦”有些恼怒。

“主任，他们都是我的学生，我了解他们，他们平时都很听话，这次是一时糊涂，才……”

杨老师说这些话的时候，我们都无地自容，我们明明一点儿也不听话！

我们一直都觉得她好欺负，所以每次上英语课的时候都撒了欢儿地闹腾。

“杨老师，你不必担心，如果把他们开除会引起什么争议的话，我来负责。”

“对，主任，您可以为争议负责，但是谁来为这些孩子的未来和前途负责？他们有受教育的权利，我们不能剥夺啊！”

“杨老师，你错了，现在是高中，国家规定的九年义务教育已经结束了，学校有权开除他们。”

“主任，您刚才说过，如果再有一位老师替他们求情，您就收回成命，刚才我们都听到这句话了，现在我作为西城中学的一名英语老师，请求您不要开除他们。”

杨老师的表现完全不像平时的她，此时她的气场已经完全压过了吴老师。

吴老师听了这话差点气得背过气儿去，她脸上红一阵白一阵，连呼吸节奏都有些乱了，估计都想抽自己两个嘴巴子，干吗要画蛇添足地加那句话？这不是吃饱了撑的是什么？

“既然杨老师替他们担保，那这次就先不开除你们了，你们回去每人给我写五千字的检查，明天一早交上来！”说完，吴老师就愤愤地离开了。

和开除相比，这简直是最轻的处罚措施了！

我们围在了杨老师周围，不断地向她道谢。

她腼腆地笑着，和我们一样像个稚气未脱的高中生。

“你们以后不能再打架了。”她又叮嘱了我们一句。

我都想冲上去把她抛向空中，不为别的，就为她保留住了我心中的一个小愿望。

从办公室出来后，我才发现，原来我的“愿望”一直守候在门外，一直在等着我。

“怎么样？你没事吧？”袁小丽就在办公室旁边的走廊中站着，她紧张地抓着我的手腕。

我冲她笑了笑，把刚才杨老师“舌战”级部主任的事儿给她讲了一遍。

“杨老师一直隐藏着那么大一个秘密，她爱护学生，她很勇敢，一点都不软弱。”我说。

听完我的话，她的手才缓慢松开。

我目光炽热地看着她：“原来你这么紧张我啊！”

她的脸突然像烧红的烙铁一样发烫，撒点儿花生油在上面，都能煎太阳蛋了。

“你胡说什么呢？”她用拳头捶了我的左肩一下，转过身去跑向了教室，马尾在她的肩膀上有节奏地来回晃荡。

看着她的背影，我心里突然涌上来一股莫名的感动，我默默地感谢着命运，把她带给了我。

“袁小丽，我向你保证，今后再也不打架了！”我冲她大声地喊道。

她赶紧把食指放在嘴唇上，示意我噤声，不过我能看到她眉眼中露出的笑意。

随后，她一闪身，进了教室。

杨老师的秘密在今天终于被揭开了，而我却还在寻找着一个合适的机会，向袁小丽吐露我心中的那个秘密。

Chapter · 27　阴魂不散

杨老师“虎口夺食”，让我们免受被学校开除的处分，但吴老师看起来并不肯就此善罢甘休。

她增加了来教学楼巡视的次数，换句话说，是增加了来我们班巡视的次数。

早自习、上课、午休、晚自习等期间，她至少都会出现在我们班一次，拉着一张长脸，像只饿疯了的猫头鹰要逮夜色下活动的耗子那样，拼命扭动着她的脑袋，用她那双像是安装了红外扫描仪的眼睛扫视全班。

郭老师跟在她的身后，赔着笑脸，一直替我们美言，她们在我的座位旁边停了下来。

“吴主任，他们已经深刻认识到自己的错误了，而且现在比之前乖多了，您不用费心留意他们，交给我就行了。”

吴老师听完眉毛一挑，用她那特有的尖细嗓音阴阳怪气儿地说：

“学乖？郭老师，你当了这么多年的班主任怎么还是这么天真？你忘了六年前……”

“吴老师，请你出来一下！”她的话被门外的喊声打断。

六年前发生了什么？坐在旁边的我听得一头雾水。

我想抬头看一眼袁小丽的背影，至少那个让我魂牵梦绕的轮廓能给我一些安慰，才发现她也在回头看我。

我们对视了两秒，她冲我笑了笑，我苦笑着回应着她。

整个班级都笼罩在吴老师不断巡视的阴云之下，大家都变成了霜打的茄子，蔫耷着脑袋，愁眉不展。

女生们下了课不敢嬉戏说笑，我们男生也连续一个星期没有讲什么新的内涵笑话。

除了杨老师之外，其他授课老师也开始和我们有了明显的距离感。他们就像北宋徽宗当政时代因为害怕得罪权倾朝野的蔡太师、高俅和童贯的大臣们一样，对我们这群“梁山好汉”极为不待见。

吴老师像块狗皮膏药似的粘上了我们，阴魂不散，有心要揭掉它，又怕连带着撕掉一层皮，弄得生疼。

再这样下去，大家非得像因为抑郁症而不断自杀的韩国明星那样，约着集体去跳楼！

与此同时，被乔龙暴打一顿的赵新松好了伤疤忘了疼，未受到处分的他更加有恃无恐地在班里作威作福。

乔龙看不下去想要收拾他，被我们拦住了。

距离高一下学期的期末考试还有不到一个月，大多数同学都开始安分地进行复习，然而吴老师越来越变本加厉，好像非得从我们这些“鸡蛋”里挑出几根“大梁骨”她才满意。

她不是嫌我们的书桌太乱，就是说卫生没有打扫好，就连杨老师在我们班的晚自习都被她给剥夺了，亲自来监管我们，她对杨老师颐指气使的样子让人生厌和作呕。

恍惚间，我好像又回到了韵文中学，每天生活在一片压抑之下。

“真有意思！这个吴老师放着自己班的学生不管，跑到这里来‘鸠占鹊巢’！”徐春般不满地冲我嘟囔着，看来他真的快要气炸了，否则他是从来憋不出半个成语的。

“自己班的学生？什么意思？吴老师也教课啊？”听了他的话，我感到有些惊讶。

“废话，你以为她这种更年期提前的症状只是当主任当出来的啊？她还是11班的班主任，教数学，据说他们班的入学成绩是所有文科班中最高的，她当了班主任之后就一落千丈，我看她就是狗急了跳墙，有邪火儿没处撒。”

原来，吴老师身兼班主任和级部主任两个职位，我恍然大悟般点了点头。

“那你说……”

“你们两个，给我出去！”吴老师声色俱厉地打断了我的话，把我和徐春般轰出了教室罚站。

各个教室里的节能灯管总算能把昏暗的走廊照得有些光亮，我们俩并排站在窗前，晚风裹挟着似有若无的一点温度吹拂到我们的脸上。

“站在这里也不错，吹着小风，挺舒服。”我早就习惯了用自嘲来为自己解压。

“怎么有蚊子？”那种挑衅的嗡嗡声在我们耳边响个没完。

“啪！”徐春殷双手一合，一道血痕和蚊子肉泥般的尸体浮现在我眼前，它很荣幸地成了今年第一只在我面前香消玉殒的蚊子。

“真想像这样把吴老师也一巴掌拍死！”徐春殷有些狂躁，咬牙切齿地说。

“少做梦了，胳膊拗不过大腿，咱们学生拿什么和人家斗？”我叹息着摇了摇头。

罚站的时候如果不找点儿事儿干，那简直跟买了台不能上网的电脑一样让人难受。

“你看那是什么？”徐春殷把手指向了对面的办公楼。

我好奇地顺着他的手指望去，眼前只有闪烁着灯光的一片模糊景象，依稀能看出他指的是一间办公室，里面有个端坐在座位上的人影。

“什么啊？”我一脸疑惑地问。

进入高中后，我的视力有些下降了，为此我还配了副眼镜，镜架是蓝色的。

我并不为此担心，反而有些沾沾自喜，毕竟，大部分学习好的学生都会近视，这是我摆脱过去黑暗史的又一铁证。

我像军功章似的宝贝着这副眼镜，每天早上都会用眼镜布仔细擦拭，擦之前先往镜片上呵口气，那动作那么轻，就好像一旦用力过猛，就会把镜片呵个窟窿似的。

随后我轻轻捏着两边的镜架，毕恭毕敬地戴好，小心翼翼地摆正，摆得端端正正，我永远都想让它以一个优生眼镜的姿态出现在大家面前。

“那不是教数学的付老师吗？”徐春殷的手指还没收回来，仍然像个赞扬队友给他传了个好球的球员一样放在半空之中。

那个人影在我眼里还是很模糊。

见我没有恍然大悟，他有些着急：“喂，你看不见吗？他穿着藏蓝色T恤，今天在咱们班上课的时候就穿的是这件啊！”

“这么远你也能看这么清楚？”

两座楼之间隔着二十多米，况且我们在六楼，那间办公室在一楼。

“这有什么？我两个眼睛的度数都是1.5的，可都是活生生的鹰眼。”

“鹰眼？借我用两天呗！”我一脸坏笑地伸出两根手指，做出挖眼的动作，慢慢向他靠近。

“滚一边儿去！我还指望着这俩眼珠子考飞行员去呢！”他伸出胳膊来挡我。

我们嬉皮笑脸地开着玩笑，嘻嘻哈哈的吵闹声回响在肃穆的走廊内，像极了恐怖片中老巫婆的笑声。

终于，吴老师被我们的笑声引出来了，又是一顿劈头盖脸的臭骂！

她的声音凄厉异常，空荡荡的走廊中还有回声，我们听起来就像是被骂声包围了一样。

“你们两个还有点羞耻心吗？羞耻心吗？心吗？心吗……”就是这样。

四周齐刷刷传来了推拉窗户的声音，其他班的同学纷纷探头出来看我们的笑话。

吴老师绝对是有意为之，不仅不对他们进行制止，反而越骂越带劲。

十分钟后，她可能骂累了：“你们俩给我站到晚自习结束！”

扔下这么一句话后，她回了教室，拿起她那擦拭的一尘不染的白瓷茶杯抿了一口，有一片茶叶进了她的嘴里，她啐了一口，又把它吐回到杯子中。

中途，袁小丽借口去洗手间溜了出来，扔给了我一张纸条后就跑开了。

纸条叠得极为工整，我攥在手心里等到吴老师不再往这边看时才打开，上面只有一句话：别再闹了，不想看到你罚站的样子。袁小丽。

这个丫头，现在越来越会在我需要她的时候，恰到好处地出现了。

唉，她还是喜欢把“丽”字写得那么龙飞凤舞。

Chapter·28 饶恕

9点钟，晚自习结束的铃声响起，罚站也宣告结束。

我伸了个懒腰，活动了一下有些站僵的双腿，开始收拾书包准备回家。

“怎么样？累吗？”袁小丽毫无征兆地站到了我的身边，环顾左右，确认“隔墙无耳”后问道。

“这个姓吴的，这么缺德，早晚有一天会遭报应的！”我恶毒地开始诅咒。

“你说你何必呢？”她叹了口气。

我以为她的下一句话一定有是让我成熟点，可她却说的是：“人生最大的美德就是饶恕。我先走了，拜拜。”

那是《还珠格格》里箫剑的台词：

“让我们红尘作伴，活得潇潇洒洒。策马奔腾……啊啊啊……”

这首魔性的主题曲跳入我的脑海，一起跳进来的还有原来冬天时家里点着蜂窝炉子，我捂着冻得发红的双手，坐在电视机前看着“小燕子”疯玩傻闹的记忆。但是，我心中仍旧对刚才的罚站耿耿于怀。

我和徐春殷又找了些废卷子团了个纸球，把它当成了吴老师的脑袋，愤怒地踢着。纸球在教室里乱飞，砸在墙上发出沉闷的“咚咚”的响声。直到9点半，累得气喘吁吁的我们才收拾书包离开了教室。

校园里已经见不到半个人影儿，就连执勤的保安也回到了保安室，用电磁炉咕嘟咕嘟地煮起了茶叶蛋。

从车棚取出自行车后，我和徐春殷疯狂地竞速，眼看校门口没人，我们决定不下车子，直接骑出校门。这显然是违反学校规定的，但心中积郁的不快无处发泄，我们顾不了那么多了。

我们学着外国骑摩托的小流氓大呼小叫地蹬着自行车，“噫吼！”校门近在咫尺。

车前轮压上提示下车的黄线时，一切还那样美好，但下一秒，吴老师不知道从什么地方猛然“窜”出，猎犬一样敏捷。

我和徐春殷惊得脸色大变，在面部极度扭曲、抽搐的状态下捏下了车闸，自行车发出了“吱吱”的怪叫声。

我很怀疑，吴老师是不是在“守株待兔”，就等着逮我们俩呢。

那是一场“旷世无双”的“政治批斗”，长达二十分钟，我们的“罪状”被吴老师一一罗列了出来。

从“道德品质败坏”开始，寻根溯源到我们“低劣的家庭教育”，然后落脚到危害西城中学的“害群之马”，最后的定性为我们今后注定会成为“社会的累赘，妨碍社会主义现代化建设的人渣”。

我彻底惊呆了！

原来在韵文中学时，老师对我的谩骂与侮辱大多是没什么套路的，就是“胡卷乱骂”，想到哪儿，骂到哪儿。

吴老师不一样，她把责骂上升到了一个全新的高度。那么有逻辑性，条理那样清晰，“总——分——总”的批评结构运用自如，不了解实情的人真的会以为我们俩干了多么伤天害理的勾当。

我站在那里无地自容，徐春般气得双肩发抖。

“走吧！回家写份一万字的检查，明天交给我！”

一万字！爸、妈，我要退学！

吴老师的自行车就放在保安室门口，骂完了我们，她悠然地骑出了校门，没有在黄线处下车。

我们俩推着车子走了出去，相互道别后，准备各奔东西。

“砰！”校门西侧传来一声闷响，还夹杂着车轮打滑的声音。

徐春般赶紧拍了拍我的肩膀，幸灾乐祸地往那边指了指：“快看，吴老师被车撞了！”

我扭过身子，看到三十米外的地上确实躺着一个人，汽车司机下车看了看情况，随即又上了车，一脚油门，在轰鸣声中逃逸了！

我想过去看一下，被徐春般拦住了：“你疯了，要去救她？！”

我并不想救她，我只是想去当个看热闹的围观群众。可是这么晚了，除了我们俩，并没有路人甲乙丙丁出现，吴老师就像一具尸体似的躺在那里。

“过去看一下吧，耽误不了多少时间。”

我们俩踱着步子来到了吴老师躺着的地方，才发现事态比我们想象的严重得多。

地上已经有了很长的血迹，吴老师已经不省人事，她的头皮还有四肢都被撞破了，身下压着一摊黏稠刺眼的鲜血。

“我的天啊！”我大喊了一声，急忙招呼徐春殷搭把手，把她送到医院。

他无动于衷：“管她干什么？”

“这样下去，她会死啊！”

“死就死吧，这种老师多活一天都浪费国家粮食！”他的气还没消。

老师？死？

我的脑海里还是把这两者联系了起来，我想起了陈老师。

当初她对我那么好，却因心脏病突发而英年早逝。那时的我第一次意识到了生命的脆弱，我们每个人在死亡面前都是无能为力的。

那句“祝您健康长寿”永远都是一句那么苍白的祝福语。一旦被死亡的血腥沾染上，就变得面目可憎。

虽然我无须为陈老师的死感到自责，但那种任由死神夺走自己在乎的人的感觉实在让人难受。

我更不希望死亡在我面前上演一出现场直播，无论是谁，他都不能死在我面前。

袁小丽或者说是箫剑的那句“饶恕是最大的美德”此时开始在我心里隐隐翻涌。

我想哪怕把吴老师送到医院后她再断气，我都用不着难过，可我就是不能袖手旁观。

“你不管的话就走！”

我用手推开徐春殷，跑向了保安室，把车祸情形简单描述了几句，让他们赶紧联系救护车，还有，看能不能联系上吴老师的家人。

随后我又跑回到事发地，站在吴老师旁边，挥舞着双手示意车辆绕行。

几分钟后，救护车就赶到了，吴老师被抬了上去，我也跳上了车，徐春殷可能觉得心里过意不去，也跟了上来。

吴老师被安全送到医院的时候，我长舒了一口气，心口上积压的一块大石头轰然落地，我觉得，我已移交出了一份责任。

医院里弥漫着难闻的消毒液的气味，中国的医院里永远都人满为患，位于J市西部的省立医院的床位永远都很紧张，走廊里都是满满当当的病床，上面躺着形形色色的病人。

我和徐春殷都没说话，静静等待着医生那边传来的消息。

吴老师的家人也赶来了，她的老公领着还在上小学四年级的女儿。

那张天使般无邪的脸庞出现在我面前时，我心里很庆幸自己救了吴老师。

小姑娘用她柔弱的小手紧张地攥住她爸爸的手，双眼好奇地打量着我，用稚嫩的声音问："爸爸，妈妈怎么了？"

"妈妈没事。"她爸爸安慰着他。

如果让这样一个孩子失去母亲，该是多么残忍的一件事！

吴老师的老公一个劲儿地感谢着我们，却更加焦急地等待，心系爱人安危让他的感谢都显得有些心不在焉。

"你们有没有看到肇事车辆的车牌号？"他问。

"没有。"我摇头，徐春殷没吱声。

我看到他脸上红一块白一块的，就把他拉到楼下大厅。

"你看到了对不对？"我问。

"什么？"

"车牌号！你别装蒜了，你不是说你的眼是鹰眼吗？"

"看到了又怎么样？我们把她送到这里来已经仁至义尽了，难道还要帮她去打官司维权吗？"

"表哥！你以后可是要当飞行员的人啊！你怎么……"

原来徐春殷看我考试得了第一名，就死乞白赖地非说我和他长得像，要认我做表弟，我从来不承认。

但今天，我还是喊了他一句"表哥"。

"可是，她之前那样对待我们，还针对我们班，你不生气吗？"

"我生气，可是你难道没有听说过'人生最大的美德是饶恕'吗？"我提高了嗓音说。

此时，我们身边经过了一个小护士，意味深长地看了我俩一样，估计她是觉得两个男高中生在医院里说这种话，不是在排练节目，就是有点问题……

想想，那画面太诡异了，不是吗？

“表哥，你就告诉吴老师的老公吧，肇事司机不能逍遥法外啊！”

他叹了口气，仿佛下了很大的决心，从服务台借了一支笔，把车牌号写在了我的手心里，气呼呼地说：“要说你去说，我才不管！”

我把车牌号告诉了吴老师的老公：“叔叔，您好好照顾吴老师吧，明天我们还要上课，就不留在这里了。”

回到家后，我妈质问我怎么这么晚才回来，我没告诉她今天做了一件多么伟大、光荣和“大人不记小人过”的好事，只是说自行车带扎了。

我撒谎的本事从小就练就了，各种谎话轻而易举就会脱口而出。

但我妈早就看透了我，她的眼睛里好像装着一台高精度的测谎仪，一眼就看出了不对劲。

她扬言要去厨房拿擀面杖，今天非揍我一顿！

在我的印象中，她打我的样子还停留在我很小的时候：那时，我妈很年轻，长得也很漂亮，歌唱得也好听，在她厂里得过好多“三八”歌唱比赛的一等奖。

可若是一发起火来，她的样子就会变得有些狰狞。

而我，每次被打的时候都会扯着嗓子哭叫，眼泪和鼻涕一块儿流到衣服上。

她好久没打我了，上次打我是什么时候？我想想，好像就是小学一年级我没完成作业而被留堂的时候。

反正，自从曹花（小学老师）怀疑我是个弱智后，她再没对我动过手。

这种威胁要揍我的话，她说了很多，但每次都不了了之。

我边跑边喊："妈，你没听说过'人生最大的美德是饶恕'吗？"

"砰！"我关上了房门，果然，她没再追进来。

再次见到吴老师是两个月之后了，她恢复得不错，又有力气去责骂违反校规的学生了。

只是，从那之后，她再没有找过我们班的茬儿。

赵新松也不知道什么原因突然转学了，我们班又恢复了往日的祥和与宁静。

后来不知道是谁传出的消息说，吴老师其实是赵新松的大姨妈。

我想，无论是真是假，"饶恕"这个词总会让人觉悟吧！

Chapter·29　爱情与冰棍儿

三天后，高一下学期的期末考试就要正式开始了。

自习课上，我正对着落在黑板上的一只苍蝇发着呆，脑子里一遍遍回想着吴老师对郭老师说的那句“郭老师，你怎么还是这么天真？你忘了六年前……”

六年前到底发生了什么？

这时，有人在背后拍了一下我的肩膀，吓得我一个激灵，我以为又是徐春殷无聊的恶作剧，不耐烦地说：“别闹！”

“杨小和。”一个熟悉的声音传入我的耳朵。

是郭老师！我尴尬地挠了几下头皮，冲她傻笑了几下。

而她，则让我跟她去趟办公室。

徐春殷用手杵了杵我的肋骨，一脸坏笑，幸灾乐祸地说：“壮士，走好！”

说完，他还一抱拳，那样子都快赶上“太子丹寒水送荆轲”了。

我瞪了他一眼，咬牙切齿地说：“你小子等着，看我回来不收拾你！”

办公室中只有我和郭老师两个人，她叹了一口气，说：“杨小和，我得谢谢你跟徐春般能把吴老师送到医院去。”

“这……”我有些疑惑，但还是缺心眼儿地问了一句，“郭老师，你不讨厌她吗？她那样整咱们班，你还这么关心她。”

一说完我就意识到有些失言了，我开始后悔起来，想着怎么再说两句把这事儿圆过去。

“那你呢？不一样讨厌吴老师吗？为什么还要救她？算了，杨小和，我们先把这事放一放，我问你，你最近的学习怎么样啊？”

“啊？挺，挺好的啊。”我赶紧说。

“我先给你透露一个消息，学校会按照这次的期末考试成绩划分实验班，你可要好好考啊。”

“嗯，知道了。”

郭老师眉头一皱：“怎么？看你这样子对实验班没什么兴趣？”

我当然没兴趣，好不容易才在班里有了现在的地位，干什么要去精英云集的实验班？“宁做鸡头，不做凤尾”，这句话不就是这个意思吗？

再说，我可舍不得现在这群朋友。

但我没说话，站在原地等着郭老师下发让我回教室的“圣旨”。

“其实，吴老师原来和我的关系可不是现在这样的。”

郭老师葫芦里到底卖的什么药？她想要说什么？

“是吗？那……”

郭老师没等我说完，就接着说道：“我给你讲个我原来教过的一个学生的故事吧。大约在六年前吧，我带过一个男生，他就像你一样，悟性很高，极有天赋，学习也认真，我一直很看好他，相信他能考上一所不错的大学。”

郭老师停顿了几秒钟，她的思绪仿佛飘去了很远的地方。

“有一天，吴老师跑来向我告状，她说看到了那个男生跟邻班的一个女生在校外牵着手逛街。那时她还不是级部主任，我们是同一年进入西城中学教书的，关系很好，她家来自外地，在学校里就只有我这么一个聊得来的朋友。但我当时根本不相信我的学生会早恋，所以并没有相信吴老师的话。”

“后来怎么样了？那个学生考上好的大学了吗？”我问。

“没有，”郭老师惋惜地摇了摇头，“因为他真的早恋了，我亲眼看到的。为了保护喜欢的女孩子，他主动揽下了所有责任，退了学。而因为这件事，吴老师和我的关系变得疏远了起来，她怨我，怨我不信任她。”

原来，那天吴老师说的“六年前”指的就是这件事。

“唉……”我也在心里叹了口气，为那个男生感到惋惜，同时我也开始同情起吴老师来。

孤身一人来到了完全陌生的环境，作为新人在职场中必然受尽那些老油条老师的调侃和支使，好不容易碰到了一个年龄相仿、志趣相投的朋友，却因为一点小事而反目。

从此，她性情大变，将所有的情绪都发泄到了工作当中，才爬到了今天的位置。

如果郭老师和吴老师之间再出现两个男人，那么这该会是一出多么“玛丽苏”的剧情啊！

“我看你最近上课老是心不在焉的，还总盯着右前方发呆，无论你现在对她有什么想法，我都希望你能先以学习为重，这个学长就是前车之鉴，你不能早恋，杨小和。”

听到她的话，我的额头上慢慢渗出了一层层细密的汗珠，有两滴顺着我的鬓角淌到了嘴边。

“完了，郭老师竟然观察到了我上课偷看袁小丽，这下，我更没有勇气向她去告白了。我害怕拖累她，而且自己也没有勇气放弃学业。”

我不准备狡辩，低着头，算是默认了。

“好了，你先回教室吧。别怪老师，等到毕业后，你想和她在一起，我绝不会拦着，而且，韩林夕长得那么好看，哪个男生会不喜欢她？”

韩林夕？“呼”，我心里长舒一口气，原来郭老师误认为我喜欢上了袁小丽的同桌。

一进教室门，袁小丽投给我一个微笑。

这一笑，那么熟悉，却让我惊慌失措，我躲闪着她的目光，径直回到了座位上。

“两情若是久长时，又岂在朝朝暮暮。”徐春般摇头晃脑地读着《鹊桥仙》。

“这两句是老师画的重点句子，期末考试肯定会考，你说也怪了，平时老师极力反对学生早恋，又教咱们一些情啊爱啊的词句，这不是创造滋生早恋的温床，诱导咱们犯罪吗？”

我一边听着他念叨歪理，一边想着刚刚办公室里的事，我感觉我想了很久，周围发生的事情都成了默片电影，在我眼前一幕幕闪过。

“嘿，杨小和，吃吗？”

徐春般不知道什么时候买了个五毛钱的冰棍儿回来，他把薄薄的一层劣质包装一扯，递到了我嘴边。

“买这个干什么？”我咬了一口，含在左边的腮帮子里，细细抿着冻成冰的糖精，沁人心脾。

“天儿太热了，关键是心里燥热，我准备用这个把我的小心脏冰镇一下。”他说完，咬了一大口，被冰水浸湿的有些发黄的冰糕棍儿一下就露出了半截儿。

“心里燥热？冰镇？”我把嘴里的冰棍儿“转移”到了右边的腮帮子。

自从稀里糊涂地喜欢上了袁小丽之后，我只知道我对她有感觉，我要拥有她，我要不顾一切地把自己的感情全部倾注在她的身上。

但是，我好像从来没有静下心来，像了解冯静那样了解过她。

她喜欢什么？她会不会接受我？我们在一起是否真的合适？

或许，我对她的感情只是自己的一厢情愿，并且正在变得越来越炙热，这样下去，我怕她会像洁白的雪人儿一样融化在我这个烈日之下。

我感到头痛欲裂，不想再思考这个问题。

终于，我下定了决心，像徐春殷说的用冰棍儿冰镇燥热的心那样，也把对袁小丽的感情暂时“冷藏”一段时间。

我有一种预感，我和袁小丽之间，一定还会发生很多故事。过去，现在，还有郭老师所说的“毕业之后”。

徐春殷见我直勾勾地看着他，还以为我盯上了他手里剩下的半个冰棍儿，他赶紧像狗似的用舌头把冰棍儿舔了一个遍，连冰糕棍儿也没放过。

随后，他一脸贱像地说：“来，你再吃几口，我吃不了。”

“都被舔成那个样子的了，你还是自己留着冰镇你那燥热的内心吧。”

说完，我抽出历史书，开始了期末考试前最后的复习。

Chapter·30 我乐意，你管得着吗

期末考试前，大家都在心无旁骛地备考，但叶赫那拉帝洋却像发情期的一头公牛似的亢奋不已，他一定早就开始憧憬暑假开始后整天都泡在网吧里的生活了。

他的名字很长，听起来也挺别扭，其实这里面是有说法的。

据他自己说，他是满族人，正儿八经的八旗后裔，叶赫那拉氏。

皇室贵胄的生活自然是锦衣玉食，所以他胖得有些离谱，就像是个穿了西城校服的机器猫，因此，我们都管他叫“赫胖子”。

他充分继承了纨绔子弟欺男霸女、作威作福的劣根性，总去招惹袁小丽，不是从背后拽一下她的马尾，就是用沾满粉笔末的双手往她脸上抹一把。

我看在眼里，恨在心头，体内像是打翻了一百多坛山西老陈醋，酸腐的气息顺着我身上有孔的地方由内而外地翻滚，和我的“百孔冒醋”

相比，“七窍生烟”算得了什么？

我以副班长的身份警告过他几次，不要欺负女同学。

但这小子一副混不吝的样子，跟我“要泥腿”，“我乐意，你管得着吗？”

我无言以对。但一直记在心里，所以我一直想找个机会报复他，却无从下手。

在焦躁、烦闷的心情里，我迎来了期末考试。

前两天都在波澜不惊中安然度过，我发挥还算正常，尤其是数学，依旧可以保持在50来分的水准，我祈祷着老师能多出些十以内加减法计算题的愿望还是落空了。

我最擅长的英语被安排在最后一科考，监考老师是教数学的付老师，他的监考一直不严，对作弊行为总是睁一只眼，闭一只眼。

我正洋洋洒洒地写着最后一题——作文，绞尽脑汁地证明着地球家园正在遭受各类污染的侵害，电光火石之间，我的卷子旁边就多了一张蜷曲的纸条，上面还有些许的汗渍。

“有杀气！”接到“暗器”的我无厘头地大喊了一声。

全班一阵哄笑。

昏昏欲睡的付老师被吓得一个机灵，他蹭一下站了起来，擦了擦嘴角流出的口水：“杨小和，你做完了？”

“没，没有。”

“那就继续做，别说梦话了！”说完，他又坐了下去。

我向纸条扔来的方向看去，赫胖子正斜着他那双贪婪的小眼睛看我，使劲眨了两下。

我当时就明白了，他想让我“帮帮”他，我想到原来在初中求别人帮忙作弊时，也就是他现在的这个德行。

我攥着纸条，心想：报仇的机会来了。

我能清楚地感觉到我的眼珠子像《哈利·波特》里疯眼汉穆迪戴的魔镜那样疯狂地转动着，脑海里也开始汩汩地冒出坏水儿。

我抓紧时间写完了作文，同时看了一眼墙上的挂钟，距离考试结束还剩二十来分钟。

随后我又奋笔疾书，在纸条上写满了“ABCD”。

瞅准付老师揉眼睛的空儿，我嗖一下把写好的纸条扔到了赫胖子的脚下，他如获至宝地捡了起来，放在手上开始快速抄写。

抄完后，他长舒一口气，此时付老师也发出了“停笔收卷”的口令，他像个学习成绩优秀的学生那样胸有成竹地把卷子递给了前排的同学，一脸的自信。

付老师点清试卷后，快步走出了教室。

班里开始进行大扫除，变得喧嚣起来，大家把课桌恢复了原位，桌腿儿碰撞地面的刺耳声音此起彼伏。

“刚才谢了，哥们儿。”赫胖子凑到了我身边，拍了拍我的肩膀，“一会儿放学后，我请你吃饭。”

“谢什么，都是同学好友的！”我说。

“你这次可帮了我大忙了，我自从上了高中之后，就什么科目都没及格过，这一次抱上你这么条大腿，终于能拿到一次学分了。”

“得是什么样的一条大腿才能承受你两百多斤的重量啊？我可没那么粗。”我用笤帚把地上的碎纸屑扫进了簸箕里，“不过也难为你了，我那样写答案不好抄吧？”

“有什么不好抄的？按顺序一个个来，甭提多清楚了，正正好六十个选择，全抄上了。不是跟你吹牛，哥们儿想当年在初中考试的时候，可是作弊专家。”赫胖子洋洋得意地说着。

“哎呀！你怎么按顺序抄了？”我装模作样地一皱眉头。

“什么意思？不按顺序那应该怎么抄？从后往前倒着抄？”赫胖子意识到大事不好，赶紧问。

“对呀，我就是把答案倒过来写的，你就该从后往前抄。”

“什么？！”他听了之后一声惊呼，声音大到整个班都能听见，几个女生发出了咯咯的笑声，向我们看来。

担心“隔墙有耳”，赫胖子赶紧压低了声音：“你怎么那样写答案？”

“我乐意啊，你管得着吗？”我学着他那副混不吝的样子说。

这次，换作他无言以对，一脸懊丧地看着我。

“胖子，我再警告你一次，以后别招惹袁小丽！”我趁热打铁，压低声音对他说，语气里带着几分狠毒的威胁。

他像只被人泄了气的皮球，瘫坐在了椅子上，表情尴尬。

其实，我并没有把答案倒过来写，骗赫胖子是为了给他点教训。

大扫除一结束，大家就像放了羊似的一窝蜂拥向了校门。

去取自行车的路上，我给张明睿和徐春殷他们说起了这件事，他们都说我坏得“头顶长疮，脚底流脓”。

“杨小和，我觉得赫胖子平时挺好的啊，他怎么得罪你了，你这样耍人家？”张明睿不解地问。

“我乐意，你管得着吗？”

我当时才发现，原来这句话就是面对别人疑问时的万能金句。

大家都知道我之前与袁小丽不和，虽然他们现在能感觉到我们的关系已经缓和了不少，但仍旧不知道我已经喜欢上了她。

我要说是为了袁小丽，一定会煮饺子烂了边儿——全露馅儿了。

取了自行车后，我们三个一边握着车把，一边踱着步子，慢慢向校门口走去。

在黄昏的余晖和蝉鸣的聒噪下，我的高一就这样结束了。

Chapter · 31 心花怒放

我和袁小丽双双从树干上重重摔下，她压到了我的身上，我们身下枯腐的树叶被压得咯吱作响。

古树参天的森林里，幽深得可怕，一丝微弱的阳光努力穿过遮天蔽日的高大树冠射到我的背上。

林中湿气很大，我们出了很多汗，黏稠的汗液让我们的肉体和衣服紧紧贴在一起，一点缝隙都没有留下。

我们怎么会来到这里？其他同学呢？

我被这陌生的环境弄得一头雾水。

周围有一堆燃得正旺的篝火，一捆捆劈好的木头整齐地码放在那里。

干柴烈火！

这是首先进入我脑海的字眼。

“现在，就只有我们两个人，你不想做点什么吗？”

袁小丽并没有起身，她把头埋在我的胸前，说完这句话，她的脸变得羞赧，红透，像一个冒着腾腾热气的电熨斗。

她的声音低得像是蚊子发出的，但在这片岑寂的丛林中显得格外灵透，一下下撞击着我的灵魂。

面对朝思暮想的佳人，我再也控制不了自己的理智，任由它被人类最原始的欲望撕得粉碎！

我用力一扳，翻身把她压在了身下，我们的身上沾满了一捏就碎的枯叶，我紧紧攥着她的手腕，厚重的鼻息直喷到她的双颊。

她动弹不得，一双明眸闪烁着一丝不易被察觉到的亮光，直接透过了我因为兴奋而早已放大了十倍的瞳孔穿入到我的心房。

我能感受到她柔软的身躯因为紧张而变得有些发紧，我们呼吸急促，我努力嗅着她散发出的雌性荷尔蒙，意乱情迷。

我慢慢地把嘴唇靠向她，距离只剩十公分，五公分，三公分，一公分……

我要缺氧了，我要窒息了，我要心花怒放了！

2005年7月27日的凌晨，在我即将和心上人完成最神圣的交融时，梦醒了。有些梦一旦醒了，就再也接不上了。

暑假的日子一直过得波澜不惊，吃饭、学习、上网、看电视，除了能做这几样事情之外，我跟被困在荒岛上的鲁滨逊没什么区别。

从分开的第一天开始，我一直在思念着袁小丽，想尽快见到她。

虽然我已经决定暂时把对她的喜欢尘封在心里，不去对她表白，但相思之苦却一刻也不消停地折磨着我。

在像个水煎包似的被三伏天烤了个外焦里嫩，又被秋老虎虐了个七荤八素之后，我终于熬到了 8 月 31 日——返校日！

蛰伏了整整两个月，我的心里藏匿着莫名的躁动与兴奋，空气里弥漫着久违的紧张与不安。

我跨上自行车，飞速蹬着套着橡胶套的脚镫子，一路上压上了无数的井盖儿，发出“咣当咣当”的响声。

我就要见到袁小丽啦！没有什么事能比这件更能刺激我没羞没臊地在大马路上大声哼唱着，路人纷纷对我侧目。

秋刀鱼的滋味
猫跟你都想了解
初恋的香味就这样被我们寻回
那温暖的阳光
像刚摘的鲜艳草莓
你说你舍不得吃掉这一种感觉
雨下整夜
我的爱溢出就像雨水
院子落叶
跟我的思念厚厚一叠

2005年，中国的互联网用户算是迎来了一个小“井喷”，电脑一下子就成了必需品，“蹿”进了千家万户。

我爸省吃俭用，用他在市场挣的两个月工资非要给我也买一台电脑，五千块钱。

我说不要，他说：“小子，你现在和过去不一样了，你爸没本事，就只能给你买这个价位的，也不知道好不好用，人家导购员说这是什么双核的，用它好好学习，我相信你。”

我爸就喜欢骗人，他怎么会没有本事呢？虽然他下岗了，但他没像我们小区里那些同样四肢健全的大老爷们儿天天坐在啤酒摊上怨天尤人地咒骂社会，而是继续承担着这个家庭的重担。

这在我心中，就是最有本事的表现。

不知道从什么时候开始，他开始叫我“小子”，就这两个字，我能记一辈子。

这世界上，再没有比父母的信任更能让人备受鼓舞的话了。

虽然，那台电脑最终被我好好利用成了游戏机和MP3。

那一年，很多很好听的歌借着各大页面还很难看的音乐平台涌现出来：《童话》《孤单北半球》《欧若拉》等等。

这些在今天可入不了高中生的“法眼”，他们喜欢的是那三个男孩的组合，他们跳起舞来就像是袖子里藏着两条断了的胳膊。

当我感觉不断发出“吱嘎”响声的自行车即将因为高速运转而解体时，西城中学的大门进入了我的视线。

我的兴奋之情已经达到了临界点，心中的满足感越发膨胀起来，我就像一个充气过足的足球那样快要炸了。

为了不撞到别人，我狠狠捏住了闸，两根闸线儿拼了命地箍住车圈，车速降了下来。

那边什么情况？！打群架了？怎么围了那么多人？我推着自行车朝那边跑去。

高二，我就要欢天喜地地来迎接你了！

Chapter · 32 乐极生悲

我推着自行车刚入校门时，看到操场东侧外围的公示栏那儿里三层外三层的全是学生。

我的第一反应就是有人聚众斗殴了，但并没有听到任何咒骂或威胁的喧嚣声。

难道是学校发布了延长暑假的通知，才让他们如此关注的？

大家前拥后挤，圈子外围的使劲往里推搡着，实在挤不进去就踮着脚尖伸直了脖子往公示栏上看。里面的人似乎难以承受被无数双手按在肩膀上之重，开始前后摇晃。

人群里不时发出惊叹声、叹息声，还混杂着兴奋的尖叫声。

我一眼就认出了那个让我魂牵梦绕的背影，袁小丽站在最里面，随着人群波浪式地摇晃，有些站立不稳。

我拼命从外面挤了进去，站到了她身后，她还是扎着高马尾。

我在心里犹豫了半天要不要含情脉脉地跟她说一句“好久不见”，最终我还是决定用另一种方式跟她打个招呼。

我伸出左手拍了拍她的左肩，趁她回头的空儿我窜到了她的右边，她往左边回头，发现没人，随后把头扭回来才看到了嬉皮笑脸的我。

直到此刻，我的心情都是舒畅的。

她看起来没什么心情和我闹，也没有像往常一样板起脸，用她最喜欢的也是最习惯的一种语气对我说：“你成熟点儿行吗？”

她两眼直愣愣地盯着我，好像中了诅咒丢了灵魂的人一样。我在她的脸上看到了一种很复杂的表情，有不安，有落寞，有愤恨，有迷茫。

所有的这些交织成一种极其复杂的表情，我竟觉得袁小丽想要哭！她紧咬着嘴唇，强忍着泪，使劲蠕动了一下喉咙，对我说：“你看看公告栏。”

上面贴着一张类似于“大字报”似的东西，白纸黑字端端正正地写着“2005—2006 第一学期分班计划”。

我记得刚入学时，郭老师说过高二开始时，我们还有一次选择文理科的机会，但是期末考试前她不就已经把申请表收上去了吗？

我当然还是选择的文科，袁小丽也一样。

但这上面，14 班的名单中竟然没有我们两个人的名字，老师漏打了？有人故意把我们的名字撕去了？我们被除名了？

一连串的胡乱猜测让我的心呈阶梯状下沉，触到最底部的一刻，我才发现，上面沾染了一层厚厚的灰，让我的整个心脏变得浑浊不堪。

我们两个人的名字出现在了7班的花名册上!

一瞬间，一盆凉水由我的天灵盖浇下，顺着我的脊椎一路流淌到了我的尾巴骨上。刚刚那种兴奋过头的膨胀感炸裂开来，我像一辆被人拔了气门芯儿的自行车胎，逐渐干瘪了下去。

这真是乐极生悲!

我想起了期末考试前郭老师在办公室里跟我说过的话，学校要按这次的期末考试成绩分班，成绩优秀的可以进入实验班。

7班就是文科的实验班，整个级部的优生全都聚集在了这里。

李世民的一句话突然进入了我的脑海："天下英雄入吾彀中矣。"

我和袁小丽算什么？俩王八？!

此时，一想到即将离开生活了一年的班级并要去往另一个陌生的环境学习，我就觉得肺里的空气像被一台巨大的抽水机一下子全抽干了一样，我拼命地调整呼吸节奏，但是那台抽水机一直轰隆轰隆响个不停，让人心烦意乱。

我感到有些胸闷气短，头晕眼花，踉跄地后退，差点颓然倒下。

周围还在有人不断地往里挤着，他们好像一群愚蠢的飞蛾，疯狂地扑向那块宽三米，高一米八的烂木板，上面公示着考入实验班的名单。

那里有很多人梦寐以求的东西，闪着耀眼的光芒，将我和袁小丽落寞的背影衬托得那样无助。

我们一边挤出人群，一边挣脱那些挂住我们身体两侧的胳膊，朝教学楼走去。

一路上，袁小丽低着头不说话。我也说不出话来，只是简单地回忆了一下过去一年中的种种：我来到了西城，和新同学建立起了深厚的情谊，有了一位不错的班主任，学习有了很大的起色，喜欢上了身边这个垂头丧气的女孩子。

我像一颗被人从泥土中翻出的即将腐烂的种子，重新沐浴在了雨露与阳光之中，开始在14班这片土壤中发芽滋长。

然而现在，一切却戛然而止！

我体内的不稳定元素又开始蠢蠢运动，我再次感觉到自己没有过安稳日子的命。

“我不想去7班。”明知道这是一句废话，但我还是脱口而出。

这个时候，我们之间必须要有一个人先开口，让气氛尽量显得不那么让人难受。

从那开始到现在的很多年里，我一直保持着一个习惯：在大家没话聊的时候，第一个站出来打破沉默。意兴阑珊时是这样，和别人冷战时是这样，相顾无言时也会这样。

“我也是。”她可能只是出于礼貌，才回了我这么一句。

我们的教室由六楼搬到了四楼，班牌上的高一改成了高二。郭老师正站在讲台上，由于窗户和门关得很严实，我们听不到她到底在说什么。

我透过后门上面嵌着的玻璃向教室里看去，其他同学都来了，还出现了一些新面孔，他们应该是从理科班转过来的吧？

班里坐得满满当当，唯独我的座位是空着的，徐春般跟个吸大烟的八旗子弟似的，一只手撑在我的椅子上，那样子有多颓废，就有多颓废。

旁边站着一个眉清目秀的高个儿男生，他尴尬地看着我的椅子，看样子很想坐上去，但受制于某种力量的牵制而不敢轻举妄动。

准是徐春般又“欺生”了！

几分钟后，郭老师走下了讲台，她从教室里走了出来，其他人则开始了假期后的大扫除。

“你们俩怎么没去7班报到？”看到我和袁小丽站在班门口儿，她很惊讶。

“郭老师，我们能不能……”我刚想对她表达想要继续留在14班的渴望。

“不行！”郭老师毫不犹豫地打断了我，语气坚决，吓了我一跳。“我也是为你们好，7班的班主任周老师带过好多届学生，高考成绩在西城中学都是个顶个儿的，跟着她能让你们变得比现在更出色得多。”

我们就这样被郭老师打发走了，像是两块烫手的山芋被扔了出去。

7班的教室在教室办公楼的一层最内侧，教室没有窗户，昏暗不见天日。我们两个像正在排雷的工兵，小心翼翼地向着没有半点光源的目的地走去。

那几步，我们走了很长时间，我又陷入了胡思乱想的状态。

究竟是什么样的一群学生才能考到这里来啊?

首先，他们一定是肾功能超强的人，为了多挤出点时间来学习，他们能一整个上午不去洗手间。

其次，这肯定是一伙儿特别老实巴交的人，从不去网吧，很少看电视，为了学习，我敢打赌他们连体育课都能闹出集体罢课的闹剧。

还有，他们一定都特别处女座，别人请他们吃肉时，他们一定会掏出计算器，熟练地计算出这块肉中所含的卡路里数，然后使用辩证的唯物主义观给别人分析吃肉是多么“罪大恶极”的一件事情，最后非得把人家逼得出家以示自己已经“放下屠刀，立地成佛”了。

想到这里，我难受得要死，仿佛鼻梁上已经因为熬夜学习而戴上了一副酒瓶底儿那么厚的眼镜。

7班的教室近在眼前，狭隘的走廊中只剩下了我们沉重的脚步声。

Chapter · 33 乌烟瘴气

推开 7 班那扇腐朽木门的一刻，“吱呀吱呀”的怪声以及一群眼神呆滞的高中生投来的目光让我们和这个班的初见显得有一些诡异。

然而下一秒，我们就感觉到了迎面而来的求知氛围充斥在空气中，耀眼的光辉洒满了教室的每个角落。我们两个像是即将接受洗礼的新入伙的教徒，等待着一众披着西城校服外衣的神父和圣母向我们行点水礼，然后我们再诚心“忏悔”，宣誓要“弃暗投明”，与过去所在的“垃圾班级”一刀两断。

7 班的班主任是一位女老师，教语文，姓周，此刻正在强调着高考的硝烟已经开始弥漫，从现在开始就要把高二过成高三。

看到我们俩姗姗来迟，她随意地一摆手：“先找个地方去坐下。”紧接着继续像个传销组织的头目一样继续给那些“发展人员”洗脑。

她的语调平稳，听不出一丝情绪，既没有对我们的到来表示过多的欢迎，也没有因为我们迟到而感到不满，就像两个乞者在她面前经过，她连眼皮都懒得抬一下。

听郭老师说她已经连带了十余届实验班，高考的战绩十分显赫。刚听到这些话时，我心中就已不屑一顾，暗想："这么多成绩优秀的学生都云集在自己手里，不就相当于捧着王炸、两个炸弹、一个长顺子吗？这么一把好牌打斗地主还能输？！"

但是，此时的这番场景却把我给镇住了，呆头呆脑的学生正襟危坐，不怒自威的老师慷慨激昂，这些甚至让我那颗坚决要回到14班的心都有些动摇了。

我要接受命运了吗？事实证明，我绝对是最会扼住命运咽喉的人，这次，它都快要被我掐断气儿了。因为，还没到两个星期，实验班就被我搅得鸡犬不宁，甚至有些乌烟瘴气。

实验班里，男生寥寥无几，女生和男生的人数是48：6，按照身高，我被安排坐到了全班最后一排，和剩余五个老实孩子坐在一起。

其中有一个叫孙健的，是教导主任的儿子，但他的学习并不好，在普通班中都得倒数，却硬被他妈给塞进了7班，成了我的同桌。

他上课的时候也不怎么听讲，天天对着课桌发呆，再不就是像个为情所困的痴情少女似的对着黑板唉声叹气，就好像这块黑板本来是他老婆，是个有血有肉活生生的人，只是被下了诅咒才变成了一块冷冰冰的黑板一样。

老师每天用粉笔往上面写字的时候，他都会做出一副痛不欲生的表情，那样子跟有人拿着一把锋利的匕首往他肋条骨上扎似的。

这小子可以好好利用一下！我肚子里的坏水儿又开始不安分地往外冒。

虽然我现在在别人眼中成了一个不折不扣的“好学生”，但是我和所有的好学生又不太一样，小初校园中复杂的经历令我的人格变得有些扭曲，高中后有了些起色的学习成绩仅仅将我骨子里的一些糟粕扭转了十分之一。

我作为一个差生积攒下的习气早就根深蒂固，从进幼儿园到初中毕业，它已经陪伴了我十四年。那种邪恶的气息像团黑云似的一直笼罩在我的头顶，甚至都已经开始侵入到我的血液中。

一年的高中经历像一把道士驱邪用的桃木剑横空出世，才让我免受“邪气攻心”。但双重经历下的我仍然会在一些场合把体内那个邪恶的我给释放出来，祸害其他人。

“哥们儿，看你整天愁眉苦脸的，怎么不高兴呢？”在我们成为同桌的第三天，一节物理课上，老师正在讲“安培定律”，我凑到了孙健的身边，问他。

“唉，一言难尽呐！”他好像说什么话之前都要叹口气，好好的白话他非得弄成戏文。

“跟我说说，没准儿我还能帮你呢。”

“还不是我妈？我妈你认识吧？咱学校的教导主任。”他这句话里完全没有显摆的语气，就好像他妈干的不是什么教导主任这样令儿子自豪的职业，倒像是个校门口儿卖菜的小贩，让他感到脸上无光，“烦死了，非把我弄到这个破 7 班来，我都没法和……”

说到这里，他警觉地看了一下四周，像毒贩子即将向买主报价一样，压低声音说：“你有没有喜欢的人？”

当然有了！她现在就坐在我方圆五米的范围内，和我一样，忍受着陌生环境的煎熬。于是，我非常坦诚地对他说：“没有，怎么了？”

“哎哟，啧啧啧，一个男生在十七岁的年龄，怎么连个喜欢的女生都没有？你真是活得太失败了！”孙健叹息道。

“这么说你有？”这小子的理论让人忍俊不禁，喜欢上一个女生算得上是很伟大的事情吗？那我活了这些年，都伟大了两次了，但我没反驳他。

“那还用说？我们从高一第一天开始就勾搭上了。”说到这里，他眼珠子转了两下，随即赶紧更正道，“不对，不对，是相互吸引，还有个词叫什么来着，两……两情……”

“两情相悦！”我替他说了出来。

“对，就是两情相悦！多么美好的词啊！只有这个词才能证明我们之间的光明正大，而不是像西门庆和武大郎那样偷偷摸摸。”

“大哥，是西门庆和潘金莲。”我纠正他。

“甭管是谁吧，”他潇洒地摆了摆手，“反正我对阮尤琪的爱不会变，我妈以为让我们不在同一个班就能拆散我们吗？门儿都没有！我都一个多星期没搭理我妈了，想想就来气。”

十七岁的高中生，你懂什么是爱啊？

“听了你的故事，我都快被感动哭了。”我装模作样地用手背往眼角上去蹭，然而并没有蹭下什么眼泪。

“等着吧，迟早有一天我要让我妈后悔，我进了实验班也不学习，看她能怎么样？”他气鼓鼓地说。

怎么会有这么不识好歹的儿子？！不过他的不识好歹正好为我所用。

“算了，哥们儿，别郁闷了，你喜欢看NBA吗？一会儿下了课，咱打球儿去！正好发泄一下你心中的不快！”我故意激他。

“我太喜欢了！姚明啊！姚明进NBA了，他和弗朗西斯那个你看了吗？多帅啊！”

我真怀疑他刚才说的那个阮尤琪是不是他编出来的，姚明和弗朗西斯明明是队友好不好！

下课后，孙健拽着我往外走，此时，全班除了我们两个，没有任何一个人站起来，他们全部都在低着头学习。

袁小丽趴在课桌上，一只手捂着肚子，不用猜我也知道，她的好朋友来了。我心疼她，想过去和她说两句话，但孙健却在旁边大呼小叫个没完：“走，杨小和！去篮球场，让我给你展示一下我的后仰跳投！”

我挣开了他的胳膊：“你傻啊！课间就十分钟休息时间，去篮球场来回都要走五分钟，瞎折腾什么？！”

“你不是说下了课要打球的吗？”

“打这个。”我从口袋里掏出一个黄绿色的网球，周遭都散发出奇妙的光泽。

“这个怎么打啊？往哪儿投啊？”

“不懂了吧？看到教室后墙的黑板了吗？我们就拿黑板上沿儿当篮筐，这么矮，咱跳起来就能扣篮。”我说。

“我去，你真有主意！”

于是，我们就在一片寂静的教室里开始了“一对一对战”。黑板在我们势大力沉的扣篮下震得咣当作响，孙健发泄着对他妈的不满，我发泄着对整个7班的不满。

有几个女生听到动静后眉头紧皱，那白眼儿翻得都快双目失明了，我们全然不顾她们的抗议，拼了命地把网球往黑板上面砸。

孙健打得兴起，开始梦呓一般地吱哇乱叫，他已经彻底进入了状态，我的嘴角上扬，像个帮助了乱臣贼子成功谋权篡位的“狗头军师”，在心里冷笑了一声。

当天下午，周老师就把我们俩请去了办公室，孙健作为教导主任的公子，最后被定性为“从犯”，得到了宽大处理。而我这个“主犯”的运气可就没那么好了，被罚打扫教室一整个星期。

每天天还没亮我就得蹬着自行车赶往学校，寒露一过，自来水管里的水也开始抽风似的变得冰凉，溅到胳膊上都冻得我一个激灵。我使劲把拖把往水池子里摁，好像要把一个人给溺死，其实，我想溺死的不过是我的坏心情。

消停了没两天，我和孙健就开始变本加厉地闹腾，这次还把其他几个男生给拖下了水。

一开始，他们是很不情愿跟着我们一起疯的，不过，在我说了一句“青春是用来干什么的？是用来大胆和放肆的，是用来燃烧和释放的，难道是像这样一直坐着，死气沉沉地‘坐’完你们的花季吗？”之后，他们体内的那头青春期才会有的躁动的小怪兽彻底冲破了封印，逃出来跟着我们一块儿撒欢儿了。

我们轮流扣着黑板，动作一个比一个夸张，网球一次次从地上高高弹起，一次次狠狠砸在发硬的木板上，弹得到处乱飞。

“咣当”一声，黑板在我们的轮番冲击下，终于不堪重负，颓然落下，激起了地上的一片尘埃。

我们彻底安静了下来，看得出，那几个男生已经彻底要开了。

一个满脸青春痘的胖子目光坚毅地望着前方，站在他旁边的瘦高个儿胸膛上下起伏，其他几个人脸上的自豪之情溢于言表，仿佛刚刚完成了一件救万民于水火之中的大事。

闻讯而来的周老师呆呆地站立在教室门口，看着眼前这番场景，她猛烈地咳嗽着，使劲地调整着紊乱的呼吸。

“躺”在地上的黑板周围像是有一缕缕青烟冒出，可能是它的灵魂出窍，要飞往其他地方去了吧？它这样做也没错，这么一个乌烟瘴气的地方，多待一秒都是要折寿的。

Chapter · 34 垮掉的信心

那轰然倒地的一块庞然大物不是黑板，而是周老师垮塌掉的信心。

我想，从一开始，她肯定对驯服我这匹“野马”感到胸有成竹，她带过那么多届实验班，什么样的学生没见过？我在她眼中也许只是一个正在闹小脾气的十六七岁的男生，怎么可能会让她束手无策？

上次我被她在办公室里训了一顿后又被罚做了一个周的值日，看着我垂头丧气的样子，她一定觉得胜券在握了。

但我愣是抱定了“只卖艺，不卖身”的念头，在这“物欲横流”的环境中洁身自好，让周老师无可奈何。

我看到周老师的双肩在轻微地颤抖，幅度很小，那是她竭力克制的结果，她抬起右手食指，哆哆嗦嗦地像个帕金森综合症患者一样，用她抽搐的嘴角艰难地发出了断断续续的几个字，听起来含混不清：“去，你们，去找校工，把黑板安好。”

她并没有惩罚我们，我从她满脸的憔悴上面读出了“力不从心”四个大字。

那几个被我洗了脑的学生重新做回了好学生，又恢复了往日里那种只知道刻苦学习的状态，满嘴里不是中国历史朝代更迭表就是二次函数的图像画法。

就连孙健都没再犯浑，他战战兢兢地对我说：“你那天看到周老师眼睛深处的东西了吗？”

“你还能看到别人眼睛的深处去？”我不解地问。

“不管你信不信，反正我在她眼里看到了很重的杀气，真的！”

没有了往日盟友的鼎力支持，我就只能将个人英雄主义发挥到了极致，孤独地凭借一己之力对抗整个班级。

西城中学对我有“知遇之恩”，这么做实在是不地道，但是我只想要回到14班，别的我都管不了。

我上课故意捣乱，不交作业，测验交白卷，我把在韵文中学时的那股子混不吝的劲儿又使了出来。总之，我无所不用其极，闹得动静一天比一天大。

袁小丽没跟着我一块儿疯，但她这种从小就优秀惯了的学生一旦拧起来，也够让老师头疼的。

所有在7班授课的老师对去找周老师反映袁小丽上课总是心不在焉，一直盯着窗外发呆，叫她起来回答问题也说得语无伦次。

有的老师说我们两个真是“静若处子，动若脱兔”，不过这可不是什么褒奖的话。他们甚至怀疑我和她是冒名顶替才进了实验班的，真正的杨小和与袁小丽早就被我们“碎尸万段”了。

我能明显地感觉到几个老师看我们的眼神里充满了好奇和恐惧，如果他们胆子再大一些，一定会来扯我们脸上的肉，看看上面到底是不是贴着一张人皮面具。

终于，被我们弄得焦头烂额的周老师坐不住了，她把这件事反映给了方校长。

Chapter · 35 办公室奇遇

进入 7 班的第二个周五，我和袁小丽就被请进了校长办公室。办公楼三楼的走廊尽头，有一间朝阳的房间，二十平方米大，方校长就在这里办公。

室内的陈设并没有我们想象的那样复杂，只有一张放了台电脑的办公桌，两把还算舒适的座椅以及一套沙发。

电脑上连接的各种电线顺着办公桌上专门掏出来的一个小洞铰杂在一起，像麻花儿似的。

我们走进去的时候，方校长正在批阅桌上一沓厚厚的文件。

“来了？坐。”他抬头开了我们一眼，指了指我们面前的沙发，“稍等我一会儿。”说完，他又低下头去拿着笔在文件上写写画画。

我们小心翼翼地坐了上去，沙发垫很软，但我们并不敢让身体完全陷入到里面，而是正襟危坐，身子前倾，我感觉自己的小腿肚子都要抽筋了似的。

虽然接到了去校长办公室的通知，但我的内心是欢呼雀跃的。想着方校长终于知道这件事情了，我们回归14班一事的大门在即将关闭的一瞬间重现了曙光。

然而，这间办公室里似乎有种强大的气场，像一股明显的低气压漩涡，盘旋在我们头顶的压强让我们喘不过气来。

之前，我已经把想对方校长说的话全部在了纸上打了草稿，可现在，我一句也想不起来了。我像第一次执行罚球的樱木花道，神情恍惚，不知所措。

方校长桌子上的茶杯、笔筒、墨水瓶等等被称为“容器”的东西，此刻在我眼中都像极了灌满辣椒水儿和砒霜的瓶瓶罐罐。

我有种不祥的预感：这绝对是方校长摆下的“鸿门宴”！

我斜眼看了一眼身边的袁小丽，她的眼神中又露出了一股让我感到无比熟悉的渴望，那种渴望是从骨子里露出来的，比求生的欲望还要强烈，像缕缕细丝一样，缠绕在她的身边。

她的这种表情似曾相识，我想起来了，我在高一第一次期中考试前见到过，当时她满眼射出的都是要胜过我的光芒和决心。

一想到还有她在身边，我心里就有了点底儿。

“给我说说，你俩为什么不愿在7班？”方校长终于忙完了，他抬起头，把钢笔插回到笔帽儿中，搁进了笔筒里。

不知道为什么，一看到方校长那张慈善的脸，我还是没法下定决心痛斥7班“根本不是人能待的地方”。

办公室里很安静，时间好像越走越慢，只剩下了墙上挂着的那块“康巴丝”牌的钟表发出的“滴答滴答”声还在提醒着我们，这个世界还在运转着，没有停下来。

“方校长，我觉得7班不太适合我们。”是袁小丽，她的声音那么坚定而有穿透力，把灵魂快要出窍的我又给拉回到了现实中。

我想象着：冰天雪地里，快要被冻死的我穿着一件单薄的，棉花都快要消失殆尽的外衣，躺在袁小丽的怀中瑟瑟发抖，我的眼皮发沉，昏昏欲睡，我想让自己放松下来，就不会那么痛苦了。

“杨小和！醒醒，醒醒啊，不能睡，睡着了就再也醒不了了！”她拼命摇晃着我的胳膊，拍打着我的脸颊，给我灌姜汤。

“对，方校长，我和您说啊，7班真的是和我们八字不合，您知道吗？这个班的学生下课后连厕所都很少去，课间也在学习，午休时间也在探讨问题，放学后还有一大批人留下来自习，熬到11点多才回去休息，我们感到压力很大，难以承受。”我接过话茬儿说。

袁小丽的话让我醒了过来，我感到自己说话变得利索多了。

“还有，我们很想郭老师，她的授课方式更能让我们接受，还有14班的那些同学。”

“有压力是很正常的事情，别的同学就没有压力吗？你们要学会调节自己。”方校长说。

“人和人怎么能一样呢？7班的学生都是为了高考而生的，是西城中学未来的希望，但是我们实在难当大任，您就让我们回去吧！”我苦苦哀求着。

方校长笑了笑，可能我的想法幼稚得让他有些意外，他拿起自己的白瓷茶杯，“咕嘟”喝下一大口茶，说：“恐怕不行。”

一听说回14班的路被堵死了，我的小孩子脾气又上来了。

小学班主任曹花说我是弱智，我用自己的实际行动狠狠打了她的脸，但是，就情商这一方面而言，我确实有问题。

已经上了高中的我，还是没有变得成熟起来，大多时候，我还是任性的，自私的，不会顾全大局的，不擅变通的。

“那我今后就不学习了，荒废学业，自暴自弃！”我急了。

“胡说！怎么能为了这么点小事就闹情绪，说放弃学业这种对自己不负责任的话？！”

这是我第一次看到方校长发怒的样子，他把自己校长的“架子”全都表现出来了，让我们彻底噤若寒蝉。

“咣当”一声，门被从外面撞开了，这一撞撞碎了现场尴尬的气氛。

一个十七岁左右的少女跑了进来，个子高挑，身材匀称，她的发型是当时女生都喜欢却又不敢留的“沙宣”，眼睛很大，鼻梁高挺，皮肤白皙，背着双肩包。我一眼就看到了她身上穿的校服上印有“实验高中”的字样，那是J市最好的一所高中。

“爸爸，我回来了！”她冲着方校长喊道，原来是校长千金。

方校长有些不自在地看了我和袁小丽一眼，又对那个女孩儿说：

“丫头，你什么时候能懂些礼貌？每天回来都这么火急火燎的，一点儿没个女孩子样儿！”

少女冲我们甜甜一笑，主动打起了招呼：“你们好，我叫方雨菲。”

她随手把书包往地上一扔，对方校长说道：“哎呀，爸，你知道吗？当初你非让我进实验高中的实验班，现在都快把我弄疯了。”

“跟爸爸说，又怎么了？”方校长收敛起了刚才狂暴的表情，此时就跟搀着姨太太的丫鬟一样柔声细语。

“我和你说吧，这个破实验班肯定和我八字不合，那些书呆子下课后连厕所都很少去，课间也在学习，午休时间也在探讨问题，放学后还有一些人留下自习，简直不是人待的地方！”

方雨菲的话竟然和我说的如出一辙，是巧合吗？我感到有些不可思议。

“还有，我想原来的老师还有那些老同学，爸，你必须把我弄回原来的班级去！”

“雨菲啊，在实验班对你是有好处的，你要学会适应，不能一遇到问题就逃避。”方校长说。

“我不，我就要回原来的班。”方雨菲上来一股邪劲儿。

“那我要是不同意呢？你知道我费了多大劲才让你们校长把你调进那个班的吗？他原来和我是同学，我是他班长，从来都是他求我，我从没开口求过他，你现在这样，那我不白费劲了吗？”

“那我今后就不学习了，荒废学业，自暴自弃！丢你这个校长的脸！”

“你试试！”方校长也急了。

“试就试！我现在就给班主任打电话，明天去学校退学！”说着，方雨菲真的走到她爸的桌前要抢电话。

我和袁小丽都看傻了，怎么会有这么“野”的校长千金？

方校长双手紧紧护着电话，嘴里连忙说着：“哎哟，姑奶奶，你可别闹了，爸爸错了，错了还不行吗？一会儿我就给你校长打电话，让他把你调回原来的班行了吧？”

方雨菲一把搂住方校长的脖子，撒着娇：“老爸最好了，老爸万岁！”

方校长嘟囔着：“唉，和你妈一样，娇惯坏了。”

平时那么正气凛然的方校长竟然也会碰到命中的克星，真让人忍俊不禁。

这一出“办公室奇遇”更是让我感到瞠目结舌！

Chapter · 36 新的威胁

经过半路杀出的这个方雨菲一通搅和，我和袁小丽回归 14 班最后的障碍竟然鬼使神差般地被清除了。

方校长感觉面上无光，心有不甘地说："你们两个，下周一就回 14 班去上课吧，我给周老师打个招呼，但是我丑话可说在前面，以后无论你们成绩再怎么出色，就是考到级部第一，也不会获得进入实验班的资格了。"

他的话像一股不太强烈，却足以让人感觉到酸麻的电流在我的身体内过了一遍，我能感到自己的心脏在胸腔内有力地搏动着，浑身为之一振，我攥紧了双拳，胳膊不住地发着抖。

进实验班这种比噩梦还要可怕的事情，我一定不想再经历一次了！

我对着方雨菲点了点头，想对她表达一下感激之情，却说不出口，满脸的窘迫不安。

她放荡地笑出了声，走到我身边的沙发旁，拿起了她刚才扔在上面的书包。然后很隐蔽地用手指在我的手心里画了一个圆圈，我的手心一阵发痒，体内的血液仿佛凝结了一样，一种叫作欲望的东西在我体内喷薄而出。

她冲我眨了眨眼，嘴角上浮现出一丝笑容，那笑中带着轻佻的挑逗，那么“邪恶”，我僵在了原地。

随后，她冲着方校长喊道：“爸爸，我去写作业了。”

说完，她一阵风似的跑出了办公室，门被关上的一瞬间还发出了“咣当”一声，好像震得整个走廊都在颤抖。

周一一大早，我就招呼了徐春殷、张明睿他们来7班帮我跟袁小丽收拾东西，“身在曹营心在汉”的我们终于要“班师回朝”啦！

孙健一脸不舍地看着我：“这次，我算是真成了孤家寡人了。”

我象征性地说了几句无关痛痒的话：“哪天你要是闷了，让什么事儿弄得心里不痛快了，或是招惹了校外的流氓地痞被人堵了的时候，一定要来找我。”

“反正我也不会管你。”我心里发出了另一个卑鄙的声音，只有我自己能听到。

“还有……”我顿了顿，“算了吧，我得走了，再见。”

其实，我是想对他说一定要和阮尤琪继续在一起，可转念一想，这不成了挑拨他和他妈之间的关系了吗？

反正，高中生的感情大多都会像弥留之际的癌症病人那样，早晚

"尘归尘，土归土"，再多的祝福都显得有些多余和讽刺。

和徐春殷他们一起来的，还有一个身材颀长、眉清目秀的男生。我第一次见有人能把肥大难看的校服穿得这般贴身，一看那身皮囊下包裹的就是一副肌肉结实的躯体。

这不是那天我在教室后窗看到的那个被徐春殷欺负的没地方坐的男生吗？此时，他已经把袁小丽的书包背在了自己的背上，把她的课桌扛在肩上，一只手拎着椅子，和袁小丽有说有笑地出了7班的门儿。

我把徐春殷拉到一边："这小子是谁啊？"我有些不快。

"张兴伟啊！理科班转过来的，你不认识啊？"

"我有病啊，我认识他？！"看着他和袁小丽说话的时候越靠越近，我气就不打一处来，好像袁小丽对这小子的印象还不错，被他逗得一个劲儿地笑。

"人家哪儿招你了？多好的一个小伙儿啊。"

"好？好你还欺负他？"

"我什么时候欺负他了？"徐春殷一着急，把刚搬起来的课桌又给放下了，不偏不倚正压在我脚面上。

我疼得"哎呦"一声，7班前排的几个女生又把头回了过来，不满地看了我一眼。

"我都看见了，那天你旁边的位置空着，都不让他坐。"

"你的座位过了一个暑假，早就积了一层灰，人家有洁癖，不稀得坐！"说完，徐春殷又把课桌重新搬了起来，向班门口挪动着，"椅子和书包你自己拿啊！”

不知道为什么，从刚一见到张兴伟开始，我就心烦意乱，他的每个动作都能激发出我体内好勇斗狠的一面。我隐约有种不祥的预感，他迟早会成为一股不可忽视的力量，威胁到我生命中的方方面面。

在路上，我听见袁小丽问他：“你不是刚转来我们班的吗？怎么也会来帮我们搬东西啊？”

“哦，我听春哥说我们班学习成绩第一的美少女即将回归了，我按捺不住心中的兴奋，当然要先睹为快啦！”

“呸！臭不要脸的！”我在心中咒骂着，狂躁地拽着自己脑袋上的头发。

袁小丽笑了笑，没说话。

那段时间，电视里正在热播韩剧《阁楼男女》，每次看到金来沅饰演的李庆民使阴招儿算计他的情敌时，我都觉得他很小心眼儿。

此时，面临同样境遇的我才发现：在一些事情中，你要是表现得太大度或者光明磊落，你就一定会成为那个失败者。比如爱情，这本来就是一场互捅刀子、不择手段的争夺战。

我把牙咬得咯咯作响，一阵急火攻心，嫉妒、不安、焦急混杂在了一起，在我的心中翻滚。

不行，我必须得放下尊严，做一个“龌龊”的小人，为了袁小丽！

我拎着椅子，往前快跑了几步，假装一个踉跄，顺手把椅子扔了出去，正好砸到走在前面的张兴伟的脚后跟上。

“对不起啊，他推的我！”我指着离我八丈远的徐春殷栽赃嫁祸。

那一下被砸到，一般人一定会疼得倒吸一口凉气，坚硬的生铁做成的椅子，碰到哪儿都至少得削掉一层油皮。

但出乎我意料的是，张兴伟表现得异常冷静，他只是把被砸到的右脚轻轻抬了起来，然后优雅地拍了拍，好像刚才砸中他的只是一块轻如蝉翼的塑料泡沫。

随后，他给了我一个绅士般的微笑，轻声说：“没事的。”

一瞬间，一缕缕耀眼的阳光普照在这初秋微凉的校园里，一圈圈光晕包裹着他，他像生出了翅膀的天使一样，整个人和周围的环境隔离开来，他的光芒万丈让我这个别有用心的下三烂尴尬极了。

袁小丽被椅子撞击地面的声音吓了一大跳，冲着我抱怨：“杨小和，你想干什么啊？”

她的埋怨却让我措手不及，让我心灰意冷，更让我心里没了底气——我所做的这一切都显得那么自作多情。我重新拎起椅子，一言不发地走在了前面，背对着他们，默默忍受着他们继续打情骂俏。

这个全新的威胁让我感到如芒在背，我心中充斥着不安全感，我担心自己的“猎物”就要被这只奸诈“秃鹫”给抢走了。

Chapter · 37 与全班为敌

张兴伟的出现就像上天给我下了一道恶毒的诅咒，他就如一条钻入我躯体的蚂蟥，四处乱窜，痛得我心烦意乱。

更让我难以接受的是，郭老师竟然对我回归的情绪显得不是很高，甚至语气里还夹带着埋怨："唉，杨小和，你知道自己失去了一次多么宝贵的机会吗？"

我错愕地看着她，心里在一寸一寸地结着冰，郭老师在怪我？她怪我不该回到14班，这是一个怎样的信号？她已经不拿我当这个班的人了？换句话说，我才是一个无关紧要的插班生，连张兴伟都不如？

我深吸了一口气，轻咬着下唇，把头扭向一边，鼻梁上一阵酸楚。

"你先进教室吧，和袁小丽坐到最后一排，明天我再安排给你们调位。"郭老师说完，又拿着黑板擦轻轻敲击着黑板，班里的秩序已经有些失控了。

进入教室的一瞬间，我并没有像想象中的那样得到山呼海啸般的欢呼，有的仅仅是一些陌生面孔狐疑的表情和死一般的寂然。原来的同学只是瞟了我一眼，表示他们看见了一个物体从教室外面匀速运动后，走到了教室最后面，表情是那样平淡。

就是有条小狗儿突然闯入他们的视野，都能得到比我更高的关注度！

我愤愤不平地搬着桌子走到了后排，袁小丽坐到了我旁边，她受到的待遇比我强多了。韩林夕还有其他几个女生之前和袁小丽是好友，她们兴奋地叽叽喳喳，冲她眨眼睛，再眨两下，睫毛都能折掉几根。

不知道为什么，原来她坐在我的右前方，我们相距大约五米，我总是忍不住想要和她靠近，抹平这段距离的工具就是我的目光。但现在，我和她坐在了一起，相距只不过三十公分，那种渴望却消失殆尽。

我在S师大夜市上买的那双假耐克已经开了胶，稍微一活动，我的右脚的前脚掌就会整个从像鳄鱼一样的豁口中露出来，连带着还有脚上那双漏了脚趾头的尼龙袜子。我把左脚紧紧贴在右脚外侧，挡住豁口，和袁小丽靠得如此之近的一整天，我都如坐针毡。

这都要怪张兴伟那个混蛋！

刚才上楼的时候，他一个劲儿地跟袁小丽显摆他穿的那双麦迪四代，说麦克格雷迪完成三十五秒得13分奇迹的时候就是穿的那个牌子的鞋。袁小丽听得云里雾里，他就眉飞色舞地解释了一番，说他爸从国外给他带回来的。

他的话听起来那么像故意说给我听的，我当时真想把自己的假耐克远远地扔开，后悔自己长了一双非要穿鞋的脚。我把脚趾紧紧蜷缩起来，这是我紧张时的固有表现。

突然，我觉得脚下被什么东西束缚住了，有些走神的我一脚蹭在了楼梯台阶上的一个缺口处，锋利的切面一下就把我的鞋给勾住了。

“连你也和我作对！”听着身后袁小丽又发出了银铃般的笑声，我愤懑不已地想。我使劲一拽，“刺啦”一声，鞋子被勾破了。

我感觉自己就像个饰演路人甲的群演，毫无征兆地闯入了镜头之中，然后被导演一顿呵斥——那个谁啊，谁让你入境的？没看见我们正在拍青春偶像剧，男女主角正悠然地散步呢，你跟着瞎凑什么热闹？！

他们的模样确实能够出演青春偶像剧，而我……我飞似的落荒而逃。

因为离开班级太久，我副班长的位置已经由张兴伟取代，但班长之位一直空缺，现在袁小丽回来了，自然而然地官复原位。用个不太恰当的比喻就是，我怎么样都感觉自己像个犯了错误的乡长被一撸到底，原来和自己相好的小寡妇也跑了。

第二天，郭老师果然给我和袁小丽重新安排了位置，确切地说，是给袁小丽重新安排了位置。

班级的人数在几个理科生加入之后达到了五十七人，两人一位，注定有一个人要落单，那个人就是我。

张兴伟已经和徐春殷成了同桌，而袁小丽则被郭老师调回了原位——继续和韩林夕促膝而坐，我的位子没动，形单影只地留在了班级最后面。

袁小丽收拾书桌准备离开的时候问我："你自己坐在这里很孤单吧？要不，我给郭老师说把你调到前面去？"

"我自己的事自己会解决，用不着你管。"一想到她和张兴伟说笑的样子我就恶心，我故意没好气地冲她喊，想换来她一句"你怎么了"的关切的询问。

然而，并没有。

"杨小和，你真是越来越不可理喻了！"她走了。我看着她的背影，追寻着这些天来我们暧昧的影子，才发现如过眼云烟，渐渐消散了。

我苦心经营了大半年的感情就这么垮塌了，因为这份好感，我放弃了自己暗恋了八年的冯静，现在换来的却是这样一种结局，真是咎由自取！

一个人的日子很难熬，尤其是当身边的人渐渐开始疏远你的时候。而且，如果你过去是一个团体的中心人物，这种失落的感觉就越发强烈。

张兴伟虽然学习成绩很一般，但他只要逮着机会总会炫一把他那蹩脚的冷幽默，逗得那些同学乐不可支，就像我过去把他们逗得笑岔气一个样儿；下课后，围在一起讲笑话的男生们多了一个张兴伟，少了一个我，他同样能讲得天花乱坠，把别人的注意力死死抓住；体育课上，五对五篮球赛中再也看不到我的身影，我独自拿着气儿最不足的一个球，在篮球场最外侧的篮架下投着篮，篮球砸在有些歪的篮筐上发出一阵让人躁怒的震动声；老师们好像也很喜欢张兴伟，他回答问题最积极，对错先放在一边儿，光是这种态度老师就很赞许。

恍惚间，他就像是过去的我，而我是穿越回一年前的一个鬼魂，别人都看不见我，我置身在凋敝的背景里旁观着曾经的繁华。

我被原来的良师益友们狠狠地冷落在了一边，有些老师说："同学们，高二开始了，你们又回到了同一起跑线上，过去的成绩只能代表过去。从现在起，真正的追逐赛才刚刚开始！"

是我想多了？但除了老师在讽刺我取得的成绩仅仅是昙花一现之外，我想不出更合理的解释了。

最糟糕的是，袁小丽和我也形同路人，我们两个同时抱定了主意谁也不再搭理谁，走廊中、校园里、楼梯口，任何我们碰到对方的场所，只剩下了距离远在十米开外时一个默契的低头。除此之外，我们再无交集。

半个学期过去了，我一直没有调整好自己的心态，周身都包裹着一层罪恶的负能量，期中考试的成绩公布了，我果然走下了神坛，滑落到了第八名。

我皱着眉头和每一个人赌气，和袁小丽，和张兴伟，和同学，还有老师，我感觉他们每个人都欠了我什么。欠了什么？我说不太明白，可能是他们过去只围着我一个人转的那种虚荣。现在，虚荣的泡沫破裂了，我得不到想要的东西，就开始和全班为敌。

Chapter · 38 消沉

11月的天怎么会突然这么冷？比任何一年都要难熬。校服上的静电已经开始变得不太安分，噼噼啪啪地在我身上跳跃。

我嗅到了土崩瓦解的气息和大厦将倾的逼近，那阴霾的空中好像有几只凶狠的秃鹫在和着西风盘旋着，我已经没有了力气再去憧憬美好的明天，只想躺在西城的操场上，安然睡去，安然地成为那群嗜血秃鹫的野餐。

老师们仍旧对我放任自流，无论我坐在教室最后一隅中做什么，他们都不管不问；袁小丽仍旧没有跟我和好的意思，每次见了我都柳眉微蹙，有时还"附赠"我一个白眼；张兴伟好像把自己炸成了粉末儿，飘散在空气中，对任何我在乎的东西他都会无孔不入；徐春殷他们也一夜之间换上了另一副皮囊，将我排斥在他们的新圈子之外。

我还是在耍着脾气，绝不肯赔着笑脸向任何人低头。我以为，无论是谁，总会有一两个人觉察出我的不对劲，他们会像哄皇阿哥那样来哄着我，和我玩小孩子之间的过家家，扮成大马让我骑。可事实却是，大家把我抛弃在了一片洪荒之地中，任由我消沉下去。

我无助地蹬着自行车往返在学校和家之间的路上，像一具失掉了灵魂的行尸走肉，每天被阳光叫醒，由月光下入眠。

我感到浑身无力，睡觉的时间也越来越长，迟到也成了家常便饭，郭老师的忍耐还是像根被拽到极限的弦一般，崩断了。我被罚跑了三千米，一个人围着操场一圈圈地转，那风不是冷，是凉，它侵入我的五脏六腑，震得它们生疼，凉意贯穿全身，我失落到了极点。

我妈问我为什么不高兴，我不耐烦地敷衍了几句，我越来越沉默寡言，在家里也是。那种冰冷，拒人于千里之外的表情成了我的脸谱，终日挂着。

我单手撑着好像失去了脖颈的脑袋，五指没入一个多月没剪的头发里，发着呆，惨白的灯光打在苍白的墙面上反射回来，刺得我眼睛有些难受。我仰起脖子，看到了头顶上悬着的那个灯泡，竟然正在发散着五彩的光，照得让人昏昏欲睡。

电话响了，隔着墙传进我耳朵里一阵发闷的铃响。

我听见我妈在客厅里说了句“好，你等着”，然后就是话筒搁在桌上发出的轻微碰撞声，“小和，找你的，王俊。”

我已经好久没主动和他联系过了，他之前打过来几次电话，找我出去玩，都被我回绝了。西城和七中相距很远，那时的我在这边拥有了万众拥趸，和那边的他却疏远了很多。

但这次我答应了，我总是心里不痛快的时候才会想到他，想到自己还有一个最好的朋友。

半年多没见面，我感觉他长高了，头发也留长了，他穿着一件时下流行的黑色运动风衣。我有些尴尬地不知道该怎么开始我们的谈话，问他学习怎么样？他对学习从来都不是很上心。

“嘿，咱们好久没见了吧？”他先开口了。

他语气里全是久别重逢的喜悦，一点埋怨我的意思都没有，死党之间就是这样，你永远也别去猜忌这份友情是否稳固，永远。

我们疯玩了一个晚上，花光了身上所有的钱，吃了很多我们平时不舍得吃的东西。我们买了包烟，装模作样地用指头夹着，扔在地上的烟头，被他一脚踩灭。那稚嫩的脸庞永远都装不出老气横秋的成熟劲儿，烟吸入肺里的辛辣味呛得我们上气不接下气地咳嗽，笑得直流眼泪。

直到夜市全部收摊，我们才离开。现场的一片狼藉和繁华后萧条的景象让人隐约能够想象出一个小时前，这里还人头攒动，喧嚣热闹的场景。

“冯静前一段时间跟我打了个电话。”骑车回家的路上，王俊扭着头冲我的侧脸说。

我心里一紧，低着头“嗯”了一声。

“你现在还喜欢她吗？”

“不了。”

“八年了，这是我第一次从你嘴里听到你承认竟然不再喜欢冯静了。上了高中，眼界开阔了，找到更漂亮的了吧？”

“她找你有事儿？”我转移了话题。

王俊停了下来，我也减了速，我们俩把自行车放在深夜的J市人行道上。在无数人已经进入梦乡，走进黑暗的夜晚，只有昏黄的路灯灯光以及来往的开得飞快的车辆和我们做伴。我们坐在了路边的长椅上，靠着椅背，冻得瑟瑟发抖。

王俊又点了根烟，他说喜欢上了烟草的味道，不过他还是抽得很蹩脚，他吐出了一口“白雾”，说：“有空你去看看冯静吧，她现在过得特别不好，和初中简直判若两人。那天她在电话里一个劲儿地哭，我问她怎么了，她也回答得语无伦次，一直说‘杨小和变了，他和以前不一样了’，她还说很想你。我原来就觉得冯静就跟琼瑶剧里的女主人公似的，没事时就来个多愁善感，无病呻吟。她哭得我心烦意乱，我胡乱地答应了会帮她联系你。”

“行啊，她还跟你说别的事情了吗？”

“没有，我也纳闷儿，你到底哪儿变了？”

“她说的没错，我和以前确实有些不一样了，我自己能感觉到，但是说不出来。”我说。我有些恼，恼冯静像个被玩弄后遭到抛弃的无知少女一样向王俊哭诉自己的悲惨境遇。

Chapter · 39 了断

和袁小丽关系的破裂并没有让我有与冯静旧情复燃的想法，虽然我心里对冯静的所作所为有不满，更有沉重的怨气，但我想，我还是应该听从王俊的建议，去看看她，或许我能成功地开导一下她。我只是觉得，冯静不应该过得不好，她在我脑海中的印象始终定格在了在初中时的那个优秀的女生。

和王俊见面后的第二个周末晚上，我就溜达着来到了冯静家楼下。她住在一楼，她的房间朝阳，临街，原来我不好意思过于频繁地去她家找她时，就站在街边敲打着她的窗户。

那时我还没长很高，踮着脚尖艰难地用食指一下下叩击着洁净的玻璃窗，有时脚都会绷得抽筋。听到声音后，冯静很快会把窗帘一拉，我们就能谈天说地了。我总是要仰起头看站在房间内的冯静，她那么高，我那么矮，后来，我想了个好办法——在脚下垫了几块砖头，我们就“平起平坐”了。

那无比熟悉的两扇窗紧闭着，一条米黄色的窗帘垂在前面，遮住了窗棂。屋内的灯光投射出一个人影的轮廓，就像是一个由影子组合起来的物体。她坐在那里，正在翻看着什么东西，不时地用手指撩拨一下耳边的碎发。这是她从小养成的一个习惯，无论做什么，她总会有意无意地把头发撩到耳后，我说过她几次，她就是改不掉。

她的头发又留长了，安静地垂在双肩两侧，屋里的台灯好像出了点问题，忽明忽暗地闪烁着，连带投射着她的身形也若隐若现，模模糊糊，但我还是把我们在一起时那些散碎的记忆叠加在了一起，慢慢地在心里还原出了一个冯静的样子。

我沉浸在曾经的光景里，和她一起上学，她慢慢长大，变得成熟，而我依旧幼稚可笑，我们一起站在校园西墙的爬山虎前许着愿。

“冯静，你到底想要怎么样？！”突然起来的怒吼声让我的心脏猛烈晃动了一下，我不情愿地从回忆里挣扎着爬了出来。她房间里的门被推开了，她妈走了进去。

“我看会儿漫画书不行吗？”这就是冯静的声音，听一次就能触动到我内心深处的一颗肉芽，但为什么里面没有了原来的温顺，而是散发着冷漠和反抗，让人不寒而栗？

“你作业写完了吗？课外辅导题做了吗？你班主任这个星期给我打了三次电话，说你越来越不像话，上课的时候看漫画书，晚自习也不参加，你看看你自己的成绩！”她妈说着用两根手指狠狠敲击着墙上的一张纸。那张无辜的纸没有贴牢，被她敲得发出“嗒嗒”的声响，像一片风雨飘摇中的浮萍，无处安放。

“哎呀，我知道了，你烦不烦？！”冯静的人影站了起来，她早就长得比她妈要高了，从窗外看，无论在身高还是气势上，她才更像个家长。

冯静的叛逆期来得比谁都要晚，藏在她心里的“小魔鬼”此时才隐隐现出原形。我突然有些自责，怀疑是不是那晚我拒绝了她才导致她成了现在这副模样。

“你就作吧！”她妈的声音有些底气不足，里面透着疲惫，可能这种场景最近已经上演了太多次，她都觉得说这句话不过是在例行公事，但不说又不行。她可能只是想让坐在客厅里的冯静的爸爸听到，她在管教自己的女儿，并没有任由她堕落下去。

王俊说得没错，冯静果然过得不好，她和我一样正处在瘴气弥漫的幽谷中，昏昏沉沉，不想动弹，不愿去寻找出谷的路。

“小和！”冯静猛地拉开了窗帘，推开了窗户，她用力太大，窗户的边框直接打在了我的鼻梁上，我痛得流了泪，用手擦了一把，满是血迹。

“啊，对不起！我不是故意的，你相信吗？刚才我就能感觉到你在附近，我能感觉到你，你来找我了，你终于来了，我好开心。”她高兴得手舞足蹈，“你等着，我去给你拿纸擦一擦。”她闪身出了房门。

她变得让人有些不认识了，眉眼间的气质、表情，还有她那最让人着迷的从容不迫的笑容都变了。刚刚，我在她脸上看到了慌乱和憔悴，真像一个“年老色衰”的人妻，倚在桥头苦苦等待着将要从远方归来的丈夫。

我后退了两步，差点绊倒，她怎么能变得这么面目可憎？她真的是冯静吗？不，这不是我造成的，绝对不是，这和我喜欢上袁小丽没有任何关系！

我转身跑了起来，我想抓紧离开冯静的窗前，我胸闷，恶心，心里一阵阵悸动。下雪了，11 月份的 J 市迎来了入冬后的第一场雪，雪片不大，像白色的木屑，零散地落在我的脸上，随即化了。

“小和！”冯静看到我跑了，把头从窗户里伸出来喊了一声，那一声让我更加烦躁和恐惧，像是一声瘆人的招魂铃。我头也不回地继续跑着，跌跌撞撞，直到跑回家。我把门死死关好，喘着粗气，拥着被子靠在床头。

冯静、她的喊声，还有我们的过去都被远远地甩在了身后，终于不用再和她有任何瓜葛，这让我的心里暂时轻松了一些。虽然星期一依旧要面对我在 14 班现在的尴尬地位，依旧要见到张兴伟那张令人厌恶的脸，依旧还要继续和袁小丽去闹别扭，但这些事情跟今天冯静的事情一样，早晚要有一个了断。

Chapter·40 浮出水面

我在学校里的日子还是没有什么起色，我的脑袋像是被人使劲按在了冰冷的河水里，憋得我透不过气。浑浑噩噩地结束了晚自习，我没搭理任何人，背起书包就出了教室。身后，张兴伟在对张明睿他们炫耀着他父母从日本给他带回来一只两万日元的钢笔。

“明天带来让我们瞧瞧！”有人大声喊着。

张兴伟再说什么我没听到，我捂着耳朵像牲口刨了圈似的跺着脚朝车棚走去，焦躁不安。张兴伟家为什么那么有钱？麦迪四代、两万日元的钢笔，还有他之前不止一次提到的去年他全家去澳大利亚游玩的经历，这些都让我心生妒意。

我为什么没生在这样的家庭中？我现在学习又开始变得不好，还和全班的关系闹得这么僵，要是我有很多的钱去挥霍，肯定不会像现在这么空虚。

校门口，我碰到了跟韩林夕走在一起的袁小丽，她们两个咯咯笑着，没搭理我。

我心情低落地回了家。

漆黑的楼道里，我用力咳嗽了一声，声控灯亮了，我掏出家里的钥匙插进了锁眼中。锁眼有些生锈，我左转右转了半天也没把门打开。

我气急败坏地拔出钥匙，用力甩出去，钥匙叮叮当当地顺着台阶滚下了楼道，声音越来越小，终于湮没在了一片黑暗之中。门口竖着一个铁簸箕，我又撒气地一脚踢翻了它，任由它发出不满的丁零当啷的“抱怨声”。

听到动静后，我妈替我开了门，我一脸沮丧和恼怒地进了屋。客厅里，我爸正在看电视，我妈等我进来后把门关好。

一张大圆桌摆到了客厅正中间，那张桌子在我们家已经很久没用过了，平时我们吃饭就围坐在一张茶几旁。

桌子上摆了十来个白瓷盘子，里面盛满了葱烧排骨、咖喱牛腩、孜然羊肉、可乐鸡翅、豉汁莜麦菜等我最爱吃的东西，在亮眼的灯下泛着油光。

“今天什么日子？”我正纳闷儿。

我爸站了起来，笑着对我说：“儿子，生日快乐！”

连日来的积郁和不快让我完全忘记了这一天竟然是我十七岁的生日！我爸妈笑眯眯地看着我，我激动得不知道说什么好，用右手使劲揪着自己的头发来掩饰着流泪的尴尬。

那一刻，我想，没生在有钱的家庭又怎么样？有这样的爸妈，我实在不该再贪奢任何东西了。我们吃着美食，兴奋地聊着天。

我爸惬意地喝着白酒，那是去年过年时，他在市场的老板送给他的，他一直没舍得拆开。我妈还是那么爱吃鱼头，嘴里津津有味地漱着鱼鳃两侧。

我右手抓着一只鸡腿，撕下一大块肉，又往嘴里填了几片红肠和羊肉，铆足了力气嚼着，我想把所有的压力和不快就着这些食物一起嚼碎！我感觉自己好久没吃过这么多饭了，大半个学期，都没吃得这么过瘾。

饭后，我妈从冰箱里拿出蛋糕，他们还把灯一关，给我点上了蜡烛，让我许愿，我也不知道他们从哪里学来的，在我的印象中，无论我们家谁过生日，蛋糕从来都不是必不可少的东西。

我双手交叉起来，贴放在嘴唇边，默默地许愿：赶快让我恢复到高一时的精气神儿吧，我受够了现在这种萎靡的状态了。

“小和，你不用有什么压力，期中没考好，再努力就好了，千万别灰心。”我妈在我许完愿后说。

转眼到了周五，我的态度端正了一些，我已经知道要好好听讲了，虽然我还是一言不发，老师也还是拿我当空气。

然而，袁小丽收到了一封情书的事情在班里四散传开，又让刚刚想要重回正轨的我方寸大乱。

那封情书叠得方方正正地放在了一个酒红色信封里，最早是袁小丽的同桌韩林夕发现的。她像发现了新大陆的哥伦布一样大呼小叫地在班里宣传着，那眉眼含情、手舞足蹈的高兴劲儿就好像收到情书的是她本人一样。

袁小丽倒是表现得很平静，面对大家的起哄声，她没有说出写情书的人是谁，看完后就放进了书包里。无论韩林夕再怎么央求，都没再拿出来。

打扫校园的任务轮到了我们班头上，下午的打扫结束后，同学们鱼贯走出了教室，我没有被安排到任何工作，就像我不是这个班的学生一样，但我还是把一个装满了落叶和纸屑的垃圾桶提走倒掉了。

我回到了教学楼，准备去教室把书包取出来。学生们都已经离开，寒风顺着没有关闭的窗户灌进空旷的走廊，呼啸声盖住了我的脚步声。为了晾干拖好的地面，教室的后门也被打开了。里面有人在说话！

“你知不知道那封情书是我写的？”是张兴伟尖细的嗓音，令人讨厌，我停住了脚步，躲在后门外。

“我知道啊。”袁小丽的声音像一只无形的手狠狠攥住了我的心脏，她把它使劲揉捏着，揉成一个团儿又猛地展开，我被她捏得上气不接下气，心里一阵战栗。

教室里一阵沉寂，我最担心的事情发生了？他们在干什么？接吻？我像个特务一样“贼头贼脑”地躲在外面窥探。还好，他们什么也没干，两个人都背对着我，看着窗外。

“能做我女朋友吗？”张兴伟又开口了，真是个厚颜无耻的家伙！

“不行。”

“为什么？”

“没有原因。”

张兴伟伸手想要去抓袁小丽的胳膊，她轻巧地躲开了，随后她收拾好书包走出了教室。

她看到了站在后门的我，我们四目相对，足有几秒钟的时间，是这三个月以来我们交流时间最长的一次，她上唇蠕动着想说什么，但最后仍旧没理我，她决绝地离开，我赌气地扭过头去。

“砰！”走廊尽头的教师办公室传来了关门声，郭老师拿着钥匙走了过来，我赶紧躲到了楼梯口儿。

“张兴伟，下周三一定要把一百块钱的材料费带来交上，那是最后的期限了。”她冲教室里喊道。

“对不起，郭老师，我总是忘。”张兴伟恭敬地回答道。

来到车棚，我左找右找，不见自己的自行车。真该死！早上忘了上锁，自行车可能被保安扣留了，只能坐公交车回家了，我骂了句“晦气”，顶着寒风往车站走去，张兴伟竟然也在那里等车。

五分钟后，58路车过来了，我准备上车，而他也作势要迈腿上车，我们在狭小的车门口互不相让，挤作一团，厚重的羽绒服把车门堵了个严严实实，两个人卡在了当中。

如果不是其他等待上车的乘客不满地抱怨着，我们可能就会保持这个状态一直到下车了。

我到站后下了车，他也走了下来。

这个混蛋真是阴魂不散！他家也住在这边吗？为什么从来没碰到过他？他朝着相反的方向走去。

走了五十米左右，我又调头，悄悄地跟在他身后，附近的高档住宅小区只有明珠花园，我想看看他住在哪儿，改天好用水泥去堵他家锁眼儿。

他并没有往明珠花园的方向走去，半路拐进了一个小胡同，随后开始七拐八拐，我真怀疑他已经发现我在跟踪他，想甩掉我。

最后一次左拐之后，他来到了一片脏乱不堪的棚户区，垃圾遍地，散发出难闻的气味儿，各种门板房歪七扭八地矗立在那里，周围有轰隆作响的挖掘机，正要把这片像被上帝遗忘的角落拆除掉。J市为了发展需要，已经不允许再有这样凌乱的地方在市区了。

他走到一个门板房前，掏出钥匙，开门走了进去。

原来这小子平时是徒有其表，那些什么麦迪四代啊、高价圆珠笔，还有去澳大利亚旅游的故事都是他的谎话连篇，此刻在我面前被撕得七零八落。怪不得才一百块钱的材料费，他整整拖了两个星期都没交上去！

我冲上去，一下子就把他家的门给推开，像头极度饥渴的野兽看着面前的“猎物”：屋里的人被吓了一跳，一个男人躺在几层破棉被铺成的垫子上，哼哼唧唧地不能动弹，一个初中生模样的男孩儿无辜地看着我，张兴伟更是露出恐慌的神情，面如死灰。

屋里连张床都没有，除了几件破旧不堪的家具。

“小子，你终于落到我手上了！”我的心里像一片微型海洋正在泛起狂怒的波涛，被狠狠压制了一百多天的我终于把头浮出了水面，我大口呼吸着久违的空气，即将享受到报复带来的快感。

Chapter·41 差劲的斗牛士

我做梦都没有想到张兴伟光鲜的表面下隐匿着这样的不堪，为了一己的虚荣心撒下这样一个弥天大谎，一个多么扭曲的心理才会做出如此丧心病狂的事情！

此时，他正拿着一个破瓷碗，里面盛着一碗白粥，他窘迫的样子像极了一只被从油缸里提留出来的耗子，我轻蔑地看着他，心中早就把他唾弃了几百遍，就差脱口而出的一个“呸”字。

屋里的另一个男孩子正坐在沾满油污的桌子前，上面摊开一本《初中生现代文阅读专题训练》，浅绿色的书皮早就磨掉了色，露出一块块突兀的“白斑”。

他站了起来，用脏兮兮的手背揉了揉眼睛，呆头呆脑地问张兴伟：“哥哥，他是谁啊？”说完，他好奇地走了过来，伸手拽了拽我校服的下摆。

我随意摸了一把他的脑袋，把他推到了一边，可能用的力气大了一点，那个孩子踉跄了几步，差点摔倒。

“杨小和，你别太过分！”张兴伟把瓷碗放到旁边的桌子上，冲上来挡在了我的面前。他距离我很近，愤怒让他的鼻息变得厚重起来，喷到我的脸颊上，让我感到一丝若隐若现的压力。

“你想打架？骗子！要脸吗你？”我被他的举动激怒了，强硬地回击着他。

被推倒一边的男孩子突然放声哭了起来，那样子就像一个目睹了父母家暴的儿童，害怕得不知所措。

“小力，别哭，别哭。”张兴伟赶紧走了过去，用手在他脸上胡乱抹着眼泪。

好死不死的，干什么要叫“小力”这个名字？和袁小丽的名字谐音，就好像他怀里正搂着惊慌失措的袁小丽，不断安慰着他。

想到这里，我恶向胆边生，气急败坏地大喊：“哭，多大了？就知道哭！你哥哥在外面招摇撞骗，你也不是什么好东西！”

说完，我转身要走，却被身后的张兴伟一把抓住，他的手很有力，我怎么也挣脱不开，正当我想要飞起一脚直踹他胸口时，躺在床上的男人发出一阵剧烈的猛咳，随后像一具丧尸一样挣扎着爬了起来。

“同学，同学……你别生气，嗨嗨，”他的声音很虚弱，“你，你误会了，小伟不是我们家里人。”

我感到钳制我胳膊的那股力量正在消失殆尽，张兴伟的手正在慢慢松开，他走到了床边，用手扶住男人，“胡叔叔，你不用跟他解释，快躺下。”

“不行，我必须得说，同学，你过来，我给你讲讲这到底是怎么回事。”

他的话像一根无形的长鞭，甩出来把我捆得严严实实，让我身不由己地朝他走去。

“小力的母亲很早就没了，我们爷俩儿相依为命，前两年，我得了病，不能从事重体力劳动，每天就去附近的小区捡些废品来卖。后来碰到了小伟，他看我们可怜，硬塞给我几百块钱，后来我彻底没法干活了，他就隔三岔五地来照顾我，给小力辅导功课。”男人说完，又猛烈地咳嗽起来，“他是个好人啊，你不要错怪他。”

散发着一股怪味儿的屋子在刚才的争执里陷入了一片嘈杂声中，此时又恢复了平静，甚至是死寂。

我抿着嘴不说话，张兴伟也不说话，小力停止了哭声。

我不知道自己是怎么样从门板房中走出来的，也忘记了自己走了多久的路，张兴伟追上来用手拍我后背的那一刻，我都怀疑，这到底是不是一个奇怪的梦。

“杨小和，求你一件事儿。”

“说吧。”他用“求”这个字让我无地自容，他怎么能够求我？我怎么配得上？

“别把这件事告诉别人，任何人。”

“这是好事儿啊，为什么不说？说了，你可能还会当上全校道德模范呢！”

“小力已经上了初中了，我不想让他再过多受到外界的影响，一旦更多的人知道了他们的事，捐款会随之而来，这么小的一个孩子，我得让他知道‘别人的施舍永远没法填平你的贫穷’，他得‘靠自己’。”

“那他们以后就这样生活下去吗？”我问。

“我已经把这件事告诉了我爸，他答应联系他的一个朋友让胡叔叔去他开的超市里干份轻松的工作，以后他们就能有收入来源了。”

“那这么说，你那麦迪四代、两万日元的钢笔还有澳大利亚都是真的了？”

“假的。鞋是在师大夜市买的，钢笔是地摊货，十五块钱一支，澳大利亚更是信口开河。”

“那你还和别人吹？！”我不满地拿话噎他。

“我很喜欢袁小丽。”他停下来，不再往前走。他“坦白”的语气就像是在说一句再普通不过的问候语，没有丝毫停顿。

我愣了一下，没说话。

“显摆那些东西就是想引起她的注意，可惜她不喜欢我，她说她喜欢能和她探讨知识的男生，我这种长得帅的，她没兴趣。”

“呸！你真不要脸！就你还长得帅？哈哈！”我嘴上笑骂着，心里却不得不承认他确实长得很帅。“那你怎么会连一百块钱的材料费都交不起？”

“为了向袁小丽表白，我买了一大盒巧克力，把我爸给的一百块钱花了，其他的钱又给了胡叔叔，这一个礼拜我一直不吃午饭，就快把钱攒齐了。”他不好意思地说。

“你真是活该！”我“恶毒”地说，却真挚地接纳了他这个人。

想想过往种种，我用椅子砸他，处处把他当成“假想敌”要“除掉”他，刚刚在门板房内小人得志地吼他，真的是我太小心眼儿了。

转眼过了周末，再次回到班里的时候，我的心态已经放松到了极点，我开始笑着主动和其他同学打招呼，我的心里升起了一股气，那是春雨过后万物生长的生气。

我没有对任何人说张兴伟的那些装备都是他捏造出来的秘密，尽管他在我眼里仍然是个不小的威胁，但我还是没说，他也没再和别人显摆过。

我跑到了办公室，交给郭老师一百块钱：“这是我欠张兴伟的，他的材料费我替他交。”

走出办公室的一瞬间，我的心情舒畅极了，好像身上之前背负的千斤大山一下被凭空出现的天神搬走了一般。我在走廊里跳了一下，蹦得很高，身轻如燕。

随即，我想起来一些事儿：

初三最难熬的那段时间里，我那无良的班主任“三毛”对我和王俊百般刁难，想逼我们放弃中考。我们两个就商量等毕业后要用砖头把“三毛”家的玻璃给砸了，但等到真的拿到录取通知书的那一刻起，我就觉得砸不砸她家玻璃已经不重要了。

王俊迫不及待地“筹划”着这场“阴谋”，他很上心，他把自己那堪称缜密的计划和盘托出：“到时候，我们一人先去工地上捡一块砖头，用报纸包起来，这样砸下去不但她家玻璃能碎，还不容易砸到她人，省得出事儿。记着啊，捡砖头的时候戴副手套，这样她要是报了案也验不出上面有咱俩的指纹儿。”

说完，他得意地看着我，心里一定是想让我夸赞他是“J市柯南”或者“当代福尔摩斯”，可是，我只是摇了摇头，说：“算了吧。”

“你说什么？算了？”他吃惊地张大了嘴巴，大得能吞掉一整头牛。

“对，算了。”

一个月之前，我在家快要积郁成疾，无处发泄的当口，我爸叫我去客厅，一起和他看电视。电视里传来观众的口哨声和喧嚣声，那是一场惨烈的斗牛比赛，已经接近尾声。

公牛的背上插着两只蓝白相间的花镖，被长矛穿刺过的伤口不断有血涌出，浸透了牛毛，像一块暗红色的毯子铺在了牛的身上，斗牛士身着盛装，手中紧紧握着一把闪着寒光的利刃，放在和两眼齐平的位置，他在瞄准公牛的心脏，准备给它致命一击。

“哇……”在一阵观众的惊呼和喝彩声中，比赛结束，斗牛士一剑刺穿了公牛的心脏，那头可怜的庞然大物轰然倒地，掀起一片黄尘，抽搐了几下，气绝身亡。

“这斗牛士真差劲！公牛都伤成那个样子了，他竟然还下得去手！”我气愤地说，为公牛的死感到不平。

“儿子，你这话不对，这个斗牛比赛最能调动观众情绪的部分就是公牛被杀的那一瞬间，前面的引逗，长毛穿刺，还有花镖手都是铺垫，就为了最后斗牛士那一下子。这个斗牛士要是像你一样舍不得下手，那才叫差劲，观众会嘘他的。”我爸说，他对什么体育比赛都了如指掌。

无论怎样，我都管不着斗牛比赛中的长矛手和花镖手，他们可以把公牛折磨得痛不欲生，而压轴出场的我在观众殷切的目光中即将把剑插入公牛心脏的一瞬间，却总是手软，始终下不了手。

我，真是个“差劲的斗牛士”！

Chapter · 42 新年来了

在我们就要进入2006年之前的那几天里，一切又变了。

张兴伟突然主动辞去了副班长的职位，我得以“官复原职”。老师们和那群“狐朋狗友”对我的态度突然由冷转热，我又突然学会了笑。我仍旧独自坐在教室的最后一排，没有同桌，但同样少了“心魔”。

袁小丽对我的态度一天天冷淡，她凌厉的眼神像把刀子似的一下下切割着我的身心。我想，如果魔鬼要和我做个交易，用我在西城得到的所有的一切：名誉、成绩、地位，还有灵魂去换袁小丽的一句“我会陪着你”，我会毫不犹豫地成为魔鬼的奴隶。

可是现在，她就倔强地不肯搭理我，而我，也不搭理她。数九寒冬，出了教室门就得忍受寒风的侵袭，我感觉整个西城校园都被冻得失去了色彩，一片灰白。

好几次看到她独自一人走出校园，我真想在身后一把箍住她，把嘴唇贴在她的脖后，对她说："不要再折磨我了好不好？"但是，我知道自己并不能那样做。

2005年的最后一天是周六，学校晚上没有安排晚自习，郭老师要安排一场联谊会，她提前跟学校食堂打了招呼，包下了整个一楼，说要全班一起包饺子。包好了，让食堂员工给我们下，吃了之后还要玩到晚上12点，迎接新年。

听到消息，班里的欢呼声瞬间响成一片，我最讨厌吃饺子了，但是一旦家里下了饺子，闻着韭菜和猪肉混杂起来的味道，我总能感觉到"年"的气息和一团和气的温馨。

全班男生都被安排去了西城附近的超市采购肉、面和菜，二十来个穿着西城校服的小伙子一起出现在超市里的时候该是多么让人诧异的一件事。

我们像理货员一样兵分几路，来到了不同区域。最后又在收银处汇合，像条长龙似的排队，鱼贯而出。

我和徐春殷、张明睿还有张兴伟一组，每人扛了一袋儿面，说笑着来到了食堂。听着张兴伟跟我们讲原来他在理科班的故事，我突然感觉他其实也没那么讨厌。

要是没有郭老师带着，让我们一群高中生自己包饺子，那估计等到2008年北京奥运会召开也吃不上熟的。

大部分人都不知道怎么把馅儿包进那一张张薄薄的面皮儿中去，有几个会包的也让我们怂恿着一块闹腾。

大家拿着面粉胡乱朝别人脸上抹，张明睿去纠正一个叫于淑展的女生包饺子的动作。其实他自己也不会，就想借机摸一下人家的手，张兴伟拿着两根一尺来长的擀面杖学黑人的样子摇头晃脑地“敲架子鼓”。

等到我们进入状态的时候，已经晚上7点了，大家还在玩闹，不过比起刚才老实多了。我用手捏着饺子皮，抹上馅儿，笨拙地想把它包起来，几个手指头都别到了一块儿，还是失败了。

“杨小和，从你包饺子这件事儿上我看出来一个问题。”旁边的徐春殷两手撑着桌子，身子向前倾。

“什么问题？”

“你学习在行，但是手太拙，以后娶个媳妇儿肯定是心灵手巧的。”他说。

我斜眼看了一眼不远处的袁小丽，她正熟练地把饺子一个个包好，切面，压皮儿，包馅儿，整套动作一气呵成，啊，她竟然会包饺子？这不就是心灵手巧吗？

“外面下雪啦！”我正想得出神，听见有人喊了一声，其他人纷纷被喊声吸引，不约而同地跑到了窗边，探着脑袋往外看。

是鹅毛般的大雪！洋洋洒洒地悠然飘下，落到地上，落到窗棂边，落到了食堂后面的那颗法桐里。雪花像一个个银色的音符欢跳着，谱写着人间最美好的乐章。

第一锅饺子下好的时候，郭老师带着我们许下了新年愿望，她说希望我们过得都会很好。就这么几个字，我听着可比“万事如意、学业有成”舒服得多。

饺子一盘盘地上，我们一盘盘地“消灭掉”，我记得《武林外传》里一个叫杨蕙兰的女人说：“一大家子人围坐在一起，连吃饭都特别香。”果然是这样，我们在吃一份永远都不想散掉的情谊。

一半了，我的高中生活已经走完一半了，一年半前进入西城中学校门的一刻起，我还在想：我又有了三年的时间！可现在，我只剩下一年半了。

晚上 10 点，我们才决定出了最后一个饺子让谁吃掉。大家都撑得难受，所以就用了个最传统的办法——击鼓传花。

没有道具，我们传的竟然是一根擀面杖，赫胖子“不幸中奖”，擀面杖传到他那里的时候他没接稳，乒乒乓乓地掉在了地上。

他深吸一口气，带着一脸苦大仇深的表情看着眼前这个不足他口腔十分之一大的饺子，“唉，好汉难敌四手，刚才一口吞仨，现在心中却怕，我能不能只吃馅儿，不吃皮儿？”

他的话让在场的所有人都笑得前仰后合，最后他还是一口把饺子吞进了“五脏庙”。

我们简单收拾了有些凌乱的食堂，但值班的两个员工很热情，一个劲儿地让我们快走，说他们来收拾就好。

“我们去打雪仗吧！还没到 12 点呢，先不回家！”此话一出，一呼百应，我们疯跑着冲进了已经覆盖了厚厚一层大雪的足球场内，踩在上面“咯吱”作响。

男生们开始互相追逐，女生们也玩得很痛快，有几个平时在班里喜欢装成熟的女生看到这一幕再也忍不住了，她们所谓的“成熟”在快乐面前被撕得惨不忍睹，玩儿起来简直比谁都疯！

这一“仗”一直打到12点多，郭老师拿出了那时还不普及的卡片相机，借着两边昏黄的路灯和糟糕的闪光灯效果，让我们站在操场中央拍了一张“全家福”。

赫胖子设置了延时拍照后按动了快门，随后他赶紧甩着一身肉欢快地跑到了全班前面，一个“睡佛”的姿势砸在了地上，有人被他压中了脚面，痛得大叫，队伍乱成一团，我们十七岁那年青涩、滑稽的模样就被定格在一张五寸的照片里。

这是一场大暴雪，一点没有停的意思，同学们都纷纷拼车开始回家，我也放弃了骑自行车的想法，踩着飞花碎琼，深一脚浅一脚地往校门口走去。

我的衣服和鞋子早让雪水浸透，此时凉意才开始往上泛。

经过袁小丽身边时，我特别想关切地问她一句：“雪这么大，要不要我送你回家？”但看到旁边的韩林夕正和她聊得火热，两人咯咯笑着，我就打消了这个念头。

我嘴里哼唱着自己乱编的曲调：

新年来了

新年来了

我们又长大一岁

西城又老去一岁

时光边走边说

等到它再年长一岁

我们就会要各奔天涯

回到家时已是子夜1点半，我爸妈早就睡了，我很奇怪他们没有因为我这么晚回来而数落我。后来他们告诉我郭老师早就在包饺子前挨个给学生家长打了电话，她想得可真周到。

桌子上放着一包我妈从街口买回来的炸土豆片，我很喜欢吃这个，炸得脆脆的，比肯德基的薯条强一万倍。我掂了一下，有两斤左右。

我把湿透的衣服放在暖气片上烤着，光着身子捏起一片土豆，有点淡，我不喜欢吃番茄酱。于是又去厨房拿了个盐罐子，蘸着吃。

我边吃边回忆着一些事情，不知不觉，我吃光了所有的土豆片，又意犹未尽地吮了吮手指头。

冲了个澡后，我终于合上了因为兴奋而察觉不出一丝困意的眼皮，睡着了。

Chapter·43 中毒

在吃了不少韭菜猪肉馅儿的饺子和两斤炸土豆片之后，我终于在2006年的元旦当天住进了医院，医生问了我一堆问题之后做出了诊断——丙烯酰胺中毒。

“去办理一下住院手续，打吊瓶吧。”

我换上了一身病号服，也不知道洗过多少遍，上面的蓝色条纹都褪了色。我捂着肚子直想干呕，在我爸的搀扶下蹒跚着来到了病房。

只有我一个人，单间，肃静。

我爸一夜没睡，在病房中照顾我。

第二天一早，我让我爸给郭老师打了个电话，告诉她今天我没法去学校上课了。

然后我说：“爸，你回家睡觉去吧，我自己在这里就行。”

“让你妈中午给你送饭，想吃什么？”

“我有点恶心，什么都吃不下，让我妈给我熬一锅小米稀饭带过来吧。”

我爸走后，护士就进来给我打上了吊针，我枕着左手躺在了病床上，看着窗外雨棚下结着的晶莹剔透的冰瀑发呆。

我的同桌徐春殷说碰到不喜欢的课时，他就开始发呆，我当时笑他：“你发呆能呆多久？十分钟你就烦啦！”

他不说话，继续盯着教室前方发呆。

原来，发呆真的很耗时间，因为你会去回忆原来的事情。我就那样躺了三个小时，没起身、没吃东西、没上厕所，直到夜幕完全降临时，我才回过神儿来。

好像，我人生中的每一天都过得刻骨铭心，我甚至记得自己上幼儿园时的每一个细节。

看着药瓶里的液体一点点向下滴落，即将见底儿时，我叫来护士给我换了瓶新的。

护士忙活完后，把门带好出去了。我拉开床头柜，想找找有没有报纸可以看，报纸没找到，却找到了一张薄透的白纸，像片浮萍似的飘落到了地上。

是一张不知道谁遗落在那里的病危通知书！唉，患者才十七岁，就这样要被病魔折腾得失去了生命。

“尊敬的病人家属，我们很遗憾地通知您……”开头这样写着，院方可能想表示他们也很无奈。

我把那张纸扔回了抽屉中，盯着天花板。

“也不知道袁小丽知不知道我生病的消息，多希望她能来看看我！”我想着，“但怎么会呢？她现在一定还在气头上，说不定她知道我食物中毒后心里还偷着乐呢。”

我就那样一直躺到中午11点，吊瓶打完了，我又去了趟洗手间，回到病房前的几十步中，我总感觉周围隐隐地在躁动，越靠近病房，这种感觉越强烈。

我努力回忆着这种似曾相识的感觉：小时候，冯静来我家之前我就会有这种感觉，结果没到五分钟，她就真的来了；每次我预感王俊能给我来信儿说他家没人，让我去玩儿会小霸王的时候，我都会心跳加速，脊椎发烫，三分钟后，他的电话就真的打来了。靠着这种特别的感觉，我总是对即将降临到我头上的好事儿未卜先知。

距离病房还剩十步，我感到越来越兴奋，难道，袁小丽来了？

还剩五步，真的是她吗？

还剩三步，我真的好想你，我想和你说话。

两步，一步……我猛地推开房门，除了窗帘被对流风吹了起来，房内什么都没有。

我到底在胡思乱想些什么？这个世界上怎么会有特异功能？！我失望地叹了口气，准备挪回病床休息。

“不许动！”突如其来的喊声吓得我三魂没了七魄，脚一软差点摔倒在地。我没工夫辨认这声音是谁发出的，又惊又气地转过头去，看到了躲在门后边的袁小丽。

她就像魔术师手里凭空出现的兔子一样，我都怀疑她是不是穿越了任意门站在了我的面前，这一刻，我期盼了那么久，但发生得却这样狼狈。

“你怎么来了？”我装出冷漠的口气问她，竭力克制心中的狂喜。上帝用一片刀刃儿在我的五脏六腑上划出了无数条口子，源源不断地往里面灌输着一种叫作快乐的东西。

“郭老师说你生病了，她让我代表全班师生过来看看你。”她把一个精美的果篮放到了床头柜上。

我们俩很默契地谁也没提“冷战”的事情。

“你就只是代表全班来的吗？”我问。

她没说话，看我躺在了病床上，她从果篮里拿出一根香蕉来，扒好了递到了我嘴边。

“你今天怎么这么反常？先是不声不响地跑到医院来看我，还喂我吃东西，难不成是黄鼠狼给鸡拜年？”我取笑她，然后一口咬掉半截香蕉，享受地嚼了起来。

“你才黄鼠狼呢！我就是来确定一下你还死不了就行，否则这次期末考试少一个你这样的竞争对手可就太没意思了！”

“好狠毒的女人！嘴这么厉害，今后你当了我老婆我非得好好修理你！”我盯着她的花容，心里得意地想。

“你现在感觉怎么样了？说话啊？！总看我干什么？”

“不怎么样。”我装出一副可怜相儿。

“哦，那你先别急着回去上学了，彻底养好了再回去吧。”

“唉，恐怕养不好了。”我想起了抽屉里的病危通知书，一丝阴险的笑容闪过我的嘴角。

袁小丽把香蕉皮扔进垃圾桶，拍了两下手，问：“什么意思？郭老师说你只是食物中毒啊？怎么会好不了呢？”

“事到如今，我也不再瞒你了。”我学着电视剧里的人物，以即将要揭露一个惊天秘密的口吻对袁小丽说。

“到底……”她的话卡住了。

我从床头柜里拿出了那张纸，故意用指头捏住姓名那一栏，“看见了吧？是绝症。”不等她看清，我就赶紧收了回来，攥在了手里，生怕这场恶作剧被戳穿了。

她愣住了，十秒钟都没说话，她可能感觉自己进入了另一个时空，听不到外界的一丝声音，窗外高架桥上的车子还在不停地鸣笛，但这声音似乎正离她不断远去，最终消逝在不知名的终点。

突然，她趴在我腿上开始放声大哭，声音真的很大：“杨小和，我讨厌你，我讨厌你！你不准走，呜呜……你……你还欠我很多东西没有还，我原来喂雪琪它们的东西，我借给你的笔，还有好多。反正，你没还完，我就不准你走！”

她哭得上气不接下气，说话断断续续，我都没想到过她失态后竟是这副模样。

“嗨，你哭什么？反正在这个班里又没人关心我，前段时间大家都排斥我，有些女生还耍小姐脾气，半个多学期没搭理我！”我阴阳怪气儿地说。

“对不起，对不起，是老师他们要我们这样做的，他们……他们说你太恃才傲物，怕你变得骄傲，所以才让我们都疏远你，给……给你些打击……呜呜，我错了，我错了，你不要走。”她继续哭，我的裤子上挂满了她的眼泪和鼻涕。

原来是这样，没想到还有意外收获。我恶狠狠地问：“那你以后还敢不敢不搭理我了？”

“不了，再也不了！”

我看她哭得差不多了，决定不再捉弄她：“起来吧，逗你玩儿的，这是别人的病危通知书。”

她泪眼婆娑地抬起头，我把单子递给她，她努力控制着自己的情绪，轻声啜泣着把单子上的每一个字读了一遍，然后似乎还不放心，她又仔细看了一遍后，哭声才逐渐开始减弱。

又是十秒钟的沉默，她似乎忘了应该说什么，又很突然，她歇斯底里地叫了起来：“杨小和，你混蛋！”

说完她伸出双手往我的肩膀砸去，几经周折后，我在半空中把她的双手死死抓住，她胡乱扭动着身子，我躺在床上，她竟然一跃骑到了我的胯上，终于她停止了挣扎。

时间好像静止了一样。

那是一个很奇怪的姿势，我被压在她身下看她的角度更加奇怪，我想起了小半年前暑假里做的那个梦：我们在一片枯叶满地的林子中滚在了一起。

我们离得那么近，互相看着对方，我能看到她脸上的绒毛和泛起的红晕，她的身子缓缓地前倾、下沉，我们的脸离得越来越近，五公分，四公分，三公分……一公分，和上次不同，这次一切都是真实的。

“杨小和，你千万不要早恋……那会毁了你，你曾经的学长……”郭老师之前在办公室里对我的告诫此时在我耳边响起，但萦绕着嗡嗡声，很微弱，我顾不了了！

“咳咳……”门外传来了一声很夸张的咳嗽声，像是刻意发出来的，门被推开了，我妈提着保温桶走了进来，看着眼前这诡异的一幕：袁小丽的手仍旧被我抓着，她向前弓着身子，还是骑在我的身上，我们的脸颊马上就要贴到一起。

那一刻，我很想不顾一切地吻上她，但我还是赶紧松开了她的手，她也从我的胯上跳了下去，她红着脸叫了声“阿姨好”，又和我妈寒暄了几句后，就找了个借口溜之大吉了。

我妈把保温桶放下后，问：“你刚才是不是欺负人家了？”

我一听这个，着急忙慌地反驳：“妈，天地良心，我欺负她？我哪儿敢？”

“你说实话，袁小丽怎么样？”我妈突然严肃了起来，她的语气甚至有些庄重，这种语气我之前只听到过两次：第一次是她给我补习汉语拼音后，问我“会了吗”；第二次是我当时没被西城录取时告诉她我要去上技校，她问我“想好了吗”。

我支吾着了半天，不知道怎么回答，终于我说了句现在回想起来还觉得很缺心眼儿的话：“她挺好的啊。”

Chapter · 44　享受在一起的日子

在病床上躺了两天后，我出院了，骑着山地车，在零下五六度的低温中向西城中学驶去。

1 月份是 J 市一年中最冷的时候，凛冽的西北风卖力地吹着，带来的寒气打着转儿地往人的骨头缝儿里钻。

但这里的冷又和任何地方都不一样，城市的地下涌动着一条条泉脉，终年不冻，一想到泉水上蒸腾起的一片片温润的白气，人们的心里面就有底得多。J 市人脚下踩着的，是一片温暖。

一路上，我一直咂着嘴回忆着和袁小丽鬓面相贴的场景，猜测着那天她有没有涂草莓味的唇膏。

这就是恋爱吗？我曾在夜深人静里幻想过无数次这种场景发生时我会产生的反应：我会激动得休克，亢奋得尖叫，幸福得去对全世界宣布这个消息。但在那天，这些都没有，我很平静，平静地去体味那种能治愈一切病痛的奇妙的感觉。

在学校，老师们不止一次强调过早恋的危害，他们把早恋描述成洪水猛兽，让我们敬而远之。初中时，我们班的一对“小鸳鸯”还因此遭受过公开批斗，被树立成了整个学校的反面典型。不过，看他们幸福的样子，早恋应该是“友好的洪水猛兽”，并没有把他们折腾得遍体鳞伤。

我想得入了神，扶着自行车把的胳膊慢慢放松了下来，车轮像两个喝醉了的酒鬼，摇摇晃晃地走起了“S”形。下一秒，我脸上带着笑连人带车一起冲进了学校路旁的绿化带。

一阵嘈杂的哄笑声把我从回忆里强行拽回到了现实，又牵引着我机械地从绿化带中爬了出来。被我压弯的几颗冬青努力地想像弹簧似的弹回原状，但都没有成功，垂头丧气地躺在那里，它们一定在咒骂着我这个不速之客。

“那里面有什么，引得你这么奋不顾身，像只扑火的飞蛾？哈哈！”是袁小丽，她刚好路过，站在离我两步远的地方。

“里面有你。”我小声对她说。

她红着脸：“别胡说八道！”

我能听出来，她的嗔怒是装的。

走进教学楼时，我们都低着头没说话，我努力寻找着能逗她一笑的话题，但最终也没找到。我根本没有和女生谈笑的天分，反而我总会把气氛搞得一团糟。

台阶一级级被我踩在脚下，一旦走进教室，我们都会戴上副“一清二白”的面具。

“那个，在医院的那天，我们……”再转一个弯，教室就要到了，我赶紧把自己在心里组织了三分钟的句子说了出来。

“哦，那天是我不小心压到你身上的，你千万别想多了，”她回过头，轻松地说，“阿姨没误会你吧？”

我努力想从她的眼神中看出些撒谎后的慌乱，但没有，她认真的表情露不出任何破绽，像个对水果摊老板说自己没有偷拿苹果的真诚的孩子。

我的心里一紧，为什么剧本反转得这么突然？不小心？她的辩解让我感到尴尬。

我干笑了几声，连我自己都觉得那笑声假得要命：“我不管，你压得我快痛死了，你得赔我！”

其实，那个“赔”我是说成了“陪”的，我还要她陪我一辈子。

“拿什么赔？”她问。

“请我吃东西！我要吃箱包市场里的麻辣烫！”我想再食物中毒一次，再住一次院，再让她的“不小心”压到我身上一次。

“好啊，就今晚放学之后吧。”她答应得很痛快。

晚自习后的箱包市场已经进入了“下半场”时间，去里面吃饭的人依旧很多，但晚上 9 点多之后的摊位上再难觅到学生的身影。

麻辣烫摊儿的小方桌占据了本就不宽敞的小街两侧，我们面对面坐着，她点了很多东西。

“轰”一声，一个女人帮我们点着了火，幽蓝色的火舌舔舐着早被熏黑的锅底。我嘴里往外呵着白气，搓着冻得红一块白一块的双手，不时地靠近火边烤一会儿。

“还要不要点别的？”袁小丽问。

“我还要吃糖葫芦、章鱼小丸子，还要一份炭烤鸡翅！”我嚷嚷着。

“这么多你吃得了吗？”

“吃不了我硬塞！”

“撑死你！”她一脸嫌弃地站起来去买那些东西。

“真奇怪，今天怎么一直没看到雪琪它们？是不是我们来得太晚了？”我心里惦记着那些流浪猫，说完后，我才意识到，已经有将近半个月没和它们见过面了。

锅里的水咕嘟咕嘟地开始冒泡，水欢快地开了，我赶紧把塑料筐中的青菜、豆腐以及成包的羊肉片倒了进去。

“你想雪琪了？”她问。

“嗯。”把最后一小片羊肉扔进锅里后，我点了一下头。

“我把它们收养了。”她说。

“收养了？你爸妈不是不愿意吗？”

“现在又愿意了。”

她们一大家子怎么都这么喜怒无常？尤其是袁小丽，真是莫名其妙！那天给了我那么大的希望，今天一句“不小心”就让我空欢喜一场。

我眼巴巴地看着锅里的食材，用筷子在调料碗里蘸了蘸，然后伸出舌头舔了舔，意犹未尽地咽了口吐沫，嘟囔着：“怎么还没熟呢？”

几分钟后，我又戳了戳一块被沸水冲得上下翻滚的豆腐，然后胸有成竹地说：“可以吃了。”

我捞了一大片羊肉，然后放进调料里一滚，就迫不及待地扔进嘴里，烫得我一个激灵，我强忍着疼把嘴鼓起，好让那片羊肉能少跟我的口腔接触。

“这里那么多好吃的麻辣烫，你为什么偏选这家？再往里走那家四川人开的，东西最好吃！”我问她。

她几乎没怎么动筷子，低着头有气无力地说：“这家的羊肉不膻气。”

这算哪门子理由？不膻气的羊肉就跟不臭的榴梿一样，吃起来有什么意思？她心不在焉的样子让我有些怒火中烧，我恨得牙根儿痒痒。

“走吧，时间不早了。”她看了一眼手表，面无表情地看着我。

我们把手抄在羽绒服的口袋里，走在J市夜里冷清的街上。

“你好奇怪，袁小丽。”我被她忽冷忽热的态度弄得抓狂，三天前在病房里她还那么主动，像只贴在电线杆上广告里的狂野奔放的“魅惑小野猫”，怎么现在越看越像个“性冷淡”患者了？

“怎么奇怪了？我一直都是这样的啊。”

“对，你一直是这样的，对谁都热情似火，就对我不冷不热，是不是？！”我第一次在她面前爆了粗口，爆得明目张胆。给她留下不好的印象？我再也不想装什么绅士了！

“你怎么了？”她的冷静更加让人难以忍受，其他人看到这一幕，肯定一边倒地认为我是无理取闹的一方。

“没怎么！没怎么！”马路牙子上竖立着一个“孤零零”的易拉罐，我一脚踢飞，里面残余的啤酒在半空中划过一道抛物线，溅洒在路边。

“你先不要生气，我有件事要和你说。”她在我背上轻拍了一下，像个母亲在安慰自己正在使性子的儿子。

我生着闷气，把手背到身后，没搭理她。

“还有一年多就高考了，等高考结束后，我们出去玩吧，离开J市，就我们两个。”她说。

高考？是那场据说可以改变每个人命运的考试吗？只剩下一年多的时间了？不到五百天？这么快，我就要迎来与命运的第一次直接对话了？

她看我没吱声，补充道：“你不说话就是同意了，这就算我们之间的一个约定，好吗？”

这个叫作约定的东西，如此熟悉，因为三年前，冯静也给过我。她说如果我们中考成功，就一起再回到韵文中学的西墙前，去看那片绿得发亮的爬山虎。

一瞬间，我觉得袁小丽就是上天派来我身边的另一个冯静，我甚至怀疑袁小丽的躯体下根本就是冯静的灵魂。

我的邪火儿一下全消了，对于刚才自己的“残暴”的行为感到羞愧，我向她道歉："对不起，刚才对不起，请原谅我。"

"杨小和，答应我，高考前的这段时间，不要乱想别的，和我一起加油。"她的明眸融进了夜空下的黛色里，闪着光。

送她去车站时，我走在她的身后，故意去踩她走过的路。

我想象着高考结束当天，在毒辣的太阳下，西城的林荫小路中，会有聒噪的蝉鸣，会有被阳光拉得很长的影子，会有我们的说笑声，会有老师、同学互道珍重的离别声，会有收到录取通知书时再相聚的约定声。

我终于明白了郭老师当初那句话的含义：等到高中毕业，你想去追求喜欢的人，我绝不拦着你。

我释然了，当初，我总是担心来不及对冯静表白，来不及让她知道我喜欢她。我把和她在一起的每一天这样美好的时光，神经质地过成了世界末日一般。

我之前都没意识到，在感情里，我竟然如此"急功近利"。

这一次，我要享受与袁小丽在一起的日子，把这份眷恋留到高考之后，为了我们彼此。

Chapter·45 你这个骗子

一天早自习时，我读完了一部叫《命若琴弦》的短篇小说，是史铁生写的，我觉得作者并不想讲什么大道理，他满篇都只想告诉我们一句话：人要活着，活着还要有奔头。

过去一个星期，我一直在回想袁小丽那晚对我说的话，她让我“高考前不要想别的事情，和她一起加油。”

我不知道高考和她，谁才是我真正活着的奔头，如果两者都是的话，袁小丽这个“奔头”才更加诱人。

“杨小和，外面有个叫方雨菲的女生找你！”一个坐在门边的女生用清脆的声音喊道，我就像是被客人指名道姓点了的花魁一样，在全班艳羡的目光和嘈杂的起哄声中走出了教室。

方雨菲，方校长的千金，这一次她又“突如其来”地出现了，就像在校长办公室的那次一样让人措手不及。她虽然过于豪放，但没有她一通胡搅蛮缠，我和袁小丽可能还待在实验班里过着暗无天日的生活。

“嘿！”一见面，她还是跟吃了好几斤摇头丸的夜店少女一样面带着兴奋，“带生物书了吗？借我用用呗。”

“带了带了。”我跑进教室从桌腿儿下抽出那本被压得都有点弯折的生物书，毕恭毕敬地递到她手里。

“谢谢，我中午还你哈。”她笑嘻嘻地说。

“不用还了，反正会考后就没有生物课了。”我是文科生，高考不用考生物，所以这些理科类的书不是被我垫了桌角，就是叠了纸飞机，命运稍好一些的是被我卖掉，满世界传播知识去了。总而言之，物尽其用。

“你真好，改天我请你吃好吃的。”

“不用，不用，我还没谢谢你呢，上次要没有你，我估计就得在实验班里郁郁而终了。”

“哎呀，不用谢，我爸那个人从来都是‘严人宽己’，同一件事，别人做不到，他就不屑地说‘这事儿多简单，还做不好？’他要是做不到，能给自己找一百个理由。”

她手舞足蹈地批判她爸时，我才发现她今天有些怪：“你不是在实验高中上学吗？怎么……”此时，她正穿着一套西城的校服。

“我让我爸给我办理转学了，实验真不是人待的地方，那里的学生总是想尽一切办法把自己折腾得精疲力竭，你要是在那儿不累，就跟对不起父母和老师似的。”她皱着眉抱怨着。

“方雨菲找你干什么？”袁小丽一下早自习就走过来问。

“没事儿，就是借书。”

“借书？我看你的魂儿都快被她给借走了。”。

“哪儿有？”我赶紧辩解，“你比我还能胡思乱想。”

我本以为顶多和方雨菲做个点头之交，见了面打个招呼就算很隆重的问候了，谁知道她真不是什么省油的灯。

从“借书”之后，她又来找了我好多次，除了借钱，她什么都借。

“带计算机课用的鞋套了吗？借我用用。”

“有羽毛球拍吗？我下节上体育选修课要用。”

“借我你的橡皮用用，我得好好学习。”

“你们班同学连块橡皮都没有吗？干什么非要来借我的？”我嘟嘟囔囔地掰下半块橡皮给她。

“我就愿意用你的，我倒是想借别的东西呢，你可倒有啊？”她说。

“你还想借什么？”

“我来事儿了，你有卫生巾吗？”

“滚！”我冲她喊。

她不仅不生气，反而边走边笑得花枝乱颤。

如果只是借东西还好说，但她逐渐把借东西这种小事也弄得满城风雨。后来，她再来找我时，身边会跟着几个高三男生，她一把搂住我肩膀，把我拽过去，就和人家介绍道：“这是我哥们儿，杨小和，以后要是有人欺负他，你们就打欺负他的人。”

我尴尬不已，赶紧把她推到一边，但还是被徐春殷他们瞧了个满眼，他们在教室里吹着响亮的口哨，开始起哄。

方雨菲总能做出一些让人瞠目结舌的事情，这就像是她的本能，从来都是无师自通，而且越来越“变本加厉”。

一天上晚自习之前，她竟然来到了我们班，把书包往我身边一扔，说：“今天晚上，我就在这儿上晚自习了。”

“你来这里干什么？”我大惊失色，赶紧吓唬她，“你快回去，今天的晚自习是我们班主任的，让她看见非找你爸告状。”

“这个你不用担心，我已经让我爸给郭老师打好招呼了，我有好多不会的题要向你请教。”她胸有成竹地说。

我一脸苦笑：“可你是理科生啊，找我这个文科生还不把你越教越迷糊啊？”

“谁要你教理科了？你不是英语很好吗？教我英语，我英语差得要命！”她以不容争辩的语气说。

晚自习的铃声响了。

“杨小和，你这个骗子！”她还是发现了负责今天晚自习的是教英语的杨老师，而不是郭老师。

“方雨菲，你才是个骗子！你根本就不是来请教问题的！”在她对着自己的化妆镜照了半个小时，其间问了我六遍她漂不漂亮之后，我终于忍无可忍了。

“那又怎么样？我们来聊天吧，不要学习了，我会把声音压得很低，不影响其他人。”她合上化妆镜，对我说。

坐在前面的张明睿听见了她的话，转过头来，一脸坏笑。

“看什么看？！再看把你眼珠子挖出来当灯泡踩！”方雨菲威胁道。

唉，方校长真是家门不幸，怎么摊上这么个女儿，怪不得他最近都有白头发了。

我还是保持着握笔的姿势，但心里已经下定决心在晚自习剩下的时间里满足她的任何要求，省得她再闹出什么更大的乱子。

“聊吧，你想聊什么？”我问。

“就聊……聊初吻！”她心血来潮的样子和智力只有五岁小孩儿一样。

我长舒一口气，说：“你说你的吧，我没有。”我绝对不会告诉她自己和冯静之间那短短的两秒钟。

“真差劲！”她不屑地说，“我可是吻了自己喜欢的男孩子，而且还是强吻。”

“你怎么这么不知羞，干什么要强吻人家？”我都替她害臊。

“谁让他不从我的？不顺我意的人，我就非得采取点强制措施。再不，我就亲手毁了他！”她眼睛里喷着杀气。

我吓得一头冷汗，赶紧转移话题：“你初吻的时候多大啊？”

“二年级。”

“初中？”

“小学。”

“唉，谁说女子不如男？”

其实，方雨菲长得特别甜美，但过于豪放的性格让她浑身散发出的尽是一种风尘的气息。她把脱掉了紫色的羽绒服，里面有一件校服，领口拉得很低，再里面是一件粉红色的T恤，她的胸部发育得很好，已经可以用高耸来形容了，最里面穿的什么，我就看不到了。

我想她的腿也一定很好看，白皙，修长，浑圆……

坐在她身边，我会忍不住偷偷多看她几眼，这跟对袁小丽的忠诚无关，这是人的本性，不应该被压抑。历史课上老师说了，中外历史上发生了那么多次起义，归根结底就是因为人们的本性被压抑了。

看得入迷时，我心跳加速，心情却极为舒畅，我像正在骑着一匹烈马，驰骋在一望无垠的草原之上。

“一会儿放学后，我在自行车棚等你，让你尝尝初吻的感觉。”方雨菲突然说，我惊得从马上摔了下来。

“杨老师，我有事先走了，再见。”她冲坐在讲台上的杨老师打招呼。

“好的，雨菲，记着这个周末的全市英语演讲竞赛啊，作为西城的代表，你可不能迟到。”杨老师说。

“方雨菲，你才是个骗子，你不是说你英语不好吗？！”我在心里冲她的背影喊道。

“哎，不行！放学后我有事儿，没法儿……”我还没来得及说完方雨菲就离开了。

第二节晚自习我根本就没上进去，拿着笔坐在座位上愣神儿，满脑子都在想着放学后该怎么摆脱方雨菲，想来想去都没想出什么靠谱的主意，于是我只能留在教室里“干耗”。

其他同学走光之后，我又做了一套历史卷子才收拾东西，已经九点半多了，“方雨菲肯定回家了吧？或者，她根本就是在跟我开玩笑？”

我壮着胆子独自一人来到了车棚，就像是在鬼屋里，我每一步都走得如履薄冰。

呼，我长舒了一口气，车棚里早就没人了，我的山地车孤单地立在里面，我走过去准备开锁。

我刚把腰弯下，有人就在我后背上猛拍了一下，我吓了一大跳，差点喊出声来，是方雨菲！

“你干什么躲在这里吓人？”

“我告诉过你要不见不散的。”

我心烦气躁地说：“别闹了，这么晚不回家，方校长会担心你的，赶快走吧。”

她横跨一步拦在我面前：“少废话，杨小和，在吻你之前，我有些事要跟你交代清楚。首先，我很喜欢你。”

我听到这个，脸都白了，她怎么能这么坦白？女生喜欢男生不都是藏在心里的吗？她作为一个女生的矜持呢？不但不害羞，还理直气壮！

我往后退了两步，结结巴巴地说：“方雨菲，你，你别胡说啊，你还笑，不，不准笑。”

她“咯咯咯”笑得前仰后合，但几秒后又突然严肃了下来。

“你以为那次在我爸的办公室里，我是真不愿在实验班学习才跟他吵起来的吗？！我本来只是在门外偷听你们谈话，还觉得你和那个袁小丽像两个矫情的傻帽，但看见你的一瞬间，我就决定了，我一定要那样做，就为了你。”

我听得目瞪口呆。

“杨小和，你觉得这个世界上有真正的傻瓜存在吗？我放弃了实验高中，选择西城这种在J市排不上号的学校，我为了什么？你自己心里清楚。我对你的好感是赤裸裸的，明不明白？我就是喜欢你，赤裸裸地喜欢你。”

她慢慢地逼近了我，我想要推开她，但她刚才的话像条又粗又长的麻绳把我的四肢捆得结结实实。

算了，我索性从了她，先糊弄过今晚再说！

在我准备闭上眼睛接受“蹂躏”的前一秒，救星出现了，我看到车棚门口有个人影在晃动，起初我以为是保安，准备大声喊叫好引起他的注意。

但那个人影走进车棚时，我才看清是袁小丽，她的脸色很难看，就像原配把丈夫和小三堵在宾馆房间里时才应该有的表情。

趁方雨菲愣神的工夫，我赶紧跑到了袁小丽身边，像条落水狗和主人重逢一样高兴。我蠕动着嘴唇，用口型对她“说”：“救救我。”

她把头扭向一旁，看着追了上来的方雨菲。

“你好啊，袁小丽。”方雨菲热情地冲她打着招呼。

“你好。”她平静地回答。

我赶紧挡在她们中间，面朝方雨菲，深吸了一口气后，我说：“方雨菲，正好我可以借这个机会告诉你，其实我已经有女朋友了。”

“你女朋友是谁？告诉我她的名字，明天我就去找她。”方雨菲认准了我在胡说八道，挑衅地看着我。

这个死丫头，简直比阎王殿的小鬼还难缠！

我一看骑虎难下，索性豁出去了，我伸出右手，一下把袁小丽搂了过来，她趴在了我的胸口，使劲挣扎着，我死死用手箍住她的胳膊，以免她动作幅度过大被方雨菲看出破绽。

我背对着方雨菲，把嘴唇靠近袁小丽的右耳，轻声说：“帮帮我，别乱动。”

她的抵抗慢慢停了下来，我又把她搂得更紧了一些，贪婪地感受着她柔软的身体，细细嗅着她发丝上的清香。

“我们俩从上个学期就开始了，因为我不想让别人知道，所以才没告诉你。方雨菲，你以后别再来纠缠我。”

方雨菲依旧不依不饶地问：“袁小丽，我知道你从来不撒谎，他说的话是不是真的，你真是他女朋友？”

浓重的夜色下，看什么都费劲，但方雨菲真真切切地看到了袁小丽轻微地点了点头。

“杨小和，你还记得我晚自习时给你说过的话吗？不顺我意的人，我就亲手毁了他！”方雨菲咬牙切齿地说，她丧心病狂的样子显得狰狞。

“我等着你。”

“你别后悔！”说完，她气急败坏地离开了。

袁小丽推了推我，又想从我怀里挣脱出去，我怎么会傻到放弃这么好的机会？

“先等等，她还没走远，可能正躲在什么地方看着我们。”我搂着她不放。

她凸出的锁骨顶着我的心口，周围很静，我能清晰听见自己的心跳。

两分钟后，我松开了她，看她没说话，我以为她生气了，赶紧对她解释:“我绝对没有胡思乱想，我一直很听你的话在努力学习，真的。都是那个方雨菲发神经，我逼不得已才……”

“你真的在努力学习吗？”

“嗯！”我非常用力地点头。

“那你今天在数学课上为什么睡觉？”她问。

“数学课我从来都不听讲的，听也听不懂，再说我靠其他科目完全能弥补数学的劣势。”

“你应该好好学学数学，高考150分，你连50分都考不到的话，会很吃亏。”

一想到高考，我就会把它和终点线联系起来，我就是一个马拉松运动员，在体力接近极限快要坚持不下去的时候，想想终点，继续咬牙大步向前跑。

“我听你的，我会认真对待数学。袁小丽，你身上好香，我想再抱你一会儿。”

“别闹了，会被老师看见的。快把自行车打开，我去车棚外等你。”她走了出去。

我不满她找这种借口拒绝我，一脸的不悦。方雨菲霸道，对得不到的东西就去毁灭，我也不遑多让，得不到的东西，我会甩脸子，让全世界跟着我一起不痛快。

“杨小和，我给你讲一件稀奇事儿吧。”她觉察到了我的不对劲。

我像条被太阳晒得发蔫的老狗一样，有气无力地说：“说吧。”

“在地中海周围，有一种叫海明花的植物，那是开在乐天树上的一种白色小花，它结出的果子叫海明果。”

“好吃吗？”我问。

“嗯，海明果特别香甜，还能治疗顽疾，一个售价高达几万美元。因为，每年8月的某一天，它才会成熟，但只有短短十二分钟，错过那个时间，海明果就毫无用处。它成熟的时间没有任何规律，有时在黎明，有时在深夜，摘果子的人从7月底就守在树下，几个人轮流值班不眠不休，就为了等那十二分钟。”

“那他们怎么会知道这种果子熟没熟？”

“因为……”她停顿了几秒钟，好像在思考怎样组织语言，接着说下去。

“海明果成熟之前，浑身长着利刺，像一层卫甲，任何觊觎它的人伸出手去都会被扎得血流如注。有些人靠剪刀等工具才能强行将它摘走，发现它的味道酸涩，也起不到治病的功效。我想，在还未熟透时就遭遇夭折，它一定不甘心，才宁为玉碎，不为瓦全。熟透后，那层卫甲就会自动消失了。”

我看着她的眼睛在说海明果时发出的亮光，足以驱散任何无知的黑暗。她如此知性，有内涵，和方雨菲比起来，她才是一个有血有肉、有灵魂的女生。方雨菲只是有肉，用佛家的话说就是“不过一副皮囊”。

“所以，你现在不要心急，海明果还没成熟，等那十二分钟一到，我会立刻告诉你，我这样说，你还不明白吗？”

她会把许多事情说得不那么直白，可能过于直白让她羞赧，让她畏惧，也可能让她感到无趣。张兴伟告诉我“袁小丽喜欢能和她探讨知识的男生”，因为，她本来就是一个有深度的女生。

这些话虽然含蓄，但在我看来传达的就是一种赤裸裸的好感，比方雨菲那种疯狂的直白还要让人心动。

“它为什么叫海明果啊？是为了纪念海明威吗？”我对这果子着了迷。

“别再问了。”她脸上突然飘过一片红霞。

“为什么？你告诉我吧，我想知道。”

“因为，因为……”她支吾着，“我实在编不下去了！”说完，她快步跑出了学校大门。

我在原地愣了几秒，才反应过来是怎么回事，但我并没生气。“谢谢你，编出了这样一个美好的故事。我会耐心等着，等着你这颗海明果熟透。”

Chapter · 47　西城三杰

我对朋友等级的划分非常“泾渭分明”。

高中前，能被我当成朋友的只有王俊和冯静，他们是我的好朋友，也是最好的朋友。

进入西城后，我圈定的朋友范围就扩大到了整个 14 班的男生，高海洋、王日哲他们成了我的好朋友，而徐春股、张明睿还有张兴伟则是我最好的朋友。

我这几个“死党”什么都好，能和我谈到一块儿去，兴趣爱好也基本一致，但就是总爱去网吧。

虽然原来的我对游戏机厅痴迷过很久，但网吧横空出世后，我反而对这些“大头机”显示屏恨之入骨，它们成为了游戏机厅老板新的摇钱树，导致他们纷纷改行，游戏机厅也日渐势衰，最终被湮没在了网吧“时尚大潮”中。

我在大学前，一次网吧都没去过，但徐春殷他们却怀揣着同一个“伟大”梦想——在网络游戏中不断练级以达到“见谁秒谁”的高度，日日在网吧里乐不思蜀。

箱包市场成了三人最常“出没”的地方，大大小小的网吧隐匿在市场里的各个角落，周围弥漫着炒饼和砂锅米线的气息。

为了早日实现在游戏中“一统天下”的霸业，他们递交了不上晚自习的书面申请，郭老师竟然签字同意了。

于是，每天下午5点整，他们在校门口准时碰头，到箱包市场随便买点东西把肚子填饱，然后就斗志昂扬地去“急速网吧”。这家网吧隐蔽极了，招牌挂在店内，从外面看跟个废弃的仓库没什么区别，门口堆满了黑色的垃圾袋，污水横流。

网管看他们常来，开始刻意帮他们留出三台靠里并且连号的机器，那成了他们的“专机”。他们一玩儿就是近四个小时，拱着脖子，眯着眼睛盯着显示器，左手死死地按着键盘上的“ASDW”键，右手捏着鼠标噼噼啪啪地按个不停。

“Wow！Yeah！”这是他们取得胜利时的欢呼声，唯有在这个场合，他们才能很自然地说出几个英文单词，然后再在众目睽睽之下幼稚地击个掌。

张兴伟最起劲儿，他要求另外两个人必须像樱木和流川枫打败山王时那样击掌才可以。

一天上午，他打篮球时被别人把胳膊给撞骨折了，他当即就去了医院打石膏，缠了绷带，像个没裹严实的木乃伊，继续斗志昂扬地当天下午就去了网吧。

网吧里所有人见到这一幕时都惊呆了，包括网管在内。这些年，他走南闯北在不少网吧干过，什么人没见过？在网吧里不眠不休奋战两天两夜的，喝多了之后要酒疯闹事儿的，甚至有起了争执动刀子伤人的，他都不放在心上。

但是这些可都是有胳膊有腿儿的健全的人啊，我的意思是，张兴伟也不是残疾，但毕竟他骨折了啊！但他的眼神却还那样坚定，身后一左一右跟随着徐春殷和张明睿，他们气场强劲，睥睨四周："网管，三台连号的机器还留着呢吧？"

"留，留着呢。"

"给，一个人押十块钱。"张兴伟费劲地用一只手"抠开"钱包，又把它卡在脖子上，捏出了三张票子，扔给了网管。

网管递出来三张卡，情不自禁地大声感慨着："苗子啊！"

所有人听到后开始有节奏地跟着起哄："苗子，苗子……"

第二天，就有好事者把张兴伟"重伤不下火线"的消息传遍了整个西城中学。为了表达对他们三个人"杰出"行为的"崇敬"之情，高二级部里有人给他们起了一个特别响亮的外号——"西城三杰"！

历史课上，我们学了欧洲的文艺复兴三杰——薄伽丘、但丁和彼特拉克，于是他们的名字就被生搬硬套地变成了"薄伽伟""但春""彼特拉睿"。

当然，这些外号肯定是贬义的色彩多了一些，别人叫他们“西城三杰”时，他们能听出里面嘲讽与戏谑的语气。他们对此很反感却也无可奈何，大家乐此不疲地嘲笑着他们，叫着叫着，好多人都忘了他们三个人的真名了。

他们对给他们起外号的人恨之入骨，恨不得知道是谁之后就“啖其肉，饮其血”。

马上要进入高三了，但他们仍对自己的未来没有任何期望。似乎，三个少年大好的青春就会继续这样无度地被挥霍下去，直到永远。

然而，你永远不知道命运会给你什么口味的巧克力，更不可能预测出你什么时候会吃到一颗尝起来不那么苦涩的。

5 月下旬的一天，J 市的气温已经开始节节攀升，夏天要来了。

“西城三杰”又在网吧中浑浑噩噩地泡了四个小时，他们饥肠辘辘地走在没有一丝风的夜色里，黏稠的汗液贴在校服上，让他们浑身难受。

街边有一家炒饼的小摊儿，老板用菜刀“啪啪”拍碎了几个蒜瓣，浇着热油往锅里一扔，紧接着卷心菜、豆芽也倒进锅中翻炒，爆出阵阵香气。老板撕开一个装着饼丝的塑料袋儿，炒匀后又撒上孜然，成盘上桌。

他们使劲咽了口吐沫，“就在这儿吃吧！”“但春”提议。

摊子旁就是J市的主干道——经纬路，晚上九点多仍旧车水马龙。他们迷茫着盯着华灯下的西城校园，越看越觉得昏昏欲睡，倦意袭来，难以自拔。

炒饼端了上来，三个人终于来了精神。“但春”拿了两双一次性筷子撕开包装，放在一起摩擦了一番好去掉上面的木刺儿，弄好之后递给了其他两个人。

他们刚准备大快朵颐，一阵碗碟破碎的叮叮当当声传入耳中，四周一片沉寂，每个人都没有反应过来发生了什么。

一个穿着十八中校服的女孩儿大喊着“抢劫啦”，从他们旁边跑了过去，“彼特拉睿”的眼睛呆滞地眨了眨，和“但春”一起傻在了那里。

“愣着干什么？追！”最先反应过来的“薄伽伟”。

往女生追赶的方向看去，果然有一个中等身高穿黑色外套的男子，手里拿着一个粉色的钱包在急速狂奔，他们也迈开步子追了上去。

女孩儿跑了一会儿就没了力气，她停了下来，手放在胸口上，喘着粗气。“薄伽伟”此时跑到了前面，离那个抢劫的也近了一些。抢包人感觉到已经来了追兵，慌不择路地跑进了一处施工工地。

“彼特拉睿”和“但春”的体重都不小，越跑越感到力不从心，他们只能先停下来让女生报警，同时也在绞尽脑汁，希望想出好的办法。

进了建筑工地后，那个抢劫的就成了“瓮中之鳖”，在“薄伽伟”的步步紧追下跌跌撞撞地东奔西跑。

他并不愿束手就擒，拼命地改变着逃跑路线。他一会儿跑到堆砌如山的钢筋旁，一会儿又躲到庞大的吊车后面。

“薄伽伟”大声呼喊别人来帮忙，但是工地上嘈杂的施工声立刻遮盖住了他的喊声，远处的民工都没有注意到这里发生的一切。

终于，“薄伽伟”费了九牛二虎之力后，把他堵在了一个死角处。他身后是一面水泥砌成的围墙，已无路可逃。

他们都已经精疲力竭，半天，两个人一边盯着对方，一边调整呼吸，寒冬的风在耳边呼啸，灌进肺里，又向四肢蔓延。

这时他才看清，这个抢劫犯的年龄也不是很大，比高中生大不了多少。

那段对峙的时间很漫长，谁也没有轻举妄动，罪犯已经从口袋里掏出了一把折叠刀，刀尖冲外。“薄伽伟”也在地上捡了半截钢管，还不到三十公分。

抢劫犯终于按捺不住了，他边往前走边恶狠狠地喝道：“滚开！”

“薄伽伟”并没有让开，一边向后退去一边死死卡着逃跑路线。

“薄伽伟”心急如焚，他知道再退下去，留给罪犯的空间就会越来越大，他就很可能会跑掉。他想起自己手里也有武器，但那段钢管面对闪着寒光的刀子时似乎也有些心里没底，“缩着脑袋”溜进了“薄伽伟”的袖子里。

他感到一切要完了，他的心脏会被捅个巨大的窟窿。

此时，抢劫犯身后的墙上几乎同时探出了两个脑袋，是“但春”和“彼特拉睿”，救星出现了！“薄伽伟”刚刚被冻僵的身子又注入了一股暖流，他有救了，他迎来希望了。

他们两个使劲儿打着噤声的手势，罪犯还在向前挪着步子，趴在墙上的两个人瞅准了机会，从腰里拿出砖头，往前跃着身子跳下了围墙，在半空中把砖头使劲甩了出去，“但春”的砖头砸中了罪犯的左肩，“彼特拉睿”的砖头则“巧妙地”避开了罪犯，直接砸到了地上。

罪犯猝不及防，一个踉跄单腿跪在了地上，“彼特拉睿”瞅准时机一下子扑了过去，那一下子还真有点“胖”虎捕食的风采。二百多斤的身体一下子把嫌犯压在下面，嫌犯不断地挣扎，挥舞着刀子，其余两个人赶紧一拥而上，终于，罪犯被擒。

远处响起了警笛声，警察叔叔也终于赶来增援了。

“西城三杰”在派出所做笔录时，才知道这个罪犯其实是附近职专辍学的学生，今年才十八岁，因为沉迷网络，钱花光了才做的傻事。

三个人从派出所出来后，“彼特拉睿”说：“我这两天的身上的钱已经花得差不多了。”

“我们也快要没钱了。”

“从明天开始，我不去网吧了。”

“嗯，我也是。”

“对，我也不去了。”

这件事在J市引起了不小的轰动，《J市日报》破天荒地腾空出了三个版面发表了标题为《西城三杰为全市高中生树立榜样》的文章，还专程到校做了专访。

看着他们三个在礼堂里“添油加醋”地描述自己的英勇行为时，

我竟有些后悔没有和他们一起参与在网吧醉生梦死后经历的这场“奇幻冒险”。

“那你们还有什么要说的吗？”记者拿着录音笔问。

“其实，我们应该感谢一个人，就是给我们起‘西城三杰’这个外号的人，没有他，我们不会受到如此多的关注，我们想知道他是谁。”他们商量了十秒钟后说。

“是我！是我给你们起的外号！”一个声音在整个礼堂中回荡着，突兀而响亮。

大家的目光一齐向我投来，没错，我就是他们想见到的那个人。

记者把我也请上了台，最后我们还一起接过了那个被抢钱包的女生和派出所送来的锦旗，上面写着“西城三杰，人民卫士”。

随后，采访结束了。

“杨小和，你先别走。”我和他们三个在走廊中相遇，“但春”面无表情地说。

我看到他们来者不善，战战兢兢地问：“你们要干什么？”

“干什么，给我们起外号的事儿还没找你算账呢！”他们咬牙切齿地说。

“你们不是说要感谢我的吗？怎么这样？”

他们对我的话置若罔闻，一步步朝我走来，我闻到了一种不祥的气息正在向我袭来。

“喂，我警告你们，现在你们可是公众人物，注意点儿形象。”

他们依旧没有停住脚步："公众人物？今天就让你尝尝被公众人物群殴的滋味儿！"说完，他们突然追了上来。

我夺路而逃，拥开了旁边挡路的学生，身后传来了他们三个凄厉的叫喊声："杨小和，你要是个男人就别跑！"

当时，我跑到距离老师办公室只剩 0.01 公分的距离，我的手已经触碰到了办公室门上的金属把手，嘴里也即将喊出："郭老师，救命！"

但他们还是抢先一步拽住了我，同时捂住了我的嘴，我挣扎着，无济于事，像个被绑架的幼童被他们拖到了一边。我们笑闹、号叫的声音引得整个走廊里的学生都纷纷侧目。

还有一个月，高二就要结束了，我们能这样嬉戏的日子，也就只剩下最后一年了。

Chapter·48 会考

整个6月份，我每天都愁得寝食不安，最主要的并不是因为过完这个暑假我就要迎来传说中的“魔鬼高三”了，而是因为会考要来了。

J市的所有高中在高二下学期结束时，都会举行一次会考，只有所有的考试科目达到及格线，才能拿到高中毕业证。

其他科目我一点都不用发愁，但是一想到数学，我就坐立不安，如芒在背，感觉别人唾手可得的高中毕业证正在我面前越飞越远。

整个高中前两年，我参加的所有数学考试加起来差不多得到了15000分，考试的场次却有将近三百场。由此可以算出，我的平均分大约是30分。

白痴，明明是50分！看见了吧？我连这种简单的算术题都做不对，可见数学已经“病入膏肓”了。

我的大脑里就跟缺少主管逻辑思维、数学符号、公式那一块儿区域似的，太令人恼怒了。我的中考数学成绩只有 39 分，过差的基础再加上我不太上心，高中后我的数学更差了。

一旦拿不到毕业证，等到高三别人都在全力备战高考的时候，我还要单独补习数学以应对补考。

全班第一，全级部前二十拿不到毕业证，估计在校史上都得成为一个大笑话！再说了，我答应过袁小丽要好好学数学的，她还说就拿这次会考来检验我的学习成果。

现在距离会考只剩下不到一个月的时间了，所以我真慌了，到处求抱大腿来帮我“恶补”数学。

问题是，我抱谁呢？

抱付老师？他教两个班这么多人，还是 13 班的班主任，肯定没时间。

请家教？估计等到会考通过，我也倾家荡产了……

最后我决定像初中学英语时那样找同班同学，只有一个人最合适，他就是张明睿！

他是我们班的物理课代表，但是一上物理课他就睡觉，老师讲的东西他自己在课下看书就能掌握。数学更难不倒他，在班里数一数二，教我这张“白纸”绰绰有余。

“我必须要通过会考，咱俩是哥们儿，你一定要帮我补习数学。”我说。

他眨巴着眼睛想了半天：“等你通过考试，请我吃麻辣串儿，最少十块钱的！”

“没问题，当时候我把麻辣串摊包下来，就咱俩吃，吃不了打包！”

当天下午放学后，我们就开始“清场”，我站在讲台上扯着嗓子喊：“没事儿的都赶紧走啦！包括值日生，今天的值日我包了！”

赫胖子一听这个，扔下笤帚就跑。

“胖子，胖子，你还没拿书包！”高海洋在他背后大声提醒。

教室里只剩下张明睿和我，我们只留靠近讲台的风扇运转，其余的全都关上，张明睿说他教课的时候需要安静。

“你现在对数学一窍不通，又想尽快提高成绩，我只能教你我从不外传的绝技了。”张明睿神秘兮兮地说。

“有捷径？”我一听到“绝技”两个字双眼立刻开始冒光，“快告诉我是什么？”

他咽了口吐沫说：“你别忘了答应过我的麻辣串……”

“哎哟，忘不了，你快说！”我真怀疑箱包市场的那些麻辣串是不是放了罂粟在里面，让他这么上瘾。

“我不用问都知道，你现在肯定写不出二次函数的一般式。”

我非常配合地拼命点头：“对啊，对啊，神人，你怎么知道的？”

“嗯，果然不出我所料，其实我也写不出来……你干什么去？不听课了啊？”看到我转身去收拾书包，他赶紧问。

“你是不是耍我呢？你也不会，我也不会，还学个什么劲啊？”我沮丧地说，一瞬间，我那一腔即将洒向数学的热血全冻住了。

张明睿拦住我："你别急嘛！虽然我写不出来，但我可以推出来啊！你看着……"他开始在黑板上画坐标图，写上 x 轴和 y 轴，自己随便写了几个数字，描点，对着图像观察了几秒，果然，他写出了二次函数的一般式。

他吹着口哨，得意地看着我："怎么样？不赖吧？"

我赶紧翻看着数学书，再三确认他写的没错后，我惊喜地喊着："我的天！你还真写对了！数学简直太神奇了！"

我突然不那么讨厌这门科目了，数学也不是太无聊嘛。

"我每次数学考试的时间都不够用，为什么呢？就是因为我从来就不愿意背这些公式，考试时得现花时间推。什么函数的变量、自变量，背那个干吗？疯啦？！没用！"他自言自语地显摆着。

我可是听傻了，猴急地让他赶紧教我。

"我教你的东西绝对能考到，会考不难，你只要掌握了，及格绝对没问题。"

当晚，他又教了我一些函数图像的画法，从一次函数到二次函数，从三角函数到幂函数。

这些图像帮我记忆公式，有些选择题也不用去把步骤全列出来，画个图清晰明了，答案一目了然。

由于太投入，我把答应帮赫胖子干值日的事儿忘得一干二净。第二天一早，看到教室里满地的纸屑和粉笔头儿时，郭老师盛怒："昨天谁干的值日？！"

赫胖子战战兢兢地站了起来:“郭老师,杨小和说,他会帮我干的。”

“杨小和,你说帮他做值日了?”郭老师问。

我的头摇得像拨浪鼓一样:“没有啊,郭老师,不信你问张明睿。”

张明睿的脑袋摇得跟在夜店里喝多了的顾客一样。

赫胖子被郭老师骂得狗血淋头,我和张明睿躲在一边偷着乐。

我们的友情就在学习数学这团轰轰烈烈的热火中被淬炼得越发牢靠。

我真正从心底想要提升数学了,我开始把几乎所有的时间都用来钻研数学题,回家后学数学,其他课学数学,连课间的时间我也在学,我爸妈、付老师还有其他人看到之后都以为我魔怔了。

我想做一件事,一定会全力以赴,我可以牺牲掉一切,就像我初中在暑假里学习英语那样。

我和张明睿每天的学习时间增加了一个小时,他渐渐地向我透露了更多的独门秘诀,帮助我快速地锁定选择题的答案,告诉我怎么写解答题才能拿分儿等等。

有时,我们也会碰到他不会做的题,不过他并不愿意承认。每次他被难住的时候,他都会很无所谓地说:“这个题考试肯定考不到,不用去管。”

二十多天过完了,我的数学成绩有了点提高,距离“半瓶子醋”差不了多少了。

会考头一天,我们在校门口分别时,张明睿说:“我不得不说,你的进步非常快，其实你早就该开始在数学上下功夫的，那样的话你现在可能总成绩能成为级部前三。”

“都是你教得好，教得好，嘿嘿。”我对他的严肃劲儿有些不太适应。

“嗯，你小子果然不笨，其实我就是想听你这句话！明天会考加油吧，再见！”

2006年6月25日，J市会考如期举行。

考试分为三天，第二天上午考数学，我如临大敌。试卷发下后，我像捧着圣经一样，虔诚地浏览了一遍试题，有些题还是不懂，但有些我觉得还是能做出来的，张明睿说得没错，会考的确不难。

我掏出笔，第一次认认真真地写一份数学试卷。

后来，会考成绩公布了，我一整天都没敢去看贴在公示栏上的成绩单，待在位子上故作镇定地跟其他人聊天儿。

张明睿一脸惋惜地走了过来，我的心卡在了喉咙中，准备随时从我的体内“叛逃”。

“唉，就差1分。”他说。

我颓丧地低下了头，不敢看他，他教了我那么多不外传的秘籍，我却还是不争气。

“对不起。”我小声说。

“下次再稍微努力一下，就上100分了。”

我没明白他的意思：“我到底考了多少分？”

“99 分。”

“满分 150 分，及格线是……90 分！”我脑子里快速地接收到一条信息，我过线了。

“哇吼！”我欢呼着在围着教室一圈圈儿地跑，跟个冲入球场裸奔的足球流氓没什么区别。

我兑现了承诺，请张明睿在箱包市场吃了麻辣串，点了五十块钱的，将近八十串，最后剩了好多，我感觉再吃下去，就得像上次吃薯片吃到食物中毒那样去医院了。

不过高三时，我还是去参加了补考，因为我的物理没及格，唉！

Chapter · 49 方雨菲的报复

6月26日，会考结束，J市还是和往年这个时候一样，热得要命。

我们放了暑假，没有再安排额外的期末考试，期末考试的成绩以会考的为准，袁小丽考了第一名，而我连前三都没进。

我们将在8月初开学，听到这个消息时，我们“哀号”一片。

高考的“警报”终于拉响了，二十天前，我们刚刚目睹了学长学姐们参加高考的“盛况”。一想起紧张的心情绞杂着黏糊糊的汗液，大家都感到有些生无可恋。

这个夏天，也就只剩下一件值得我们期待的事情，那就是西城将在9月1日迎来六十周年校庆。

这对于任何一所学校来说都绝对是个大日子，届时将有盛大的文艺演出，演出人员一半是在西城毕业的老校友，另一半就是我们这些学生。

郭老师说，女星宫凡也会出席校庆。我们原来竟然不知道，西城的历史上出现过这么大的一个腕儿，她竟然还是我们的校友！

整个校园沸腾了，我们都陷入了一种狂热的期待之中。

宫凡是西城中学1984届的毕业生，土生土长的J市人。据说，她在学校的时候并不是十分引人注目，长相也很普通，并没有成为影星的潜质，她究竟是如何一步登天的呢？

这一直都是个谜，宫凡也从未提及过，连最厉害的狗仔都没套出她的话。

刚一进家门，完全放松下来的我立刻扑在了床上，像条死狗一般睡着了。

我梦到了平时只能在电视中各大电影节上才见得到的宫凡，她站在我们中间，和我们一样穿着西城的校服，跟我们合影。

“点球！点球！点球！格罗索立功啦！格罗索立功啦……法切蒂、卡布里尼、马尔蒂尼在这一刻灵魂附体……在这一刻，他不是一个人在战斗！他不是一个人！……”

一个男人扯着他的公鸭嗓子疯狂地喊叫着，在凌晨吵醒了熟睡中的我。

我在心里骂骂咧咧，揉着被灯光刺得酸胀的双眼来到了客厅。

电视中的疯狂仍未结束，“砰”一声，清脆，是脚尖戳碰皮球的声响。

“球进啦！比赛结束啦！……伟大的左后卫马尔蒂尼生日快乐！……伟大的意大利队！”那个男人彻底陷入了癫狂。

球迷的喧嚣声、球员的欢呼声以及那个喊岔了气儿的男人的疯喊声交织在一起，越发令人生厌。

我爸正在看2006年在德国举办的世界杯，八分之一决赛中的一场——意大利对澳大利亚。

“哎哟，澳大利亚真惨啊！被意大利绝杀了。”我爸说。

“刚才那是谁喊的啊？”我带着愠色问。

“哦，嗨！你没听见，黄健翔疯了！好家伙，意大利得了个点球把他高兴的，直接喊开了。”

那声音杀猪般凄厉，我能没听见吗？！

“爸，你知道吗？我们学校马上就要举行六十周年校庆，宫凡也会来，她也是西城中学的毕业生。”我说。

我爸张着嘴半天没说话：“小子，你没骗我？”

“是真的。”

我爸的注意力从电视上完全转移到了我身上：“你能见到她吗？有机会给你爸要张签名吧，哦，对，也给你妈要一张，你妈可喜欢她了。”

说完，他又不屑地看了一眼正在欢庆胜利的意大利队，那表情好像在说：“意大利伟大？和宫凡比起来，它就像场上二十二个人发了疯一般去抢的那个叫‘团队之星’的圆形物体一样——算个毬啊！”

“校庆海选”轰轰烈烈地展开了，每个班仅限选送一个节目参选，我们班一致推举袁小丽，我仍然记得两年前的新生军训时，她唱了一首《Girls Just Wanna Have Fun》，技惊四座。

这次，她还是选了一首英文歌——《Uptown Girl》。

西城男孩是我们熟知的第一个英语乐队，他们的歌在我们记忆的长河里流淌了很久，十年，十五年，甚至可能是二十年都忘记不掉。

海选的地点设在综合楼的大礼堂内，三个年级将近五十个班的庞大阵容让海选的时间长达三天。

看着其他班那些不成器的烂节目，我心里窃喜，袁小丽肯定没问题。她就要出现在前半生最耀眼的舞台上了，独唱，几千人的目光聚焦在她一个人身上。

Uptown girl, She's been living in her uptown world

I bet she never had a back street guy

I bet her mama never told her why……

我陶醉在她的歌声里，不自觉地跟着哼了起来，我好像又回到了高一军训的现场，那个时候，我们还水火不容。

评委们连连点头，台下掌声阵阵，袁小丽入围看起来毫无悬念。

“哎哟，啧啧啧……都说夫唱妇随，杨小和，你这是妇唱夫随，你怎么总要和别人拧着来？”

这声音，是方雨菲！看样子，她站在我身边好久了。

“你来这里干什么？”我警惕地问，一想起她那晚咬牙切齿地威胁要报复我，我就不寒而栗。

“海选啊！只能你们家袁小丽来吗？”

我才知道，方雨菲会弹古筝，她还穿了一件浅蓝色的旗袍，带着假指，沾着假睫毛。她本来就白，脸上又扑了粉，跟刚从面缸里钻出来似的。

“你看看你这个样儿，像个高中生吗？”

她白了我一眼：“你又不是我男朋友，管得着吗？”

两天后，海选结果公布，袁小丽落选了，方雨菲的名字却赫然在列。

怎么会这样？我脑袋里响起了几个炸雷，嗡嗡作响，我突然开始怀疑，这一切都是方雨菲捣的鬼！她可是要风得风、要雨得雨的校长千金。

走廊里，她和几个男生混在一起，彼此调笑着。

“方雨菲，你给我过来！”我冲她喊道。

她的笑容一下子消失不见，脸也绷了起来，就像水面上的涟漪突然被什么东西吸走了一样。

“怎么了？”她甩了甩头发，左手搭在了我的肩上，轻佻的模样让我脸红心跳。

“你说实话，袁小丽的节目是你给方校长说要刷掉的，对不对？”我甩开了她的手。

“没错儿啊，是我，你想怎么样？”她倒是坦白，挑衅的坦白。

我听完之后肺都要气炸了：“你真是卑鄙无耻！”

“我本来是光明磊落的，谁让你不识抬举？！杨小和，那晚我说的话不是和你闹着玩儿的，这才只是个开始！”

上课铃响了，她放荡地笑着，跟那群男生扬长而去。

我愣在了原地，心里一阵悸动，我要面对的是一个高傲、自私，甚至有些残酷的女生，而且她还很聪明。

她把对我的恨全都施加在了袁小丽的身上，因为她明白，我对袁小丽的在乎早就超越了对自己的关心。

她终于找到了一把用得称手的刀子，一下下狠狠剜下我心上的肉，又把它们切成薄片，放进油锅里煎得刺刺作响。

Chapter · 50 宫凡驾到

袁小丽不对劲，我能看出来，她已经连续两次没有回答出杨老师的提问了，这能说明：她绝对不在状态！

我知道，校庆节目的落选对她的打击很大，这甚至让她开始怀疑自己的能力。

一天放学后，我们并肩走出校门的时候，她对我说：“杨小和，你不要把我想象的太好了，我只不过是一个普通人。”

“即使你只是一个普通人，那你也是一个我愿意与之长相厮守的普通人。”我想。

距离校庆开始还有三天，方雨菲每天趾高气扬地从我们班门口走过，有时还会朝教室里瞟一眼。

我猜，她一定在寻找袁小丽，她要以胜利者，甚至是掠夺者的姿态向她示威。

“切，得意什么？要不是她爸是校长，她的节目能被选上？我才不信呢！”

这是我亲耳听到韩林夕安慰袁小丽的话，我一直都觉得韩林夕很厉害，她虽然学习很差，但一点不自卑。

她很真实，不会装淑女来压抑自己的情感，她一顿饭能就着炸麻辣串吃两个烧饼外加一大碗羊肉汤。

还有，高一时，一个女生在背后叽叽歪歪说她的坏话，她知道了后当着全班的面爆出了很难听的粗口。

“你不觉得她很漂亮吗？”袁小丽问，随后她的头枕着双臂，趴在了课桌上，一脸的忧郁。

“漂亮能怎么样？比她漂亮的还有很多呢！”韩林夕大大咧咧地说。

袁小丽不高兴，我看着也不痛快。我想：喜欢一个人达到一种很深的程度后，你就会被她的情绪所左右，本来你很阳光，但她心里只要一阴云密布，你就会开始也多愁善感起来。

宫凡就要飞抵J市了，作为出席西城校庆最大的腕儿，方校长要亲自到机场去迎接她。让人意想不到的是，我和袁小丽也受邀一同前往。

至于为什么会是我们才能享受到这种殊荣，方校长并没有给出什么像样的答案。用他的话说就是，他觉得让我们跟着去会是一个正确的选择。

路上，他都在问关于我们学习的事情，我毕恭毕敬地回答着，也壮着胆子跟他开了几句玩笑，但效果并不好。

冷场时的气氛尴尬得有些可怕，轮胎掠过地面时发出的呼啸声成了唯一能替我解围的“掩体”。

袁小丽若有所思地侧着脸盯着车外，她一定对方校长有很大的意见。

方校长说：“袁小丽，听说你的歌唱得特别好，下次七十周年校庆的时候，你可一定要回西城参加啊！”

“呵呵，方校长，我只是个普通人，怎么能有那么好的运气参加七十周年校庆呢？方雨菲倒是很不错的人选。”袁小丽的声音里明显带着情绪。

在去机场的路上，她就只说了这一句话。

高速公路上道路两旁的树木飞速地向后退去，越靠近机场，周遭越发变得“荒凉”。市区内随处可见的百十米的高楼在这里已经难觅踪迹，有的只是驶向同一方向，拉着旅客的汽车。

他们可能是要踏上一段旅程，也可能和我们一样，去迎接从一段旅程归来的客人。

拐了一个缓弯后，机场近在眼前。

此时，方校长嘱咐道：“宫凡这次来吸引了很多记者，为了省去不必要的麻烦，一会儿见到她之后，我们先快点指引她上车，再说别的。”

司机留在了到达大厅的门口，我和袁小丽跟着方校长走了进去。

我的心里混杂着紧张和兴奋，因为我要见到的可是在国际上都有很大知名度的宫凡啊！

袁小丽则像个提线木偶似一样，机械地跟在后面，目光呆滞。

她平时很活泼，但一旦失落起来，需要比其他人更长的时间才能恢复。

3号门附近已经被扛着“长枪短炮”的记者围得水泄不通，他们翘首期待着宫凡的出现。

方校长和我们站在十米开外的地方，像猎豹一样，静静等待着“猎物”的出现。

“来了！”有人喊了一声，记者那边的人群开始出现了骚动。

果然，一位戴着墨镜，衣着华丽的女人走了出来，身边有几个身着西装的保镖，推搡着试图围过来的记者，努力维持着秩序，跟电视里的场景如出一辙！

宫凡一边向外走，一边跟保镖说着什么。记者们赶紧按动快门，有的还把话筒递了上去，熟练地提出了一系列问题，宫凡一言不发，记者们则锲而不舍。

他们走出了大厅，现场逐渐平静了下来，看着宫凡渐行渐远，我有些着急，想喊方校长赶紧去追。

但他站着没动，而是拿出了手机，快速按下拨出键，电话接通后他说：“你现在可以出来了，记者都走了。”

两分钟后，我们面前出现了一个衣着朴素的女人，也戴着墨镜。

方校长看了一眼四周，然后说：“我们走。”

“难道宫凡坐了自己的专车前往西城了？这个女的是干什么的？方校长的妻子？”我一头雾水，但没再多问，紧紧跟在了他们身后。

司机发动了汽车，我们飞驰在返回西城中学的路上。

女人摘掉了墨镜，露出了“庐山真面目”。

“天啊！宫凡！”我率先叫了一声，袁小丽也瞪大了眼睛，嘴巴张成了O型。

一阵兴奋之情开始快速地在我体内蔓延：“刚才，您，您不是，从出口，那个，我们明明看到您被一大群记者围了起来……”我说话又开始语无伦次起来。

宫凡看着比实际年龄要年轻很多，而且没什么明星架子，她笑起来的样子让人感觉到亲切。

“刚才你们看到的那个‘宫凡’是我的一个助理，是你们方校长帮我出的这个主意。怎么样，老同学，别来无恙吧？这么多年不见了还真有了领导范儿了，瞧你这肚子，上学的时候可不是现在这样的。”

宫凡还很喜欢开玩笑。

“啊？您和方校长认识？”我更加吃惊了。

“同学，你就是杨小和吧？方校长昨天告诉我他会带两个学生一起来接我。”

我赶紧点头。

“好，既然是校友，你叫我学姐吧，不用总说您，好吗？”

我又赶紧点头。

“方校长和我一样都是西城中学的毕业生，当时我们还是同桌呢。”宫凡说。

我实在难以想象身材那么苗条的宫凡和五大三粗的方校长坐在一起的场景，他们是不是也经常拌嘴？闹了别扭后谁也不搭理谁？方校长是不是也借过宫凡的文具？他们比我们大二十多岁，在那个年代读高中的他们是不是真像电影里演的那样穿着干净的白衬衫？

“那你是袁小丽了？”宫凡看着坐在我旁边的女孩儿，我能感觉到她目光落在袁小丽身上的一瞬间，里面迸射出了火花。

我递给宫凡一只签字笔和三个本子，笑着说：“学姐，给我签个名吧。我爸妈特别喜欢你的电影，回家我把你的签名送给他们，他们准高兴。”

宫凡笑着在本子上签了自己的名字。

我如获至宝地拿回本子和笔，把其中一个本子递给袁小丽：“喏，送给你。”

“谢谢。”她小声说，温顺得像只听话的猫。

四十分钟后，车缓缓地开进了西城中学的大门，宫凡的兴致很好，她对母校的感情在这一瞬间全都迸发了出来。

她像个刚入学的高中生兴奋地对着四周指指点点，看到被保留下来的那片小树林，她更是激动得手舞足蹈，她说，那里面有她一段珍贵的回忆。

宫凡终于驾到了，西城六十周年校庆就要在后天拉开大幕了！

Chapter · 51 生日快乐，西城和你

2006年9月1日，西城迎来了六十周岁的生日。

男生们嚷嚷着要去看宫凡，我们都还不知道她会表演什么节目。总之，她肯定不会唱歌。

自出道以来，她从没在任何节目中唱过歌，没人听到过她的歌声。据她的经纪人说，宫凡五音不全，唱歌真的不好听。

袁小丽还是在跟自己较劲，她打定了主意不去礼堂，她在生命中最难熬的一天面前，她选择了逃避。

她必须要去面对这次校庆，面对方雨菲，面对她无法登台表演的现实。我想，否则，她定会留下难解的心结。

或许，只有一个人能说动她了。

演出将在一个半小时后正式开始，演员们正在后台化妆。

“哎，你干什么？”在我即将敲响化妆室的门时，方雨菲挡在了

我身前。

“我找宫凡学姐有事儿，你让开。”我往左跨了一步想绕开她，但她寸步不让，还是把门堵得严严实实。

“我偏不，除非……”她斜着眼睛，一脸坏笑。

“除非怎么样？”

“你叫我一声好姐姐。”她说。

“你真是无理取闹！”我恶狠狠地说。

“不叫？那就没办法了。”她站在那里不肯动，哼起了歌。

我恨得牙根都痒，但为了袁小丽，我顾不上那么多了。

“好，好姐姐……求你让开吧。”

“真乖。”

如果我这辈子注定会被一个女生缠上，我多么希望她不是方雨菲！

宫凡坐在梳妆台前，穿着一件西城的校服，往脸上抹着那些我叫不上名字来的化妆品，它们都装在一些印着法文的盒子中。

“杨小和？你怎么来了？”从梳妆镜里看到了我，宫凡很开心。

“学姐，请你帮帮我。”

她放下了手中的眉笔：“怎么了？袁小丽呢？”

我把事情原原本本地跟她说了：“学姐，只有你能说服袁小丽了，我原来都不知道她这么犟。”

“她在哪儿？”

“教室。”

宫凡站了起来，“走，我们现在就去。”

教室里只剩下了袁小丽，她趴在课桌上，肩膀一起一伏，轻轻抽泣着，我急切地看着宫凡，希望她能做点什么。

“你喜欢袁小丽对不对？”宫凡看着我的眼睛问。

面对她突如其来的问题，我愣了两秒钟，然后机械地点了点头。她比我大二十岁，又在娱乐圈混了那么久，我瞒不了她。

“在门口等着我。”说完，她推开门进了教室，走到了袁小丽身边，把手搭在了她的肩膀上。

“别烦我，我不去！”袁小丽带着哭腔说，她看到了一件校服，以为是韩林夕。

宫凡没说话，更加用力地拍了她几下。

袁小丽想要发火，她最讨厌别人在她伤心的时候来火上浇油，她甩开了宫凡的胳膊，怒气冲冲地站了起来。

“你到底……啊，学姐？真对不起，我光看见一件校服，不知道是你，你别生气。”她慌乱地解释着。

“你怎么没去参加校庆啊？不想看我表演节目了？”宫凡笑着问。

“我身体不舒服，你别管我了，会耽误表演的。你不知道，我的同桌说她兴奋地三四个晚上没睡好，就因为要看到你了。”

“没关系，耽误不了，我们聊会儿，我给你讲我在西城上学时的一个小故事，想听吗？”

“呜……想。”

“我在西城上学时，是个特别沉默的小姑娘，还有点自卑，别说在级部，就是在班里也很普通，如果我有一天没来上课，别人都不一定能察觉到。我也不知道这种沉默会持续到什么时候，可能会持续到大学，可能是工作以后，也可能一辈子都这样了，直到一个夏天的午后。”

“发生了什么事？”袁小丽好奇地问。

“是我的班主任，他告诉我有个导演要拍一部20世纪70年代时期的电影，正在西城挑选女主角少年时期的演员，问我想不想去试试。”

“你去了吗？”

“一开始，我不敢去。西城漂亮的女孩子那么多，怎么可能会挑中我？我说：‘老师，我不行，我太普通了，又没学过表演。’你猜他说什么？”

袁小丽摇头，连躲在门口的我也听得入神，想要知道答案。

“他说就是因为我普通，他才看好我，20世纪70年代的人啊，该拥有的是多么淳朴的眼神和心境，他说导演就是想找一个普普通通的女孩子来演。于是，我就去试镜了。”

“结果怎么样？”

“轮到我时，我紧张透了，导演面无表情地看了我一眼，说：‘你怎么不笑啊？’我更尴尬了，揪着衣角的下摆。我以为这次完了，亏了班主任还那么鼓励我。但导演竟然说，‘其他人都回去吧，角色定了，就是她，她就是我想找的人。’”

“我就这么稀里糊涂地在十七岁那年出演了人生中的第一部电

影，在和你一样的年龄，然后一步步走到了今天。”

袁小丽心驰神往地看着宫凡，她想不到在国际影坛都“炙手可热”的女星原来也会有这么狗血的经历。

“你看，谁没普通过呢？我套上这件西城校服，你刚才不也没认出我吗？那天在机场，我让助理假扮我，不也把那些记者骗过去了吗？况且，你并不是个普通的女孩儿，你多才多艺，招人喜欢，你真的不必看低自己。走，我们去礼堂吧，演出快开始了。”

宫凡伸手把她拉了起来，她们朝门口走来，我赶紧躲到了一边，她们并肩往楼下走去。

“学姐，你要表演什么节目啊？”

“先保密，到时候你就知道了。一会儿我介绍原来的校友给你认识啊，让他们给你签名。”

“嗯，谢谢学姐……”

礼堂里已经人声鼎沸了，老师们把手向下压，示意学生噤声，他们不是不知道，只是在这个场合，学生眼里哪还会有什么纪律和规矩？

他们把那里当成了明星开巡回演唱会的体育场，女生挥舞着劣质的荧光棒，大胆一点儿的男生吹着响亮的口哨。

节目开始后，我才发现原来从西城走出去的名人那么多，有舞蹈家、相声演员，年轻一些的有企业家、全国短跑冠军，当然还有宫凡。

她的节目压轴出场，全场都屏住了呼吸，我站在礼堂的最后排，也是最高处，聚精会神地看着舞台的幕布被一点点拉开。

什么？！一起站在台上的还有袁小丽，和宫凡手拉着手，她们都穿着西城校服。

《一生有你》的旋律徐徐传来，宫凡竟然要唱歌，与袁小丽合唱！

多少人曾爱慕你年轻时的容颜
可是谁能承受岁月无情的变迁
多少人曾在你生命中来了又还
可知一生有你我都陪在你身边

其实，宫凡唱歌也不是多难听，除了有些跑调儿。整个礼堂都沸腾了，几百人和唱着，歌声变得含混起来，像有人在慵懒地撞击着一口古钟，声音层层震荡着。

下午5点，宫凡要走了，车停在了校园门口，我去送她。

“西城和二十年前相比变了好多，但我一直想找出一种不会随着时间推移而改变的东西，那是一种气息，一段记忆，是一群人的身影。我找到了，从你和袁小丽的身上，谢谢你们，这两天我过得很开心。”她说。

“学姐，也谢谢你。”

“方雨菲那边我已经跟方校长说过了，她今后不会再找你麻烦了，放心吧。我要去机场了，学姐祝你们学业有成，期待你们的好消息，再见。”

她朝我眨了眨眼睛，我也不知道她要等的是我们高考成功，还是我和袁小丽终成眷属的好消息，但我宁愿她等到的是后者。

“再见，学姐。”

车子转了个弯汇入了经纬路的车流中，一路向东驶去。

“嘿，干什么呢？啊？宫凡学姐已经走了？我都没来得及送送她。”袁小丽跑到了校门口，看样子，她确实没事了。

我看着恢复正常的她，心里感到欣喜。

“我问你件事，你得如实说。”她突然严肃了起来。

“什么事？”

“这次会考你是不是让着我，故意让我考第一的？”

“你脑子里琢磨什么呢？我让着你？我傻，不想考第一。我……”

“你少狡辩！”她笑着打断了我，“破绽留得这么明显还想蒙我。”

“什么破绽？”我紧张了起来。

“我已经看了你的全部试卷，语文的作文你连三百个字都没写到，还不承认？”

我急忙说：“呜……我当时没安排好时间，没来得及把作文完成。”

“张明睿和你一个考场吧？我听他说你考语文的时候睡了一个半小时。”她像掌握了确凿证据的女警官把我这个“罪犯”问得哑口无言。

“唉，真是交友不慎！”我咒骂了一句，怪张明睿这个家伙多嘴多舌。

“你下次不准这样了，我不要你让，高三了，我要凭真本事超过你。

走，今天我生日，请你去吃东西。”

我跟在她身后听着她叽叽喳喳地说着和宫凡一起表演的感受，我们俩的影子在夕阳下拉得很长。

我看着她手舞足蹈的样子，笑着在心里说：“傻瓜，我怎么会不知道今天是你的生日？生日快乐，西城中学和你。”

Chapter · 52 这就是高三

两年来，我们一直在攀登一座险峻的山峦，山脚下的路倒是很平缓，我们拾阶而上，来到了一扇低矮的木门前，推开它，我们才发现剩下这段距离山顶的路是那么崎岖蜿蜒，这就是高三。

郭老师在高三的第一天就召开了班会，她给我们念了篇名叫《一万年太久，只争朝夕》的文章，读完后她说她会在接下来的三百多天里尽量对我们狠一些，我们更要对自己下狠心。

我们到了要经受风雨和冲击的时候了，我们要开始和外省、外地、外校的学生争，甚至也要和相处了两年的同学争，为了自己。

郭老师在上面读着那些让人热血沸腾又直击每个人灵魂深处的句子时，我的嗓子眼儿有些发痒，顺着脊椎而上的是恐惧和担忧。

最后一年了，我看了一眼男生们凑钱买的放在高海洋书桌下面的篮球、头上的灯管，还有早上各科老师发下来的第一批卷子，沉默了。

袁小丽，她为高三做好准备了吗？

开学第二周，学校就举行了第一次月考，我们已经开始被改造成一台台泛着金属光泽的考试机器。有些同学还会保留着原来记忆的智能芯片，有自己的思想，但也有一些人彻底沦为没有感情的钢铁。

大家都没能像原来准备期中、期末考试时那样，腾出大把的时间来备考，纷纷被赶鸭子上架，走进了考场。各个高三班级的布置都很“惨烈”，每个角落都塞满了卷子，像是出殡时有人把纸钱洒了一地。

那些毫无色彩的纸张无孔不入，桌洞里装不下就硬塞进去，有一些被压得惨不忍睹，拦腰折断，支离破碎。这番景象没有让我感到不舒服，因为 14 班也这样，我只不过是从一个盛满了试卷的高三教室来到了另一个这样的教室，完全没有陌生感。

月考成绩很快就公布了，连一天都不到。看着试卷上的分数，我感到有些恶心，这些数字已经让我有审美疲劳了。

语文 131 分，数学 76 分，英语 139 分，在过去的两年里，我几乎隔一段时间就会看到这几个数。我人生存在的意义就为了得到这些数字，对，高三之中，我每一次的努力就仅仅是为了这些数字。

我能看出来，有些女生已经蠢蠢欲动了，她们的眼睛里燃着一团火焰，向我射来，“抢班夺权”的念头在她们心里可不是放了一天两天了。

她们把高三当成了一个全新的起点，铆足了劲儿要蚕食掉我的优势，她们一定会成为一群疯狗，开始撕咬我。

我正想得入神，“杨小和，我就说你是属狗的吧？你的口水流到我桌子上啦！”徐春殷在一旁大声抗议。

班里哄笑着，那些女生也回过头来冲我笑，她们的笑容像极了奸诈的巫婆，那里面投射出了诡异和阴谋，她们一定在半夜清冷的月光下磨着刀，就等我放松警惕的一刻给我一刀子。

我已经有了轻微的被迫害妄想症，感觉校园里危机四伏，像一片弱肉强食的丛林，我马上就会被猛兽毒蛇咬碎骨头。

转眼到了12月，我紧张过度的神经随着高三生活的推进减轻了一些，最起码我不是看谁都像图谋不轨的坏人了。

我依旧让张明睿给我辅导数学，我真的有些后悔原来没有重视这门科目，我应该早一点开始恶补的。

郭老师也不止一次说过我偏科的问题，但我总是有恃无恐地用其他科目扶持着“瘸腿”的数学，但进入高三后，我发现这样不行了。

郭老师果然开始对我们，尤其是对我和袁小丽狠了起来，她用最严苛的方式给我们俩的卷子评分，而且我怀疑她也让其他老师这样对待我们。

作文里的一个错别字，她就会给我们扣掉两分。她告诉我们西城的学生本来就没法跟实验、一中比，要是这种最基础的东西我们再被拉开差距，高考真的就玩儿完了。

为了高考不玩儿完，我开始逼自己挖掘潜力，我让张明睿从初中的一些数学知识开始教我。我把自己当成了一口烂锅，每天辛苦地对身上的缺口修修补补。还好高中没有证明全等三角形的题，那是我永远学不会的东西。

袁小丽也一样，她缠着地理老师为她补习这门弱势科目，这个可以理解，她只能分得清左右，辨不清东南西北，一点学地理的天赋也没有。

我们都太在乎高考，袁小丽一直想上一所好大学，而我一直想追随她去上一所好大学。

其实，像我们这样重视高考的人仅有一小部分，在班里能排进前二十名的学生无一例外地踏上了这条布满荆棘的道路，大家忍着痛楚前进，谁也不敢放松，因为一旦掉队可能就意味着你再也无法追上来了。

老师们的主要精力也落在了这部分人身上，对其他学生多少采取了放任自流的态势，想想大家也曾同年同月同日踏入西城的校门，也像师兄弟般情同手足，如今却被区别对待，虽然很残酷，但这就是高三。

成绩不太好的同学提前卸下了让人苦恼的压力，高中前两年已经耗光了他们所有的耐心，他们不愿再让这种痛苦继续下去。

旷课、不参加晚自习、沉迷网络，种种叛逆的行为都在这个节骨眼上一起爆发出来，麻醉着他们还未泯的负罪感。

14 班有几个艺体生，他们要比我们更早地去面临一场严峻的考验——艺考，那是他们特有的救命稻草。一旦通过名校的专业课测试，就等于一只脚迈入了它们的校园，不必再像我们一样为了文化课去拼命。

王登、王日哲还有乔龙都开始扎根在了画室或者体育场，枯燥地素描着花瓶、鸡蛋、沙发等不同形状的物体或者沿着一百米跑道来回冲刺。

还有一类人更加特殊，他们成绩不好，但不叛逆，选择安逸地活在自己的世界里。赫胖子在学校只有两种状态，睡着和醒来，别人都叫他“觉皇”。

一上课他就会“重度昏迷”，下了课他就无所事事地在教室里晃悠，那样子像极了到花鸟鱼虫市场闲逛的退休老干部。

一瞬间，我感到之前遮罩在我眼前的那层浓雾正一点点飘散，我终于看清了，在步入人生的某个特定阶段之后，岔路就会出现。大家唯一能做出的选择就是各行其是，各得其乐。每个人根据自己的想法和态度踏进了不同的路，这无关对错，也与他人无关。

我只要知道，我得在自己选择的那条道路上不断走下去，可能前面就有一片漫无边际的草地，浸泡在污浊的河水中，会把我的两脚泡烂，双腿泡肿，但再苦，我也不能落下，因为没有人会停下来等我。

没错，这就是高三。

Chapter·53 成人礼

“你们知道吗？日本的成人礼很刺激，那些女生，啧啧啧……”

下课后，高海洋又在教室后面聚拢了一群人，开始绘声绘色地跟他们讲他从网上看来的，被他歪曲了的日本成人礼，那眉飞色舞的劲儿就跟他亲临现场了似的。

“同学们，先静一静。”这时候，郭老师走进了教室，她看了一眼笑得乐不可支的高海洋他们，大声说，“明天上午，学校要为大家举行成人礼，你们可以先想想明天做些什么来庆祝自己的十八岁。”

“我们要满十八岁了？”张明睿放下给我讲到一半儿的数学题，吃惊地问。

我点点头。

“十八岁了？”他又重复了一遍，“这么快啊？我一定得好好琢磨琢磨，人生可是只有一次十八岁啊！”

一看到他这副样子我就来气，一天到晚跟个女生似的多愁善感，你以为自己能过两次十七岁吗？

当时，我并没有看出他的异常，现在想想，张明睿在成人礼结束后的疯狂行为并不是那么不可理喻。

我们这一辈子，可能也就只有十八岁这一年，才会做些真正能让人感到不可思议，却又不会过分去责备的事情。

成人礼的前几项真是无聊透顶，就连这种活动也必须加入“升国旗，奏国歌”的流程。

有些老师就喜欢借题发挥，显示自己多么不可或缺，长篇大论地给我们送上了诸多寄语，今天的主角是站在台下的这群人好不好？

其实西城并没有为我们准备多么大的惊喜，就连方校长的讲话也是三句离不开高考，直到最后一句才让我们确信成人礼并不是一场彻头彻尾的灾难。

“同学们，西城要给你们久违的自由了，接下来的一天是属于你们十八岁的，我觉得，你们可以有节制地去放纵一下，毕竟十八岁只有一次，高考……算了，我说完了。记住，不要违反校规校纪。”

我能猜出来，方校长一定是想说：“高考失利了，还可以复读。”

有节制地放纵？一旦你让一群高中生去放纵，他们是一定不会有什么节制的，尤其是一群被关在“牢笼”中那么久的高三学生，他们出笼时的眼睛里可是带着血的。

用鸡飞狗跳来形容当天的西城一点都不夸张。

有人喝了酒，没来由地蹲在操场上号啕大哭，我想他们一定是快要被高考给毁灭了；有人在校园的树上刻了些幼稚的文字，被级部主任逮住后一顿臭骂；还有人神经质地在距离高中结束还有一个学期的时候就开始找人写同学录。

要说“作”得最出彩的还是张明睿，他果然处心积虑地疯狂了一把，在十八岁的那天。

他花钱到学校旁边的打印店做了条横幅，红底黄字，上面写着：我十八岁了，于淑展，我终于能追你了！

那时，我才知道那一天是他喜欢于淑展的第六百天。

他小心翼翼地把横幅卷起来揣在了怀里，然后又去校工那里借了把梯子，一个人爬高把横幅挂到了校园主干道的两棵树中间，那颜色搭配得实在太诡异，不仔细看真以为上面写着“热烈欢迎 × × 领导莅临指导工作”。

他求我帮他去教室把于淑展叫下来，他站在树下守着那条横幅，不顾路过学生的指指点点。我边往教学楼跑，边回头看他，他像尊望夫石一样立在那里。

我没工夫跟于淑展解释太多，平时我们不太说话，我只能上气不接下气地嚷嚷着赶紧让她跟我下楼，否则可能会遗憾终生。

她将信将疑地跟着我下了楼梯，向横幅那边走去。

“你能看清横幅上的字吗？”离着一百多米，我就迫不及待地用手指着那边问她。

她使劲眯缝着眼睛，努力地望去："唔……看不太清，不过好像有我的名字，写的什么啊？"

"你自己去看吧，我如果说出来，那惊喜就没了。"

我们继续往那边赶，逐渐加快了脚步。张明睿翘首企盼着，那样子真有些望穿秋水的意思。

那不是级部主任吗？他的身后还跟着两个人，搬着梯子。不好！

"于淑展，你快点跑两步。"我催促着她。

可是，一切还是晚了，张明睿势单力薄，没有抵挡住校方的洪荒之力，他的横幅被摘了下来，让级部主任攥成了一团后没收了。

与此同时，我和于淑展也赶了过来。

"主任，您把横幅还给我吧，我还有用。"张明睿急切地说，他的目光始终没有离开过于淑展。

"不行！你挂这种东西在学校里违反校规，有伤风化。"

"主任……"

"不要再说了，留些力气，去和横幅上的人说吧。"主任说完，带着人走了。

"你叫我来这里干什么，杨小和？"于淑展质问我。

"张明睿有话跟你说。"我说完后赶紧跑了，任张明睿怎么喊我也没停下来。"加油吧，兄弟，我不当电灯泡了。"

他们俩在外面站了整整一个小时，双双缺席了付老师的数学课。

"都高三了，还有同学逃课，真是不像话！"付老师不满地嘟囔着，

“也不知道谁给了他们这么大的胆！”

如果我告诉他是方校长给的，他一定不会再说什么了。

当晚放学时，我碰到了正往校门口走去的袁小丽，我快跑两步追上了她。

“杨小和，张明睿表白成功了吗？”她往手上呵着白色的气。

“你怎么知道他……”

“我在教室里看到了横幅，好多人还在班里起哄。”

“没有。”

张明睿在上午的课快全部上完时才回到了教室，我问他怎么样了，他说自己嘴笨，站在校园小树林里最粗壮的那棵树下跟于淑展聊了一个小时的外国文学，却始终没敢亲口告诉她横幅上写了什么。

袁小丽叹了口气，好像很惋惜的样子，接着问：“杨小和，成人礼之后你没想过做件什么事情来纪念一下吗？像张明睿那么疯狂的。”

“没有。”我的回答很简单。

“哦，好吧。”她平静地说。

怎么会没有？为了你，我能做出来比张明睿疯狂十倍的事情，但你不是曾经告诉我要把一切放到高考之后再说吗？

我心里盘算着，高考距离我们只剩下两百多天了，只剩这么短的日子了。可是袁小丽，我现在什么都不能告诉你。

我不能告诉你，我喜欢你，我在拼命地补习数学，咬牙坚持着每一个日夜。

我感觉脑袋里有一条小虫在啃噬着我的脑细胞，它钻拱进了每一处角落，让我感到痛不欲生，不过一想到你，我就不去在乎那些痛楚，我只想赶快熬完这两百天，然后光明正大地和你考进同一所大学，继续光明正大地和你在一起。

Chapter · 54 高原期

1月的黄昏很短暂，暮霭也很稀薄，落日还未完全降入西边的地平线，就被让人感到窒息的夜色吞并了。

那暗夜的咬合力着实强劲，看到它的人会丢掉所有的情感，微弱的希望连带着他的最后一丝执念，都被咬得骨碎筋断。

我感觉好多天都没跟袁小丽正儿八经地说过一句话了。在我们相遇的任何场合里，邂逅也好，我刻意在等她也罢，都只是匆匆看对方一眼就擦肩而过。

那一撇，有些随意，也有些闪烁，这就是别人常说的“做贼心虚”吧。

操场上混杂着各年级的学生。

高一高二的那群“小兔崽子”和我们就只差一两岁，但怎么看怎么觉得他们比我们这些饱受高三生活摧残的可怜人年轻十来岁。他们把能丢掉的“器官”统统从体内摘下，“零件儿”散落了一地，这就是他们总“没心没肺”的原因。

他们还不知道，这些东西他们迟早要再捡起来，一样样儿地安回去。

我们在“题海”中畅游了三个月之后都一副心事重重的样子，需要释放的东西越来越多。所以，我们开始满地上找他们扔掉的东西，希望能捡几套能替我们分担愁苦的“心肺”。

我踢开了一颗石子儿，它一开始孤零零地“站”在塑胶百米跑道的第三道上，又孤零零地滚进了足球场，看着它磕磕绊绊，蹦蹦跳跳，带着惯性还来了几圈翻滚的样子，我想起了从前。

一路走到现在，我经常怀疑我在初三结束那年就睡着了，一直没有醒过来，在西城的生活其实就是一场梦。

我用针扎过自己，扎完后接着就后悔自己做了一件多么缺心眼儿的事，看着被扎肿的大腿，我也庆幸，原来一切都是真的。

我真的上了高中，并且已经高三，高考的报名费也交过了，信息采集也结束了。还有一百多天，就只剩一百多天了，我就要参加人生中最重要，并且还算公平的一场考试了。

我曾经主动要求退出的实验班现在是什么场景？那些书呆子是不是已经把教室改造成“学宿两用”的了？里面是不是已经腾出了一个角落专门摆放暖瓶、被子、脸盆和军大衣了？

这么多人睡一间教室，他们能伸开胳膊腿吗？睡前用不用脱衣服？这么多对孤男寡女共处一室，他们就不会……

我赶紧摇了摇头，他们一定不会。

胡思乱想的工夫，一股寒风呼啸着向我袭来，我打了个寒战，心里抱怨着：“高三的冬天，真冷啊！”

“阿嚏！”我揉了揉鼻子，几个高一的女生听到了喷嚏声，回头傻笑着。

我踩着晚自习开始的铃声进了教室，里面弥漫着一股浓浓的麻辣串夹烧饼的味道。

很早之前，我就在想，等高考结束后，我要和徐春般一块儿去把学校对面的麻辣串摊包下来，包一整天，不断让老板给我们炸串，甭管花多少钱，甭管最后会不会吃得再像上次我吃炸土豆片中毒那样，我们就是要在那个几平方米的小摊上“挥金如土”。

但现在这股味道却突然让我对麻辣串失去了兴趣，学校门口卖饭的那么多，大家好像都对麻辣串情有独钟，总有五六个同学会吃这个。

教室里的暖气很足，让人昏昏欲睡，我冻僵的身体逐渐恢复了温度。

我趴在桌子上，脸的一边贴着课桌，用笔在草稿纸上使劲划拉着，盯着那道已经被我算出了好几个答案的数学题，还是下不了决心去选我觉得最像正确答案的D。

袁小丽的状态也不太好，我在班级后排把她的一举一动都收入眼中。她有些急躁地用橡皮擦着那本《文综习题册》，课桌腿儿也随着她胳膊的来回摆动轻微地碰撞着地面，发出咣当咣当的声音。

唉，能难住她的肯定是道地理题，我给她讲了好多遍时差计算题了，她就是理解不了。

“你就记住，东方的国度永远要早一些看到新一天的太阳，比如澳大利亚。明白吗？如果有一天你去了那里，就可以在早晨 6 点的时候给我打来电话，告诉我你看到了世界上新一天的第一缕阳光，那时中国才 4 点。”

她似懂非懂地点了点头：“那是不是说澳大利亚的一天有二十六个小时？否则怎么会比我们早两个小时看到太阳？”

这都是什么逻辑？！我放弃了。

月考成绩公布了，我感觉自己没什么提高，最近明明也没有偷懒啊！

“杨小和，等我一会儿！”在我接近闪着蓝光的学校电动门时，有人喊我，袁小丽轻盈地跑到了我的身边。

“你考了多少分？”我问她。

我早就对月考排名不感兴趣了，我只跟自己比，想要考上二本，总分至少要达到 560 分，我每次都能考到 600 分以上，但西城中学出的题，难度能有多大呢？我心里没底。

“608 分，你呢？”

“比你高 10 分。”

“哼！”她很不服气，“这次我发挥得不好，下次接着比。”

“我也发挥得很烂，你有没有感觉，最近无论怎么学，都好像撞上了一堵墙似的，没什么长进呢？”我问。

“嗯，我听郭老师说了，这叫‘高原期’，高三学生都会遇到的。”

“什么时候才能度过去啊？”

“不知道，她说可能一个月，也可能高考时都不会有什么改观。”

“啊？”我心里惊呼了一声，赶紧祈求上帝保佑千万不要让我高考的时候还像现在这样有劲儿使不出，对了，也保佑袁小丽。

“如果我高考赶上了高原期怎么办？”她紧张地问。

“不会的，现在离高考还有一百多天呢，哪儿有这么巧的事情？”我没想到她会问这个，我本以为应该紧张的人是我。

“我是说如果，你回答我，杨小和。”

两年前，我怎么也不会想到袁小丽是一个这么容易神经紧张的人，她和每个人都能相处得很愉快，但现在的她好像有些不知所措了。

至少，高三之后，她是这样的。

“那我就少做几个题，保证不会比你多出 10 分，我们还是可以去一所大学，专科也行。”我说得很坚决。

原来，我并不相信校园故事里说的一个高中生会为了他喜欢的人，在高考这么重要的考试中放弃哪怕 1 分，那可能是他努力了很久才紧紧攥住的 1 分，可能是连续两个星期每天只睡三四个小时。

他还背负着父母与老师的殷切期待甚至是光耀门楣的重任，一个从小就生活在很多人灼热目光中的人，有什么资格去选择自己的决定？

总而言之，我觉得，他是没有勇气和力量去悖逆那些神圣的使命的。

但，为了袁小丽，我突然有了这种悖逆的冲动。

我现在才发现，我想和她在一起不仅仅是因为我喜欢她，还有她从小学就顶着优生的光环，对我这个曾经的差生是有着巨大的吸引力。

我在追她，也在追赶她。

之前的我们是完全来自两个不同世界的人，没有一点交集。像两个孤独的圆形，可以保持着距离好奇地打量着对方，现在的我们已经有很大一部分的面积相切在了一起。

我很相信有一天，我们会完全重叠在一起，一起在人生的道路上越走越远。

我和袁小丽一起经历的这段高原期，注定将成为我们之间那份暧昧，相互吸引情愫的一份刻骨铭心的注脚。

如果我们真的走到了一起，或许会经常提起“你还记得高三的那段时间吗？我们俩都为遭遇高原期而对高考产生了担忧呢”。

但也有可能，我们谁都不会再提起……

Chapter · 55 那一阵哄堂大笑我们等了好久了

郭老师上一次和我们一起笑，还是在一个月前语文月考的试题讲解课上。

那天，她讲到了“豆蔻年华”这个词，然后很不平静地看了一眼下面的我们，又瞟了一眼窗外正在上体育课的一群学生，轻轻叹了口气：“唉，老师原来也像你们一样有过豆蔻般美好的年华啊！”

说完，她羞赧地一笑，想接着讲课，有人就开始起哄：“郭老师脸红啦！”

“哈哈哈！”哄笑声紧接着就爆发出来了。

高三后，教室里的气氛就开始像染上了惰性气体一样，变得不怎么活跃。

所谓的“语数英，政史地”早已不复存在，它们有了一个统一的名字——“习题课”。

一摞摞的试卷压在课桌上，我上一秒用的中性笔稍不留神就会湮没在“纸阵”之中，想要再找出来就费劲了。

我从各种高考真题和全真模拟题中发现了现代劳动人民的智慧和古代一样，那么令人敬佩，一个成语使用的选择题都能变出几十种花样儿来考。

几个月前，赫胖子还保持着高一高二时那种爱接话把儿的毛病，久而久之，大家就不把那当成毛病了，反而将其看作是枯燥的高三里的一点恰到好处的调味料，甚至有点期盼着它再次发生。

但最近，他也毫无征兆地陷入了沉寂，像被人摘掉了舌头一样。

我感觉，班里好久都没爆发出上次那种哄堂大笑了，好无聊，好让人沮丧。

高三开始后，我们每周只剩有一天的休息日。幸好，当天没有晚自习。

下午 4 点整，依旧是语文课，大家早就无心听讲。郭老师还在一丝不苟地讲着习题册，她在讲仿写句子题。

例句是：我们的地球就像一个村庄，国家就像村庄中的家庭，而我们则是家庭的一员。因此，我们要爱护地球。

她可能觉察出了教室中的沉闷，于是给了三分钟让我们讨论答案。

班里终于热闹了起来，我们都对这个题很感兴趣。

展示答案时，每个人都很踊跃地举手发言，读完后期待地看着郭老师，等待点评，别说，他们仿造的句子真都还不赖。

我低头看了一眼自己写的，忍俊不禁，这要是读出来，非得被郭老师骂个半死。徐春殷贼头贼脑地伸长了脖子，看到了我写在本子上的话。

“哈哈哈！”他神经质地笑出了声。

郭老师的目光下一秒就扫了过来：“徐春殷，你怎么了？是要读一下你的作品吗？”

“郭老师，不是我要读，是杨小和要读他写的。”徐春殷赶紧栽赃嫁祸。

“杨小和，那你读一下吧。”

我恶狠狠地瞪了徐春殷一眼，咬牙切齿地想：“一会儿放学后，我饶不了你！”

然后，我硬着头皮站了起来，我感觉自己读句子的时候嗓音都在发颤：“我，我们的学校就像一座监狱……”

这句一读出来，就有人笑得前仰后合。

我偷偷观察了一下郭老师的表情，并没有生气，于是壮着胆子一口气念完：“班级则是监狱中的牢房，而我们就是监狱中的囚犯，因此我们要……”

终于，课堂失控了，我还没念完班里的同学已经笑作一团，徐春殷使劲用拳头捶打着桌子，眼泪都涌了出来。

我也没想到自己突发而来的“灵感”，或者说叫贫嘴更合适一些，会给大家带来那么大的欢乐，好像这时高考已经结束了，同学们正聚在班里联欢，而我在台上表演相声。

“你给我站到下课！”郭老师严肃地说。

“铃铃铃……”刺耳的铃声在她话音刚落下时就响了起来。

大家又是一阵笑声，郭老师再也绷不住了，跟我们一起笑了起来，刚才被她的话吓蒙了的我，此时也回过神儿来。

“徐春股，你小子别跑！”我冲早就收拾好书包从后门儿开溜的徐春股大喊，他夺路而逃，带倒了好几把椅子，乒里乓啷地响着。

我踩着一把椅子一跃飞出教室，追赶上去，女生们一阵惊呼，男生则跟着起哄，又一阵鸡飞狗跳。

我真希望，时间永远定格在这一天。

我没有后悔自己用词不当地念出了那段排比句仿写，因为那一阵哄堂大笑，我们真的等了好久，也太需要了。

Chapter · 56 送别雪琪

“杨小和！我和你说话呢，你到底听没听见？！”

这声音好像是从海底传来的一样，穿过厚重的浪潮阻挡后层层叠叠地传入我的耳畔，逐渐清晰了起来。

袁小丽使劲摇晃着我的胳膊，我的笔被她碰得在纸上划拉下了一道歪七扭八的痕迹，我只能放弃了快要算出答案的数学题，抬起头看着她。

“怎么了？”她这样着急忙慌的状态令我感到惊讶，我从没在她眼里读出过“天快要塌了”的感觉。

“我妈要把雪琪送人。”她嘟起了嘴，咬了下唇一下。

“为什么啊？”我也有些着急。

雪琪好不容易才结束了流浪生涯并且找到了袁小丽这么一个好的主人，却又要被送给别人，真是命途多舛！

谁知道它要去往的新家能不能带给它温暖，收养她的人是不是个喜欢虐猫的变态？

她叹了口气，愤恨地说："都怪我妈！她嫌雪琪总缠着我，怕影响我备考，这根本是欲加之罪，她就是嫌弃雪琪掉毛掉得厉害。"

"那你准备怎么办？"

她哀怨地叹了口气："我都绝食好几天了，但没起到什么效果，我妈还净说风凉话。"

"她说什么了？"

"她说'袁小丽，你下次学人家绝食就学像一点，冰箱里的巧克力天天少，你糊弄谁啊？'"

我突然对她们家的情况有了兴趣，原来她也有一个爱较真儿的妈，我赶紧问："然后呢？"

"我这么聪明，能让她给唬住吗？我说，那都是雪琪吃的！"说完，她还得意地看着我，一定在期待我能夸她随机应变，聪明绝顶。

"袁小丽，你还是把雪琪送人吧，它长得白，你也不能拿它当窦娥那么冤枉啊！"我愤愤不平地说。

袁小丽的电话从来都是没有规律地打来我家，周六的晚上，都快11点了，电话响了。

我和她聊了一会儿就挂断了，她邀请我明天去她家送雪琪"最后一程"。

我正处于备战高考最关键的时刻，我妈对任何风吹草动都很敏感，只要有女生打来电话，她就草木皆兵。

“谁给你打的电话？”她质问我。

“袁小丽啊！”

“又是那个袁小丽，我可告诉你，有什么事儿等到高考后再说，你现在可别扯什么闲篇子！”她的语气严厉了起来。

有时候，我真觉得自己更像一个女孩子，我妈对觊觎我的那些“不良少年”日防夜防，围追堵截。

其实，那根本就是她凭空臆造出来的假想敌。

我在凯旋花园下了车，这里是J市西部的一处高档小区，当年也是全市的“地王”，袁小丽家就住在这里。

门卫拦着我盘问了半天，我连说带比画地好歹让他相信了我是来找一个叫袁小丽的女孩儿，而不是来入室行窃或者来贴小广告的。

清明过后，气温开始升高，我脱掉了外套，左手搭在额头上遮挡着午后暖人的阳光，像立在山头寻找妖怪的孙悟空。

“袁小丽！”我扯着嗓子在8号楼下喊着，没有等来她推开窗户冲我招手，倒是招来了一个住在一楼中正在午睡的老太太的责骂。

可能骂完后还不解气，她又嘟嘟囔囔地说：“我们为国家做了一辈子贡献，到老都没法过得安生一些。”

高考的临近让我变得已经有些神经兮兮的，一旦我说的话中出现了能和试题沾一点边儿的东西，我都要把这个知识点从头到尾背一遍才会安心。

“袁小丽！”我故意叫得更加大声，叫到破了音。

终于，她听到了，抱着雪琪下了楼。

雪琪明显胖了，都快成“雪球”了。它在袁小丽家待了一年多，但对我这个“原配”主人还很热情，竖起尾巴蹭着我的裤脚，嘴里发出“呼噜呼噜”的声音。

“真是个吃里爬外的家伙！”袁小丽在一边吃着飞醋。

我们逗了它一会儿，迎面走过来一个中年女人。袁小丽亲切地喊了她一声“刘阿姨”，恋恋不舍地说：“您以后可要好好养雪琪啊！”顺势想把雪琪递到她的怀中。

刘阿姨一脸嫌弃地挡开了雪琪，说：“行了，丽丽，你高考完之后我肯定把它还给你，保证它掉不了一两肉，要不是看在你妈的面子上，我才不养这玩意儿呢！”

“哦，那我一会儿把猫给您送上去，刘阿姨再见。”

单元门在刘阿姨进楼后啪嗒一声自动锁合，我惊讶地问：“你妈就是要把雪琪送到她家啊？她不是和你住在一个单元吗？”

“是啊。”

“几楼？”

“十六楼啊！”

“你家不是住在十六楼吗？她……”

袁小丽打断了我的话：“十六楼有两户，她住在我家对门。”

她看我的表情就好像我不知道一层楼应该有两个住户似的，那样子就像一个小学老师正在教学生 1+1=2 的道理一样。

“你管这叫送人啊！”

我心里有些恼，怪她之前没把话说清楚，害我酝酿了半天情感，还准备把这件事写进空间里好好纪念一下雪琪呢。

可现在她却告诉我雪琪根本离开她还没十米的现实，她们之间再远，不过是隔着一条楼道。

我从书包里取出了买好的鸡肝和鱼丸，扔给了脚下的雪琪，它津津有味地吃了起来，那样子欢快极了。

“雪琪，你还记得吗？我们第一次见面时，我喂给你的就是鱼丸。这次，我特意从原来那一家买的，差一点就没买到，最后一串鱼丸已经被一对小情侣买走了，我又追上去跟他们死皮赖脸地要了过来。”

我和小动物对话的毛病还是没有改过来，唉，从初中起落下的病根，改不过来了。

“杨小和，我要和你打个赌！”袁小丽神经质地突然喊了一声，吓了我一跳。

“什么赌？”

“赌我们的高考成绩，我跟你说过，高考结束后我们要离开 J 市出去玩儿，要是这次你的高考成绩能比我高 10 分，出去玩儿的所有费用我全出怎么样？”

这可真是个诱人的赌注！

“那如果没高出你 10 分呢？”

“那你就要满足我一个愿望，将来我让你做什么你都要去做。”

“好，一言为定！”

回到家时已经下午 5 点，我妈又不依不饶地非问我去了哪里，我敷衍了她两句后就躲进了房间。

看着挂在墙上的倒计时牌，蓝字写着距离高考还有 ×× 天，红笔清晰地在 ×× 处写上了 50。

我盯着那个数字上的 0 看了好久，总觉得透过圆心我能看到自己的未来。

我进入大学，和袁小丽形影不离，我们都选择了英语专业，一起在冬天的街头哈着气，暖着彼此的手，吃着烤地瓜。

她吃瓤，我吃皮儿。

我肯定会逃课，会遇上一个很爱点名的讲师，然后她就给我打电话通风报信儿，我着急忙慌地赶到教室，气喘吁吁地跟老师解释着我因为肚子痛而去洗手间蹲了一个半小时才错过了他大部分的课。

然后我还得装着痛心疾首、惋惜不已的样子，就跟我买彩票差了一个数而跟千万大奖失之交臂似的。

我们还会一起做很多很多事情，我越想越远，想象着我们毕业后还在一起，那年我们二十二三岁，又过了三年，我们二十五六岁……

那个圆心开始旋转了起来，我躺在床上，感到眩晕，那是一种让人心里感到悸动，却又想跟着一直旋转下去的欲望。

圆心很小，像个针眼，我守在旁边朝里面窥探，每过一天，圆心就像被什么东西撑大一些。

它会慢慢大到让我能伸过一只手、一条胳膊、一个脑袋、肩膀，直到五十天之后，我的整个身体就能够穿过去，袁小丽一定会在那边等着我，她一定会的。

Chapter · 57　最后一天

我越来越觉得自己过得像个犯人，还是那种快要秋后问斩的死囚。因为，我现在吃的每顿饭都很丰盛，都好像是我人生中的最后一顿。

我爸妈把他们从报纸上学来的高考考生推荐食谱原封不动地搬上了餐桌，一个劲儿地把猪蹄儿、香菇，还有鸡胸肉往我碗里夹。

“小和，多吃点儿。”

我和他们开玩笑说：“我吃，我吃，吃饱了好上路。”

“这孩子，别胡说八道的，就要高考了，说这么不吉利的话，快点，‘呸呸呸！’他们听完就急了。

在听到我象征性地发出了吐吐沫的声音后，他们又心满意足地往我碗里夹菜了。

他们之间的斗嘴也越来越频繁了。

“哎，你怎么给小和炖这个？人家都说了考生不能吃太油的东西，赶紧重做。”厨房里又传来了我妈数落我爸的声音。

“你懂什么？这是给小和补充能量，卡路里懂不懂，热量不够也是不行的！”

“现在都快5月底了，你还嫌天儿不够热是不是？补充什么热量，再把孩子给热中暑了！”

接着那边就传来了“吧嗒”“哗啦”的声响，我妈把燃气灶关了，然后把我爸炖的不知道什么能补充热量的东西给倒进了下水道。

“唉，便宜那些耗子了！”我在心里惋惜。

高考真是一场让全家人都如临大敌的战争！

我从来都没见过他们这样手忙脚乱，还有一个多星期，他们就开始一遍遍地叮嘱我别忘了带准考证、文具，每天都要给我灌两碗绿豆汤，说是败火。

可是，我压根儿就没火，喝得我脸都快绿了，浑身透着一股清心寡欲的劲儿。

夏日的气息迎面扑来，万物的色彩在一片强烈的阳光下浓重了起来，我总感觉，夏天的一切都比其他季节里显得更为清晰、立体和真实。

6月3号，我在西城中学只剩最后八节课，过了今天，我和它仅存的一点关系就是我还会来这里参加两天半的高考，然后拿成绩单，填报志愿这些琐碎的事情了。

郭老师宣布上课，袁小丽清脆地喊了一声“起立”，我听她们“一唱一和”足足听了三年，今天是最后一次了。

郭老师将我们的毕业照洗出来发了下来，这是在两周前就照好的。

我仔细端详着照片上面的五十四个人，大多数都是一副愁眉苦脸的样子，要我说毕业照就该等到录取通知书发下后再拍，高考之前谁能发自内心地冲着镜头傻笑？

一起发下来的还有我们的高中毕业证，红色的小本子上面盖着方校长的印章，“成绩合格，准许毕业”几个字最为醒目，像三年时光凝结成的一个休止符，在纸上跳动着。

我们每个人都和郭老师单独合了张影，她也真够累的，用同一条准绳管了我们一千多个日夜，末了还得一个一个地送别。

其他老师表现得倒是很平静，至少表面上是这样，他们充分利用了这最后的四十五分钟，又强调了一遍那些“即使不会做，靠写套话也能拿分”的技巧。

接下来的时间，就留给了我们互相道别了。

奇怪的是，谁都没买同学录，可能，大家觉得那应该是幼稚的小学生和初中生才会买的东西。

初三毕业时，冯静买了一本封皮上印着一段我理解起来有些费劲的英文的同学录，金属的锁泛着光，让它显得很厚重。

她第一个拿来让我写，我在姓名那一栏郑重其事地写上了“冯静的朋友杨小和”，又仔仔细细地把星座、血型、身高、体重、寄语等内容填好。

即使我并不知道自己的血型是什么，也还是填了个O（后来事实证明果然是O），我觉得她让我做的任何事，我都要做完整。

她在J市中学的日子也只剩下今天了，此时的她还会让别人给她填同学录吗？第一个填的人还是男生吗？

关于冯静的回忆只在我脑海里停留了不到一分钟就被袁小丽取代了，因为她距离我只有十米，她现在才是我触手可及的人。

三年前，我肯定没有想到今天我们之间出现的会是这样一番场景，她安静地坐在座位上，我安静地看着她的背影。

有人已经开始请同学在自己穿的校服上签名了，这倒是个不错的主意，其他人纷纷效仿。

我看了一眼自己的白T恤，还是没能下定决心让别人用中性笔“糟蹋”它。于是，刚到中午，我就发了疯似的蹬着自行车往家赶去。

一进门，我就央求我妈把西城的秋季校服上衣给找出来，那是一件运动装，涤纶的，更适合用来签名。

我妈拗不过我，翻箱倒柜地终于找了出来，我一把抓过来塞进了书包，随后又发了狂似的骑车回到了西城。

“袁小丽，”我努力地调整呼吸，好遮掩自己连续蹬了四十分钟自行车后的狼狈样儿，“在我的校服上签个名儿吧。”

“好啊！”她很痛快地接过了那件秋季校服，抬笔在背面写下了她的名字。

我把校服正过来铺在了课桌上：“正面也签一个，哎，不对不对，不是写在领子那里，你要写在……写在校服的左边，心脏的那个位置。

哪边是左啊？那是右！你左右不分啊？”

在我的“指挥”下，她总算签对了地方。

我如获至宝地捧着校服，又把它塞回了书包里，徐春殷跑了过来大喊着：“杨小和，来，表哥给你签一个！”

“来，签吧！”我从桌洞里找出一张被挤压得面目全非的试卷，递给了他。

“我说我签在你校服上。”他拽掉了笔帽儿，一副跃跃欲试的样子。

“不行。”我斩钉截铁地拒绝了他。

他不满地抗议着：“你偏心！凭什么袁小丽能签？”

“校服上满了，没地儿了，就这一张纸，你爱签不签。”虽然校服上只有三个字，还有很大的空白，但在我眼里，就是满了。

他气急败坏地用笔使劲在试卷上划拉了起来，结果用力过猛，把试卷戳了个窟窿，他一把夺了过去，三下五除二把它团成了个球，一脚踢飞了。

不到4点，学校就“清场”了。我们收拾好了所有的个人物品，像逃难似的提着大包小包走出了校园。

西城的电动门又一次缓缓地关上了，门口执勤的级部主任也没再跟出校门不下自行车的学生较真儿，睁一只眼，闭一只眼地统统放行。

中考前，我收拾好了所有的书籍资料，然后把它们全部低价卖给了一个收废品的。这次，我攒的东西比那次沉多了，但我一样都舍不得丢掉。

我右手费力地提着足有四十斤的书包，两个胳膊的腋下夹着两摞不断滑落的书艰难地走在马路上，那样子一定滑稽极了。

我想起了昨晚吃的鸭蛋，当我用筷子挑出红心儿的蛋黄时，顿时感觉满心欢喜，觉得它肯定会充满咸鲜的滋味儿，可是抿进嘴里才发现淡得难以下咽。

就像我在西城中学的最后一天没什么波澜，更没有《最后一课》里那么复杂的背景和情感。

不过，我还是很知足的，至少我得到了“袁小丽”，即使只是个名字，我也会一直把它挂在衣柜里，一辈子都不会洗。

Chapter · 58 这场恼人的考试终于结束了

高考前，西城给我们放了三天假。

在家里百无聊赖地待着，我没怎么复习，书桌上摊开的那本历史书无非就是安慰一下我爸妈已经紧张过度的神经，好让他们知道我为了自己的命运在努力地拼搏着，而不是在吊儿郎当地挥霍时光。

他们从一开始说话刻意把声音压低到现在已经熟练地用手语进行交谈，我妈把右手握成环状，就是说让我爸给她倒杯水，我爸用食指指向门就是他要出去散步的意思。

看着这两个“哑剧演员”，我不禁哑然失笑，就为了一场考试，折腾得全家鸡犬不宁。

老天爷，你把高考像大姨妈一样准时地每年送来一次，让我们每个人的“经期”都在这天集体爆发，然后痛不欲生。

高考走了，有人笑了，就必定有人会哭。

笑的人会说："这场考试绝对有存在的意义，必须要延续下去，将其作为衡量人才的最佳准绳。"

说完，他们会朝哭得像狗似的人群那边恶狠狠地瞪一眼，里面一定会有他们视为眼中钉、肉中刺的"小贱人"。

这些"小贱人"在学习上压制了他们很久，他们此时终于靠高考找回了尊严。

得了势之后，自然话怎么伤人怎么说，盐怎么杀伤口怎么撒，让他们一辈子翻不了身才好！

哭的人多数会短暂变成祥林嫂那样的怨妇，怨命怨运，怨风水，怨爹妈没给自己起个"王状元"这样吉利的名字。

老天爷一定不知道凡人会遇到发挥失常，忘带准考证耽误考试或者高烧不退迷迷糊糊地把 π 记成了 3.16 而算错一道十几分的数学题等等这些意外状况。

学生学了那么多知识，记了那么多笔记，上了那么多晚自习，一场考试的几张卷子就能丈量他们这十二年付出的努力了？

他们之前参加的上千场考试中取得的好成绩除了给自己换来了老师的表扬和亲友面前挺直腰板儿的短暂虚荣之外，就因为弄砸了这一场考试而被抹杀掉了？

仔细想想，实在是不公平。

"小和，想什么呢？"我妈终于开口说话了。

"没，没什么，我琢磨题呢。"我赶紧把头低下，盯着已经在"溥仪退位”那一页停留了一个多小时的历史书。

“嗯，看累了就去歇会儿，放轻松，尽全力去考就行，下午别忘了去看考场。”她倒好像已经放下了包袱。

唉，也不知道袁小丽是否也在经历同样的一番场景。

我和她的一切可能会在明天过后像忘记备份的游戏一样全部清零，也可能会完成通关。

我终于能出来透口气了！虽然呼吸一口6月份的空气能让整个肺都燃烧起来。

6月6日下午，J市的高考考场对考生开放，整个区只有西城中学一所高中，所以我们全部幸运地获得了在本校考试的“特权”。

校门口，学生们排起了乱七八糟的长队，队尾零散着分出了好几股，队伍缓慢地前进着，越来越拥挤，保安不时地吼上一嗓子来维持秩序。

课外辅导学校的人穿插着往我们手里塞着各种广告，还没有到半分钟我就已经接了五六份。

暑假英语提高班，切，我的英语还用提高？

大学开始前的巩固班，考都考完了，谁有心思巩固？

复读强化班，复读你个头啊，强化你个头啊，谁发的这么不吉利的广告？我撕了个粉碎。

三十多度的气温下，学校的塑胶跑道释放出了一种刺鼻的气味，远方好像有一摊水在滚滚的热浪下若隐若现，有人说那是“海市蜃楼”。

我进了有阴凉的教学楼，感觉凉爽了一些。我被分到了这里，隔着考场的窗户向里观望，像个窃贼兴奋地在窥探作案目标。

我找到了自己的座位，第二列的倒数第四位，桌子上摆着一张透明的亚克力牌，里面插着我的个人信息和照片，像秀女似的等待着命运的传唤。

走出教学楼，我碰到了几个同学，除了一个劲儿地鼓励他们“好好考”，我实在想不出能再说点什么了。

终于，我还是看见了我最想见到的那个人，她也看到了我，使劲儿冲我摆着手。

“你复习得怎么样？”袁小丽问。

“就那样儿，反正明天就要考试了，听天由命吧。”我叹了口气。

她瞪大了眼睛，睫毛上下忽闪着，半天才说：“你也会紧张吗？这太不可思议了。”

我苦笑着，什么都没说。

傻丫头，我当然不会为了高考而紧张，我紧张的是考试后的那些事情，换句话说，我紧张的是我们两个人的未来。

“把右手伸出来。”她又说。

“干什么？”

她一把拽住了我的胳膊，拉过我的手放在她面前平展开，又从包里掏出一支笔来。

我想挣脱出来，因为已经开始有路过的学生对着我们指指点点了。

但她握得更紧了一些，说：“别乱动。”随后，她的笔小心翼翼地落在了我的手心上，一笔一画地写下了“Good Luck!”

写完之后，她又在旁边画了个笑脸：“祝你好运，这句话只能留到晚上睡觉。别忘了把它洗掉，免得明天被监考老师抓住说你作弊。”

晚上，我做了很久的思想斗争后才决定把字洗掉。

水龙头哗啦哗啦地留着水，我把她的字放在唇边轻轻碰了一下后，才伸了过去。

这场恼人的考试，终于来了！

6月7日，2007年的全国高考正式拉开了大幕。之前，我幻想过无数遍，当巨幅幕布缓缓由天际落下时，我可能会吓得腿软，可能兴奋得大喊大叫，可能哭泣，可能狂笑。

但此时此刻，我没有任何情绪，只是很平静地跟着人流拥进了考场。

监考老师拿着印泥走过考生的桌前，在教室前面把装着试题和答题卡的牛皮纸袋郑重其事地向我们展示它们完好无损，认真地向我们宣读考场指令。

一声拖着长腔的哨音之后，考试开始。

每一场考试中，我的脑袋里总会先出现刺啦刺啦信号不稳的电波，随后又陷入短暂的空白，然后各科老师的话开始源源不断地传入。

“伏惟圣朝以孝治天下，凡在故老，犹蒙矜育，况臣孤苦，特为尤甚……”是郭老师的声音。

“奇变偶不变，符号看象限。”付老师又在重复这句好像放之四海而皆准的数学金科玉律。

“Heaven helps those who help themselves.”杨老师尖细的嗓音传了过来。

“戊戌变法与明治维新的共同点在于两者……”

“八荣八耻还有科学发展观的内容大家一定要掌握，高考一定会出相关的题……”

“地球自转会产生很多现象，比如白天黑夜、时差还有……”

他们的语速越来越快，我的手跟着不停地抖动，额头上渗出的汗珠啪嗒啪嗒地掉落在桌子上，我像在玩游戏的孩子，聚精会神地举着锤子敲打着从洞里贼头贼脑地探出脑袋的田鼠。

6月9日上午的10点，我写完了最后一科最后一题的最后一个标点符号，轻轻地放下了手中的笔，捏着卷子的两个角，瞻仰圣物似的扫了一下卷面。

熟悉的哨音又在走廊中的空气间划开了一条声浪，紧接着是考场中传来了一阵轻微的骚动声，这声哨子完全有资格称得上是告一段落的哨声，就像鏖战了多个加时赛后，裁判终于终止了这场比赛。

一瞬间，那些支撑我的能量也像进入了虫洞的核聚变一样，前一秒还有毁灭地球的态势，现在就像被吸收到了平行宇宙中，凭空消失了。

高考，这场恼人的考试，终于结束了。

Chapter·59 依旧波澜壮阔的日子

我原以为高考后，日子一定会趋于平淡，淡得就像吃一碗没放盐的蛋炒饭，不但无味还噎人。

但现实又一次把无可争辩的真相当成了鞋底，拿着它狠狠抽了我两个嘴巴子，完事儿后还哂笑着问我："杨小和，你怎么就是改不了这一厢情愿的臭毛病？"

考试仅仅结束了不到半小时，当我对西城依依不舍的情绪还没酝酿完结的时候，我发现保安又一次把我的自行车给"扣押"了，原因只是因为我没落锁。

当我千方百计地打听到"人质"在他们不到十平米的值班室中玉体横陈时，我彻底怒不可遏了。

当初，我来这里报到的时候，一个黑大个儿因为我进校园没下车，直接把我像提溜小鸡似的从车子上给拽了下来。

现在，三年过去了，他们竟然还拿着鸡毛当令箭地用校规来约束我这个刚刚经历完高考的成年人，简直是欺人太甚！

我撒泼似的在保安室里打起了滚，与上小学时我在沙坑里四脚朝天的样子一样，边滚边歇斯底里地叫骂：“你们这帮流氓、强盗！比日本鬼子还要坏，就会欺负我们老百姓，这日子没法儿过了！”

于是，我第一次在没有写检查的情况下要回了我的自行车，骑在没有一丝微风并且干热的街道上。我沾沾自喜地想：“都说高考可以改变一个人，还真是，我总算在有些方面表现得像个大人一样恬不知耻了。”

我感觉不出自己考得怎么样，好像和平时的考试没有多大差别，我都没来得及紧张一下，就都结束了。所以我最怕我一进家门，我爸妈就一拥而上地问我考得怎么样。

我不知道怎么回答他们，不说又怕他们误会我在人生中最重要的一场考试中发挥失常。

然而，他们并没有对我的发挥表现出太大的兴趣，前两天弥漫在我家空气中的那种如临大敌的紧张气息一下就无影无踪了。

看到我捅开门锁进来后的一刻，他们欣喜地招呼我赶紧吃饭，好像我刚刚在外面的那几个小时不是去参加考试，而是去当了两年兵。现在，他们的儿子终于平安回来了。

饭后，除了好好睡一觉，我再也没有其他选择了。

梦里，袁小丽冒冒失失地闯了进来，她哭得上气不接下气，伤心地说她涂错了答题卡，英语只考了50多分，我笨拙地安慰着她，让她靠在我的肩上。

她的样子有些奇怪，好像有团模糊的阴影投射到了她的脸上，白茫茫一片。

毫无征兆地，她破涕为笑，说她根本没涂错卡，是故意骗我的，然后我们笑闹着滚作一团，又吻在了一起。

几秒钟后，我偷偷睁开了眼睛，想看一下她的表情，但她的脸却像被浇灌上了铁水，扭曲着一点点被侵蚀掉，露出了藏在后面的真实面目。

啊？冯静！

她一脸计谋得逞的奸笑，那种眼神在她的身上根本就没有出现过，一瞬间，我竟然觉得她现在已经变成了小学时的我——邪恶，讨人嫌。

我猛然坐了起来，用手摸了一下像火坑似的凉席，夏日午夜的风依旧带着白天的余温，让人恼怒的热。

我摸了一把额头上的汗，等待它冷却下来的过程中，高考的“后遗症”一并发作。

那道数学的选择题选A没错吧？现在想起来似乎D更靠谱一些。我努力了那么久，到头来最在乎的科目竟然成了我曾认为会被我当私生子一样彻底放弃的一门课。

语文的作文没写跑题吧？以“时间不会使记忆风化”为话题写一篇文章，我用了模板文章里的人物举例，会不会有些牵强附会？阅卷老师一天改几百分卷子，一定早就看烦了吧？

英语考卷有一篇阅读理解，一共六个题，一个占据2分的分值，好像答案全都不能确定，等等，有一个题应该是选对了，文章里说那个人是个生物学家……嗯，没错，是这么说的。

我的考生信息全部填了吗？考号没有填错吧？经历过那么多次考试还从没犯过这种忘写名字或者其他的低级错误，要是高考来这么一下子，自己死得也太冤了吧？！

这些焦虑的感觉一步步逼来，像一条勒住我脖子的绳索，每回忆一小部分，绳子就勒紧了一些，剩下的一整夜我都纠结在这些问题中，辗转反侧，难以入眠。

一直折腾到早晨5点，我还是没有一点睡意，干脆一下从床上跃下，穿上背心短裤，趿拉着双拖鞋出了门。

高考的试题已经在昨晚半夜印在了一张张报纸上面，掺杂着乱七八糟的广告和未干的油墨装车，然后分发到各个投放点。

每年，高考结束的第二天，J市的各大报纸上会占用多个版面将原题和答案一字不差地印刷上去，供考生参考，估分。

往报摊去的路上，我每一步都走得战战兢兢，每呼吸一下都要费很大的力。

距离我家最近的一个报摊已经近在眼前，摊主是个中年妇女。我小跑着来到了她的面前："老板，来一份时报。"

"小伙子，今天的报纸还没送来，每年都这样，比平时多印好几万份，来得比平时都晚，你先在这儿坐一会儿，沉住气慢慢等。”

她低着头整理半个月前就上市了的杂志，顺手递给我一个马扎。

我在太阳伞下坐着，头昏脑涨地数着地下爬来爬去的一群蚂蚁。

又过了半个小时，期间，来了不下二十个人来买报纸，得知买不到之后，一半左右的人悻悻地离去，嘟嘟囔囔地抱怨着。

剩下的人围在了报摊周围，虔诚地看着远处，耐心地等待着他们眼中的“圣旨”。

终于，一辆电动三轮车在报摊前停了下来，老板熟练地帮着骑车的送报人把报纸卸下来，人群迫不及待地把钱扔进了报摊上沾满油污的木头盒子内。

“老板，钱放里面了，自己拿了啊？”有人吆喝着。

我身上的器官差点就被人群挤得七零八落，自始至终，我都没拿到报纸，也不去抢。我觉得，对不到答案还能回家上网查，一旦素质丢了，上什么网都查不回来了。

抹了把脸上的汗，我又揉了揉被刚才一个老太太抓得有些发青了的胳膊，最后狼狈地看了一眼报摊，准备离开。

“孩子，先别走，我留了两份报纸，给你一份，快去对答案吧，祝你考个理想的成绩。”中年妇女叫住了我，我落寞的背影一下子焕发了生机。

我迟疑着，没伸手。

“我家里那俩也是今年高考，哥儿俩，双胞胎。”她笑着说，“你不要担心他俩为了份报纸打架，管了他们这么多年，别觉得参加了场破考试，翅膀就硬了，我还是他们的妈，快拿着吧！”

她自顾自地说着，把报纸硬塞进了我的手里。

我帮她收好太阳伞，她又用绳子紧了紧三轮车上的东西，确保不会掉下来之后，缓缓地蹬走了。

“多么可爱的母亲啊！”我心里想。

这份得来不易的报纸被我紧紧攥在手里，一直没敢打开，头版上的《2007 年高考结束，本报刊登高考真题及答案》的标题已经被我攥得不成样子。

我没回家，而是去了公园。

永远不知疲惫的老头老太太们又开始了一天的舞动，我坐在了距离他们最远的一张长椅上，尽可能地克制自己想要问候他们祖宗的冲动。

我即将面对的不是普普通通的答案，而是自己的前程，我想要一个没有任何干扰的环境，但偏偏他们就在那里打什么陈式太极拳，播放着那段让人尿点激增的音乐。

我深吸了一口气，慢慢掀开了报纸，翻到了印有试题和答案的那一版，自欺欺人地安慰着自己不要慌张。

命运，如同被丢进了波涛汹涌的汪洋里，随波漂荡着，它告诉我，只需在旋涡里漂流半个小时，这样的日子马上就要结束了。

Chapter · 60 尘埃落定

我最先对答案的科目是数学，也是我最放心不下的一科。

我用手遮挡住每一个题的答案，一点一点地挪动，挪着挪着，手就不自觉地跟着颤抖了起来。报纸被我搓得起了皱，上面的一些油墨也沾到了我的手心里。

每挪开一道题之前，我都使劲憋着一口气并在心里默念十几遍我在考试时选择的答案："选 A，选 A，选 A！你给我选 A，听见了没有？不然我弄死你！"

终于，那道题的答案露出了全部面貌，和我选得完全吻合！

"耶！"我都不知道自己多久没这样欢呼过了，像个傻子似的坐在公园的长椅上乐不可支地摇晃着身子。

"小伙子，你小点声，我们打太极呢！"远处的老年人队伍中传来了抱怨。

无论在哪儿，你都会遇到这种爱管闲事的老头子，打太极和声音大小有什么联系？我把你扔到闹市中去，你还能把太极打成少林长拳？

我暗自诅咒了十遍“今后老了绝对不做这种讨人厌的老头儿”之后，又继续着刚才的那套跟祈祷似的虔诚的流程，神神道道地“威胁”着正确答案。

两个小时后，我总算结束了这场人生中最奇怪的“仪式”。又从垂到长椅的柳树上折了根柳枝，在松软的泥土上划拉着。

我在估算高考的总分数，尽量算得保守一些，最后得出了530分至550分这个区间。

辛苦了三年，就为了这几个数，好吧，人生本来需要追求的东西也并不多，一千多个日夜换回了这些，我挺知足了。

我在公园门口买了份煎饼果子，又买了瓶可乐，然后回到了长椅那里，老年人们的太极拳已经打完了，公园里肃静了不少。

一些麻雀落在了四周，蹦跳着寻觅食物，那小脑袋转的，要多机灵就有多机灵。

看着它们，我突然感觉不怎么饿了，我从煎饼果子上掰下了几块面皮儿，向它们抛去。

突如其来的面皮儿惊到了它们，鸟群一飞而散，激起了一片尘埃，几秒钟后，它们又扑扇着翅膀落在了食物旁边，开始大胆地啄食。

吃饱后，它们就全都飞走了，我眯起了眼睛，慵懒地躺在了长椅上，享受着还不算炙热的阳光。

回到家时，我爸已经把午饭做好了，一如既往丰盛。从高考开始前一个月到现在，我爸总能找出各种各样的把饭菜做得极其丰盛的理由。

从“我儿子快高考了”到“我儿子考完了”再到“我儿子马上就能被大学录取了”，他说了已经有好几十遍了。

“对答案了吗，小和？”到底我妈还是忍不住问了，我爸边偷偷地用余光瞟我，边“吸溜吸溜”地喝着他那碗早就见底儿的丸子汤。

我“嗯”了一声。

“考得怎么样？”

“爸妈，你们放心吧，应该不会太差。”

我不是一个特别喜欢向别人承诺什么的人，即使这件事我胸有成竹，也不会斩钉截铁地说一定会做到。

好在他们理解我，每次考试我都说“不会太差”，结果就真的不会太差，而且还会很好。

当天下午，我妈为我买了我人生中的第一部手机，品牌是诺基亚，一千多块钱。那时，这家芬兰公司还独占全球手机市场的鳌头。

高考分数可以在网上查询的时候，我正在外面打着篮球，漏接了我妈给我打来的五个电话。

回拨过去之后，我妈没像往常用“又玩疯了”这种话来数落我，她说她同事给她打来电话说高考成绩可以查询了，让我赶紧回家。

到家后我立刻打开了电脑，班里的 QQ 群中已经炸了锅，大多数人都已经查到了分数，好多人还在私下问我考得怎么样，但这其中并没有袁小丽，我有些失望。

一条弹窗信息出现在了我眼前，我扫了一眼标题《我省公布 2007 年文理科二本录取线》，随后猛击鼠标点开了这条新闻。

“我去！”当看到 S 省的文科二本线是 580 分时，我实在没能抑制住心中的惊诧，喊了一声。去年在 S 省，这个分数都能上一本了。

我心里隐隐有了种不祥的预感，今年的高分一定扎堆儿了。

在那些单调的方框内输入完所有信息后，我盯着电脑屏幕看了五分钟，主机箱里的风扇嗡嗡响起，我的食指仍旧不知所措地放在了键盘上面，我总感觉我还可以打些什么，但最后，我还是不得不把右手搭在了鼠标上。

“啪嗒”一声，几个圆点开始在屏幕上跳动着，也不知道它们真的代表着计算机正在进行操作，还是为了给考生一个心理准备的缓冲才人性化地设计成这个样子，“查询中”三个字在我的视线中停留了很久都没有反应，我还以为电脑死机了。

我几乎按下了重启键，但这个时候，分数毫无征兆地跳了出来，我明白了那些跳动的圆点其实就是正在操作的指示，哪有什么人性化?

“爸，妈，我考了 550 分！”我冲门外喊着。

平时，他们怕吵到楼下的邻居，在家里走路都蹑手蹑脚的，但听到我的喊声，他们的步伐再也没法保持缓和了。听起来显得凌乱，刺耳，两个人终于还是把这些年的从容丢到了一边，像听到了号角的战马，飞奔了起来。

“踏踏，踏踏，踏踏……”

当他们看到屏幕上的分数，又仔细核对了好几遍确保我没输错信息之后，他们终于相信了那是我考的。

每年在西城中学走出去的学生，很少有能只凭文化课成绩考上本科的。所以，他们对550分感到很满足，虽然他们已经知道了我与二本线的差距，但知道我至少能去上三本了。

在这一点上，他们比我心里都有数。

我心里虽然有些不甘，但也谈不上失落，我从来没相信过老师说“你们这届是他们带过的最好的学生”之类的话，所以，学长学姐们没做到的事情，我做不到，也没什么好羞愧的。

看着他们一会儿坐下，一会儿又站起来围着客厅绕圈子，像两个小孩子似的兴奋，我知道，这一切，就算尘埃落定了。

Chapter · 61 平行的志愿

“走，晚上去饭店吃，不做饭了！”遇到高兴的事儿，我爸好像除了去饭店吃一顿之外，再也想不出其他的庆祝方式了。

“啊？又吃？”我人生中第一次对肉产生了恨意，我一整天都处在反胃的状态下，唯一的区别就是晚上让我反胃的东西就会由中午的猪头肉改为冰糖肘子。

三个人要个十人的包厢确实很奢侈，服务员对我爸翻着白眼儿，阴阳怪气儿地说：“包间最低消费五百。”

“吃不了可以打包吗？”我爸问。

“可以。”

“那好，我们点五百块钱的菜。”我爸和我跟我妈都不一样，别人对他说话不客气，他从来不着急，更不会去跟别人较劲。

菜很快就上齐了，我专挑盘子里的青菜往嘴里送。

我爸妈在旁边讨论着我应该报哪所学校，他们在这个问题上争得不亦乐乎。

我爸又开始拿他朋友家的孩子当最有力的论据：“小和去 Q 市的 HB 学院吧，听老李说那个学校的英语专业全省都数得上，他儿子就是在那儿毕业的，现在当翻译了，一个月好几千。”

“去 Q 市干什么？那么远！留在本市多好，周末还能回趟家，我看 J 大就挺不错，坐公交车才几站。对了，小和，赶快给你郭老师打个电话告诉她一声，她平时可对你最上心。”我妈反驳完我爸后又对我说。

我掏出手机，找到了通讯录里郭老师在最后一课时写在黑板上的手机号。

她欣喜不已地祝贺了我，不出所料，她也觉得我应该去上本科，哪怕只是个三本。原因是，本科学校能让我见识到和专科不一样的东西。

我百无聊赖地靠在了椅子上，听着他们继续讨论。

父母的自豪、老师的骄傲，这些我曾经都没敢奢望过的东西现在统统都被我攥在了手里，攥得紧紧的，死都不会再让它们溜走。

但是，我总觉得还是少了一点东西，没有它，一切都还是残缺的，不完美。

是什么？我挠了挠头，直到吃完那顿饭回家睡觉，我还是没想出来。

我很喜欢诺基亚自带的音乐铃声，不刺耳，不激烈，不像牲口刨圈似的让人觉得闹心。所以，早上 5 点我手机响起的时候，我并没有因为它扰了我的清梦就大发雷霆。

是个陌生号码，尾号也没什么特别的，就是很普通。

“喂……”我伸手够了半天才把手机费力地握在了手里。

“听说你考了 550 分？”

当这句话从电话那头传来时，我不得不说袁小丽真是神通广大，这两天，我从没在班级 QQ 群中透露过自己的成绩。徐春殷他们问起来，我只说考得还行。

包括我的手机号，刚买了一天，她从哪儿弄来的？

同时，我也终于明白了，我感觉缺少的东西就是她。

我真是混蛋！我在心里暗自骂了一句。

成绩公布后，我竟然没有主动去问过她考得怎么样，我像进入了一片真空的宇宙，声音没法传播，连大脑也跟着空白了，像一具没有灵魂的尸体，不知道成了谁的傀儡，他用一块白布把我像木乃伊一样裹了起来，我就在时空里一直慢慢地浮着，飘着。

我忘记了一切，也包括她。

直到她的电话打来，我才觉得这个时空里的四周正被人用锤子一下下撞击着，“咚咚，当当”，轻微的闷响。

声音越来越大，清晰，真切，“哐当，乒灵”，然后，那些黯淡、幽魅的时空壁垒被砸成了碎片，紧接着，我身上的白布也传来了刺啦的响声，有人在使劲地撕裂它们。

阳光又投射到了我的身上，我缓缓地睁开了被黑暗蒙蔽了许久的双眼，才看到袁小丽右手拎着锤子，左手握着剪子，伤痕累累地站在我面前。

“啊，是，是啊，你，你呢，考得怎么样？”我尽量装得从容不迫，但还是结巴了起来。

“唉，这次我们出去旅行的钱，我真的要全出了。”她哀怨地叹了口气。

我仅仅高兴了两秒钟，就失落了。这么说，她的总分真的比我少了 10 分以上，那我们还能不能……

我战战兢兢地问：“那，那你考了多少？”

“539 分。”

“550 减去 539 等于……11”我在大脑中运算了好几遍，才确认她只比我少 11 分，我被攥成了麻花的心慢慢恢复了原状。

我们都可以去上三本，可能她的分数没有太大选择的余地，但 HB 学院和 J 大没有问题，我愿意让她先挑，愿意去追随她。

“杨小和，你在听我说话吗？”她问。

我在算我们的分数差距，愣了十几秒神儿：“哦，在听，在听，你准备报哪个学校啊？”

电话那边沉默了，我的心在嗓子眼儿周围游走着，等着她的答案。终于，她说话了：“我要报 S 师大。”

S 师大？那是整个省最好的师范大学，一本，按今年这个态势，至少 620 分才能被录取。

“师大的分数很高的，咱们别想了，我们去上个三批本科就行了，师大可是一本……”我提醒她。

“谁说我要去上本科了？师大的专业也有专科，525 分左右就可以上。”

“你，你要报专科？但是你的分数……”我被她的决定震惊了，“和你爸妈商量过了吗？其实，三本里面也有一些好学校的，比如 HB 学院还有 J 大，它们……”

“跟他们说了，他们说尊重我的决定。其实尊不尊重也无所谓，是我去上大学，又不是他们去。”

她倔强起来的样子真可怕。

“那我也去跟我爸妈说，我也要报 S 师大。”

我的倔跟她不一样，她是经过了深思熟虑，但很多时候我的倔纯属心血来潮。

“你千万不要去，他们一定很想让你去上本科。”

我没说话，只是下定决心一定会去劝我爸妈。

“你从哪儿知道我手机号的？”我问。

“郭老师那儿。”她的回答解释了我所有的疑惑，我的成绩也一定是郭老师告诉她的。

“杨小和，你一定要去上本科，别耽误了自己的前途，若是为了我，那才是不值得。”

可能是我又在胡思乱想，我总听着她的话里充满了生死离别的味道，就像电视里演的女小偷和男警官相恋，却因身份的特殊性而终究不能在一起，他们分开时，女方对男方说“忘了我吧”一样。

“不会的，我们……”

“嘟嘟嘟嘟……”

我还没说完，她就挂了电话。

我在床上坐了半个小时，抱着头，什么都不愿想，为什么已经到了这一步，我们却要面临这样一种局面？

她要去上专科，这是我从来没想到过的一种可能。如果我要上专科，我爸妈会怎么想？他们一定不会同意，外带送我两句“你脑子进水了”这样的话。

我觉得，凡是牵扯到人生中的大事，无论谁都不会轻松，像工作、买房、结婚等等，高考志愿同样如此，你要做的这些事不单单牵扯到自己，你得顾及多方面的因素，平衡它们，然后做一个身不由己的选择。

就像我爸妈一样，他们的同事、朋友、亲戚甚至是邻居这些本来与我的志愿毫不相干的人却成了他们需要平衡的东西。

这些人都知道我参加了高考，今后见面少不了要问一句：“小和怎么样，上了哪个学校了？”

如果回答是“HB 学院或者 J 大”，那他们一定会笑逐颜开，哪怕是个三本，好歹也算本科。

但如果说“小和上了 S 师大的专科”，那么他们一定会皱着眉头，牙疼似的倒吸一口凉气，“啧啧啧，怎么上了专科了？”

专科，在他们看来，本来是很刺眼的两个字，无论哪个学校的专科，就是显得低人一等。

我和袁小丽的志愿像两条平行的直线，一路延伸，却总不会相交。

我好像猜到了为什么付老师每次讲两条平行直线时都把身子背过去，那是不是也触碰到了他回忆中的一部分？

一定是这样的，经历了同样情况的我，看得出来。

直线好可怜，付老师好可怜。

尽管这样，冷静下来之后，我还是问了自己三个问题：还记不记得与她在小吃摊上吃东西时说的话？这么拼命地学让自己厌恶至极的数学为了什么？到底袁小丽重要，还是别人的看法重要？

在心里给出了答案之后，我从屋里走了出来。

“咚咚咚。”我敲响了我爸妈房间的房门……

Chapter · 62 困人囚笼

我只简单地说了一句："我想报考 S 师大的专科，我想好了。"

他们沉默了，我不知道应该怎样回应这种静默的气氛，可能他们是在等我自己能幡然醒悟打消这个念头。

但我没有，我认真地等待着他们的答复，对我和袁小丽未来的答复。

我果然还是低估了"面子"对他们的重要性，如果没有这次，我甚至都忘了他们会发火的事实，那种勃然大怒的暴躁，我上了高中后再没见过。

我爸哆里哆嗦地用手指着我，气得已经说不出话。我妈干脆把我拥回了我的房间，说后天她要跟我去学校一起填报志愿，还要亲眼看着我在志愿表上写下"J 大"，她才会罢休。

"你这两天我就给我待在房间里，哪儿都不许去，手机也不准用，你别想跟那个袁小丽联系！"说完，她真的夺走了我的手机，又从外面把门锁得严严实实。

一出封建大宅子中经常发生的“顽固父母拆散苦命鸳鸯”的戏份正在我家盛大上演，袁小丽成了英俊的穷书生，我倒更像是被禁足在闺房中的千金小姐。

我使劲拽着房门，无济于事，为了省点力气逃出“虎口”，我放弃了挣扎，坐到了床边。

到了饭点，我妈就把饭给我端进来。我如果想用洗手间，他们就先把家里的防盗门从里面反锁，然后由我爸“押”着我进去。

“爸，你在这里，我尿不出来。”我一脸无奈地看着他。

“少废话，臭小子，别和你爸动什么心眼子，你尿不尿？不尿给我回屋。”我爸这次彻底和我妈站到了同一个战壕里。

两天后，我妈真的跟着我回到了西城，在郭老师面前数落了我好几分钟，说我不听话，一点也不体谅她们当家长的苦衷。

郭老师拿了张志愿表，让我坐在办公室里填，她在一边和我妈闲聊：“现在的孩子都这样，有几个听父母话的？我那个今年才九岁，就开始和我顶嘴了。还整天嚷嚷着给我要自由和人权，真不知道他从哪儿学来的。”

唉，真是家家有本难念的经和一个难应付的熊孩子。

我依旧在做困兽之斗，故意把一些细节信息填错，但我妈和郭老师就是两个明察秋毫的侦探，把我的小伎俩看得透透的。在她们的协作威逼下，我不甘心地改了回来。

我妈郑重其事地把志愿表递到了郭老师手里，然后对我说："我去一下洗手间，郭老师，中午一起吃个饭吧，杨小和能有今天多亏了您。"

"别这么说，这孩子本来就聪明，既然您盛情相邀，我就不推辞了。"

"郭老师，袁小丽来了吗？她报的哪所学校？"趁着我妈不在的空儿，我赶紧问。

提到袁小丽，郭老师好像心里有气，愤愤不平地说："我给她家打过电话了，她非要报专科，你们这两个孩子真不知道是怎么回事，上个本科多好，非要去S师大，名字是好听，但是你们得为以后着想啊。算了，我也不跟你多说了，等你们真到了找工作的那一步，就知道学历多重要了。"

说话间，我妈回来了，我赶紧收声，噤若寒蝉地跟在她们身后走下了楼梯。

我妈真舍得下本儿，选了西城附近的源水酒店，风风光光地摆了桌谢师宴。

饭后，我央求我妈把手机还给我，哪怕我知道志愿的事儿已经盖棺定论，我还是想给袁小丽打个电话。

她断然拒绝了："等到J大录取你的时候再说吧！"

"你真不讲道理！"我在马路上和我妈翻了脸，气急败坏地回了家。

我绝食了，是真的，从争吵爆发的一刻起，我就决定了，我要活活把自己饿死。上一顿端进来的饭菜原样儿未动地又端了出去，我都有把碗筷从桌子上扔到地上的冲动。

联系不上袁小丽，我心急如焚，真不知道她现在怎么样了，我好想她，那种憋在心里想哭又哭不出来的滋味儿太难受了。

第二天晚上，我家的门铃响了，外面传来了一阵脚步声和一句“叔叔阿姨好”。

是徐春殷的声音！

在我的房门被打开之前，我清楚地听见我妈对他嘀咕着：“你劝劝杨小和，都好几顿不吃饭了。”

一进门，他就和我来了一个熊抱，勒得我脖子痛。在我示意已经感受到了他的热情后，他才缓缓地松开了胳膊。

我知道，他只考了400多分，但他总是一副没什么大不了的表情：“400多就400多呗，反正木已成舟，伤心也改变不了什么了。”

这句一定是他有感而发，因为他用了成语，而且还用得很恰当。

“嗯，也好。”我说。

有时候，我真的挺羡慕能这么想的人，既然木已成舟，那就随遇而安。然而，我不行，我是会对过去纠结很久的一种人，鸡毛蒜皮的事儿都会记很久。

比如小学入学时，学生们穿得什么衣服，谁举手回答了问题，谁又因为没回答上问题而受到了嘲笑。最后一个我记得最真切，因为那个人就是我。

“听阿姨说你现在绝食了？”他看了一眼桌上已经冷掉的米饭和

鸡腿，又坚定地补充道：“嗨，多大点儿事儿啊，还气得你不吃东西了？”

他把饭菜端到了门外，“阿姨，麻烦您去给他热一下吧，他一会儿就吃。”说完，他又继续坐在了我身边。

“谁让你把饭拿出去的？我才不吃！”我嗔怪他自作主张。

“杨小和，成熟点儿好吗？”

我没说话，耷拉着脑袋。

如果把我的眼睛蒙住让一个女生说这句话，我一定会产生这个女生就是袁小丽的错觉，因为她最喜欢让我“成熟点儿”，但徐春殷厚重的嗓音实在让我联想不到袁小丽就在我身边。

“没手机玩儿憋坏了吧？给，拿着。”他从口袋里掏出了一部小灵通。

我一看到那个就两眼放光，这对于一个被软禁了那么久的人来说是多么宝贵的一样东西啊！就像《肖申克的救赎》中鲨堡监狱的囚犯们听到安迪·杜弗伦给他们播放的音乐一样满足。

“快给我！”我兴奋地喊着。

“嘘，小点儿声，别让叔叔阿姨听见，我妈给我买了部新手机，这个小灵通你先用着吧。”他又从口袋里摸出一部索爱的转盖尔手机，我倒吸一口凉气。

“我去，这不是最新的那一款吗？你考成这样，你妈还给你买这么好的手机。唉，这就是母亲啊……”对于我妈现在的做法，我除了抱怨之外没有任何办法。

“别废话了，赶紧拿着吧，这是充电器。还有，手机给小灵通发短信要在前面加106还有区号，甭管你给谁发短信，记得提醒人家一声，免得你收不到。时间不早了，我走了。”

我赶紧拦他：“再玩儿一会儿吧，才不到8点。”

“不了，我还得回去复命呢。”

“复什么命？”

“说了你也不懂，走了啊。”

他像个侠客一样出现在了我正内外交困的生命里，慷慨解囊后又飘然离去，深藏功与名。

偷偷摸摸给袁小丽发短信是一件很刺激的事情，我不会摆弄徐春殷的小灵通，不知道怎么调成静音，等到她回短信的时候，我就用毛巾被捂着小灵通，免得我妈听到声音。

第一条短信中，我把徐春殷的提醒发给了她，我才发现自己是一个说话很啰唆的人，尽量把给小灵通发短信前面要加的号码说清楚，结果收到了她一条“我早就知道”的回复。

“你在干什么？”

“看电视呢，你报志愿了吗？”

“嗯，被我妈逼着报了J大，连郭老师都帮着她，真可气！”

“你怎么这么不识抬举？她们都是为了你好。”

……

有几次，我们只会用“哦”“嗯”“知道了”这些简单的字眼儿回复对方，还要忍受着信号差得让人抓狂的小灵通，就这样，我们但还是发了一整夜，直到她说晚安。

我揉着坐得有些僵硬的腰，艰难地躺在了床上，心里不是滋味儿，这叫什么事儿啊！被自己亲妈锁在了家里，又不能和袁小丽报考同一个学校，就这样算了吗？

当然不行！虽然我很困，但我还是给了自己一个清晰无比的答案。睡一会儿之后，我要跟郭老师打电话，她带过那么多届高三班，一定有办法的，一定有！

想到这里，我心里好受了一些，沐承着微弱的晨曦，我在“囚笼”里微笑着闭上了眼睛。

（上册完）

我和青春互不相欠

（下）

戴彬彬 著

山西出版传媒集团
北岳文艺出版社
BEIYUE LITERATURE & ART PUBLISHING HOUSE
·太原·

Chapter · 63 峰回路转

我把头蒙在毛巾被里，又在上面盖了几件衣服，以防我妈听见打电话的声音，那种湿热密闭的空间内，我额头上渗出了好几层汗，啪嗒啪嗒地落在了凉席上，背上也变得刺痒起来。

电话响了好久才被接起，我一口气对郭老师说完了要改志愿的想法。

“杨小和，你真是贼心不死。”我能听出来，郭老师气得要命，她肯定怎么也琢磨不明白我为什么着了魔似的一定要上专科。

“郭老师，求您了，告诉我去哪儿可以改志愿吧，我必须报S师大，必须。”我加重了语气，但声音撞到被子上却听起来像是一个人上吊，踢完了凳子后挂在半空中垂死挣扎一样。

她依旧苦口婆心地劝着我，说的什么我没用心听，我只是感觉心里有什么东西在翻涌着，太阳穴上的血管也快要爆裂。

“郭老师，你这是作孽！”我终于忍不住了，吼出了声。

房门外我妈打了个喷嚏，可能没听清我喊的什么，她并没有推门进来。

“杨小和，你说什么？”

我赶紧冷静了下来，压低声音说：“郭老师，现在高考完了，我实话跟您说吧，我要和袁小丽上同一所学校，我喜欢她，但我一直遵循着您的告诫，没有早恋。我受够了，我不想忍了两年之后再错过了，您明不明白？”

如果几分钟后我从睡梦里醒来，那我一定会对自己在梦里的疯狂行径感到不可思议，可这一切发生在现实中的时候，我反而坦然地面对了，不就是承认自己有喜欢的人吗，有什么丢脸的？

我成年了！

她沉默了，只有微弱的喘息声才让我确认她并没有挂掉电话，十几秒钟后，她开口了：“我辛辛苦苦地培养出了两个本科生，现在却都要去上专科。一个为了喜欢的人，另一个为了什么我到现在都不知道。几年前，我有个学生和你一样，不顾我的劝说，硬是去南荫区教育局改了志愿上了专科，太可惜了。无论怎么说，杨小和，我不同意你自毁前程！”

“谢谢郭老师！”我一下把毛巾被从头上拽了下来，扔到了一边，兴奋地喘着粗气。

“谢我干什么？我可什么都没说，你好自为之吧。”

我很确信，根本就没有她说的那个几年前的学生的存在。

我瞟了一眼窗外，一团阴云隐隐盘旋在空中，不断吸入周边围过去的云彩，越聚越大，天色也暗淡下来。几个炸雷之后，豆大的雨点像滚石一样砸在玻璃上，一股雨水混入尘霾的味道飘进了我的嘴里。

头昏脑涨的我打消了顺着攀附在楼体上的排水管溜下去的念头，我家住在六楼。

“妈，妈！”我冲门外喊道。

“怎么了？”她探进来半个身子。

“我肚子痛，痛得快死了，一定是吃了昨晚你没热透的剩饭闹的，快，送我去医院。”我捂着肚子，演得尽可能逼真，同时还用右手掐着右大腿根好让自己疼得龇牙咧嘴。

还好，她没看出来破绽，而是心急火燎地搀着我下了楼。

走到街口儿，她让我先撑着伞，她到马路那边去拦出租车，看着她站在那里焦急不安，不断向远方张望，打手势，却一次次被已经有人搭乘的出租车拒绝，一瞬间，欺骗她让我有些于心不忍。

然而，我和袁小丽这个“自编自写”了两年的故事，始终都要有一个结局，一个快乐的结局。我需要给她，也给我自己一个交代。

我把伞留在了原地，留给我妈，转身跑了起来。

可能母子之间真的有什么心灵感应，在我跑出去还没三米的时候，我妈也恰好转过了头，看到了有些狼狈，鬼鬼祟祟逃跑的我。

她一定意识到了大事不好，虽然她无法神机妙算猜出我要去改志愿，但一定知道我骗她准没好事儿，或许她心里只是觉得事情最严重也不过是我要去找袁小丽这种程度。

“杨小和，你要是再跑，就别回家了！”我捂住了耳朵，继续跑着，也不敢回头，我怕看到她生气又失望的样子，从小就怕。

跑了五百米左右，估摸着逃出了我妈的控制范围，雨也有了倾盆之势，浑身湿透的我拦了辆出租车，“快，师傅，南荫区教育局。”

路上，我给我爸打了个电话，这种事始终需要给他们一点心理准备。

“爸，我现在要去改志愿，我不能告诉你为什么，但我必须去S师大。”我抓着凌乱的头发说。

“去吧，改完了早点回来。”我爸很平静，跟前两天得知我要上专科被气得说不出话判若两人。

恰恰是这种平静让我心里更加忐忑，平静的一切背后都隐藏着汹涌的暗流。

他们是不是在磨刀，坐在家里守株待兔，等我一回去就把我大卸八块？又或者是正埋伏在南荫区教育局的周围，等我一下车就把我用绳子捆起来，在J大的录取通知书寄来之前再不让我出门？

“爸，你怎么不生气呢？你不是站在我妈那边的吗？对不起，我这么做真的是有很正当的理由的。”我试探着问他。

“生什么气？我儿子长大了，有自己做主的权利了，我向着你妈是因为……”他迟疑了一下，接着说，“算了，等你以后结了婚就知道了。先不说了，我听到你妈上楼的声音了。”

电话被挂断了。

教育局的办公楼远没有我想象的那么气派，知名度也不高。出租车司机转进了一条单行线，打听了一会儿才找到这个地方。

我拿着身份证七拐八拐地进了一间办公室，里面已经有许多学生在有序地排着队了。

S省过高的分数线让他们坐不住了，考了接近600分的都意识到了自己报考的学校今年可能会大幅提分，为了不掉进“录取的空儿里”，他们也前来改志愿。

2007年，我们这群同病相怜的人因为网络改志愿的渠道还没开通，挤在了一间十五平方米的屋子里准备和命运做殊死搏斗。

窗外暴雨倾盆，屋内只有一位坐在电脑前的老师帮着考生修改志愿，她头顶上的吊扇发出吱嘎吱嘎的响声，让人昏昏欲睡。

我排在队伍的最后面，前面大约还有十来个人，估计得等好大一会儿，我不得不用徐春殷教给我的发呆的办法来消磨时间。

队伍一点点向前挪动着，我像被人下了咒一样，六神无主，目光呆滞地跟着向前移动。

“老师，求您了，我的分数是可以填报本科志愿的，只是之前没填，麻烦您给我一张志愿表，我要报J大。”是一个女孩子的声音，传到正在愣神的我的耳朵里，听着有些空灵，遥远。

老师显得很不耐烦：“给你解释了半天，怎么就是听不懂呢？现在来的这些人是一开始就报了本科院校，人家要换一所同类院校，这样是可以的。像你这样的是放弃了填报本科的机会，已经失去资格了。志愿表都是有数的，根据你们的填报意愿发的，我也没有多余的。”

唉，大家都把高考看得太重了，像我这样的人恐怕不多，仅仅是把它当成了能和袁小丽继续在一起的跳板。J大一个三本，有什么好上的？

你看，这姑娘急的，都快哭了，看背影身材不错，算了，正好我要改成专科，干脆做个顺水人情让她顶替我的名额得了。

我嘴里一边说着“不好意思，借过”，一边挤到了队伍的最前面。“老师，我想把我的……啊！”说话的空儿，我本来想送给那个女生一个鼓励的微笑。但当我们四目相对的时候，时间静止了两秒钟，我们跌进了另一个时空之中，没有老师，没有排队的学生，吱嘎吱嘎的风扇也消失了，办公室被一片漆黑的荒芜所取代。

“你来这里干什么？”我惊讶地看着面前的袁小丽。

“来改志愿。我想好了，也去J大。”她声音极小，像是被我撞破了一件见不得人的事儿而满脸羞愧。

那个老师在旁边插着嘴：“去什么J大，去什么J大？都说了，你去不了，等着报专科吧。下一个！”

“等等，老师，我叫杨小和，麻烦您把我填报的J大的志愿取消吧，我等着报专科就行，这样可以吗？”

“身份证给我，考号多少？名字里是哪个小和？”

“杨小和，你不能……”袁小丽要拦我。

“嘘，别说话，你都能报J大，为什么我不能改成S师大？”人面对喜欢的异性时，会变得特别温柔。

我把资料报给老师之后，等待着她操作。

“哎哟，孩子，你这不考了550分吗？上个本科足够了，怎么要去专科？你想好了吗？”

傻子都能看出来我是为了眼前这个女生才这样做的，我也很纳闷，为什么总会有人问我想好了没有这种问题？

我只是在做一个自己有权利做出的决定，又不是代表全人类去和外星人谈判，一旦选错，全人类就要灭亡。拯救世界这种伟大的事情千万不要找到我头上，我能力有限，力所能及可以做到的事情就是为了我喜欢的人改个志愿，然后与她继续在一起。

“说话啊，现在后悔还来得及。”老师看我愣神，在一边催促着。

“不后悔，老师，您删除吧！”我说。

“哎，你等等，过来写个声明，再按个手印儿。”老师一定是怕我家里来找后账，让我留个凭证。

“本人杨小和，男，汉族，身份证号……”我龙飞凤舞地写好了一份《自愿放弃2007年S省本科志愿填报声明》的证明，又把沾满印泥的手指狠狠按在了我的名字上。

“峰回路转，峰回路转……”我在心里默念着，“这是属于我和袁小丽的峰回路转。”

Chapter · 64 半价合影

如果人的一生能有一次选择重来某一天的机会，我一定会选择2007年的7月8日，确切地说，是那一天的上午10点到11点56分之间，我和袁小丽在一起的那两个小时。

雨还是没有停下来的意思，噼里啪啦地砸在马路上，升腾起一片水雾，来往的车辆疾驰过后，激起的雨水像碎银琼花。

我们站在冷清的教育局大厅中避雨，她的脸色有些难看，像是要哭，几分钟内她咬了好几次下唇。

我的目光落在了她的指甲上，天哪，她竟然涂了黑色的指甲油，在阴霾下的天气也散发着精致的光。

她的穿着也很别扭，她腿上的是什么？是那种在夜市上才能看到的热裤！两条白花花的大腿明目张胆地在我眼前晃悠。

我使劲摇了摇头，提醒自己这没有什么值得大惊小怪的，高中结束了，我们真的自由了。

“你是不是有什么话要说？”我问她。

她迟疑了一下，捏着手指，“杨小和，对不起，我本来……”

“你什么都不用说，没什么谁对不起谁的。”我打断了她。

我没理会她的过意不去，我权且就当她是过意不去，我接着自言自语地说：“其实S师大也不错，哪怕是个专科呢，不还是有升本的机会吗？我们一起报英语专业，一起练口语，你一定会看好多好多书，嗯，可能我也会，但我又不太敢确定，你也知道，我坐不住的嘛，哈哈哈……”

太阳和我的笑声几乎是同一时间出现的，那句“哈哈哈”就像是一个控制太阳出入的开关，我一打开，它就冒了出来。

这雨太奇怪了，说停就停，一停就拨云见日。

日头好大，刚才被蒙上有些像世界末日的灰白色的一切又被重新照得有了亮度，刺眼的亮度。地上的水很快就被蒸发得一滴不剩，周围潮湿极了，比大晴天的干热还要让人难受。

袁小丽的心情好了很多，她又像高中还没结束时那样活泼了，“走，我请你喝冷饮，就在附近，老板人特别好。”

那时，“宅男”这个词还没在中国兴起，可能我对这个词的出现也或多或少做出了贡献，因为我就是个宅男。

一个词语的产生，一定是晚于这个词语所代表的实体出现的时间。

我们来到了饮品店，这种街边很有情调的店我从来都不太敢进去，我觉得自己灰头土脸的样子与它们的明亮光鲜太不相称了，我很自卑。

尤其是站在营业员前面点餐时，我都不太敢去看人家的眼睛，迅速说完要的东西就逃难似的跑到了藤椅那边坐了下来，留下袁小丽等着取东西。

我连坐下后都拘谨得要命，身体像被针扎到似的绷着，如坐针毡。管它呢，反正高考都结束了。

“你干嘛这样坐着？我们又不是来上课的。”袁小丽看到我窘迫的样子，笑了。

冰拿铁滑过我喉咙的时候，我感觉稍微放松了一下，后来就彻底放松了，我把身子沉进了藤椅中，又开始像平时那样贫嘴了。

袁小丽被我逗得前仰后合，如果每天都能逗她笑五分钟，这该是一个多么高尚的人生目标啊！

“小姑娘，你又来啦？”

我们正笑着，一个男人的声音打断了我们，其实称他为一个男人并不恰当，他看着太年轻，眼神里的稚气还撑不起一个男人该有的样子。

他用“小姑娘”来称呼袁小丽也显得很可笑，他最多也就二十岁，就像一年级的小学生抚摸着幼儿园孩子的头说“小朋友”一样令人感到好笑。

“啊，你好，老板。”袁小丽笑着回应他。

原来他就是袁小丽嘴里说的“人很好的老板”。

“我能为你和你的男朋友拍张合影，挂在我店里的墙上吗？你看，这面墙上挂着的都是我这里的情侣客人，他们用餐可以享受五折优惠呢。”他讨好地看着袁小丽，又用征询意见的目光望向了我。

男？朋？友？樱木花道那张贱脸立刻映射到了我的脑海中，他买篮球鞋的时候，老板用肘碰着他的身子，嫉妒地说：“你女朋友长得真漂亮啊，你这个小白脸。”

女？朋？友？怎么，我们像吗？嘿嘿嘿……

我赶紧转过头去，装着没听见老板的话，盯着店里那面“情侣墙”，他们都很年轻，是年轻人应该有的模样，笑得很灿烂。

如果一会儿老板让我和袁小丽合影，我一定笑不了那么好看，因为我照相的时候不爱笑，不管小时候还是长大了以后都是这样。

在我面前，摄影师说的最多的话就是：“小宝贝，笑一笑。小朋友，笑一笑。小伙子，笑一笑。”

这些称谓随着我年龄的增长而改变，然后始终都是以“笑一笑”结尾。

我才不笑呢，我又不是卖笑的！

愣了一秒钟，我暗笑自己自作多情，袁小丽怎么会和我合影，那不等于昭告天下我们在一起了吗？

这家店离西城中学那么近，其他同学看到了怎么办？

“杨小和，过来，我有事和你说。”不知道什么时候，袁小丽离开了藤椅，走到了店里的角落处。

“什么事儿？”我走了过去，心脏强烈地搏动着。

“我们让他给我们合个影吧！”她说。

“但是……但是那……”我表面上迟疑着，心里却狂喜不已。

“半价啊，傻瓜！今天花了四十多，一会儿付账只需要交二十就行了。”她精明起来，像极了狡猾的商人。

“老板，我们今天照一张，这一顿就能享受半价吗？”她又冲老板喊道。

老板比画了一个“OK”的手势。

“来吧！”

多么豪爽的一句“来吧”！我倒像成了落入匪首的良家妇女，被她拽着走进了镜头。

我们摆了好多造型，拍了好多张，喊了无数遍“cheese”。

终于，袁小丽满意了，“就这张吧，这张好！”她指着数码相机兴奋地喊着。

其实，我也对那一张特别满意，我才发现自己也可以笑得那么灿烂，不矫揉造作。

走出饮品店，失去了空调“庇护”的我们又像被“钉”在了一张铁板上，热得难受不已。

“7月底就可以专科报名了，8月上旬就能拿到录取通知书，到那天，我会组织全班聚会，聚完后当天我们就走，地方我选好了，就去W市，住一个星期。我爸爸认识那里的一个渔民，他会为我们安排好一切，费用我全包。”袁小丽盘算着。

W 市是一座沿海城市，人少，安静。

我使劲儿点了点头，又拿出手机，“啊，11 点多了，不行，我得赶快回家。”

我都忘了家里还有一个一定快要爆炸的我妈，正等着我自投罗网，自己留下的烂摊子，始终都要去面对，收拾。

一进家门，我妈就红着眼看着我，里面充满了杀气，但她也很失落，一句话都没跟我说，坐回了沙发看《浪漫满屋》去了。

我乐得清闲，回想着刚才的那张合影，吹着空调，对着写字台上的台灯傻笑。

这算是开了一个好头吧？我心里想，这次 W 市之行就是最佳机会了，我一定会对袁小丽表白。我们之间就只剩下这一层窗户纸了，必须由我来捅破的窗户纸。

Chapter · 65 接踵而至的打击

“S 师大……嗯，找到了。”我边把手指放在学校代码表上寻找着 S 师大的位置，边嘟囔着。

7 月的最后一天，专科志愿填报的日子来了。

又一次在志愿表上填好了自己的名字之后，我扫视了整个教室，这次与我填报本科志愿时的情景真是迥然不同。

那次我坐在郭老师逼仄的办公室里，带着情绪，都想用笔在志愿表上戳几个窟窿，写得乱七八糟，这次我连自己的名字都要检查好几遍，足够郑重其事。

那次我独自一人，整个班级除了我，再无一人拥有填报本科志愿的资格，这次我又和 14 班的每个人并肩站在了一起，与袁小丽站在了一起。

那次我处在我妈强大的气场之下，这次我了无牵挂，一身轻松了。

说到我妈，她已经将近一个月的时间没搭理我了，没跟我说过一句话，从我私自改了志愿那天开始。

我挺担心她的，心理课上，老师讲过如果一个人的情绪总是积压在心里不去发泄，久而久之是会积郁成疾的。

在等录取通知书的十天中，我唯一的任务就是哄着我妈高兴。但她这次是真的生气了，无论我怎么逗她，她都面无表情，惹烦了她还会冲我瞪眼。

终于，在一个阳光明媚的早上，她爆发了。

我在她睡觉的时候捏住了她的鼻子，她被我弄醒之后，发了疯似的使劲捶打我，又踢了我几脚，可能嫌“不过瘾”，她随即进了厨房，两分钟后披头散发地提着擀面杖来抽我。

最后，在她拿起花盆准备朝我砸过来的刹那，我爸终于出手，把它夺了下来，才保住我脑袋没有开花。

她颓然地跌进了沙发，像个孩子似的哭了起来，她真是委屈极了。

我也感到自己混蛋极了，能把自己的亲妈给气哭，她期盼了那么久，等着她的儿子“弃暗投明”后能在最重要的一场考试中为她露脸。

在我学生生涯的前九年里，她一定没少遭到同事们的嘲笑，我给家里闯了那么多祸，做了那么多荒唐事，这肯定成了别人茶余饭后的谈资。

我妈一定想象过，我在高考中能取得一个理想的成绩，继而进入一所说得过去的大学，所谓说得过去，至少是个本科。

她就等着这个本科来狠狠甩那些狗眼看人低的同事一个耳光，但我却给她带来了这种结局。

不过，她现在能发泄出来也好，也好……

“进了S师大后，你还得好好学习！”她哭了很久之后，抽泣着说。

“妈，我一定，我向你保证！”即使她不说，我也会那么做。

于是，我们家又恢复了常态。

收到录取通知书的前一天，我才想起来应该给冯静和王俊打个电话，问问他们高考的情况。冯静一定早就被某所本科高校录取了，王俊嘛，够呛，他一定也报了专科，跟我一样正在等着通知书寄来。

奇怪的是，他们家的电话全部处于无人接听状态。

冯静与我家前后楼，当我来到她家门前准备敲门时，看到门上已经落了一层薄薄的灰尘，用手一抹就留下一道指印儿。

“哎，你找谁？”在我正感到纳闷儿的时候，有人突然问道。

这种质问的口气和一脸不信任的打量是我最讨厌的，我瞥了一眼楼道里多管闲事的老头儿，没搭理他。

我觉得，有些人就是喜欢多此一问，我长得像个坏人吗？如果真的一脸凶相，我觉得他们是没胆量来质问我什么的，早就吓得落荒而逃。

真正的歹徒从来不会回答你这种幼稚的问题，他们只会让你认识一种东西——刀子，在你胸前豁出个窟窿好让你没有那么多问题。

“冯静！冯静！”我拍打着防盗门，大声喊着，好让老头知道我就是来找人的。

没有反应，除了门上落下来的层层尘埃。

“别敲了，不在家。”

“干什么去了？”这次，换作了我用不信任的目光看着老头，“你是谁啊？”

“我住六楼，姓张。”

你看，我就说老头早看出我不是坏人了吧，都开始自报家门了。

“在医院呢。”老头像是在跟我传递什么机密情报，压低了声音说。

我听完后浑身惊了一下，难道是她妈出事了？还是他爸怎么着了？我始终都没把坏事往冯静身上联系，她才十八岁，怎么可能得那种乱七八糟的绝症？

“怎么回事儿？”

他指了指防盗门：“他们家那个小姑娘，精神好像出问题了，唉，都是你们那个什么高考闹的。”

“你胡说八道什么呢？！你们家人才精神有问题呢，冯静一直都是好学生，不可能！”我向前跨了一步，把老头吓了一跳。

他边往单元门外面退边嚷嚷着：“你还不信，她就是神经病了，好学生才容易得这种病呢，一次没考好受刺激了。”

“你抓紧时间走，再说信不信我揍你！”我听了他那种幸灾乐祸的语气就怒火中烧，但我只是为了吓唬他一下，让他闭嘴。

“真是狗咬吕洞宾……”

“滚！”

冯静家没人，我悻悻地从楼道里走了出来，一边安慰自己：“那个老头就是个傻帽，信他干什么？”

但我心里却隐隐地感到不适，“真晦气！”我把一大早碰上那个老头当成了一件极度让人作呕的事情。

我决定再去找王俊，好久没跟他见面，我感觉再不联系，这份情谊就要断了。

然而，到了他家之后，我迎来的却是又一个晴天霹雳般的消息。

他妈几乎是哭着跟我说完这一切的：“王俊那孩子，前天晚上就离家出走了，我和他爸也报案了，到现在一点消息都没有。”

“到底怎么回事，阿姨？他为什么要离家出走啊？”我急切地问，感觉像是在做梦。

“都怪我，都怪我，他高考只考了200多分，连提档线都不够，都没有填报志愿的资格，我说了他两句，他，他就走了，呜呜……”

“阿姨，您别着急了，他一个学生，身上又没多少钱，很快就会回来的，我一会儿出去帮您贴一些寻人启事，总会有线索的。”我能做的就是尽力安慰她。

他妈抽抽搭搭地接着说：“唉，你说现在这些孩子，说也说不得，骂也骂不得，一点小事儿就承受不了。你们那个小学同学，我记得叫冯静吧，多好的一个小姑娘啊，听说也因为高考的事情受了刺激，住进了医院。”

原来老头说的都是真的，我感觉脑袋一阵眩晕。可能他本来就是上帝派来给我送信的天使，我却粗鲁地把天使给骂跑了。

我把周边的电线杆子上贴满了寻人启事，又去一些大型商场，连火车站还有汽车站都贴了一些，希望能起到作用。

我闷闷不乐地回了家，袁小丽的电话打来了："嘿，杨小和，我刚才上了S师大的官网查了，录取名单上有我们，咱俩的名字还挨着呢。我晚上给大家打电话，明天咱们班要聚会，下午我们再坐火车去W市。"

"嗯，好。"我挂了电话，抱着头坐到了床上。

我没想到这一切发生得如此突然，没错，我是很想与过去的生活来个痛痛快快的一刀两断，就像蛇蜕完皮之后浑身光洁如新的样子，分泌着爽滑的黏液，迎来了新生。

但我唯一不想与过去决裂的就只有冯静和王俊，现在，他们仿佛也只停留在了记忆中。我内心一阵失落，像坠入了冰窖之中，寒气侵入五脏六腑那样难受。

接踵而来的打击给我向袁小丽的表白前景蒙上了阴影，我不知道真正到了我和袁小丽共处一室的时候，我该怎么把情绪酝酿好，不掺杂任何失落与悲伤的感情，兴高采烈地告诉她"我喜欢你"。

也不知道我是否还会有兴致去向她表白，毕竟，我曾经最好的两个朋友正处于水深火热中啊！

Chapter · 66 酩酊大醉地上路

袁小丽凭借她班长强大的号召力，真的组织起了一场盛况空前的聚会，班里的同学在忍受了一整个夏天的煎熬并被志愿的事情弄得焦头烂额之后，终于又神清气爽地出现了。

虽然只有短短两个月，但他们和高考时真的不一样了，无论是穿着还是面容，全部焕然一新。每年八月，就会有成千上万的新成员蜂拥着进入成熟一族。

为了尽量闹腾得痛快一些，我们把一家自助烤肉餐厅的整个二层包了下来，十来个西部牛仔装扮的服务员整整齐齐站了一排，我们有了将近二百平方米可以撒欢儿的区域。

郭老师和杨老师都应邀前来，她们并肩坐在桌子的最头儿上，大长桌足有二十米，浅卡其色的桌布层层叠叠地铺开，其余五十来个同学分列两排。

可惜达·芬奇早就去世了，如果他生活在这个年代，看到这番场景，什么《最后的晚餐》，什么耶稣，他绝不会看在眼里，他要画的一定是这幅《最后的午餐》。

大家都在聊被哪所学校录取的事情，我也不知道这些有什么好聊的，给你们带来了这么多痛苦的经历，竟然还能聊得眉飞色舞，你们的受虐倾向到底有多严重？

我完全没有兴致，一想起冯静和王俊的事情，我就闹心。

五十多个人一起取餐的场面壮观极了，甚至有些骇人。十好几把夹子在盛着肉串的器皿中上下翻飞，翻江倒海，很快器皿就见底儿了，只剩下了几根竹签和碎肉七零八落地躺在里面。

我只取了一盘蚝油麦菜和几个鸡翅，坐在了餐桌中间，冷眼看着徐春殷他们拿切好的哈密瓜朝彼此乱扔。

我想喝酒，特别想，我还想喝得酩酊大醉，我必须麻痹自己，“麻痹，麻痹……”我在心里默念着。

恰好，这里有自酿的原浆，透过明亮的琥珀色液体，我看到了一醉方休四个字。

高中生的聚会往往没有任何“前戏”，从一开始就是高潮迭起。

我拿着酒杯和谁都碰，碰完了也不说话，一饮而尽，才不去管谁的酒里掺了饮料，谁偷奸耍滑没有喝完去养了金鱼。

不知道喝了多久，我终于有了反应，醉了。

自助餐厅的天花板在晃动，地板也在旋转，我扶着发胀的脑袋，看着眼前纷繁的笑容。逐渐地，连耳边嘈杂的声音也开始消失，我耳鸣了，只剩下一声长“滴——”在耳膜附近徘徊。

有一种东西正从我的身体中慢慢剥离出去，它挣扎着腾起，我的身体拼命地拉拽着它，求它留下。但它还是要走，它说要飞向一个自由的地方。

是我的灵魂，它仿佛正在脱离这副躯壳，飘向一个遥远的地方。

“杨小和，我再也不回来了。”它嬉皮笑脸地说。

“喂，杨小和，说话啊！”含糊不清的呼喊。

有人在使劲摇晃我的胳膊，我发直的双眼缓缓看向了声音来源，“醒醒，醒醒！”叫声也清晰了起来。

“你怎么了？”袁小丽又把我带回到了现实中的世界。

还没完全回过神儿来的我直愣愣地看着她，嘴唇嚅动了几下，还是没说出话。

“我们该走了，两个小时以后的火车，打车去火车站要一个多小时呢。”她说。

我才想起来，我们还要去 W 市的事情。

我没理会男生们的起哄，他们用油腻腻的手拉拽着我的胳膊不让我走，我挣了两下，他们就松开了。

“改日再聚！”他们帮我把出租车门关好，在窗外喊着。

车子发动驶离后，他们又雀跃着进了自助餐厅。

袁小丽与我坐在出租车的后排，空调的冷气让我更加难受，我像中了寒毒的垂死之人求生不得。

“你喝多了？”

我点了点头，眼皮都睁不开了。

“睡一会儿吧，到了地方我叫你。”

一个小时不到的工夫，我做了一个梦，与其说是梦，倒不如说我经历了第二遍现实，因为梦里的场景与昨天发生的事情一模一样。

头一天晚上我跟我妈说要在W市住一个星期的消息时，她没说什么，默默地帮我找出了换洗的衣服，叠整齐后放在了床头，又让我爸给了我一些钱。

在她即将关上房门出去的时候，她问了一句：“你怎么也不给冯静打个电话问问她高考的事情？好像上了高中之后，就再没听你提起过她。”

我没和我妈说冯静已经住院的消息，怕她担心。

在她眼里，冯静才是她心中未来儿媳妇的最佳人选。她从小就隔三岔五地出现在我家，她嘴很甜，很会哄我妈开心，也懂事，每次她接过我妈帮她削好的苹果后都要再切一半下来：“阿姨，您也吃！”

我妈有很严重的洁癖，对于外人来我们家，她一般是不会表现出多么欢迎的态度的，比如我的男同学们，她嫌他们踩脏了地板，弄脏了我的床单。

但唯独对冯静，她已经把她当成了我们家的一员，每次都会留她吃饭。她走后，我妈也从来不会像清除危险病毒那样一遍遍地擦地板。

至于袁小丽，我觉得她是一百个看不上眼，前一段时间她没收我的手机并软禁我时说的那句“你别想跟那个袁小丽联系”已经让我看出了端倪。

出租车停在了火车站候车大厅的门口，我恰到好处地醒了过来。胃里突然更加难受，我正在体验着酩酊大醉的状态和醉酒的痛苦。

我们进了卧铺车厢，去W市要七个小时，她买了两张软卧。

她扶着我的头让我慢慢躺好，又把一瓶矿泉水的盖儿拧松动了，放在了地上：“一会儿醒了如果渴，伸手就能够到。”

火车轻微晃动了一下，我知道，它要开了，一开始还有“况且况且”的节奏，慢慢地，这种节奏好像也消失了。

迷迷糊糊中，我又睡着了。

这一觉睡了六个多小时，列车员叫醒我的时候，袁小丽正在穿她那白色的袜子，她看了我一眼：“好点了吗？困的话就再睡一会儿，还有二十分钟才到站呢，到时候我喊你。”

我还是感到头部隐隐昏沉，好像脑子和颅腔已经分离错位，我正努力地让脑子回归原位，安然地躺回颅腔里。

我冲她摇了摇头，我也不知道自己要表达什么意思，是感觉没好还是不想再睡了。

晚上11点，我们终于到达了W市，这里的风和J市的完全不一样，我好像感觉到了咸涩的海风正迎面吹来。虽然这是我第一次要见到大海，但有些东西，你听说的次数多了，也就能把它想象得八九不离十了。

她掏出手机，对着电话说了几句之后，就冲一辆正亮着警示灯的汽车挥手，车开了过来，一个中年男人为我们打开了车门。

袁小丽管他叫叔叔，我也跟着叫了声叔叔。

“先上车吧，再有一个半小时就到我家了。”他说。

“还有这么长时间？”我在心里抱怨着。

车上了高速，冷冷清清的，好像只有我们三个人在上面飞驰，到了收费站我才缓过劲儿来，重新确认了高速上还是有人存在的。

我看着窗外，又想起了王俊，“也不知道这小子跑到哪里去了，现在饿不饿？有没有受欺负？”

唉！我重重地叹了口气，闭上了酸胀的眼睛，暂时逃离了这个纷扰的世界。

Chapter · 67　突如其来的决裂

发动机的响声让我实在没有办法再睡了，于是我和袁小丽还有她的这位叔叔有一搭没一搭地聊起了天。

他姓刘，和袁小丽的爸爸是战友，后来自己做了生意，在W市开办了最早一批的渔家乐。他要带我们去的地方在石头村，依山而建的一个小村落。

他问了问我们高考的事情，然后羡慕地说："我们去部队的那个年代，高考还没恢复呢，丽丽，你爸爸太可惜了，他才叫有文化，净偷摸着给女同学写情诗。"

我们被他逗笑了，呼啸而来的夜风也把我吹得清醒了一些。

当晚，我们住进了民宿，刘叔叔让我们抓紧时间睡觉，养足了精神后他再带我们出去吃喝玩乐。

我和袁小丽互道晚安之后，进了各自的房间。

一觉醒来，已经是第二天上午的11点，这一夜我没怎么睡踏实，做了很多乱七八糟的梦，嘴里发干，一抿还是有点酒气。

我洗漱完之后走出了民房，院子里很安静，几只麻雀落下来觅食，无功而返之后扑棱着翅膀飞走了。

“你醒了？”

突如其来的声音吓了我一跳，我抬头看向房顶，袁小丽弓着腰，双手扶在膝盖上笑嘻嘻地看着我，像一个七八岁的儿童正弯腰看着池里的金鱼。

我用手指了指她的T恤，她才意识到自己春光乍泄，赶紧站直了身子，红着脸顺着台阶从房顶走了下来。

“你爬到那上面去干什么？”我打着哈欠，无精打采地问。

“我看到刘叔叔养的花猫上去了，就跟着去看看。”

我吓唬她：“它一定是去逮耗子了，这会儿可能连骨头都吃进肚子里了。”

“啊？我最怕老鼠了，哎呀，呦……”看样子，她真的害怕极了，牙疼似的倒吸一口凉气，不停地用右手摩挲着左臂，上面起了一层鸡皮疙瘩。

袁小丽说要到市里的商城去购物，刘叔叔把我们送过去之后说：“晚上8点还在这里等我，我来接你们。”

这里的繁华程度比不了J市，所以购物中心的空间很充足，生活节奏也慢。我沉默地跟在袁小丽身后，她像个购物狂，看见什么都想买。

“鱿鱼丝看着不错，海苔饼干也很好吃，我还要再买一些鱼片儿，对了，我妈还说让我给她带海藻面膜呢……”她兴奋地对着那些商品指手画脚。

我由着她，什么都没说。

“你怎么了？干吗这两天闷闷不乐的？”终于，她松开了抓在手里的一把海米，问道。

我沉默了一会儿后，就把冯静与王俊的事情跟她原原本本地说了一遍。

听到冯静时，她的脸色很难看：“你，还想着冯静呢？”

“没有。”我慌乱地解释，“只是以一个朋友的身份关心她一下。”

随后，我们都陷入了沉寂。

直到下午5点，她才决定把买好的东西统统退掉，又笑嘻嘻地说：“我真傻，我们还要再住五天才回去，现在买了到时候就不新鲜了。”

“袁小丽，我饿了。”我摸着肚子说，昨天从自助餐厅出来到现在我一点东西都没吃。

她欢呼着，好像我饿了是一件重大的科学发现：“走，那边有饭店，我请你吃海鲜，你终于肯吃东西了。”

这个傻瓜，还以为我是因为心情不好才吃不下东西，其实都是喝酒闹的。

她真是一个花钱毫无节制的女生，将来也一定会成为一个花钱毫无节制的女人。

真不知道我能不能养得起她，唉，还是先不要考虑这个问题了，毕竟我们连男女朋友都还不是，只处在这种让人抓狂的暧昧阶段。

我说点两个菜就够了，她一口气要了五个，外加一份汤。

“你点这么多，我们根本吃不了。”我埋怨她。

她却感觉自己像是沾了多大便宜似的，“笨蛋，你看看这些菜加起来才一百多，在J市，一百多你也就能点三个菜，这里的东西真便宜。”

她说这句话的时候声音有点大，邻桌的几个人和服务员都往我们这边看，我冲她使眼色让她消停一会儿，然后尴尬地把头扭到了一边。

菜上齐了，量很多，那只土鸡看着像是用整只鸡炖的，如果我们把所有的鸡骨头吐出来，一定能拼出一副完整的“骨架图”。

我开始大快朵颐，正当我嚼着孜然鱿鱼须时，饭店的门开了，进来几个人，吆五喝六的，他们挑了一张离我们很近的桌子坐了下来，我背对着他们。

“吧嗒”几声，他们点上了烟，风扇一吹都飘到了我们这边，袁小丽被呛得难受，一个劲儿地咳嗽。

我站了起来，转过身想要他们把烟灭掉，“你好，能不能请你们……”

眼前的这几个人看样子都是社会上的无业青年，其中有一个男的看到我之后愣住了，我也愣住了。

我找了那么多天的王俊竟然就安然无恙地凭空出现在了我的面前，他叼着烟，右手还搂着一个染着黄发的女孩儿。

他开口了："对对，人家说得对，咱们把烟灭了吧，室内抽烟不好。"随后，他带头把烟杵进了烟灰缸。

他竟然装作和我不认识！

"王俊！"我急了，"你知不知道你爸妈都快急疯了？"

袁小丽也站了起来，紧贴在我的身边，她抓着我的胳膊，担心我情绪失控。

"不关你的事。"王俊幽幽地说。

"走，跟我回家。"我放缓了语气对他说，"王俊，你过来。"

好像他身后是万丈深渊，他再后退一步就会粉身碎骨，而我正耐心地劝着他不要再退了。

他无动于衷。

"王俊……"

他不耐烦地一挥手："不要再说了，杨小和，你走吧，我哪儿也不去。"

我伸手抓住了他的领子，想把他揪起来，又掏出手机想要报警。万一他是误入歧途加入了什么不良组织，警察叔叔来了可以帮我解救他。

他挣扎着，我们纠缠在了一起。

他刚刚搂着的那个女的也掺和了进来，使劲儿掐我的手背，就掐最上面的那点皮儿，弄得我钻心地疼。

"你给我滚开！"我冲她吼道。

两秒钟后，我感觉腮帮子酸痛了起来，王俊一拳打在了上面，就这一拳，我彻底松开了抓他的手，手机也被打落在了地上。

他的拳头停留在半空，好像拿着一把手枪射杀了目标之后还迟迟不把枪放下。

他到底怎么了？眼前的王俊让我陌生极了，我小学和初中时唯一的一个同性朋友啊，他竟然打了我一拳。

“杨小和，你别以为自己现在学习好了就能随便教育别人，考上个大学有什么了不起的？你高中以前的那些破事儿你自己心里没数吗？在这里充什么圣人？”

他这是……嫉妒我？

他的那些同伴也凑了上来，把我围在了中间。

“几位大哥，别理这个傻帽，他从小脑子就不好用，我们小学班主任都说他是脑子不灵光。杨小和，赶紧给我滚，别再让我碰到你。”

我在 W 市碰到了他，失踪了快半个月的他还用那么大的力气打了他最好的朋友一拳，看得出来，他很好，好得很，至少没有挨饿。

在这座陌生的城市，我们之间第一次爆发了冲突，讽刺的是，不是在我们生活了快二十年的 J 市。我们人生中的所有第一次，不都应该发生在我们共同的“主场”——J 市吗？

但这里，明明是我们人生里的“客场”。

我甚至都不想知道，他为什么会流落到这里。

袁小丽连拉带拽地把我弄出了饭店，她拖着已经彻底懵了的我一口气跑出去几百米，她跑不动了，停下来喘着粗气。

夕阳的照射下，她的脸上泛起一片潮红，西方的天边上飘着一片火烧云，熊熊如烈火一般，像是要把天烧出一个窟窿。

我摸着被打得有些肿胀的下巴，鼻头上一阵酸楚，他为什么会像一些有心机的女生那样，把阴毒都藏在了心里，却能不露声色地潜伏着。

他的妒恨持续了多久了？是从我第一次对他说我考进了全班前十，告诉他我进了实验班，还是我牢牢把持住了全班第一的宝座？

说这些时，我从没顾及他的感受，只是异想天开地以为，作为朋友，他会由衷地为我感到高兴。

毫无疑问，在失去了填报志愿资格这个节点上，他的怨念爆发了。我可以对大学挑三拣四，而他却被大学挑三拣四，最后还被“拒收”。

那一拳还有他说的那些伤人的话仿佛一把坚硬的凿子，真的把我们这十二年的情谊凿得千疮百孔，支离破碎了。

袁小丽轻轻拍着我的背：“明天我让刘叔叔带我们好好去玩一玩，散散心，把这些不痛快的事儿忘掉，好吗？”

除了她和家人，我现在真的一无所有了，我曾认为牢不可破的友情，几天内就土崩瓦解了。

或许，在我的潜意识里，她已经成了我的家人，一生中最珍贵的家人。

这场决裂，不单单是我和王俊两个人之间的事情，我更把它看成是我与过去的一种诀别，让我义无反顾地割裂掉了那些曾经的羁绊，更对那段不堪的岁月无牵无挂。

尽管，里面有冯静，有王俊，还有我青春年华中三分之一的时光。

我怔怔地看着袁小丽，紧紧地盯着她，生怕眨眼的工夫，她也会消失。

我不能再拖了，明晚7点，无论我们在什么地方，做着什么事情，身边有什么人，我都要向她表白，心无旁骛地表白。

Chapter · 68　最邪性的表白

无论在现实中，还是在电影里，表白这件事已经被演绎得千篇一律，让人乏味。

总归少不了眼泪，女主因为感动哭得稀里哗啦，也可能男主遭到拒绝后痛哭流涕。

还有可能出现一些小概率事件，比如男女抱头痛哭，这更像是失散很久的亲兄妹相认的场景。

但发生在我和袁小丽之间的这一段，始终是我遇到过的“最邪性”的表白。一点都不催泪，更不浪漫，反而有些狼狈，更像是狗急跳墙被逼出来的。

里面缺少了含情脉脉、耐心、柔声细语等等这些表白中最基本的元素，有的只是我们之间的矛盾冲突、不信任和歇斯底里的叫声。

8 月 20 日的一整天时间里，我的精神都很恍惚，那种灵魂脱离了肉体的感觉又来了。不过，这也不完全是件坏事，刘叔叔带我们出海的时候，我竟然没有晕船。

大海的波涛，也是恍惚的，我们处在同一个频率上。

我把要对袁小丽说的话都写在了一张纸上，紧紧攥在手心儿里，趁他们不注意，就掏出来默读一遍加深记忆。

其实，从一开始，我还是想按套路来的，尽量地把表白这件神圣的事情搞得文艺并且有仪式感一些。

我要动真格的，与过去的每一次都不一样。那时对冯静的表白都是心血来潮，我只是想要应景地进行表白，却从来没准备什么。

袁小丽坐在离我很近的地方，面沉似水，“刘叔叔，我有些难受，能回去吗？”她扶着船舷问。

“丽丽，你晕船了。”刘叔叔当即让船返航。

她发烧了，将近三十九度，凝脂般白嫩的皮肤透着不正常的绯红，我觉得她整个人都要烧起来了，一回到民宿，她就躺进了房间里休息。

我一个人在客厅里剥了好多煮熟的虾肉，有的蘸了醋，有的蘸了芥末，有的什么都没蘸，医生不都说病人应该吃清淡的食物吗？

这真是个千载难逢的机会，体现我无微不至的体贴的时刻来了，心里盘算着这一下我没准儿可以毕其功于一役。

我把虾肉端到了她的床边，晃了晃她。

她含糊地说了一句：“让我睡一会儿，我什么都不想吃。”

我突然邪恶地想让她的发烧再严重一些，烧得神志不清时，我说什么她都会答应了。

然而，事与愿违，她一觉醒来后感觉好了很多，一量体温，只是还有些低烧。但已不足以影响她的任何判断力了，包括拒绝一个她不喜欢的人。

尽管她当着我的面瞎编乱造了一种叫“海明果”的故事时，亲口告诉过我，高考之后，就是她这颗海明果真正成熟的时候，她会等着我来采撷，但我仍旧不太确定她心里是否有我。

下午5点，她几乎完全恢复了，又像一只灵动的小鹿般活泼了。

“咱们去村子东面的那座山上逛逛吧，那里一定很凉快！”她提议。

我悻悻地和她进了山里，距离我给自己设定的表白时间只剩下两个小时了，不知道我们能不能赶回来。山里黑灯瞎火的，还有那么多蚊子，真的不是一个理想的表白场所。

爬到半山腰时，我意识到自己犯了一个愚蠢之极的错误，表白的小纸条被我遗落在了房间里。我看了一眼手机，6点半了，夏天的太阳落得很晚，袁小丽兴致很高，一定要爬到山顶。

留给我的时间已经不多了，我努力回忆着纸条上写的字。可能是因为紧张，我头上开始冒出了虚汗，结果我把前面的那些铺垫忘了个一干二净，只记得最后一句“我喜欢你”。

我惶惶不安地跟着她到达了山顶，还好，没有其他的游客，谁也不会这么晚跑到这种鬼地方来，他们一定去了海边抓螃蟹或者拾鱼儿去了。

6点55分了，我紧张得想要尿尿。

6点58分，我浑身发冷，感觉快要休克了。

7点，她侧着脸，看着天边的落日，它离我们那么近，却给我带来不了一点温暖。

“袁，袁小丽，我，我有件事儿要和你说。”开场白不怎么样，但我实在想不出其他更好的开场白了。

她笑了：“那就说啊，怎么结巴了？”

“我想说，我……”

这时候，她的手机响了，她看了一眼：“嘘，是我妈。喂，妈妈。”

该死的，我还是没能按照原计划的时间表白，不过这样也好，先让我平复一下心情，原来表白是这么消耗勇气的一件事情。

“好的，我知道了，你跟爸爸也注意身体，别总吹空调，知道了吗？嗯，妈妈，我也爱你。”她挂了电话。

已经7点05分了，我豁出去了。

“刚才还没说完，其实我……”

“等等，等等！”她叫道，“拿着我的手机，我去那边一下。”

“你又要去干什么啊？”

她扭捏着说：“我，我发烧的时候喝了好多水，现在想方便。”

“在哪儿？在这儿？”我大惊失色。

“很快就好了，你帮我看着点人。”她慌忙把手机塞到了我手里，跑进了树丛。

我百无聊赖地站在了原地，攥着她的手机。

“这里面不会有她的什么秘密吧？”我的好奇心被勾了起来，“看一眼，就看一眼，她不会发现的。”

我打开了她的通话记录，最新一条是“妈妈”，刚刚打过来的。

再往下是刘叔叔，然后是……最爱的傻瓜！

6月26日，6月28日，6月30日，7月3日……他们的通话很频繁，有时一天要打三四个电话。

他是谁？和袁小丽什么关系？！

有大脑的人都能猜出来他们是情侣，但我还是觉得这时候应该保持一种自欺欺人的疑问，或者说一种侥幸的希望。

我有一种被欺骗和遭到了背叛的感觉。

可能在外人看来，我只不过是自作多情的反派和阻碍人家有情人终成眷属的混蛋，但我不服气！

树丛那边传来了树枝被鞋底踩断的声音，她回来了，我赶紧把手机退出到最外部的界面，没好气地塞回给她。

下山的路上，我感觉肺都要气炸了，她倒是情绪很高：“哎呀，大病初愈的感觉真好啊，你也深呼吸一下，山里的空气比J市清新多了。”

“骗子！”我小声嘀咕着。

她还是听到了我从牙缝里挤出来的声音，“谁是骗子啊？”她一脸无辜。

“哼，自己做的好事自己心里清楚！”为了给我的语言中加入怒气，我狠狠地白了她一眼。

“杨小和，你又抽什么风啊？！”她冲我吼道。

“你竟然吼我？两年半了，你都没冲我嚷过，你对你那个最爱的傻瓜也这样吗？袁小丽，你真是水性杨花！”

“你怎么能偷看我的手机？”她急了，胸部一起一伏，脸颊上又飞上去两片潮红。

我一把攥住了她的手腕，像个封建家族里的老爷钳住给自己戴了绿帽子的姨太太，咬牙切齿地说：“我在你心里到底算什么？你说啊！”

“放开，你弄痛我了。”她扭动着身体，腾出另一只手捶打着我的肩膀。

可能这是女生为自我保护而下意识做出的一种反应，被人抓住手腕时，她们总会喊痛并且挣扎。

“你知不知道，我为了今天已经等了多久。我放弃了和我青梅竹马的冯静，放弃了校长千金，甚至和我妈翻脸，就只是为了能和你再在一起多待三年，你不懂我做这些究竟是为了什么是不是？”

“对，我不懂。”她放弃了挣扎，被我抓着的手腕像没了骨头一样，耷拉了下来。

“本来我今天就要对你说出那句话的，但你根本不配！”我像头狂躁的狮子，完全失去了理智。

“那你就说啊！”她大声回应着我的狂躁，毫不畏惧。

“我喜欢你，喜欢你，喜欢你！”余音的声波层叠着激荡在杳无人烟的山里。

我颓然地松开了她的手，呼吸紊乱，这些我酝酿了那么久的话，就这样毫无征兆地脱口而出，像一针镇静剂，打在了我躁动的神经端，让我暂时冷静了下来。

但我仍旧不依不饶地命令她：“给他打电话，我要和他说话，快点！”

“你真的要听吗？”她好像也接受了一团糟的现实状态，无力再与我纠缠，“你非要骂他一顿才开心，对吗？”

“快打！”

“好。”她像是下了很大的决心，按下了绿色的通话键。

随后，她把手机直接丢进了我手里，我盯着屏幕，一串跳动的箭头指向了“最爱的傻瓜”。

等到电话接通，我一定要把这个“奸夫”骂得狗血淋头。我突然感觉袁小丽的身影像极了“阿珂”，而我就是一厢情愿的“韦小宝”，正怒气冲冲地要去找“郑克爽”这个小白脸拼命。

这熟悉的天气
留在深处的记忆
似乎那次我们相遇
是缘分前世的累积

三秒钟后，我口袋里的手机开始震动，《对不起，我爱你》，这是我为袁小丽设置的专属铃声。

看着手机上蹦跳着她的名字和脸上挂着泪痕的她，我愣住了……

Chapter·69 吻

我愣在了原地，铃声还在响着。

“你想把这么难听的歌听完吗？把手机还给我。”她很快就把眼泪擦拭干净，冷冷地说。

见我没动，她直接夺了回去，挂断了电话，铃声也戛然而止。

等她走出去十多米后，我才欣喜若狂地追了上去。“嘿，一会儿回去后我给你做油焖大虾吃吧？算了算了，你病刚好，不要吃太油的东西，蒜蓉大虾好不好？嗯，也不行，还是吃苜蓿炒虾吧，这个菜……”

我一激动，就会变成个话唠。

“杨小和。”她打断了我。

“你说你说。”我讨好地冲着她嬉皮笑脸。

“你总说虾，是在讽刺我有眼无珠才会看上你是吗？”

“哪有哪有？你眼光最好了，好好好，不吃虾，咱换个别的，吃螃蟹，让刘叔叔给咱们做……”

“你真像只狗，脸说变就变！”她气鼓鼓地说，还在为刚才的事情耿耿于怀。

我纠正她：“我才不是狗，我是大灰狼，现在要吃掉你这只小绵羊，啊呜！”

“啊！”她发出了一声尖叫，高中女生在学校走廊里打闹才会有这样的动静。她嬉笑着挡开了我伸向了她的“魔爪”，顺着石阶往山下跑去。

“别跑，大灰狼来啦，啊呜！”我在身后追着她，跑出了山林。

晚饭后，刘叔叔有事出了门，民宿中只剩下了我们俩。

她房间的门半开着，灯也亮着。我在外面踱着步子，盘算着怎么样才能找个说得过去的理由和她搭讪，尽量显得自然一些。

但找一个天衣无缝的借口并不容易，我没想出来。

终于，我吸了一口气，礼貌地敲了几下门：“我能进来吗？”

“不能。”她正躺在床上看一本杂志，头也没抬。

“好的，谢谢。”我走了进去。

她笑着说：“你真是没皮没脸。”然后坐了起来，倚靠在了床头。

我坐在了她的床边，探过脑袋去：“看什么呢？哦，《读者》啊，我们马上就要进入英文专业了，你应该多看些英文书籍，我也需要看一些英文书籍。”

她把杂志扔在了一边，严肃地问：“那如果我告诉你我选了汉语言文学专业呢？”

“什么？”我大惊失色。

“哈哈，骗到你了吧？”她得意地笑着，笑得花枝乱颤。

机会来了！

我装出一副盛怒的样子，咬牙切齿地说：“好啊，敢骗我，看我不教训你！”

我扑向了这个“有名无实的女友”，并在她慌乱地躲开前成功攥住了她的双手，她咯咯地笑着：“放开我，听见了没有？讨厌。”

因为动作过大，我的脑袋撞到了床头的木板上，“咚”一声闷响，痛得我失去了平衡，把她也压在了身下。

我们像两只打架的狗熊滚到了一起，我把胳膊撑在了她的身子两侧，保持着这种姿势，我和她对视了五秒钟。

“你知道吗？从这个角度看你的样子好奇怪，一点也不像我认识的杨小和。”她像正在观察一只被解剖的小白鼠的生物学家，盯着我的脸说。

“我胳膊酸痛，快要撑不住了。”我能感觉出说这句话的时候，自己一定一脸的坏笑。

“你就坏吧，快起来。”她用右手拍了我的小臂一下，把脸扭向了一边。

“不！这次，说什么也不起来。”

她没说话，轻微地喘着粗气，慢慢闭上了眼睛。

我从口袋里掏出早就准备好的“作案工具”，撕开了包装。

“你要干什么？！”她听到了声音，像触电似的扬起了头。

“口香糖，你要不要来一片？”我把发亮的锡纸在她面前晃了晃。

“不要。”她又躺了下去，继续闭着眼睛。

有些事情，不该发生的时候，你再努力也无济于事。

比如这个吻，那天在病房时，只有我们两个，气氛、情绪、环境都对，就在要发生的节骨眼儿上，我妈突然跑来医院给我送饭，成功地充当了“搅局者”。

我想了想，那天缺少的最有利的一项条件，可能就是我们的身份，两个互相没给对方任何名分的高中生。

现在，不一样了。

“你到底要嚼到什么时候？”她的声音很小，像蚊子发出来的，陷入思索的我勉强可以收到她的声波讯号。

“呸！”我把口香糖向半空吐了出去，它划过了一道抛物线，坠落在了不远处的地板上面。

我笨拙地想要把她的脑袋扳正一点，方便“下嘴”，对了半天总感觉还是歪的。

正当我强迫症发作想要再调整一下她脸颊的位置时，脖子被一双手臂箍住了，她引导着我的脸慢慢向她贴近。

我人生中的第一个吻是那晚“残酷”地拒绝冯静前发生的，只有两秒钟，我就把她推开了。

这好像印证了一个事实，在男女的事情上，第一次总会很糟糕。

第二次，就会好很多。

“这次一定不是在做梦，梦里是感觉不到对方的气息的。我怎么还感觉自己脖子以下的身体部位都没有知觉了呢？天呐，我不会高位截瘫吧？看到电影里男女主角通常都是吻得特别忘情的，怎么我没这种感觉？对了，好像是要伸舌头的，算了，还是不要。从现在开始，我来计数，看看这个吻会持续多久，1，2，3……”

我脑袋里有无数个声音回荡，我又开始胡思乱想，和一些现实中根本不存在的东西默默地对话。

慢慢地，一切又恢复了正常，感觉我的心脏又匀速跳动了起来，胳膊也不再感到麻木，脖子以下又有了知觉，它们井然有序地运行着。

她的嘴唇和冯静的一样软，后来我才琢磨过来这是一个多么缺心眼儿的对比，没有谁的嘴唇会像石头一样坚硬。

但她们的又不一样，仅仅因为那是袁小丽的唇，现在属于我杨小和了。

刘叔叔的电话恰到好处地在我们分开后打来，化解了我们一时无话可说的尴尬。

他说今晚不回来了，要我们把门锁好。

我留在了她的房间里，坐在床上和她聊天，话题又扯到了以前，扯到了冯静身上。

“也不知道她现在怎么样了，初中时她不是这个样子的，虽然她说过那时候学习压力也很大，但没想到高考能给她带来那么大的打击。”我叹了口气。

从心底，我还是期盼着她能快点好起来，毕竟我人生中前十四年中的某块空白，都是由她填补的。

“以后，你不准再提她的名字。”这不像是她发出的命令，倒像是哀求，“我不要你想着别人，好不好？我……”她又哭了，一天内第二次。

我撩了撩她的头发，又用拇指蹭掉了她眼角的一颗泪珠：“好，我们不说她了，多大了还哭，小朋友？”

我们又聊了好久，只聊我们认识的这三年里在西城发生的事情。

“还记得吗？我们第一天见面的时候，差点在校园里打起来，我感觉你那个时候真凶啊！”

“你还好意思说我，我是个女生，你都不让着我。”她的声音听起来还是有些呜咽。

只是后来，聊着聊着，她又破涕为笑了。

凌晨2点，我们都有了睡意，困乏让我们哈欠连连。

“睡吧，以后的时间还长着呢，今天没聊完的，改天补上。”我说。

“嗯。”

她躺在了床的左侧，我帮她把毛毯盖好，在她身边躺了下来，窗外的月光把整个院子照得通透，我们伴着已经消停了不少的蝉鸣，睡着了。

三年前，那个骑着山地车进入西城校园的少年闯进了我的梦里，他认识了可能是他这辈子里唯一的一群朋友。

他还喜欢上了一个扎着马尾的女孩儿，她叫袁小丽。

Chapter · 70 风和日丽

我从没想过，原来我们当情侣是这么合拍。

在W市的最后三天里，每天早上的4点，我都会给她发一条短信，“走吧？”

“嗯。”她每次只回一个字。

我们在客厅中碰头，不敢开灯，怕吵醒刘叔叔。

那真的是“碰头”，漆黑的环境里，我们同时摸索着往门的位置走去，眼前像闪过一道道白茫茫的电流。

她的脑袋撞到了我的前额，痛得我“哎呦”一声。

“嘘。”她赶紧把手指放在嘴唇上，示意我噤声，在我的想象中，她就是这样做的。

院子里的黄狗已经被我用火腿肠“喂熟”了，它对我们鬼鬼祟祟的行径视而不见，趴在地上眨着眼睛，一点声音都不出。

我们坐在不太唯美的海滩边，看着海上的一层薄雾，不远处有昨晚被人遗弃的啤酒瓶子和花生米的碎皮，迎着海风，我们看了三次日出。

刘叔叔带我们坐着船，在近海的几个小岛那儿转悠，他说他一年中至少有一半的时间都会带游人登岛游览，早就腻了，让我们自己上去。

袁小丽拿着卡片机，相机绳绕在她的右手手腕上，拍照时只用一只手握着相机，按动快门。

她总是叫我去请求路人甲、路人乙来帮我们合影，我和他们对话时，她就怯生生地趴在我的肩膀上或躲在我的身后。

“你怎么不去和他们说？”在第六次对帮我们拍照的人表达谢意之后，我问她。

“就让你说！”她很霸道，“阿嚏！”

我把她搂了过来：“你感冒了？”

她使劲往我的胸前蹭，好像要钻进我的身体当中去。

“喂，你蹭的什么？”我问她。

“鼻涕。”

“袁小丽，你真恶心。”

我嫌弃地推开她，但趁我不注意，她又笑嘻嘻地凑了上来。

我们离开W市的当天早上，刘叔叔5点就起了，这是他自己说的。

当我们看完日出回到民宿后，他已经把两大盘三鲜馅儿的包子整齐地摆放在了茶几上：“丽丽，小和，快去洗手，尝尝我给你们包的包子。”

我真怀疑他是不是一夜未眠，才做出了这两盘包子。

“知道这是什么寓意吗？”刘叔叔看到我们的嘴巴被包子塞得满满当当，笑着问。

我们只顾得上摇头。

“这叫滚蛋包，我们这边都这么叫，为客人送行的时候才吃。”

“噗噗！”我和袁小丽不约而同地把馅儿喷了出去。

他开车把我们送到了火车站，距离发车还剩半个小时。

“祝你们学业有成，还有听人家说大学里可以谈恋爱，叔叔也祝你们早日找到喜欢的人。”说完，他和我们道了别。

袁小丽拽了拽我的T恤：“刘叔叔的第二个愿望已经达成了，而且我们也会学业有成的，对吗？”

“嗯。”我抚着她的长发说。

她今天没扎马尾，披在肩旁，阳光一照，像一段褐色的小瀑布，好看极了。

9点46分，驶向J市的列车开动起来，我们仍旧买了软卧票，侧躺着，她伸出右手的小拇指钩在了我的小指上，除了去洗手间之外，七个小时的旅途中，我们谁都没有松手。

我想给徐春殷他们打电话，问问他们被哪所大学录取了。聚会那天，我喝多了之后又着急赶往火车站，都没腾出时间来好好和他们聊聊。

“不用问了，我告诉你。”袁小丽挡下了我已经附在耳边的手机，“这么好的时光，我要你听我说话。”

我问了几个最让我挂念的同学的去向，她竟然都一一答了出来。

“你怎么会了解得这么清楚？”我很诧异，因为她在平时总是刻意与那些男生保持一定的距离。

“那天聚会时，我挨个问的他们。”她说。

“但你以前对他们可都是不闻不问的啊。”

“现在不一样了，谁让他们是你的朋友呀？”

她的话像一枚精确制导的导弹，准确地轰炸到了我的心房，让我感动得一塌糊涂。

“还记得杨老师教我们的那句英文谚语吗？”我问。

“嗯，Love me, love my dog.”

下午 3 点半，我们下了火车，汇在人流中走出了车站。

J 市又在下雨，不过不大，只浸湿了马路的地皮，湿得刚刚好。我拦了辆出租车，和她坐了进去。

送女友回家，这是男朋友最基本的职责之一，我正努力适应着这个新角色。

“师傅，就在前面停吧。”车子马上就要路过西城中学，我赶紧说，“那里已经离她家不远，走路最多五分钟。”

雨丝细的可以忽略，风一吹，斜着落下，落在身上像是一团水汽，很快就消失不见了。

新一届的高三已经开课，整个校园都散发着青春的气息，闻起来真让人感到惬意。

我看着她，脑子飞速运转，我想把她再一次还原成三年前还和我势同水火的那个口齿伶俐的小姑娘，才发现，行不通了。

无论我怎么想象，都回忆不起来她那个时候的模样，她就是现在的袁小丽，有血有肉地站在我面前。

“我们是在这所学校认识的，我会记一辈子。”我说。

她有些哀伤地看着我：“马上就要离开了，很舍不得吧？其实我也是，很感谢西城给了我这段经历，今天这一眼，可能真的就是告别了。”

她真是聪明，早就猜到了我要在这里下车的原因。

我安慰着她，也安慰自己：“没事儿，没事儿，即使我们马上就要去S师大了，但并不妨碍我们经常回来看看它啊，门口保安都和我熟，他们一定会放我们进去的。”

我确实和保安混了个脸熟，他们一定还记得，我就是那个因为不锁自行车而经常被扣下并且在高考结束当天大闹保安室的男生。

不过，没准儿我们再回来的时候，保安已经换了一茬人，早不认识我了，谁知道呢？

袁小丽皱着眉头想了一会儿，突然欣喜地喊了起来，像发现新大陆那样开心：“我用咱俩的名字拼了一个成语。你看，小和，小丽各取一个字，风和日丽！”

风和日丽，多么美好的一个词啊，就像西城带给我的一切。

三年前，在我的一切即将坍塌、垮掉的时刻，它及时地伸出了双手，坚定地扶持着我，才没有让我倒下。

随后它又用特有的耐心、鼓励以及包容对我这座危楼修修补补着，慢慢地填补了我心灵里的裂缝，包扎好了我人格中遭受的创伤。

终于，我平地而起，摇身一变成了一座摩天大楼，看到了那么多绚烂的风景。

我静静听了一会儿，郭老师和杨老师她们还是带高三毕业班，我想再寻找一次她们的声音，再听一听属于西城的动静。

可是，什么都听不到。

袁小丽拍了拍我的背："走吧。"

"嗯，确实也该走了。"

在路口等红绿灯时，我还是没忍住又回头看了一眼这座高中，我在用眼睛对它诉说我的祝福：在今后的日子里，愿你与我们都能在这纷扰的世间里继续风和日丽。

番外·01　袁小丽的独家记忆（上）

他睡着了，就躺在我的身边，不时地发出轻微的鼾声。他的呼吸好均匀，像只才几个月大的小猫儿，半张着嘴，砸舔着嘴唇。

昨晚在山里，他看到我手机上"最爱的傻瓜"时那种气急败坏的表情真让我感到好笑，他大声喊出"我喜欢你"时的样子不像是在对我表白，更像是来寻仇泄愤的。

我特别希望他能"成熟点儿"，不要像个小孩子那样得不到糖果就抱怨、发疯、耍无赖，那样特别幼稚，但他就是不听，或许这就是专属于他的标签，会跟着他一辈子。

还有，我们刚才的那个吻，他磨叽了半天，最后，还是在我的引导下完成的，却一点都不顺利。我们的牙齿磕碰到了好几次，那些在小说里写初吻美好的，估计都是为了迎合读者才说了"违心"的话吧。

现在快要凌晨3点了，我盯着眼前的杨小和，怎么也想不通，自己怎么会喜欢上他。

第一次和他见面的场景实在是“惨不忍睹”，那与我认为的爱情发生时应该有的样子真是相去甚远，八竿子打不着。

没有面红心跳的对视，只有急赤白脸地互相指责。

看着他刺猬一样凌乱的毛寸发型，我恶狠狠地剜了他一眼，心想：这个看谁都像欠他八百块钱的男生，一看在初中时就不是让家人和老师都省心的孩子，真让人讨厌！

前生的对头，今世的冤家！

命运竟然让我们分进了同一个班，还在众目睽睽之下势同水火。我们把所有瞧不上对方的不满都摆在了台面上，谁也不在背后捅各自刀子，要捅也捅得明目张胆。

我不知道自己怎么了，即使在初二青春期最活跃的那段时间，我都没和别人红过脸，总是隐忍着努力控制身体内隐隐躁动的一只小怪物。

但杨小和的出现，一下把我靠意志筑起的封印彻底揭了下来，我所有的不良情绪一下子全部释放了。

我看得出来，他对班长的位置特别在意，所以我在选举时投了自己一票，确保胜算大一些，没想到，我赢他的恰恰只有那一票。

我要死死地压制他，好好出一口我心中的恶气。在我眼里，他就是邪恶的化身，我这么做算是替天行道。

事情本来应该会按照这种情节正常发展下去的，直到我在箱包市场看到他给雪琪喂食时的模样。

他眼神里的戾气不见了，取而代之的是柔和爱怜的目光，连细长的眼角好像都跟着缓和了起来。

他用食指搔逗着雪琪的下巴，旁若无人。奇怪的是，那些孤苦无依的流浪猫竟然都不怕他，在他身边转着圈地蹭他的裤腿。

他为了这些猫的生存与麻辣串摊老板的争辩更让我从他身体周围看到了一圈奇妙的光晕，那是感性的同情心。

与此同时，他与班里其他人的关系都能处得很好，唯独我。

他很用功，我知道他的中考成绩并不算高，但是他对知识的渴求超出了我的想象，像一个被困在沙漠中很久的旅客发现了水源那样不断地索取着。

难道，我对他的判断出错了？或者说，他，根本不是什么恶魔，而是坠入凡间的天使？

我不敢确定，所以在高一的联欢会期间，我故意激怒他，让他与我进行了一场羽毛球比赛。我曾经接受过两年的专业羽毛球训练，而他的球技实在太烂了。

我让了他很多分，让比赛显得很胶着。并且在关键时刻，我装作崴脚，拱手让出了胜利的机会。

可是面对唾手可得的得分，他竟然选择了放弃，还陪我去医务室看伤，又送我去了车站。

在我的前男友周雨突然出现时，他对我表现出来的那种保护欲，都像是我早就成了他的领土一样，神圣而不可侵犯。

杨小和，他果然和那些“坏孩子”不一样。

当晚，他跟我提到了他在高中前的一些经历，才让我了解到他曾经受了那么多委屈和打击，我忍不住想要多给他一些关心，把他千疮百孔的心灵尽快缝补好。

那晚，他第一次跟我提到了冯静，不知道为什么，我心里有些失落。

后来我才知道，这种想要关心他的冲动和冯静带给我的不悦并不是单纯的同情与烦躁，而是喜欢一个人时才会有的表现。

“呜嗯……”此时，他嘴里发出了含混不清的呜呜声，我轻轻拍了拍他的背，他翻了个身，又归于平静了。

我抬头看了一眼已经有些泛白的天空，接着回忆着过往的种种。

我也忘了从什么时候开始，可能是高二上学期，我能感觉到他在偷偷注意我，上课时，下课后，我都竭尽全力地想印证我的猜测。

但是，他坐在我的斜后方，我的余光实在鞭长莫及。好几次，当我鼓足勇气回头想和他对视，让他知道我也在注意他时，他却把头扭向了别的地方。

这一切，都被郭老师看在了眼里。

昨晚，我跟杨小和聊天的时候，他还嬉皮笑脸地为了自己高明的伪装而沾沾自喜。说郭老师找他谈过话，却误认为他喜欢的是我的同桌韩林夕。

我心里笑着：“傻瓜，其实郭老师心里早就和明镜儿似的了。”但我什么都没说。

当时，郭老师也把我请进了办公室，把一切都说得直入主题，开门见山。

她说我与杨小和不一样，这可能与他的经历有关系，他很容易走向“极端”。今天他的成绩全班第一，但如果老师说话呛到他，他明天考个倒数第一也不奇怪。

所以，郭老师没对他把话说得太重，假装认为他喜欢的是韩林夕，给了他一个台阶下。

“如果你真喜欢杨小和，高考前你绝对不能陷进去，无论他对你有再大的吸引力，为了你自己，也为了他。”郭老师最后说。

我开始强硬地把心里的情感压下来，尽量变得和从前一样理智。

但我又不想让他过分受到冷落，所以才有了后来我们在医院的病床上滚作一团以及我编造“海明果”的故事来为他吃下定心丸。

番外·02　袁小丽的独家记忆（下）

一个多月前的那个7月8日，当我以为要为了自己的“作死”而自食恶果的时候，他出现了，头发被雨浇得像只受惊的开屏孔雀炸在了半空。

但他依旧像个骑士一样，在我即将虚脱跌倒前恰到好处地把我接在了怀里，南荫区教育区的一切都成了这场童话的背景。

我本来为他准备了一个像烟花般绚烂的惊喜，却因为我那愚蠢的自作聪明和这辈子做的最幼稚的一次决定而破灭了。折腾来折腾去，烟花在完全熄灭前变成了一个响亮的炸雷，它的余音可能会在我的脑海里响一辈子，让我不安。

我们的分数都可以去J大的，如果成真，那是多么皆大欢喜的一个结局。可我还是缺心眼儿地怀疑起了他对我的感情，编造出了要去S师大上专科的谎言考验他。

当我知道专科无法改成填报本科志愿的一刻，才察觉到自己玩得过了火，弄巧成拙，但却已经无力去补救了。

他为了我和自己的亲人反目，为我改了志愿，为了我和前途闹掰，这种考验是那么多余，我怎么能怀疑他？！

在朋友这点上，他的心好像很宽广，总能装下别人，尤其是他的那些哥们儿。

他给我说过，除了王俊之外，徐春殷他们可能会是他这一生唯一的一群朋友了。可我一直担心，他这种性格会让他吃亏。

果然，前两天王俊打了他一拳，我看得出来，他受到的打击很大。因为能成为他朋友的人都经过了他的精挑细选，本来就不多，这一下就少了一个，对他而言，已经失去很多了。

但在感情里，他却对一切都爱憎分明，从不会为了顾及某个女生的感受而委屈自己。

方雨菲虽然很难缠，不过那是一种不讲理的难缠，作为校长千金，她在其他方面或许很精明，但在对待杨小和这件事上就显得很蠢。

她一味地死缠烂打和强烈的控制欲都触碰到了他最不容侵犯的禁地，别人追得越紧，他反而逃得越快。

所以，当他一次又一次对冯静表现出那种牵肠挂肚的惦念时，我忧心忡忡地不知所措。因为，那是他真正在乎一个人时才会有的样子。

他们在一条巷子里共同成长，在过家家里扮演了无数次夫妻，又“搭伙儿”走完了九年的小学和初中那么漫长的路。

那段时光里，无论他经历什么样的大风大浪，陪在他身边的始终只有冯静。他们早就习惯了彼此存在于对方的生命中，就像一只手拿起的两根筷子，交错在一起夹向盘中的菜肴。

而我，只不过是喜欢了他“区区”两年的人，论长情，这样青梅竹马的感情让我忌惮。

杨小和无论选择和谁在一起，终归要伤害到一个人，幸好，这个人不是我，感谢上天，它对我足够眷顾。

改好志愿的第二天，我接到了一个陌生电话，是个女生，当她自报家门说自己叫冯静并邀请我出来聊聊时，我想：也好，迟早要做个了断的。

我们面对面坐在我与杨小和刚刚去过的那家饮品店里，天呐，她就是冯静？

我敢打赌，如果当年她在泰坦尼克号下沉后漂浮在海面上，无论周围再暗淡，她始终都会是救援队最先发现的那个人。因为，她的身上带着光芒，很耀眼。

冯静好奇地打量着情侣墙上的照片，我也跟着看了过去，老板的速度真够快的，杨小和与我的合影已经挂在了墙上。

当瞥到那张墙体右下方的照片时，她的目光终于像漂泊在海湾上的孤舟停靠进了避风塘，不愿再移开。

“你怎么会知道我的电话的？”我问。

“这不用你管。”她连藐视别人都能做到不急不躁，“袁小丽，你真幸运，我都没见过他笑得这么灿烂。”

她说起话来像个有故事的成熟贵妇，如果她的指头里再能夹根烟，吸上一口再轻吐出来，那真会给人一种穿越回民国的感觉。

我没说话，用吸管搅着杯子里的冰块，它们在可乐里泛着微小的气泡。

“说话啊！”她变得有些焦躁。

“你高考考了多少分？”我问她。

“656分，”她又向我投来了骄傲的目光，“袁小丽，你知道这个分数意味着什么吗？S大的招生办亲自给我打来了电话，请我报考那里。”

S大是整个S省最好的大学。

她顿了一下，接着说：“但我拒绝了，我千方百计地打听到杨小和要去J大。这种破学校我少考100分也能去上，可我还是报了J大，为了什么，你心里应该清楚。”

我能猜到，向冯静透露关于杨小和一切信息的不是别人，一定是杨小和的母亲。

我想起了前段时间给他家打去电话，他妈听到了我的声音后显得很不悦，让我以后不要再找他。后来，他妈就把他“软禁”了，我求到了徐春殷，才给他带去了小灵通。

我想得出神，全然忘了对面坐着的冯静。

她看我没说话，语气突然缓和了下来，还带着一丝急切的哀求，

“袁小丽，求求你，求求你把杨小和让给我好不好，我真的很喜欢他，一直在等他。”

“抱歉，我做不到。”我沉吟了半晌，终于拒绝了她。

在我很小的时候，我妈去了法国深造，每隔一段时间，她都会从国外给我寄回来一堆新奇的玩意儿。

我爸很大方，每次看到邻居小男孩儿眼巴巴看着我手里的玩具熊或者忍者龟时，都会对我说：“丽丽乖，把玩具让给弟弟玩一会儿好不好？”

他一直教育我要学会谦让，我这辈子听他讲的第一个故事不是《灰姑娘》，而是《孔融让梨》。

但每次邻居把玩具送回来时都是千疮百孔的一副模样，“熊”的眼睛被剜掉了，“忍者龟”的胳膊少了一只，“牛仔”的帽子被扯成了两半儿。

我心疼地流泪，我爸除了安慰我，从来不去找邻居要个说法。在他眼里，东西坏了就是坏了，还能再买新的，但和邻居的关系万万不能坏。

可是，我真的很喜欢那些玩具，偏偏要隐忍着，这是对伤害他们的“凶手”的纵容！

后来，我学会了自私，再不会为了“谦让”而委屈自己，而我现在最喜欢的一样“东西”就是杨小和，任谁我也不会让！

他一直认为冯静是因为高考发挥不好，受了打击才进了医院。但她那天离开饮品店时呆滞和失落的眼神，已经预示着她会生病住院。

窗外照进了一缕微弱的光，天亮了，他还在睡，好像比刚才睡得更沉了。

我在他的前额上轻轻吻了一下，他的四肢像个小孩子似的在空中抓了一下，一定是梦到了什么美好的东西。

从现在开始，让我好好补偿你吧。抚平你曾经受过的磨难，弥补我害你跟我一起上了专科的弄巧成拙，还有让我们的两情相悦一直保持下去。

我把头贴在了他的胸前，侧身躺好。其实，我一点都不困，我只是想让他在一会儿醒来后第一眼就看到我，轻抚几下我的头发。

那样，他一定会很幸福，我也会很幸福。

番外·03 杨妈的话

刚刚，他从W市回来了，风尘仆仆的，我给他做了碗鸡蛋面，他吃得很香。

他活了十九年，在此之前，他去过的最远的地方就是距离J市四十多公里的他姥姥家。

这次依旧没出S省，但已经足够远，虽然只在外面住了一周，却让我牵挂了很久。

看得出，他心情很好，抿着嘴。

杨小和这孩子，从小就这样，想笑的时候也极力克制，故意不让别人看出来，像吃了黄连的人，整张脸都是苦的。

一定是和那个叫袁小丽的富家女孩子玩疯了，我一直不太想他们走得太近，现在看来，拦也拦不住了。

高一的家长会上，我第一次见到了袁小丽和她的母亲，表面上我们相谈甚欢，但当我看到她拿着一把凯迪拉克的车钥匙并了解到她有一个在政府部门工作的丈夫时，心里还是起了波动。

我们是很一般的家庭，杨小和他爸下了岗，现在给别人打工。我是从农村出来的，顶替了小和他姥爷，进入了国企上班，才勉强在J市站稳了脚跟。

电视剧里都会演，这种悬殊的差距早晚会给双方带来痛苦，而始终都会是更弱势的一方受到的伤害更大。

一想到这里，作为母亲，我就感觉亏欠了他太多。不只是物质生活方面的，而且在精神层面上，我也没能给他足够的呵护。

我不太懂怎么教育孩子，总是强制他按照我的想法去做所有事情，我只告诉他一定要这样做，却从没解释过原因。

我脾气急，没耐心，他没上过育红班，所以进入小学后的他完全适应不了校园生活，他功课跟不上，更不懂怎样去讨好老师。

每次被他的班主任当众数落之后，我心里又急又恨，回家后就不分青红皂白地毒打他一顿。

他声嘶力竭地在我面前哭，我反而更加气愤："哭，还有脸哭！老师怎么不请别的孩子的家长？"

后来，冯静跑来告诉我，那些惹老师生气的事情根本不是他做的，别人将打碎了教室玻璃、在老师的水杯里撒了粉笔末以及往墙上乱涂乱画的这些事都栽赃给他，而他只是不懂怎么为自己辩解。

后来，他的那个叫曹花的小学班主任让我们带他去检查智力，我才醒悟：不能什么都听老师的一面之词，小和是我的亲生骨肉，我怎么能连自己的孩子都不相信？

后来，他给家里闯了不少祸，尤其上了初中不与冯静一个班之后，我能从他的眼神里看出，他还没完全沦落成一个“坏孩子”，也不邪恶，他所做的一切其实是在对过去受过的委屈所施加的一种报复。

小学时的他无力对抗老师，他甚至还没一个女老师有劲儿。初中时，他长高了，强壮了，虽然还很稚嫩，但他不想再任凭老师“宰割”。

那时候，在他心里，最恨的人是一群被歌颂为“灵魂工程师”且道貌岸然的人。

所幸，之后他遇到了陈老师，他抽抽搭搭地跟我讲过一次他们之间的故事，就在他得知陈老师去世的那天。

这件事让他对老师的形象有了改观，至少他不再认为世界上所有的老师都非善类了。

进入西城后，他的自信和斗志一下子被点燃了，他絮絮叨叨地跟我讲西城所有的老师多么多么好，真难以想象。

“妈，你知道吗？郭老师今天表扬我了，她说我回答上来的那个问题比高考题还难。”

“杨老师快要结婚了，她老公也是个老师，肯定和她一样亲切。”

“数学好难，但是妈，我已经在努力学了，付老师鼓励我说他觉得我能考上本科，虽然上一秒他还因为我没完成数学作业气得拧我的耳朵。”

他的成绩也开始好转了，他的人生轨迹真是像一颗被扔进深谷的弹力球，触底反弹了。

一切都以我们希望的样子发展着，唯一让我不满的就是他为了袁小丽去改了志愿。其实，这件事上，我觉得最对不住的是冯静。

高考成绩一公布，她就打来了电话，是我接的，她问我杨小和报的哪所大学。

我说J大。

她说她也要报J大，跟杨小和在一起。

当我知道她考了650多分的时候，就开始苦口婆心地劝她，说这个分数应该去S大，让她别犯傻。

她不听，执意要去J大，还倔强地说："阿姨，您别劝了，我决定了，杨小和去哪，我就去哪。"

我好久都没见过她了，也不知道她现在的模样，小和也不太经常提起她了。但我早就把她当成了一家人，我只是在等一个合适的机会，等到他们年龄合适，可能是在大学毕业后，也可能毕业后两到三年之间，我就会去找冯静她妈商量一下他们的事情。

我们两家知根知底，冯静这姑娘是我从小看着长大的，各方面我都放心。

可最后小和去了S师大，冯静的心都被伤透了。万幸的是，前天她妈打来电话，说她已经出院了，情绪也稳定了很多。

或许，我有一些私心，我想让小和去J大的主要原因确实是因为那是一所本科院校，我要向包括同事、亲友还有伤害过他的老师在内的所有人证明，杨小和是优秀的。

可是，现在想想，我更应该尊重他自己的选择，不能再压制他了，原来我就是因为太在意别人的看法，才给他带去了很多痛苦。

我自己的儿子，自己心里清楚他很棒就足够了，为什么非要昭告天下，弄得满城皆知？

我相信总有一天，他会以更加耀眼的方式让这个世界知道，他有多么大的能量！

小和，当妈的以你为荣，去了S师大后加油！

卷三·情漾师大

卷三 · 青涩师大

Chapter · 01 师大之约

从记事开始，每一年我的房门上都会挂上一本还没有三十二开大的日历，大都是我爸妈单位上发的。十几年来，年年如此。

薄薄的一张纸就代表了一个日子，寡淡的一个小本儿就能诉说完一整年的故事，看着虚无缥缈的时光能在我眼前如此“有形”地流逝，我应该对日历感恩戴德才对。

然而，我就是对它没什么好感，更不会费心关注上面的日期。我总感觉我们应该把每一天都活得“厚重”一些，而不是说随意扯掉一张劣质的纸，就意味着我们的生命少了二十四个小时。

我一年只翻它两次：往往已经到了中秋，我才会慌乱地双手并用，把嫦娥奔月那一页之前的二百多天一并撕掉，露出被掰弯的一节订书钉还有粘带在上面的碎纸屑。

随后就任由它停留在“中秋快乐”的字眼上，一直到新日历的到来时，替换掉没太履行什么职责的旧历。

但是从2007年的第一天开始，我开始尊重起它来，在我心里，它的存在感突然加重了，我准时地撕掉每一页，提醒着自己高考来临的日子，我要对袁小丽告白的日子，以及我们要进入同一所大学的日子。

9月8日，白露，农历七月廿七，丁亥猪年，己酉月，乙巳日，宜嫁娶，求嗣，祈福，忌安葬，栽种，造桥。

我盯着那些“宜忌”看了很久，取出马克笔在后面又加了一条，宜入学报到。随后我把那张纸撕了下来，叠得方方正正后放进了钱包。

这天，是我和袁小丽一起前往S师大报到的日子。

凌晨4点，我独自在客厅里收拾着行李，房间中传来了我爸轻微的鼾声和我妈的磨牙声。

我尽量压低衣服被塞进旅行箱中的声音，连拉锁时我都拉得小心翼翼，看着箱子最后像一个经历了大手术的病人完全“缝合”好了之后，我长舒了一口气。

我很想让他们陪我一起去，感受一下他们平时会无数次经过却从没鼓足勇气踏入一步的大学。然而昨晚袁小丽突然给我打来了电话，兴致勃勃地告诉我，她已经说服了她父母让她自己去报到的消息。

“爸妈，我要暂时离开这个家一周，你们要照顾好自己。”我对着他们的房门默念了一遍，蹑手蹑脚地出了门。

时间还很早，在街上除了能看到一些老年人晨练就是沿街的早点摊了。我挑了一把油渍较少的马扎坐下后，要了一个煎饼果子和一碗胡辣汤，一共两块五。

摊主满脸狐疑地接过了我递给他的一张红色的“毛爷爷”，拧搓了半天，确定是真币后很不情愿地走向那个放零钱的木盒子开始翻找。

“糟了，手机忘在家里了。”当搜寻了自己全身三遍之后，我终于坐实了这个疏忽。

距离与袁小丽在车站见面的时间还剩四十分钟，完全来得及，我又向家跑去。

尽管开门时我还是像贼一样地小心，希望能用最小的力气去拧开那把有些不太好开的门锁。但当门打开的一瞬间，我发现刚才的那些谨小慎微不过是徒劳而已。

我爸妈就坐在餐桌旁，喝着豆浆，吃着从街口买来的三十厘米长的大油条，我提着旅行箱，狼狈地不敢看他们的眼睛。

“你爸刚下楼买回来的，洗洗手，一起吃。”我妈若无其事地说，就好像我们之前有过什么约定，他们一直在等我来一起去完成一样。

我颓然地在沙发上发现了我的手机，它有气无力地躺在那里，等待着我这个粗心的像忘了去幼儿园接孩子的家长。

“哦，我不吃了，妈，等你们吃完，我们一起去S师大。”

我准备同时给袁小丽发一条短信，告诉她我们分开后一个星期的第一面注定只能在校园内见了，希望那里有座石桥，桥下流淌着汩汩清水，好把我们的重逢尽量演绎得唯美一些。

“不了，我和你爸一会儿有事要出去，你路上小心点。”

尽管她说得很自然，但我还是感觉他们注定会无所事事地度过这一天，我这点小心思，作为亲人，他们怎么会读不出来？同样，我也能读出他们不想让我尴尬的初衷。

抓着行李箱的托杆儿，我来到了路口，对面就是公交站。

红色的信号将零零稀稀的车辆和我阻隔开，也拖住了我和袁小丽重逢的时间，一秒，两秒……

虽然在几秒钟前，我们已经隔着马路看到了对方，但在我眼里，两个人只有相距半米之内才算真正意义上有血有肉的重逢。

她熟练地牵起了我的手，像关系保持了很久的情侣。实际上，我们真正成为恋人的时间不过才十天。

我喜欢她的这种熟悉，她的样子没多大变化，尽管这句话说得让人有些摸不着头脑，毕竟我们才一周没见，她能有什么变化？

七天的时间，其实足以改变很多，地球上会落下很多流星，某处水域会因为接连的暴雨而水位大涨，娇艳欲滴的花只需要一夜就会开败。

但还好，一个星期里，她没变，我也没变。

“走吧。”她望着远处驶来的公交轻声说，顺势抓住了箱子的拖杆儿。公交车开动之后，9月暖润的风开始向车内猛灌，吹在脸上无比惬意。

公交的颠簸让一早起床的我们有些倦怠，我强忍着睡意，让她靠在了我的肩头。她说我的锁骨太硬，咯得她睡不着，一把拽过了我的手背当了枕头。

四十分钟后，我们到站了，她揉搓着惺忪的睡眼，下车时显得心不在焉，但车下的景象立刻让她眼前一亮，她又变得神采奕奕了。

S 师大是 J 市为数不多的位于市中心的大学之一，东文化路上的这个十字路口寸土寸金，商铺林立，人声鼎沸，周围的小旅馆鳞次栉比，老旧的店招上歪七扭八地用红漆写着“住宿”。

这里比原来还要繁华热闹！原来是什么时候？

是两年前我和王俊来这附近的那一天，往东一百米就是名扬 J 市的师大街，那里充斥着出售仿真名牌的服装店与鞋店，目标群体就是我们这种“爱慕虚荣”但没什么经济实力的学生。

无论高中的校规再严格，要求我们一定要穿上难看又不合体的校服，但还是有人穿着一身连字母都拼错了的阿迪达斯招摇过市。

“才早上 7 点，怎么会有这么多人？”袁小丽放下了旅行箱，和我站在了信号灯旁边。

我们看着熙熙攘攘的学生出入校园，像两个被女巫下了诅咒的木偶钉在了那里，呆呆地看着校门口硕大的大理石上用描金字写的“S 师范大学”。

不知道错过了多少个红绿灯，我们才回过神来，小心翼翼地穿过人车交织的东文化路，在即将跨进校园的第一步，袁小丽拉住了我。

“怎么了？”

她咬着下唇，这是她要宣布重大决定时的一贯表现，果然，她坚定不移地看着我，开口了。

“杨小和，你答应我，我们今天牵着手一起走进S师大，三年后我们出来时，还要牵着手，这是我们第一个重要的约定。”

她一定是看过了许多青春小说和电影，里面老套的情节总会安排高中时如胶似漆的恋人进入大学后，因为种种原因而劳燕分飞的“惨剧”。

我笑她胡思乱想：“傻瓜，我们怎么会……”

“答应我。”她不容置疑地打断了我的话。

“好好，我答应你，一定和你一起走出S师大，而且我们的手一定是牵着的，好了吗？”我捏着她滑嫩的脸，郑重其事地说。

她总算心满意足地点头笑了，有时候，她比我还要像个小孩子，神经质般敏感。

就感情来讲，女生似乎永远都没有安全感，也永远都不自信。

“我们现在可以进去了吗？”我征询着她的意见。

她元气满满地嗯了一声。

“谢主隆恩。”我在心里默念着。

“等一等。”她喊道。

“又怎么了？”我莫名其妙地看着有些反常的她。

“我们要先一起迈左脚，再迈右脚。”

我苦笑：“宝贝儿，这有区别吗？”

“哎呀，你照做就是了。”她撒娇地推了我的胳膊一下。

终于，在这不明所以然的情况下，我们完成了那极其神圣的两步，就像军训时被教官点名出列向前一步走一样。

跨过校门口减速带的一刻，我们终于成了两个名副其实的大学生。

她又笑了，不过这次的笑与之前的都不同，她又恢复到了那个风华绝代、成熟的袁小丽的模样。

Chapter·02 轩然大波

S师大内的一切都有些陈旧，老旧的校门，老旧的教学楼，老旧的色调，与一墙之隔外的繁华商圈有些格格不入，像在一堆洁净闪亮的银器中结出了一张蛛网，让人看得扫兴。

或许，这才是一所大学真正该有的样子，它应该是一片净土，净得朴素，才能镇得住外界的纷扰和火热，它不能“浓妆艳抹”，也不能“鼓吹喧阗”，它永远只向世人展示自己清心寡欲的一面。

我们在这一片祥和的陈旧中游荡着，行李箱上的滚轮蹭着六方形的地砖，连贯地发出咕噜咕噜的声响。

袁小丽搂着我的胳膊，自告奋勇地带着我在辨不明方向的校园里横冲直撞，但一直没有找到通知书上写的报到地点。

在被她当狗似的溜了半个多小时之后，我又重新站到了校门口竖立的毛爷爷石像前。

她眨着眼睛，不知所措地看着我，良久，又兴奋地喊道："你看，这里也有一座毛主席像！"

什么叫"也有"？这明明就是半小时前我们看到的那一座！

为了保证我们能够在今天天黑前入住宿舍，而不至于流落街头或者住进校外四十块一晚的木板房中，我找了个正在晨读的女生问路。

找到缴费处的一刻，我松开了行李箱，使劲揉了揉胳膊，拭去了额头上的层层密密汗珠，随后径直走向了摆着"外语系"台卡的那张桌子。

"你好，我们是来报到的新生。"袁小丽礼貌地对着坐在桌子后面一群正在闲聊的学生打着招呼。

"哎呀，小姑娘，小姑娘。"一个矮胖的男生揉搓着熊掌般的大手，满脸堆笑地盯着袁小丽，像巫婆刚刚用青蛙熬出了一锅可以让她法力大增的毒汤般兴奋。

"不对，应该叫学妹，我怎么跟你们说的来着？这一届的新生里肯定有好货色！"他自我纠正后，对着其他人意味深长的一笑。

"咣当"一声，我把行李箱扔在了桌子上，他们的笑声戛然而止。

"缴费。"我看着眼前这个口宽鼻阔、獐头鼠目的胖子，咬牙切齿地说，他粗鄙的话让我听得胃一阵痉挛。

胖子的脸上僵了几秒钟，随后又跟被人揉得变形的橡皮泥似的笑成了一团："是学弟呀，嗯，小伙子一看就有前途，我叫王霸赛，是外语系的学生会主席，今后我会多多关照你的。"

学生会的王霸赛？

“关照你个头啊！听你的名字，你父母是不是给东海龙王当差的？”我垂下了眼皮，对他不屑一顾。

听了这话，他再也装不出一副彬彬有礼的样子，脸涨得像块发紫的猪肝：“你哪儿来的？再说一遍试试！”

其他人也像诈尸般从座位上弹了起来，第一天报到就要打架，那就打吧！

我的手摸到了旁边的一把椅子，蓄势待发。

学生会的人虎视眈眈地看着我，而我在等他们先动手，哪怕只是有个人来推我一下，下一秒王霸赛的脑袋都会被我砸开了瓢。

“学长，对不起，他是我男友，不会说话，你们别往心里去。”袁小丽拽住了我，轻轻地摇着头，一脸无助的哀求。

这场一触即发的冲突在她的三言两语之下就被化解了，我们在有些诡异的气氛下填了签到表，缴了学费，领了宿舍钥匙。

在我签名时，大家都装得若无其事，实际上“各怀鬼胎”。

王霸赛竭尽全力地想要看清我叫什么，日后好找机会报复，而我满脑子里想的都是把他的口条切下来，卖给校门口的熟食店。

走出大厅时，我听到了身后传来了他们尖锐的口哨声，这又惹得我火冒三丈。

“一群傻帽！刚才你拉着我干什么？”我愤愤不平地说，毫不顾忌地脱口骂出了一句脏话。

她用手抚着我的胸口，息事宁人地说："消消气，你不是答应过我不打架了吗？"

"可那些学生废的……"我一着急，咬错了字。

"是学生会，"她纠正道，"好了，犯不着跟他们生气，我们去买被褥吧。"

她牵着我的手，用温润的手心贴着我的手掌，我的气消了大半。

我们走在像地震疏散地的跑道上，小心翼翼地避让着堆叠在一起的铺盖，她停在了一处被褥码放得最整齐的地方。

"就在这里买吧。"她说。

"有人吗？"我试探性地喊了一声，左顾右盼寻找着不知所踪的老板。

几秒钟后，一座堆成了小山般的蓝色毛巾被下有东西开始蠕动了起来，像只蝶为了破茧而出在做最后关头的挣扎。

那堆毛巾被像翻覆的海浪上下起伏，终于，里面露出了一个瘦尖的脑袋，随后出现了一副文弱的骨架，那人一边扯掉裹在身上的一团藏青色，一边应声道："来啦，来啦！"

一个一米七多一点，满脸雀斑的男生出现在了我们面前，他松垮的牛仔裤勒着上身那件洗得有些微黄的衬衫。

"老板，我们想买两床被褥。"

"俺不是老板，俺是外语系的大二学生，给人来打工的，你叫俺陈包就行，书包的包。"他的普通话说得很蹩脚，夹杂着方言。

陈包？这名字不能再奇怪了。

“你这床褥怎么卖啊？”

“三百五十块一套，东西可全了，你看，有被子、褥子、床垫、床单、暖瓶、饭缸、马扎……”

他把所有东西都揪在手里，开始向我们推销，每说一样儿，他就把提到的东西拎起来，示意他童叟无欺。

“哇，这么多东西才三百多，给我们来两套。”袁小丽掏出了钱包要付账。

我赶紧挡住她的手，拼命地冲她眨眼睛，然后皱起了眉头，“哥们儿，这太贵了，我们也是外语系的，看在是你学弟学妹的分儿上，给便宜点儿，两百一套吧。”

陈包苦笑着，露出了一口歪牙，“哎哟，卖两百我就赔了，进货都不够。”

我看着他，心里一阵冷笑：“你跟一个逛了三年师大夜市的人来这套？我就没见过有一个卖假耐克阿迪的人不这么说的，随便挑出来一个都比你演得声情并茂。”

“不卖啊？”我故意提高了音量，转身对袁小丽说，“走，咱们去对面买一百八十块的去，不就是少个马扎吗？有空儿我给你做一个！”

陈包一看我们要走，手忙脚乱地放下了刚才他展示的那堆东西，一脸憨笑地挡住了我们，“好好，就两百一套，就当咱们交个朋友了。”

这是我和王俊买鞋还不下价来时惯用的伎俩，百试百灵。

想到他，我叹了口气，也不知道这小子现在怎么样了。

我把刚才和陈包斗智斗勇后斩获的“战利品”扛在了肩上，拉着行李箱，身边跟着像只吃错了药的兔子似的边走边跳的袁小丽，朝宿舍走去。

“刚才买被褥，你怎么价都不还就要给钱？”我耸了下肩膀，把即将溜下来的被褥又往上抬了抬。

她替我扶了一下，欢快地说：“我看那个学生挺不容易的，再说，我爸这个月给的生活费我可能花不完。”

“给了你多少？”

“两千块。”

“多少？”我像只被踩了尾巴的猫，全身抽搐了一下。

然后铺盖里包着的饭缸噼里啪啦地摔在了地上，在转着圈地发出一阵响亮的叮叮当当声之后，终于安静地躺在了蒙着一层灰的石路上，碰掉了几块搪瓷皮儿，露出了难看的生铁。

“两千啊，干什么一惊一乍的？”

“今天都 8 号了，你周末回家，这个月就在学校待不到半个月，你家里给你两千？”

“所以我说花不完嘛。”

2007 年啊，蛋炒饭才三块钱一份儿，去趟小饭馆点四菜一汤都用不了六十块钱，还能吃得不错，她一个月要花两千元。

那可以买……一千三百多个烧饼夹里脊，我快速地计算着，翻着白眼儿。

一幅奇怪的画面映入了我的脑海：袁小丽开着一辆皮卡，上面载着一车烧饼夹里脊，在坑洼不平的小路上行驶，由于颠簸，亮红的里脊片儿和生菜挂着刚刚抹好的蒜蓉、辣酱从烧饼里源源不断地滚出，脱离。

她要去做慈善，周济难民，而我就是其中的一个，下一秒，我一定会扑向周身带着天使般光晕的她，抱紧她的大腿声泪俱下："可怜可怜我吧，我好饿啊！"

"你呢？"我正想得出神，她冷不防地问。

"我啊，哈，哈哈，八百块。"

其实，我只向家里要了五百，确切地说，买完被褥，现在只剩下了三百。

和她在一起什么都好，只是有时在经济方面我会感到有些自卑。

"刚才经历了那么多轩然大波，又是打架，又是杀价的，中午我请你吃饭吧，去吃比萨？"她掏出纸巾，帮我擦拭已经淌到了嘴角的汗珠，说道。

我没推辞，痛痛快快地答应了。

"同学，请问你们在哪里买的被褥啊？"我们正乐此不疲地聊着，一个清澈的声音划破了空气的层层阻力传了过来。

我抬起了头，看到了面前站着一个穿短裙的长腿女生。

Chapter·03　新舍友（上）

长腿女生撩了一下披散在肩膀上的头发，眨着清澈的能滴出水来的大眼，浅浅地笑着。

她背着一个黑色的双肩包，上面挂着五颜六色的毛绒饰物，穿了件贴身得有些离谱的白色短袖T恤，那不像一件衣服，更像是从她身上长出来的一层皮。

她的胸前印着一双手背在身后的米奇，被她丰润的身形撑得“双目圆睁”，一副就要窒息的样子。

“在操场那边……”我压低了说话的声音，竭尽全力想表现得绅士一些。

她用两个手指捏着自己的领口来回拽了几下，又缓又轻，像在刻意暗示着什么，“哎呀，今天好热呀，你能带我过去吗？”

我心猿意马地盯着长腿女生的胸部，终于，还是不争气地咽了口吐沫，当它滑过我干燥的嗓子眼儿时，我能听到从里面传来了微弱而又清晰的“嗞嗞声”，像块带着血丝的生牛排被扔到了发烫的铁板上。

在我即将脱口而出“好”的一刻，袁小丽清脆嘹亮地喊道：“不行！”

“我们还有事，操场离这里很近，你自己过去吧。杨小和，你给我过来！”她命令道。

我吓得一个机灵，乖乖地低着脑袋躲到了她身后，像只被坏人追得走投无路的宠物狗找到了主人一样。

“原来你叫杨小和啊，我叫许娉婷，谢谢你哦。”她说着，又把头发向后撩去，轻快地跑开了。

我目送着她离开，那些毛绒玩具在她的双肩包四周欢快地蹦跳着。

“有那么好看吗？”袁小丽冰冷的声音传到了我耳中，“还看，你还看，信不信我把你眼珠子挖出来？！”

“不看了，不看了，她哪儿有你好看，走吧，我先帮你把东西搬到宿舍。”我恋恋不舍地收回了目光。

许娉婷真像一株让人吸上就很难戒掉的大麻，说句不好听的，她浑身都散发着一种能勾魂儿的东西。

“刚才她一定是故意的，明知道你有女友，她还……”袁小丽醋心大发，耿耿于怀地嘟囔着。

“谁啊？”

“你还装疯卖傻，就是那个许娉婷！”

“人家就问个路，哪像你说的那么有心机？”我安慰她。

“我能从她的样子看出来，女生最了解女生，你不懂，她一定居心不良，你以后离她远点儿，听见了吗？”她像侦探一样缜密地分析着“案情”后警告着我。

我笑了笑，说：“哪还有什么以后了，全校三万多个人，不会再碰见了。”

“听见了没有？”她又强调了一遍，完全忽视了我拿小概率做借口。

“听见了，你说什么我都听，好了吧？”

女生宿舍楼门口，我被宿舍管理员阿姨“盘问”了五分钟。

“你爸是干什么的？”

“阿姨，您干什么呀，政审啊？我们家就是劳苦大众，正儿八经的良民。”我解释着。

最后，我把身份证押在那儿，她才将信将疑地把我放进去。

“最多一刻钟啊，你帮她搬完东西就得下来，要不我直接上去找你。”上楼时，我听到了阿姨在身后扯着嗓子威胁我。

袁小丽的宿舍在三楼，我拖着她的行李箱和被褥艰难地往楼上爬着，等她掏钥匙开门的空儿，我累得瘫坐在了地上。

宿舍里空无一人，一开门，一股霉味夹杂着夏末的热浪迎面扑来，空荡荡的床板显得有些突兀。

“耶！是四人间！”她兴奋地眼睛发亮。

“四人间怎么了？”

“我喜欢，人多了事儿也多，四个人刚刚好。”

我们安顿好了行李，把床铺好，套好被罩，又在里面歇了半个小时才下楼。

“刚才不说了吗，最多一刻钟，这都快俩小时了，我正要上去找你呢！”

门口，我又和宿管阿姨磨叽了十分钟，才要回了身份证。

袁小丽说也要帮我去收拾一下，我们来到了几十米之外的男生宿舍楼，我的房间在一楼。

进门时，管理员大爷并没有拦住她盘问，很自然地视而不见。

走廊很长，越向里走光线越差，四周散发着一股球鞋、臭袜子的气味，熏得袁小丽掩住口鼻，不停地咳嗽。

同样，宿舍没人，我把钥匙插进锈迹斑斑的挂锁，费力一拧，锁梁与锁舌才不情愿地慢慢脱离。

也是四人间，只有一张床上铺着卧具，看样子已经有人住下了。

我扫了一眼后，把包往下铺一扔，搂着袁小丽一起坐了下来。

“你不要想做坏事。”她紧张地说。

我笑她神经过敏：“你怎么知道我想做坏事？”

“你两个眼珠子滴溜乱转的时候准没安好心。”

“那我现在就坏给你看。”说着，我像只蚊子撅起了嘴，准备扎向她。

“哎呀，别闹了，我先帮你铺床吧。”她笑着挣开了我。

屋里很闷，忙活了半个小时，我们身上都渗出了汗，她的几根发丝也沾到了脖子上。

此时，门外响起了脚步声，一直到宿舍门口才停了下来。

一个女生娇滴滴地轻声嗔怪着："哎哟，你讨厌，这里好多人呢，你松开我，进了门再说。"

接着是长时间地沉寂，我只能听到一种奇怪的声音，好像是什么东西把那个女生的嘴堵上后发出的呜呜声。

门是被猛然推开的，当一个身高一米八左右，身材瘦削的男生出现在我面前时，我都有些恍惚了。

一本书的名字最先映入我的脑海——《那小子真帅》。

他烫了头发，是男生中最流行的纹理。他的眸子黑亮，像两颗星星恰到好处地镶在了眼眶里。

他的鼻梁真挺，就跟有人用刻刀雕琢过的一样精致，我对自己样貌里最满意的眉毛和长睫毛在他面前也一败涂地了。

这个学校最帅的人出现了，还是我的室友，我盯着他，心里悸动着。

由于被门挡住了视线，我并没有看到门口那个女生的模样，只听见她在外面说："你宿舍里有人啊？都怪你，我说刚才不要的，真丢人，我先走了。"

女生越跑越远，在走廊里留下了一连串"噔噔噔噔"的回音。

男生看着满头大汗的我们，表情极不自然："不好意思啊，来得不是时候，要不我先出去？"

"不用，不用，我们俩已经完事儿了。"

其实我想表达的是收拾完床铺了，但他还是想歪了，露出了会心的笑容。

“我叫李峰，外语系的新生，给，喝可乐。”他从包里掏出三瓶红色的易拉罐，替我们拉开拉环儿。

“你好,你好,我叫杨小和,这是我女友,袁小丽,也是新生,谢谢。”我赶紧接过了可乐，啜吸了一口。

“你俩都是J市的？”

“对，你也是吗？”

“嗯。”

“嗡”，我的手机响了，是条短信，发件人是袁小丽。

“走吧，我们去吃比萨吧，坐在这里好尴尬。”短信上显示着她的请求。

“哥们儿，我们出去有点事儿，回见。”我向李峰道了别。

临近中午12点，东文化路上的餐厅人满为患，我们在一家比萨店门口等了半个小时才被告知有了空座。

我不太喜欢吃比萨，吃不惯那种味道。

看着袁小丽咬的芝士拉出了丝儿，我把厚厚的饼皮儿都倒进了自己的盘子里，撒上番茄酱，就着炸鸡米花吃得津津有味。

她提议我们交换着尝尝对方爱吃的东西，我说好。

“呸，真难吃！”当我吃到芝士馅料，她咬到比萨饼皮时，我们同时发出了感慨。

“下午在宿舍好好休息吧，别忘了晚上6点学校礼堂的迎新仪式。”她提醒我。

“嗯，好。”我松开了她的手，目送她进了女生宿舍。

Chapter·04 新舍友（下）

我回到宿舍时，李峰正像个吸大烟的八旗子弟慵懒地靠在床上玩着手机。

“嘿，杨小和，你手机有蓝牙吗？”我一进门，他就迫不及待地问。

“有啊。”

“打开，打开，我这里有个游戏，能连蓝牙一起玩。”

我们俩玩着幼稚的横版通关类游戏，聊着天。

“上午和你在一起的那个女孩儿是谁啊？”我问他。

“代乐乐，我女友，原来跟我一个高中的。”他敲碎了一个骷髅兵的脑袋，回答道，“哎呦，我去，小心，老板来了！”

两个小时后，我们通了全关，像两团烂肉似的陷在了床里。

4点，门再次被推开，探进来一个小圆脑袋，他像只从地洞里钻出的土拨鼠，环顾一周确定没有危险之后才走了进来。

王海涛，来自 Y 市，身高顶多一米六五多点儿，戴着副眼睛，呆头呆脑，他的存在让我的颜值不至于在整个宿舍里垫底儿。

“哎，还有一个是谁啊？好像比我们来得都早。”我想起来剩余一张床已经铺好，但主人不知所踪。

“我听说好像是个大二的，和咱们一样也是专科生，其余宿舍都住满了，就他落单，才安排到了这里。”李峰回答。

距离迎新会还剩一个小时的时候，李峰就开始忙着捯饬他的头发，他拿着自己带来的钢梳，对着镜子小心翼翼地打理着。

王海涛笑他像个娘们儿：“梳得这么整齐，晚上睡觉还不是又得压乱？”

“你懂什么？迎新会啊，得有多少美女？不弄得精神点，怎么钓她们？”

“你不是有女朋友吗，怎么能一脚踏两船？”我惊讶地问。

李峰斜着眼看了我半天，确认我不是在开玩笑之后才说：“哥们儿，现在什么年代了？”

我们正围绕着关于“是否应该对爱情忠贞不贰”这一话题辩论着，门开了，满脸雀斑，一口歪牙，这不是卖给我被褥的陈包吗？

“你怎么来了？”我们三个异口同声地问道，问完又面面相觑，愣住了。

“我住这儿啊，你们也住这里？”

原来李峰说的那个大二学生就是陈包，恰巧，我们三个人都是从他那里买的被褥。

整个宿舍的人员聚齐了，这组合不能再别扭了，混住宿舍中数陈包最大，按理说他应该成为我们的领袖，但他实在没那份气质。

“我去，我今天才相信缘分这种说法，还不是关于爱情的。晚上必须得出去喝一场，都得喝得把胆汁吐出来才行！”李峰大呼小叫着。

陈包答应得很爽快：“成，被褥一百五十块进的货，我赚了你们每人二十块钱，晚上我拿出来请客！”

“你明明赚了五十好不好？你卖给我的可是两百块！”我大声纠正他的算术。

“都给你说了，我是替别人打工的，卖一套我就提二十块。”他耐心地解释着。

“你老板是谁？”

“学生会，这些被褥都是他们进的货，分给了我们这些小代理去卖。”

迎新会的舞台上，名叫唐学荀的系主任带着一众学生会的成员像传销头目似的给台下的新生洗着脑。

我们听到一半就感到无聊透顶，猫着腰跑出了礼堂，和陈包在校门口会合。

“去吃烧烤吧！”王海涛的提议一出，大家一呼百应。

晚风中夹带着残余的热浪不断袭来，我们挑了街中段的一家店，坐在马扎上看着星星点点的灯火和来往的学生。

烤串的炉子旁烟雾缭绕，老板从塑料袋里捏出一小撮孜然、辣椒面撒在考得有些发焦的肉串上，又用一把破蒲扇扇了几下，浓烟四起。

我们喝得昏天黑地，中途去洗手间抠了三四次嗓子眼儿，催吐之后接着喝。

大家的话也渐渐多了起来，尤其是陈包。

据他说，他来自L市的偏远农村，家里兄弟姐妹三个，生活特苦，他是老大，为了供他求学，家里很早就让他的弟妹辍学去打工了。

看在是舍友的分儿上，他拜托我们今后有什么兼职类的活儿一定要介绍给他，再苦他都接。

我听着一阵心酸，闭着眼吞下了一杯啤酒，温润，苦涩。

熄灯前，我们东倒西歪地往校园走去，勾肩搭背，称兄道弟，最后也搞不清到底谁是谁哥，干脆不分年龄，统一都叫哥。

“涛哥，包哥和峰哥呢？”我停在了一面墙旁边，扶着它使劲晃着天旋地转的脑袋。

“不知道啊，和哥，可能去上洗手间了吧。”

有细微的水流声传来！我循声望去，李峰和陈包正傻笑着对着一棵法桐“放水”。

随后，他们蹦了两下才提好了裤子，心满意足地又是一阵傻笑。

“杨小和，你怎么在这儿啊？”我正醉眼迷离地喘着粗气，一个熟悉的声音传来。

那声音我认得，它主人的名字就在我嘴边上徘徊着，但死活想不起来了。

上午我还安慰袁小丽说全校三万人，不会那么巧再碰到许娉婷了，然而现在她就毫无征兆地出现了，独自一人。

“我，我乘凉呢。”我边说边偷偷瞥了李峰他们一眼，暗自祈祷着他们已经耍完了酒疯，不要失态。

可是，这只是我的一厢情愿，李峰迈着蛇形的步子晃了过来。

“杨小和，你可以啊！今天早上我在宿舍看到的女生可不是这个，我绝对没记错，那个叫什么来着？”

他按着自己的脑袋痛苦地思索着：“对了，叫袁小丽，胸可没她这么挺，腿也没这么长，你小子真是占尽好处，还说我滥情，哈哈哈！哎，妞儿，你是谁啊？他可有女朋友，你可别横刀夺爱！”

他喝大了，开始胡言乱语，估计离实现他下午定下的“要喝到吐胆汁”的目标已经不远。

陈包也好不到哪儿去，在一边扯着嗓子喊：“你们都听我说，其实被褥的进价是一百一套，嘿嘿！我骗学生会说一套只卖了一百五，剩下的钱都是我的，哈哈！兄弟们，我也不想这样，不过我们家是真穷啊，我对不起金花，对不起银锭，对不起爹妈，我得赶紧赚钱报答他们，我欠他们的是债啊，呜呜呜……”

他的情绪拿捏得真好，把“乐极生悲”四个字演绎得淋漓尽致，傻笑完后就蹲在地上抽泣着，像祥林嫂一样变得絮絮叨叨。

“涛哥，赶紧的，咱把他们俩架回去，别在这里丢人现眼了。”

我对他们俩的行为又羞又愤，压低声音招呼王海涛帮忙。

“李峰喝多了，他胡说的，你别往心里去。”我赶紧向许娉婷道歉。

“你有女朋友也是他胡说的吗？”她无奈地看了一眼已经把王海涛压在了地上的李峰，没生气。

我没再解释，因为我一对别人提到袁小丽就忍不住要把我们俩浪漫的爱情故事和盘托出，只是还有五分钟宿舍门就要关了。

我们架着那两个傻货，落荒而逃。

“我也是外语系的，认识你真高兴，杨小和！”我身后传来了许娉婷的喊声。

宿舍里，李峰像说着呓语一样地喋喋不休；陈包则像只死狗似的瘫在了床上，一言不发，没一会儿就发出了鼾声；王海涛的酒劲儿也上来了，将近三十度的气温下，他非喊浑身发冷，用毛巾被把自己裹得像个粽子。

想起明天就要开始的军训，看着这几个不让人省心的新舍友，我躺在了坚硬的床板上，合上了困乏的眼睛。

Chapter · 05　一起失眠

装潢高档的会议室内陈设着柔软的真皮沙发，四位声名显赫的商界巨头沉着地落座后点燃了从古巴进口而来的雪茄，翘着腿，吞云吐雾间已经达成了好几亿的生意。

这种在我脑海中积淀了很多年的成功人士形象，在大学生活开始的第二天就被我体会到了，除了明净宽敞的会议室变成了逼仄紧窄的小诊所，商界大鳄变成了打着吊瓶的穷学生。

我和李峰他们因为饮酒过度，全部得了急性胃肠炎，上吐下泻，像一群老弱病残相互搀扶着来到了校外的小诊所打上了点滴。

没有高档的西装革履，有的只是十块钱一双的蓝色拖鞋和皱皱巴巴、起了汗碱的背心，上面粘着昨晚吐在上面的秽物。

“你们这些学生，真不让人省心！每年开学都得有几个喝成像你们这种熊样儿的，自己的身体都不珍惜，玩儿命作吧！”给我们埋针的胖护士见怪不怪地埋怨着。

“护士姐姐，麻烦您了，等我们病好了，请您吃饭。”李峰的脸上艰难地挤出一个还算灿烂的笑容，随后又痛不欲生地耷拉下了脑袋。

我冲他翻了个白眼儿，低声说：“峰哥，你真是个牲口，这么胖的货色你也勾搭。”

尽管我的声音已经小到了接近腹语的程度，但在死寂的房间里还是被护士听得一清二楚，她狠狠瞪了我一眼。随后，她不知从哪儿找出来一支冰糕给了李峰。

他甜甜地叫了声“谢谢护士姐姐”后，在我们羡慕的目光里使劲吮着冰糕上的巧克力外皮儿。

缺席了整个持续一周的军训之后，作为S师大新生的反面典型，我们被全校点名通报批评。

正式开学后，各项信息陆陆续续地公布了，一个名叫管霞的女辅导员负责我们专科班。

“这还不如叫螨虫呢！”李峰看着站在讲台上的管霞脸上起满的粉刺，一边干呕一边厌恶地说。

王海涛赶紧示意他噤声：“嘘，别胡说，听说她是唐主任的亲外甥女。”

“唐主任是谁？”我和李峰异口同声地问。

“唐学苟啊！”

嗯，好像是有这么一号人物的存在。

我并未与袁小丽分进一个班，但这并不妨碍我们腻在一起。

我没在自己班的课堂上出现过一次，但严格来讲，我并没有逃课，该上的课我一节没落，只不过是在袁小丽的班里。

李峰也中了邪似的非要跟我一起，说什么都不听。

“峰哥，你回咱们班吧，别在这里当电灯泡儿了。”

“我才不去呢，你都没见咱班的女生都是些什么货色，将近五十个人啊，一个成气的都没有！”

“你真是淫心不死！”

虽然认识还不到一个月，但我和他已经可以像有了多年交情的哥们儿一样互相笑骂了。

“行，我淫心不死，你高尚，哎，袁小丽，你知道吗？我们的那晚，有个女……”

我知道他要说遇到许娉婷的事情，赶紧顶了他的肋条一肘，他疼得身子一沉：“我去，动手是不是？”

他毫不示弱地反击，抽冷子一脚踢在了我的腓骨上，我痛得龇牙咧嘴。

“你们俩别闹了。”袁小丽硬从嗓子眼儿里挤出几个字。

当我们意识到闹得动静太大时，一切都为时已晚。

教音标课的老太太把拧断的粉笔随手扔进黑板槽中，和颜悦色地问：“两位同学，我的课很无聊，对吗？”

李峰嬉皮笑脸地说：“老师，您讲了四十分钟，总算有一句说到点子上了。”

“好，你们俩，给我滚出去。”老太太没有发雷霆之怒，依旧和颜悦色，仿佛刚刚只是有只苍蝇落在了她的身上，她轻轻一摆手，苍蝇就被赶走了一样。

也难怪，像这种早就绝经的女人，发起脾气来都会显得心平气和。

回到宿舍时，里面一片狼藉，看起来像是发生过一起抢劫甚至是劫掠！

我们的被褥被掀到了地上，挂着木刺的床板裸露出来，很扎眼；桌上的四个水杯碎了，玻璃渣子到处都是；椅子横七竖八地倒在地下，几滴暗红色的血珠溅落在了泛着冷光的桌面上。

我扯开了上铺的被子，发现了瑟瑟发抖的陈包。

他脸上青肿，鼻孔上塞着两个卫生纸球，阴出了血，嘴角周围也挂着干了的血污。

我的心被狠狠撞击了一下，悲从中来：“包哥，出什么事了？”

“没，没事，都，都是我自己撞的。”他战战兢兢地说。

李峰急了，按住了他的肩膀，使劲摇着：“包哥，你不要把我们当小孩子，快告诉我们谁欺负你了，我活劈了他！”

陈包沉默。

“快说啊！”李峰义愤填膺地喊着，目露凶光，面容狰狞。

陈包在发狂的李峰面前更加不知所措，无助地看着我。

“李峰，你小点儿声，包哥，你告诉我，到底出什么事了，别害怕。”

“是学、学生会。”他吓得抖成了一个团。

又是这群该死的混蛋！

“他们为什么打你。”

“被褥的事儿败露了，他们知道我多留下了钱，我答应退给他们，但他们还是不肯罢休，说要让我长长记性。”

“我去！真是欺人太甚！杨小和，走，找他们算账去！”李峰嚷嚷着，“包哥，他们住哪儿？”

“你们别去了，我没事儿。”陈包哀求着。

“都打成这样了你还说没事儿？再来几下，棺材都得给你备下。快说，几楼？”

“三楼。”

我们怒气冲冲地出了门，攥着拳头，指甲陷进虎口中，掐出一道血痕。

我的手机不合时宜地响了起来，是袁小丽。

当她听说我要去找学生会拼命时，痛苦地说：“我肚子痛，痛得要死，你快来。”

我们只能暂时作罢，我火急火燎地跑到了教学楼旁。

当看到她安然无恙时，我才意识到自己被骗了，刚想转身回去，胳膊被她死死拽住。

“你去干什么？”

“陈包被王霸赛他们打了，我要去给他报仇！”

“不准去！”她很决绝，抓得更紧了。

“松开！”我冲她吼道。

“算我求你了，不要去。”她的语气软了下来。

“不行，他们欺人太甚，我今天非让他们好看。”

她松开了我的胳膊，猛然用双手推了我的胸口一下：“你去吧，走啊！杨小和，你怎么能这么自私？遇到事情，你只知道由着自己的性子来，你想过你爸妈吗？考虑过我吗？不再打架，那是你给我的承诺，你履行到了吗？你觉得和别人打架很酷吗？告诉你，这在我眼里是最白痴的行为！”

她用尽了所有的力气冲我喊着，肩膀一颤一颤地抖动了起来，哭得上气不接下气。

我几欲膨胀到爆炸的心魔被她像绵针一样刺耳的话扎得千疮百孔，迅速地泄了气，她说得没错。

无论我曾经闯了多大的祸，那只会给我一个暂时的教训，我发的誓、下的决心统统都会经受不住时间的考验，我始终好了伤疤忘了疼，就像狗一辈子都改不了吃屎一样。

但是，我的心里还是极为不痛快，撇下了哭得双眼都有些红肿的袁小丽，头也不回地离开了，这是我们恋爱后第一次有人抛弃了对方。

华灯初上时，李峰去给陈包买了晚饭，顺便给我带了两个包子，我实在没有胃口吃，拿出了手机翻看着。

晚上 10 点，西城中学的班级群里很热闹，简陋的 05 版手机 QQ

上的企鹅不断闪烁着，大家在分享上了大学后的感受，忙着加校内网好友。

“杨小和，你过得怎么样？学习还是很出色吧？”有人在群里问道。

思索了半天，我只回了两个字：闹心。

“怎么会呢？”他们七嘴八舌地议论着。

“你们聊吧，我睡不着，去学校操场坐坐。”我下了线。

塑胶跑道还保留着一丝白天的余温，但10月份的校园里已经有了凉意，我裹了裹身上的长袖衫，在地上捡起几粒石子儿，往地上的小洞里扔去。

十分钟后，不远处的男女生宿舍楼同时熄了灯。

“一个人无聊吗？”

我猛然回头看到了面容憔悴的袁小丽，她冲我浅笑着，像只安静的玫瑰在一点点盛开。

我不知道应该说什么，怔怔地看着她。

“请我坐下呀！”她说。

我伸出了右手，拉着她一起坐到了地上。

“你怎么不待在宿舍？”我问。

“知道你失眠，我哪儿还有心思睡觉？”

“你怎么知道的？不对，我应该问，你怎么什么都知道？”

我真怀疑她在我身边安插了奸细，我的一举一动她都了如指掌。

“笨蛋，班级群里又不是只有你自己。”

我确实笨得要死，竟然忘了我在群里说的话，她同样可以看到。

“宝贝儿，对不起，白天的时候我有些吃错了药。”

“其实，本来我也没想怪你，我只是有些害怕，你就那么把我扔在了那里，是不是下一次就不会再来认领我了？”

我摸着她光滑的脸，看着她的眼睛：“不会的，我发誓，不会的。”

“那就好，陈包的伤怎么样了？”

“好一些了，只是……”

“我知道你恨学生会的人，别着急，或许他们不会有什么好下场。看来，今晚，我们要一起失眠了。”她说完，枕着双臂平躺在了跑道上。

我也躺了下来，盯着像一幅画布似的黛色天空和点缀在上面的繁星。

我想，无论过去多少年，我始终都能从自己的记忆库中将那晚的场景调取出来，思绪万千地回想着年轻时的自己和喜欢的女生在操场上喂了一夜的蚊子，数了一夜的星星，许了一夜永远也不分开的诺言。

Chapter · 06　我们的理想

10月悠然地降临人间，不留情面地将“秋老虎”的残余势力一网打尽，天凉了。

周围的大多数人依旧保持着高三时积下的忙忙碌碌的精气神儿，现在又一股脑儿地将其搬进了S师大，与大学生活来了一场无缝对接。

只有我们105宿舍的四个人漫无目的在象牙塔里瞎打瞎撞，像被人摘掉了小脑的小白鼠完全失去了方向感。

只陪着袁小丽上了半个月的课，我就在老师们乏味的照本宣科中“丢盔弃甲”地落荒而逃。

李峰还是不改拈花惹草的习气，甚至变本加厉，他会对着在他面前路过的漂亮女生吹口哨儿，会在排队等一份炒饭时没皮没脸地冲排在他后面的女生唱《可爱女人》，甚至会流氓似的将一个眨着懵懂无知大眼睛的女孩儿挤到墙角儿跟人家要手机号。

关键是这种不知廉耻的滥情行为，竟然无一例外地都成功了。

那些女孩儿过不了两天就会将电话打到我们宿舍里，但奇怪的是李峰再没有下一步行动，就像馋嘴的猫儿隔着铁皮罐头闻到了鱼腥味儿，费力撬开后只看了一眼里面的凤尾鱼就走开了，他出轨的戏码始终没有上演。

李峰小人得志地对着我们唱着他自己编出曲调的歌：“哥就是坏，长得还帅！”唱完后又出了门，继续去祸害其他红颜了。

“坏”和“帅”随便拿出一样儿都能征服一个女生，李峰这种结合体简直是男人中的大杀器。

王海涛最开始也是有远大目标的，身高才一米六多点儿的他下定决心要在 2007 年结束前找个女朋友，还要在两个月后的四级考试里一次就过线。

很快，他就有了目标，他看上了外语系本科班的一个大二学姐，身高一米七八，在高中时还是校篮球队主力。

和她站在一起，王海涛就像个被牵着的儿子，偏偏他还心比天高地立志要“骑大马”，并说自己早就有了计划。

他所谓的计划就是投其所好，在球场上当着学姐的面儿展示球技。

他唯一的优势就是投篮还算准，但前提是没人防守他。

一节体育课上，他穿上了印着 23 号的公牛队球衣，在我们的起哄和撺掇下向学姐发出了挑战：“单挑。”

常年混在篮球场上的球痞都会说“垃圾话”，学姐的垃圾话更是出神入化，“嘿，矬子，我不用跳你篮板也抢不过我，Bring it,newbie!怎么了？动作这么慢？我是不是还要给你半小时去搬梯子来？”

王海涛吱哇乱叫：“看看我穿的这件球衣，我是披着乔丹外衣的上帝，你怎么能侮辱上帝？”

这一刻王海涛所做的一切已无关爱情，而是他的尊严。

但我们眼睁睁地看着“上帝”被虐得很惨，学姐不愧是受过专业训练的，充分利用身高的优势一次次碾压到篮下，在王海涛的头上把球投进。

王海涛“上下其手”地要阻止其进攻，但无济于事。

一个回合中，输急了眼的他一跃而起搂住了学组，像个小媳妇儿回娘家时身后背着的胖娃娃，或者像泰坦尼克号上那一经典的船头相拥，只是“杰克”太矮，被“露丝”挡住了。

那一幕惨不忍睹，滑稽之极，学姐把王海涛拥得一个趔趄坐在了地上，又用手中的篮球正砸到他的腮帮子上。

“流氓！”学姐甩了甩被汗浸湿的头发，离开了。

我把左脸肿起的王海涛架回了宿舍，他两眼中喷射着雄雄烈焰，大喊着：“情场失意，考场一定得意！”

他翻找出了早就买好的四级真题，哼哼唧唧地做了两套，对完答案后，他沉默地把卷子撕得乱七八糟，团成一个球扔进了垃圾桶。

随后，他颓然地躺到了床上。

他的上铺也躺着一个人——被王霸赛他们打伤的陈包。

由于伤势较重，他难以生活自理，我每天像个孝子贤孙似的伺候他，喂他吃药，给他买饭，替他打洗脚水。

李峰把所有的心思都用在了滥情上，王海涛更是指望不上，天天以泪洗面地自我消沉。

这一幕我独立照顾“残疾舍友”的动人场景如果写成书面材料最次也能“感动师大”。

几天后，外语系学生会大张旗鼓地开始纳新，我心烦意乱地看着那群虚有其表的伪君子到处宣传“关爱同学，团结互助”的理念。

越在这个时候，我越希望袁小丽能陪在我身边，替我宽心，然而最近，每次我给她打电话，她都匆匆说了两句之后就挂断了。

“你到底在忙什么？”我忍不住问。

“没什么，就是有些事需要处理。”她支支吾吾。

晚 10 点，宿管拉了电闸，宿舍里仅剩光源是四部诺基亚屏幕上发出的幽绿的光。

我倒完陈包的洗脚水后，把塑料脸盆踢进了床底，又联机和李峰玩起了已通关无数遍的游戏。

我们玩得兴起，宿舍的电话响了，我一把抓起：“喂，你好。”

“猜猜我是谁？”是个女生打来的，这个点儿，这种妖娆的声音，八成是找李峰的。

我回头看了一眼拼命拍打着手机的李峰，没好气地说了句“不要服务！”就挂了。

十秒钟后，电话再次响了起来。

我碰了李峰一下："你又招惹上哪儿的小姑娘了？去接电话，我不管了。"

他对着电话嗯啊了几声，回头冲我说："找你的，那天晚上那个妞儿！"

许娉婷在大半夜打来的电话里放荡地笑着："杨小和，你懂得不少嘛，刚才你说不要什么服务呀？"

"你听错了，我说的是，不要胡闹。"我急忙解释。

她告诉我她加了入学生会，我沉吟了一下，不知道该不该客套地祝贺她。

"你怎么不说话呀？对了，你的女朋友也加入了，和我一样，在文艺部。"

我心里一惊："你是说袁小丽吗？"

"除了她你还有别的女朋友吗？不信明天你自己去公示栏看吧！我得去敷面膜了，晚安。"

听着电话里的忙音，我心事重重地放下了话筒，袁小丽加入了学生会？这几天她对我避而不见，就为了这个？

我挤过了公示栏围得水泄不通的人群，许娉婷的名字赫然出现在外语系学生会新成员的名单上，紧挨着她的就是袁小丽。

看着用毛笔书写出的笔画，浓重的油墨像浸入了水中缓缓散开。

恍惚间，我感觉"袁"和"许"两个字好像活了，互相推搡着，最后张牙舞爪地厮打在了一起。

紧接着，袁小丽和许娉婷互相推搡、厮打的场景也开始在我脑海中闪现。她们早就抛掉了平日的优雅，更谈不上什么矜持，像两个泼妇咒骂、撕扯着对方。

我的脑袋昏昏沉沉的，快要炸了。

“别打了！”我喊出了声，几十双眼睛一齐看向了我，几个女生笑出了声，对着我指指点点。

我气急败坏地回到了宿舍，一路上疯狂拨打着袁小丽的电话，但无人接听。

当我看到王霸赛出现在宿舍中时，更是“怒从心头起，恶向胆边生”。

“你还敢来！”我抄起椅子想抡他，被李峰拦腰抱住。

“峰哥，你放开我！”我两腿腾空挣扎着。

“和哥，别冲动，他是来道歉的！”陈包在床上喘着粗气说。

我这才发现王霸赛不太对劲，坐在椅子上抖成了一个团儿，最奇怪的是，他一副鼻青脸肿的惨相儿。

“各位，各位，我错了，我道歉，我不该打陈包同学，这里有五百块钱，就当是赔给他的医药费……”他颤抖着从口袋里掏出钱，放在了桌子上。

李峰恶狠狠地冲他说：“滚，以后再敢欺负他，你试试！”

我还是没联系上袁小丽，赌气地也不去打她宿舍里的电话。

熄灯后，四个人躺在床上，谁也没玩手机，我们正儿八经地开了进入大学相识后的第一场“卧谈会”。

“也不知道谁替天行道把王霸赛揍了？真是解气！”

“他那么嚣张，以为当个学生会主席就天下第一了，得罪了人，挨揍是迟早的事儿。”

“对，活该！”

他们七嘴八舌地议论着。

我还是想着袁小丽，她要开始过“另一种生活”了吗？加入学生会，为了接触到更厉害的人，然后进行更“高级”的社交。

这，就是她的理想？

“你们先别说话，我问你们个问题，你们有没有什么理想？峰哥，你先说。”我打断了他们的谈话。

李峰底气十足地说：“理想，当然有了，我要和所有师大的漂亮女生都搭讪一遍，然后……”

“你打住吧，淫棍，涛哥，你呢？”

“我就想赶紧找个女朋友，李美彤那样儿的。”

“李美彤是谁？”

“就是那个一米七八的大马，和我打篮球单挑的那个。”

“真是没出息！”我嗔骂了他一句，“包哥，你呢？包哥？”

连叫两声，陈包都没回应，黑暗的角落里传出了他轻微的鼾声。

“你们真是烂泥扶不上墙，想和你们谈会儿理想吧，一个个的都说的什么乱七八糟的？都睡觉吧！”我恨铁不成钢地哀叹一声。

其实，只有我心知肚明自己是五十步笑百步。

和袁小丽、许娉婷那种积极向上的理想比起来，我们这些人确实渺小得像蝼蚁一样。她们都争着加入学生会，我们则每天无所事事地混着日子。

尤其是我，根本没勇气说出来我的想法。

在今天之前，我的理想就只是找个机会把王霸赛狠狠揍一顿。

而现在，他确实被揍了，我的理想也成了空白。

Chapter · 07 爱情秘笈

秋高气爽的天儿里，虽然气温只有十五度，但李峰还是嚷嚷着要涮火锅来庆祝陈包的伤势好转——最起码他能自理了，我这个“护工”终于喜不自禁地下岗了。

李峰从家里带来了电磁炉，我去买了酒和花生米，王海涛似乎也缝合了自己被李美彤羞辱的创伤，像个瘫了半年的病人奇迹般地下了床。

看着浆白色的鱼丸在沸水中起起浮浮，搓着刚刚洗菜被自来水冲得冰凉的手，仿佛在这一瞬间，我们都有了冬天来了的错觉。

雾气在二十平方米不到的宿舍中蒸腾而起，我们让五块钱一瓶的“老村长”呛得“胃火中烧”，不断咳嗽，醉眼迷离地演绎着属于我们的青春故事。

我放在床头的手机响了，“袁小丽！”这是我脑海中闪现的第一个名字，然而是个陌生号码。

“喂。”我悻悻地接了起来。

“杨小和，我是许娉婷，正在和舍友玩游戏。”她永远都是一副放浪形骸的语气，听声音，她也有些微醺，电话那头还传来了其他女生的起哄声。

“你玩儿的什么游戏？”

“真心话大冒险，谁输了就……”她欲言又止地掐断了话头儿。

“就怎么样？”我急忙问，像动物园里的猴子马上就要吃到了面包，偏偏游客又临时起意收了回去。

“我才不告诉你！对了，你把我手机号记下来，过两天有事找你。不聊了，那帮小蹄子叫我喝酒呢。”

电话还未挂断，我听到了几个女生尖着嗓子质问：“许娉婷，你叫谁小蹄子？”

“啊！”紧接着传来了她们的嬉闹声。

我建立了联系人，鬼使神差的，带有“X”的按键突然失灵了，“许”字打不出来，万般无奈之下，我只能先存上“娉婷”。

随后，我把手机一扔坐了下来。

李峰喝得脸红脖子粗，目不斜视地瞪着我：“谁啊？”

“没谁。来，来，喝酒，祝贺包哥伤势痊愈。”我敷衍着。

他按住了我的手，放下了一次性杯子：“别祝贺了，一晚上都祝贺过十来次了，你说实话，是不是那个许娉婷？”

我尴尬地默认。

“你说你……”我的手机再次响起，打断了他的话。

这次，是袁小丽。

这是连续第三天我们之间没见面甚至通话了，在酒精的麻痹下我几乎忘了自己还有一个女朋友的事实。

看到“达令”两个字在手机屏幕上跳跃时，我对她一直不接电话的行为有些恼怒，准备好好给她甩次脸子。

“亲爱的，真对不起，最近实在是太忙了，一直没接你电话。”她甜腻腻的声音听得我火气一下就烟消云散，我像只在高压锅中被烹煮了几十分钟的童子鸡，骨酥肉烂，浑身酥麻。

“哦，哦，没事儿，那个，你累不累？吃晚饭了吗？”我关切地问。

她撒娇：“还没呢，你吃了吗？我请你去吃南门的寿司啊，舍友推荐的。”

酒气上涌的我打了个嗝儿：“正和李峰他们吃火锅呢。”

“哦，那我自己去吧，你少喝点儿。”

合上手机后，我突然意识到心中的火气还没发出，让她几句甜言蜜语就给糊弄过去了，又心有不甘地坐回到了李峰身边。

“许娉婷三天两头儿地找你，自己把握好分寸，别忘了你可有女朋友。”

我诧异地看着他：“峰哥，你喝多了？”我用手掌在他面前晃了晃，实在难以想象这个浪荡子还能教育别人要对爱情忠贞不贰。

“去去去……”他拨开我的手，“我见袁小丽那女孩儿第一面儿就觉得踏实，你可别辜负了人家。至于许娉婷，桃面杏眼，胸大腿长的，一看就是个情种儿，你要是忍不住了，就找她做对露水夫妻，那样我会很鄙视你的。”

“你胡说八道什么呢？我才不会背叛袁小丽，不过她最近老说忙，也不和我联系。”我自怨自艾地唠叨。

“你看这你不懂了吧？女人啊，你得能拿得住，攥在你手里，才能高枕无忧。”

我捞出来一节煮得有些老了的茼蒿，沾了酱后送进了嘴里，讨好地凑近了李峰：“峰哥，你御女无数，传授我点儿爱情秘籍吧。”

他点了支烟，扒了上衣，光着膀子：“去你的，说话那么难听，我谁也没御过！但你算问对人了，要说掌控女生，我这儿还真有点货！”

王海涛听到也凑了过来：“峰哥，也教教我和包哥！”

“你们俩……”他迟疑了一下，“还是算了，这套办法不适合你们。我……稍等，我接个电话。”他掏出手机看了一眼，递到了我们面前，“正好我女友打来的，咱现场演示，都学着点儿。”

他按下了免提键。

“干吗呀？大晚上的来电话！”李峰一上来就操着浑厚的J市口音不耐烦地问。

我只知道他的女友叫代乐乐，也是外语系的，但报到那天在宿舍门口也没看清她到底长得什么样子。

电话那边的女生娇滴滴地说："老公，人家想你嘛。"酸得我浑身起了一层鸡皮疙瘩。

"整天除了想我，你没别的事儿干了是吧？学习了吗？进步了吗？我让你写的检查写完了吗？"

"写了，写了，哎哟，昨天晚上我写到凌晨，今天上午11点多才起的床，我就入了个学生会，你看把你气得。"

"少废话，谁让你入那玩意的了？你们那个叫王霸赛的主席就是脑残！你还往火坑里跳！还有，你中午11点多才起，躺床上干什么呢？装死啊？"

我们在旁边听得目瞪口呆，暗自为李峰捏了一把汗，现在的女权主义这么盛行，他却还敢像个封建地主老爷似的耀武扬威。

不过，看到他脸上一副从容的表情之后，我们又向他投去了钦佩的目光。

"老公，我知道错了，以后再也不敢了。对了，我还有件事儿告诉你，我们班一个男的送了我一部手机，他说想认我当干妹妹，我问问你同不同意。"

"你收了？"李峰显得很平静，不动声色地问。

"嗯。"

"这是好事儿啊，我为什么不同意？以后我就等于有了个干大舅子，媳妇儿，你现在来我宿舍吧，带着你写的检查还有别人送你的手机，我想你了。"

代乐乐还真来了，我们终于见到了她的庐山真面目。

说实话，真不赖，要模样有模样，要身段有身段，而且她还说自己原来学过话剧表演和舞蹈。

想想也是，能配上李峰的女孩儿，怎么会差得了呢？

“媳妇儿，我看看人家给你的手机。”他笑容可掬地伸出了右手，摊开在了代乐乐面前。

她兴高采烈地递了过去。

但下一秒，我意识到了不对，李峰若无其事的脸上闪过一丝恶毒的神色，他猛然把手机砸在了地上，机后盖、屏幕、电池等零件碎了一地。

“哎哟，这手机不结实呀，我还没用劲儿呢，就烂了，啧啧啧……”他阴阳怪气儿地说着。

看着被摔得四分五裂的手机和旁边惊慌失措的代乐乐，我们都觉得他做得有些过火，但他还是不依不饶：“以后再敢乱收男生东西，我全给你砸了，滚！”

泪水涌出了她的眼眶，她的手背搭在了嘴唇上，夺门而逃。

气氛一时尴尬了起来，我们对刚才李峰传授的“血腥暴力”的爱情秘籍都心有余悸，他反而嬉皮笑脸地说，“没事儿，放心，明天一早准好。”

还没到半个小时，代乐乐就又打来了电话，一口一个老公叫着。

这得是多大的受虐倾向才铸就了这么一个贱骨头啊，爱情真没有什么道理可讲！我心想。

Chapter · 08　气急败坏

两瓶老村长见了底儿，宿舍里充斥着浓烈的白酒气，留了一地的“残叶剩菜”和一桌子杯盘狼藉，像极了我们杂乱无章的生活状态。

王海涛说要出去逛逛，醒醒酒，穿上卫衣后，东摇西晃地出了门。

我们关上了灯之后，纷纷爬上了床。

我摇晃着床栏杆，又踹了两下上铺的床板，李峰把脑袋探了下来：“怎么了你，招虱子了？”

“峰哥，我有件事儿一直搞不懂，想问问你。”我在漆黑一片的中望着他的轮廓。

“问吧。”

“你媳妇儿这么听话，按说你在外面勾三搭四的，她也无力干涉，为什么你每次把小姑娘钓上钩儿之后就不了了之了呢？”

他哼了一声：“杨小和，要我说，你就是狗嘴里吐不出象牙，一会儿说我御女无数，一会儿又说我勾三搭四的，这几个贬义词你全用我身上了。”

“我错了，峰哥，我会的成语不多，你给我讲讲。”

他又点了支烟，迷迷糊糊地晃了晃已空空如也的烟盒儿，“啪”一声，烟盒自由落体掉在了地上。

李峰的故事开始了。

他和代乐乐是高中的同班同学，她虽然长得漂亮，但很乖巧，每天除了学习似乎也没有别的事情可做。

李峰说他最开始喜欢的是许娉婷那种让人一看心里就痒痒的女生，当时他班里还真有一个。

于是，他们早恋了。

李峰的高中是整个J市出了名的“监狱式学校”，校规很严。

尽管他们比偷情的男女还要小心，但纸里包不住火，学校还是发现了他们的地下恋情。

为正校纪，副校长说必须要从他们俩之中开除一个。

他的女友毫不犹豫地把他出卖了，说李峰对她死缠烂打，自己从没答应，用李峰的话说就是，“那时候她成了卖艺不卖身的杜十娘了！”

李峰狼狈地在教室里收拾东西时，班主任在一旁宣读他被开除的通知，他感觉屈辱极了。

就在他低着头即将走出教室时，代乐乐毫无征兆地站起来冲他的背影喊道：“李峰，我喜欢你！”

在其他人震耳欲聋的欢呼声里，他们也没有得到一个皆大欢喜的结局，最后被双双勒令转学。

他说当时自己也搞不懂代乐乐为什么选择在那个敏感的时候抽风，一个平日里上课都不敢举手回答问题的乖乖女，竟一下子变得这么疯狂，真有点不可理喻。

“我问过她这个问题，你猜她怎么说？”

“怎么说？”

“她说：‘我很早就开始喜欢你，那天你往教室外走的时候，我的心里一直在默数，五步，四步，三步……再有两步，我就会永远地失去你了，这份喜欢等到我们下次再见面时一定会无疾而终。我看过太多电视剧中这么演了，一旦分开，再炙热的感情迟早有一天会冷却下来。所以，我没法再等下去了。’”

我在黑暗里默默地听着。

“你说，这个世界上还有哪个女孩儿能比她更在乎我？”

“那你整天吃着锅里，看着盆里，还对人家态度那么差。”我感到不可思议。

“虽然我对她态度不好，但我爱她，不想失去她。我和别的女生打情骂俏都是做给她看的，我得让她有些危机感，这样她就不会邋里邋遢地出现在我面前。你不知道，有些女生一旦和男友时间长了，就开始不洗脸，不打扮，天天蓬头垢面的。”

我突然觉得，我的这个舍友是有大智慧的，而代乐乐，同样大智若愚。

男女之间的感情总不会势均力敌，一定要有一方做出牺牲，她明白这个道理。所以，她不会与李峰针锋相对，而是处处忍让。

其实，她应该早就把李峰看透了，知道他就是这种脾气，他再怎么闹腾，无非是骂她两句难听的，但他们的感情一直维系得很牢靠。

李峰会记得他们的每一个纪念日，相识一百天，一周年，第五百二十天，并且早早备好礼物。

李峰打了个长长的哈欠，把被子蒙在了头上：“先睡了。”

这时，王海涛回来了，一副惊慌失措的样子，一脚踢翻了放在门口儿的脸盆。

“你怎么了？”我问他。

“刚才，我……算了，没事儿。”

“神经啊你？”我实在猜不透他怎么成了这样，可能对李美彤的相思快把他折磨疯了吧。

当我把李峰传授的爱情秘籍应用到“实战”中去时，才发现袁小丽并不像代乐乐那样“聪明”。

第二天中午，听着我在电话里刻意装出的恶狠狠的语气，她问了我好几遍是不是吃错了药，始终没有表露出一点觉悟。

“你再这样，以后就别来找我了。”我威胁她。

“我不听你发疯了，文艺部下午还要开会，先挂了。”进入学生会后，她忙碌了许多。

我垂头丧气地回到宿舍向李峰汇报情况，他眨巴着眼睛看了我半天说，“完了，你这是碰上硬茬子了，袁小丽和代乐乐不是一个类型的。”

我歪着身子躺到了床上，一脸的不快。

王海涛蹑手蹑脚地走了过来：“我，我想和你说件事儿。”

从昨晚开始，我就觉得他不对劲：“说吧，表白的话就算了。”

“就是，我昨晚出去散步的时候看见了你女朋友在南门的寿司店里和王霸赛在一起。”他的语气有些怯弱，像是自己做了什么亏心事一样。

床铺像一块烧红的铁板烫了我一下似的，我一跃而起：“涛哥，你没看错？”

“没错，我本来不想告诉你的，但想了想还是让你知道比较好。”

我狂躁地在宿舍里踱着步子，不断拨打着袁小丽的手机，一直无人接听。

王海涛像闯了什么弥天大祸，吓得躲了出去，我一巴掌掀翻了盛着开水的水杯，碎玻璃片崩得到处都是，像一片闪耀着的星光，璀璨地布满了地面。

我又拨出了她的号码，这次她接听了。

“喂，我开会呢。”

“开什么会啊开！袁小丽，你告诉我，你昨天晚上干什么去了？”

“你又怎么了？我就是去吃了个寿司啊。”

“跟谁？”

“跟王学长，他说有工作要交代给我。”

“你一个刚入学生会的干事，主席怎么就单独给你交代工作？你面子怎么这么大呢？”

“杨小和，你到底什么意思啊？”

“你自己心里清楚，分手，我要和你分手！”我气急败坏地冲着手机喊道。

没等她说话，我就挂断了。

我余怒未消，又猛踹了几下宿舍门，几层细细的木屑掉落了下来，我像只被关在笼子里的野兽焦躁不安地走来走去，头皮发麻，一股股怒气不断涌入我的胸腔。

什么的爱情秘籍？什么天长地久，一辈子不分开，统统给我见鬼去吧！

Chapter · 09 病房里

我的上齿紧紧抵住下唇，干裂上卷的唇皮沾着发腥的血丝触碰到了舌尖，暴起的青筋像纵横交错的河网流淌在手背这块淡黄的土地上。

我双手掩面坐在了椅子上，生气是会让人感到疲惫的。

我心里有个声音，在一遍遍地问自己：这就是我梦寐以求的大学？

自从有了记忆以来，我们已与这两个神圣、厚重的字缘定三生，它就像朝圣之路上的一方净土，是人间伊甸园，代表了太多正面、励志和让人能够发愤图强的含义。

然而现在，我却觉得它更像一家屠场，用钝涩的刀子折磨着我。

窗外有黑云压来，风摇曳起树的枝脉，它们甩动摇摆，雨要来了。

一连三天，那雨下得淅淅沥沥，断断续续，地面、楼体反复得浸湿变干，又变湿，这雨上了邪劲，成了心不让它们干爽利索。

我和袁小丽这两张孤独的心像失去了感应能力，一直都没联系，我在赌气，而她……我也越来越不知道她到底在想些什么。

自从她加入学生会以来，一种不祥的预感就开始萦绕在我的心头。

许多小说中都会写大学生的爱情在一些问题面前会变得像让白蚁啃噬蛀空的楼阁，脆弱、容易垮塌。又像一截外露的牙齿神经那样敏感，手指轻轻一戳都承受不了。

我担心将来会有一天，我们之间也会像两团神经，不清不楚地纠缠在一起伤害着对方。

我颓丧地看了一眼昏暗的宿舍："包哥，陪我出去走走吧？"

陈包不好意思地挠了下头，拒绝了："俺不去了，还要申请贫困生补助金。"

我看了一眼他在信纸上写出来的方方正正的字，构成了他家庭贫困的方方正正的事实。

"那你写吧。"我推开了被我踹得伤痕累累的宿舍门，穿过透着湿气的走廊，被裹在了绵绵细雨中。

在这样糟糕的天气里，师大的校园很静，像一座失去了生命的空城。

一对情侣匆匆跑过我的身边，脚步踏过水洼发出"吧唧吧唧"的声响，男生脱下了自己的外衣，罩在女生的头上，女生像只心满意足的小猫儿，缩着脑袋，一脸嬉笑。

我看得出神，他们的脑袋被我"残忍地摘掉"，换成了我与袁小丽的。

手机响了，是李峰。

“峰哥。”我有气无力地说。

“我告诉你一件事，袁小丽住院了，省立医院住院部203房的16床。”他的语气很平静，没有任何波动和急躁。

“她怎么了？你怎么知道的？”

“我这情报没有任何问题，她发烧了，我就说这些，你自己看着办。”

啪啪啪啪，我用力踏着有积水的路面，一口气跑到南门，心脏剧烈地搏动，胸腔也震得生疼。

“砰”一声，出租车的门被我用力带上后，向省立医院疾驰而去。

二十分钟后，司机对着神情恍惚的我吹了声口哨：“到了，十二块八。”

203的门半开着，整个房间只有一张病床，三个背对着我的女生站在床沿边上，床头柜上摆着一束花和一个果篮，我透过她们攒动着的脑袋缝隙看到了面色苍白，昏沉地睡着的袁小丽。

这一幕太诡异了！

“她怎么样了？”

我突如其来的询问吓得她们惊慌失措，纷纷转过身来，其中一个竟然是……代乐乐。

“你们是舍友啊？”我也猜出了李峰掌握袁小丽住院信息的来源。她向我投来了一种极其复杂的眼神：“嘘，她刚睡着。”

随后，她跟其他两个女生耳语了几句，说：“我们出去说吧。”

阴雨天会给我们带来一种物体和影子脱离开来的错觉，医院的走廊好像成了两条平行深邃的隧道，阴阴郁郁地横在了老旧的楼中。

她们果然是舍友，而且关系非常好。

我对袁小丽吼出了分手的狠话后，她回宿舍哭了一夜，谁劝也不听，这几天她也不太吃饭，日渐憔悴之下发了高烧。

我自己楔进心中的那根猜忌的利刺被代乐乐的诉说一点点拔了出来，但当刺尖儿混着我的鲜血触目惊心地放在面前时，我才感到有多疼。

我怎么能怀疑一个这样对我的女生？

留下代乐乐的手机号之后，我让她们先回宿舍："我来照顾她，全心全意地照顾她。"

坐在床前看着她时，我感觉自己再也不是半死不活的样子，原来一丝一缕地从我身体中被抽离出去的活力又原封不动地被源源注射了进去。

长发散在脸庞两侧的她呼吸均匀，长长的睫毛从紧闭的眼睑中伸展出来。

她的身体在轻微地抖动，我替她掖了掖被角。她醒了，眼中闪着泪，哽咽着："我以为再也见不到你，我以为真的要死了，怕你气没消，我也不敢给你打电话。"

"不要胡说。"我攥着她的手，看着被风拂起的窗帘，突然感觉这一幕好熟悉。"你还记得 2006 年的元旦吗？"

"嗯。"

那一天，我也住了院，万事俱备的条件下，如果不是我妈，我们的吻就不用留到一年多后的W市去完成了。

我让她靠着床头坐好，去护士那里借了把瑞士军刀，笨拙地给她完整地削好了一个梨，看着垃圾桶里七零八落的果皮，我自责地说："我不是一个合格的男朋友。"

她咬了一口："好甜啊，你尝尝。"

"不行，分梨吃不吉利。"

"没事，这种不吉利只是对感情不牢靠的人而言的，我们不会的。反正以后你再怎么赶我，我也不会走。"

"嘴这么甜，"我笑着夸她，试着咬了一口她递过来的梨子，"明明很涩。"

"你喂我的，都好吃。"

我环住了她的腰，侧着身子凑到她的身边，她抖动着身子，闭上了眼睛。

手指碰到了她裸露的肌肤，有些烫。

"凉。"她抓住了我在她身上游走的双手，喘着粗气。

我们交错开了鼻梁，火热的嘴唇紧紧贴在了一起，舌头缠绕着像要把对方吸进身体之中，那一吻的时间很长，幸福融入了我的灵魂。

"我想跟你说些事情。"她靠在我的肩上，摆弄着我袖子上的纽扣。

"嗯，说吧。"

"王霸赛去你宿舍给陈包道歉了吗？"

“去了，而且他还被人打得一副惨相，等等，你怎么知道……”

“那和我有关。”

“你？怎么会？”我瞠目结舌看着她。

“报到那天他对着我们吹口哨，平时狗仗人势，还把陈包打成那样，他不该挨打吗？而且，看着你整天被他气的咬牙切齿，我心疼你。”

“他该，可是我没有想到你能……”

她沉了一口气，严肃了起来：“我把这些事儿跟我爸说了，他是个急脾气，当时就给他一个朋友打了电话。我劝了好久都不管用，他说大学生里不应该出这种人渣，他父母没教育好他的，社会来给他补这一课。”

“那你怎么还要加入学生会去他手下工作，而且那晚在寿司店你到底和他在说什么？”

“我本来想锻炼一下自己，却无意间发现学生会里有很多黑幕，就比如助学金这件事，是不是贫困生，学生会说了算，有些家庭根本就不缺钱的人会贿赂王霸赛，请他帮忙伪造材料好让他们拿到助学金。”

我气得攥紧了拳头，原来我只是觉得王霸赛的坏都很肤浅，还是宁愿相信校园的纯洁之风能感化他，现在才发现他沾染上了社会习气，利欲熏心下早已迷失了自己。

“我警告他不要在贫困生评定中搞暗箱操作，这样对陈包公平一些，不过你应该还不知道是谁向王霸赛透露了陈包私留被褥钱的吧？”

“是谁？”其实，我从来都没想过这个问题。

“许娉婷，这是王霸赛亲口告诉我的。”

我去医院附近的小吃街里买了碗稀饭，又买了份鸡肉沙拉，喂她吃了下去。第二天，她的烧退了，下午就出了院。

出租车上，我抚着她的头发，让她嫩滑的脸颊贴在我胡子拉碴的下巴上。

手机震动了起来，是许娉婷，我断然按下了拒接键。她告发陈包的事情让我对她有了恨意，不想再和她有半点瓜葛。

几分钟后，我收到了她发来的一条短信：不方便接电话？外语系的圣诞晚会开始海选节目了，文艺部保送了一个名叫《唐伯虎点秋香》的喜剧，唐伯虎没找到合适的人选，你有兴趣吗？

没有！我冷冷地回了过去，关了机。

Chapter · 10　识大体的女友

袁小丽出院后，又成了晴日里的一沐暖风，干净、清澈，尤其是在知道她加入学生会的初衷并非是利欲熏心在作祟后，我便更加被她的这份清清白白所感动。

它将我心中的死结三下五除二地熔断，而我一点儿也感觉不到痛。

我竭尽全力地在她和李峰他们之间寻找着一种皆大欢喜的平衡，多抽出时间去陪在她身边，她也开始对学生会组织的聚会能推就推。

校外的小吃摊儿上，浓烈的油烟永远都会肆无忌惮地狂欢，她不太怎么吃东西，与她在那些拥有着明亮、洁净橱窗的餐厅里的表现判若两人。

在那里，她会跟笑容可掬的老板娘撒娇要优惠，会打开一本店里摆放的文摘杂志，唧唧喳喳地跟我讲里面的爱情故事，还会眯着眼看外面阳光下的街道并不时地问我："我总感觉窗外的一切，车辆啊，行人啊，砖瓦砾石啊，都有了声色，好暖啊，你觉得呢？”

而坐在摊位的马扎上时，她就显得心事重重，我取笑她富家小姐瞧不上我们穷苦大众的食物。

“谁说的？”像是刻意要证明她并不是嫌贫爱富，立刻低头把浸出了浓油的炸蘑菇吃得一干二净，我用卫生纸替她擦拭干净了嘴角。

后来，代乐乐给我打电话说袁小丽正在诊所里打吊瓶，那时我才知道她从小到大很少在摊上吃东西。因为她肠胃不好，稍微一点不卫生的东西就会让她上吐下泻。

“那在西城时，我们一起在厢包市场吃麻辣烫那次呢？你也生病了？”

“嗯。”她痛苦地点头。

“怎么原来不告诉我？”

她看了一眼挂在架子上的吊瓶和缓缓流淌着的滴液，“我好喜欢它晶莹剔透的样子，就像好喜欢你一样。”

“傻瓜。”我把她拥进了怀里。

之后，但凡与她吃饭，我都会选择至少看起来光鲜的餐厅，其实比外面贵不了多少钱，而且再替她擦拭嘴角时，我才发觉在这种环境下做这个动作更加贴合，应景。

陈包的补助金发下来了，两千元钱，他只留了两百元，其余的都寄回了家。

我并未告诉他其中的来龙去脉，只是说，“包哥，放心吧，王霸赛再也不敢欺负你了。”

他非要请整个宿舍里的人吃饭，说他今天刚在一家西餐厅找了份兼职，一天只工作四个小时，三十块钱还包吃。

他很满足，向我们“炫耀”着。

我们去了街尾名叫“学子之家”的餐馆，开在大学校园附近的店取名都会和学生扯上关系，“学苑餐厅”“大学避风塘宾馆”“学府网吧”等等，显得亲切。

餐馆不大，十几平方米的空间里摆着几张散桌，我们上了一段陡长的楼梯后进了唯一一间包房。

大家心照不宣地看着陈包点了一桌子素菜，拮据的经济条件不允许他常下馆子，他显得很拘谨，看得出，他在一盘六块钱的土豆丝和八块钱的蚝油生菜之间纠结不已。

终于，他的手指在紧挨着的两道菜之间比画了半天，还是选了土豆丝。

菜点完了，圆桌上铺着的薄如蝉翼的塑料膜也被李峰用烟头烫得千疮百孔。

“你们俩看看喜欢吃点什么？”他把菜单递到了袁小丽和代乐乐面前。临出门前，他让我和李峰叫上她们，“多几个人多几双筷子，多花不了什么钱的。”

代乐乐笑着说点的菜够吃了，袁小丽扫了一眼后说：“学长，能不能把土豆丝和豆腐皮换成铁锅鸡和葱油鲤鱼？我喜欢吃肉。”

陈包尴尬地摸了一下裤子上的口袋，里面装着他仅有的二百块钱，然而这两个菜加起来就得花七十块。

我在桌子下踢了踢她的腿，她不为所动，趁别人不注意的时候低声说：“你别管。”

“嗯，那，那就换吧。”陈包一定在为他的那句“多几个人也多花不了多少钱”而懊悔不已。

我看了他一眼，那种人穷志短的样子真让我于心不忍。

“我去送菜单。”袁小丽欢欣鼓舞地推门走了出去，两秒钟后又把头探了进来，“学长，我把卷心菜换成水煮肉片啦！”

没等陈包说话，她就跑了下去。

我开始有些后悔把她一起带过来，暗暗埋怨着她的“不懂事儿”，她明知道陈包家里不富裕的。

袁小丽也很奇怪，看样子她并不是很饿，只夹了几筷子的菜就不吃了。

“我去下洗手间。”她戳了我的胳膊一下，出去了。

等她回到包间时，手里拿了几个塑料袋：“学长，我帮你打包吧，还剩好多菜呢，等下次你请我吃饭的时候多点两道素菜，我又想吃素了。”

我把塑料袋扯了过来递给了王海涛：“涛哥，你帮忙打一下包。”又把她拉到了一边：“你怎么回事儿？点那么多菜不说，还让陈包下次再请你，你不知道他家很困难吗？”

“我是觉得大家第一次见面，应该吃些好的……”她涨红了脸，嘟着嘴说。

“我们倒是吃好了，可陈包接下来一个星期的日子可不好过了，能不能别这么自私？你怎么这么不识大体？”我埋怨着，她没再说话，低着头跟在我后面下了台阶。

“你好，我们结账，多少钱？”陈包问服务员的时候，我也凑了上去，好看清这顿饭花费的金额，以后找机会好补偿一下他。

服务员收拾着桌子上的剩碗剩盘，头也没抬：“已经结过账了。”

“结过了？你是不是记错了？”陈包疑惑地问。

“没有啊，你们不是楼上包间那桌吗？一共一百十六元，喏，刚才就是这个小姑娘给的钱。”她指了指被人群挡住的袁小丽。

我的心被撞击了一下，刚才对她的误会让我深深地自责。

“说好我请客的，你怎么结账啊？”陈包从口袋里掏出了有了汗渍的皱皱巴巴的两百块钱，往她手里塞。

她没要，笑着说：“学长，你快收起来，下次吧。”

我们陆续进了校门，王海涛和陈包先回了宿舍，李峰坏笑着对代乐乐说：“走吧，媳妇儿，我们找个没人的地方去苟且。”

我陪袁小丽去了操场，一言不发地跟在她身后，心里一遍遍地问自己：“杨小和，你怎么老这么冲动，不分青红皂白笨得像头猪？”

一想起前两天李峰传授的“爱情秘籍”在她身上实验失败后我那副气急败坏的样子，我就想抽自己。

谁说她不如代乐乐聪明的？她明明也是有大智慧的一个人。

“你怎么不说话啊？我又惹你生气了？”她把手背在身后，回身倒退着走在塑胶跑道上，俏皮地看着我。

“哪有？我在反省。”

“哈哈，这跟我认识的你太不一样了，我一直以为你比上帝还要正确。你现在还觉得我不识大体吗？”

“谁说你不识大体了？我去打他！”

“有时候，你还真是没皮没脸，但我也是贱骨头，和代乐乐一样，怪不得我们俩当了舍友还那么有话说，命中注定都要喜欢上一个浑身都是缺点自己却还宝贝的不行的男生。”

我涎着脸凑了上去：“谁说我没皮没脸的？这不就在这儿吗？你看看。”

“你讨厌，啊，松开我。”操场上回荡着她的叫声。

我越来越庆幸自己的女友是她，一个没有架子又识大体的女生，和她在一起让我感到很幸福。

Chapter · 11 狼狈不堪

最近两天，阴魂不散的许娉婷又开始对我进行惨无人道的电话和短信轰炸，我一概没有回复，每天一睁眼我都要面对她十多遍“怎么不接电话”的短信质问。

看着屏幕上因为当时手机“X”键失灵而只输入的娉婷两个字，我不寒而栗，我拼命地按动着删除键，把之前的信息统统清空，重新输入了她的全名。

“喂，你为什么躲着我？”一天早上，当我还在温暖的被子中沉沦时，被角被猛然掀开了，与此同时，一个让人意想不到的声音重重撞击着我的耳膜。

刺冷的凉风直扎我的肋下，睡眼惺忪的我一下子清醒了过来。

我怔怔地看着双眼有些红肿的许娉婷坐在床沿上，她原来像棵樱桃般湿润的红唇上毫无血色，脸上平白出现的几片黑云似的阴影让她显得落寞不已。

我低头看了一眼，被子都被她拽到了我人鱼线的位置，再向下几厘米，后果不堪设想。

我手忙脚乱地把它拉回来遮住了半裸的身子，蜷缩着双腿躲到了床的死角。

“过来。”她不动声色地说。

“你到底要干什么啊？大早上跑到男生宿舍来。”我不耐烦地问。

“我给你发的短信看到了吗？你为什么不回？我到底哪儿惹到你了？”

我没理她，偷偷扫了一眼其他床铺，才发现李峰他们已不知所踪。

孤男寡女地共处一室，为减少误会和麻烦，我不能多费唇舌，必须尽快脱身。

当看到自己的衣裤正叠得端端正正地横陈在对面王海涛的床铺上时，我心中暗暗叫苦，这是谁放到那边去的？

但冷静下来之后，我在脑中快速模拟了一遍接下来要采取的一系列行动：我先推开许娉婷，她四脚朝天地跌进我的床铺，我趁机掀开被子蒙在她头上，两脚恰到好处地落入拖鞋，鱼跃着扑向衣服，趁她与被子纠缠不清的空儿先把裤子穿上，随后拿着上衣夺门而逃。

“你的眼珠子滴溜乱转想什么呢？”我动心机的模样被她瞧了个满眼。

“过来，我告诉你件事儿。”我朝她勾了勾手指。

“什么……啊！”她把脸凑过来的一瞬间我扔出了被子，不偏不倚地正蒙在她头上，她惊慌失措地挣扎着。

我顺利地冲到了对面的床铺前，像只慌不择路的穿山甲疯狂地翻动着衣服。

怎么回事？牛仔裤的扣子怎么会在扣眼儿里别着？拉链怎么也拉上去了？

我用力扯动着纽扣，把它揪了出来，又准备去解开拉链。

“跑啊，我看着你跑！”此时，我的身后传来了许娉婷的声音，听得出，她又恢复到了平日里那种可以随意玩弄一切的状态。

看来，她早就摆脱了被子的束缚，冷冷地盯着我只穿着一条深蓝色的内裤忙活了半天。

我一把展开了王海涛的被子，裹在身上，惊魂未定地看着一脸得意的她，她的嘴角浮现出了一丝计谋得逞的笑，我像个被灌了水银的木乃伊直挺挺地栽倒在了床上。

不知道为什么，她脸上挂着的表情竟让我想起了我妈。

小时候，每次我偷拿了家里的钱要出去逍遥前，她总能明察秋毫地发觉我的异常，把我拦下。

无论我把钱藏在哪儿，裤兜里，鞋垫下还是含在嘴中，她都会给揪出来，然后不屑地说：“杨小和，我多大？你多大？咱俩谁是谁妈？你小子想蒙我？再练二十年都白搭！”

那副我永远都战胜不了她的自信劲儿简直和许娉婷一模一样。

“刚才看你睡着，我就帮你把衣服叠好放到一边了。”她用手撑着下巴居高临下地看着我。

“为什么？”

“我要是不这样做，你刚才早跑了。”

“你真阴毒！”她乖巧的模样让我恨得牙根痒痒。

“就算是吧。不过，我还是想知道你为什么突然不搭理我了。”

我冷哼了一声，拥着被子坐了起来：“你少在我面前装无知少女，我问你，陈包私留被褥钱的事儿是不是你告诉王霸赛的？你害得他差点被打死你知道吗？”

她惊恐地望着我，连比带画地解释着：“我确实告诉了主席，但我的目的是劝他去帮帮陈包，谁知道他们……”

“你说的话是真的？”看到她愧疚自责的样子，我突然又于心不忍，调节了一下僵硬的语气。

“我可以发誓。”

“行了吧你，大早上的我可听不得什么天打雷劈的诅咒，说吧，找我到底什么事儿？”我僵直了半天的身体舒缓了下来，收敛了刚刚剑拔弩张的气焰。

“还是上次我跟你提过的节目，现在缺个唐伯虎，你演不演？”

“不演。”我斩钉截铁地拒绝，“学生会的事儿我才不掺和。”

“你先别急着说不，这个节目是学生会内定的，相当于保送，一定能上圣诞晚会，咱们外语系六千多人，85%都是女生，你想想那场景，山呼海啸，在那么多人面前表演，你肯定能引起她们尖叫的。”

“许娉婷，你知道你现在像什么吗？”我皱着眉，“你就像来劝降的日伪翻译官，拿出种种诱惑来考验我这个意志坚定的共产党员，我有女朋友，袁小丽就是我要誓死捍卫的家园，我才不稀罕什么别的女生。”

正当我字正腔圆地表达自己对袁小丽忠贞不贰的爱情时，门外传来了李峰他们大呼小叫的吵嚷声。

“峰哥，你等等我！”是王海涛的声音，紧接着是沉重的脚步连续回荡在走廊中。

我一把抓过裤子就往身上套，然而当李峰推门探进半个脑袋并喊了句“我的天啊”后，这一切都晚了。

我像遇到了来抓嫖的警察，做贼心虚，忙中出错地把裤子给穿反了。

他缩回了脑袋，“咣当”一声把门带上，门外传来了王海涛带着疑惑的询问：“怎么了？”

“一边儿待着去，大人的事儿小孩儿别管。”

听到李峰把他哄走后，我长舒了一口气，刚才那一幕让谁看见都难保不会联想到我和许娉婷有过香艳的一段画面。我赤条条地躺在床上，许娉婷让被子压得发丝凌乱……

我提心吊胆地把她送出了男生宿舍楼，就像古代皇帝趁着夜色偷偷摸摸召进宫来的花魁，春风一度之后，又派太监偷偷摸摸地送出了宫门。

我刚想坐下休息一会儿，李峰的短信就来了：你小子可以啊，趁我们不在，把宿舍改成丽春院了。

“我去你的！”我快速按动了几个键，给他回了过去。

“刺……”晶莹剔透的雪碧伴着气泡接触空气的声音拖着长腔渗了出来。

我咕嘟喝下一大口，那股冰凉像是要我的喉咙刺穿，我缓缓掏出了手机，又发了一条短信：媳妇儿，有时间吗？女生宿舍楼下见，我要跟你坦白错误。

Chapter · 12　虚惊一场

袁小丽撩起女生宿舍大门上挂着的挡风皮布，看到了单脚站在马路牙子上左摇右摆的我之后，她吐了下舌头，无奈地笑了笑：“小朋友，你今年几岁了呀？”

我听得出她是在挖苦我，每次在等待她的过程中，我都会做一些在别人看来有些幼稚的事情来打发时间。

我会用石子儿砸球场上生锈的篮球架，看能不能命中目标；会蹲在地上用根木棍挑起一只迷了路的蚂蚁，看着它顺着光秃秃的木棍从一端爬到另一端，循环往复；也会把双手抄在口袋里，用嘴吹走向我飘来的柳絮，聚精会神地看着那细小的绒毛在半空中随着气流急速地翻滚一下，随即又慵懒地缓缓飘落。

她的身段真像一条蛇，蜕皮般地从皮布后慢慢“脱离出来”，柔若无骨。但她抓住我双手的一刻，我又感觉她像只螃蟹，全身裹着一层硬壳。

在她含情脉脉的注视下，我开始“招供了”。

我尽量在不添油加醋的前提下把上午宿舍里发生的事儿说得很详细，许娉婷怎么闯进去的，怎么把我被子给掀了的，我怎么设计实施逃脱的，又怎么在失败后被她看到了我只穿着内裤狼狈不堪的样子的。

在此过程中，我不断地用余光偷瞟她的神情变化，但自始至终她都显得波澜不惊，眉眼带笑地听着我絮絮叨叨。

她的笑让我心里发毛，或许下一秒她就会抽出一把刀直接剁在我的颈动脉上，渐渐地，我心里开始变得没底，叙述也变得磕磕绊绊：“最，最后，我就把她送出，出来了。”

她还是没说话。

“真的送出来了，什么也没干。”我又补充了一句。

“宝贝儿，我知道错了，你原谅我吧，当时我也快吓死了，她还让我去演什么唐伯虎，还说一定会引来女生的一众尖叫。我，我演她个头啊我，谁稀罕了？我有你就足够了，嗯，有你就足够了。”我手足无措地表着忠心。

“你知道我现在什么心情吗？”

这个问题让我心里咯噔一下，完了，看来一场“腥风血雨”是在所难免了。

我用手挡着脖子，战战兢兢地问：“什么心情？”

“我太开心了，过来，让我赏你个吻。”她搂住了我的脖子，把唇印在了我的左侧脸颊上，我的手在她身上摸索了一圈，没有发现什么可疑的硬物。

“我可是差点名节不保，你不生气？”

“不啊，你又没有做对不起我的事，面对许娉婷你都能把持住自己，我高兴还来不及。”

“你相信我？”

“当然了。不过，我希望你能去演唐伯虎。”

“为什么？”

“不为什么，我就是想看你表演。我觉得你整天和李峰他们泡在宿舍里太浪费时间了，找点事情做比较好。”

“那我去找许娉婷说让你演秋香，我们这对组合一定叫好又叫座，到时候……”

她笑着打断了我：“不用，秋香让许娉婷演吧，我读旁白就行，她现在是整个外语系的当家花旦，具备强大的票房号召力。你和她搭档，一定能引起轰动。”

她说得轻而易举，我完全感受不到什么杀气，但反而越听越怕。

我蹲了下来抱着她的小腿，开始情绪崩溃地干号：“媳妇儿，你别考验我了行吗？我现在提心吊胆的，都快要炸了，你给我来个痛快的吧！”

这时，恰巧有两个要回宿舍的女生路过，看到这不能再奇怪的一幕后捂着嘴笑得不能自已。

“哎呀，你丢不丢人？中午你自己去吃饭吧，我还有点事儿，乖，起来吧。”

“哦。”我凝神静气地应了一声后像条哈巴狗似的蹭着她的胳膊。

“对了，今天四级考试开始采集信息了，你下午去趟三号教学楼，千万别忘了。”她回头提醒着我。

“唉，还有两个月就要考四级了。”去找李峰的路上，我念叨着。陈包跟我们聊过，说四级考试不容小觑，跟古代的科举考试一样。

“太宗皇帝真长寿，赚得英雄尽白头啊！”他用“生无可恋”的语气吟了一句诗。

来S师大之前，我信誓旦旦地答应了我妈要继续刻苦用功，现在看来，已经食言了。

袁小丽说得对，我必须得找点事儿干了，用父母辛苦挣来的钱在大学里恣意妄为实在是混账，而且连续挥霍三年的时间肯定会让人感到倦怠。

校门口的沙县小吃店里，我们要了炒河粉，李峰一个劲儿地冲着我不怀好意地笑。

“瞧你这副没安好心的样子，笑什么？”我朝他扔过去一双一次性筷子，他轻巧地躲开了。

“你怎么不识好歹呢？我这是替你高兴啊，袁小丽、许娉婷，啧啧啧……”他咂摸着嘴，“你可得注意身体啊，上午你们没把我床单弄脏吧？”

李峰的揶揄让我如芒在背，我恼羞成怒地扑向了他：“我和你拼了！”

他边挡住我的胳膊边大声嚎叫：“别闹，啊，河粉都碰洒了，和哥，听我说，下午你赶紧去采集信息，四级考试的，我和涛哥上午就弄好了。”

“我早就知道了，你别想趁机开溜！”我继续“蹂躏”着他。

饭后，我去了教学楼，许娉婷也在。

我们俩一前一后地报了名，我正犹豫要不要现在就去跟她说演出的事情，她主动走了过来，从包里掏出一叠A4纸：“拿着吧。”

“什么啊？”

“台词。”

“谁说要演了？”

“你一定会回心转意的，先拿着，等你哪天想演了，直接来找我。”她不由分说地把台词塞进了我手里。

我故意装出一脸的不情不愿：“算了，既然你诚意相邀，我给你个面子，唐伯虎这角色我演了，谁演秋香？”

“我演，走吧，相公。”她揽住了我的胳膊。

“谁是你相公？放尊重点。”经历了一场虚惊的我犹如惊弓之鸟，赶紧推开了她。

有时候，我感觉自己才像个矜持过头的女生，那些和我有过“不清不楚”纠葛的异性全都那么放得开，冯静、方雨菲以及正围着我来回转圈的许娉婷。

在她们面前，我就像一片毫无气力的浮萍随风飘摆，又掉落在她们掀起的汹涌海浪中随波沉浮，不知所措间，我彻底失掉了所有方向。

但只要能听到袁小丽的声音，哪怕再微弱，我都会寻着它找到回家的路。

我，已经开始对她有了依赖感。

Chapter · 13　充实

晚上，从西餐厅下了班的陈包回到了宿舍，带回来一大包裹了好几层牛皮纸的炸薯条：“吃吧，客人没动。”

李峰和王海涛把五包番茄酱一起挤在了纸巾上，又从宿舍旁的小卖部要了点盐，把软塌塌的薯条接二连三地重重按在了上面。

我心事重重地考虑着复习计划：“包哥，你知不知道哪儿有卖四级真题的？”

“不用买，你去咱学校图书馆，那儿什么书都有。”陈包朝外面动了动食指，我知道他指的是图书馆的方向。

我脑海中隐隐约约出现了那座暗红色砖墙的老旧矮楼，四周停放着横七竖八的自行车。

“怎么，要开始复习了？”李峰嘴里叼着几根薯条，含混不清地问。

“是啊，作为外语系的，过不了四级多丢人，明天开始，我要去图书馆看书，你们要不要一起？”

“不要！”他和王海涛异口同声地回答。

一排排刷着红漆的木质书架上面摆放着各类书籍，严丝合缝，透着淡淡的书香，我的手指快速划过书脊，但始终没有看到四级真题的字样。

我至今都无法解释为什么自己没有找到想要的东西，反而会继续留在那里徘徊。

我在搜寻什么？

那几分钟，我有些恍惚，脑中萦绕着一种奇怪的感觉：今天，我一定会发现些什么。

当我的目光停留在一本叫《神秘岛》的书上时，那三个已经有些失去了光泽的烫金字仿佛有了摄魂夺魄的魔力，将我的眼球死死吸住，我抬头看了一眼书架标签——英美名著。

我随意翻看了几页，是中英互译本。但随后的近半个小时内，我彻底着了迷。

高三那年，我做过的英语阅读理解题不计其数，却始终觉得那些文章杂糅着功利性，一旦做完由其延伸出来的几个问题，它便会尘封在翻过去的页码中，再无利用价值。

好像，我好久都没有认认真真地读完一本书了。

周围的环境有些诡异，零星有几个前来借书的学生穿梭在各个书架之间，我总感觉暗处有只眼睛在窥探我。

半小时后，我合上了书，准备把它带回宿舍仔细读完。

在我即将转身离开的一刻，一个空灵的声音传进了我的耳朵，“要借书啊？”

那本书原来的位置留下了一条十厘米的左右的缝隙，后面有一只猩红色的眼射出了冷光，我的血液像繁闹街头的交通出现了顿滞，几乎在体内冷结。

上初中时，我隔三岔五就会去报摊上买一些鬼故事书，几乎每一本之中都会有发生在学校图书馆内的离奇事件。

想到这里，我吓得愣在了原地，不敢动弹。

“过来。”眼睛的主人说话了，穿透了横在我们之间的书架。

我努力调整着呼吸，绕了一个半圆，贴边儿移到书架右侧，那只眼睛也慢慢转向了我。

我长吁一口气，是个有些驼背的图书皮管理员，穿着淡灰色的制服，四十来岁，蓬松着一头乱发，像极了欧洲中世纪其貌不扬的守钟人。

“老师，我借书。”

他把那本《神秘岛》紧贴在了扫描工具上，半天也没有反应，“没磁了？”他自言自语地嘟囔着。随后，他又刷了几下，依旧无济于事。

“刷不上，换一本儿吧。”他死死地盯着我，我甚至能看到他眼球上放大的瞳孔，像是有谁在上面凭空开了一个洞。

“您有别的办法吗？我很喜欢这本书。”

他笑了，露出一口歪七扭八的牙齿，上面还沾着泛黄的烟渍。“我在这里干了两年管理员，你是第一个来借这本书的，平时它躺着在犄角旮旯，根本无人问津，但你带不走它。”

“那您每天能晚点下班吗？外语系要举办圣诞晚会，我排练完之后就过来看。”

“你是外语系的？”他的脸色明显变了，愤然将书一扔，它像块浸湿的抹布“啪”一声砸在了桌子上。

“是啊，怎么了？”

“学生会的？”

“才不是。”我撇了下嘴，不屑地否认着。

他紧咬着嘴唇，沉吟了几秒，随后像从噩梦中惊醒了一样，喃喃地说：“是也没关系，我答应你，等你到晚上8点。”

我看着这个古怪的男人，对他的喜怒无常感到百思不得其解，但终究还是让他甘愿牺牲休息时间为我开方便之门的做法感动了。

“你的眼怎么回事儿？”他的右眼泛着猩红色的光，里面有血块郁积着，造成了充血。

他叹了口气：“老毛病，都两年了，不碍事，走吧，下次再聊。”

我心心念念惦记着那本没有借出的书，朝礼堂走去。

今天是《唐伯虎点秋香》的第一次排练。

我站在礼堂前方空旷的舞台上，拿着一摞台词，打量着站在对面的其他演员——华夫人、唐伯虎的书童还有许娉婷。

她站了出来，介绍我们认识：“她是演华夫人的……”

“阿姨好。”没等她说完，我就冲老态龙钟的“华夫人”鞠了一躬，心想：学生会可真下本啊，这是从哪个话剧团请来的专业演员吧！

许娉婷使劲拍了我胳膊一下，嗔怪道：“杨小和，你别瞎叫，她是赵芳，咱们大二的学姐！”

老成那个样，分明是“学妈”！

彩排进行得不是很顺利，我们经常会因为忘词像白痴一样大眼瞪小眼地看着对方。

许娉婷接了个电话，嗯啊几声后挂断了，她提醒我们要认真一些，说一会儿有领导过来视察。

没几分钟，唐学苟和管霞还真带着几个学生会的人过来了一趟，开始装模作样地对我们的排练评头论足。

“演唐伯虎那小子，你表情不要这么僵硬嘛！”

“说词的时候你们得加入些肢体语言。”

“我觉得‘唐伯虎’有点放不开，您说是吧，唐主任？”

那群人自以为是地说三道四，活像成群结队有点聒噪的青蛙站在泥巴岸上在指点江山。

“我不演了！”等他们离开后，我把台词一扔，气鼓鼓地找了把椅子坐了下来。

许娉婷出来打着圆场，让其他人先离开了。“怎么了我的相公，耍大牌？”

“别废话，我就是看不惯他们奴颜婢膝地谄媚劲儿，称呼唐学苟还用‘您’，我敢打赌，平时他们对自己爹妈都没那么客气过。”

她胡乱安抚了我几句，我又悻悻地跟着继续排练。

下午6点，我回到了图书馆，那个像“守钟人”的管理员果然没走。

桌子上摆着一杯冒着袅袅白气的茶，他正在从容地整理着书架上几本凌乱的书。

我迫不及待地从他手里把《神秘岛》接了过来，双手捧着开始翻阅。

两个小时里，我们谁都没说话，直到他提醒我已经八点：“明天再来吧，想不到你还真能看进去。”

我在“艾尔通提出建议”的一页折了个角，把书合上：“挺有意思的。”

“里面的英文难吗？”

“还行，得尽全力才能读懂。”

我准备下楼梯时，他抓过一条布满锈迹的铁链，开始往嵌在门上的两个不锈钢管上挂，嘎嘣一声，锁上了。

“小心台阶，我给你照着。”他掏出一个裹着黑色橡胶皮的小手电，打出了一道不算强烈但看着让人舒服的暖光。

“老师，怎么称呼您？”我对这个古怪的管理员有了些好感。

“我姓孙。”

直觉告诉我，他绝不简单，至少不应该只是在图书馆干管理员这么简单。

睡前，我躺在床上，盯着黑暗中几张床铺的轮廓，回想着这“刻骨铭心”的一天。

我好像又找到了一点高中时才有的充实感，仿佛一根发出微弱火光的蜡烛在风雨飘摇中苟延残喘，即将熄灭时又被一团火焰所包围，由此发出了耀眼的冲天火光，吞噬掉了周围的一切空虚。

总归像袁小丽说的，我给自己找了点事儿做，忙点也无所谓，充实总好过无所事事。

Chapter · 14 重逢

“其他演员都快被你折腾得神经质了。”一天排练结束后，许娉婷无奈地对我说。

除了台词，现在的他们在我面前什么都不敢说。

我经常由着自己的性子随意改词，刚开始，每个人都用成篇大套的道理来教育我要心存集体，我的头上好像被套上了金箍，几个“唐僧”的紧箍咒念得我头晕眼花。

“不演了！”我把台词摔打在地上，一脚踢散。

此时，许娉婷会乐此不疲地出来打圆场：“大家先休息一下吧。”

奇怪的是，袁小丽也坚定不移地加了她的阵营，两个人一起对我晓之以情。

“两位妈，我演行了吧？咱别啰唆起来没完没了的了。”

“正式演出时，你可千万别再耍小孩子脾气了。”我的反复无常让许娉婷担忧不已。

“那可说不准，可能那天正赶上我的情绪受到了极大波动，就演砸了，那你们就只好自求多福吧！”我朝她翻了个白眼儿。

排练就在我三天两头上罢演的闹剧中进行着，不断走向成熟。

小品快要定型时，许娉婷却出了幺蛾子：她非要让“唐伯虎”和“秋香”在结尾时来段舞蹈，说这样能把全场观众的热情推向高潮。

观众高不高潮我才不管，凭什么委屈了自己，爽了他们？

“你会跳舞吗？”她兴致勃勃地问。

我眨着眼睛看着身边的袁小丽，还没来得及开口，她已经引导着我的左手搭在了她的蜂腰上面，环住了我的脖子。

“不行！”如梦初醒的袁小丽坚决地喊道。

她故意装着没听见，没有半点松开我手的意思。她吐气如兰，轻微的鼻息喷在我的侧脸上，撩得我心里一阵荡漾。

“杨小和又不是你一个人的，他属于整个S师大，属于艺术，你太小心眼儿了吧！”

袁小丽气得张口结舌，我还是第一次看到她被人噎得说不出话。

虽然隔着厚重的外套，但我能感受到许娉婷圆润的身形，心猿意马地不想和她分开。

但最后，我还是粗蛮地推开了她，“上一边儿去，我就是只属于袁小丽，什么属于S师大，属于艺术？我该你们的吗？”

12月来临之前，我们的节目又经历了两次检验。

唐学苟和管霞人模狗样地并排坐着，参演的节目像过堂似的依次上台。

“威！武！”我的耳畔响起了电视剧中衙役敲击杀威棒时的喊声。

唐学苟对我们节目的意见很大，确切地说是对我意见很大。

我懒散的态度让他大为光火，他油光满面的脸上渗出一层发亮的汗液，吐沫横飞地指责我态度不端。

我把他想象成了一只狂躁的野猪，嘴里伸出来两根粗长的獠牙，“希望你下辈子能投胎做个人。”我在心里骂着。

虽然只和他见过几次面，但我能感觉出他比学生会的人还狐假虎威，为什么？我说不上来。

我只是感觉，他不是什么好鸟儿。

12 月初，J 市降下了入冬以来的第一场雪，不大，像由北风吹来的一片细小的白沙，落地即融。

在这像利刃一样能把人活剐了的寒冷季节里，去图书馆看书成了我唯一的心灵寄托，《神秘岛》的情节越来越扣人心弦，我挑出了许多生词，总结在了一个笔记本上。

我有种奇怪的感觉，那个姓孙的图书管理员在偷偷地观察我，但每次我扭头看向他时，他都在若无其事地打扫卫生。

四六级考试的临近让前来图书馆的学生数量多了几倍，我特别中意的那个位置在角落里，只有一张紧贴着暖气片的木桌。

当我准备坐下后安静地把主人公们逃离火山爆发并被“邓肯号”

营救回国的结局看完时，却发现桌子上摆着一摞书。

“谁啊？谁把书放这儿的？看不见墙上贴的不准用书占座的标语吗？”我有些恼羞成怒地喊着。

“叫唤什么？”管理员走了过来，猩红色的眼睛环顾着四周。“噢，我说怎么找不到了，放这儿了啊！”说完，他把那摞书搬走了。

我把《神秘岛》交还给他时，他漫不经心地问：“看完了？”

“嗯。”

“单词都认识了吗？”

“认识了，不会的我都用手机查了。”

“混账！”他突然怒不可遏地吼道，其他学生纷纷侧目。

我不知所措地看着他，努力想看出惹得他大动肝火的一些端倪。

意识到自己失态，他压低了声音：“外语系的学生学英语怎么能用手机查单词？把你总结的生词给我用这本字典重查一遍！”

他顺手从桌上抽出了一本封面已不翼而飞的《牛津高阶英汉双解词典》，扔给了我。

“但是，我……”

“字典上的解释和手机上的不一样，前者要准确得多，以后再有不会的词你也得用字典查，否则你别想再从图书馆借走一本书！”

“真是个爱多管闲事儿的怪人，装得跟自己很懂英语似的！”我愤愤地想。

整整花了两天，我才用字典查完那些词，翻得单薄的书页哗哗作响。静下心来后，我发现真像他所说的，字典和手机果然不一样。

当晚 7 点，图书馆只剩下了我们俩。

“给，今年 6 月的四级题，两个小时内做完。”他接过我递给他的字典后又把一份淡黄色的试卷扔在了桌上。

我怔怔地看着他，机械地把试卷扯到眼前，“没有音频，听力怎么做？”

“In this section, you will hear 8 short conversations and 2 long conversations……”他抑扬顿挫地读起了试题中的 direction，他的发音竟然很清晰、地道。

我听傻了：“孙老师，你……”

“别说话，我们现在考试呢！”他不耐烦地一挥手。

随后，他继续充当了半个小时的录音机，“播放”完了全部听力材料。

我做完了所有题，收拾东西准备离开，他一把夺过试卷：“着急忙慌的干什么去？都快考试了，怎么一点不知道着急呢？等我批完再走！”

我毕恭毕敬地站在一边，像个等待官老爷发落的囚犯。

“看不出，你英语还有点底子。阅读满分，作文也不差，完形填空可以放弃，听力再练练就没问题了，回去自己去搜 VOA 听。”

“V 什么？”我没听清。

“VOA！‘The Voice of America’都没听过，还外语系的，丢人

不丢人？”

一个图书管理员，英语说得那么溜，其他方面看着也很厉害，他到底什么来头呢？

四级前的这段时间里，他一直在辅导我，帮我读听力，给我批改试卷，我总结的那些生词也帮了大忙。

圣诞晚会将在平安夜晚上 7 点正式开始，许娉婷拉着袁小丽去学校对面的商城里租来了花里胡哨的古装。我没去，只身待在图书馆中。

12 月 22 日，四级开考。

整个校园中游荡着各类人群的身影，像庙会一样热闹。

考场外，一对对小情侣恋恋不舍地看着彼此，跟要经历一场生离死别似的。

叫苦连天声，咒骂声，神经质的嬉笑声此起彼伏，我暗暗感慨：四级真是害人不浅啊。

袁小丽牵着我的手：“我紧张。”

我捏了一下她的脸，安慰她：“紧张什么？我们可是外语系的。”

她的紧张果然是多余的，拿到试卷的一刻，我大体扫了一眼，很简单嘛，至少我是这么认为的。

我的状态出奇好，感觉每道题都很有把握，几乎没怎么遇到抵抗，四级在我面前就丢盔弃甲，被我杀得片甲不留。

平安夜当天，袁小丽挽着我的胳膊朝南门的比萨店走去，她说在那里定了位子，要好好犒劳我。

我们有说有笑地走在一起，她顺着我的衣领把手伸了进去，凉得我一激灵，我帮她把飘到嘴边的碎发撩到一边。

“杨小和。”一个熟悉的声音传到了我的耳中。

这个声音，从我上小学时就不断响起，班级里，我家楼下，校园门口，一点没变，只是感觉很久没听到了，有些陌生。

我缓缓转过头去，王俊和冯静就在十米以外的地方，笑意盈盈地看着我。

“四目相对”这个词用在这里极不恰当，因为我不知道我的一双眼睛如何与他们的两双对焦。

我看着王俊，又盯着冯静，像在努力地分辨出一对双胞胎，尽管他们长得完全不一样。

天空变高了，校门的大理石横梁高了，袁小丽也变高了，只有我们三个变矮了，矮到了我们小学一年级的模样。

恍然如梦一般，我们重逢了……

Chapter · 15 皆大欢喜

看到他们缓缓向我走来，袁小丽紧紧搂着我的胳膊，我不由自主地轻轻挣开，像中了邪后失去了精魄的行尸走肉迎向了他们。

我没再纠结之前王俊打了我一拳，更没在意冯静曾因为高考发挥不好而住进过医院，尽管这些琐碎的片断在我脑海中旋转时会像根不时冒出的木刺扎痛我。

但我不在意，这点痛在我们对视的目光中渐消渐散。

重要的是现在冯静出院了，王俊也回来了，我们三个都曾经历过一番磨难的人，又重聚了。

我拍了两下王俊的肩膀，他瘦了，虽然隔着层羽绒服，我还是碰到了他单薄的锁骨。

冯静又把头发剪短了，发梢刚刚垂在双肩，在我的印象里，她隔一段时间就会对自己的头发进行改造。

“好看吗？”她注意到了我在看她。

“好看，好看极了。”我点头。

再次见面，我们都从容多了。

“你上了哪所大学？”我小心翼翼地问，生怕扯疼她刚刚长好的伤疤。

“J大。”她的情绪没有任何波动。

看来，她考得确实不好，还好，她坦然接受了。

“我请你们大家吃饭吧。”如果袁小丽不说话，我几乎忘记了她的存在。

“杨小和，这是谁啊？半天了，你也不给我们介绍介绍。”王俊明知故问。

“噢，对，对，这是我女友，叫袁小丽。”

“上次在W市吓到你了吧？千万别往心里去，我叫王俊，杨小和最铁的哥们儿。”

“你别自作多情了，我跟他从小就认识，最铁的哥们儿哪轮得到你？”冯静也学会开玩笑挤对人了。

我鼻尖一阵发酸：“你们都是我最铁的哥们儿，都是。”

“你好啊，袁小丽。”

“你，你好，冯静。”

袁小丽的表情变了，极不自然地回应着。

在这个世界上，能让她耿耿于怀的事情只有我和冯静曾经的瓜葛，她始终不太相信我已经完全放下了，仍会在我们接吻后问："刚刚你有没有想起冯静？"

我取笑她："为什么单单问她？你不怕我想许娉婷？"

"因为我知道，你喜欢的女生类型不是那样的。"

她说得没错，她和冯静才是我能耐得下性子与之相处的类型，她们俩实在太相似了。

"今天晚上我请客，到时候电话联系，中午这顿我们不去凑热闹了。"王俊说。

"今晚我们学校有晚会，压轴节目《唐伯虎点秋香》，主演杨小和。"我自豪地宣布。

"可以啊，都成大才子了，冯静，这咱可不能错过。"

听着王俊兴奋的喊声，我问自己："他打了你一拳，重要吗？"

"看着你们聊得那么开心，我真羡慕啊。"袁小丽用叉子把她最喜欢的芝士比萨插得千疮百孔，一口没吃，哀怨地叹气。

我知道刚才冷落了她，她不高兴了。

"宝贝儿，我给你讲个笑话吧。"

她没说话，用吸管搅动着橙汁里沉到杯底的果肉。

我无奈地作罢，她在任何事上都是明事理，顾大局的，唯独在冯静这件事上，她始终有解不开的心结。

我们在极度尴尬的气氛中吃完了饭，刀叉碰到盘碟的响声此起彼伏。她赌气地用刀戳着T骨牛排，把它大卸八块后，又去祸害煎蛋和意面。

我一把夺下她的“作案工具”，吃掉了那些“受害者的尸体”。

晚会开始前，我给王俊他们打了电话，让许娉婷动用学生会的关系给他们找了前排的座位。

我去后台换好了唐伯虎的戏服，甩着亮蓝色的袖子在一群唱诗班的姑娘面前招摇过市。

许娉婷非要给我化妆：“你别乱动，我就给你拍点粉，否则一会儿上台灯光太亮，看不出你的脸来。”

我们在一片山呼海啸般的欢呼声中出场，王俊和冯静声嘶力竭地大声喊着我的名字。

表演很顺利，我很兴奋，即兴加了好几句原来排练时没有的台词，又自圆其说地接了回来。

“杨小和，你给我照着词儿说！”许娉婷被我惊出了一身冷汗，频频用口型提醒我。

我没想到这辈子接触过的一个最无聊的小品会让台下笑成那副德行，我像被围绕在了一片情景喜剧中的“罐头笑声”里，承接着观众们最热烈的掌声。

“你自信了，嗯，比以前自信多了，我记得咱们上学的时候，你都不敢看老师的眼睛。”我下台换好衣服去找他们时，王俊意味深长地叹息着：“走，去喝酒，叫上袁小丽一起！”

校门口，我苦口婆心地劝她跟着一起去，或许这是个化解她和冯静之间种种的最佳契机。

“我不去了，你们这么久没见面，要聊的一定很多，我一个外人会让你们不自在。”

“你怎么会是外人？你今天到底怎么了？他们……”

“别说了，我回宿舍了。”她转身后迈开了两条细长的腿快速离开了。

她给我出道了难题，只给了我两种选择，还是单选题。

我踌躇了半天，还是没有去追她。

之前，无论在电视剧、电影还是小说中，每次男主把女主惹得心灰意冷地离开时，我都会在心里替他着急：“你个傻帽，赶紧去追她啊，快去啊！”

然而，男主要么愣在原地，要么叹一口气，任由这份感情在自己面前溜走，甚至最后无疾而终。

现在我体会到了，他不是不想追，只是没有了力气。

王俊要了一箱啤酒，冯静也破天荒地开了一瓶，王俊主动提起了他在W市的事情。

那天和他在一起的那群人是社会上的混子，看他孤身一人徘徊在火车站附近就让他入了伙，他嫉妒我，打我的那一拳都是在给他们演戏，怕他们对我不利。

上周，他们让他去入室盗窃，他不干，就找了个机会报了警，这才得以回到J市。

“你怎么也不给我发个信号？我为这事耿耿于怀了很久。”

“喂，你真是差劲啊，我明明冲你使了好几次眼色的。”他学着赌神陈小刀揶揄的语气对我说。

我问他下一步准备怎么办，他说现在也没学上，他也不打算复读，走一步看一步吧，可能会去工地搬砖，也可能跟着亲戚去做生意，谁知道呢？

我们一直喝到11点半，我把他们送上了出租车，头昏脑涨地往宿舍走去。

路上，我给袁小丽打了好几个电话，一开始无人接听，后来提示关机。

冷风吹来，蹭进了我的大脑皮层，一阵发凉。

校园里难觅人迹，宿舍大门也早就关了，只有前面二十米处有两个人影。

我眯着眼睛，是一男一女，女的比男的高将近半头，像牵着孩子似的握着男生的手。

我想起了王海涛和他心心念念的李美彤学姐。

路过他们时，我故意吹了声口哨，想看看他们长得什么样，回去也好给王海涛树个典型，激励他奋发图强，早日骑上大马。

他们转过头时，我惊呆了：“你们……”

他们慌乱地松开了手，李美彤迈着两条大长腿像变形金刚似的落荒而逃。

王海涛尴尬地解释着，他们这是在一起的第一天，没有故意瞒着我们。

我借着酒劲把宿管大爷喊了起来："开门！"我像土匪似的砸着玻璃。

宿舍里，李峰不知所踪，陈包还没睡，他兴奋地冲我们宣布着：西餐厅老板给他加薪了，还让他介绍同学去餐厅上班。

王海涛说要陪新女友，没法去。

"和哥，你呢？"

我答应了。

反正四级考完了，我也不去上课，袁小丽要忙学生会的事，一天去干四个小时也没什么，还能赚点生活费。

他满心欢喜地喊着："明天咱俩就一块儿去上班！"

"包哥，李峰去哪儿了？"

"俺也不知道，刚才代乐乐来找过他，他们就出去了。"

傻小子，这还猜不出来？男女朋友夜不归宿，还能去干什么了？

我枕着胳膊，靠在了冰冷的床栏杆上，像月底做盘点的杂货铺老板细数着今天发生的零碎事儿。

好像除了袁小丽对我见到冯静的纠结，一切都是皆大欢喜的结局。

Chapter · 16　失联

“包哥，这就是你说的西餐厅？”我站在锦秀路上的一家加州牛肉面大王门口，盯着长得有些像林肯的“李先生”的头像问。

“是啊，加州不是美国的吗？加利福尼亚州。”他一字一顿地解释。

奇怪的是，他的话里听不出任何乡音，看来这名字在他心里的位置颇为神圣，才让他竭尽全力把它说得郑重其事，字正腔圆。

“行，你说是就是吧。”

我换了身后厨的工装，陈包成了我的师父，领着我一块儿去撕一只刚炖好的肉食鸡。

那只鸡早就脱了骨，死后还不得全尸，被我们戴着一次性手套撕得面目全非。

“这是干什么用的？”我把鸡脖子上挂着的最后一层皮扯下后问他。

“做葱香鸡丝饭和鸡肉面用的。”

“这不都是中餐吗？哪儿有西餐？”

“怎么没有？上次我带回宿舍的炸薯条你们没吃呀？”

下班后，我们回了宿舍，见到一夜未归的李峰正蒙着被子作深度昏迷状。

我从王海涛的球鞋里拿出了一双泛黄的袜子搭在了他的鼻子上，两秒钟后，他的眉头开始紧皱，又过了几秒，他就像接受完人工呼吸的溺水者苏醒了过来，把袜子狠狠扔到一边，贪婪地大口呼吸着空气。

他嘴里咿呀不清地嘟囔着：“别闹，昨天忙活了一晚上，累着呢。”说完，他翻了个身，拽了拽快要拖在地上的被子。

我又把他扳了过来：“峰哥，别睡了，说，昨晚干什么去了？”

“哎呀，你看看你这个龌龊的样子，代乐乐家装修，让我去帮忙了。”

我大失所望地坐到了床沿上：“切，没劲！”

“包哥，麻烦你去小卖部给我买盒烟吧，我不出去了。”

李峰的烟瘾越来越大了，我俩的上下铺四周散落的全是他扔的烟蒂。

“代乐乐的家住哪儿？”陈包出去后我问他。

“你傻啊？你见谁家大半夜的装修，不让邻居骂死？”

“那你……”

“开房去了。”

我的兴致又上来了：“第一次？”

“嗯。”

我迟疑了半晌，还是缺心眼儿地问了句：“什么感觉？”

“就是累。”李峰的表情让我很确定他一定累并快乐着。

“你也得抓紧了，找个机会跟袁小丽……女生嘛，第一次之后就会缠上你，死心塌地。”

“我觉得代乐乐原来对你就挺死心塌地的。”

“你不懂，这两种死心塌地不一样，你以后就明白了。”他倒头拥着被子，继续酣睡起来。

我的心被他说得一阵发痒，涎着脸幻想着：我和袁小丽几乎赤身裸体，两人加起来身上就盖着四片树叶，站在一棵枝繁叶茂的树下，盯着枝头红艳明丽的果子。

一条浑身花斑的蛇游走了过来，吐着信子：“嘶，尝尝这颗诱人的果实吧！”

我问它这是什么，它说这叫禁果。

我继续拨打着她的号码，依旧无人接听，我发了条信息，她没回。

一连几天，我上午去打工，下午感到百无聊赖了就去图书馆。

“四级考完后玩儿疯了吧？没出息，外语系的过四级就万事大吉了？”一见面，姓孙的就把我一通数落。

“才没有！”

“没有最好！给，英文版的《牛虻》，三个星期内看完，以后你就在这儿看，我盯着你。”

“我想拿回宿舍……”

“不行！你一本儿书也借不走！”

“你……”我被气得说不出话，还是乖乖地屈从了。

眼看2008年元旦就要到了，我依旧没联系上袁小丽，我仔细想过了，如果12月31号她还不理我，我就直接冲进女生宿舍。

“咳，咳，咳，想什么呢？”姓孙的真是阴魂不散，我愣神儿的工夫他就跟鹰抓兔子似的扑了过来。

这跟上课有什么区别？

他的行为越来越古怪，跟我交谈时全程用英文，他说得太流畅，我费力地招架着，力不从心。

12月29号下午，我离开图书馆前，他突然问：“你有心事？”

我觉得瞒着他也没意思，就说：“我女朋友不搭理我了。”

“不要紧，只要你没犯大错，耐心等着就行，女生都心软。”这次，他没骂我没出息。

“老孙，我请你去喝酒吧？”

“你叫我什么？”他瞪着眼，大声问。

“我不管，以后我就叫你老孙了，请你喝酒，去不去？”

他冷笑了一声：“下次吧。”

我耸了下肩膀，转身准备离开。

“等等！”

“改主意了？”我靠在楼梯的扶栏上，两只胳膊交叉在胸前。

他的表情认真了起来：“明年3月有全国大学生英语竞赛，整个S师大的英语高手都会参加，我要你也去。”

我歪着头看了他半天：“我？算了吧，不够丢人的。”

“你放心，这三个月你只要多来图书馆，我可以帮你。”他披上了外套。

我心中的疑团不断加重，越来越觉得他一定不简单，我已经快要耐不住百爪挠心的好奇，马上要脱口而出问一句：“你到底是谁？”

手机响了，那熟悉的声音又传了出来，这是特定的铃声，只有一个人来电时这段铃声才会想响起。

我颤抖着把手机从口袋中掏出来，没错，是袁小丽。失联了几天，她终于回电话了。

Chapter · 17　破镜重圆

听到电话那头传来的哭腔，我立刻向女生宿舍楼飞奔而去，半路上撞翻了一个男生手里的饭盒，泛着亮艳色泽的宫保鸡丁呈喷射状洒了一地。

我边后退着边道歉，踉跄间又踩上了一个女生的脚面。

狼狈不堪地又跑了两百米后，我减缓了脚步，靠着惯性向前滑去。

袁小丽站在宿舍楼台阶下的六边形地砖上，红肿的双眼让她看起来像只修炼成精的兔子。

看到我的第一眼，她就冲过来撞进了我的怀里，像是要进入我的身体，拼命地钻拱。

“找到了，找到了。”她紧紧贴在我的身上，边哽咽，边喃喃着自言自语。

“找到什么了？”

“你的心，脸贴在上面才不会冷，我冷……”

我胸口靠左的位置被她贪婪地占为己有，我感到上面变得湿热起来，她不停地哭，滚热的泪珠一接触从缝隙间钻来的冷风立即就渗进了我的外套中。

我伸出双手捧起她的脸，用拇指指肚蹭掉了她两颊上的泪，她脸上起了一层皴，变得不再像以前嫩滑。

“到底怎么了？慢慢说。”我耐着性子询问她。

我最受不了的就是女生在我面前一个劲儿哭，那种连续单调的哭泣让我心烦意乱，我小学时的一个女同桌因为数学没考好，趴在桌子上抽抽搭搭了一节课。

我皱着眉头对她说：“差不多行了，没完没了的烦不烦？！”

她对我的话充耳不闻，继续跟中了邪似的抽泣。

终于，忍无可忍的我一巴掌掀翻了她的文具盒，结果被老师罚扫教室一个星期。

“你别怪我，我错了，呜呜，冯静来了，我没安全感，你们在一起那么久，我慌了，我不该任性，不该不理你。”

我把她扶到木头长椅上坐好，准备给她去买个冰激凌，她死死攥着我的手：“别走，求你。”

“我很快回来。”

她舔着外围包裹着的奶油，稍微平静了一些，她的嗓子哭哑了，断断续续地开始诉说起我们没见面的这几天里发生的一切。

那天我和王俊、冯静重逢后，她心里一直不平静，尤其是冯静的出现让她感受到了巨大的威胁。

看到我在晚会上卖力地演出，她知道我是为了逗冯静开心。看到我们亲密无间的样子，她感觉自己成了局外人，就像融不进水的一滴油，游荡在外围不知所措。

我们把酒言欢时，她回了家。

她说自己活了这么大，一共就钻过两次牛角尖，一次是她爸因为在外应酬而错过了她十岁的生日聚会，她整整半个月没理他，无论他买了多少礼物来补偿。

这次，是第二次。

昨晚，她盯着镜子里的自己看了很久，那张脸陌生得让她不敢相信那是她，上面有妒色隐去的痕迹，带着戾气。

她的手机屏幕闪烁起了蓝光，为了不受我的“骚扰”，她调成了静音。

但那是个陌生号码，她怀疑是我用另一个手机号打的，没接。

拨打电话的人很执着，一直打，她动摇了，接起来之后才发现竟然是冯静。

她的声音很平静，只对袁小丽说了两件事：第一，她对那天自己冒失的不请自来感到抱歉。第二，她告诉袁小丽要好好珍惜我，从那天看到我们两个人在一起后，她内心对我回心转意抱有的最后一丝侥幸也破灭了。

“为什么是从那天开始？”我问。

她深吸了一口气：“冯静说你看她的眼神变了，你眸子中射出的光和初中时的已经完全不一样了，你们对视的几秒钟里，她能感觉出来。”

我沉默了。

曾经我无数次对自己说冯静已经成了过去时，我能够不费吹灰之力地和她断绝关系，我也是这样做的，不留一点情面，内心没有一丝触动。

但这种和自己青梅竹马的女生一刀两断的痛，现在才开始隐隐发作，直到这一刻我才能说，我和冯静，都放手了。

“亲爱的，你瘦了。”袁小丽摸着我的颧骨，怜痛地说。

“你胖了。”我强挤出来一个笑容，和她开着玩笑。

“讨厌，我耍了这么多天小脾气，你不怪我吧？”

“不怪，原来我抽风的时候，你不也对我挺包容的吗？”我宽慰着她。“但是我有个问题，你要如实回答我。”

这几天，我脑海中一直萦绕着李峰关于女生对男友死心塌地的那一番言论。

“什么事？”

“你喜欢我吗？”

“不喜欢。”

我的心猛然跳动了一下，怔怔地看着她。

“是爱。”她很认真地说。

我犹豫了很久，还是决定放弃提出那个要求。

我不知道李峰是怎么跟代乐乐开的口，直截了当还是旁敲侧击，按照他的脾气，前者的可能性更大一些。

但我始终不想让外人的意见左右了自己的感情，我们之间的这种良性的均衡不能因为一方的自私而被打破，这份感情最大的门面是纯洁，不容遭到玷污。

那件事，如果有一天真要发生，也应该是以一种水到渠成的形式发生，发生时要像一种神圣的仪式那样庄重。

想到这里，我如释重负。

我们之间的冷战没有被带到即将到来的2008年，我们用各自的包容把破碎掉的镜片粘凑了起来，没有一点裂缝遗留的痕迹，一面映照着我们感情的镜子修补得完好如初，这就足够了。

Chapter · 18 魔鬼训练

期末考试前夕，李峰用了大半夜打了整整四张 A4 纸的小抄。

熄灯后，我斜靠在床上，看着他拿着手电奋笔疾书，临时抱佛脚的德性，我不知不觉地睡着了。

三天的考试，我终于得到了把仅有几面之缘的老师们都对号入座的机会。

那个曾让我和李峰滚出教室的老太太姓李，一脸的慈眉善目。

谢了顶儿的老学究姓卢，教英语阅读。

还有，唐学苟竟然也教课，每周我们要上一节他教的词汇课。

他总拿着那本号称由他主笔的蓝皮书“激励”大家：“运用词根词缀，不用下太大功夫，就能掌握一万个单词。”

临考试前，他来到了我的座位旁，眼皮低垂着，阴阳怪气儿地说：“天天逃课的就是你啊？这次期末考试有 30 分的课堂表现，你一分儿也没有！”

“那不还有 70 分吗？唐主任。”

“哼！”他冷笑一声，“那是试卷，怎么着，你还能考满分？”

“我尽量吧。”

他并没预料到我会是一副滚刀肉的样子油盐不进，张着嘴半天没说出话。

考试开始后，唐学苟和我较上了劲，他一直死死盯着我的一举一动。

我将“敌军”火力全部吸引之后，李峰撒了欢儿地拿着小抄“大杀四方”。

看着唐学苟出的满卷子的单词拼写题，我暗自发笑，这根本就是高中水平。

放假前一天，J 市降下了三十年来最大的一场暴雪，我踩着咯吱作响的雪面，深一脚、浅一脚地小跑着去了图书馆，一路上不断呼着白气。

老孙破天荒的允许我从图书馆借走了两本书，又送给我一本崭新的牛津词典，我在封底的背面发现了新华书店的专用章，书是正版的。

“你小子在寒假里给我好好复习，要是你英语竞赛考不了第一，这字典你得原价赔给我！”

这个抠门的老孙，果然不会做赔本儿的买卖！

陈包没回老家，申请留校，寒假开始后，我们结伴去加州牛肉面大王打工。

下班后，我就把自己关进房间，像一只失足跌进了松脂的小虫被密封在了琥珀中，隔绝了一切。

外层是晴湛的天空、爆竹的硝烟味还有我爸炸耦盒排出的油烟，里层环绕着《格兰特船长的儿女》《柳林风声》的大段英文还有 VOA 抑扬顿挫的发音。

直到大年夜，这场雪都还没有要融化的意思，在连续的低温中愈发坚硬了起来。

晚上 10 点，袁小丽发来一条短信：春晚好无聊，我们去西城校园逛逛吧？

我披上外套出了门，等了二十分钟才盼来一辆摇摇晃晃，慵懒的公交车。

下车时，我看到她正在冷厉的风中来回跺着脚。

她穿了一件黑色的小风衣，没系纽扣，头上戴着一对夜光鹿角，投射到白茫茫的雪地上，映出一片幽紫色的光，她手里拎着一个大包，鼓鼓囊囊的装着什么东西。

保安室的房檐下挂着四个灯笼，大红色的丝绸布包裹着昏黄的光，透出了一种诡异暧昧的光，像极了黑窄巷子两旁的洗头房。

我们央求了保安半天，他才答应放我们进去。

西城没有变，我依旧可以从校园中闻出回忆的味道，白茫茫的雪地在一轮冷月的映照下发出刺眼的亮光。

她从包里掏出来两个方方正正的烟花盒子："跟我一起许愿。"

当第一个烟花绽放出火树银花般的绿光时，保安就闻讯赶来，手里拿着笊篱，我们落荒而逃。

马路上，她咯咯地笑着，气喘吁吁："保安大叔真逗！你许愿了吗？"

"没有，鞋都差点跑掉了。"

"没关系，我许了，就代表你也许了。"

我们返校回到S师大的第三天，四级出分的消息不胫而走，袁小丽考了558分，顺利通过。

网吧里，李峰和王海涛他们在"查询中"字样即将跳转的一瞬间，用手捂住了电脑屏幕。

"你考了多少？"

"你先说！"

他们在连续两次异口同声后，给对方展示了各自的分数，461分和456分，两个人紧紧相拥，就像北京申奥成功那天，中国代表团拱手加额一样。

"喂，杨小和，你考了多少？"

我把电脑屏幕扭到他们眼前。

"我的天，660分！"他们的骂声引来了其他人的瞩目和一群刚查完成绩的男生的恶毒目光。

我推门进入辅导员办公室时，唐学荀也在，看到我之后，他面色铁青，几乎胀成一块发紫的猪肝。

我没搭理他，径直走向了管霞：“老师，我要报名参加大学生英语竞赛。”

“不给他报名！”唐学荀在一边气急败坏地叫道。

几秒钟后，我就知道了他大发雷霆的原因。

管霞的办公桌，上面放着她沾满了茶锈的瓷杯，下面压着一张成绩表，我的词汇课分数是 70 分。

管霞少见地违背了唐学荀的意愿，帮我报了名。

我转向离开后虚掩房门的一刻，听到她说：“舅舅，看他在全校面前丢人不好吗？”

老孙对我愈发严厉，在知道我四级考了 660 分之后，他也表现得很冷淡。

他真正在乎的是这次竞赛，比我还要在乎，他偏执地不容许我犯任何错误，有时我因为粗心答错一道题之后，他就暴躁如雷，大骂我蠢猪。

骂完后，他又激动地踱着步子走到一边，泄愤似的吼着：“该死的，该死的！”

他发起火来的样子真像个魔鬼，我噤若寒蝉地忍受着他的间歇性癔症发作，接受着严酷的训练。

3 月 28 号，暖热的阳光透过图书馆的上悬窗照了进来，我感到一丝刺痒，撸起外套的袖子，使劲挠了几下小臂，上面留下了一条条白色的爪印。

我把最后一套试卷毕恭毕敬地递给他，他抿着嘴看了半天，才面无表情地点点头分“总算有些长进，明天考试给我沉住气，再仔细点，滚吧！”

老孙用他猩红色的眼睛对我翻了个白眼儿，露出了一嘴让烟熏得有些发黄的牙，笑了。

Chapter · 19 独占鳌头

参加竞赛的总共四十来个人，绝大多数是外语系学生会大三、大四的学姐，也有几个其他系自诩翘楚的本科生。

进场之前，她们个个谈笑风生，欢实得很。但考试开始半小时后，就一副浑浑噩噩的状态，像被人煮了的对虾。

我坐在最后一排，看着前排穿黄色外套的女生将左手伸进一头凌乱的长发中，不时像触电似的猛扯一下。

右前方的学姐我见过，她是学习部的部长，一直在奋笔疾书和奋力用橡皮擦答题卡之间切换着动作，桌子让她晃得不断发出咣当咣当的声响。

第一排女生的背景好眼熟，她前倾着身子趴在桌子上，整张侧脸贴着桌面，两条胳膊垂在身体两侧，看样子是放弃了。

我愣了五分钟，恍惚间，我成了与这场竞赛无关的人，像个开了法眼的天神，在天宫上冷眼旁观着凡间众生相。

竞赛题果然偏难还很怪异，处处透着邪性。一个谜语题都会让人从简单的图形联想到人生意义，随即跌入思想黑洞，进而精神错乱。

然而，恰恰是这时候，老孙的良苦用心才会像烙铁留在胳膊上的印记那样彰显出来。

我的双眼像奔驰在Z字形轨道上的矿车，切割着那些大段冗长的阅读理解。

使出了浑身解数的我，连蒙带猜地交了卷。

考场外，每个人的神情都不泰然，仿佛劫后余生的幸存者一遍遍想起灾难带给他们的恐惧。

只有一个女生大呼小叫着，兴奋地要出嫁似的："杨小和！"

许娉婷蹦跳着，跑了过来，原来在考场中自暴自弃的女生就是她。

我没搭理她，径直去了图书馆。

老孙问我考得怎么样，我说感觉不出来。

他立刻喜笑颜开："没感觉是好事。"

有时，我觉得他说起话来像个深不可测的禅师。

两周后的周五下午，我和陈包在餐厅里忙活得和孙子一样，伺候着外面人潮如织的顾客，服务员不断送进来点餐的单子，这帮人上了邪劲似的都点了咖喱鸡饭。

我们机械地从咕嘟咕嘟泛着热气锅里一遍遍捞起咖喱鸡块，浇在盘子里的米饭上，摆上西蓝花，躁动地按着出餐的铃，一点也不从容。

一直到下班时，我才发现漏接了六个袁小丽的来电，她给我发了条信息，让我赶紧去教学楼前的公示栏。

我赶到那里时，几十名外语系的学生正对着新贴上去的海报指指点点。

我喊着“借过”挤进了人群，几个女生红着双眼，充满敌意地看着我。

海报上是英语竞赛的成绩，我的名字赫然出现在了顶端，美中不足的是文艺部的干事画蛇添足地在旁边加了颗星星。

我盯着那颗方正的有些古板的星星愣了几秒，随即神采飞扬地往图书馆跑去。

“老孙，老孙！”馆内空无一人，像一座废旧的城，感受不到半点人气。

“瞎嚎什么！还没到清明呢！”角落里传来了他的声音。

有时，他真是个俗人。粗俗，而我很纳闷儿，他如何做到一边带着愠色回应我的大呼小叫，一边又慈眉善目地侍弄着他养的那些绿植。

“你猜我竞赛得了第几？”

“上一边去，没功夫！”他把喷嘴放到地下，用手把我推开，走向了一个书架，开始整理上面并不凌乱的书。

“老孙！”我又喊了一声。

“又怎么了？”

“我们去喝酒吧？我请客！”

其实，我还是更喜欢粗俗一些的他，如果有一天他突然变得彬彬有礼，我们一定都会感到不自在。

“我说你点儿什么好？不就是竞赛得了个第一吗？你看看你这副德行，还知道自己姓什么吗？ Dunce！”

“别给我说英语，你到底去不去？”

“去！干什么不去？我辅导你这么久，还不值一顿饭？走，现在就走！”

“才下午3点多，你不上班了？”

“不上了，又没有学生来借书！你们这群忘恩负义的东西，快考试的时候，一个个跟疯了似的往这儿跑。考完了就得鱼忘筌，拿这儿当什么了，宾馆啊？”他愤愤不平地抱怨。

“你刚才说的那个单词什么意思？”

“没什么意思，夸你呢！”

“哎，你怎么知道我竞赛得了个第一的？”

“你哪儿这么多问题，十万个为什么啊？滚一边儿去，别挨着我！”

暮春的暖风混杂着即将开败的樱花的香气往我的肺里猛灌，沁人心脾，我和老孙斗着嘴，朝着南门的方向走去。

半路上，我给袁小丽打了个电话，让她晚上自己去吃饭，当知道我约了老孙喝酒时，她压低了声音，用一种非常紧迫的警告口吻说：“你以后最好少跟那个图书管理员混在一起。”

Chapter · 20　老孙的故事

她的话让我感到莫名其妙，我在她面前不太常提起老孙，只是告诉过她我在图书馆里遇到了一个喜怒无常但和我很对脾气的老师。

“他怎么了？”

“我听别人说他原来是外语系的老师，后来因为骚扰女学生才被发配到的图书馆，你跟他走得这么近，我担心会影响你的评优。”

怪不得他的英语会那么好，但我怎么也不相信他会做那种事。

“本来我也没想评优，好了，我先不跟你说了。”

老孙吹着口哨走了过来：“女朋友打来的？”

我匆匆挂了电话后，若无其事地看着他：“嗯，没事，老孙，咱走。”

喝多了的老孙话特别多，跟个话唠似的絮絮叨叨地说着一些让人摸不着头脑的话。

“杨，杨小和，”他打着饱嗝儿，使劲咽了口吐沫，斜着眼，“你说，这个世界是什么颜色的？”

“彩色的吧？”我试探着问。

他左手挠着头皮，使劲抓了几下凌乱的头发，斩钉截铁地说：“不对！我告诉你，这个世界是红色的，全是红色。来，干！”

他端起了酒杯，手突然跟着颤抖了起来。

“老孙，你怎么了？”

“没事儿，没事儿，我就是……有些不痛快，别管我，喝，喝！”二两一杯的五十二度白酒，他一口吞了下去。

“你倒是吃口菜啊，一会儿喝大了，我可不管你！”

我跟老孙说话越来越没大没小，但我看得出来，他对此并不反感。

我伸出筷子夹了一片酱牛肉，被他一巴掌打下：“别夹了，一盘儿都让你小子吃了，还让我吃菜，我吃盘子啊？”

我们像两个傻瓜似的痴痴笑着，口水顺着有些麻木的嘴角流了下来。

“老孙，我问你件事，你得如实告诉我。”我往嘴里扔了两粒花生米，嘬着牙花子。

“说。”

“你原来是不是当过老师？”

他正在夹菜的筷子悬在了半空中，脸色变得有些难看，他又捏起了酒杯，一仰脖喝了下去，随后把杯子重重砸到了垫着玻璃板的桌上。

“到底你还是听到了传言，是吗？没错，我是曾当过老师，还骚扰过女学生，所以失去了教学资格。现在只能在图书馆苟延残喘地混日子，你满意了？！我这种人不配教你，走了。”

他把筷子狠狠掷了出去，顺着挂帘的缝隙扔到了外面的小街上。

“老孙，你等等！”我慌忙叫来老板结了账，追了出去。

回学校的路上，他一言不发，我暗暗后悔，直想抽自己，那可能会被他当成了一生污点的地方，又被我戳痛了。

“老孙，抱歉，我没别的意思，你别往心里去。”

他轻咬了一下嘴唇，猩红色的眼睛在潋滟的阳光下微微扬起，骄傲地看着天空。

“我说的话，你相信吗？”

“相信，深信不疑，但我不信你会做那种无聊的事，你绝对不是那种人！”

“你以为你是谁啊？这件事在当时弄得无人不知，你怎么那么能耐，敢和所有人为敌？”

他的不知好歹让我心里踏实了一些，还好，他又变回我熟悉的那个老孙了。

我听得出，他很痛苦，一个人站在天平的一端，另一端站着整座学校，这种力量的悬殊会以一种怎样的方式让他赖以生存的托盘坠毁，让他狠狠摔落到了凡间？

“你不妨说说你的故事，我愿意听。”

老孙二十五岁硕士毕业后，就来到了S师大参加工作，几乎所有学生都喜欢听他讲课，跟他同年入校的还有唐学苟。

他说这个人心术不正，原来做同学时就是如此。他总会把时间用于研究所谓的捷径，但那些都是毫无科学依据的旁门左道。

成了讲师后，他无心授课，因此他教的班级成绩都特别差。

不过，他很会阿谀逢迎，逐渐靠此站稳了脚跟。

前年开学之前，所有老师都回到了学校批改期末考试的试卷，唐学苟私底下请他吃了顿饭，让他给一个叫尹蝶的女生通过考试。

尹蝶在他教的科目考试中只得了 30 多分，于是他毫不犹豫地拒绝了，果断判她补考。

与此同时，管霞在唐学苟的安排下也要入校，但经过考察后，老孙投了唯一一张反对票。

一晚，唐学苟给老孙打去了电话，约他在 305 教室见面。

他如约到达后，教室里漆黑一片，伸手不见五指，他打开灯后，却发现躲在讲桌后的尹蝶衣衫不整地走了出来。

巧合的是，唐学苟此时带着几名学生会的人赶了过来，愣说老孙对尹蝶图谋不轨，把他一顿毒打，唐学苟的拳头砸到了他的右眼上，那只眼现在还因为充血而呈猩红色。

如果不是老领导替他担保，老孙可能已经被开除了教职。

“你听说过王霸赛吗？”他的眼里写满了无助，平日里那份“飞扬跋扈”的精气神儿也无影无踪。

“嗯，知道。”

“那晚，他和唐学苟一起来的，原来，他在我眼里是最有前途的一个学生，谁能想到……”

老孙的酒劲儿上来了，走得踉踉跄跄，我搀扶着他回了宿舍，给他在床头倒了杯水。

他好像做了噩梦，额头上冒着虚汗，躺在床上一直不停地挥舞着四肢，嘴里含混不清地咒骂着。

“老孙，老孙！”我摇晃着他的胳膊，他安静了下来，很快就发出了鼾声。

我替他盖好了被子，蹑手蹑脚地走了出去。

回到宿舍，我让李峰立刻去打听那个叫尹蝶的女生，他给代乐乐打去电话，几分钟就问出了结果，她并没有毕业，在上大三。

第二天，我接到了自己的竞赛成绩被取消的消息，是唐学苟亲自下的通知。

给出的理由是我旷课节数过多，思想道德品质败坏，没资格取得证书。

五六个女生对着公示栏上的通知指指点点，我认识她们，是几个参加了英语竞赛的学姐。

几天前，我来这里看成绩时，她们还一副苦大仇深的样子，现在则转变成了一副幸灾乐祸的表情看着火冒三丈的我。

那张盖着外语系印章的纸被我一把扯下，纸张被弄皱发出了连贯地噼啪声，我把它撕得粉碎，洒向了空中，它们凌乱地如雪花般飘飘洒洒地被风吹散。

老孙的那笔账再加上我的，新仇旧恨，唐学苟，总有一天我要和你算清楚！

Chapter · 21 明艳的明天

老孙变了。

自从他酒后向我吐露了那个情节有些像步步为营的“宫斗剧”的故事后，就变得沉默寡言，精神恍惚。

“你恨我吗？”

一天在图书馆，我让他的问题弄得一头雾水。

“老孙，你在说什么啊？”

“我一直在利用你，教你英语，让你去参加竞赛，只是想让外语系难堪。”

他垂下了头，这是我们认识以来，他第一次面露愧色，像个偷拿了东西被糖果店老板抓了现行的孩子。

“我愿意让你利用，你看外面的天多好，明艳，和煦。现在都4月中旬了，你别总窝在宿舍里，你是被冤枉的，不用怕面对其他人。

等你下班，我介绍几个人给你认识，尤其是袁小丽。”

“你女朋友？”

“嗯，还有我的几个舍友。”

文艺部在筹备下个月的诗朗诵比赛，袁小丽为了策划方案忙得焦头烂额，电话里告诉我要晚上8点才有空。

我领着老孙去了男生宿舍，一路上他都做贼似的缩着脖子，目光躲躲闪闪，左顾右盼。

李峰他们都在，虽然我们都报考了两个月后的六级，但过了四级后，他们开始变得无欲无求，一个比一个不思进取。

手机的发明，实在是人类文明史上一次巨大的“灾难”。

虽然在2008年初，我们仅仅只能靠十块钱包两百条短信的包月套餐度日，没有语音，没有视频，更没有发红包的功能，但我们还是颓废在了那些单调的文字上，乐此不疲。

老孙拾起了散落在王海涛床铺下面的几本书，掸去上面的灰：“同学，书要仔细收好，不能这么乱扔。”

王海涛正对着电话跟李美彤腻歪，怔怔地看了他两眼，机械地把书接了过来，搁在了墙壁上的铁架子上。

上铺的陈包猛然翻了个身，和老孙四目相对，他一跃从床上跳了下来：“孙老师！”

“你是……陈包？”

他们俩像失散多年的亲兄弟，在伴着喊岔了音的惊喜中重逢，那件事发生之前，陈包只跟着老孙上过几节课，但一直对他敬重有加。

窗外笼起了一层淡灰的夜色，我打开了宿舍中的灯。

虽然老孙竭力阻拦，但我还是跟他们说了他的事情：“你们只需要知道，他是无辜的，以后别跟着以讹传讹。”

我约了袁小丽到操场见面，路过篮球场时，我和老孙听到了凌乱的运球声，篮架下影影绰绰地晃动着一些人影，在有些暖湿的空气里遥相呼喊。

跟袁小丽在一起的还有许娉婷，她们最近总是形影不离，窃窃私语，我甚至都怀疑她是不是正在密谋要把我卖给许娉婷。

今天的气氛不太对劲，两个人都一脸不快，许娉婷离开时，我清楚地听到袁小丽对她说：“许娉婷，你休想！”

她的语气里充满了坚定不移的侵略性，让我感到新奇和陌生。

我把老孙介绍给她认识，她后退了两步，紧紧挎着我的胳膊，一脸恐惧。

为了不再让彼此尴尬，我把老孙打发走了之后才对她说了一遍事情的来龙去脉，不过她仍旧将信将疑。

“你就那么相信他？”

“我知道这个世界上没有百分百正确的猜测，但我宁愿相信唐学苟诬陷了他，你不相信老孙吗？”

“你说的话，我都信。”她攥着我的手，在上面捏了几下。

我一筹莫展地坐到了跑道旁边的地砖上，她抱着双膝坐到了我身边，头靠到了我的肩上。

“你怎么了？”她说话的音量总能恰到好处地找到一个节点，在耳边百转千回地旋转一番后，翩然地触碰一下我的耳膜，让我冷静下来。

“宝贝儿，上周老孙跟我说他的遭遇时，我心里真难受，就好像有人用刀子在我心上剜着肉，把它切得四分五裂，又撒上了粗盐，和着血水一点点往里融。”

她抱紧了我，把头向下靠了靠，钻进了我的怀中。

“S师大的种种为什么和西城不一样了？虚情假意的学生会、道貌岸然的系主任还有他们操控下的潜规则，我拼尽全力地去对抗，但大多数人好像已经听天由命，逆来顺受地接受了这一切。”

“可能，只是因为他们适应了。你是不是想西城了？”

她真是绝顶聪明，无论我伪装得再多，表露出的情绪再小，她总能猜出真相。

“大家上大学都快一年了，一直没联系，也不知道他们怎么样了。”

“那我们今年暑假举行次同学聚会不就行了？还有，等到8月份，咱们去北京鸟巢看奥运会开幕式吧？”

我嘴角上扬，苦笑着点头。要不是她提起，我几乎忘记了这场举世瞩目的体育盛典就要在距离J市仅仅三百多公里的北京上演。

“大学的日子还长着呢，你要替老孙报仇，也得等待一个好的时机呀。你看今晚星繁月朗，明日必定又是个明艳天。”

我顺着她手指的方向看着夜空，它像风平浪静下祥和的海面，深邃且没有波澜，上面镶缀着连天接地澄净灵动的星辰，闪烁着与我隔空相视。

她说得没错，次日的天空中果然悬起一轮暖日，晌晴，明艳。我仿佛又回到了去年夏天和她一起站在西城门口的那天，她用我们的名字拼了一个词，它叫“风和日丽”。

Chapter·22 灾难

再过一个多月，就该放暑假了，我依旧不去上课，半天去和陈包打工，半天在图书馆里泡着。

自从知道了老孙的遭遇之后，我对所有外语系的师生都有了抵触情绪，我心里怨，怨他们不分青红皂白，以讹传讹。

人言可畏，众口铄金之下，一名优秀的大学教师就这样被流言冲击得支离破碎，自暴自弃。

只有在老孙说了算的这一亩三分地里，捧一本书，才能让我有几分安全感，我才能像只蜗牛一样将自己敏感脆弱的肉身安放到壳里，有恃无恐地放下戒备。

我把读完了的《茶花女》递还给老孙，又补充了一句："阿芒和玛格丽特好可怜。"

读了几本英语小说后，我开始变得多愁善感，主人公的命运牵引着我游走在曲折的故事情节里，让我在作者思维余韵的惯性下感动着。

读这本《茶花女》的时候，我挑了个宿舍没人的时候，肆无忌惮地蒙着被子哭了两场。

哭完后，我仰着头，呼吸才能顺畅一些。

“给，读这本吧。”他从一摞书中抽出来一本《双城记》。

我接在手里掂量了几下：“老孙，能不能让我自己挑一本？”

他点了点头：“那边书架上全是，自己去拿。”

五分钟后，我把挑好的书摆在他面前，他抿着嘴，过了好一会儿，才开口说：“你确定要读这本？”

“嗯。”

“换一本吧。”他提议。

“不换，《基督山伯爵》，看名字一定会讲一个贵族和他心爱的人之间的爱情故事，我决定要读这本。”

老孙没再反对：“读吧，你快考六级了，过两天咱们开始做题，心里先有个数。”

这本硬皮书的封面上落了一层细灰，看样子好久没人借阅了，我翻到故事简介那一页，满眼看到的都是“revenge”。

我对复仇之类的字眼已经有了一种病态的敏感，不管别人把我比作什么，野狼也好，疯狗也罢，我都在寻找一个可以确保万无一失的机会，狠狠地咬唐学苟一口。

这一咬，我要让他再也翻不了身。

5月12日，再平淡不过的一个周一，J市已经进入了盛夏时节，东风逐渐转为南风，风里透着温润。

我和李峰去了网吧，用“撕布机”狠狠招呼着游戏里的僵尸，正在我们玩得兴起时，屏幕出现了两秒的卡顿，我们同时退出了游戏界面。

“我去！该死的弹窗新闻，早知道不登QQ了！”他咒骂了一句，关掉了弹窗。

而那条新闻却将我的眼球死死抓住：今日14时28分，在我国四川省汶川县（北纬31.0度，东经103.4度）发生里氏7.6级地震。

弹窗出现时，距离地震发生仅仅过去了五分钟。

地理课上学过，唐山大地震的震级是7.8级，死亡人数将近二十五万，那四川这次……

我把李峰叫了过来，他看完新闻内容后沉默了。

我们关掉了游戏，打开网页，各大门户网站铺天盖地全是关于地震的消息。贴吧中，评论区里，到处都在谈论这场灾难，有在北京上学的人说，北京有明显的震感。

透过那些灰白色的文字，我仿佛看到了高楼垮塌、大地裂陷的场景，听到了哭号、求救和惊叫混杂在一起的声音。

印象中，西城的某个同学好像是去了四川上学，但我死活想不起来是谁。

徐春殷、张明睿、高海洋、王日哲……我拼命地回忆，又给他们打去了电话，一个个地确认排除。

终于，那个人的形象浮现在了我的脑海中：脑满肠肥，鼻梁上架着一副金丝镶边的眼镜，碎嘴叨叨起来没完没了，上课时不是在睡觉就是正在酝酿睡觉。

他是……赫胖子！

高考第一天，在考场门口执勤的老师亲眼看见了他在距离开考只剩五分钟时才步入校园，嘴里叼着一个里脊烧饼，步伐虚飘，浑浑噩噩。

然而，最后他却成了我们班唯一一个上了本科的人，去了四川一所三本院校。

其实，他是艺术生，但在我们相处的三年时间里，他始终守口如瓶，谁都没告诉。

他的电话一直占线，我心急如焚。高中时，我们关系一般，我甚至还为了袁小丽在期末考试中故意整过他一次。

但地震发生后，我从心底里希望他没事，也希望所有人都没事。

电话接通的那一刻，我再也抑制不住自己的情绪，冲他吼了一句："你干什么去了？我还以为你死了呢！"

周二下午，唐学荀组织了外语系捐款，还安排了许娉婷拿着相机在现场拍照。

他站在捐款箱前，捏着两张二十块的纸币，面对镜头一笑，像只龇牙咧嘴的野猪，然后在闪光灯的闪烁中，郑重其事地把钱放了下去。

"捐个款弄得满城风雨，还照相，唯恐别人不知道他捐了四十块钱！"王海涛站在队伍后排，焦躁地跺着脚，"和哥，你捐多少？"

“我一分也不捐。”

我径直走出礼堂，顶着午后的烈日来到了校门口的银行，我给J市红十字会打了电话，要了他们的账号。

接线员问了我的姓名、年龄和单位：“呦，你是S师大的学生？那可以在学校捐啊。”

“还是通过你们捐吧，这样我能安心一些，一定要让我的钱花到灾区上，拜托了。”

灾难发生后的三天时间里，国家规定暂停一切娱乐活动，所有网游的服务器都停了，上网成瘾的李峰一句都没抱怨。

周五，我收拾完东西后，就和袁小丽一起回了家。

一路上，公交车上的电视中滚动播放着灾区画面，她紧紧攥着我的手，竭力克制，但最后还是泣不成声。

我爸妈并没有像往常在我一进家门就对我嘘寒问暖，询问我待在学校一周里的情况，而是直直地盯着电视，半张着嘴，脸上挂着悲恸不安的表情。

因为没有工作单位，我爸专门跑到了街道居委会捐出了他半个月的工资，人家问他叫什么，他说他就是个普通老百姓，不用写名字。

我突然想起唐学苟拿着四十块钱照相的样子，真让人感到可笑。

地震发生后的第七天下午，J市的大小街道上同时传来了汽车的鸣笛声，与此同时，全国每个城市都在以这种方式为亡魂默哀。

奇怪的是，车辆如此之多，鸣笛却很有序，一点也不嘈杂，一声连着一声，为那些不幸的灵魂指引着通往天堂的道路。

我给赫胖子打去了电话，询问他的状况，信号不太稳定，他的声音时有时无，像从一个虚无的空间里传了过来："我正在……参加救援，和……一个少数民族姑娘一起。"

听着他还能一本正经地胡说八道，我安心了："胖子，我想你们了。"

"想了咱就聚聚，暑假等着我回去，不和你聊了，那边发现了生命迹象。"电话突然被挂断了。

"嘟……嘟嘟嘟嘟……"一连串的忙音提醒着我通话已结束。

无论是谁控制着这个世界的奖惩制度，请保佑他们。

Chapter·23 聚会

六级考试结束后，我和李峰他们一样，开始变得不思进取，跟陈包打完工后，我就养尊处优地躺在床上混吃等死。

老孙给我打了几次电话，让我去图书馆继续苦读。我找借口拒绝，他就骂我胸无大志，以后连出国当苦力的机会都捞不到。

我天天催着袁小丽去联系西城的老同学们，让他们在 7 月 21 日务必抽出时间来一醉方休，我们还要气势汹汹地把高中毕业时聚会的那家自助餐厅的老板给吃得泪流满面。

但她并不积极，我恼了，她变得像只温顺的小绵羊，柔声细语地安慰我："别着急，还早呢，你看，我在网上订好了北京奥运会开幕式的门票。"

"奥运会也没同学会重要！你整天拖着是吧？那我去找许娉婷帮我办这件事儿。"我威胁她。

“你去啊！”她一脸无所谓。

“好，那我去找冯静。”

“去你的！你试试，我咬死你！”

最近，袁小丽开始学会说粗话了，她说从出生到现在，一个脏字都没说过。并且一听到男生们口无遮拦地破口大骂时，她就会感到浑身不自在。

但那天吃牛排时，她被黑椒呛了一下，随即竟自然而然地说了句：“去你的！”

说完后，她又一脸懊丧地忏悔：“完了，我好像说脏话成瘾了，怎么办？”

“嗯，不错，不愧是我的女人！”我夸她。

盛夏的高温把凉席烘得像一块铁板，睡觉成了老天爷每天给我上的一次大刑，纵使我只穿着一条内裤，也难以幸免地被烤得五内俱焚。

迷迷糊糊间，我感觉口水顺着我的嘴角淌了出来，我猛地提了一口气，它又顺着嘴角流回了嘴里。

我趴在床上，半个头都压在了胳膊上，触电般麻痛，我抬起头，揉着被酸麻的半截胳膊，看着上面的红印儿愣神儿。

外面的太阳已经很大，我给自己倒了杯水，润了润快要干裂的口腔，又拿过手机，随意翻看了一眼日历，7 月 20 日，明天就能见到那帮小崽子了。

“嗡——”手机在我手中不安分地震动着，是徐春殷。

“干什么呢？”他那边的声音很杂，听动静旁边有不少人。

“刚睡醒。”

“几点了还睡？不聚会了？！”他对我吼了起来。

我使劲晃了晃脑袋，确定是他记错了日期后才说：“你傻啊？聚会是在明天。”

“改啦！昨晚我们在QQ群里聊天时改的，你没看见？抓紧时间打个车过来，都到齐了，上次那家自助餐厅。”

“也没人……”

他好像没打算耐心地听完我的解释，啪一声挂掉了电话。

“……告诉我啊！”我对着手机里的忙音说完了后半句话。

“喂，喂？不当同桌了，连话都不让我说完，对人起码的尊重呢？上高中时，我多少次救你于危难之中，光考试给你传答案就不下五十次……”

我把手机摔到了凉席上，气急败坏地大喊大叫。

房间的门被推开了，我妈把头探了进来：“发什么神经？！人家昨晚来过电话了，我也转告给你了，你睡得迷迷糊糊，明明答应着知道了，现在你赖谁？赶紧滚过去找他们！”

我绞尽脑汁地想要还原出我妈刚才给我描绘的那幅画面，但还是失败了。

我匆匆刷了牙，牙刷都翻了毛，又往脸上淋了两把凉水，光着膀子就跑出了门，边下楼边往身上套着一件T恤。

出租车上，我给袁小丽打了电话：“你过去了吗？”

“还没有，正在路上，也不知道他们搞什么鬼，昨晚都快11点了给我家打电话，说要把聚会提前一天，我都睡了，我妈也没告诉我。”

我们俩几乎同时赶到，在餐厅二楼，那熟悉又壮观的一幕又出现在我眼前。

几张桌子拼成了一张大长桌，上面铺着墨绿色的桌布，浩浩荡荡地摆满了这帮吃货们取来的食物。

我气喘吁吁地看着这幕“最后的午餐”，扫视了一圈围桌而坐的高中同学。伸出舌头舔了一下上唇，装出一副不满的神色：“都愣着干什么？欢呼啊！”

回过神儿来的他们开始对着正十指相扣的我和袁小丽吹口哨，敲桌子。

徐春殷端起两个装着琥珀色啤酒的大玻璃杯走了过来，塞进我们手里：“你们俩恋爱了也不告诉大家一声，老规矩，来晚了的自罚一杯。”

“她也要喝？”我指着袁小丽问他。

“废话！她不是人啊？”

“我替她喝！”说完，我一仰脖把两杯酒送了下去。

他又接了两杯，说好事成双，其他人在一边跟着起哄，我又灌了下去。

我终于又见到了赫胖子，从四川风尘仆仆赶回来的他看着瘦了好多，还拄着拐杖。

每次他去取餐，其他人都很自觉地把他当作老弱病残孕人员对待，他所到之处，别人必然退避三舍，为他让出一条绿色通道。

我问他怎么弄的，他说在四川抗震救灾时为了救女同学砸的。

“你少吹牛，上次在电话里没拆穿你就行了，怎么还吹到这里来了，跟高中同学你装什么啊？”

面对我的嘲弄，他不急不躁：“杨小和，敢打赌吗？”

“赌什么？”

“我说的要是真的，你和袁小丽每人得喝四杯啤酒。”

袁小丽坐在我旁边，在桌布下面轻轻掐了一下我的手背，冲我微微地摇摇头。

但我毫不犹豫地答应了：“你要是能找出一个人来证明，我都认输。”

我之所以胸有成竹，是因为赫胖子经常信口开河，他吹牛还遭到过“央视”的打压。

高一时，我们刚认识，中午留在学校一起吃饭，坐在食堂里看央视播出的《新闻三十分》，播音员说公交站安装了电子显示屏，能显示下一班公交车距离本站的距离。

我说这技术好先进，赫胖子不屑地看着我，说这有什么了不起的，他前两天刚在J市的经纬路上看到过。

我正准备说些恭维的话膜拜他见多识广时，播音员面带笑容：“这种电子屏目前仅在北京、上海两座城市试用，预计年底会在全国范围内推行。”

那顿饭吃得特别尴尬，我拼了命地忍住笑意，面容狰狞地喝完了面前的小米粥。

“卓玛，你过来一下，见见我的老同学。”赫胖子朝桌子的另一端招了下手。

一个身穿少数民族服装，皮肤是小麦色的年轻女孩儿朝我们走来。

“你，你从哪儿花钱雇来的？”我瞠目结舌地看着他。

“别废话，这是我大学同学——卓玛，让她给你讲讲。”

卓玛的普通话说得很好，绘声绘色地描述着赫胖子的英雄事迹：大地震发生后，死里逃生的他们一起帮着官兵营救压在废墟下的生命。余震袭来时，许多人惊慌失措地逃散，不远处的斜坡上开始有碎石滚落，有一块儿直奔卓玛而去，赫胖子把她推开后被石头重重砸到了脚踝。

他不得已拄了拐杖，卓玛担心他回J市的路上不方便，就跟了过来。

“你小子没事儿就行，我输了也高兴！”

我连干四杯啤酒，又替袁小丽喝了四杯，晕头转向地向洗手间走去。

正当我关上门吐得七荤八素时，外面传来了徐春殷和张明睿的谈话声。

“杨小和是不是被灌得挺惨？”

“灌他也该，谁让他撬了咱班最漂亮的女生还藏着掖着不告诉咱们的？”

“对，就该灌这小子。”

他们这是……嫉妒我？我没生气，反而对他们沆瀣一气整我的行为感到沾沾自喜。

酒局从中午一直持续到自助餐厅晚上开餐，服务员几次想要劝离我们未果，几个有点喝大了的男生还学着社会混混的语气威胁人家。

最后，老板亲自出来，给了每人一张半价券后才算送走了这群大爷。

我彻底喝得神志不清，中间吐了好多次，喉咙像发炎似的疼，如果有一张床，我一定能在上面睡得不省人事。

我垂着脑袋，黄昏的夏风像燃尽的木柴余温尚存，烤得我口干舌燥，眼前车水马龙的街道正在慢慢退去。我喘着粗气，努力要说服自己我还活在这个世上。

周围尽是嘈杂喧闹的声音，有人要拉着我去 KTV 唱歌，我甩开了他们的手，软塌塌的胳膊垂到了大腿两侧。

“我家没人，实在不行，今晚住到我家吧。”恍恍惚惚之间，我听到了……袁小丽的声音。

我猛地睁开眼睛，盯着她看了半天，不是梦，她也在看着我，看嘴形她刚才确实在跟我说话。

“嗯。”我用力点了点头，用尽最后一丝力气从马路牙子上站了起来。

Chapter · 24 漫长的夜

出租车里，我花了将近一刻钟编瞎话骗我妈说晚上要和徐春殷他们玩个通宵，但她依旧将信将疑，执意让我把手机给徐春殷，她要问个清楚。

一不做，二不休，我索性挂断了电话，然后关机。

司机偷偷从后视镜里瞄了一眼我和袁小丽，若无其事地问："小伙子，跟你女朋友出去玩儿啊？"

"管得着吗你？开你的车吧！"我没好气地回了他一句。

酒劲上来后，再软的人都会变得威武雄壮。

单元门"吧嗒"一声开了，声控灯应声亮起，惨白的光有些刺眼，我在袁小丽的搀扶下进了电梯。门缓缓关闭，对面的墙体由平面缩成了长方形的白条，最后变成了一道缝隙。

我在电梯中左摇右摆，站立不稳，呼啸声停止，电梯门打开的一刻，我像被人掷出去的铅球，瘫跪在地上，一发不可收拾地吐得七荤八素。

她掏出钥匙打开了房门，把我扶到沙发上坐好，打开空调后又拎着扫帚、簸箕和拖把跑了出去。门外传来了清扫声，我仰着头，半闭着眼，陷在柔软的皮艺沙发中不愿动弹。

“好点了吗？”她倒了一杯醒酒茶递给了我。

我接过杯子，咕嘟一大口喝下，顿时气爽神舒，咂着嘴含混应着：“好多了。”

她家的户型南北通透，客厅很大，欧式装修风格，富丽堂皇，水晶吊灯的亮光晃得我晕头转向。

“房子的装修是我妈设计的，还不错吧？”她看着我愣神儿，把手放在我面前轻轻晃了晃。

“嗯。”我像个第一次进城的农家小子，拼命点头表示肯定。

“今晚你睡客卧吧，一会儿我给你收拾一下。”

“那你呢？”

“喂，你不准动坏心思，给你面镜子，你就可以看看你笑得多么不怀好意。”她用手指戳了一下我的太阳穴。

“好痛！完了，完了，我晕……”我装模作样地侧躺在了沙发上，夸张地揉着脑门，为了演得更加逼真，我重重咬了一下舌尖，眼睛里噙出了泪。

“你怎么了？快让我看看。”她不安地俯下身子，把手伸过来想查看我的伤势。

“这可是你自己送上门儿来的。”

她意识到上了当，想抽身已经晚了。

我攥住了她的手，一把把她拉了过来，她失去了平衡，娇呼一声，在完全倒入我怀中前，单膝撑在了沙发上。

“你去哪儿？”在我将要起身离开时，她环住了我的脖子，轻声问道。

“等我一会儿，马上回来。”情到浓时，我才想起忘记了买一样东西。

我从夜巡的保安那里打听到了小区药店的位置，着急忙慌地向那里跑去，心脏剧烈地跳动着，半路上脚下拌蒜，摔进了绿化带里，脸上抢下来一层油皮。

药店的销售员是个青春逼人的漂亮姑娘，看到我脸上有伤，娇嗲地问：“您要买创可贴吗？”

“不不不……不是，我要买，要买……”我酒劲已经消了大半，没再敢口无遮拦地胡言乱语，一时语塞，支支吾吾地不知所措，脑门上急出了一层细汗。

她没说话，快步走向角落里的一个药架，回来时手里多了几个粉白相间的药盒，随意地扔在柜台上。

“这个事后七十二小时口服一片，副作用小，贵一些。这个服用后可能有头痛、腹痛、恶心等不良反应，但便宜，你要哪个？”

她熟练地介绍着，毫无羞色。

我战战兢兢地指向第一个盒子，付了钱，抓起药就要夺门而出，因为用力过猛，碰到了其他药盒，它们凌乱地散落了一地。我原本想帮忙把它们捡起，犹豫了两秒，还是决定落荒而逃。

一路上，我借着路灯的光，一遍遍阅读药品说明书，心里默念着：“事后服用，三天之内，等等，七十二小时是不是三天？对对，没错，是三天。”

我一口气跑进电梯，重重按动楼层按钮，电梯门再次缓缓关闭。

房门虚掩着，吱呀一声被我推开，里面漆黑一片，袁小丽已不知所踪。

我摸索了半天也没找到开关在哪，只好一间间卧室寻找，忐忑和兴奋杂糅在一起，让我心跳加速。

她正坐在客卧的床上，伸手把我拉了过去，双眼逐渐适应了黑暗的环境后，我看到了她面泛桃花，颊色潮红，我像在把玩一块绝世美玉，抚摸着她的面颊。

“是你自己脱还是我，我帮你？”我极力克制着内心的紧张，但还是磕巴了一下，随后我的呼吸更加粗重，之前装出来的处乱不惊全部荡然无存。

她顺从地脱掉了鞋子、袜子，然后是T恤……

深吸一口气后，我努力回忆着青春期时偷看的一些电影中的场景，企图从中汲取下一步行动的灵感。

我轻轻环起她纤细的腰肢，像一名祭司在主持一场神圣的仪式。

她猛然抓住了我的胳膊，阻止了我下一步的行动："你还记得报到那天，我们在校门口的约定吗？"

"嗯。"我俯视着她。

"是什么？"

"毕业时，我们会牵着手一起走出S师大。"

她的皓齿紧闭，细长的睫毛不断扑扇："我怕。"

"听别人说，可能会有点疼，忍过去就好了。"我安慰她。

她安然地闭上了眼睛，轻轻点了点头。

我骑上了一匹烈马，让它像在马术比赛中一样走起盛装舞步，时而徐徐踏地，时而疾驰。

我恣意驰骋在一片辽阔的原野之上，周围的景色一片片向身后退去，又一片片在眼前闪现。

信马由缰时，我口干舌燥，但我愈发期盼嘴里再干热一些，我不再需要水，不再需要氧气，超脱在了一个无名的世界中，大脑一片空白，飘飘然恍若在云巅漫步一般。

直至从马背上跌落下来，摔到草色碧青的温柔乡中，我也没感到任何痛感。

我们在尽量融入彼此，肆意地让身体熔铸在一片湿热的热带丛林之中。

终于，我安分了下来，一动不动地趴在那里，此时，我才终于明白了什么叫"英雄气短"。

床单上摊着几点殷红，像极了舞厅里的霓虹灯光。

袁小丽的指甲深深嵌入了我的后背之中，她狠狠咬住了我的肩膀，我轻哼了一声。

几秒钟后，她松开了嘴，我的左肩上留下了她的一圈牙印儿，此时，一阵剧痛感才隐隐袭来，逐渐变得清晰，像有一把利刃直插入骨缝之中。

“为什么咬我？”我强忍着疼痛问。

“留个记号。”

我起床拉开了窗帘，窗外一片浓厚的黛色，卷积起一片风起云涌的漩涡，挂在空中。一片繁星点缀着这片单调的“画布”，簇拥着一轮明月。

“把窗帘拉上吧，我总感觉那些星星在窥探我们。”

“你真能胡思乱想，”我刮了一下她的鼻尖，“你爸妈不会突然回来吧？”

“他们去希腊度假了，昨天刚走，下周才回国。”

红烛燃尽，云散雨收，那一夜显得格外漫长，我们疯狂地“迎风待月”，天亮时分，才沉沉睡去。

十九岁的夏天

风一样缥缈轻柔却又真实厚重

像摇曳在天际的云朵

狡黠地躲避着太阳的炙烤

梦里，有人对着我唱起了歌，带有催眠功效的嗓音让我的眼睑变得很重，直到下午 1 点，我才醒来。

餐桌上摆着她给我做的午餐，煎煳的鸡蛋和火腿片以及烤得发黑的吐司。我本来以为酸奶水果捞没有被她搞砸，但喝了一口之后才发现里面藏着猕猴桃的皮儿。

“好吃吗？”

“嗯，你做的都好吃。”

“过两天我去买到北京的火车票，我们 8 月 6 号下午走。”

喂她吃了药之后，我回了家。我妈不出意外地把我骂了个狗血淋头：“你个小兔崽子，别跑，跟我说，昨晚去哪儿了？”

“妈，我今年多大了？我都十九了，偶尔一两晚不回来没什么大不了的吧？”

“十九怎么了？你就算活到九十，那也是我把你养大的……”

我耳边响着她喋喋不休的唠叨，脑子里充斥着昨晚在袁小丽家的情景。

“你傻笑什么？吸毒吸傻了？”

“嗯，妈，我吸毒了，上瘾。”

“老杨，你儿子说他吸毒了，你看看他那个颓废劲儿的！”她冲我爸喊道，随后唉声叹气地关上了门。

我伸展了一下四肢，安然地窝在了床上，盯着袁小丽留在我左肩上的牙印儿，看了好久。

Chapter·25 一家人

李峰说的没错，一旦女生经历了这件事，就一定会对男友死心塌地。

2008年的暑假异常酷热难耐，却根本无法与袁小丽对我滚热的“纠缠”相提并论。

大暑节气与她犹如两股热浪狭路相逢，甫一交锋，便见高下。

前者丢盔弃甲，被冲击得灰飞烟灭，后者耀武扬威地强占我的心房，把它融得铄石流金。

她会在一天之内给我打十五个左右的电话，然后用风尘女子那种轻佻浮夸的语气不断提醒我：“大爷，别忘了过两天跟小女子去北京看奥运会开幕式啊！”

偶尔，她也会一本正经地说：“我想你了，晚上过来睡吧。”

我对她从仙气十足的女神堕落成野性侵身的妖魅的速度感到咋舌。

“你怎么变得这么没羞没臊了？原来你明明很端庄的。”

“那晚你带着老孙来操场找我之前，许娉婷还信誓旦旦地说要从我手里把你抢走，我对她说‘你休想’，那是我发自内心的胸有成竹，就像提前知道了考试的标准答案那样。不知道为什么，我就是对你好有信心，我已经对我们之间的未来不再有任何顾虑。”

莫名的，她的话触动了我。

我们之间的未来……会是什么样子？

那或许就是毕业之后我们找到了满意的工作，有了稳定的收入，按揭买下了一套属于自己的房子。

每天我们都在油烟的浸熏中调笑，在花团似锦的小区街道边漫步。

我单手换好饮水机的水桶之后，她在一边拍着手：“老公，真棒！”

周末赖床一上午，互相推诿着，谁都不去接客厅里响起的电话。

后来，小区里的人见到我们，无论是恭维还是发自内心，都要说一句：“你们的孩子好可爱。”

再遥远一些，可能就是等我们七老八十了，还幼稚地拿着拐杖对着对方瞎抡。

我叫她一声老婆子，她叫我一声老头子。

“喂，你晚上究竟过不过来？”她强行打乱了我的思绪，“再有三天，我爸妈就回来了。”

我用手掩着话筒朝门外喊道：“妈，晚上我……”

话还未说完，我妈已经猛然把门撞开，带来一阵劲风：“门儿也没有，杨小和，我可警告你，以后你别想再夜不归宿！”

看着我蔫头耷脑的样子，她以胜利者的姿态志得意满地走了出去。

我恢复了与袁小丽的通话：“听到了吧？晚上你要独守空房了，朕累了，爱妃跪安吧。”

“快说你爱我！”

“我爱你。”

8月4日，午后的烈日更加明目张胆地炙烤这个世界，耀眼的光晕晒得人心神恍惚。

“知道了，谢谢您，老师。”我妈毕恭毕敬地挂断了电话，“小和，你大学里的高老师来电话了。”

她又一次以她最习以为常的方式闯进了我的房间，门都不敲一下，她常说她看了我十多个月光屁股的样子，所以甭跟她谈什么隐私。

“妈，什么事？”

“你是不是参加了一个什么英语竞赛，还得了一等奖？他说学校特准你后天跟着几位师长一同去Q市游玩三天，费用报销。”

她眉飞色舞地开始帮我收拾行李，嘴里念叨着：“可惜再过几天就是北京奥运开幕式了，这么重要的时刻，咱们全家人没法一起见证了。”

看着她笑意盈盈的侧脸，我有些于心不忍，她不知道自己正在因为一个弥天大谎而沾沾自喜。

为了一个女孩儿，我骗起她来无所不用其极。

“妈，我对不起你，竞赛得奖的事儿没和你说。”

“傻孩子，我们是一家人，有什么谁对不起谁的？”

“我想出去一下。”

“去吧，下午6点前回来，我和你爸为你庆祝。”

出门后，我给高海洋发了条短信：刚才谢了，哥儿们。

“小子，记着你欠我个人情。”他回复。

我带着内疚来到了袁小丽的卧室，内疚得地像个和情妇幽会的浪荡子，我一把扯过窗帘，几乎将光源全部挡在外面。

一道微弱的光束透过窗帘间的缝隙扫射进来，星星点点看着就像希望随时都会幻灭在暧昧不清的环境里。

人都需要隐私，一些事一定要在不公开、不明亮、不刺眼的情况下完成。

我银盔战甲，翻身上马，震天的喊杀声响彻在空旷的山谷，我纵马飞奔，任其长鬃飞扬，马嘶鸣啸，一阵阵微弱的电流像海潮般卷来，遍流过我身体的每个部分。

山呼海啸般的喊杀声退去，一阵阵空虚侵蚀着我的五脏六腑，我用手掩着眼睛，弓着身子坐在了床上。

“你怎么了？”她像条蛇似的缠绕着我的肩膀。

我准备把欺骗我妈的事儿对她和盘托出，诚意忏悔，借此舒缓心中郁积的羞歉。

手机铃声扰乱了这一幕即将感天动地的“浪子回头”，是我妈，可能她已经准备好了饭菜，催我回家。

但她却说我外公明天要来J市检查，因为他身体不舒服，很有可能需要住院。

“儿子，能不能跟你老师说一声，你去不了Q市了？妈要上班，你得守着你姥爷。”

“嗯，妈，你放心，我守着他。”

袁小丽并没有不懂事地无理取闹，这让我既感动又欣慰。

“我自己去北京，但是你的票我不退，我要提醒自己你就在我身边，谁坐了你的位子也不行。”

不让她退票并不是一个明智的决定，她在J市前往北京的软卧车厢里给我打来了电话：“你猜我现在在干什么？”

“干什么？”

“我在对面的床铺上放了张你的照片，还把买好的零食都堆在了上面，这样就好像你也在跟我一起吃。你尝尝，好吃吗？”

“呃……好吃，好吃。”我冒了一身冷汗，脑门上挂着三条粗长的黑线。

8月8日，病房里的电视上也能看到奥运会的直播，我爸妈也赶了过来，陪伴在病床上的姥爷左右。

这场盛典筹备了许久，中间经历了各种因素杂糅在一起的冲击，有人眼红，有人妒忌，有人中伤。

但总算让我们这个泱泱大国演绎得尽善尽美，无懈可击。

“小和，你看，电视上有你的名字。”姥爷用他长满老茧的手抚摸了一下我的头。

场地中央升起了一块活字印刷板，上面果然凸出一个“和”字。

两天后，袁小丽从北京回来了，她把相机丢给了我，我翻看着她拍摄的照片，里面三十多张照片全都是那个‘和’字。

“你怎么就拍了这个？画轴、击缶、烟火呢？”

“那些在网上都能找到，我就想要这个，你看到观众席上那些烁烁放光的闪光灯了吗？其中有三十多次的闪烁是我发出来的。你跟谁一起看的开幕式啊？”

“家人。我爸妈，我姥爷，还有你。”

姥爷出院了，我妈又开始着急忙慌地帮我收拾行李，要开学了。

“对不起，没让你出去玩成。”她把最后一双袜子塞进行李箱后对我说。

“妈，你不是说了吗，我们是一家人，有什么谁对不起谁的？”

“那你替我跟袁小丽说一声抱歉吧，我没能让你陪她。”

看她的表情，怕是早就猜出了我因获奖而受邀公费出去旅游的事情是子虚乌有。

我的脸滚烫，不敢正视她。

她又自言自语地补充道：“道不道歉都无所谓，反正早晚她要跟我们成为一家人的。”

Chapter · 26 尹碟

在烦躁不安地连刷查分网站十三天后，暑假已被处于极度焦虑中的我挥霍殆尽。

返校前一天，我在心里发出了无数遍再刷新最后一次浏览器的诅咒之后，颤颤巍巍地点了鼠标。

下拉菜单跳动出来的一瞬间，我的心也跟着颤抖了一下。

2008年6月终于变为了可用状态，它像一轮皓洁的新月照亮了暗淡了许久的夜空中的一小处角落，又以星火燎原之势雄踞了我的整个心房。

我的六级分数高得离谱，袁小丽的马马虎虎，学生会的事让她忙得无暇东顾，能通过已算万幸。

午后，大团云彩之间像突然有了磁性，骤然吸附在一起，以摧枯拉朽之势降下一场倾盆大雨。

狂乱的急风呼啸着席卷了J市，雨点砸到地下激起一片欢腾的琼花碎玉，夹杂着一片啁啾之声，像冤死的厉鬼在哀号："四六级，你还我命来！"

天边的闷雷像被鱼骨钳制的咽喉在一声声沉吟，终于，天幕中斜着闪起一道闪电，紧接着"咔啦"一声炸响，仿佛要将整座城市撕成两半。

我拥着毛巾被，躺在已经有些微凉的凉席上和袁小丽发着短信，手机一声声震动着，直至亏电。

开学的前三天内，老孙的图书馆鲜有人光顾，偶尔有08级的新生路过，也是不明所以地向里张望一眼，呆头呆脑的样子与一年前的我们如出一辙。

偌大的图书室里，一排排书架毫无生气地保持着它们作为人类进步阶梯的威严。

我撑住一张长桌的边缘一跃坐在了桌沿上，像坐在岸边把腿伸进河里的少年荡悠着双腿，眉飞色舞地跟老孙显摆我的六级分数。

他眯着眼睛，笑意盈盈地点头："你以后可以自学了。"

"那你呢？你不想教我了？"

他摆弄着手里的喷壶，往一株滴水观音油绿发亮的扁圆叶子上浇了几下，安详地说："我能教的都教给你了，以后没事儿了我就侍弄侍弄这些花草。"

"你要归隐山林啊？"

"我可没有那份闲情逸致，人呐，还是有点功利心好，没了工作，我老婆孩子吃什么？”

“你都结婚了？”看着他每天一蓬头垢面，不修边幅的样子，我一直把他当成知识上高人一筹，生活中却一塌糊涂，视爱情如粪土的怪咖。

他无奈地笑，把我的心思看得一清二楚：“你别看我现在这副样子，两年前我没出事儿的时候可俘获了不少外语系女孩儿的芳心。”

“你？俘获芳心？”我肆无忌惮地嘲笑他大言不惭。

面对我的哂笑，他眼睛中刚刚萌发的一丝神采奕奕的光瞬间黯淡了下去。

他曾是名前途不可限量的大学讲师，如今却要蛟困浅滩地跟一个天天逃课的学生共忆光辉岁月，造成这一切的罪魁祸首就是唐学荀。

“你放心，唐学荀的账，我一笔笔都记着，早晚有一天咱们的新仇旧恨一起报了。”

“别傻了，你根本斗不过他，我是不想折腾了，我怕了。杨小和，你记住一句话，每个人的一生都经不起大风大浪的折腾，这是哲人说的。”

“你也记住一句话：天道好轮回，苍天饶过谁。我姥姥说的。”

袁小丽的生日到了，这是我们在一起后要度过的第一个有意义的日子，她一反常态地非要我叫上李峰他们一起为她庆祝。

“让老孙也一起来吧。”

“嗯，好。”

大二开学后，105 宿舍的成员开始聚少离多。

李峰变本加厉地在网吧里挥霍青春，由原来的隔夜通宵演变成了每日夜不归宿，过得黑白颠倒，面容憔悴。

陈包减少了与我一同去打工的次数，已步入最后一年大学生涯的他要在上半学期努力升本，如果失败了就去考公务员。

返校第一天，他就把预备多出来的一床背褥直接搬到了自习室，他苦笑着露出一嘴歪牙。

“嘿嘿，俺好像已经闻到了专升本战场上的硝烟了。”

随后他目光如炬，信誓旦旦地补充道：“金花、银锭，哥哥出息后，要把你们和爹妈都接到城里来。”

王海涛与李美彤彻底沦为了“连体婴儿”，两人一天到晚在一起，他早已忘记了自己当初定下的三个月就要“骑上大马”的初心，到现在他连“上马石”都没找到。

在比自己高了十多厘米的李美彤面前，他的气场已被压制得不剩一二，除了牵手能得到李美彤的批许之外，搂腰、接吻这些恋人间最司空见惯的行为都会遭到她恶狠狠的白眼。

前天，李峰得知他忙活了大半个学期竟连“二垒”还没上时真急了，他声色俱厉地骂王海涛是一百斤的大馒头——废物点心，勒令他当晚先去找李美彤摊牌，逼她就范，即刻花烛洞房，否则就别回来。

王海涛像打了一针鸡血，志在必得地去了。

晚 10 点，宿舍熄灯，他还不见踪影。

李峰掐死了抽了半截的烟，用力从窗台边弹了出去："这小子总算长进一回，睡觉！"

他话音刚落，王海涛哭丧着脸推门而入，我打开了手电为他照明，看到了他左侧脸颊上清晰的五个红指印。

他们好像都找到了和时间愉快相处的法门，把各自对当前人生的态度一股脑地平铺了上去，无论这些态度多么颓废，多么烂泥扶不上墙，都无所谓，至少，他们不再无所事事。

他们凑钱为袁小丽买了一个蛋糕，老孙下了血本儿，买了一整套精装英文版的《哈利·波特》。他说别人过生日，除了送书，他不知道该送些什么。

但许娉婷的出现，让我措手不及，看着我呆若木鸡，她又开始放荡地笑："是你女朋友请我来的。"

"干什么叫她来？"我蹭了蹭袁小丽的胳膊。

"过生日，人多了才热闹嘛，就多一双筷子。再说，大家毕竟是同学。"

有时候，我真搞不懂女人之间的友谊，她们可以把曾经所有的针锋相对一瞬间就收起，若无其事地藏匿起各自的锋芒，轻描淡写地就把之前的矛盾抛得一干二净，然后再伺机互相捅彼此一刀，乐此不疲。

她预定了KTV的大包房，我们全部就座后才占了长条U形沙发的一半空间。

除了李峰、代乐乐和许娉婷，其他人都对唱歌感到意兴阑珊，我们一人拿着一瓶泛着琥珀色光泽的科罗娜默默听着三个人轮流拿着麦克瞎号。

回头望伴你走从来未曾幸福过

恨太多没结果往事重提是折磨

下半生陪住你怀疑快乐也不多

被我伤让你痛

好心一早放开我

从头努力也坎坷统统不要好过

为何唱着这首歌

为怨恨而分手问你是否原谅我

李峰和代乐乐不知道抽了什么风，点了《好心分手》，边含情脉脉地注视着彼此的眼睛，边自得其乐地陶醉其中，把一对恋人分手后纠结的面部表情演绎得淋漓尽致。

估计王力宏和卢巧音看到了都会汗颜，要求重新录拍MV。

若注定有一点苦楚

不如自己亲手割破

两人以一句和声唱完了这首让人听着闹心不已的“情歌”，我一把夺过李峰手中的麦克扔到沙发上。

“你们俩丧气不丧气？来，喝酒，祝大家都能谈一场不分手的恋爱！干杯！”

“对，不分手！”其他人应和着响亮地碰击着酒瓶。

袁小丽出去接了个电话，五分钟后，她带了一个与我们年龄相仿的女生进了包房，她打扮得很成熟，一双眸子里投射出的是同龄人中少有的沧桑。

“啪”一声爆响，老孙手里的酒瓶掉在了地下，摔得四分五裂。

我刚要开口嘲笑他看见美女就心猿意马，袁小丽说：“我给大家隆重介绍一下，这是我们学生会文艺部部长尹蝶。”

她就是那个唐学苟设计陷害老孙的帮凶！

老孙慌乱地背过身去，像犯了毒瘾似的轻微抖动，他在竭力克制。

“你还有脸来？你还嫌把老孙害得不够惨吗？滚！”我怒不可遏地朝她吼道，袁小丽拉住了我的胳膊，其他人也放下了手中的酒瓶。

她没理我，像我只是个老大手下狗仗人势的喽啰，根本不配和她对话。

径直走向了老孙后，她异常平静地说：“孙老师，我想跟你聊聊。”

他们在外面待了足有三十分钟，留我们在包房中哑然，只剩李峰点的歌的伴奏一首首悠扬地播放，在没有人和唱的气氛下尴尬地前行。

“她有话和你说。”老孙回到包房后冲我往门外比画了一下，我怒气冲冲地走了出去。

走廊中萦绕着各个包房传出的闷沉的歌声，尹蝶冲我惨然一笑，语气里带着疲惫，像一个被困在荒岛很久的探险者终于回到了家园，余生永远是一副浑浑噩噩，洞悉一切的模样。

“杨小和，怪不得袁小丽在我面前无时无刻不在提起你。除了急着要去见你，没什么事能让这个小丫头像长了虱子一样百爪挠心，坐卧不安。”

“你有完没完？别废话连篇！”

“这就对了，你越来越让我确信只有你才能收服袁小丽这个小妖精，你知道为什么吗？”

见我没回答，她主动弥补着自己抛出的话题没人接茬的尴尬：“因为你真实！她跟我说你总跟唐学苟作对时，我不信，现在，我信了。”

“你到底要怎么样？”

“我要你帮我。”

“哼！”我把双臂抱在胸前冷笑着，“帮你什么？用不要脸的手段陷害人家？”

“不，我要你帮我对付唐学苟！”

Chapter·27 弃暗投明

在你的心上，自由地飞翔

灿烂的星光，永恒地徜徉

角落一个包房中，一个醉酒男人含糊不清地唱着已经开始在初中生嘴里口口传唱的《自由飞翔》，尹蝶的话让我耳边鸣起滚滚雷声。

她和唐学荀狼狈为奸，现在却毫无征兆地提出这样一个要求，我的第一感觉就是这是个陷阱。

“你是不是觉得天底下的人都像老孙那么善良好骗？我告诉你，我是恶人，会把你骨头都嚼碎的恶人。”

我怒不可遏地质疑她的居心，丝毫不打算给她留任何情面。

“就因为你和唐学荀、管霞、王霸赛这种人把本来应该是清清白白的大学给毁了，你们让它变得乌烟瘴气，你们毁掉的是一代人的希冀和道德底线，我想吃了你们的心都有！”

其实，他们毁掉的首先是我的大学，或者说是我理想中大学应该有的模样，它本应该是清心寡欲的修道院，绝不是利欲熏心的名利场。

他们的龌龊和暗箱操作，让我过早接触到了赤裸裸的社会现实。我像被人掐住了咽喉，狠狠被按在了水中，动弹不得，四周环绕的窒息感越发强烈。

我一直在苦苦寻觅一个能发泄郁积在心中不快的机会，也一直在拼命寻找一个机会名正言顺地和外语系中的黑暗一决高低。

唐学荀和管霞是老师，我暂时无法撼动，王霸赛被毒打一顿后已经收敛了很多，唯有尹蝶这个软柿子，我捏定了！

我毫无章法的咒骂让她无奈地叹气，她咬着下唇，眼里噙着泪，脸上之前的从容茫然无存，我在她身上看到了一个女生应该有的样子——柔弱、无助。

“杨小和，我太羡慕你和袁小丽这种出生在城市中的孩子，但我和你们，都不一样。”

她的声音在嘈杂的KTV中断断续续，若隐若现。

尹蝶来自S省北部的一个小村庄，家里还有一个小她两岁的弟弟，十六岁那年去了四川打工。

考上大学之前，她没有一天不在盘算要逃离那个是非之地，在那里，女人只要年满十八，就要在媒妁之言下和外村的某个素未谋面的男人订婚。

她要和命运竞速，背上行囊离开家的那一天，她妈给她下了碗面，清汤寡水，念叨着："家门不幸，出了这么个孽障，非着了魔似的要去上什么大学，祖宗莫怪，吃完这碗长路面，自此亲仇两不见。"

她一巴掌打翻了缺了口儿的瓷碗，决绝地向三里地之外的公路走去。那里每天只经过两班通往市里的小巴，但在她看来，它们成了她脱离苦海的天梯。

她，没有回过一次头，没流一滴眼泪，一心拥有的只是庆幸。

来到S师大的第一天，她就意识到了城里生活的残酷性。

三个室友打扮招摇时尚，看到灰头土脸，浑身柴火妞气质的她，毫无顾忌地对她一番冷嘲热讽。

家里断了给她的生活费，她要为下一学年的学费拼命奔波，她像陈包一样找了很多兼职，只是，她比陈包的境遇还要悲惨。

逐渐地，她站稳了脚跟，她赚了钱，一部分寄给家里，一部分置办了化妆品和服装，开始把自己打扮得像个城里姑娘。

然而四处打工让她必然要牺牲掉上课时间，她的课业落下很多，期末考试的成绩公布时，她无奈地垫底。

当她知道如果补考不过便可能要面临重修课业时，更加手足无措。

此时，唐学荀出现在了她的面前。办公室中，孤男寡女，他只暗示了一句，早就深谙世事的她就知道了他的意图……

果然，她如愿提前得到了补考的试题和答案。

大一下学期，她的讲师换成了老孙。

她依旧逃课打工，为自己将来能留在城里添加着无关痛痒的砝码。

一个阳光明媚的午后，她收到了室友的短信，召唤她来送姨妈巾。她火急火燎地赶到了教室，和全身都包裹着一层煦润光晕正在讲课的老孙不期而遇。

那天的天空响晴，一切仿佛都是老天刻意撮合的模样，有太多的恰好：老孙恰好穿了件白衬衫，恰好剪了头发而显得更加利索，恰好在她推门进来的一瞬间把目光投向了她。

她被他清澈干净的眸子击中了，仿佛一道丘比特之剑，射中了她的心房，她意乱情迷地捏着一包苏菲傻傻地站在门口半天。

她曾放下了作为一个女生的所有矜持和尊严，毫无顾忌地向老孙告白，换来的只有一句“我已经结婚了”的回应。

老孙没说大话，年轻时的他果然是“单身公害”。

“所以你帮着唐学荀陷害他，就为了报复？”我打断了她的故事。

她并不恼，没急着反驳我，而是从手包里掏出一盒女士香烟，两指优雅地夹着，打火机燃起了一团火焰，烟头儿明灭了几下，熄了。

她的手在轻微抖动，终于，她还是把烟塞回了包里。

“我也是身不由己，为了能顺利通过考试，我必须那样做。唐学荀对老孙的妒忌不是一天两天了，他只不过是利用我除掉了老孙，这样，他升任外语系主任的最大对手就没有了。”

“那你为什么现在又调转枪头要对付唐学荀，你们两个人的不正当关系保持了那么久都没有东窗事发，为什么要告诉我？”

她啜泣了起来，凄惨异常的哭声慢慢变大，随即又湮灭在包房里传出的歌声中。

“5·12 大地震时，我弟弟遇难了，他在被震掉的广告牌砸中前给我发出了最后一条短信：姐姐，我很好，不用担心。”

“抱歉。”

“唐学苟连外语系学生的捐款都要据为己有，我们捐的钱明明有三万，他却谎报只有五千。我让他把所有的钱都捐到灾区，那可是救命的钱，他不听，甩了我一个耳光。”

“这一记耳光彻底打醒了我，让我重新审视自己进入大学这两年来的种种，我掉进了一间摆满大大小小染缸的染坊，像一条白绢被染成了各种颜色，今天蓝色，明天红色，久而久之，我都快忘掉自己的本色。还好，我总算保留了一丝未泯的良知，我不想再继续沉沦，杨小和，帮帮我。”

她是个特别漂亮的姑娘，在这个年龄，她本应该有属于自己的爱情。

或许，她会遇上一个对的人，然后不计后果地相恋，她可能会扎马尾，在一个阳光灿烂的日子里依偎着男友的胳膊，咧着嘴没心没肺的傻笑，两个人吃得满嘴都是冰激凌时会互相擦拭对方的嘴角。

然而，这一切，都被唐学苟给毁了。

我盯着她，眼前有一圈波纹状的光影缓缓飘下。

“尹蝶，你看着我。”

她缓缓地回过神来，和我的目光在半空相撞。

“你发誓，今天你所说的话都是真的。”

“我发誓。”

我现在终于意识到，自己面对的是一个多么凶残、狡猾的对手。

“我帮你。”

回到包房后，我拉着袁小丽出了 KTV，凌晨的街道上连路灯也显得无精打采，发出的光愈发昏暗。

“下周，我想去找王俊一趟，好像很久没和他见过面，也不知道他怎么样了。”我踢开了散落在路中央的一些石子儿。

“嗯，去吧，找完他之后你要陪着我。”

我点了点头，抚起了她的面庞，认真地吻着她的嘴唇，她火热地回应着。

“下周末跟我回家。”她靠在我的胸前，她说过最喜欢听我心脏跳动的声音。

“你爸妈又出国了？”

“没有，他们在家，说要见你。”

Chapter·28 另一个王俊

我有些不知所措地看着她，心里有颗肉芽钻拱了出来，她的话一下下触碰着它，让它又毫无安全感地缩回了血液脉络中，藏匿起来。

“那……我用不用穿西装，或者买些东西？你爸妈喜欢什么？”我像个得到了国王召见的穷小子，受宠若惊。

家里的衣柜中还有一套我爸 20 世纪 80 年代穿过的棕色西装和红色领带，我偷偷穿过一次。站在镜子面前，袖口超过我的半个手掌，松松垮垮地像在一副骨架上套了一个失去了弹性的麻袋。

但，那总算是件西装吧。

第一次见面总不能太寒碜，商店里那些外表光鲜的礼盒动辄上百，我盘算着下个月打工挣的钱发下来时，能底气十足地跟售货员说：“把那个最贵的给我包起来，我要去见未来的老丈人和丈母娘。”

“就是叫你去吃个饭，不用那么正式，他们知道你是学生，没必要买什么东西。”

她的安慰让我如释重负。

凌晨4点，我们在压了五个小时的马路后饥肠辘辘地进了一家二十四小时营业的超市。

她捏着一串鱼丸的木棍，我拿着一个刚从煮沸的酱油中挑出的剥掉外壳的茶叶蛋，互相往对方的食物上挤着辣酱，再虎视眈眈地喂入对方的嘴中。

这是我们之间常玩的一个游戏，谁先受不了去喝水就算输。

从那之后，我养成了一个习惯，无论吃什么都要放很多辣酱。边吃边回忆着那段日子里我和袁小丽面部扭曲，口干舌燥却强忍着谁也不肯认输的滑稽模样。

多年后那种廉价的辣酱已经升级了很多次，却早就失去了当年的那种味道，怎么吃都不对劲。

接下来的几天，尹蝶的事情一直折磨得我头痛欲裂，我也一直没想出对付唐学苟的好办法。

或许，王俊会有主意的。

我给他打去电话时是上午10点半，他却还是一副有气无力的口气，那声萎靡不振的“喂”让我可以想象到电话那头他顶着一头乱发哈气连天，睡眼惺忪的样子。

我们约在下午3点见面，但却是在一个完全陌生的地方。

“为什么不在你家？”我问。

“你先别管，下午见面你就知道了，记住，36 路终点站下车，然后给我打电话。”

36 路途经我家，但我在 J 市生活了那么久，还不知道它能像头神志不清的公牛跑那么远。

下车的一瞬间，我整个人就蒙上了一层灰，大团的扬尘就像很多天没吸到人血的蚊子，疯狂地扑向了我。

不远处是一座横跨玉清河南北两岸的石桥，四处都在施工，机械作业发出的轰鸣混杂着铁器碰撞迸发出的空灵的叮当声。

河堤上，一辆辆挖掘机在清理河道，紫黑色的淤泥被挖斗掘出后，一摊摊有气无力地平铺在岸边。

我不知所措地看着迎面一个正骑着摩托车穿越过风尘而来的老大爷，赶紧把他拦下：“大爷，这是哪儿啊？”

“木桥庄。”

王俊的样子又变了，自从高考后，每次和他见面，我都感觉他在变。

他的身形一次比一次瘦削，目光一次比一次凌厉，他变得越来越不像个学生，越来越像混迹在社会中的“老油子”。

他说上次在师大跟我见面后便从家里搬了出来，他妈一个劲儿让他去复读，唠叨得让他心烦不已。

他从自己表姐那里借了两千块钱，在这附近租了间村民的房子，1一百五十块一个月，冬天没有暖气，每天还停电。

我们走过石桥，向木桥庄的腹地走去，道路越来越逼仄，泛黄的污水顺着暗红色地砖缝肆意流淌。各种垃圾刺破薄如蝉翼的黑色塑料袋，张牙舞爪地暴露在外，散发出阵阵恶臭。

他在一扇油漆变干后剥落的绿色木门前停了下来，掏出钥匙捅开了磨得光滑溜亮的铜锁，破败的木门吱呀一声被推开。

毛坯房里，墙皮脱落得厉害，露出了刺眼的青色水泥。

角落里横着一张床，卷边儿的床单与被子杂乱地交缠在了一起。

一台老旧的电脑正在嗡嗡运行，其余空间几乎全被大小各异的黄色纸盒所占据。

“你这是……”

我从没见过他活得这样狼狈过，那个曾经无论去做什么之前都要先整理好衣领，没有席梦思床垫就睡不着觉的王俊不见了。

“人得活着，和你们学生不一样，我要想活，没法再伸手向家里要钱，我必须得把这些货卖了。”

“可你会做生意吗？”

“一开始谁也不会，都是被逼的，当你两天没吃东西饿得就快撒手人寰时，就会无师自通，也就什么都会了。”

他把七零八落的盒子归类放好，又敲几下键盘，拿出了手机，“喂，麻烦过来取件吧。”

“给谁打的电话？”

“快递，一共十来个包裹，人家都不愿上门。”他抱怨着，“行了，收拾收拾，跟我去摆摊儿。”

木桥庄周围厂区林立，也有几所不入流的大学，人流相当密集。他不知什么时候买了辆三轮，把货摞在了上面，有模有样地蹬着爬坡。

华灯初上，这里的夜市也变得不安分起来，到处充斥着一种隐隐的躁动。

他在一对学生模样的情侣面前停了下来，他们也在摆摊，编织袋上摆着花花绿绿的毛绒玩具，他一脚踢翻了其中一个米奇："第一天来的，我就不和你们计较了，拿着你们的东西找个原来没人的地方去摆，这个摊位我三天前就占下了。"

男的想说什么，被女的拉住："对不起，我们这就走。"

我帮他把货物从车上卸了下来，整齐地码放好，他点了一支烟。开始左顾右盼，有年轻女子经过时，他就吆喝两嗓子："便宜女鞋啦，来看一看！"

除了因为年龄而脸上暴露出来的一丝稚嫩，他已经跟个在集市上可以和城管周旋很久的小贩没什么两样儿。

他把抽剩的烟头儿扔到了地上，一脚碾灭，迸溅出几点火星，随后全身心地开始卖货。

或许，他的天赋真的不在学习，而在做生意上，我眼前的这个八面玲珑，嘴上像抹了蜜的王俊能把任何一个顾客都哄得心满意足，无论她是十八岁左右在周围工厂上班的女工还是四十岁往上居住在此的村民妇女。

晚上 10 点之前，他一直在忙着招呼在他摊上挑三拣四的顾客，对着人家一本正经地哭诉“这鞋真没法再便宜”的戏文，然后便是忙着收钱。

我像个小工似的帮他翻找各类鞋码的鞋子，在这两个多小时之中，我们俩没顾得上说一句话。

10点刚过，夜市上的人流骤减，他的货也卖得一双不剩，我们把剩余的空盒子又摞倒了，准备蹬着三轮车回去。

“等等。”一个扎着围裙的年轻女孩儿拦在了车前，她的眼睛很大，眨眼时一脸单纯。

她的两只手里各端着一份色泽明亮的炒年糕：“你晚饭还没吃呢，刚才看到你这里来了客人，就特意多做了一份儿，趁热吃。”

王俊下了车，就那一瞬间，我仿佛从他的眼睛里找到了过去的那个他，但随即又恢复了几个小时前他把那对情侣轰走时的冷漠。

“今晚不吃这个了，我们去下馆子，你拿回去吧。”

女孩儿笑着说“好”，随即把头转向了我：“你好，我叫苏兰，王俊的女友。”

“去去去，你谁的女友啊？谁承认了？没皮没脸的。”王俊一脸嫌弃地打断了她，“他叫杨小和，我最铁的兄弟。”

我笑着邀请她跟我们一起。

她摆摆手拒绝了，说东西还没卖完，放到第二天会坏，再三叮嘱我们少喝点之后，她就蹦跳着回到了马路对面，又忙活了起来。

王俊没蹬出去二十米就停住了，他把三轮推到了街角，像个间谍似的往苏兰那边张望着："咱们在这儿等她一会儿，你也给你女友打个电话，让她快点打车过来，咱们一起吃个饭。"

"王俊，我发现你有了一个最大的变化，学会口是心非了。"我揶揄他。

Chapter · 29 小人物的爱情

袁小丽一口答应会来跟我和王俊一起吃饭，这让我感到很诧异，平时出去玩我只要带着外人，她总会犹豫半天，然后来一句“要不我不去了吧？”

电话里，她说要竭力学着融入我的圈子，一点点剔除原来那个人在我心里的影子，然后抢占她的位置。

“你说的那个人是谁啊？”

“你自己心里清楚，少装傻充愣。”

我当然明白她的心思，只是，我对她一直不依不饶地纠结于冯静的问题感到无奈和不可理解。

她说过她可以不在乎高中时方雨菲和现在的许娉婷明目张胆地对我图谋不轨，因为她们把所有的招数都摆在了桌面上，这让她可以兵来将挡，水来土掩。但明枪易躲，暗箭难防，冯静这支暗箭淬过剧毒，更可怕的是不知什么时候会打出来谋财害命，这让她如坐针毡，寝食难安。

我安慰着她，自黑了半个多小时，说我的缺点比校门口卖的烧饼上的芝麻粒儿都多，不可能那么有女人缘，但于事无补。

凡是牵扯到冯静的一些事，她都会神经质般地无理取闹，她把冯静当成了一个假想敌，欲先除之而后快。

“不怕贼偷，就怕贼惦记！”

她以一句极不恰当的俗语为她的醋性大发画上了句号。

“她才不是贼！”陷入回忆的我烦闷地嚷了句，反驳着眼前的空气。

“你怎么了，大学生？”王俊点了一支烟，用手指叠在一起敲了敲烟盒底，送到我面前，“来一根儿？”

我摆手。

他没再劝，把烟盒收进口袋，使劲嘬着过滤嘴儿，一口接一口地喷出混杂着尼古丁的烟气，烟头像只发着橘红色光的萤火虫在半空中鸣灭。

“冯静有男朋友了，我去她们学校附近摆摊儿时看见的。”

他说得小心翼翼，我能觉察出他在偷偷观察我的表情。

“她最近好吗？”

“应该算好吧？我看见她挽着那个男生的胳膊在笑……死丫头，终于知道收摊儿了。”

在我沉默的空儿，他很自然地岔开了话题，骂骂咧咧地朝苏兰走去。

巧合的是，搭载着袁小丽的出租车也恰好停在了我的面前。

王俊和苏兰分别推着三轮和推车走在前面，看他们的背影，真像进城闯荡的农村小夫妻，像怀揣着沉甸甸梦想的小人物蜗居在这片城中村内打拼。

王俊，他能成功吗？我觉得他能。

从小娇生惯养的他恐怕是在这儿租房子的唯一的J市人，和整个木桥村都显得格格不入，但另类的人往往容易成功。

他把我们带到了号称全庄最大的饭店门口，那是一间民房改成的二层水泥小楼。

临近晚10点半，女老板要关门，王俊不干，把三轮车横入在了大门口，非让人家给弄四凉八热一桌菜。

见老板面露难色，他说他就住在附近，钱不会少给一分，但要是不给做，他就天天晚上来砸人家玻璃。

当他肆无忌惮地威胁老板时，我心里不安。我真担心他再说下去，几个彪形大汉会突然冲出来把我们大卸八块。

女老板赔着笑脸把我们请了进去，独自去厨房忙活着。

看着老板服服帖帖，我拉住他的胳膊，让他对老板客气点，否则一会儿让人家丈夫打了，我可不管。

“放心吧，我早就打听好了，老板是个寡妇。”他诡异地冲我一笑。

“你现在真像个军阀，这么泼辣，我要是像你这样，估计十个唐学荀都束手无策。”

他还真上心了："唐斜狗是谁？他欺负你了？和我说说是怎么回事，我帮你报仇。"

在纠正了他是"唐学苟"而不是"唐斜狗"之后，我给他仔细讲了一遍我们之间的恩怨，包括老孙与尹蝶之间的事。

随着我这部《恶主任衣冠禽兽排除异己中饱私囊任人唯亲》的"狗血评书"的结束，一双筷子凌乱地飞了出去，伴着王俊一声愤怒的嘶吼："人渣！"筷子正戳在正进门上菜的老板胸前，噤若塞蝉的她手一滑，盛着炸花生米的盘子应声落地，四分五裂。

"兄弟，你别生气啊，厨师都下班了，就我自己，菜上得慢了，你多见谅。"

王俊随意地一摆手："没你的事儿，再去换一盘儿。"

他目露凶光，浑身上下都蒸腾着杀气，几乎咬碎钢牙："这事儿你别管了，等我电话。"

"你行吗？"我的语气中全是怀疑，"我想了好久都没想出抓住他把柄的办法，他在外人面前道貌岸然，狡猾得狠，实在是很难对付的角色。"

"瞧不起我？你堂堂一个大学生倒是有文化，不一样对那个姓唐的混蛋束手无策？对付这种人，还真就得靠我们这种小人物，你就是太讲江湖道义，一心要按原则办事，总想着光明磊落，光明正大。反正这事交给我你放心，我要替天行道，来，喝酒！"

他一口喝完了二两一杯的白酒，吃了几口菜，看得出，他不再像刚才那样激动，幽幽地说："我也想上大学，兄弟，我做梦都想，我也想堂堂正正，按原则办事儿，就算以后我成了亿万富翁，我也一定让我儿子上大学，必须给我念到毕业，他要是敢说'上大学没用，你的钱够我花一辈子'这种混账话，我打断他的腿！"

一旁的苏兰赶紧抚了抚他的前胸，说保证和他一起好好教育儿子，被他嫌弃地推开。袁小丽看着这对欢喜冤家，抿着嘴妩媚地笑。

凌晨一点，在一人喝下一斤白酒之后，我和王俊的眼睛都快睁不开了，踉跄着往外走。

出门前，他在口袋里摸索了半天，老板狐疑地看着他，她一定在担心这个醉汉喝多了没钱付账。

终于，王俊摇晃着身子掏出了两百块钱，"多给你五十块，赔你盘子钱。"

袁小丽坚持要送我回学校，被我一口回绝，宿舍大门早已关闭，宿管大爷年纪越来越大，上周，烂醉如泥的我和李峰又一次在熄灯之后像土匪似的砸门把大爷弄了起来。

看着他哆里哆嗦像得了帕金森综合征似的给我们开门，还差点摔倒，我再也不忍折腾他了。现在即使回去，也得夜宿操场。

我和王俊都快要不省人事，像两只狗熊一样搂抱在了一起。

他招呼苏兰去给袁小丽找个住的地方。随后，我们俩不顾她们的阻拦，蹬上三轮车开始了疯狂的"醉驾"。

他顺着石桥下坡一路猛冲，我坐在三轮车的斗子里大呼小叫，夜风猛灌进我们体内，我像在一节在崎岖的山路上剧烈颠簸的火车车厢中天旋地转。

周围的模糊不清的景象飞速闪过，列车越来越快，我有些耳鸣，单调的滴声像一条被拉平的心电图持续平直地发出。

我的身子轻微歪向了一侧，余光瞥到了那一侧似乎有大片的绿色，紧接着，那片绿色越来越近，越来越清晰，越来越真实。

那是伊甸园中的净土，沙漠里的绿洲，是某个部落图腾对我的召唤，我才是那里真正的首领。

我纵身一跃，跳下了还在飞速前进的“列车”，耳边呼啸着有强劲的风声，我的灵魂仿佛与躯壳脱离了一般，漂浮到了最高点，又缓缓坠下。

“杨小和！”迷迷糊糊间，我听到有人叫我，是王俊。

下一秒，我重重摔在了那片我思想里的伊甸园中，或者说是一片菜地里。

咣当一声，王俊失去了对三轮车的掌控，车前轮狠狠顶在了菜地旁的一个石墩上，被顶得“弯曲有致”。

他也滚了下来，躺在了我身边。

我们俩缓了好久，谁也没说话，随后才相互搀扶着站了起来。

经过刚才那番惊险刺激的好莱坞大片似的“飞车腾空”后，我胃里彻底开始翻江倒海，刚一站稳，我就立刻弯腰“哇”一口呕吐起来，一小时前吃的那些菜只在胃酸的海洋中溜了一圈，还没来得及被腐蚀消化，就原样儿倾泻了出来。

王俊在一边幸灾乐祸地嘲笑我："真没出息，这才喝了多少，你就……哇……"

他的呕吐比我更加突如其来，毫无征兆地像个金黄葡萄球菌食物中毒的患者，秽物呈喷射状散落一地。

折腾了好一阵儿，我们才走出菜地，倚着石桥护栏，向玉清河流动的远方眺望，一直到河道转弯。

我们的酒劲儿消了大半，吐过之后，胃里自然也好受了很多，头脑也变得神清气爽，只是喉咙经过激烈的刺激后有了痛胀感，刚才摔下三轮车的疼也渐渐隐现。

"我可能断了两根肋骨。"

"我的腿好像骨折了。"

在一本正经地对视几秒后，我们同时笑彼此胡说八道。

我问他和苏兰到底怎么打算的，他说打算结婚。

看到我的嘴里像被塞进了一个灯泡那样半张着，他说自己没开玩笑。

苏兰，用王俊的话说，以前是个"厂子妹"，在木桥庄附近的厂区当女工，后来不干了，来夜市卖炒年糕。

王俊来摆摊的第一天，俩人的摊位正好挨着，就认识了。

他经常吃苏兰的炒年糕，吃着吃着，俩人就吃到床上去了。

他带她回家见过一次父母，他们看不上苏兰，嫌她不是本地人，要棒打鸳鸯。王俊也开始犹豫不决，想不负责任地只做露水夫妻。

但当今晚他赶走那两个大学生情侣，女孩儿安慰男友时，他想起了苏兰的种种，感觉这一切，她也能做到，于是，她粉碎了之前的想法，想对她负责任、真心地想和她在一起。

“我们理想中的爱情不就是要找个在乎我们的人吗？”他收敛了粗鲁，变得像个哲人，“你呢，跟你女友想过未来吗？”

“没有，不过她说要带我去见她父母。”

他说袁小丽手腕上戴着的那只手表如果是真的，价值将近两万。

“别胡说，一只手表怎么会那么贵？”我表示怀疑。

“你懂什么，你知道那只表是什么牌子的？那是卡地亚的！”

不过他又鼓励我千万别自卑，无论如何，都应该怀有要和喜欢的人在一起的勇气，希望和信心。

“原来你说喜欢冯静，我劝你她是优生，我们是差生，注定‘人鬼殊途’，但这次我衷心祝福你，小人物同样配得上爱情，兄弟，我等着喝你们的喜酒。”

他把双手握成环状，放在嘴边，朝着远方大声呼喊：“嘿，苏兰，我要娶你！来，你也喊。”

“袁小丽……”

“大声点！”

“袁小丽，我要娶你！”

我们对着玉清河喊了很久，喊声悠扬地回荡在河岸两边，久久不散。

袁小丽在第二天上午给我打来了电话："我跟他们说了，你圣诞节那天来我家吃饭。"

"嗯，等等，先别挂，你的那块手表是真的卡地亚吗？"

"假的，地摊儿上买的。"

Chapter · 30　我选有二十四个小时的国度

2008 年的圣诞节前夜，我躲在宿舍里，在快要把人蒸干的暖气的烘烤下，吃着袁小丽送的“平安果”，对着窗外一场洋洋洒洒适逢其会的大雪发呆。

校园里的各种灯光一齐投射后交汇在一起，把雪照得更加清晰、透亮，细碎的雪粒仿佛一根根冰针闪着寒光，像 80 年代神话剧里的简陋特效。

无论如何，圣诞期间下雪，总是应景的。

不管是恋人的依偎甜蜜，还是卖火柴的小女孩儿在火光中注视着天堂里的外婆，周围一定要有流动的物体相衬，如此一来气氛才对。

我总在想，如果那个可怜的小女孩儿是在一个万籁无声，死气沉沉的夜晚划亮了火柴，她可能不会看到外婆，最多也只是靠亮光驱散一点黑暗，于事无补。

覆着一层灰迹的窗上隐约折射着我身后李峰他们的影像，几个人忙碌着给电磁炉通电，调酱料，往锅里扔着十三块钱一包的羊肉片。

宿舍里的人好久没聚齐过了，大家每天都在沿着不同的轨迹奔波，难以交汇。

升本考试日益临近，看得出，陈包很焦躁，他已经连续在自习室里睡了半个多月。

但今天，他破天荒地赶了回来。

我问过他是不是担心考不上，他说自己更担心毕业后找不到工作，一想起他用本该属于金花和银锭的学费念了三年大学却一事无成，他就觉得自己是个该被千刀万剐的吸血鬼。

下午我去见了老孙，请他来我们宿舍一起吃饭。

他拨弄着酱汤中起伏的茶叶蛋，笑着拒绝了我："不去了，媳妇儿领着孩子回了娘家，我一个人挺好。"

"咕嘟咕嘟"，他把电磁炉的温度调到最高，一团团白气升在半空，又袅袅消失。

"我上大学那会儿，也就外语系的学生才过圣诞节，还得背负着'崇洋媚外'的骂名。那时候的条件是真比不上现在，平安夜那天，我也是煮了锅茶叶蛋送给当时的女友，她送了我一件现在在你们看来土里土气的毛衣。整整二十年了，我依旧在平安夜这天煮着茶叶蛋，唉，一点长进都没有。"

"行了老孙，振作起来，唐学荀嚣张不了多久，到时候你一定能做回讲师，相信我。”那晚王俊答应要帮我扳倒唐学苟的承诺让我底气十足地安慰了老孙一番。

“杨小和！我们仨在这里忙得跟长工似的，你盯着窗外浮想联翩，你是苏轼还是陆游啊？过来吃饭，可没人伺候你啊。”

我在李峰的笑骂声中开了瓶啤酒，和他们碰杯，心里默默祝福陈包升本成功，祝李峰和王海涛的爱情能够修成正果，祝自己明天与袁小丽的父母能有一场亲切友好的会晤。

12 月 25 日一整天里，我都惴惴不安，用了将近两个小时，我才算把与他们见面的开场白练到满意，我拿捏着语气、声调、情绪和表情，就为了说一句“叔叔、阿姨你们好，我是杨小和”。

下午 6 点，夜色蔓延之处一片黛色，未化的雪像层糖霜紧致地裹着地面，熙熙攘攘的人群压着斑马线大步流星地奔向各个方向。

我听着出租车中让人昏昏欲睡的广播，忐忑不安地独自在堵得一塌糊涂的经纬路上走走停停。

袁小丽昨晚就回了家，说要和她妈一起为我准备大餐，然后像恭迎圣驾一样等待我大驾光临。

出租车在凯旋花园门口停稳时，我心里的波澜和紧张感并没有消停下来，反而更加激烈地冲撞我的心脏内壁。

那次，她的父母去了希腊，我心里装着有一种做坏事时才有的提心吊胆的刺激感来到了她家，像个即将窥探到宝藏秘密的探险家异常兴奋。只是这次，那种兴奋已消失殆尽，我要以二十岁的年龄面对社会中的礼节和世故。

我战战兢兢地按了一下电梯中的楼层按钮，几秒钟后，我便平稳地停在了十六层，防盗门紧闭，闪着冷峻的光泽，我深吸一口气，按下了门铃。

防盗锁啪嗒一声被打开的一刻，门也缓缓向后张开，袁小丽笑靥如花地看着我，“愣着干什么？进来啊！”

她给我找了双拖鞋，不知道为什么，我总感觉她们家变大了，巨大无比，我置身其中像个误闯巨人城堡要偷金色鹅蛋的窃贼。

厨房里碗碟碰击的声音瞬间消失得无影无踪，她的父母迎了出来，和颜悦色地站在了我面前。

高中开家长会时，我见过她妈，现在依旧风姿绰约。

她爸比我想象中要随和很多，中年后依旧没有明显发福，头发收拾的一丝不苟，脸上毫无岁月侵蚀留下的老态。我实在难以想象，他会找人把王霸赛暴打一顿。

“叔叔、阿姨你们好，我是杨小和。”

这句排练了两个小时的问候语终于让我演绎得尽善尽美，无懈可击。

餐厅里，她妈端上来裹着一层锡纸的火鸡，殷切地招呼我入座。

“阿姨，筷子在哪儿？我去拿。”

“不用，我们用刀叉。”

他们在对烟熏火腿、火鸡、姜饼屋、三文鱼、布丁等圣诞美食的位置做着最后的调整，水晶吊灯的灯光照射在光洁的白色桌布上，让我有了一种错觉，我好像成了一个透明的魂魄，置身事外，饶有兴致地看着他们忙碌。

他们的笑足以点亮整个世界。

“喂，想什么呢？快坐啊。”袁小丽的声音让我回过了神儿。

餐桌上，我有些拘谨，一直没怎么吃东西，我的刀叉总碰到一起，发出的“叮当”声与他们优雅的切割，娴熟的插起有点格格不入。

我疲于应对着她父母的各种问题，家里有没有兄弟姐妹？我爸是做什么工作的？他有没有为我找到毕业的出路，等等诸如此类的问题，我的额头上渗出了一层细汗。

“哎呀，别问了，人家是客人，你们老这么问，他怎么吃东西？”袁小丽替我解了围。

世界暂时又安静了下来，但也只安静了五分钟。

她妈竭力用一种深感歉意的口吻说：“不好意思啊，这次没有找到伊比利亚火腿，只能用帕尔马火腿了，杨小和，阿姨做的烟熏火腿好吃吗？那个火鸡要蘸着蔓越莓酱吃，别直接吞呀。”

我看着眼前一块光鲜的火腿和那碟有些暗红色的酱汁不知所措。

“不都说金华火腿好吗？刚刚她说那是什么酱，蔓什么莓？难道不是豆沙？”我心里嘀咕着。

“妈！”袁小丽轻微皱着眉头，不快地看了她妈一眼。

但她不为所动，依旧口若悬河：“妈妈做的还是不好，等你大学毕业后去了澳大利亚，过圣诞的时候尝尝那边的大餐，肯定比这里地道多了，我留学那么多年，跟着法国老师学过的手艺基本要忘干净了。”

我在一片错愕中怔怔地看着袁小丽：“你要去澳大利亚？”

我本来应该“顾全大局”，把这个问题留在饭后私下里问她，但我还是不由自主地脱口而出。

她妈把刀叉放到一边，用餐巾轻微地抹了一下嘴唇：“小丽没有跟你提过这件事啊？这孩子，这么大的事儿你怎么能瞒着人家？”

我感觉眼前的一切都开始变得虚无缥缈，澳大利亚？那是一个和北京相距八千公里的国度，那或许是我穷尽一生都覆盖不了的距离。

我感到有些心力交瘁：“叔叔，阿姨，我还有事，先走了，再见。”

起身的一刻，我感觉自己会晕倒，但我还是成功掌握住了平衡，快速地跑到了门口，都没顾得穿上我在师大夜市上买的五十块钱一双的慢跑鞋，就光着脚落荒而逃。

身后传来了袁小丽不满的抱怨声：“妈，你干什么呀？”

电梯间里的地板刺冷，冰得我的脚心一阵阵发凉。

我也不知道自己要跑去哪里，更不清楚今后会以什么方式再面对袁小丽，或许将来的某一天，我真的不得不在机场为她送行时说一句：“祝你一路平安。”

之前准备的那些客套、礼节以及要给她父母留下好印象的决心全都毁于一旦。

因为，刚刚夺门而出的那一刻，我已经失礼了。

我在站牌等车时，她火急火燎地追了出来，依旧穿着刚才在她家吃饭时的黑色毛衣，连外套都没来得及披。

她拉住我的手，被我挣开，几十秒的沉默慢慢消磨着我心中仅存的一丝留恋，就在我准备决绝地上车时，她紧紧搂住了我。

我想推开她，但她不肯松手。

“为什么骗我？”我竭力用最平静的语气质问她，我要把这种冷漠化成一把利刃，狠狠刺向她。

她无奈地叹气：“出国留学，是我妈在我很小的时候就给我定下的一个目标，虽然我也一直在憧憬着前往另外一个国度。但遇见你之后，我知道有些事早就身不由己，如果非要做出一个选择，我选你，我爱你，你懂吗？你还记得在西城时，你给我讲地理中的时差计算题吗？”

我当然记得，当时我恰好用澳大利亚给她举了例子，我告诉她澳大利亚在中国的东面，所以生活在那里的人们每天都比我们早看到太阳，早两个小时。

她恍然大悟，说原来澳大利亚一天有二十六个小时。

“我喜欢吃火鸡，也在乎火腿是不是来自西班牙或者意大利，更喜欢过圣诞节，但这些都是从前。现在我喜欢的是小摊上卖的二十块钱一只的烧鸡，五毛钱一根的火腿肠，还有中国的所有节日，只要是和你在一起做的事，我都喜欢。我不要去那个有二十六个小时的地方，我更愿意生活在一天只有二十四个小时的国度，二十四个小时都有你陪着，少一分也不行，那样，我会死掉。”

她情绪有些激动，开始啜泣。

我紧紧把她拥进怀里，轻抚着她的长发："傻丫头，你的地理怎么还是那么差？答应我，不要去澳大利亚，哪儿也别去，就留在中国。"

她使劲点着头："嗯，只要你不赶我走，我永远留在这里，死都不走。"

Chapter · 31 蓄势待发

春节前，参加完专升本考试的陈包志得意满地向我们宣布，这是他学生生涯参加过的所有考试中发挥最好的一次。

他有预感，他可以成功，为了让他的预感更具有说服力，他用小时候靠自己的第六感在家里的牛棚中找到了突然失踪的妹妹金花加以佐证。

腊月二十五，整个师大在熙攘了整整近五个月后再次沉寂，灰暗的冬日与有六十多年历史的校园不情不愿地相宜着，让它凋敝，破败的原形无所逃遁。

回家前，我送陈包去了火车站，他挎着两个帆布包，拎着装在网兜里的搪瓷饭缸和几个皱皱巴巴失去了水分的苹果，像个辛劳了一年，幸运拿到了工钱的农民工，脸上挂着笑。

“上了大学后，就一直没回过家，老觉得没脸见俺爹俺娘，这次俺考得不错，俺要回家过年。”说完，他哭了。

人的一生不过是不断赤条条地从一个地方去往另一个地方，无论你在一处沾染了什么，离开时便原封不动地蜕去，回归本来的面貌，你以为自己抓得住稍纵即逝的年华，实际上并不可能。

三年前，他赤条条地来到了J市，可能当时他怀着特别美好的憧憬，无论后来发生的事情与他的那些憧憬是否契合，他都已经兜兜转转地在这座城里绕了一大圈。

现在，仿佛经过了一个轮回，他又来到了从前的起点，穿着刚来时的那身行装即将离开，欢喜地离开，踏上和他憧憬反方向的列车。

我帮他把出溜下来的帆布包往他肩上推了几下，目送着他汇在行色匆匆的春运人流中缓慢地向检票口走去。

大年初一，王俊来我家拜年，闲聊时，他让我过年后找个时间给皇冠酒店打电话定个包间。

“替天行道的时刻到了。”他说。

我知道，他指的是唐学苟，在这件事儿上，他比我还要上心，仿佛吃了唐学苟无数暗亏的人是他而不是我。

他开始变得有些疾恶如仇，不再是小学、初中时那个遇到什么事都跟着和稀泥的学生了。

我问他有没有感觉自己和以前不一样了，他抽着烟，把烟灰弹在了掌心里接着，面无表情地说从进入社会的那一刻起，他就知道迟早有一天别人会对他说他变了这种话。

前两天，尹蝶来找过我，她很平静地告诉我她已经决定在大四这一年办理休学手续，唐学苟已经开始对她进行惨无人道的折磨，她快要撑不住了。

她脸上挂着倦容，黑眼圈也隐隐出现，耗磨掉了她青春的最后一丝韶华。

我越来越意识到对付唐学苟的事已经刻不容缓，他就像一种剧毒在顺着四肢向心脏逼近，必须快刀斩乱麻才能活命。

但皇冠是J市最奢华高端的酒店，在那儿吃顿饭最少上千，我面露难色，告诉他为了唐学苟用不着下这么大的本儿，把他叫出来随便堵在一个地方打一顿都行。

他理直气壮地反问我："我说让你掏钱了吗？你就跟他说你有个朋友求他帮忙，让他来，剩下的你什么都甭管。"

2009年春节后的返校第一天，是我一生中过得最低声下气，厚颜无耻的一天。

我卑躬屈膝地看着唐学苟端坐在办公室的沙发中，啐着茶叶，盛气凌人地听着我向他发出"我有个朋友因为上学的事儿要请您帮忙，咱们一起去吃个饭"的邀请。

然后，他气焰万丈地不断重复着："我可是很忙的，就算院里的领导请我吃饭，我都不一定有空。"

王俊没有告诉我他的计划具体是什么，只告诉我需要做的就是一定要千方百计地把唐学苟引到皇冠去。

“唐主任，之前是我不懂事，您大人不计小人过，千万别往心里去。”

我将自己的灵魂从身体中暂时剥离出来，像纸飞机一样将它掷出，让它暂时远离这片会腐蚀、玷污它的是非之地，仅用躯壳去发声，口是心非说着那些我曾憎恶到极点的阿谀奉成的话。

唐学苟点头答应的一刻，我赶紧找了个借口脱身，在电话中威胁着王俊：“这次我可真是豁出去这张老脸，卑微到尘埃之中了，如果到时候你让这一切徒劳无功，我会活吃了你！”

皇冠的中餐厅叫百芳园，包间里，唐学苟像养尊处优的老佛爷一脸优越地正襟危坐。但当他看到王俊手里的两条软中华时，眼里还是透出了贪婪的光，像动了凡心的妖怪因为道行不够而现了原形，看到这，我心里一阵鄙夷。

王俊讨好地把烟递了上去：“唐主任，我也是听杨小和说您在S师大权势通天才来拜佛上香的，这不我高考落榜了吗，咱们学校有成人教育，我就报名参加成人高考了，但没太有把握。我都打听了，卷子是咱学校的老师改，您看……”

唐学苟没接他的话茬儿，兀自嘟囔：“什么破酒店，连个服务员都没有，坐了半天了，倒是拿菜单让客人点菜啊！”

王俊恍然大悟，扯着嗓子喊：“服务员，点菜！”

包间的门应声而开：“您好。”

一个身影闪了进来，身姿曼妙，玲珑有致，竟然是王俊的女友苏兰，她穿着皇冠中餐厅的工装，彬彬有礼。

我目瞪口呆地看着她，桌下王俊使劲踩了我一脚，偷偷冲我使了个眼色，看样子，他为了这件事动用了自己拥有的所有资源，蓄势待发，要给唐学荀“致命一击”。

Chapter · 32 重见天日

唐学苟认准了冤大头，两百块以下的菜基本不看，我心急如焚地看着王俊，再这样下去，即使能报仇雪恨，我们也得倾家荡产。

他却不为所动，一个劲儿地让唐学苟多点一些。一桌菜加上两瓶五粮液，至少四千块，我盘算着从明天开始估计就要靠卖血度日了。

菜上齐了，王俊冲苏兰一招手："你别走了，站在那儿等着给我们服务。"

苏兰站到了门边，正对着我们，面带笑意。

王俊不断向唐学苟敬酒，像个浸淫酒场多年的世故老手，举手投足看不出任何生涩。

苏兰也不失时机地给唐学苟满酒，包间里一片氤氲之气。他喝得忘乎所以，满面红光，醉眼迷离地开始口若悬河。

"别说成人教育，就是再难的事儿在我这里都不在话下，这些学生的毕业证我说不发给谁就一定能给他扣下。杨……杨小和，算你小子识相。”他边说边用手指戳着我的额头，像个攻占了村庄的土匪头子耀武扬威，我被他戳得起了一阵邪火。

“你的毕业证我本来打算扣个一年半载，要是那样，没个千儿八百你想要回去？门儿都没有！”

王俊缓缓放下了酒杯，一脸的难以置信：“唐主任，您这大话有些过了吧？毕业证不是校长签发的吗？我就不信您能给扣下。”

唐学苟打着饱嗝儿：“你们这些毛头小子，就是不知道天高地厚，别说扣发毕业证，就是外语系的讲师不听我的话，最后也没落什么好下场。这件事儿，杨小和最清楚。”

王俊刚才狐疑的神色烟消云散，立刻喜笑颜开，他又和苏兰合力灌了唐学苟几杯，终于让他像摊烂泥似的醉倒了那里。

他用手杵了几下他的胳膊，确定他醉得不省人事之后才说：“苏兰，你先去把衣服换了，在楼下等着我们。”

说完，他把两条中华烟从唐学苟旁边拿了回来：“下午在烟酒店借的，一会儿要还回去。”

收银台的员工礼貌地拦住了我们，彬彬有礼地提醒我们还没结账。

王俊冲着包间的方向一指：“里面那位姓唐的客人说他来结。”

酒店门口，一股刺冷的烈风迎面扑来，冻得我们打了一个寒战。

我忧心忡忡地看着王俊：“咱们这就算替天行道了？忙活了一晚上就为了让唐学苟花四千块钱吃个哑巴亏？刚才他酒后的那些话，我们要是录了音就好了，下次再想引这个老狐狸上钩可没那么容易了。”

他冲苏兰打了个手势：“把你刚才录的视频给他，兄弟，你可千万记得要备份，明天拿着直接去找你们院长，随便哪一条都足够让他被开除！”

“她什么时候录的视频？”刚才在包间中，苏兰的表现没有任何异常。

“我让她把手机绑在胸前了，解开一个扣子，摄像头就能拍到。”

王俊的天赋果然和我们这些只能靠学习寻找未来出路的书呆子不一样，他是能掌控一切的布局者，将这个局里的种种细节都安排得井井有条。

第二天上午，我推开了院长办公室的门，径直走了进去，院长没在，只有一个背对着我的学生正伏案在面前摊开的本子上写着什么。

“院长他出……”他听到了声音，双手撑着椅子把手，半转过身。

王霸赛！

看到我的一瞬间，他同样吃惊不已，惶恐地站了起来：“我……我在这里实习，给院长打杂，这学期之后就毕业了。”

我冷冷地瞥了他一眼，不屑地问：“怎么着？我还得喊你一声学长？”

“按道理你是应该这么叫的，我……”

“你可别不要脸了！”我打断了他的话，“你们蛇鼠一窝，沆瀣一气，学长本来应该给后辈指点明路，但你们谄上骄下的嘴脸丑陋至极，这个样子也配叫学长？”

办公室的门再次被推开，让我义正词严的骂声戛然而止，院长回来了，那个之前我只在宣传栏的校园新闻中见过照片的人，穿着一件肃黑的大衣。

我把视频播放给他看：“您认识他吗？”

院长看完之后，面色凝重地拿起了办公桌上的电话：“喂，宋老师，麻烦你让唐学苟老师来我办公室一趟，现在就过来。”

“老孙，你重见天日的日子就要来了。”我在心里默念。

然而，事情并没有按照我设计的剧情发展，唐学苟的左臂缠着绷带，面部青肿，他颠倒黑白，说那段视频是我和其他人逼迫他录的，事后还将他毒打一顿。

我完全没有料到他会用“苦肉计”做困兽之斗，面对他咄咄逼人的垂死挣扎和院长像利剑般充满怀疑的目光，我乱了阵脚，一时语塞。

急中生智之下，我想起了尹蝶，现在只有她能指认唐学苟，但她的电话处于关机状态，我拨打了三遍之后终于放弃。

院长也说就算我能联系上那个女生，单凭她一面之词也无法证明什么。

我最后的翻盘希望也像一块正在缓缓落下的千斤重的石闸，即将阻隔我逃出生天的机会。

我真是蠢得要死，这么事关重大的一件事，我怎么能忽略了最重要的实质性的证据？

唐学荀雄踞主任的位置那么久，可能早就经历过比今天还要险恶千倍的冲击，他早就机关算尽，为自己铸造了一副刀枪不入的铁甲。

“院长，他殴打、诽谤师长，报警抓他！”他见自己扭转了局势，开始落井下石。

我像一根飘零在狂风骤雨中的羽毛，即将被打落。我的灵魂再一次走出了躯壳，与这个现实的世界渐行渐远。一切就要尘埃落定，我在这场苦心经营的对决中一败涂地。

老孙、尹蝶还有为这件事出力不少的王俊，我对不起你们。

“等等，院长！”

我在这场实力悬殊的周旋中被弄得焦头烂额，王霸赛的噤声几乎让我忘记了他的存在，他的斜刺里杀出让这场本来已经盖棺定论，渐渐平息的风波再度掀起巨波层浪。

我涣散的目光聚积起了一些精气，投向了这个曾经与我水火不容的人。

“5·12 地震捐款时，唐主任贪污了我们系的捐款，当时有一份记录了所有外语系学生捐款明细的名单，上面有每个人的签名和捐款钱数，唐主任让我拿去毁掉，但我没那么做，我现在就可以把它取来！”

虽然他只离开了一刻钟，但对我来说，那看似短短的一刻钟足以让我折寿好几年，我的心脏从未搏动得那样剧烈，我不敢相信他会对唐学荀反戈一击。

万一他一去不复返或者在路上遭遇了不测怎么办？我胡思乱想

着，心乱如麻。

唐学荀的脸色非常难看，他焦躁不安地踱着步。

终于，他回来了，手里拿着一叠装订好的A4纸。

确凿的证据之下，唐学荀再也无话可说，他恶狠狠地瞪着王霸赛，气急败坏地要朝他冲过去，被我和院长合力拦下。

撕扯中，他胳膊上的绷带被拽掉，并轻飘飘地落在了地上。

办公室外，我和王霸赛靠在冰凉的墙体上半晌无语，我本来以为我们两人中迟早有一个会承受不住这份尴尬而悄无声息地离去，然而，他却毫无征兆地开口。

“替我向孙老师说一声，我对不起他。”他语调平稳，眼神里透着平静，“杨小和，我佩服你，由衷地佩服，你和别人都不一样，你给我好好上了一课，其实我早已觉悟，只是一直在等一个合适的机会，今天，我等到了。”

我像在总结一段历史历程似的将过去一年多发生的种种串联起来：前来师大报到的第一天，我差点要拿椅子抡他，后来他被袁小丽她爸叫来的一群人教训，再到如今他突然弃暗投明，亲手埋葬了将他一手带入深渊的唐学荀，实现了自我救赎。

“谢谢你。”我淡淡地回应着他，希望他能读出我们之间恩怨一笔勾销的弦外之音。

他似乎对我的表示并不满意，依旧执着地看着我，等待着我下面的话。

我意识到了他的目的:“学长,谢谢你,我祝你毕业之后大展宏图。”

“不客气。”他笑着说。

没几天，唐学荀被师大辞退的消息不胫而走，院长还亲自给省内的高校发函，揭露其种种劣迹。不久后，老孙得以“官复原职”。

从图书馆走出来的那一刻，他像个被困在暗无天日的监牢中很久了的犯人刑满释放，用手遮挡住了射向他额头的日光。

他在袁小丽的班里开始了两年以来的第一次授课，我逃了那么久的课第一次坐回到了课堂之中。

他有些紧张，口误了好多次。下课时，我带头为他鼓掌，他羞涩地抿着嘴笑，调皮地向我眨着眼睛。

老孙,他回来了,S师大乃至所有中国大学真正需要的老师回来了!

Chapter · 33 离别

唐学苟这棵大树轰然倒地之后，那群狐假虎威的猢狲也从树上跌落，曾经高高在上，对着路人龇牙咧嘴的余孽纷纷四散逃命，朝不保夕之下，他的外甥女管霞噤若寒蝉，惦挂着自己辅导员的位子。

班会时，她前言不搭后语，忧心忡忡的样子让人一览无遗。

我并没有对她“赶尽杀绝”的打算，因为我也没有她助纣为虐的确凿证据。

“这事儿就这么算啦？你当了唐学苟的抬棺人，就没想过顺带着把管霞一块儿火化了？”李峰天天在我耳边煽风点火。

“峰哥，得饶人处且饶人吧。”我劝他。

他却不依不饶地争辩说如果饶了她，对那些硕士毕业靠真才实学前来S师大应聘的人不公平，人家刻苦攻读十数载，怀着一腔热血要反哺教育，回报国家，却被这种货占了本该通过激烈竞争才能有的位子。

“她管霞凭什么？就凭她和唐学荀是亲戚？这种裙带关系必须肃清，和哥，你别担心不好给她下套儿，我可以为了天下那些冤屈不已、报国无门的壮士伸张正义，甚至可以出卖我宝贵的肉体，我去色诱她怎么样？保准能套出她以权谋私的秘密。”他涎着脸凑过来自告奋勇。

我把他推开：“一边儿待着去，别以为我不知道你那些小九九儿，管霞当辅导员记了你好多旷课，你想公报私仇？”

我们在宿舍里欢天喜地地贫嘴，正为唐学荀“落马”感到大快人心，陈包哭丧着脸推门而入，带来了一个足够让人沮丧的消息，他的专升本失败了。

他抱着头坐在床沿上痛哭流涕，成绩查询显示他的英语只有 6 分，除了涂错卡，我们再也分析不出其他可能。

陈包说他的一生中充满了鬼使神差，不过全都是让本来一片大好的形势扭转成一地鸡毛的鬼使神差。

万念俱灰之下，他强打精神参加了公务员考试，最终笔试以一分之差落榜。

3 月乍暖还寒，枝头爬上一抹新绿，在冬季残留下来的寒冷中顽强生长。

陈包把行囊全部绑扎结实，准备第二天离校，宿舍里他的铺位仅剩下了一块光秃秃的床板，他的帆布袋像个能吞天食地的麻包，装走了他三年的青春，在 105 宿舍的时光以及他在 S 师大的点点滴滴。

无论有谁再住进来，他一定发现不了这个宿舍在 2006 年至 2009

年之间那张床的主人的任何蛛丝马迹。只有我、李峰，还有王海涛知道这里曾住着一个命运多舛、憨厚老实的农民的儿子，他叫陈包。

我们为他送行的方式毫无新意。

大家一起吃个饭，主要是喝，喝多了胡言乱语，勾肩搭背，称兄道弟。

我们劝他留到七月份真正毕业了再走，他醉眼迷离地笑："即使多留三个月又能怎么样？我把自己交给了 S 师大三年，实在不忍心看到迫不得已要离开它的那一刻，因为我一定会哭。"

他的话让我们面面相觑，我们曾在一片迷茫的岁月里像几只被温水蒸煮的青蛙，挥霍时光，如果今天陈包没有提醒，我们还会理所当然地认为日子还长，大学还长。

只是他的话一下刺破了我们妄想的一片泡沫，我们跌落在地上的痛让事实变得清晰起来，象牙塔中的日子，已时日无多了。

一年后的此时，我们还会坐在这家小饭馆中，自己为自己送行。

希望等到那时，老板依旧是现在这个獐头鼠目的小个子男人，精明的两眼放光，斜靠在收银台那儿嗑着瓜子。

有了他，我们或许会暂时忘掉 2010 年的高校毕业生人数近七百万的事实，会安慰自己还可以在毕业后找到工作，至少，我们会混的比他强。

第二天一早，陈包走了，他没叫醒任何人，背着他的帆布袋蹑手蹑脚地推开了宿舍门，留下了一个落寞的背影和走廊中一阵渐行渐远的脚步声。

我的上铺和陈包的下铺几乎同时传来了啜泣声，大家谁也没睡，就为了等到这一刻目送他离开，我们要竭尽全力保证他能走的有尊严一些，而不是像个被同情的弱者。

半个月里，我一直郁郁寡欢，和袁小丽吃饭时也心不在焉，看着坐在对面穿着一件绿色卫衣的她，我突然觉得陌生，只有几秒钟，却足以让我感到恐慌。

“马上大三了，我们要不要开始准备专升本？”她喝了一口果汁，突然问。

我愣住了。

专升本？陈包没有通过的那个考试？这么快就轮到我们了？

曾经，我在没有任何规划的人生里横冲直撞，自以为能轻松回答出任何在其他人看来非常棘手的困扰。

上完小学去干什么？上初中啊！

上完初中呢？上高中。

高中结束后呢？上大学。

大学之后，你又会去干什么？

是啊，我会去干什么？我能干什么呢？

“你说怎样都行。”我敷衍着。

“啾啾啾”，那群麻雀又落在了饮品店的门口来讨食，我端着一口没动的果酱面包走了出去，依旧对内心的疑团百思不得其解。

回到宿舍时，李峰和王海涛不知所踪，我颓然栽进了床中，两只脚叠在一起搭在了床尾的栏杆上。

门被猛然拥开的一刻，我并没有吓得惊慌失措地一跃而起，连日以来的惆怅让我的反应也开始迟钝，我处乱不惊地扫了一眼门外。

袁小丽手足无措地跑向我，身后李峰和王海涛闲庭信步地跟了进来。

她急切地问：“你的手怎么了，给我看看。”

她的样子让我耳畔响起了紫薇娇柔的声音：看到你受伤，我真的好心痛，好委屈，好难过。

我怔怔地看着反常的她，伸出了我安然无恙的双手。

意识到了什么的她脸上泛起一片绯红，带着愠色转身冲李峰和王海涛喊道：“你们俩竟然拿他来骗我，真差劲！”

李峰大呼小叫地回应：“袁小丽，我们这就叫差劲？去年愚人节时你还拿涂了牙膏的饼干骗我们说那是奶油呢，害得我们两天都没吃下去饭！”

我拿出手机，瞥了一眼上面的日期，原来已经4月1日了。

他们依旧吵得不可开交，盖过了我手机的来电铃声，是冯静，我躲出了宿舍，在贯穿着阴风的宿舍走廊中接起了电话。

“喂。”

“小和，”她的声音很平静，“你现在有时间吗？我想和你见一面。”

Chapter · 34　青春的痛

袁小丽和李峰仍面红耳赤地吵得不可开交，我打断了他们，把她拽到身边："冯静找我有事，我得去一趟。"

她迟疑了，但最终点头，不过她执意要陪我一起过去，我怕她多心，便答应了。

距离与冯静上次见面已经过去了一年半，我们都打定了主意相忘于江湖，尽量不去打扰彼此的生活，在各自的回忆中退避三舍，不经意时脑海中才会闪过一丝过往，给对方留有一些相互怀念的余地。

她知道我有了袁小丽，而我之前也从王俊的口中得知她有了男友的消息。

这次，她没变，一点儿都没变，我们家的巷口，她把双手叠在一起放在腹部，她看我的眼神中没有任何复杂的感情，就像在看一个路人。

我有了一种错觉：我们明明昨天才见过，这种熟悉没有因为一年半的时间而疏离。

“怎么了？”

我注意到她的脸色有些苍白，只有当她真正感到恐惧时才会这样。这种情况只发生过一次，小学时数学老师冤枉她没写作业，当着全班的面推搡着她。

“到底怎么了？”我下意识地抓住了她的胳膊，一股不祥的预感开始在我的头顶慢慢聚积。

她沉吟了几秒，看了一眼袁小丽，咬着下唇，闭着眼睛缓缓地说：“小和，我怀孕了。”

一道闪电将我的胸腔照得亮如白昼，下一秒，我感觉自己的心脏被劈中，只是一瞬间，我还没来得及感到疼痛，它就像一堆炭泥七零八落地散落到了地上。

长大是那么残酷的一件事，小时候一起玩过家家时，有人当父母，就有人当子女，但谁也不会去计较游戏中的爸爸妈妈怎么有了孩子。

现在，不一样了，我脑海中不断浮现出那件事的景象，冯静她……

“他现在在哪？为什么没跟你在一块儿？”

“他……不见了。”

“打掉他！”

虽然在虚构的小说情节中，这种事情已司空见惯，但当它真真切切地发生在我眼前时，我和冯静一样手足无措，这句斩钉截铁的命令显得苍白无力，带着倦意。

她眼里噙着泪，“小和，我……”

“我让你打掉他！”我冲她吼道。

袁小丽抱紧了我的胳膊，像在目睹了一场残酷的屠杀之后而心有余悸。

不，冯静决不能生下他，当然不能，她才二十岁，二十岁是什么样的年龄？连结婚都还为时尚早。况且，她还在上大学，怎么可以抱着一名婴儿将自已曝光在众目睽睽之下？

我知道别人异样的目光会对敏感的她造成何种困扰，更清楚人言可畏的厉害，那是会杀人的。

医院里强烈的消毒水味会让人感到惶恐和焦躁，她紧紧攥着袁小丽的手，在护士的白眼儿下被推进了手术室。自动门缓缓闭合，变成了一条细长的窄缝，直到最后发出一声沉重的闷响。

再次出现时，她的状态很不好，煞白的脸上挂着惧色，我们扶着她躺倒在病床上，她毫无表情，空洞地盯着天花板：“刚才的那种疼痛，我永远也不想再经历第二次。”

袁小丽表现得很大度，主动收起了敌意，回家去给冯静准备晚饭。

病房里，只剩下了我们俩。

“我看到它了，那么小就被扼杀，我会内疚一辈子。手术前，我给他发了条短信，说我不会怪他，如果想我了，就来医院看看我，小和，你说他会来吗？”她喃喃地问。

我让她别再多想，此时，杯子里的水已所剩无几，我借口离开了情绪有些不稳定的她，朝热水间走去。

陈旧的热水器在加热时像个愤怒的怪物发出低吼，拧动开关时，开水不安分地碰撞着杯壁后溅出，一滴溅在了我的手背上。

灼痛层叠着袭来，像有针头要在我的手上钻出一个洞。

当我端着水杯回到病房时，冯静的床前坐着一个与我年龄相仿的男生，正俯身子给她掖好被角，此时，她已睡着。

“你是谁？”突如其来的质问把他吓了一跳，他赶紧站了起来。

“我来的时候她就已经睡着了。”他的回答好像在为自己卷入了一张与其无关的杀人案而进行辩护。

“我问你是谁？”我重复着。

“我，……我是她男友。”

我怒不可遏地把手中的杯子连同里面的热水朝他掷了过去，因为用力过猛，偏离了目标，砸到了他旁边的铁皮柜子上。

“哎，你干什么？”

没等他反应过来，我已经扑了过去，把他撞在了惨白的墙体上，手臂无意间碰到了窗台上的几盆花，它们掉到了地上，香消玉殒。

杂乱的打斗声惊醒了冯静，“小和，不要……”

“你现在知道来了？你知道她今天为此遭受了多大的罪吗？”我用手顶住他的喉咙，一点一点地增加力道。

“你……你听我说，这是个意外，而且我也没有逼她。”他被压得喘不过气，好像每说一句话都要用尽全身的力气。

我揪着他的衣领，虎视眈眈地瞪着他："你现在向我保证，以后会好好和她在一起。"

他迟疑着，"可是……"

我挥出一拳，直接打在了他的鼻梁上："说！"

他无动于衷，这更加激起了我的怒火："我要你说，听到了没有？！"

我疯了一般用拳头使劲击打着他的面部，他被我打的嘴角渗出了血沫，像颗被压榨的石榴，淌着股红色的血水。

连续的出拳并没有让我感到体力不支，我心里只有一个念头，让这个小子做出承诺，冯静就不会再受到伤害。

突然，我的身后传来了一声闷响，冯静从病床上摔了下来，我松开了他的衣领，俯身要去扶她，弯腰的空，她使劲抱住了我。

"你快走啊！快走！"冯静冲他喊道。

他狼狈地挣扎着站了起来，踉跄着身子，夺门而逃。

我还想去追，冯静啜泣着紧紧抱着我："小和，不要，求你了。"

她的情绪越来越不稳定，哭得上气不接下气。我把她重新抱回到病床上，她继续搂着我，我试着轻抚她的头发，安慰她。

或许，那一幕是上天提前写好的剧本，它将我们这些凡夫俗子玩弄于股掌之中，我们在它的支配下毫无选择地把这一切在现实中表演出来。

袁小丽的保温桶掉落在地上时，冯静刚好要从我的怀中抽出身子，但那个抽身依旧晚了几秒钟。

我被袁小丽迎面抽了一个耳光，她应该是用光了所有的力气，里面夹杂着她的怨念、妒意和想要报复遭受背叛耻辱的决心，打得我脑袋发蒙，不知所措。

“你别打他，不是……”

“你闭嘴，贱人！”她歇斯底里地冲冯静喊道，“杨小和，你果然还是骗了我。没错，你和她在一起那么久，而我是个半路登船的人，始终走不进你的心里，我时时刻刻想要说服自己，你是爱我的，喜欢我的，至少你是在乎我的。可我刚离开不到一个小时，你就……你给过我安全感吗？你对得起我吗？”

我都没来得及给她一个令人信服的解释，她已经决绝地跑了出去。

冯静愧疚得坐卧不安，一直劝我把她追回来，我说没事。

我知道袁小丽一定会给我一个机会，让我给这一切一个合情合理的解释，她一定会的。

经过刚才的一番折腾，又过了一个小时后，冯静才逐渐睡着，我帮她把病房内的灯关好，掏出手机，拨出了电话。

一阵阵长音过后，袁小丽那边无人接听，我放弃了，如果她不想接电话，我再多打也是徒劳，我下了楼，在院区的小卖部里要了盒烟。

干烈呛人的烟草气息侵入我的五脏六腑，我的舌尖感受到了一丝甜味，但转瞬即逝。

4月初的风还不灼热，也不让人恼，它像个守候在半路等待从沙漠生还的旅人的老者，拿着一瓢清泉，慢慢滋润着人的心田。

我原来都不知道自己抽起烟来这么没有节制，仅仅半个小时，我已扔了五次烟头，向省立医院的霓虹灯处瞥了十六次，认真地看着它们变幻出不同的灯光集合。

今天发生的事，不管是哪一种痛楚，冯静所遭受的，我和袁小丽所经历的，可能都是我们尚未成熟的年龄应该承担的青春的痛。

发作起来是零星的阵痛，恰好是在你快要忘记旧伤时，给你突然来一下子。

在又一个烟头翻转在半空中时，一辆黑色轿车猛然停在了我的面前，黑黢黢的光泽在夜色下更加咄咄逼人。我见过这辆车，是停在袁小丽家楼下的凯迪拉克。

Chapter·35　我这个穷人终于醒了

车窗缓缓落下，顺滑的像一段绸子，没有任何卡顿，车子的主人伸出了头，是袁小丽的父亲，我曾确信他今后会成为我的亲人。

车子疾驰着驶出医院，向郊区奔去，接近凌晨时，我们从一段长的好像没有尽头的隧道冲出。

我坐在副驾驶的位置上，看着他全神贯注，平稳地把握着方向盘。

我知道，在未来的一个时间节点，可能是几秒或几分钟之后，甚至可能要等到车子没油后在路边抛锚时，汽车就会停下来。

我们都在等待着这个节点的到来，都对此心知肚明，都自始至终很有默契的一言不发。

果然，几分钟后，车速有了放缓的迹象，逐渐缓停在了路边。

“下车。”他扭动了钥匙，熄了火。

将这片地方用荒郊野岭来描述，一点也不为过，一条公路紧靠山体，中央横着几块从山上滚落下来的碎石，路的一侧是年久失修的护栏，护栏外向下延伸着斜坡，坡下是一条发出潺潺水声的河沟。

他抱着双臂，踱着步子，我斜靠在了栏杆上等着他开口，汽车的双闪灯在山路上明灭着，万籁俱寂。

“丽丽把今晚的事儿跟我说了。”他严肃地看着我。

我大胆地迎着他的目光：“所以你现在要打我一顿？来吧，我不还手。”

他突然肆无忌惮地笑了起来：“孩子，我并不了解你，也不知道今晚的事情是不是一次误会，但是，有些事我要跟你说明白。今年12月份之前，丽丽一定会去澳大利亚。上次你来我们家的时候也听到了，我和她妈现在决定要在她大学毕业前就把她送走。”

他停顿了几秒钟，等待我的反应。

然而，这种老套的说辞并没有让我的内心产生任何波澜，即使袁小丽真的离开中国，最多也不过三年，这段时间的分别，远远敌不过我愿意等她回来的决心。

我会跟这一千个日夜耗下去，日子永远有过完的那一天，耗到那一天，我便苦尽甘来。

似乎早已料到我会无动于衷，他面不改色，继续保持着沉着的风度，“二十五年前，我和你一样大的时候，我初恋女友的家里也执意让她出国，只去两年，我以为我熬得过那段岁月，但事实证明并没有，她出去后没两个月就和一个外国人同居了，一年后她来信说会在那儿定居，让我忘了她。”

我默默地听着这位中年大叔遭遇始乱终弃的悲惨过往。

“这个世界上哪有那么多感天动地的情比金坚？那不过是受过情伤的人编造出来疗伤的金创药，让一些不明就里的人跟着一瞎起哄，就成了有情人终成眷属的皆大欢喜。我不瞒你，丽丽其实是一个很没常性的女孩儿，她十三岁时我们搬家，光是她的玩具就占了搬家公司的半个车厢。她有许多玩具，但每一件，她都玩不够半个月就会丢弃在储物间里让它不见天日。”

山体上又有细碎的石子滚落，应该是有什么动物匆匆跑过弄出了动静。他的声音有一种天然的穿透力，在死寂的环境中格外清晰，能攫住人的灵魂。

他的意思是，我不过是袁小丽的一件玩偶，一旦哪一天她厌烦了，也会随意地把我处理掉？

他背过身去，双臂撑在了公路护栏上，看着远处星点般棋布的灯火。

“虽然你还在上大学，与社会之间有隔膜，但象牙塔终归也存在于现实中，她和你都逃避不了，早点看清，对你只会有好处。丽丽很早之前就跟我说过，她将来开的车要比我的好。这是她的愿望，最简单的愿望，你能满足她吗？今后她的化妆品、衣服还有包，动辄都要上万，那是需要把一张张钱摞起来才能支撑起这些的。你们家的情况很一般吧？”

他真的很会顾及别人的面子，我们家的情况用一般来评价都是客气的，我不太懂车，但我觉得袁小丽要开的车会在六十万以上。

六十万是什么概念？依照 2009 年 J 市的房价，这些钱能在一个不算太差的地段买套一百平方米的房子。

我犹豫了，我在想自己到底是不是真的渴望和她一直走下去，如果不是，何必在一起那么久？如果是，我又怎么会从来没考虑过我们之间的未来？

“我不反对我的女儿恋爱，但我不同意她和一个穷人在一起，孩子，放手吧，借这个她可能误会了你的机会和她分开，别再……别再痴心妄想了。”

说了一晚上，他最后的这段话才直击到了我的灵魂，在爱情中如果非要找出一项难以克服的屏障，那就是用亲情为利器的阻挠。

我不想让她为了我和家人反目，尤其是为了我这样一个在她爸妈眼里毫无前途的人。

在她面前，我偶尔感到过自卑，我也自欺欺人地安慰过自己只要她不在意，这段感情就没有障碍。

但今天她爸的这番话才让我真正意识到了这段差距根本难以抹平，这是两个家庭之间的差距，跟谁在不在意没有关系。

我有什么？一张六级成绩单，仅此而已。因为与唐学荀和学生会交恶，我的履历上没有任何拿得出手的“丰功伟绩”，我甚至在怀疑毕业后究竟能不能找到一份稳定的，可以养家糊口的工作。

我曾经是个陷在感情中执迷不悟的穷人，现在，我醒了。

“叔叔，如果我执意不放手呢？”

他朝护栏下指了指，“那样的话，我就把你推下去。”

下面弥漫着虚无缥缈的幽森，充斥着未知的恐惧，一旦跌下去，一定万劫不复。

“您能换句话来威胁我吗？我不喜欢这句。”

他愣了一下，错愕地看着我，好像在仔细思索我的话中有没有弦外之音，终于，他还是说：“好吧，如果你不和她分开，我就把你扔在这里，让你自己走回市区，你的腿会断掉。”

我笑了，“叔叔，我答应你，和袁小丽分手，但是我要让你知道，是你的第二个威胁真正吓到了我，至于你要把我从这儿推下去，我想说，为了她，我不怕死。”

他如释重负地呼出一口气：“随便吧，来，上车。”

“不了，我有手有腿，自己走回去。”

他发动了汽车，油门轰鸣，扬长而去。

当时校内网、空间等社交平台正在流行一句话，引得大家争相转发：有些人闯进你的生活，只是为了给你上一课，然后转身离开。

那条公路很长，我好像走了好久才到达了刚才来时经过的隧道，期间，我编写了一条短信，不断删改着，最原始的一条四百多字，然后是一百多字，十几个字，到最后，只剩下了“我们分手吧”。

何必把分手弄得那么隆重，非要让她知道我多么在乎她？我才不会那样自相矛盾，我要把这五年斩草除根，不留后患。

我像个弥留之际的卧在病榻之上的人，在剧烈的痛苦之后迎来了回光返照，一气呵成地按动了发送键并关机。

回到医院时，已经早上 7 点，冯静靠在床头发着呆，看到我一脸疲惫的样子，她问我去了哪里。

我跟她开玩笑，说我的未来岳父约我去喝咖啡了，她笑了，让我去楼下给她买早餐，她饿了。

看到她肯吃东西，我欢欣鼓舞地冲进了电梯。

医院后街的小吃街上，卖粥的早餐摊前排起了长队，我耐心地等待着队伍缓慢地向前移动。

突然，有人拍打了一下我的肩膀，我转过头，看到了正冲着我嬉皮笑脸的许娉婷。

Chapter · 36 搅局者的秘密

许娉婷的突然出现起先让我始料未及，但她既然曾经不管不顾地冲进男生宿舍去找我，对于这种神出鬼没似乎也没有什么不妥。

我心安理得地接受了与她这次机缘凑巧的碰面，坦然地盯着她裸露在外的一双白皙的长腿，她真大胆，刚 4 月初就穿着一条牛仔短裙在十五六度的气温下招摇过市。

“你让我想起了一个人。”我对着一身风尘气的她苦笑。

“想起你的袁小丽了？哎，怎么没看到她？”

我的双眼突然被一道道模糊的灰线遮住，朦胧了片刻，又逐渐清晰了起来：“我和她分手了。”

她一双明眸上眨动着细长的睫毛，目瞪口呆，随即又放浪地笑了起来：“你真土，愚人节都过了，还在开玩笑，咯咯……”

但当看到我无动于衷，一脸淡然的样子时，她默然了：“你们……

真的？”

排队等粥的队伍像贪吃蛇一样不断壮大，而我终于成了“蛇头”，我没心情吃东西，只给冯静要了杯红枣粥和一笼包子。

“嘿，请我也喝一杯。”

她旁若无人地喊声让我忍俊不禁，这种话在一顿饭只要五块钱的小吃摊上说出时，与买一个烤地瓜还要刷卡的人一样矫情。

它应该出现在与之气质、环境、氛围统统相符的地方，最起码是夜店之中，灯红酒绿之下，一名摩登女郎款步来到了一个独自买醉的男人身旁，朱唇微启：“能请我喝一杯吗？”

因为那话怎么听怎么不正经，充斥着神秘、若隐若现的暧昧。

我回到病房时，冯静的精神不错，正认真读着一本不知从哪儿翻找出来的漫画，此时，我才知道，她在J大的专业是绘画设计。

我问她为什么不选择自己热爱的文学，她说，经历了一些事之后，她觉得文字有些无趣，因为它死，画才灵动，是活的。另外，她怕自己在书山文海中再次遭遇“杨小和”这三个字，会勾起她的惆怅。

我让她自己休息一下，晚上再来看她，我走到窗边向下望去，许娉婷正站在住院部的楼下，手捧我给她买的豆浆，咬着吸管。

“许娉婷，你不是说只要我请你喝豆浆，你就请我吃东西吗？走吧，我们去吃什么？”

她诡秘地一笑，缓缓朝我靠拢，媚眼含情，吐气如兰，在我耳边轻声说：“去吃你们男生都想吃却又吃不到的东西。”

我的耳垂像穿过一阵微麻的电流，心中像荡起一阵波澜壮阔，我现在才知道，为什么有些人形容女生性感一定要用“辣”这个字？那不单单是根据hot翻译过来的这么简单，因为辣是会让人口干舌燥、意乱情迷的一种味道。

我原来说过，许娉婷是一株罂粟，散发着一阵阵邪气，但一旦吸上，会让人上瘾。

我跟在这株罂粟身后，神魂颠倒地亦步亦趋，她的体香一点一点地在瓦解着我的理智，我最原始的本性本来镀着一层铜，现在终于在她魅惑的蚕食之下赤裸裸地暴露在了世界之中，毫无保留。

我竭力告诫自己要克制，但人首先是动物，需要被本能支配，其次才是理智或者爱情。

然而，爱情始终都是麻烦的，要顾及另一个人的感受，要考虑未来，还要迎合一些本来与你不相干的人。

禁果、伊甸园或者原罪，这些可以不计后果的物件儿才是一个人开始堕落时最应该保有的。

我忐忑不安地坐在快捷酒店的大床房中，试探性地将手掌按在了冷峻的白色床单上，室内陈设的一切都以冷色调为主，会让人冷静，也会让人败兴。

但我始终没能阻止自己想起袁小丽家的水晶吊灯，卧室中昏暗的光线以及床上暗红色的床单，虽然它们不光彩夺目，但到处透着暖意。

浴室中的水声戛然而止，两分钟后，裹着一条浴巾的许娉婷从里面走了出来，我朝旁边椅子看了一眼，上面散落着她褪去的衣服，透着野性。

她，真的很像那个人。

一个深长的湿吻之后，她得意地看着我："杨小和，你也不过如此，和袁小丽的赌局，我赢了，跟我表姐的，我也赢定了。"

我像犯了毒瘾的人痛苦地封印起了欲望，在沦陷的边缘垂死挣扎："你表姐？"

她笑得很妩媚："你还记得方雨菲吗？"

一股洪峰从我的头顶倾泻而下，强劲地冲击着我的神经，让它们无所适从的任人宰割。我当然记得她，那个在高中差点夺走我初吻的校长千金。

许婷婷的话让她好像一个即将手刃杀父仇人的少女，已经在仇人面前举起了屠刀，冷笑着说出那句"你还记得十八年前……"的台词。

我们僵持在了床上，她箍着我的脖子，我居高临下地一只手被她的腰压在下面，另一只手努力支撑着我的身体。

"你怕了？"她的头发凌乱地散落在双肩旁。

我笑她莫名其妙，毕竟，我没有做过对不起方雨菲的事。

怪不得我会觉得，她和方雨菲那么像。

方雨菲是许婷婷的表姐，高考结束后，她们都考上了不错的大学，两家人聚会来为她们庆祝。

席间，她们相互调笑时，方雨菲提到了我，这引起了许婷婷的极大兴趣，她虽然长得好看，但从小就生活在方雨菲的阴影之下，几乎在所有事上都被自己的表姐压制。

现在机会来了，方雨菲没有征服我，如果她能做到，一定会扬眉吐气。

而她恰好与我报考了同一所大学，于是报到的当天，她就制造了我们在校园中邂逅的情景。

但她显然疏忽了袁小丽的存在，方雨菲叮嘱过她袁小丽是羁绊她成功引诱我的不可忽视的一股阻力，但她却目空一切地一意孤行。

她说袁小丽后来知道了她的诡计，非但没有向我泄密，反而胸有成竹地让她随便折腾，反正都是徒劳无功。

“我很讨厌袁小丽，讨厌她的那种自信，她凭什么觉得你一定会对她忠贞不贰？我比她更了解男人，你是个男人，终究会成为我的俘虏。今天，我成功了。”她撩拨了一下我的侧脸。

她的故事让我听得不寒而栗，原来她自始至终都在扮演着搅局者的角色。

王俊曾跟我说过，一定要警惕那些漂亮的、故意接近你的女孩儿，她们的目的比任何阴谋还要不可告人，当真相揭露的一刻，那会像一把刀子将你戳得千疮百孔。

“这就是你一直缠着我的原因？仅仅是为了跟两个女生斗气，你就要搭上自己最宝贵的东西？”

她闭上了眼睛，平静地说：“别说话了，你快点吧，过了今天，我就能去找方雨菲交差了。”

“下贱！”我猛然推开了她，抓起乱七八糟堆叠在一起的衣服，迅速穿好后开门而出。

“杨小和，曾经有一瞬间，我忘了自己接近你的目的，就是单纯地想和你在一起。”我身后传来了她的喊声，我没有回头，决绝地离开了酒店。

冯静已经恬然地入睡，我掏出手机，按下了开机键，自从给袁小丽发了分手短信后，已经过去了大约十二个小时。

两只手缓缓靠拢在了一起，互相握住，有人说诺基亚的开机画面是一个成人拉住了一个孩子的手，我觉得他们说错了，那应该是一对情侣的手。

一分钟里，手机没有任何反应，袁小丽没有回短信，更没有打来电话，虽然下定了决心，但我心里还是有些失落，还是期盼着能发生点什么，看来，果然像她爸所说，她把任何一段感情都会看得很淡。

我把手机随意抛向了另一张空闲的病床，在半空中，它发出了一连串的震动声，掉落在被褥之上后，又像个触电的猴子一样，哆里哆嗦地抽搐了半天。

短信一条条地送达我的手机，六十多条，几乎每隔几分钟，袁小丽就会发来一条，让我抓紧时间回她电话，字里行间透露着急切。

还有几条是来电提醒，从最开始的“尊敬的用户，您好，手机号为 ××× 的 S 省 J 市用户于 2009 年 4 月 2 日 7 时拨打过您的手机，请及时与其联系”一板一眼的通知，到后来的“该用户在2009年4月2日8时至14时之间拨打过您的手机92次”一言以盖之。

我觉得，中国的通信运营商应该为这些来电提醒增加内容：比如某某手机号在某段时间内频繁拨打过您的电话，对方可能是您的债主、朋友、亲人、公司领导，或者……很爱您的人，请您选择性回电。

Chapter · 37 众叛亲离

我又陪护了冯静一夜，很庆幸她睡得很香，没有做噩梦。第二天，她出院了。

在车站分别时，我对她说以后别再做傻事了。她说如果下次再遇到这种事，再把任何一个男生想象成我，她保不齐还会犯同样的错误。

我有些恼羞成怒，嗔怪她这是糟践自己的身体："赶紧呸呸呸，这么不吉利的话不能乱说。"

她用灿烂的笑回应着我的气急败坏："和你开玩笑的，记得一定要把袁小丽追回来，顺便替我跟她说一句抱歉，给你们带来了那么大的困扰。"

不知从什么时候开始，可能在思想开始变得比我成熟之后，冯静的笑中已经开始透出涓涓细流般的顾忌和忧虑，我不知道是不是那种叫矜持的东西在作祟，让她连笑都那么放不开。

终于在今天，抛开了所有，用这个久违的“放得开”的笑容对我暗示我们都可以如释重负了。

我没告诉她我与袁小丽分手的事，那样的话，她会内疚，跟着我一块儿闹心。

把她送上车之后，我感到昏昏沉沉，四肢无力，挤上了下一辆公交。

车在闹市走走停停，在轻微的颠簸中，我睡着了，再次睁眼时，公交恰到好处地停在了S师大北门。

在病房里待了几天，我仿佛与世隔绝，密封在了没有任何杂音的世外桃源中。再次回到这里，校门口比任何时候都要人生鼎沸，汽车的鸣笛格外刺耳，逐步升高的气温将一切笼罩得更加色彩斑斓，声色犬马。

我先到学校浴室冲了个澡，洗去了蓬头垢面的狼狈相，然后脚步虚浮地朝宿舍走去，我要来一场不定闹钟，醉生梦死的深度睡眠，或许一觉醒来，我会豁然开朗，或者更加惊喜地发现与袁小丽的分手以及她父母的棒打鸳鸯不过是一场梦。

走廊里有了暖意，过堂风是暖的，空气是暖的，连寝室门上的把手也是。

开门的一瞬间，我差点没吓得跪在地上，袁小丽、李峰、王海涛三个并排坐着，正对着门，双手放在双膝上，干什么？要三堂会审？

我怔了两秒钟之后，选择无视他们，径直走向了床铺。

袁小丽死死抓着我的胳膊：“你把话说清楚。”

写到这里时，我依旧想不通自己那天怎么会把一个绝情残酷的痞子相演绎的那样惟妙惟肖，可能与一些女生之间周旋后又负了她们，早就该让我意识到自己是个坏人。

我从口袋中掏出一片口香糖，剥去锡纸后扔进了嘴里，夸张地嚼动着，斜眼看着她："你要说什么，前女友？"

我故意把"前女友"三个字说得很大声。

"我们之间只是在冷战，你说分手，我不同意。"

"你和我一起的时间也不短了，怎么还是不了解我？我本来就自私，我做什么都是由着自己的性子来的，你不同意也改变不了什么。"

她绝望地看着我："那你还记不记得，来S师大的第一天在校门口你许下的承诺，你明明答应过我的一起牵着手入校，毕业时还要牵着手一起出来的。"

她泣不成声，像一个糟糠之妻要挽回在外花天酒地的丈夫的心。

承诺？真可笑，我小学和初中时曾暗暗许诺过无数次将来要和冯静在一起，现在不还是一样没有兑现？

不要太相信许诺

许诺是时间结出的松果

松果固然美妙

谁又能保证它不被时间打落

我的脑海里突然蹦出一首汪国真的诗，突兀但是应景。

我无动于衷，她哭哭啼啼地祈求：“小和，你好好想想，想想我们在西城时的样子，想想我们在一起的每一天，求你，呜呜……”

我确实在想，不过我是在仔细思考怎样才让她彻底死心，在她的抽泣声中以及李峰他们异样的目光下，我很难集中精力想到一个两全其美的办法。

或者说在这件事上根本没有两全之法，一边我要瞒着她是她亲生父亲来找我逼我与她分手的事实，另一边又要与她破镜重圆，这本来就是极端对立，互相矛盾的两件事。

所以，在这件事中如果非要有一个恶人的话，那么必须我来做。

我深吸一口气，死死盯着她：“袁小丽，你不要傻了，你知道这几天我去哪儿了吗？我一直和许娉婷在一起，做原来只属于我们两个人的事。你真是蠢得可以，宁愿去怀疑一年多和我没见过面的冯静，也从来不把天天缠着我的许娉婷当回事儿。无论你相不相信，我和冯静一直都很清白。”

冯静一定要跟这件事撇清关系，我不想袁小丽继续误会她，更不允许她用“贱人”这样刺眼的话去骂她，就像那天在病房里一样。

我早打定了主意，即使做个恶人，我也要拉个垫背的，而许娉婷来当这个垫背的是顺理成章。

她捂住耳朵，痛苦地轻吟着：“不，不，你不要再说了，求你。”

“你不是要去澳大利亚吗？去吧，现在你不需要再考虑我的感受，去圆你父母的梦吧，你自由了，滚，滚呐！”

终于，她哭得梨花带雨地离开了105宿舍。

李峰与王海涛瞠目结舌地目睹了刚才发生的一切，他们手足无措站了起来，随后等到他们慢慢消化掉震惊的感觉后，开始对我口诛笔伐。

“杨小和，你到底怎么回事？袁小丽她哪儿对不起你了？”

“就是，你是疯了还是傻了要去招惹那个许娉婷，我真瞧不起你！”

他们一唱一和，而我无意解释，因为没有意义。

我对袁小丽这个当事人都三缄其口，更何况他们两个局外人？

我能说什么？告诉他们我提出分手也是逼不得已，是为了让袁小丽有更好的生活，然后说无论今后怎么样，都会祝福她这种傻话？

我图什么？就为了让他们知道真相之后夸赞我伟大？

“你们俩别跟着凑热闹了行吗？李峰，你还有脸瞧不起我？你平时勾搭的小姑娘比我还成群结队！王海涛，你还是管好你自己吧，和李美彤在一起多久了？还没上床吧你，废物！”

我们三个人激烈地吵了一架，最后大家都骂累了，就差动手了。

我神经质地大笑着躺在了床上，心想：爱情没了，友情也没了，这才配对，这叫福无双至，祸不单行，众叛亲离也挺好，你们都是局外人，没必要跟着我一起承担本来就不属于你们的痛楚。

Chapter · 38 她没有变成蝴蝶，却飞走了

时间很公平，对每个人都一视同仁，并且还傲娇，管你是失恋、失业还是失身，它都自顾自地走下去，从来不会停下等你擦干眼泪再追上来。

时间说了："我凭什么可怜你？"

所以，即使和袁小丽已经分手，日子还是得继续，而大学最后的一个暑假与我的情殇遭遇时，注定会搅得我们家鸡犬不宁。

我在风和日丽的日子里迷失了自己，天天坐在屋子里发呆，像一个从上世纪穿越到现在的人盯着桌上的钟表想入非非。

窗外偶尔传来各种琐碎纷扰的声音：两个大妈又因为水电费的事儿吵架了，楼下的野狗又因为抢食吠叫了，看热闹的麻雀又叽叽喳喳叫个没完没了了。

我强迫自己的意识像乌合之众一样涣散，因为我知道一旦它们聚

焦起来，势必来一场声势浩大的“造反”，索要让它们去回忆往事的权利。

而我始终不敢“放权”，我掐断了自己十六岁之后的所有记忆，因为从那年开始，我认识了袁小丽。

我爸问我大三后还打不打算专升本，我摇摇头说毕业后就去找工作，我妈问那袁小丽怎样打算的，我说她也不升本了。

我把手机随意扔在一旁，除了西城的老同学来电话告诉我下个周三将有一次聚会之外，它就再也没有响过，那场聚会，我没参加，袁小丽也没有。

大三开始后的前三个月，我仍然与李峰和王学涛斗气，他们对我漠然如路人，我尴尬地苟活在不足五平方米的床铺上。

我本来还以为进入大学的最后一年后，离别的悲伤情绪会从大三的第一天就开始弥漫，然而这不过是我的又一个一厢情愿的错误猜测。

周围的人忙着升本，找实习单位，绞尽脑汁地在简历里添油加醋好证明自己在大学期间多么优秀，而我，得过且过吧。

12 月初，外语系举办了一场经验分享会，宣传海报上写着 S 师大出了一位雅思 8.5 的牛人，我在详细信息里看到了“主讲人：袁小丽”的字样。

我也不知道怎么回事，自己还是在分享会当天去了学校礼堂，里面座无虚席，我来到了二层，挤过人群后才找到了一处能看到她全貌的地方，我隔着栏杆看着坐在主席台上的她从容地讲述自己的备考经历。

她说自己为这场考试准备了半年，从今年4月份开始，一直到10月，她申请的院校仅要求雅思7分，期间，她考了一次，正好7分。但她想好不容易有了机会能静下心来学习，为什么不多考一点？

我明白她的意思，我们在4月分手，从那之后她就静下了心。

“嘿，那妞儿谁啊？长得可真不错。”

“外语系新的学生会主席，叫袁小丽，听说已经和男友分手了，现在单身。”

“那我去追她怎么样？”

我旁边站着两个獐头鼠目的小子，应该是新入学的大一新生，贼笑的样子令人生厌。

我慢慢靠近了其中一个，用右肘狠狠顶在了他的肋部，他诈尸一般地要发作，但看到我之后，立刻没了气势。

如果有人给我一面镜子，我能猜出镜子里我的脸上一定挂着要杀人的表情。

楼上的打斗声并没有引起袁小丽的注意，她的目光始终徘徊在她眼前的台下：“我会在12月22日冬至那天的下午两点先从J市飞到印尼的雅加达，在那里转机前往布里斯班，最后到达目的地黄金海岸。”

或许分手对一个人的伤害真的可以大到让她变得记性不佳或者会像祥林嫂那样絮絮叨叨的程度，这些话她明明在开场时就说过一遍了。

“至于我在澳大利亚的联系方式，到了那边安顿下来之后我会发布在S师大外语系的贴吧里，欢迎大家与我联系交流。”

她的话筒出了点问题，在一声尖锐刺耳的尾音中，她结束了自己的演讲。

虽然我知道了袁小丽飞往澳大利亚的日期，但心里依旧没有涌起一丝波澜，照常在宿舍里混吃等死，挥霍时光，慢慢适应独处的日子，适应着没有爱情和友情的日子。

我暗自庆幸自己像一架在飞行过程中遭遇了意外的客机，但好在最终平稳着陆，安然无恙。原来分手不过如此，它还不足以毁掉我。

冬至一天天逼近，接连几天，我开始觉察出，事情并没有我想象得那么简单，一股特有的情愫像潜伏期结束的毒药般开始在我体内发作，让我寝食难安。

12月21日晚，我彻夜未眠，无论我用什么方法，数羊，在脑袋上蒙两个枕头还是在耳朵上套一副耳机，都无济于事。

其实，周围根本没有噪音或者影响我睡眠的因素，我知道那些“噪音”在我心里，是由一个叫袁小丽的女生发出的。

天光大亮之际，宿舍里已空无一人，李峰和王海涛不知所踪，我决定起床去操场跑步。

有人猛然拥开了寝室的门，带起一阵疾风，我从来没见过代乐乐这么惊慌失色，她从前一直是李峰身边那个唯唯诺诺，不急不躁的依人小鸟。

“袁小丽去机场了，刚走，你在干什么？”她用尽了全身的力气冲我吼道，但在我听来，那还不够与市场里的女摊贩的最普通的吆喝声的音量持平。

我颓然坐在了床铺上，不知如何回答她。我想去吗？我想，但是我不知道怎样给自己找个合适的台阶。

“你快去找她啊，快去，说不定还能见上一面，你是不是傻？她不是去旅游，只离开一天，一个周或者一个月，她要去的地方也不是什么苏州、厦门或者深圳，那是澳大利亚，她要去三年，你知道吗？”

代乐乐竟然被自己的排比句给弄哭了，呜咽着。

李峰走了进来，面无表情，他叹了口气，拍了拍我的肩膀，“宿舍门口有辆出租车，车牌尾号 832，我和司机说就停五分钟，你要是想去的话现在抓紧，别强撑着。”

我起身冲出了寝室，拦下了已经在调头准备离开的出租车。

11 点整，车子停在了出发大厅的自动门前，这片区域的大部分声音都是行李箱的滑轮触碰在地面上发出急促的“骨碌骨碌”声。

第一次来机场，我有些手足无措，那些在荧幕上轻松起飞降落的客机，我都不知道如何才能登上它们。

在服务台询问了半天之后，我被告知如果我想找一个马上要坐飞机的人，有两种办法，第一种是播放机场广播，第二种就是靠碰运气。

我选择了第二种，或许那种神奇的缘分能再帮我一次，我根据标识，急切地向右“国际 / 港澳台出发”字样的地方走去。

前方出现了中国海关的标志，但门口执勤的武警拦下了我，让我出示登机牌和证件，我拿出身份证，他摇了摇头，示意我不能再前进一步。

也许，那一天真的有缘分存在，我转身离开的一瞬间，余光即将与身后的一切完全告别，那束马尾还是在我的眼角出现了。

袁小丽好久没扎过马尾了，上了大学之后，她更习惯于让头发披散在双肩，她说这样更有女人味。

她就坐在距离我不到二十米的旅行箱上，聚精会神地盯着手机，手指不停地按键，在这个节骨眼儿上，我的勇气终于消失殆尽，但还是不敢去面对她，我躲到了身后的礼品店里，像个间谍一样盯着她的一举一动。

我口袋里的手机连续传来了尖锐的蜂鸣声，那本来是一条短信，只是因为字数太多，分成了几条送达过来。

“一周前，我就想好这条短信的内容了，但我没有提前存储好，因为我始终觉得能够再添加些细枝末叶让它变得尽善尽美一些。”

“现在我在机场等待着安检，距离澳大利亚，我还相差十个小时的飞行时间。那天在病房中，我不该那样说冯静，我知道她在你心中的位置，我触动了你的禁区，抱歉。”

“我从来没有想象过有一天会失去你，所以，当这一天真正来临时，我的世界里充满了兵荒马乱，那天在学校礼堂中举办的经验分享会中……”

“我一直在搜寻着你的身影，很可惜，最后我还是没有看到，后来许娉婷告诉我，她看到了你在二层，我不知道该不该相信她的话，但最后我还是说服自己选择相信她。”

“三年的时间足够长，可能会长到我们忘记彼此之间的存在，或许三年之后我回国时会看到一个完全不一样的你，你也会重新认识袁小丽。”

“感谢上天选择让你出现在我人生中的这个阶段，在两个相隔一万多公里的城市，愿我们都能安好，我爱你，杨小和。”

我读完了短信，抬起头，她已经不知所踪，我心里的一方天地还是塌陷了。

绿色的箭头指向着她的手机号码，我一遍遍地拨打着，但电话里一遍遍传来“您拨打的电话已关机”的提示音。

我像个被人用鞭子抽打的陀螺，在机场大厅里不断旋转着，头晕眼花，想象着袁小丽现在正在接受护照检查，过安检，穿过登机口等等。

她迈入机舱的一瞬间，或许会回头望一眼，想努力看到些什么，或许不会。

大家都不必像琼瑶剧中那样编造一个善意的谎言，说谁谁谁变成了蝴蝶飞走了。我的袁小丽，她没变，我心知肚明，但她同样飞走了。

Chapter · 39　现在的澳大利亚是盛夏

袁小丽飞走的那一天，我的五脏六腑也随之被掏空了，像一只挂在铁钩上风干的土鸡被晾在了乡间的土路两旁。

我在机场的大厅中呆坐了很久，直到半夜工作人员把在此夜宿的人都赶到了一个固定的角落时，我才浑浑噩噩地离开。

回到宿舍时，已经凌晨3点半，我心怀内疚地叫醒了宿管老大爷，在他慈祥的目光中得到了一点慰藉。

李峰和王海涛很识趣地没有向我打听具体情况，第二天他们出门时也轻手轻脚，洗漱时尽量不弄出一点声响。

下午6点，我醒了，躺在床上算了十几分钟，袁小丽也才离开不过二十八个小时，她应该已经安全抵达目的地了吧？

我给老孙打了电话，和他在校门口的小酒馆中聊了两个多小时，又过了一天，我回了西城，见到了郭老师，谈了很久。

她和老孙在听完我和袁小丽之间的事情之后，竟不约而同给出了同一条建议：杨小和，你该离开 J 市，到一个你从来没去过的地方住半年。

他们没告诉我为什么要这样，但我也没犹豫，很快就选定了这半年“隐居”的理想之地——R 城。

晚上，我在房间里收拾着东西，可能察觉出我情绪不对，所以最近我妈每次进来之前竟然都会小心翼翼地先敲一敲房门。

“明天要去 R 城实习了？”

“是啊。”我又对她撒了谎，“放心吧，学校安排的，一个月一千二，管吃管住，就半年。”

“嗯，不管在哪儿，你能开心最好了。”

元旦当天，我坐了五个多小时的火车后抵达了 R 城。

这是一座海滨城市，冬天不像 J 市那样干冷，J 市的冷风仿佛全部凝固在了一起，结成了一个冰窖把人团团困在里面。R 城的冷是流动的，一股股强劲的，有些发硬的冷风不断袭来，扎在我的脸上。

好在，这里有海。

澳大利亚的黄金海岸也应该靠海，也不知道袁小丽有没有带着足够保暖的衣物。原来在一起的冬天里，我总会数落她死要面子活受罪。

她只穿一件单薄的针织衫，外面再套件小风衣就能过冬，她会用手蹭掉冻出来的鼻涕然后往我身上抹一把，搂住我，在我耳边轻轻呵口气：“你就是我的毛衣。”

现在，她的毛衣不要她了，此时此刻的她是依旧在强忍着冰天雪地里的严寒还是另外又寻找到了一件毛衣？

怔怔地想了半天，我才回过神儿来，南半球的澳大利亚现在明明是在盛夏啊！我笑自己学了那么久地理，三年后又把这些常识全还给了长得像维尼熊的高中地理老师。

原来，我一直求全责备地要求她记住“一年之中太阳直射在南北回归线之间的区域而造成了南北半球季节相反的现象”这种小儿科的知识。

现在想想，真是五十步笑百步。

我没太怎么费力就租到了一套三室一厅的房子，五百块一个月，没有押金，可以一个月一交，我拿出了身上一半的钱给了房东，兴致勃勃地住了进去。

我天天关注着 S 师大外语系的贴吧，她在分享会上说过，一旦安顿下来就会把她在澳大利亚的联系方式和地址发在上面。

她走后的第十五天，那个帖子果然出现了，并且还由管理员加精并置顶。

她写道：这边大学的课程已经开始了，我每天与三十多个不同国家的同学在一起上课，其中有一个叫郭然的上海男孩，和我组成了仅有的中国人团体。

我发帖的时候是当地时间的晚上 10 点，一个人曾经给我讲了很多遍澳大利亚的时间比中国快两个小时，我也理解了很多遍，始终没绕过那个弯儿，就是觉得这个国家一天有二十六个小时。但当我真正在这里生活时才发现，宿舍里的挂钟与J市的一样都是二十四个小时。

刚开始，我不断给我妈打电话好确认清楚，重复着那个有些幼稚的问题：妈，布里斯班现在晚上8点，中国几点了？

后来适应了，也就踏实了，我其实很想给他打电话的，但每次输完他的号码，都没有勇气按下拨出键。

现在的澳大利亚是盛夏，但我总感觉很冷。

有点扯远了，下面是我在澳大利亚的学校和电话，大家有留学方面不懂的地方，欢迎联系我。

紧接着，出现了一串0061开头的号码和英文地址。

二楼仍旧是她写的：对了，我的QQ号还是原来的，没有变。

盖楼的人层出不穷，在我看到帖子之前的一夜之间，评论数就到了六百。

有人问："学姐，你的QQ号是多少呀？"

有人回复："学姐不说了吗？原来的，没变。"

"原来的是多少？"

"呃……我也不知道。学姐，你的QQ号是多少啊？"

时间过得真快，一晃，她竟成了学姐。

她一条也没回复，也再没发过帖，就像澳大利亚的夏天那样，违背了所有在北半球说得通的常理，兀自存在，又像是销声匿迹了。

Chapter·40 另一座城中的半年

在 R 城的前半个月中，我每天在清晨时沿街向大海的方向跑去，海就在我房子东边的不远处，东边很好辨认，那是太阳升起的方向，也是澳大利亚所在的位置。

我迎着冬日晨曦的一点点光亮，呼入着能刺破人胸腔的冷风，一口气跑到了一座弃用的灯塔边，再远处便是波澜壮阔的潮。

我坐在岸边，发着呆，往海里扔着石子，想像着它们落入海水中的一刻被冲得晕头转向，激荡逐流的样子。

两年前高中毕业时买的手机，现在已经陈旧不堪，连它唯一拥有的曾经在手机中还算稀有的蓝牙功能也逐渐变得落伍。

手机里安装的仍旧是 2005 版的手机 QQ，只能接发文字信息，除此之外，再无其他功能。

袁小丽的头像几乎每天都会在 8 点钟时变成彩色，然后一整天在线。她清除了之前的个性签名，但仍保留了两个雪人紧靠在一起的自定义头像。

我打开了对话框，编了几句话，又删掉了，循环往复，却始终没有发送。

春节日益临近，我不打算回家，年二十八那天，有人敲响了我的房门，是住在我楼下的老赵，他是附近一家奇石根雕店的老板，五十五岁上下。

来 R 城的第一天，我撒了欢儿地吃了顿海鲜，把经过辣炒、姜汁和白灼各种烹调方法的花蛤和鱿鱼须吃了个遍，喝了七瓶啤酒，醉马倒枪地走回了住处。

上楼时，我和他碰了面，他看到了我的样子，叮嘱我别摔着，我送了他一个白眼："多事！"

从那之后，我们就算认识了，每次我从他的店门前经过时，只要他看到我，总会冲我眯着眼睛笑，只是我冥顽不灵，从没给过他一个好脸色。

"小伙子，帮我个忙吧。"

这次，我竟鬼使神差般答应了，但十分钟后，我就想反悔。

他进了批石头，店里放不下，要搬进他的住房内，总共十余块儿，每块儿五十多斤，我双臂累得酸疼，暗自埋怨自己吃饱了撑的管他的闲事儿。

他还在一边不断提醒着我："小伙子，轻拿轻放，每一块都价值连城。”

当摆放好最后一块之后，我嫌恶地看了一眼那些笨拙的顽石，准备转身离开。

“先别走。”

“还有什么事儿？”我像一支在烈日下暴晒了一整天的温度计，已经逼近爆裂的临界值。

“一起吃个饭，我请你。”

我毫不犹豫地应邀，根本没和他客气，被他当个长工般地使唤了一个多小时，管顿饭还不应该？

在他的带领下，我们来到了一家饺子店，他让我随便点，不要客气。我要了份软炸虾仁和一盘羊肉水饺，开始狼吞虎咽起来。

那饺子皮薄馅大，一盘二十来个，我一口气吃了三盘。

结账时，收银台电脑屏幕上的数字让我看得心惊肉跳，一盘水饺八十块，我一顿饭吃进去将近三百块！

2009年，J市闻名的赫桂坊的羊肉水饺才三十块一盘，小小的R城，这是要宰人啊！

服务员面对我的质疑笑容可掬地解释：“先生，我们选用的是从澳大利亚进口来的纯正绵羊肉，天然牧场饲养……”

我不耐烦地打断了她：“你少蒙人，我朋友就在澳大利亚，人家那儿的鲜羊肉才两澳元一公斤，你们这一盘破水饺连六两都不到，敢卖八十块，穷疯了吧你们？”

其实我也不知道澳大利亚的羊肉多少钱一斤，只是因为袁小丽在那儿，才让我的胡搅蛮缠有些底气。至少我能说服自己，我在澳大利亚确实有认识的人。

服务员被我说得哑口无言。

我乘胜追击："把你们经理叫出来！"

老赵赶紧赔着笑脸："你别见怪，我这位小兄弟和你开玩笑呢，他可愿吃你们这儿的饺子了。麻烦你再让厨房做两盘，我打包。"

他把五百块钱递给服务员时就像递给别人一根烟那样随和。

"好的，赵先生。"

我们在等水饺的过程中，我问他服务员怎么知道他姓什么，他说他常来这里吃饭。

"真是有钱烧的，花八十块吃盘水饺！"我愤愤不平地想。

在二十三岁这个没有什么特殊意义的人生节点上，我变得有些迷茫。和赵老板相熟之后，他经常把店门一锁，领着我在R城的各个酒店中烂醉如泥。

从此，R城经常有一老一少相互搀扶着对着路边的绿化带吐得七荤八素，我在天旋地转，头昏脑涨的状态下诅咒了很多次今后再也不会喝酒，但很快就会好了伤疤忘了疼。

后来，我过意不去，不想让他总是闭门谢客，我说怕耽误他生意，他毫不在意："干我们这行的，半年不开张，开张就吃三年。"

他花起钱来大手大脚，我也不知道他那能吃上三年的老本儿从何而来，平时根本就没什么人来光顾他的店，即使来一个也是从门外经过时不经意瞥见了店里的稀奇玩意儿进来看个热闹的。

我甚至怀疑他就是个毒贩子，可能正设着套儿好让我一步步一步步地堕入深渊，难以自拔。

即使事实真的如此，我也无所谓，反正在我眼里谁能把我劝醉，让我麻痹，帮我摆脱袁小丽离开后的阴影，谁就是我的朋友。

我把袁小丽离开的这三年均分成了六个半年，到 6 月底时，第一个半年结束了，而我与 R 城的缘分也走到了尽头。

我和赵老板道了别，启程踏上了返回 J 市的列车，车厢内，我恍惚地透过幽绿色的玻璃盯着窗外一闪而过的树木，过快的车速让它们之间本来相距不近的间隔看似近在咫尺，像被光影连接起来了一样。

这种错觉，其实就是我们无论以何种方式经历了三年漫长时光之后都要以相同的模样去面临毕业的缩影。

过去这一年，大部分人为了能在实习单位留下而提前展开了明争暗斗，努力学习着如何步步为营好在弱肉强食的职场丛林中生存下来。

李峰和王海涛选择了留校，与世无争地在宿舍里硬等着那一天的到来。

而我，在另一座城中漂泊了半年，正在返航的路上奔波。

只有袁小丽，她迫不得已的逃离并非完全是坏事。至少，她现在还不必像我们一样去面临毕业这件可大可小的事，不用为了前程而焦头烂额。

Chapter · 41 朋友

6月的天，燥热。

王海涛用裤子蒙着头，泣不成声，被子在他的抽泣下一起一伏，像一团正在抖动着的土堆。

李峰悬着双腿坐在上铺的床上抽着烟，左臂搭在牛仔裤的破洞上，仰着脖子，默然地看着天花板。

时隔半年，当我再次回到宿舍时，第一眼看到的是一番曲终人散的凋敝场景，满目疮痍。

李峰扔掉了烟头，一跃从床上跳下，轻盈的像根羽毛。

“他怎么了？”

面对我的询问，他神色黯然：“李美彤和他分手了。”

在我眼里，这种事一点也不稀奇，尤其是发生在毕业季的当口，更让其显得不那么出人意料。

爱情在最开始发生时，是简单的，但慢慢地会变得越来越复杂，双方要契合的东西逐渐增多，越接近修成正果，大多数情侣评估对彼此感情的标准就不再是爱不爱，而是配不配。

他们之间的这段恋情，从发生的那一刻起就注定会无疾而终，两个人在形象方面的差距就像我和袁小丽两个家庭之间的悬殊，早晚会将对方折腾得精疲力竭，然后相忘于江湖。

以李美彤的样貌，如果请人给她算一命，那人肯定会说：“你将凭绝美韶华嫁入豪门，雍容一生，相夫教子。”

而王海涛的命数最多是“六亲骨肉不得力，终生奔波劳碌，纵使发达，早则而立之后”。

李美彤要在不晚于二十五岁的年龄嫁给三十五岁甚至更老的成功男士，她绝不想在一场没有绝对把握的赌局中下注，即使这种赌局的胜率有五五开。

毫无疑问，王海涛就是这场五五开的赌博游戏，现在她玩儿够了，退出也无可厚非，大家早就心知肚明，只有王海涛这个当事人认真了。

爱情中，如果一方执着，而另一方麻木不仁的话，这种情况是最棘手，也是最可怕的。

他的啜泣声，让人听得心烦意乱，我掀开了他的被子，把他揪了起来：“涛哥，我回来了，你开不开心？”

我想让他破涕为笑，但他却欲发情绪失控，长时间裹在空气流通性极差的被子中乍一失掉遮掩之物，他像还了阳的阴魂，开始为了发泄自己蒙受了不白之冤的委屈而放声痛哭。

“我不想活了，呜呜呜……”

“涛哥，你冷静点。”我语气平缓，试图尽快安抚住这个多情且只有一米六多一点的“矮冬瓜”，他哭得身上的“绒毛”都有些凌乱。

“你放开我，让我去死，李美彤和我分手了，她说毕业后回老家发展，不想跟我留在J市，你放开我！”他像个中了邪的小男孩儿哭得声嘶力竭。

“你可以找个更好的。”我依旧对他循循善诱，像神父正在开解一个因罪孽深重而自我忏悔的人，并不断地说，“放下吧，放下吧，反正木已成舟。”

“我不，我不！我就要李美彤，没有她我活不了，活不了！”

他被我按住的胳膊挣扎得越来越用力，终于在完全挣脱出来之后张牙舞爪地在半空中挥动。

“啪！”我抽了他一个耳光，铆足了劲儿。

“你给我冷静点儿！”我冲他吼道，强烈急速的吼声仿佛让我的嗓中刺过一道电流，生疼。

“分个手你就在这儿要死要活的，要给谁看呢？你爹妈千辛万苦供你上大学，供到临毕业就为了看你跟个傻瓜似的撒泼？我收回刚才的话，就你现在这寻死觅活的样子，你还想找到更好的，我看你谁也找不到！给我起来，去喝酒。”

我不知道这一巴掌是将他打蒙了，还是打清醒了。总之他没再哭闹，眼皮使劲眨了两下，不说话了。

李峰把像摊烂泥似的王海涛扶起来时，我猛然意识到李峰这个人看似没心没肺，对一切毫不在意，却像个谋权篡位的乱臣贼子不声不响地成功地操控了人生。

他抓住了整个大学生涯中的倒数第二次机会过了六级，无论我们两个人的真实英语水平相差再大，等到半个月之后毕业时，我们都会拿着一张薄如蝉翼的六级成绩单去面试。

他没有升本的打算，所以没有像陈包那样被压力生生压垮。

他寻花问柳，与代乐乐看似风雨飘摇的感情却坚如磐石，他熬到了我与袁小丽分手，熬到了王海涛被李美彤抛弃。

他熬赢了所有人，他才是105宿舍的最大人生赢家。

往校门口走去时，我对着已经哭干了眼泪的王海涛耳语：“涛哥，别难过了，这世界上不只是你一个人成了孤家寡人。”

我们刚刚坐稳准备点菜，李峰的手机响了，他皱着眉头接起了那个陌生来电，是陈包，他刚回到学校，问我们在哪儿。

“老地方。”

他当然知道老地方在哪儿，我们吃惯了这家的地沟油，三年中几乎没挪过窝，包括一年前，我们为陈包送行的那次。

他风尘仆仆地赶来，还是农民儿子的憨厚样，只是他脸上那种对未来担惊受怕的表情不见了。

他在家干了一年农活，又准备了一年的公务员考试。这次，他考上了，考到了另一个省，离家稍微有些远。但与未卜的前途相比，这六百多公里看起来已经不算什么美中不足了。

他要经过政审，所以回学校盖章，那张表格是他抵达安逸前的最后一道程序，他在五位家庭成员或亲属那一栏写着：父亲陈德广，职业务农，母亲……他的爷爷、奶奶还有二叔，职业全部是务农。

我说他三代贫农，根正苗红，想了一下，又自我纠正道："不对，包哥，是两代，因为到你这里，这种苦日子就要结束了。"

酒精是种很神奇的东西，神奇的都自相矛盾。它能增强欢快的功效，让人越喝越 High，但对痛苦，它则会麻痹减轻它带来的伤害。

我们都喝醉了，陈包抢着付账。

回学校的路上，他哭了，一年前他升本失败，考公务员失利的场景还历历在目，他含混不清地说："俺总算对得起爹妈一回了。"

王海涛耷拉着脑袋，我紧紧搂着他的肩膀，轻哼着：

这些年 一个人
风也过 雨也走
有过泪 有过错
还记得坚持什么

他们开始跟着和唱：

朋友一生一起走

那些日子不再有

一句话 一辈子

一生情 一杯酒

我们终于还是唱起了这首《朋友》，这是一首临近毕业，宿舍里聚餐喝多，有人起了头儿第一时间在脑海闪现的一首歌。

我们是舍友也好，朋友也罢，在相聚了三年之后，该说再见了。

Chapter·42　毕业之后

在大学中，拍毕业照这件事，已经彻底沦为鸡肋，连老孙都劝我："别去，最没劲的就是这件事，跟你十年后的同学聚会一样没劲。"

操场上传过来一阵嬉笑声，午后的阳光下，我们靠着球场四周的铁丝网站在远处冷眼看着管霞带着各个毕业班合影。

我没理解他的话，脸上带着疑惑。

他说所有教育阶段的毕业照都是在我们真正离开一所学校前拍摄。小学是这样，中学也是，但大学这张不一样，我们虽然站在同一个镜头中，但已高低有别。

现在有升本成功的，有留在实习单位转正的，有等着这张毕业证让家里给安排工作的，也有拿到名企 offer 的，然而也有失败者。

"一边笑得灿若星河，另一边面沉似水，你不觉得这样的照片洗出来会很诡异吗？十年后的同学会也一样，大家的境遇天壤之别，我反正现在不去参加了。”老孙解释着。

2010年7月10日，在领到了那个单薄得有些过分的红色本子之后，我唏嘘着，三年中我光学费就往学校里交了两万块钱，就为了这本红本子?

我把所有的书、床单和被褥扔在了宿舍里，双肩包里只装了一个本子，那是本日记，从袁小丽去了澳大利亚的第一天起，我就迫切地想写点什么，并且这种迫切感一落到笔头上就一发不可收拾。

本子里的横线中有另一个我，我用笔和他对话，倾诉着我对袁小丽的思念。

我不写日期，只在每张纸的右上角写一个数字，从她走的那一天的1095到后来的961、960，再到我毕业当天的893。

越期盼着什么，日子过得就越慢。

那天很热，我心里也很烦躁，当我看到了师大校门上的烫金字在烈日下快要被融掉时，我又触景生情地意识到我弄丢了那个对我最重要的人，三年前我还信誓旦旦地说要和她一起牵着手进入校门，再一起牵着手走出来。

可现如今，我食言了。

东文化路上刺耳的汽车鸣笛声盖过了蝉鸣的聒噪，J市的发展不断挤压着意境这种东西的生存空间，没有了蝉鸣，绿荫，也没有了风吹过树叶发出的沙沙声，一切都显得无趣极了，毕业无趣极了。

面对这一番景象，我连发出一声“啊，我毕业了！”的感慨的欲望都没有了，飞似的逃离了那里。

我，就这样狼狈地大专毕业了。

毕业之后，我过得并不好，第一份工作我用了两个多月的时间才找好，在一家外贸公司做专员，跟着一群职场的老油条争客户，比业绩，最后输得一败涂地。

三个月的实习期后，我一单东西也没卖出去，老板让我写一份自我剖析材料，我向老员工请教，他们说要声泪俱下地控诉自己辜负了领导厚望，辜负了公司栽培，渴望组织再给一次机会，一定肝脑涂地，以报知遇之恩，末了他们还补了一句："老板就爱看这个。"

于是，我果断放弃了为自己争取一次机会的希望，简单收拾了几个文件夹就走人了。

这个世界上，那种一入职场便能呼风唤雨的大学生只存在于一些小说里：主人公是女生，刚一走出校门进入了世界五百强，然后天天加班为课户改方案，直到半夜，第二天又元气满满地接受了新的任务。

后来，她逐渐赢得了老板好感，开始裹着像床单似的晚礼服跟随老板出入各大生意场合，凭借出众的气质和口才帮助老板顺利签下了一笔笔千万大单，不到半年就升任高管，成了老板的左膀右臂。

情节再累赘一点的，还会写她与老板发展出一段旷世奇恋。

拜托，这是成人世界，大家都在努力，人生哪有小说里写的那样轻松和天道酬勤？

失业的那一天，我嚼着夹着撒子的煎饼果子站在经纬路的一座过街天桥上，看看熙熙攘攘的车辆，心中苦闷不已，在学校时桀骜不驯，自以为是，一马平川地疾驰在坦途之上，现在坎坷来了，我却措手不及。

社会中的一切，要重新适应，校园中的那一套，行不通了。

但我也庆幸，自己在一个有工资拿的地方混了三个月，成功熬过了袁小丽的不在身边的一百来天。

最近一段时间，她音讯全无，QQ 头像始终是灰色的，也没有在师大的贴吧发布任何帖子。

我最担心的事情还是发生了，她在一个距离我九千公里的国度销声匿迹。我鞭长莫及，无可奈何，然后就彻底慌了。

如果只是她的“失踪”还好，那样我会专注在这一件事上焦头烂额，但事实并非如此，即使这个世界中注定只有一个人会倒霉透顶，我也一定当仁不让。

我的职业生涯像中了诅咒，以至于我在毕业短短两年内就换了四份工作，没一份能坚持超过半年，它们都不约而同地在近五个月时就全部“夭折”。

2012 年的圣诞前夕，全世界无聊的人都在自娱自乐地讨论一个噱头十足的话题——世界末日。社交媒体的迅速崛起让各类由其延伸出来的信息层出不穷，像病毒一样疯狂传播。

有人在微博话题中煞有介事地问：你会在世界末日的前一天与你的那个他（她）做什么？

有人煞有介事地回答：我会抓着她的手，和她互说我爱你；我会向还没表白的人说我喜欢你；还有人竟然说我会带着她周游世界。

我分别用“矫情、怂娃和傻子”评论了这三条回答，末了又在“要环游世界”的那条后加了一句“没有常识的傻子，就剩一天你还周游世界，飞不到百慕大你俩就得去见上帝。”

我也为这个傻子的问题想了一个答案：如果能见到袁小丽，我只会跟她说一句：乖，躺下，咱俩一块儿等死。

然而，世界末日并未出现，大家依旧活得好好的，当冬至第二天的太阳照常升起时，没有人因为“劫后余生”而欢呼雀跃。

那时我才明白，之前的人心惶惶，果然是自娱自乐。大家假装恐惧，假装慌不择路，假装自己是群相信谣言的傻子，只是为了找些乐子，自欺欺人，在这个有些不那么让人事事如意的世界里麻痹自己。

就像我一直骗自己不想和袁小丽破镜重圆，却还是每天都在数着距离她回来的日子还剩多少天一样。

Chapter·43　两场冲击

平安夜当天，西城的老同学聚会，分开那么久，谁是牵头组织者早已不再重要，因为这个角色的人选几乎每年都会变。

能当组织者的人一定是觉得自己在过去的一年中混得还可以，膨胀感十足，才会迫不及待地昭告天下。

我从未有过这种殊荣，因为，我没混好。尤其是我在高中时还是当之无愧的优秀学生，这种聚会更让我尴尬不已。

大家都工作了，或多或少赚了工资，能承担的也多了，不会再像以前饿鬼投胎似的跟自助餐去较劲。

组织者挑选了一家西餐厅，并在班级的QQ群里宣布：大家到时候尽量都来啊，会有三年前和我们断了联系的神秘人物出席，她今天刚回国。

我心里猛然一沉，算算日子，袁小丽也该回来了。

这次聚会，我要参加，哪怕因为收入差距的悬殊被弄得下不来台，我也不能再逃避。

内心的某种渴望在作祟，折腾的我坐立不安，我决定早点去餐厅附近逛逛，或许可以与同样早到的她在 Shopping Mall 中邂逅，但我高估了自己作为一个男人的逛街能力，不到半个小时，我就百无聊赖地进了一家书店。

书架最显眼的位置上，安放着一些摆成了螺旋状，拾级而上的书籍。

它们的主色是绿、白两色，搭配得天衣无缝，那是一本三十二开本的漫画，名叫《那些我多么渴望重来一次的日子》。

前段时间，我确实无意间在网络上瞥见过这部连载漫画，有些印象，只是当时这个充满伤感气息的名字让我对其敬而远之。

没想到不声不响下，都印书发行了。

不时有人在我身边驻足，拿起一本，翻阅几页后便将其带去了收银台。

真有那么好看？

好奇心的驱使下，我鬼使神差般地也拿起一本，捧在手中摩挲着白卡封面，准备深吸一口气后就投入到这份伤感的气息中，打发这一下午的无聊时光。

作者的笔名叫岁月静和，我暗笑她用词不当，明明有个词叫岁月静好，作者简介中没有太多关于她的来历信息，只写着她是一个经历过很多事情的女生。

我翻到了内文的第一页，是最普通不过的四格漫画：两个主人公，一男一女，男孩儿叫和煦，女孩儿叫静月。绿得快要滴出水的杨树树叶在布满繁星的夜空下摇曳着，他们挽着各自母亲的手好奇地打量着对方，在四岁的那一年邂逅。

第二页：和煦为了静月跟一群比自己大几岁的孩子争抢跷跷板，被他们推倒在地，一阵拳打脚踢。

这一幕，为何会如此熟悉！

我的心好像被什么东西重重撞击了一下，我舔了一下干裂的嘴唇，手忙脚乱地往后翻看着，每页只停留几秒，因为我可以预知漫画中接下来将要发生的故事。

和煦被小学班主任留堂，静月给他送来饺子；和煦多次被老师刁难，静月爱莫能助地独自伤心；初中后和煦跟侮辱静月的学生打架，他的英语成绩有了起色。

当我翻到最后几页时，果然，那片校园西墙上大片的、像海浪般起伏的绿色爬山虎出现了，他们背对日头，并肩坐在了仿佛静止的时光中。

在幼儿园中我就对冯静说过我最喜欢绿色，她说她最喜欢白色，对此，我与她同样记忆深刻。

全书的最后是一篇后记，她写道：我曾经对那个男孩说过，文字太死，没有生命，画有灵性，是活的，所以我在大学里选择学绘画设计，现在看来，还是要借助死板的文字为这本书收尾。

就像有些东西，本就无可替代。

最开始，我在网上画这些，只是想缅怀一下自己的青春，可画来画去也只画了这一小部分，还杂糅着童年的一些经历。

有很多读者问我，为什么只画到初中毕业就没有下文了？青春不应该是在十六岁开始才会真正的轰轰烈烈吗？还会接着画吗？

我不知道如何回答他们，因为我现在还没决定好，看到自己的作品能得到大家认可，我很欣喜。但说来可笑，青春本是美好的一段往事，可我如果再画下去可能会很痛苦。

和煦是一种阳光下的状态，有微风，有飘起的柳梢。静月是夜幕下的印象，有皎云，有静止的潮海。

或许，他们在一起才是名正言顺，毫不违和，然而，一天中只有二十四个小时，他们“习性”不同，一方注定在对方出现时要退居幕后。

我祝他在没有我的日子里，依旧安好，幸福。

那几滴眼泪是有分量的，它们砸落到我手中的书上时发出了清晰的“啪嗒”声，像一团滴入清水中的墨汁一样，浓重地散开。书上起了一层“纸泥”，用手一蹭，纸张仿佛也薄了一层。

我强行按住自己的泪腺，眼泪却愈加汹涌。

“哎，你怎么回事，把书弄成这样？你得买！”一个看出了我异常表现的店员快步走了过来，嚷嚷着。

“好，我买，我买……”我慌乱地答应着，翻找着口袋里的钱包。

她的态度缓和了一些，“这是我们店的畅销书，听说作者也是J

市人。”

我精神恍惚地站在原地，看着她把翻乱的书籍重新码放整齐，拿着书走向了收银台。

当我敲响冯静家的防盗门时，走出来一个小伙子，他狐疑地看了我两眼，说：“这房子我买了，原来那一家三口早就搬走了，我都在这儿住了大半年了。”

大半年？我哑然失笑，原来我已经那么久不和冯静联系了。

我攥着手机，坐在楼道里的台阶上发愣，一遍遍翻动着没有几个联系人的通讯录。爸妈，本机，接下来是达令，然后就是冯静。

我没有改袁小丽的备注，反正不用打她的电话，我也不必面对物是人非的尴尬。

这是我第一次注意到她们两个的名字离得那么近，并且冯静刚刚用她的青春绘本在我心里掀起一场波澜壮阔，晚上我就要在时隔三年后再次与袁小丽相见，那时我的心里一定也不会平静。

一天之内接连遭受两场如洪峰般猛烈的情感冲击，这，难道就是天意？

前来参加聚会的不到十个人，组织者大失所望，那顿饭吃得意兴阑珊。全然没了往日里聚会的那种疯狂，不是大家闹不动了，只是大家不想闹了。

“你们觉得他们家的帕尔玛火腿怎么样？”组织者睥睨四周，没人接茬，他自鸣得意地嘟囔着，“可惜老了一些。”

他让我想起了四年前的那个圣诞节，在袁小丽家，她妈用经常过圣诞节的知识储备给我好好上了一课，也是在那时，我得知了袁小丽有将要出国的打算。

“这个火鸡就得蘸蔓柠梅酱吃才搭，嗯，完美！”组织者叉起一片肉放进了嘴中，意犹未尽地轻吟一声。

看着他自我陶醉的样子，我有些反胃。

“帕尔玛火腿再好，也比不过伊比利亚火腿，那可是全世界最贵的火腿。还有，哥哥，你刚才蘸的那叫蔓越莓，不叫蔓柠梅。”

我用从袁小丽家过圣诞时学到的皮毛知识心平气和地告诉组织者：你大爷永远是你大爷。

他有些慌乱，面子上挂不住，沉下了脸。

一个电话替他解了围，他嗯啊两句挂掉：“神秘人物要来了，我去接一下。”

突然，我刚找回来汹涌气势无影无踪，她要出现了，怎么办？我还没有准备好。

我焦躁地请坐在旁边的人看我脸上有没有残留的酱汁，我的双手无处安放，撑着桌子或者搭在双膝上都让我感到有些别扭。

当我还在为此纠结时，餐厅的门开了，一股裹挟着小雪的风钻了进来，吹得我脊背一凉，她回来了……

Chapter · 44　还好，她回来了

“叮铃，叮铃……”餐厅手推门自带的感应器发出的清脆声响让人心神荡漾。

我迟缓地回过头，将所有的殷切与情意全部揉进目光中向声音来源处掷了出去，上面淬着我

最后一丝残存的勇气。

我的眼前出现了一片模糊的光影，大团的气体开始在我的胸腔中集涌，挤压着我的血肉之躯，在它完全塌陷之前，我提起了精神，重新夺回了主动，聚精会神地盯着正向我款步走来的一个人影。

她是谁？

眼前这个下巴尖的都能当犁用来耕地的女生，让我错愕不已。

“咋的，杨小和，不认识我了？”

“你……”

“我韩林夕呀！哦，我这下巴让你不适应了是吧？我去韩国留学了，顺便整了整。”

我恼羞成怒地扔掉了还在手里攥着的刀叉，被这个像是上帝故意用来整我的巧合弄得啼笑皆非。

这一切，与韩林夕无关，她只是恰好与袁小丽一样选择了出国留学，并且一走就是三年，于是她被无辜地卷入了这场只对我事关重大，却与他人毫不相干的涡旋。

我怨自己先入为主，随后泄气地坐了下去。

“王登，你可真能整景儿，聚会还选在西餐厅了，都是老同学，你跟我俩装呢？”她一巴掌拍在了组织者脑门上，一团发套应声掉落，他的脑袋露出了“光洁铿亮”的原形。

我总感觉韩林夕没说实话，她这样子根本不像是去了韩国留学，越看越像在东北混了三年。

还有，这个组织者……他是王登？高中时闷不作声，学话都学不太利索的王登？

如果没有韩林夕这一巴掌，我可能一整晚都想不起这个组织者叫什么，也不会去在乎。

看着才二十四岁就脱发严重的王登，我想，果然像有人说过的那样，有些人的青春，很早就已经死去了。

我们笑闹着，又与原来的样子相差无几，那时我们青春年少。

但我还是倍感失落，我在等的那个人还是没来。

趁他们吃饭的空儿，我找徐春殷要了根烟，躲到了餐厅外面，坐在冰冷的台阶上吐吞着虚缥的雾气，看着自己的肩头落满了势头渐大的雪。

“你好，请问西城高中 04 级 14 班的同学聚会是在这里吗？”

我的眼前出现了一双卡其色的雪地靴，这声音是……我顺着鞋面向上看去，在我们目光交接的一瞬间，雪突然像定格在了半空，落下的就落下，还未飘下的悬浮在我们头顶，唯独在我们面前截开了一段，让我们看得见彼此，三年后的彼此。

袁小丽俯视的姿态让我们的重逢的景象有些物是人非，不再平等。

“你……”

三年中未跟她说过一句话，再次开口时我还是生疏了，既不自然，也不顺畅。我的嗓子中像堵了什么东西，只说了一个字，我就被迫停下调整了一次呼吸。

“什么时候回来的？”

幸好，这世界上还有很多事情可以重来一次，有些话也可以重说一次。

我顺着井盖眼儿把还没抽完的半截烟扔进了下水道，迎上了她的目光。

她面带一丝淡然的笑，与以前的笑并无二致，除了里面夹杂着一些情感，让它显得有些沉重。

“一个星期了，一直在忙，没来得及和你联系。”

在这句话之后，我们同时选择了沉默，刚才恍如静止的雪又恢复了动态，开始飘飘扬扬地在风中翻转。

那一晚，我们只有那一次对话，可能大家都需要一个适应的过程，重新找回那时“有共同话题”的状态。

我向餐厅内指去，她轻而易举地明白了我让她先进去的动机，看来，我们还没有完全丧失原有的一些默契。

聚会中途，我们互加了微信，随后，我借口溜掉，大家除了一句“路上注意安全”之外再无其他表示，继续沉浸在刚刚被燃起的欢愉氛围之中。

我失眠了，在床上辗转反侧，不停地坐起，躺下，又心烦意乱地起身，在凌晨两点时看着窗外清冷的月亮，在一边荒芜之中独自回忆着三个小时前的一切。

我使劲掐了大腿一下，疼，这不是梦。

我翻看了一整晚她的朋友圈，里面很少有图片，但我能通过她的文字感受到她在澳大利亚的状况，她很孤独。

现在，这种情况肯定会改观很多，至少，在这里能陪在她身边的人要多一些，再不济，靠着回忆为自己取暖，也足够了。

还好，她回来了，对她来说是件好事，对我也是。

Chapter·45 我的贼心无所遁形

自从袁小丽回国后，我的运气似乎稍微有了些起色，虽然在职场中我仍旧非常不上道，得过且过地糊弄，但我开始能零散着接到些家教、翻译之类的“私活儿”，这笔额外收入总算让我活得不那么狼狈了。

我从家里搬了出来，自己租住在一处居民楼中的一室一厅，不久之后，我就来到了故事开始时我提到的那家杂志社。

期间，我和她又断了联系，她不知疲倦地忙碌着，在东文化路上的一处写字楼的二十层租赁了办公场所，开办了一个英语培训班，离师大校园很近。

她每晚 9 点准时更新朋友圈，依旧没有图片，而是时短时长的一些文字。

我习惯于在没什么事情的时候往窗外望去，无论下面的环境多么纷杂，我的第一眼总会投向那些进进出出的学生，他们看起来很渺小，但行走起来却带着风，越看他们，我越觉得自己仿佛已经七老八十了，快要折腾不动了。

原来，我总会对我爸说，今后要开一辆比他更好的车，也说过副驾驶上坐着的一定是我很爱的人。现在，这个愿望已经实现了一半，但我无心庆祝这像白开水一般平淡的成就，一个人的车里太冷清，两个人才会刚刚好。

2009 最后一个学年，对于我来说是不太完整的，我没有和某个人一起熬到毕业，也没有兑现我们之间的一个约定，那段时光着实令人懊丧。

在澳大利亚的一天深夜，我驾车从刚刚结束的农场体验活动回学校，那段路很长，平坦，没有人烟。当一个棕黄色的影子突然跃入我眼帘时，我慌乱地往右打着方向盘，但还是没有避开她。

一只袋鼠就这样被我撞飞了，它毫无生气地歪倒在路边，身上带着血迹，仿佛上一秒还活色生香的一个生命被扔进了冷库，瞬间被冻得没了色彩。

我坐在原地，抱着双膝痛哭，愧疚地自责为什么要开那么快？即使它只是一只袋鼠，但明明不久之前它还蹦跳着撒欢儿，可能是要出去觅食，也可能她的意识里是懂得“开心”这两个字的深刻含义的，却这样被我瞬间毁于一旦。

浓重的夜色下，不远处的灌木丛处藏着一个身影，看样子是另一只袋鼠，它目不转睛地盯着我，好像也在回忆些什么，几秒钟后，如梦初醒的它转身离开了。

可能是刚才那只的配偶，它们被我拆散了，阴阳两隔，我的手上有一把屠刀，沾着爱情的鲜血，我胡思乱想。

回国后，每次开车路过师大时，我都小心翼翼，如履薄冰，路口的信号灯变绿时，我也会示意让被卡在马路中间的学生先行，后面车子的鸣笛刺耳得厉害，我关上车窗，不管不顾。

我害怕再撞到什么，触碰到那些刚刚有些结痂的伤口，再唤起我的一段记忆。

她写道。

可能，现在的她对我的称呼仅仅只会是“某个人”，或怨或憾，但总好过陌生人。

我工作的杂志社与她仅仅一条马路之隔，每次被派外出时，我就会绕到东文化路去等车，往她所在的写字楼上看一眼。

玻璃幕墙在日光下反射出耀眼的光束，刺痛了我的双眼。

我经常会产生一种错觉，袁小丽仿佛现在仍在遥远的澳大利亚，杳无音讯，等回过神来确定了好几遍她就在离我垂直高度三十多米的地方时，我才稍微安心一点。

她回来一个月了，我们之间没有发过一条短信或通过一次话，我甚至不知道她回国后新的手机号是多少。

两个月时，仍旧如此。

半年了，看着她的朋友圈，我拿手机的手像患了帕金森综合征不停地哆嗦。

我的心里藏着一种奇怪的生物，我没见过它的真实模样，但我猜它的手是一对强有力的钳子，带有锋利的倒刺，我猜它一定面目狰狞。

现在，它已经有些按捺不住了，开始由内而外啃噬着我的心，等把它啃得血肉模糊时，它就慢慢地又在上面开一个小口，循序渐进地将它一撕两半。

我的身体中传出了爆裂声，像是成熟的豆荚"啪"一声开了，我知道，它要出来了，但出乎我意料的是，它明明珠圆玉润，楚楚动人。

"你好，我叫回忆，你青春的回忆，如果下次你再封闭自己，我还是会破壳而出，给你来一下更狠的。"它威胁道。

我不寒而栗，从梦中惊醒。

我曾经一直坚信和袁小丽之间那段遥远的往事早就不足以给我们这两条失去了磁性的磁石再次吸附对方的机会，可能，就这么算了吧。

其实早就应该算了，四年前我主动与她分手，她不在的这段时间里，我没有再谈一场恋爱，我在固执地坚守着什么？或许是在寻求着一种不厚此薄彼的公平。

但做了这个梦之后，这种坚守就被击得粉碎，可我依旧有太多顾虑。

因为我答应了她父亲不再去纠缠她，所以连有了死灰复燃迹象的一份感情也拼命克制。同时，与日俱增的思念联合我的青春回忆发起了一场声势浩大的起义，我天真地以为我能够镇压它们，没想到却失败了。

看来，我还是放不下她，只是苦于“师出无名”，才一直按兵不动。

如果要再联系，我能说什么？这是一个让我纠结不已的问题，我找了一圈理由，每个都不是很令人满意。

终于，我还是决定用那个最蹩脚的理由，简单问问她最近过得好不好。

一刀割开的一段藕，藕丝既没韧性，又缺少硬度，很容易在朝不保夕的状态慢慢消亡，我怕再耽误下去，最后的一根藕丝也会崩断。

为了爱情，我不能再自卑下去了，我准备把交付出去的命运索要回来，攥在自己手里。

小吃街的麻辣烫摊边，我拿出了手机，里面依旧有她号码的一席之地，就像在我心脉所构成的高速公路上，她走的始终是快速通道。

我准备再调整十分钟的呼吸，就开始行动，我也做好了接电话的可能是新号码主人的准备，可能是个大妈，又或许这个号码已经落入了诈骗集团的手中。

我紧闭双眼，左手不停地放在胸前来回摩挲，右手不小心触碰到了拨号键时，我仍旧浑然不知，等意识到的时候，电话已经接通了。

“喂。”她的声音有些哽咽。

真的是她！

“你怎么没换号？”

“出国前我去电信运营商那里办理了号码保留业务，回来还能接着用。”

“为什么？”

从她再次出现在我生命中的一刻起，我的问题就开始变多，反而她留给我的空白期内，我毫不在乎，在九千公里之外的地方，我鞭长莫及。

谁知道她会不会突然有一天宣布在那结了婚，然后永久留居？

“我这人恋旧。”她说。

从那之后，我们俩像全然不顾戒律清规的和尚与尼姑，跳出了寺院的围墙，联系愈发密切。我们互发节日祝福，互道早安、晚安，她也会时不时地在微信上发过来一个问我“在干什么”这种看似平常，但越看越让人想入非非的询问。

她不知从谁那里打听到了我租住房子的地点，她的第一次到访弄得我措手不及，但我也没感到大惊小怪，她既然成功地住在我心里，必定神通广大。

我们一直做着在外人眼里关系复杂的朋友，其实这样挺好的，只不过只有我自己清楚，我又开始贼心不死地惦记着什么，纸包不住火，早晚它会在众人面前无所遁形。

Chapter·46　不辞而别

一

2014年年底，我和袁小丽都二十六岁了，认识整整十年了。在一个只过了不到三分之一的人生中有她的存在，这让我感到庆幸。

一年前的夏天，我与杂志社的领导彻底翻脸后辞职，依旧没有摆脱半年内必离职的魔咒，但这次，我没再像之前那样对未来感到惶恐。

“你那破工作，丢了就丢了，去我的辅导班当老师吧，我那儿正好缺人……喂，你又不叠被子，多大了你！”袁小丽在给了我足够的底气之后又把我是个废柴的现实毫不留情地丢在了我面前。

从那之后，我没再去找过工作。

白天，我像打了鸡血一样在租的房子中写着我的青春回忆录，晚上浑浑噩噩地去给中学生讲英语语法。

我写了一个很长很长的故事，长到我仿佛像是过了两次完整的青春岁月。从我有了要缅怀这场旧时光的念头开始，我就下定决心一定要写得痛痛快快。

从敲出第一个字到现在，已经一年半了，袁小丽高跟鞋发出铿锵的声音在楼道里回荡了也快一年半了。

她来的时间和频次都不固定，有时迎着晨曦，有时在午饭过后，有时裹着浓厚的夜色，我没有告诉她自己正在写小说这回事儿。

我担忧的事情有很多，担心她被卷入回忆的漩涡中再次被伤害，担心她更加了解我和她相遇之前的过去，也担心她再次噙着泪，情绪激动地甩我个耳光。

因此，她高跟鞋踏着楼梯的响声，便是我该暂停下来的信号，键盘上的CTRL+S已被我用得炉火纯青，我把它藏在一个很深的路径中，就像原来在家中偷偷下载了一些电影一样。

她突然迷上了只适合低龄段儿童玩的网页版化妆类游戏，她唯一没有长大的地方就是仍保留着一颗童心，像阿喀流斯之踵，让她的幼稚显露无遗。

我把笔记本让给她，随后倒头小憩，每写完一章内容，我便有了倦意，她很安静，从不弄出什么声响。

二

一天，我告诉她我妈让我去相亲，其实我本来不会去，只是想试探一下她的态度。我们似乎都没有要再重新开始的欲望，这副清心寡欲的模样是我故意装出来的，至于她……我看不透。

她拿着一把闪着寒光的水果刀边削苹果边笑意融融地说："那就去啊，我开车送你。"

她的车的确比她爸的好，简直好太多了，那辆 A8 在一个女生的手中驾驭时，更有拒人于千里之外的气场。

"你这车多少钱？"我在车里如坐针毡，手足无措地问。

"办完了不到九十八万。"

"败家，你花个零头就能买辆合资车。"

"培训班开始盈利了，我当初累死累活，凭什么现在还要委屈自己？"

她伶牙俐齿的样子让我想起了在西城的时光，后来我们恋爱了，她就收敛了很多。我一直让她保持本真，不用刻意装淑女，她拒绝了，说我那么幼稚，如果她再不显得成熟一些，恋爱就谈不下去了。

现在我们分手了，她又做回了真正的袁小丽。

有些人的变化，无非是为了与自己的感情状况相称，就像她现在这样。

停车场中，她把车熄了火，跟着我一起进了电梯。

“你去干什么？”

“反正来都来了，我帮你把把关。”

咖啡厅里，我和相亲女对面而坐，袁小丽坐在我身边。

“你们不用管我，聊你们的，我是他亲姐姐，我叫袁小丽，他叫杨小和。”

她的自我介绍让相亲女面沉似水，开始狐疑地打量我。

“你好，麻烦请给我拿一下餐牌。”

她叫住了服务员，然后把车钥匙随意扔在桌上，开始大大咧咧地点东西。

“小姑娘，一个月挣多少钱啊？我这弟弟现在可没工作，还总喜欢乱花钱，你能养得起他吗？他没收入来源，今天这顿饭就你请吧，我看这儿的台塑牛排挺不错的，咱来上三份？”

袁小丽咄咄逼人的样子其实蛮可爱的，只是可怜了那个女孩儿尴尬得不知所措。

“你别搭理她，她胡说八道的。”我用腿在桌子下碰了袁小丽一下，示意她不要再说。

女孩儿仿佛受了奇耻大辱，愤然离席。当晚我就被我妈骂了个狗血淋头，她逼问我跟我一起去的那个女孩儿是谁，我说：“妈，那是我原来的一个同学，原来的。”

我不知道她有没有听出我故意把重音放在了“原”字上面，或许，我长时间没提过袁小丽，她早就忘了她是谁了吧。

后来，我又相过两次亲，袁小丽的台词与之前那次如出一辙，搅得咖啡厅中鸡飞狗跳。连服务员都和她熟络起来了，彬彬有礼地问:“袁小姐，还是三份台塑牛排吗？”问完又不怀好意地冲我一笑。

我的相亲在她的努力下，一次次被搅黄，我猜我处心积虑想要得到的答案已经显而易见，不必再试探什么了，于是我收起了大龄男青年想要尽快结婚而饥不择食去相亲的伪装。

三

2015年的元旦，王俊打来了电话，我正坐在发硬的座椅中，僵直着身子，跟枯竭的灵感较劲。

他的第一句话就是说他发财了，要结婚。

我也不知道他想表达的意思是因为有钱了要结婚，还是仅仅宣布了两件毫不相干的事，我拿着手机，想象着他在电话那一头眉飞色舞的样子。

“我和苏兰的婚事定了，你一定要来给我当伴郎。”

“恭喜，什么时候？”

“今年8月。”

“还早呢。”

两个月前，我们见过一面，他搬离了木桥庄，住回了市区，我问他生意做得怎么样，他和之前回答的一样，就是说凑合。

但这次，面对我同样的询问，他给出了一个与之前大相径庭的回应——相当凑合。

这与他前几次含混不清的敷衍截然不同，我听出了一种接近膨胀的语气。

他说他现在不用再出门摆摊了，电商平台已经横扫了祖国大地，他的女鞋销售火爆。

他雇了四个人当客服，赚的钱足够每个月发给她们每人八千元的工资，但他只发四千元，我笑他变成了一个万恶的资本家，就知道剥削贫苦劳动人民。

或许只有包括我在内为数不多的人知道，他这几年其实过得很苦。

“你跟袁小丽怎么样了？”

“还那样。”

“记得来给我当伴郎啊！”

“放心吧！”

在用了最简单不过的词句回应了他之后，我们同时挂掉了电话。

似乎有段时间没有见到袁小丽的踪影了，我仔细回忆着上周一她说要和我一起过圣诞，我没答应。

她甩了甩头发，若无其事地说：“随你吧。”

我很想陪着她度过每一天，尤其是在这种最能给人留下刻骨铭心的节日里更是如此。但唯独圣诞不可以，因为我害怕它，所以才会抵触。

七年前的圣诞节，她的父母用过于耀眼的光芒让我恍若成了进入安徒生童话里卖火柴的小女孩儿，我从未感到过如此自卑。

六年前，她在圣诞节来临之际选择离开，远赴澳大利亚，让我万念俱灰。

三年前的平安夜上，她安然自得地出现在我面前，却让我的内心再度兵荒马乱。

圣诞像一个我永远不能踏足的禁地，耗光了我所有再试一次的勇气。

我去辅导班上课时，前台说袁小丽去了外地出差，正当我犹豫要不要打电话问问她要走多久时，她却发来了短信。

“我出趟远门，等我半年，辅导班的事儿你先替我打理吧。我跟她们打好招呼了，你可以为所欲为。我把你电话拉进黑名单了，这半年如果有事，等着我联系你。祝好。”

我这才发现，她的辅导机构中只有我一个男人。

我握着手机，心底泛起一阵阵凉意，她还没折腾够？这又是要去哪儿？

客厅中的沙发无辜地承受着我近乎疯狂的击打，后来我累了，冷静了。

她对和我之间这种不清不明的状态感到厌倦了，还是向在她看来有些漠然的我示威？

凌乱的思绪一缕缕从我心中飘出，缠绕住我的四肢，我心烦意乱地束手就擒，在一片没有曙光的黑暗中独自舔舐着被撕咬得血肉模糊的伤口。

Chapter·47 幸会，我的青春

一

袁小丽，这下你欠我的可不是三年了，你才回来多久就又给我弄一次劳燕分飞？这比大学那次还要恶劣！至少，那时我还知道你去了澳大利亚，还能在想你的时候找个地球仪大体指出你所在的位置。

现在倒好，我打不通你电话，发微信你也不回，偶尔你给我发条短信，也就是问问你的辅导班怎么样了？我说挺好的，你在哪儿？你就没再回复了。

我感觉自己越来越像你的员工了，或许，员工本来就不应该过问老板的私生活，可你真的就只是把我当成一个员工了吗？

我怅然若失地在微信对话框里发了通牢骚，随后还是没有骨气地删掉了。

好多次，我特别想大义凛然地和她吵一架，或许奇迹还可以发生，就像当年我跟她表白那次，不也是吵出来的吗？

可是我不敢轻举妄动，如果一些事情三天两头地上演并形成一种常态的话，那也就不能叫奇迹了。

这是她不知所踪的第五个月了，我的小说也停了五个月，这个尾声相对于前面的字数来说显得太短，但没有她，续不下去。

我也曾想过随便编一个结局草草完结就算了，但一个声音传来：杨小和，你已经等了那么久，真的想这么草率吗？

我当然不想。

我写出了那么多感觉，那么身临其境又刻骨铭心，事无巨细，绝不轻描淡写。

我又想起之前，她爸对我说过的话曾像封印住恶魔的符咒那样牢牢封住了我的“贼心”，但现在，它越来越蠢蠢欲动，又冲破了封印开始“祸害人间”。

我连那段痛苦的岁月都忍得过去，我还有什么等不了的？

写到这里，我合上了笔记本。

二

楼道中传来了高跟鞋的声音，越来越清晰，那种踏在楼梯台阶上的铿锵声独一无二。

但我还是不敢相信，距离她回来的日子明明还有一个多月。或许只是楼下早出晚归的大姐换了双新的鞋子，恰好和她踏出了同样的频率和力度。

紧接着，是钥匙插入锁眼儿扭动门把手的声音，我机械地站了起来，在5月的艳阳天里，一股巨大的寒流在我的体内横冲直撞。那一刻，它蹿进了我心里。

她登门入室的动作丝毫没有因为五个月没来这里而变生疏，那神情俨然她就是这家的女主人。她把高跟鞋甩了出去，穿着丝袜踩在地板上向我走来。

她的脸上丝毫没有风餐露宿的余痕，也没有又经历了什么事情的蛛丝马迹，就像她昨天才来过一趟，并没离开太久。

“你什么时候配的我这儿的钥匙？”

“你怎么不问我为什么这么早就回来了？”

“我……”

她没有给我继续说下去的机会，往我面前扔下了一份报纸，版面头条的标题是《我市网络红人岁月静和时隔两年再出新作》。

冯静出新书了？

记者对她进行了一篇专访，报纸上刊登着他们的对话，我一眼就看到了最后两段，好像有什么东西牵引着我的目光。

记者：为什么你要将大二结束而不是大学毕业作为此书的创作结点？

岁月静和：开始画这本书时，我是极为纠结的，一开始画了几个章节，完全脱离了回忆，我强行让和煦与静月在上了高中后成为情侣，但却越画越没有底气。创作遇到了瓶颈时，我说服了自己让静月以一个旁观者的身份去记录和煦日常生活的喜怒哀乐，并引入了茱丽这个新角色，让他们相爱。然而，他们之间的故事在大二结束时就戛然而止，后来的事情我一无所知，所以我的作品也跟着仓促地完结。

记者：你还会不会继续按照书中主人公的故事的轨迹继续画下去？

如果我的那位朋友能继续为我提供故事素材的话，我会画下去的。

“冯静现在是知名漫画家了，真为她感到高兴。”

陷入沉思的我被她突如其来的发言吓了一跳。

“你怎么知道岁月静和就是冯静？”

“我看了你的小说。”

我感到不可思议：“我明明藏得很严啊，你怎么……”

她笑了：“如果一个人打定主意要找一样东西的话，你怎么藏也是于事无补的，尤其是女人，你没听说过‘掘地三尺’这个词吗？”

我感到不寒而栗，这辈子，我注定会在女人身上栽很多跟头。

“现在，把你的小说交出来，我今天要把没看完的全补上，算日子，你应该完结了吧？我想看看你到底给我们设定了什么样的结局？”

我像一个遇到了克星的魔术师面对她的拆穿无计可施：“还差最后一点，你之前看到哪儿了？”

“冯静怀孕，我在医院里打了你。”

那下一章就是……我陷入回忆中天旋地转，那个晚上，她爸开车来医院把我接走，随后我们到了一个荒无人烟的地方。

她看得很仔细，大多数时间里，她是安静的，只是偶尔叹一口气，又用手撑着下巴，当她滚动鼠标前进至文档末尾看到我刚才敲下的那些字时，她转过了身，幽幽地问："杨小和，过了那么久，你终于学会珍惜了，是吗？"

那声音会让人听得肝肠寸断，我木然地看着她，无言以对。

三

"你究竟在逃避些什么？！"她突然蛾眉倒蹙，厉声问道。

随后，她仰着头，晶莹的泪珠从她的明眸流出，汹涌地顺着双颊淌落，她像在控诉一个对她始乱终弃的负心汉的原配妻子那样声泪俱下。

"你以为自己当初听了我爸的话和我分手就是一种很伟大的做法吗？还美其名曰是为了我好，你根本就没有仔细考虑过我们之间的未来！"

她哭得梨花带雨，但依旧思维清晰，有理有据地逐条列出我的"罪状"。

"六年前，我提前五个小时就到了机场，直到起飞前一个小时，我心里还在默默祈祷下一秒你就会出现，我等了很多个下一秒，天真地以为你会失魂落魄地赶来拉着我的手求我留下，如果那一幕真的上演，我会毫不犹豫地把登机牌撕个粉碎。”

“但你却还是选择了对我避而不见，三年前，我从澳大利亚千里迢迢地回来，和你的第一次重逢，你竟然就只跟我说了一句话，还是‘你什么时候回来的’这种无关痛痒的寒暄。”

“你知不知道回国后的那半年我怎么过来的？我本以为在外面游荡了三年后能苦尽甘来，我要的东西再简单不过，我想在自己的青春接近尾声的时候把它缺失掉了的最重要的人找回来。然而，那个人他偏偏是个自私胆小的懦夫。”

“刚过去的这半年，你尝到那种失魂落魄，痛不欲生的滋味了吧？杨小和，你尝到了吧？”

说完，她哭着一头扎进我的胸前，用力撕咬着我的左肩，我紧紧拥着她。

她说的没错，那些为了她好才和她分开的说辞不过是我逃避责任的借口，我曾经很怕将来的自己会没有能力让她过上好的生活，也不过是自己不想去努力的借口。

“对不起。”我贴在她耳边喃喃地说。

她咬得更加用力：“你欠我一个交代，杨小和，我在你身上搭了那么多年青春，现在我都二十七岁了。”

四

我用尽全身的力气把她搂在怀中，想让她融进我的身体里，即使血肉粘连在一起，也无所谓，那样反倒更好，至少再分开时，我们都会从对方身上扯下一块皮肉。

如果是那样，我一定会长记性，钻心的疼痛会时刻提醒我，再折腾下去的话，我和我爱的人都要遭受巨大的痛楚。

她说从现在开始，她要按照她的设想来为我们即将重新开始的感情设定一个场景：一个阳光明媚的午后，我们在街角相遇，毫无征兆地撞在了一起，我从自行车上跌落，而她购物袋中的东西则散落一地，我手忙脚乱地帮她一起捡拾。双方的手指不停地碰到一起，当我把最后一个番茄捡起来还给她时，一缕阳光刚好投在了我们相距不过三十厘米的空间之中，把一切都照得极为通透。

“你好，我叫袁小丽。”她微笑着伸出了右手。

“幸会，我是杨小和。”

我也不知道为什么自己会用“幸会”这么古板正式的词来回应她，或许是我真的老了？后来，我才想起了这句话的出处。

在《罗马假日》中，派克饰演的美国记者在夜深人静的罗马街头碰到了奥黛丽·赫本饰演的安妮公主时，两个人互道“charmed”。

译者就是将这个词译成了“幸会”，我觉得那是整部电影中最让人难忘的瞬间，两人含情脉脉注视着对方的眼神让人难忘，译文出现的一瞬间，同样令人难忘。

他们本来是两个生命中毫无交集的人，在那样一个如果换成任何普通人都会狼狈不堪的场合中却惊艳了彼此，让看似单调的黑白影片仿佛有了我们能想象出来的暖意融融的色彩。

正如坐在我对面正含情脉脉地注视着我的那个女孩儿一样，惊艳着我。

幸会，袁小丽。幸会，我的青春。

Chapter·48　互不相欠

“两位稍微靠近一些，哎对，好，别动，笑一笑，好嘞！”

工作人员是一位五十来岁的中年阿姨，憨态可掬。在她的指引下，我和袁小丽的脑袋靠在了一起，闪光灯亮起的一瞬间，我们不约而同地笑了。

照片很快洗了出来，大红色的背景很亮眼，上面还闪烁着一些白色的斑点，看着喜庆。

阿姨把照片贴在了一张证上：“把这个认真收好，从此之后，你们就能共用这一张年票免费逛J市内所有的公园了。”

王俊下个月要举办婚礼，昨天买完喜糖后，他说现在J市的公园年票可以两个人一起办，照一张合照就可以。

三天前，袁小丽彻底瓦解掉我用顾虑、忧心筑起的最后一面高墙。我曾画地为牢，将自己困于其中，一遍遍地叮咛自己不要纠结过去，其实我只是不敢面对那段过往。

在她一浪高过一浪的质问中，我终于放下了所有的后顾之忧，答应会给她一个交代，这个交代就先从陪她逛公园这种小事上开始吧。

孟夏时节，气温节节攀升，乍一如此，这个夏天就会产生很多种模样。和煦，晌晴，能暖透人的身，照透人的灵魂，也能催生你的回忆。

那年，我们站在绿树成荫的西城高中校门口，在蝉鸣的聒噪中与众人的围观下剑拔弩张。我们联手把邂逅这种本来应该非常唯美的画面糟蹋得面目全非。

或许从那时开始，上帝发现了我们的表演天赋，他给我们写好了剧本，看热闹不嫌事儿大地操控着我们像提线木偶般为他表演。

由此，我们误打误撞地闯进了彼此的生活，像被松脂封存的小虫再没出来，成了晶莹的琥珀，浑然不觉地演着一场漫长的人间剧。

这部剧有无数的高潮、转折和矛盾冲突，我们脚下拌蒜，跌进了身后的幕布中，晕头转向地四处碰壁。

幕布缓缓收紧，让我们感到窒息，我和她都要放手了，放弃与命运继续抗争下去的努力和希望，以得到解脱。

眼前突然又闪起了粼粼的亮光，那是逃生的出路，我们奋力扯开缠绕在身上的碎布断绸，挣脱出来，才发现原来演出已近尾声，而我们该谢幕了。

台上的摆设依旧，台下的观众如初，只是我们两个重新进入他人视野的主演已经脱胎换骨。

我们，都成熟了。

我曾咬牙切齿地诅咒发誓要靠自己的青春回忆录狠狠打前领导的脸，所以一开始，我带着仇恨在写自己的青春，整个电脑屏幕上全是领导可憎的面目。

后来，我却越写越释然，释然到我现在觉得当初我们之间爆发的那场争吵，其实谁都没错。

她追逐的是让杂志继续开办下去的资本，我追随的是自己的初心。错就错在，我们都试图用各自坚守不移的信仰去说服对方。

我应该感谢那场激烈的冲突，感谢那次毫无顾忌的辞职，让我从青春岁月时蓄势待发却没找到宣泄出口的情感迸发出来。让我意识到原来自己冷落在一边那么多年的青春，竟还没死。我与它对话，畅谈，一点点唤起了我们对彼此已经生疏的记忆。

这或许就是别人常说的造化弄人，因祸得福。

我牵着袁小丽的手漫步在洒满暖融阳光的小街中，看着一群高中生笑闹着从我们身边闪过。

一个穿格子裙的女生笑着追打一个看起来很阳光的男生，面红耳赤地喊着："王宇凡，你别跑，还钱！"声音撞到青砖墙上又弹回来，随后回荡在小巷中。

她的喊声让我突然想起，我也欠了很多人一些东西：我答应王俊去给他当伴郎的承诺还没兑现；冯静创作漫画需要的故事素材，我也还没有给；袁小丽说我欠了她好几年的时光，让我用一辈子去偿还。

但“负债累累”的我依然庆幸，唯独与青春这段岁月，我和它两不相欠。

（全文完）

后记

当我敲完全文最后一个字的时候，并没有如释重负的感觉，只是感觉自己可以暂时稍微松口气，跳出杨小和这个人物了。

他写了两年的小说来缅怀自己的青春，我写了两年的小说来转述他的一切。

很多人看了这部作品之后，一定会认为我就是杨小和，而我只不过是利用他这个躯壳，好让自己对青春的记忆“借尸还魂”罢了。

有很多次，我也恍惚觉得，这部小说就是在写自己，有时我会在回忆中挣扎很久，驾着一台时光机穿梭在过去的日子里。

时光中有两条隧道，紧紧相邻，我不断提醒自己，一定要行驶在杨小和这一条之中，这是唯一一条前方有曙光闪现，能让我逃出冷峻的黑暗的道路。但走着走着，却总是会不自觉地跑偏，我猛打方向盘想要回到正轨，才发现它失灵了。于是我索性在不断偏移航道的同时，先不顾死活地把自己的经历写痛快了再说。当我即将撞上障碍车毁人亡时，方向盘突然恢复了正常，我又开回到了杨小和的路上。

很多次我都要费心费力地把情节给圆回来，然后警告自己下次绝不能再犯这种错误，但依旧“狗改不了吃屎”。

我与他的经历的确有很多相似之处，他就像我的影子，只要有一缕光照，就会无所遁形地暴露在众目睽睽之下。我们像两条紧实的麻绳，有力地搅缠在了一起。

我们都被老师说成弱智，都有冯静和王俊这样的朋友，都是中考结束后都经历了恩师的离世，上高中后都成了优生，上大学后又都放荡不羁。

我们之间唯一相差的，就只有一个袁小丽。

高中时，我早恋了，结果最后竟然经历了一地狗血的剧情，让我的初恋一地鸡毛。

她是我的同班同学，高二时我们在一起了。高考结束后，当我满心欢喜地要跟她商量报考哪一所大学时，才发现她劈腿了。

在这一点上，杨小和是幸运的。他与袁小丽很像是我人性的正反两面，一者冲动幼稚，一者从容成熟。

因此袁小丽的设定，与我的任何恋爱经历和前女友们无关，她只是让我为了说服自己相信“人间自有真情在”，和向别人传递“现在仍有真爱存在”这一美好希冀的媒介。

可能是因为自己是天秤座的关系，我在一些事情上很容易陷入纠结，究竟怎样设定这部小说的故事结局，我犹豫了很久。是保险起见，像大多数青春主题的小说那样，让男女主人公分手，彼此得不到对方，然后发出“青春本来就是有缺憾”的感慨，还是另辟蹊径写一出皆大欢喜?

最开始，我更倾向于前一种，但敌不住读者们强有力的呼声，我最终还是选择了后者。写完之后，仔细一读，其实感觉也还不错。

感谢各位读者一直以来的支持和鼓励，你们都很可爱，可爱到能够融化人心。

愿天下有情人终成眷属，是前生注定事，莫错过姻缘。